MARK BILLINGHAM

Die Tränen des Mörders

Buch

Zwei Frauen werden in London innerhalb kürzester Zeit tot aufgefunden. Beide wurden mit bloßen Händen erwürgt, waren ungefähr gleich alt, und beide hatten auf ihrem Weg nach Hause den Zug benutzt. Für die *Serious Crime Group*, die Spezialeinheit rund um Detective Inspector Tom Thorne, besteht kein Zweifel, dass zwischen den beiden Verbrechen eine Verbindung besteht. Doch bald tauchen die ersten Unstimmigkeiten auf; denn so sehr sich die Morde auf den ersten Blick gleichen, lassen sich doch zwei grundverschiedene Vorgehensweisen erkennen. Vor diesem Hintergrund erscheinen auch zwei frühere Frauenmorde in einem völlig neuen Licht, und Thorne ist sich sicher: Das Morden geht weiter, wenn der Täter nicht möglichst schnell gestoppt wird. Einen ersten viel versprechenden Anhaltspunkt bietet die Untersuchung der zweiten erwürgten Frau: Es finden sich Spuren von Körperflüssigkeit des Mörders – Tränen!

Mit der Zeit beschleicht Tom Thorne ein äußerst beunruhigender Verdacht: In diesem Fall geht es um mehr, als einen brutalen Serienmörder zur Strecke zu bringen – und Thorne wird in ein tödliches Spiel um Macht und Unterwerfung gezogen …

Autor

Mark Billingham ist regelmäßig als Stand-up-Comedian zu bewundern und auch als Autor von Drehbüchern und TV-Serien äußerst erfolgreich. Er wurde bereits mit dem »Royal Television Award« ausgezeichnet, und seine Krimiserie um den eigenwilligen Londoner Detective Inspector Tom Thorne beschert ihm Buch für Buch durchschlagenden internationalen Erfolg. Mark Billingham lebt mit seiner Frau und seinen zwei Kindern in London.

Weitere Informationen zum Autor und seinen Projekten unter www.markbillingham.com.

Von Mark Billingham außerdem bei Goldmann lieferbar:

Der Kuss des Sandmanns. Roman (45227) · Die Blumen des Todes. Roman (45730) · Blutzeichen. Roman (45913)

Mark Billingham

Die Tränen des Mörders

Roman

Aus dem Englischen
von Isabella Bruckmaier

GOLDMANN

Die Originalausgabe erschien 2002 unter dem Titel
»Scaredy Cat«
bei Little, Brown and Company, London

Umwelthinweis:
Alle bedruckten Materialien dieses Taschenbuches
sind chlorfrei und umweltschonend.

Einmalige Sonderausgabe September 2005

Umschlaggestaltung: Design Team München
Umschlagmotiv: photonica / Masaaki Toyoura
Druck: GGP Media GmbH, Pößneck
Made in Germany · Titelnummer: 46131

ISBN 3-442-46131-6
www.goldmann-verlag.de

Für Katherine und Jack.
Aber jetzt noch nicht.
Und im Gedenken an Vi Winyard
(1925–2002)

Knock hard, life is deaf.
Klopf laut, das Leben ist taub.

Mimi Parent

Prolog

King Edward IV
Grammar School for Boys

Mr. und Mrs. R. Palmer
43, Valentine Rd.
Harrow
Middlesex

14. August 1984

Sehr geehrte Mrs. Palmer, sehr geehrter Mr. Palmer,

im Anschluss an eine außerordentliche Sitzung der Schulleitung bedaure ich Ihnen die dort getroffene Entscheidung mitteilen zu müssen, Ihren Sohn Martin von der Schule zu verweisen. Dieser Schulverweis tritt umgehend in Kraft.

Ich möchte betonen, dass eine derartige Vorgehensweise ausgesprochen selten ergriffen wird, und zwar nur dann, wenn jede andere Vorgehensweise aussichtslos erscheint. Doch in Anbetracht des vorliegenden Vergehens erschien dies die einzig angemessene Reaktion. Bereits seit längerem gab das Verhalten Ihres Sohnes Anlass zur Besorgnis, und dies ganz besonders vor dem Hintergrund seiner ausgezeichneten schulischen Leistungen und seines zuvor eher zurückhaltenden Charakters. Dieser letzte, zutiefst verabscheuungswürdige Vorfall ist nur der jüngste in einer langen Reihe unakzeptablen Fehlverhaltens und eklatanter Verstöße gegen die Schulregeln.

Wie Ihnen bekannt ist, ist Ihr Sohn nicht der einzige in diesen Fall verwickelte Schüler, und vielleicht ziehen Sie Trost aus der Tatsache, dass Ihr Sohn mit an Sicherheit grenzender Wahrscheinlichkeit nicht der Hauptschuldige ist, sondern, meines Erachtens, bis zu einem gewissen Grad mit hineingezogen wurde. Abgesehen davon zeigte er jedoch wenig Reue und keine Bereitschaft, gegen seinen ehemaligen Komplizen auszusagen.

Um weiterhin das hohe schulische Niveau dieses Instituts zu gewährleisten, erscheint mir die Durchsetzung eines ebenso hohen disziplinarischen Niveaus unumgänglich. In Anbetracht dessen kann das von Ihrem Sohn gezeigte Verhalten nicht geduldet werden.

Ich wünsche Martin viel Glück in seiner neuen Schule.

Hochachtungsvoll

Philip Stanley, A. F. C., M. A. Direktor

Rectory Road, Harrow, Middlesex, MA3 4HL

Erster Teil

Acht Sommer, ein Winter

2001

Datum: 27. November
Zielobjekt: weibl.
Alter: 20–30
Kontaktaufnahme: Londoner Bahnhof (außer- oder innerhalb des Gebäudes)
Tatort: wird bekannt gegeben
Methode: nur mit den Händen (Waffe im Notfall zulässig)

Nicklin beobachtete mit unbewegter Miene, wie die beiden Hand in Hand quer durch die Bahnhofshalle auf ihn zukamen.

Sie war perfekt.

Er presste noch immer das Buch an sich, das er sich wahrscheinlich im Zug zu Gemüte geführt hatte, und sie schob sich den Rest ihres Sandwichs in den Mund. Die beiden unterhielten sich und lachten. Sie durchquerten die Halle zügig. Nicklin befand sich direkt in ihrer Blickrichtung, doch sie sahen ihn nicht. Sie hielten nach niemandem Ausschau. Sie erwarteten nicht, abgeholt zu werden.

Er saß auf seiner Bank, nippte an seiner Coladose und sah alle paar Minuten hinüber zur Abfahrtsanzeigetafel. Einer dieser frustrierten Reisenden, die die Verspätungen im Blick behielten. Er drehte den Kopf und sah ihnen nach, als sie an ihm vorüberkamen. Wahrscheinlich waren sie auf dem Weg zu einem Taxi, zum Bus oder zur U-Bahn. Falls sie sich ein Taxi nahmen, würde er sich zurücklehnen und auf jemand anders warten. Ärgerlich, aber kein Weltuntergang. Falls sie ihre Reise jedoch mit öffentlichen Verkehrsmitteln fortsetzten, würde er sich an ihre Fersen heften.

Er hatte Glück.

Sie hielten sich noch immer an den Händen, als sie auf die Rolltreppe stiegen, die sie nach unten zur U-Bahn bringen würde. Nicklin stellte die halb leere Dose neben sich auf den Boden und stand auf. Dabei hörte er sein Knie laut knacken. Er lächelte. Er wurde nicht jünger.

Er fasste in seine Tasche, um nach dem Schokoriegel zu kramen, den er gekauft hatte. Nachdem er das Messer zur Seite geschoben hatte, zog er den Riegel heraus und fing an, ihn auf dem Weg zur Rolltreppe aus dem Papier zu schälen. Als er sich hinter einem Rucksacktouristen auf die Treppe stellte, nahm er einen großen Bissen. Er vergewisserte sich, dass die beiden noch da waren, knapp zehn Meter unter ihm, und warf einen Blick durch die riesigen Fenster auf den Busbahnhof. Die Leute wurden merklich weniger, die Stoßzeit war so gut wie vorüber.

Es begann gerade dunkel zu werden. Auf den Straßen und in den Häusern.

In den Köpfen der Leute.

Sie nahmen die Northern Line in Richtung Süden. Er entschied sich für einen Sitz ein paar Plätze hinter ihnen und beobachtete sie. Sie war vermutlich Anfang dreißig. Groß, dunkle Haare, dunkle Augen und ein olivfarbener Teint. So nannte man das wohl, vermutete Nicklin. Seine Mum hätte dazu gesagt, die sei »dem Kaminkehrer zu nahe gekommen«. Sie war nicht hübsch, aber auch keine Vogelscheuche.

Nicht, dass es darauf angekommen wäre.

Der Zug fuhr durch das West End und weiter Richtung Süden. Wahrscheinlich Clapham oder Tooting. Wohin auch immer …

Die beiden hingen schon wieder aneinander. Er sah

noch immer in sein Buch, wobei er alle paar Sekunden aufblickte und sie angrinste. Sie drückte seine Hand und beugte sich tatsächlich ein paar Mal über ihn, um seinen Nacken zu küssen. Die umsitzenden Fahrgäste lächelten kopfschüttelnd.

Er spürte, wie sich auf seiner Stirn kleine Schweißperlen bildeten, und roch diesen feuchten Kellergeruch, der stets so überwältigend, so scharf und beißend wurde, wenn er kurz davor war.

Als der Zug in den Bahnhof von Balham einfuhr, standen sie auf.

Er sah ihnen zu, wie sie kichernd aus dem Zug sprangen, und wartete ein oder zwei Sekunden, bevor er ihnen folgte.

Um sicherzugehen, blieb er hinter ihnen zurück, doch sie waren so mit sich selbst beschäftigt, dass er wahrscheinlich an ihrem Rücken hätte kleben können. Ohne die Welt um sich herum wahrzunehmen, trieben sie auf den Ausgang zu. Sie trug einen langen grünen Mantel und Stiefeletten. Er trug einen blauen Anorak und hatte eine Wollmütze auf.

Nicklin war in einen langen schwarzen Mantel mit tiefen Taschen gehüllt.

Vor ihm auf der Straße mit der grellen Weihnachtsbeleuchtung hoben sie sich scherenschnittartig vor einem blutroten Himmel ab. Ihm war klar, das war eines dieser Bilder, an die er sich erinnern würde. Natürlich gäbe es noch andere.

Sie liefen an einer Reihe von Geschäften vorbei, und er musste gegen den Drang ankämpfen, in den nächsten Zeitschriftenladen zu stürmen, um noch etwas Schokolade zu kaufen. Er hatte nur noch einen Riegel übrig. Sicher, er konnte in ein paar Sekunden drinnen und wieder draußen sein, doch er wollte nicht das Risiko eingehen, sie zu verlieren. Er würde sich Schokolade besorgen, wenn alles vorbei war. Bis dahin wäre er halb verhungert.

Sie bogen von der Hauptstraße in eine gut beleuchtete, doch ruhige Seitenstraße ein, und sein Atem ging stoßweise, als er sah, wie sie in ihre Manteltasche nach dem Schlüssel griff. Er beschleunigte sein Tempo etwas. Er konnte hören, wie sie über Toast und Tee sprachen und darüber, ins Bett zu gehen. Er konnte ihnen die Freude darüber ansehen, zu Hause zu sein.

Seine Hand glitt in seine Tasche, dabei blickte er sich um, ob ihn jemand beobachtete.

Hoffentlich war es keine Wohnung. Besser, er hatte seine Ruhe. Vielleicht hatte er ja Glück.

Ihr Schlüssel glitt ins Schloss, und seine Hand legte sich auf ihren Mund. Der erste Impuls war, laut zu schreien, doch Nicklin drückte ihr das Messer in den Rücken, und mit dem Schmerz kehrte die Vernunft zurück. Sie wandte sich nicht um, um ihn anzusehen.

»Gehen wir rein.«

Sie spürt den Schweiß seiner Hand, die Pisse, die ihre Beine hinunterläuft, öffnet die Tür. Ihre Hand flattert verzweifelt, fasst nach unten auf der Suche nach der Person, die sie liebt. Dem einzigen Menschen, der ihr am Herzen liegt.

Ihrem Kind.

»Bitte …«

Seine Hand bringt ihre Stimme zum Verstummen. Das Wort geht unter. Er schiebt sie und den Jungen durch die Tür, folgt ihnen und schlägt die Tür hinter sich zu.

Der Kleine in dem blauen Anorak klammert sich noch immer an sein Bilderbuch. Er blickt hoch zu dem Fremden. Seine Augen sind so dunkel wie die seiner Mutter, und sein Mund formt ein kleines, unendlich verwirrtes »O«.

Erstes Kapitel

Es war morgens, kurz nach halb zehn. Der erste graue Montag im Dezember. Vom dritten Stockwerk des Becke House blickte Tom Thorne hinüber zum Hendon-Komplex, einem Monument aus aufgeblähter Selbstzufriedenheit. Das Letzte, was er gerade wollte, war klar zu denken.

Unglücklicherweise tat er genau das. Das vor ihm liegende Material ordnen und alles in sich aufnehmen. Wobei er jedes Detail, ohne sich darüber klar zu sein, mit einer emotionalen Reaktion belegte, die in den folgenden Monaten ihren Schatten über jede wache Stunde werfen würde.

Und über etliche Stunden seines Schlafs.

Hellwach und konzentriert saß Thorne an seinem Schreibtisch und studierte den Tod, so wie andere auf ihren Computermonitor starren oder an einer Supermarktkasse sitzen. Das war der Stoff, mit dem er sich Tag für Tag beschäftigte, doch in Anbetracht *dieses* Materials wäre es angenehm gewesen, es nicht ganz so hautnah an sich heranlassen zu müssen. Selbst der Presslufthammer im Kopf nach einer durchzechten Nacht wäre ihm wesentlich lieber. Alles war recht, um den Lärm dieses Schreckens zu dämpfen.

Er hatte Hunderte, vielleicht Tausende solcher Fotos gesehen. Hatte sie im Laufe der Jahre so unbeteiligt gemustert wie ein Zahnarzt ein Röntgenbild oder ein Buchhalter eine Steuererklärung. Er hatte die Übersicht verloren über die unzähligen bleichen Gliedmaßen, die sich ihm auf großen, schwarzweißen Abzügen in unnatürlichen Winkeln entgegenreckten, abgetrennt waren oder gänzlich fehlten. Dann waren da noch die Farbfotos. Fahle Leichen auf grünen Teppichen. Ein Band violetter Blutergüsse um einen Hals. Die grellbunt gemusterte Tapete, auf der sich die Blutspritzer kaum abheben.

Eine nicht enden wollende Ausstellung mit einer einfachen Botschaft: Emotionen sind machtvoll, der menschliche Körper nicht.

So sahen die in seinem Büro archivierten Bilder aus, deren Duplikate in seinem Kopf gespeichert waren. Schnappschüsse von Toten und Porträtaufnahmen vom Leben, das bis zum Letzten ausgereizt wurde. Es war schon vorgekommen, dass Thorne auf diese Leichen in Schwarzweiß gestarrt und geglaubt hatte, er hätte einen Blick auf Wut oder Hass erhascht, auf Gier oder Lust oder womöglich auf den Geist von all dem, der wie Ektoplasma in den Zimmerecken schwebte.

Die Fotos, die an diesem Morgen auf seinem Schreibtisch lagen, waren keineswegs abartiger als andere, die er früher gesehen hatte. Doch bei dem Anblick dieser toten Frau hatte er das Gefühl, in eine Flamme zu stieren und zu spüren, wie seine Augäpfel schmolzen.

Er sah sie durch die Augen ihres Kindes.

Charlie Garner, drei Jahre und nun elternlos.

Charlie Garner, drei Jahre, für den seine Großeltern sorgten, die sich jeden Tag und jede Minute mit der Frage quälten, was sie ihm über seine Mami erzählen sollten.

Charlie Garner, drei Jahre, der beinahe zwei volle Tage allein in einem Haus neben der Leiche seiner Mutter verbrachte, ein Schokoriegelpapier in der Hand, das er blitzblank geleckt hatte, hungrig und schmutzig und brüllend, bis endlich ein Nachbar klopfte.

»Tom …«

Thorne blickte noch ein paar Sekunden durchs Fenster ins Graue, bevor er sich resigniert Detective Chief Inspector Russell Brigstocke zuwandte.

Als Teil der Reorganisation der Met vor etwa einem Jahr war eine Reihe von Kommissionen innerhalb der drei neu ins Leben gerufenen Serious Crime Groups gebildet worden. Eine Einheit, die nur aus Polizisten bestand, die sich eigentlich im Ruhestand befanden, war gebildet worden, um sich speziell um alte Fälle und kalte Fährten zu kümmern. Diese Einheit, schnell auf den Namen Graue Zelle getauft, war nur einer von einer ganzen Armada neuer Ansätze, Teil einer frischen und aggressiveren Herangehensweise, das Verbrechen in der Hauptstadt zu bekämpfen. Es gab weitere Kommissionen, die sich auf Sexualverbrechen, Gewalt gegen Kinder und Waffenmissbrauch spezialisiert hatten.

Dann gab es noch das Team 3, Serious Crime Group (West).

Offiziell war diese Kommission für die Fälle geschaffen worden, die nirgends richtig reinpassten – Fälle, die in keinen anderen Verantwortungsbereich fielen. Allerdings wurde auch gemunkelt, Serious Crime Group (West) 3 sei einfach deshalb ins Leben gerufen worden, weil niemand so richtig wusste, wohin mit Detective Inspector Tom Thorne. Thorne selbst mutmaßte, die Wahrheit sei irgendwo in der Mitte anzusiedeln.

Russell Brigstocke war sein Vorgesetzter, und Thorne kannte ihn inzwischen über zehn Jahre. Er war groß und kräftig und eine außergewöhnliche Erscheinung mit seiner Hornbrille und diesen merkwürdigen Haaren, auf die er unmäßig stolz war. Sie waren dicht und blauschwarz, und der Detective Chief Inspector liebte es, sie zu einer Tolle von beinahe Elvis-ähnlichen Proportionen zu formen. Doch sosehr er dem Traum eines Karikaturisten entsprechen mochte, er konnte zum schlimmsten Alptraum eines Verdächtigen werden. Thorne hatte Brigstocke ohne Brille und mit geballten Fäusten erlebt, mit wild in die schweißnasse Stirn fliegender Locke, während er auf der Suche nach der Wahrheit laut brüllend im Vernehmungszimmer auf und ab lief.

»Carol Garner war eine allein erziehende Mutter. Sie war achtundzwanzig Jahre alt. Ihr Mann starb vor drei Jahren bei einem Autounfall, kurz nachdem ihr Sohn geboren worden war. Sie war Lehrerin. Vor vier Tagen wurde sie in ihrem Haus in Balham tot aufgefunden. Es gab keinen Hinweis auf ein gewaltsames Eindringen. Sie war am siebenundzwanzigsten um sechs Uhr abends mit dem Zug in der Euston Station angekommen, nachdem sie ihre Eltern in Birmingham besucht hatte. Wir vermuten, dass der Mörder ihr vom Bahnhof nach Hause folgte, wahrscheinlich in der U-Bahn. Wir fanden in ihrer Tasche einen Fahrschein.«

Brigstockes Stimme war tief und akzentfrei, beinahe monoton. Doch die Litanei der aufgezählten Fakten war auf schreckliche Weise überwältigend. Thorne kannte das meiste davon, da er von Brigstocke am Tag zuvor bereits informiert worden war, dennoch war jedes Wort wie ein Faustschlag, einer härter als der andere. Und nach diesen Faustschlägen war er zutiefst getroffen und rang nach Atem. Den anderen erging es offensichtlich genauso.

Und er wusste, dass ihnen das Schlimmste noch bevorstand.

Brigstocke fuhr fort: »Wir können nur Mutmaßungen anstellen, wie der Mörder sich Zutritt verschaffte oder wie lange er sich in Carol Garners Haus aufhielt, aber wir wissen, was er während dieser Zeit tat …«

Brigstocke sah hinunter zum anderen Tischende und bat den dort sitzenden Mann, da weiterzumachen, wo er aufgehört hatte. Thorne betrachtete die Gestalt in dem schwarzen Fleecepullover mit dem kahl rasierten Kopf und einer verblüffenden Sammlung von Piercings im Gesicht. Phil Hendricks war nicht gerade der typische Pathologe, doch der beste, mit dem Thorne je zusammengearbeitet hatte. Thorne zog eine Augenbraue hoch. War da ein neuer Ohrring, seit er ihn das letzte Mal gesehen hatte? Hendricks mochte es, sich als Erinnerung an einen neuen Freund einen Ring, Stecker oder einen Stachel stechen zu lassen. Thorne wünschte ihm inständig eine feste Beziehung, bevor er vor lauter Metall endgültig unfähig wäre, den Kopf zu heben.

Dr. Phil Hendricks war der Zivilist im Team und trat gleich zu Beginn in Erscheinung. Logischerweise, denn es war ja der Fund einer Leiche, der das Team schlagartig aktiv werden ließ. Eine Leiche, die sich dem Messer ergeben und ihre Geschichte preisgeben würde, die Geschichte, die hinter dieser Reise zu einem kalten, stählernen Seziertisch stand; flüsternd würden das tote Fleisch und die verhärteten Organe ihre Geheimnisse enthüllen. Auf diesem Gebiet war der Pathologe der Fachmann.

Obwohl er und Hendricks sich gut verstanden, war Thorne beruflich betrachtet ab diesem Punkt der Ermittlungen froh, wenn er ihn nicht noch einmal zu sehen bekam.

»Wir gehen davon aus, dass sie am siebenundzwanzigsten irgendwann zwischen sieben und zehn Uhr abends getötet wurde. Als sie aufgefunden wurde, war sie etwa achtundvierzig Stunden tot.«

Sein ausgeprägter Manchesterakzent schien wie dafür gemacht, um nüchtern und präzise die banale Realität echten Grauens auszudrücken. Thorne konnte den unaussprechlichen Gedanken in den Gesichtern der um den Tisch sitzenden Beteiligten sehen.

Wie erlebte Charlie Garner diese zwei Tage?

»Es gibt keine Anzeichen von sexuellem Missbrauch und keinen Hinweis, dass sie sich nennenswert wehrte. Die offensichtliche Folgerung daraus lautet, dass der Mörder das Kind bedrohte.« Hendricks zögerte und atmete tief durch. »Er erwürgte Carol Garner mit bloßen Händen.«

»Scheißkerl …«

Thorne warf einen Blick nach links. Detective Sergeant Sarah McEvoy starrte in die Akte, die vor ihr auf dem Tisch lag. Thorne wartete, doch sie schien für den Augenblick alles gesagt zu haben, was sie beschäftigte. Von allen im Raum Anwesenden kannte Thorne sie am kürzesten. Und bislang war sie für ihn ein unbeschriebenes Blatt. Sie war tough, zweifelsohne, und mehr als begabt. Aber irgendetwas an ihr machte Thorne misstrauisch. Sie verbarg etwas.

Die Stimme von Detective Constable Dave Holland riss Thorne aus seinen Gedanken. »Gehen wir davon aus, dass er sie wegen des Kinds auswählte?«

Thorne nickte. »Es war ihr Schwachpunkt. Ja, vermutlich war es so …«

Brigstocke fiel ihm ins Wort. »Aber es ist nicht wirklich von Bedeutung.«

»Nicht wirklich von Bedeutung?« Holland klang zutiefst verwirrt und blickte hinüber zu seinem Chef.

Thorne erwiderte den Blick achselzuckend. *Abwarten, Dave …*

Es lag nun ein gutes Jahr zurück, seit Thorne mit Dave Holland zusammenarbeitete. Und endlich fing er an, annähernd erwachsen auszusehen. Seine Haare waren noch immer etwas zu blond und zu weich, aber die Gesichtszüge darunter wirkten neuerdings ein wenig härter. Thorne war klar, dass das weniger mit dem Alter als mit den Erfahrungen zusammenhing, die Holland gemacht hatte. Abnutzungserscheinungen. Das unschuldigste Gesicht musste sich verdunkeln in Anbetracht der Dinge, die der Job so mit sich brachte.

Die Veränderung hatte mit ihrem ersten gemeinsamen Fall begonnen. Drei Monate, in denen Thorne Freunde verloren und Feinde gewonnen hatte, in denen Dave Holland sich ihm angenähert, ihn beobachtet und absorbiert hatte, und darüber ein anderer geworden war. Drei Monate, die mit dem Schnitt eines Skalpells in einem blutgetränkten Dachboden in Südlondon geendet hatten.

Holland hatte vieles gelernt und *verlernt*, und Thorne hatte dabei zugesehen – stolz und zugleich traurig. Es war ein Thema, das ihn immer wieder beschäftigte: Schloss das einander aus – ein guter Bulle und ein guter Mensch zu sein?

Zunehmende Desensibilisierung mochte gut und schön sein, aber dafür war ein Preis zu zahlen. Er erinnerte sich an ein warnendes Plakat, das er im Wartezimmer eines Zahnarztes gesehen hatte: die eindrückliche Darstellung eines Patienten, der sich die Lippe abgebissen hatte bei dem Versuch, die lokale Betäubung zu »prüfen«. Man konnte beißen und beißen, ohne das Geringste zu spüren, doch es war nur eine Frage der Zeit, bis die Betäubung nachließ, und dann kam der Schmerz, das stand fest.

Auch das Gefühl der Taubheit würde weichen. Das betraf die Kollegen, die Thorne dabei beobachtete, wie sie Tag für Tag in ihrer jeweils spezifischen Rüstung zu überstehen trachteten. Ob sie diese in ihrem Kopf fabriziert hatten oder aus einer Flasche bezogen, eines Tages war sie sicherlich abgenutzt, und dann wäre die Agonie unerträglich. Das war nicht der Weg, den Tom Thorne für sich gewählt hatte, und sein Instinkt sagte ihm, dass es genauso wenig Hollands Weg war, trotz seiner Hoppla-jetzt-komm-ich-Tour und der ganzen Scheiße, die er gelernt hatte.

Der gute Bulle und der gute Mensch. Wahrscheinlich schlossen sie einander *nicht* aus. Sie ließen sich nur verdammt schwer miteinander vereinbaren. So wie diese Physiksachen, die theoretisch möglich sind, die aber noch niemand gesehen hat.

Schweigen machte sich breit in dem Raum, der lachhafterweise als Konferenzraum bezeichnet wurde, dabei jedoch kaum größer als ein normales Büro war und sich nur durch eine Kaffeekanne und eine größere Anzahl unbequemer Plastikstühle von einem solchen unterschied. Thorne rief sich ins Gedächtnis, was er über den Mann wusste, der Carol Garner getötet hatte. Ein Mann, der gern die Fäden in der Hand hielt. Ein Feigling. Vielleicht nicht körperlich überlegen … Himmel, er klang wie einer dieser Gerichtspsychiater, die er für horrend überbezahlt hielt. Eines allerdings wusste er: Dieser Mörder war keinesfalls gewöhnlich. Er war in hohem Maße außergewöhnlich und zu weit mehr fähig, als Holland und McEvoy bislang klar war.

Dann gab es da natürlich noch die Frage nach dem *Warum*. Stets die Frage nach dem Warum. Und wie immer ging Thorne diese Frage am Arsch vorbei. Darum würde er sich kümmern, wenn sie sich aufdrängte. Er würde mit beiden Händen danach greifen, falls er so den Mörder fangen könnte. Aber sie war ihm nicht *wichtig*. Zumindest kümmerte es ihn nicht im Geringsten, ob der Mann, hinter dem er her war, als Kind ein Fahrrad bekommen hatte …

McEvoy rutschte neben ihm auf ihrem Stuhl hin und her. Sie hatte aufgehört, in der vor ihr liegenden Akte zu blättern, und er spürte, dass sie etwas sagen wollte.

»Was gibt es, Sarah?«

»Das ist schrecklich, keine Frage … und die Sache mit dem Kind, absolut widerlich. Aber mir ist nicht ganz klar, warum das unser Fall ist. Und nicht der Fall einer anderen Gruppe. Ich will damit sagen, woher wissen wir, dass sie nicht von jemandem umgebracht wurde, den sie kannte? Es gab keine Hinweise auf gewaltsamen Zutritt, es könnte ein Freund oder Exfreund gewesen sein ... warum also wir, Sir?«

Thorne blickte zu Brigstocke, der mit gekonntem Timing einen weiteren Stapel Fotos in die Mitte des Tisches warf.

Holland nahm sich ein Foto. »Ich hab mir dieselbe Frage gestellt. Ich verstehe nicht, warum ...« Er hielt mitten im Satz inne, als er die auf dem Rücken liegende Frau sah, ihren weit aufgerissenen Mund, die hervorquellenden, blutunterlaufenen Augen. Die Frau lag zwischen Müllsäcken in einer kalten, dunklen Straße. Die Frau, die nicht Carol Garner war.

Die Geste entbehrte nicht einer gewissen Dramatik, und das war durchaus beabsichtigt. Brigstocke wollte seinen Leuten Feuer unterm Hintern machen. Er wollte sie schockieren, motivieren und ihre Leidenschaft wecken.

Ihre Aufmerksamkeit hatte er sich auf alle Fälle gesichert.

Thorne übernahm es, ihnen auseinander zu setzen, um was es ging. »Der entscheidende Grund, Holland« – er blickte zu McEvoy – »der Grund, warum es in *unseren* Bereich fällt, ist, dass er es wieder getan hat.«

Die vorherige Stille erschien nun als die reinste Kakophonie. Thorne konnte nichts hören als das Echo seiner eigenen Stimme und das Zischen des Adrenalins, das durch seine Adern rauschte. Brigstocke und Hendricks saßen, den Kopf gebeugt, wie erstarrt da. Holland und McEvoy tauschten einen entsetzten Blick.

»Deshalb wissen wir, dass er Carol Garner von der Euston Station folgte. Denn sobald er mit diesem Mord fertig war, am selben Tag noch, machte er sich auf den Weg nach King's Cross. Er ging zu einem anderen Bahnhof, suchte sich eine andere Frau und machte es noch einmal.«

Karen, es ist wieder passiert.

Lass mich dir bitte erzählen, was geschah. Ich könnte es nicht ertragen, wenn du schlecht von mir dächtest. Ich weiß, dass du mir unmöglich verzeihen oder vergeben kannst, was ich getan habe … was ich tue, aber ich bin mir sicher, dass du es verstehst. Ich hatte immer das Gefühl, dass du, wenn ich die Möglichkeit hätte, dir alles zu erklären, mich dir anzuvertrauen, dazu in der Lage wärst, mich wirklich zu verstehen. Du hast immer gewusst, was ich über dich denke. Das konnte ich an deinem schüchternen Lächeln ablesen.

Du wusstest, welche Macht du über mich hattest. Weshalb ich aber nie wütend war. Einem Teil von mir gefiel es, von dir geneckt zu werden. Ich wollte der sein, den du neckst. Das gab mir das Gefühl, gebraucht zu werden. In meinen Augen machte dich das nur anziehender, Karen …

Aber jetzt, Herrgott, habe ich es wieder getan. Habe getan, was man mir auftrug.

Sie war allein und hatte nicht die geringste Angst. Das sah ich an der Art, wie sie ging, als ich ihr aus dem Bahnhof folgte. Keine anmaßende oder aufgesetzte Furchtlosigkeit, sondern einfach eine Art Vertrauen. Sie sah in jedem Menschen das Gute, das spürte ich. Es war dunkel, und sie konnte meine Schwäche und Bösartigkeit nicht erkennen. In ihren Augen stand keine Angst, als ich sie ansprach.

Doch sie wusste, was passieren würde, als sie die Angst in meinen sah.

Und als ihr das klar wurde, begann sie zu kämpfen. Aber sie war nicht stark genug. Sie war nicht halb so stark wie ich, Karen, ich brauchte nur abzuwarten, bis ihre Kräfte nachließen. Sie kratzte und spuckte, und ich konnte sie nicht ansehen. Und als es vorbei war, ertrug ich es nicht, dass ihr Gesicht, das so offen und warm wie deines gewesen war, nun aussah, als befände es sich hinter Glas oder sei seit langer Zeit in einem Eisblock eingefroren. Und dass ich dafür verantwortlich war.

Und ich hatte einen Steifen, Karen. Während ich es tat und noch einmal danach, als ich sie versteckte. Ich blieb erregt, bis das Brausen in meinem Kopf aufhörte und die Kratzer auf meinen Händen zu schmerzen begannen.

Ich war so erregt wie noch nie, noch nie, solange ich denken kann.

Damit möchte ich dich nicht in Verlegenheit bringen, aber wenn ich zu dir nicht ehrlich sein kann in diesen Dingen, dann ist alles zwecklos. Ich habe dir nie wirklich gesagt, was ich denke, als ich die Gelegenheit dazu hatte. Daher werde ich jetzt nichts vor dir verbergen.

Und ich werde dich nie belügen, Karen. Das verspreche ich dir.

Natürlich bist du nicht der einzige Mensch, der mich wirklich kennt, aber du bist der Einzige, der über mein Innerstes Bescheid weiß. Ich möchte keine Entschuldigungen finden, mir ist klar, dass ich nichts verlangen kann, aber zumindest halte ich nichts zurück und bin ich offen. Offen und ehrlich.

Sie hat mir nichts bedeutet, diese Frau vom Bahnhof. Sie hat mir nichts bedeutet, und ich habe zugedrückt, bis das Leben aus ihr draußen war.

Es tut mir so entsetzlich Leid, und ich verdiene, was mit Sicherheit kommen wird.

Ich hasse es, dich um einen Gefallen zu bitten, Karen, aber wenn du sie siehst, die Frau, die ich umgebracht habe, könntest du ihr das von mir ausrichten?

1982

Die Kinder nannten es die »Dschungelgeschichte«.

Das Opfer wurde auf den Asphalt gedrückt, wobei jeweils ein Junge einen Arm festhielt und ein weiterer sich auf seinen Bauch setzte. Als Waffe wurden die Finger eingesetzt – schlagen, pieksen, stechen –, im Rhythmus der Geschichte wurde auf das Brustbein eingetrommelt. Die Geschichte selbst war einfach, eine unverhohlene Ausrede, um Schmerz zuzufügen.

Der drahtige, schwarzhaarige Junge lehnte sich an eine Mauer, seinen kleinen dunklen Augen entging nicht das geringste Detail. Er sah zu, als die Folter begann.

Waren es nur die Kletteraffen oder irgendwelche anderen kleinen Tiere, für die sich der Erzähler der Geschichte entschied, war es nicht mehr als ein Kitzeln. Das Opfer wälzte sich am Boden, bat sie aufzuhören, es loszulassen. Dabei war die Angst vor dem, was noch bevorstand, am schlimmsten. Anschließend kamen die Löwen und Tiger. Schwerere Schritte, die Finger bohrten fester, die ersten Tränen liefen. Wobei natürlich alles auf die anscheinend endlose Elefantenherde hinauslief, die durch den Dschungel trampelte und bei der die Fäuste auf den Brustkorb eintrommelten. Was unerträglich wehtat.

Das große Kind am Boden hatte angefangen zu brüllen.

Der Junge stieß sich von der Wand ab, nahm die Hände aus der Tasche und ging über den Schulhof auf den Kreis zu, den die johlenden und klatschenden Zuschauer bildeten. Es war Zeit einzuschreiten.

Der »Geschichtenerzähler« hieß Bardsley. Der Junge hasste ihn. Er bahnte sich seinen Weg durch die Menge, was nicht schwierig war, da die meisten anderen Drittklässler Angst vor ihm hatten. Schließlich war er der »Verrückte«, der, der vor nichts zurückschreckte. Das Kind, das ohne zu zögern ein Pult aus dem Fenster warf, mit seinem kleinen Pimmel vor der Klasse herumfuchtelte oder dem Lehrer die Luft aus den Reifen ließ. Er hatte oft genug nachsitzen müssen, um sich diesen Ruf zu verdienen. Aber der Respekt, den er sich dadurch verschaffte, war es wert gewesen.

Er scherte sich nicht um Geografie oder Französisch, aber über Respekt wusste er Bescheid.

Beiläufig fasste er nach unten, griff in Bardsleys Haare und riss ihn nach hinten. Ein Stöhnen ging durch die Menge, das jedoch schnell nervösem Gelächter Platz machte, als Bardsley aufsprang und sich wütend umsah, um herauszufinden, wer verantwortlich war für das entsetzliche Brennen seiner Kopfhaut.

Dann entdeckte er den Schuldigen. Der Junge, weitaus kleiner und schmächtiger als er, erwiderte seinen Blick gelassen. Seine Augen waren kalt und dunkel wie Steine in eisigem Schlamm. Die Hände hatte er bereits wieder tief in den Taschen vergraben.

Die Menge löste sich schnell auf. Es wurde geschubst und gerangelt, als Bardsley den Rückzug in die Garderobe antrat und fürchterliche Rache androhte, sobald die Schule zu Ende sei, was er allerdings nicht ernst meinte.

Der am Boden liegende Junge stand auf und brachte seine Schuluniform in Ordnung. Er sagte nichts, musterte aber aus dem Augenwinkel nervös seinen Retter, während er seine Krawatte zurechtzupfte und sich mit dem Ärmel den Rotz von der Nase wischte.

Der schwarzhaarige Junge kannte ihn zwar vom Sehen,

aber sie hatten noch kein Wort miteinander gewechselt. Er war ein Jahr jünger, wahrscheinlich erst zwölf, und die verschiedenen Jahrgänge hatten nicht wirklich miteinander zu tun. Seine rotblonden Haare waren normalerweise ordentlich frisiert, mit Seitenscheitel. Man sah ihn oft irgendwo in einer Ecke sitzen, wo er mit seinen blassen, blauen Augen neidisch hinter einem Buch hervorlugte und die anderen bei ihren diversen Spielen beobachtete, bei denen es für ihn keinen Platz gab. Er war ein großer Kerl, mindestens einen Kopf größer als die meisten in seiner Klasse, und verdammt schlau. Aber entsetzlich langsam bei allem, was wirklich zählte. Wahrscheinlich hatte er nichts Besonderes getan, um Bardsley zu vergrätzen. Doch darum ging es nicht.

Der ältere Junge ließ ihn nicht aus den Augen, lächelte, als ein brauner Plastikkamm hervor- und durch die rotblonden Haare gezogen wurde, wobei Schulplatzkies herausrieselte. Er hatte natürlich selbst auch einen Kamm, aber einen aus Metall, was weitaus cooler war, und den er hauptsächlich für die mittäglichen Kammkämpfe brauchte, bei denen er der anerkannte Champion war. Diese Kämpfe waren eine brutalere Form von »Stein, Schere, Papier«. Binnen weniger Sekunden konnte Blut fließen. Er war nicht etwa der Champion, weil er schneller gewesen wäre als die anderen, sondern weil er den Schmerz länger aushielt.

Er konnte, wenn es sein musste, sehr viel Schmerz ertragen.

Der rotblonde Junge steckte den Kamm sorgfältig in die Innentasche seines Blazers, räusperte sich nervös und rang sich zu einem Lächeln durch, was nicht häufig vorkam. Das Lächeln verschwand schnell, als es nicht erwidert wurde. Stattdessen wurde eine bemerkenswert unversehrte Hand ausgestreckt.

»Danke für … das, was du gerade getan hast. Ich heiße Palmer, Martin …«

Der drahtige, schwarzhaarige Junge, der Verrückte, der Junge, der vor nichts zurückschreckte, nickte. Er ignorierte die ausgestreckte Hand und nannte seinen Namen, wobei er verschlagen lächelte, als handle es sich dabei um ein schmutziges Geheimnis.

Um ein Geschenk, das weitaus mehr wert war, als es den Anschein hatte.

»Nicklin.«

Zweites Kapitel

»Ein paar Fragen weniger, wenn alles vorbei ist, selbst *eine* weniger als am Anfang, und es gibt nichts zu meckern ...«

Thorne lächelte, als er seinen Kaffee ins Wohnzimmer trug und ihm Hollands Reaktion einfiel, als er zum ersten Mal diese markige, selbst gestrickte Lebensweisheit zum Besten gab. Das war auch das erste Mal gewesen, erinnerte sich Thorne, dass es ihm gelang, ihn in einen Pub zu bringen. Der Tag stand unter einem Glücksstern.

Fragen ...

Im Pub hatte Holland gegrinst. »Wie? Sie meinen Fragen wie ›Warum habe ich mir in der Schule nicht mehr Mühe gegeben?‹ und ›Kann sich da kein anderer drum kümmern?‹«

»Ich fürchte, ich habe Sie mehr geschätzt, als Sie ein Arschkriecher waren, Holland ...«

Thorne stellte seine Tasse auf dem Kaminsims ab und beugte sich hinunter, um in dem auf antik gemachten Kamin die Gasheizung mit dem Flammeneffekt einzuschalten. Obwohl die Zentralheizung bereits auf höchster Stufe lief, fror er noch immer. *Und* sein Rücken machte sich wieder bemerkbar. *Und* draußen pisste es ...

Es gab eine Menge Fragen, auf die im Augenblick eine Antwort fehlte.

Hingen die zwei Morde tatsächlich zusammen? Abgesehen vom Datum und von der Tatsache, dass beide Frauen erwürgt worden waren, schien es keine Verbindung zu geben. War das mit den Bahnhöfen dann reiner Zufall?

King's Cross konnte auch etwas anderes bedeuten. Hatte er das zweite Opfer aus Versehen für eine Prostituierte gehalten? Warum wurde eine Frau zu Hause und eine auf der Straße umgebracht?

Und dann war die eine Frage, die sich in den Vordergrund drängte: Beging er an einem Tag zwei Morde, weil er außer Rand und Band war, oder war der Doppelmord das eigentlich Zentrale? Blutrausch oder Zwang? Im Augenblick machten Holland und McEvoy Überstunden, um genau das zu klären. Doch wie immer die Antwort ausfallen würde, angenehm wäre sie keinesfalls.

In den acht Monaten, seit das Team zusammen war, hatte es nur an zwei großen Fällen gearbeitet, für die es ausschließlich zuständig war. Die meiste Zeit waren sie – entweder als Gesamtteam oder einzelne Mitarbeiter – anderen Ermittlungen zugewiesen worden, um im Bedarfsfall wieder zurückgeholt zu werden.

Nach dem Terroranschlag vom 11. September hatte die Serious Crime Group noch nie da gewesene Aufgaben übernommen. Nicht wenige hatten ihrer Verwunderung Ausdruck gegeben, dass sie sich mit so etwas wie der Heimholung von Leichen aus New York abgeben mussten, doch Thorne hatte das eingeleuchtet. Es handelte sich hier um britische Staatsbürger. Sie waren ermordet worden. Daran war nichts kompliziert.

Am schlimmsten waren die Telefonanrufe gewesen. Tausende von Leuten, die wissen wollten, wo sich ihr Ehemann, ihre Ehefrau, ihr Sohn, ihre Tochter befand, Angehörige, die sich nicht gemeldet und sich möglicherweise im Bereich des World Trade Center befunden hatten. Bislang hatte nur einer von den Hunderten ohne Nachricht von ihren vermissten Angehörigen eine identifizierbare Leiche zum Bestatten erhalten …

Drei Monate später hatte die Met noch immer alle Hände voll zu tun – es galt, Witzbolde aufzuspüren, die auf den Anthraxzug aufsprangen, und potenzielle Ziele für Terrorangriffe zu überwachen. Kurz, sie rissen sich den Arsch auf, während die Kleinkriminalität, die Gunst der Stunde nutzend, florierte. Auch wenn sexuelle Belästigung am Telefon plötzlich nicht mehr ganz so wichtig schien, es gab *immer noch* Verbrechen wie die, die dem Team 3 zugewiesen wurden und die nun wirklich nicht auf die leichte Schulter genommen werden durften.

Diese Fälle waren alle beide ... ungewöhnlich. Beim ersten handelte es sich um eine Serie brutaler Morde im Südosten Londons, die allesamt die Kennzeichen eines Bandengemetzels aufwiesen. Es stellte sich jedoch heraus (nachdem die Leichenteile mühevoll zusammengesetzt waren), dass die Ermordeten weder Drogendealer noch Geldverleiher gewesen waren, sondern ganz gewöhnliche, gesetzestreue Bürger. Schnell war klar, dass diese Morde das Werk eines zutiefst gestörten Einzeltäters waren und nicht einer Bande. Ob der Mörder – ein glücklich verheirateter Elektrotechniker – nur versucht hatte, eine falsche Spur zu legen oder unter einem psychischen Zwang litt, Mafiamethoden nachzuahmen, war noch unklar. Er wurde noch immer psychiatrisch untersucht.

Der andere Fall war der beunruhigendere von den beiden, obwohl es keine Leichen gab. Hotelgäste wurden in ihren Zimmern ins Visier genommen und ausgeraubt. Dabei hatten allerdings die körperlichen Übergriffe, die mit den Diebstählen einhergingen, bald angefangen überhand zu nehmen. Selbst wer bereitwillig Bargeld, Rolex und andere Wertgegenstände herausrückte, wurde gefoltert. Das Messer kam zum Vorschein und die Geheimnummer wurde verlangt. Nach Preisgabe der Geheimnummer kam das Messer dennoch zum Einsatz. Kleine Schnitte, Schlitzereien: Verletzungen aus purer Lust. Thorne wusste, dass dieser Kerl es genoss, jemandem das Messer auf die blanke Haut zu legen, zu hören, wie sein Opfer tief Luft holte, und dabei zuzusehen, wie sich der schmale Schnitt mit Blut zu füllen und zu tropfen begann.

Aus dem Raub wurde langsam etwas anderes, aus dem Räuber wurde *ein anderer*. Hinter seiner schwarzen Sturmmütze fing er an, etwas zu viel Spaß an seiner Arbeit zu haben – es war nur noch eine Frage der Zeit, bis die Leute anfingen zu sterben.

An diesem Punkt holte man Thorne hinzu.

Mit so gut wie keinem Beweisstück und keiner wirklichen Täterbeschreibung war der Fall sehr schnell zu einer Quelle steter Frustration geworden. Thorne, Holland und McEvoy hatten, um diesem latenten Mörder eine Falle zu stellen, einige Nächte in sehr netten Hotels verbracht, doch ohne Erfolg. Offensichtlich waren ihre Bemühungen nicht unbemerkt geblieben, und der Verantwortliche war abgetaucht.

Zwei Fälle, eine Verhaftung. Eine Erfolgsquote von fünfzig Prozent. Und die Zahlen würden ab jetzt nur schlechter werden. Es kursierte der Witz, der Hotelfall würde in ein paar Wochen ohnehin an die Graue Zelle weitergereicht werden, doch Thorne sah das anders. Jeder, der es so sehr genoss wie dieser Kerl, anderen Schmerzen zuzufügen, musste es wieder tun. Irgendwo würde er wieder auftauchen. Der Modus Operandi wäre dann vielleicht vollkommen anders, doch Thorne hegte nicht den geringsten Zweifel daran, dass er in nicht allzu langer Zeit irgendwo einem Pathologen zu ein paar Überstunden verhelfen würde.

Thorne nahm seinen Kaffee mit hinüber zum Sofa und schnappte sich die Akte über Carol Garner. Einige Minuten saß er einfach nur da, ohne sie zu öffnen, und schaute hinaus in den Regen, dachte nach über die Hunderte, Tausende von Menschen, die in der Hauptstadt ihren Lebensunterhalt dem gewaltsamen Tod eines anderen verdankten. Dachte nach über das Geld, das mit Mord verdient wurde.

Dachte nach über die Tötungsindustrie.

Dave Holland blickte über den Rand seines Monitors hinüber zu Sarah McEvoy, die konzentriert den ihren studierte. Er dachte nach über seine Freundin Sophie.

Ihr alter Streit, der seit zwei Jahren ein Thema war, war wieder aufgeflammt. Sophie hatte ein Problem mit Thorne. Sie hatte ihn nur einmal getroffen, und die Meinung, die sie sich über ihn gebildet hatte, beruhte ausschließlich auf dem, was Holland selbst am Anfang ihrer Arbeitsbeziehung über ihn erzählt hatte. So war der Mann, den Holland vor einem Jahr als »besessen« und »arrogant« beschrieben hatte, in Sophies eigenartiger Vorstellungswelt zu einem verrückten, nur auf den eigenen Vorteil bedachten Sturkopf geworden, dessen Weigerung, sich an die Vorschriften zu halten, ihn eines Tages nicht nur *die eigene* Karriere kosten, sondern alle Leute in seinem Umfeld mitreißen würde. *Alle, die es nicht besser wussten …*

Es war nicht so, dass sie Hollands Job rundweg ablehnte. Sie wollte nur, dass er ihn auf eine ganz bestimmte Weise erledigte. Dass er die Sorte Bulle war, die in Deckung bleibt und befördert wird und die allgemein beliebt ist. Ein Bulle, der nur seine Arbeit macht und nicht mehr.

So wie sein Vater.

Einmal hatte sie durchklingen lassen, dass er, falls er sich für einen anderen Weg entschiede, diesen allein gehen müsse. Er war wütend gewesen wegen dieser Drohung, und das Ultimatum war stillschweigend in Vergessenheit geraten.

Zumindest taten sie beide so.

Bei diesen Streits ging es niemals laut zu. Sie waren beide ziemlich stur und fraßen alles in sich hinein. Es lief eher über Seitenhiebe und bissige Bemerkungen, die schlagartig zunahmen, als der neue Fall begann. Gestern, nach einem hektischen Tag, der mit einer Einsatzbesprechung begonnen hatte, hatte Sophie ihn über den Küchentisch hinweg angelächelt und die Schlacht eröffnet.

»Na, wie vielen Leuten hat der große Tom Thorne denn heute eins vor den Latz geknallt?«

Er war sich nicht sicher, was ihn an der Sache am meisten aufregte. Ihre Sicherheit, dass sie, was *seine* Karriere betraf, am besten Bescheid wusste? Die mangelnde Unterstützung? Oder die Tatsache, dass sie, was ihre Einschätzung von Thorne betraf, in den meisten Fällen absolut richtig lag?

McEvoy sah von ihrem Monitor auf und fixierte ihn mit ihren strahlenden grünen Augen. *Erwischt.*

Sie war groß, einen Meter siebzig oder fünfundsiebzig, hatte schulterlange, braune Locken, eine gebrochene Nase und volle Lippen, die schnell und, wie Holland fand, häufig lachten. Im Augenblick, vermutete er, lachte sie aus mindestens drei verschiedenen Gründen.

Die ihm allesamt ein Rätsel waren.

»Ich habe heute etwas äußerst Seltsames gehört.« Ihr Familienname täuschte, sie war eine waschechte Jüdin aus dem Norden Londons, mit einem eher flachen, harten Akzent. Einem sexy Akzent. »Ein böses Gerücht über das Stehaufmännchen ...« Dieser Spitzname spielte auf Thornes Figur an, bei der man sich nur schwer vorstellen konnte, ihn zu Fall zu bringen.

Holland zog die Augenbrauen hoch. *Noch ein Gerücht?* Was Thorne betraf, kannte er die meisten, aber er hatte, wie andere auch, eine Schwäche für eine gute Story oder etwas Klatsch.

»Ich habe gehört, er steht auf Countrymusic. Stimmt das?«

Holland nickte, als gelte es, die Diagnose einer lebensbedrohlichen Erkrankung zu bestätigen. »Ja, absolut.«

»Mit dem ganzen Yee-ha und Dolly Parton und so weiter? Geht er auch zum Squaredance?«

Holland lachte. »Ganz so simpel ist es nicht. Er hat auch eine Menge Techno und Garage gehört, aber ich denke, das war nur eine Phase.« Er blinzelte langsam, als er an den beinahe hypnotisierenden Krach dachte. Und an den Fall, den man damit wenigstens ein bisschen hatte ausblenden können.

McEvoy wirkte enttäuscht. »Schade. Einen Augenblick lang glaubte ich, er wäre interessant …«

»Ach, er ist … interessant.«

Davon war Holland überzeugt, wenn er denn überhaupt, was Thorne betraf, von etwas überzeugt war. Wenn interessant gleichzusetzen war mit unkalkulierbar und stur. Mit der Weigerung, sich einzugestehen, dass man sich vielleicht irrte. Mit Entschlossenheit und Rachsucht und einem Gespür dafür, was richtig und was falsch war, ohne sich um die bescheuerten Regeln zu scheren. Sowie mit einer Nulltoleranz gegenüber Idioten. Und der Art von Leidenschaft, die unweigerlich dafür sorgte, dass etwas passierte. Eine Leidenschaft, für die Dave Holland, was immer andere von ihm erwarten mochten, getötet hätte, um einen winzigen Funken davon zu besitzen …

Er dachte an seinen Vater. Der mit sechzig Jahren als Polizeisergeant gestorben war. Der immer seine Arbeit gemacht hatte und nicht mehr.

McEvoy zuckte mit den Achseln, und ihre Augen wanderten zurück zum Monitor. Zurück zu dem EDV-Katalog von Leiden und Tod, der ihnen beiden zu ein paar Antworten verhelfen sollte.

Holland hatte London, relativ betrachtet, für keine *so* gewalttätige Stadt gehalten und geglaubt, ihre Suche könne nicht allzu viel Zeit in Anspruch nehmen.

In beiden Punkten hatte er sich geirrt.

Nach am selben Tag begangenen Morden zu suchen *hatte* nach einer klaren Aufgabe geklungen, doch Thorne war nicht der Typ für halbe Sachen. Sowohl der Zeitrahmen wie die Suchkriterien wurden ständig erweitert. Anfangs hatten McEvoy und Holland nach Strangulierungen gesucht und von da ausgehend ihren Suchradius erweitert. Überfälle durften sie nicht ausschließen, denn sie könnten vom selben Täter begangen worden sein, der mittlerweile zum Mörder gereift war. Selbst bei Weglassung von häuslichen Streitigkeiten und bandenkriegsähnlichen Überfällen war eine Menge zu tun. Der Zeitaufwand war beträchtlich, wollte man alles gründlich überprüfen und dabei auch weit in die Vergangenheit zurückgehen, um ein Muster zu finden – falls es tatsächlich eines geben sollte.

Holland sah hinauf zur Uhr. Noch zwanzig Minuten, und die Nacht war gelaufen. Er versuchte, sich Thorne mit einem Stetson und Cowboystiefeln vorzustellen, was ihm jedoch nicht richtig gelingen wollte.

Thorne war zu gefährlich, um als Witzfigur herzuhalten.

Johnny Cashs Musik eignete sich wunderbar, um Autopsieberichte zu lesen.

Schließlich hatte dieser Mann ein berühmtes Lied darüber gesungen, jemanden zu erschießen, nur um ihm beim Sterben zuzusehen. Ob das nun bloßes Gerede war oder ein schlimmer Fall von Langeweile, er sang, als ob er eine Menge vom Tod verstünde. Während er die Worte las, die Phil Hendricks gewählt hatte, um Carol Garners Tod zu beschreiben, fragte sich Thorne, wie viel er wirklich wusste. Jetzt sang der Mann mit der Stimme, die klang wie ein langsames Torkeln in Richtung Hölle, über Fleisch und Blut, das nach Fleisch und Blut verlangt. Nicht dass Thorne ihn gebraucht hätte, aber der Beweis lag auf seinem Schoß – der Beweis, dass es Fleisch und Blut manchmal auch danach verlangte, Fleisch und Blut zu *zerstören*.

Die Leiche des zweiten Opfers, Ruth Murray, war von einem anderen Pathologen untersucht worden. Thorne hatte den ursprünglichen Bericht gesehen, der als Todesursache Strangulation nannte und angab, unter den Fingernägeln des Opfers seien für eine DNS-Analyse Gewebeproben entnommen worden. Es war zu früh, sich deshalb große Hoffnungen zu machen. Sicher, es klang viel versprechend, doch er wollte abwarten, was Hendricks dazu sagte, nachdem er eine zweite Autopsie durchgeführt hatte.

Früher hatte Thorne gedacht, erwürgt zu werden sei, was Mord anbetraf, noch eine verhältnismäßig sanfte Option. So entsetzlich, wie mit mehreren Messerstichen niedergestochen oder totgeprügelt zu werden, war es gewiss nicht. Es war mit Sicherheit auch nicht damit zu vergleichen, zu ertrinken oder Bleichmittel zu schlucken.

So hatte er gedacht, bevor er seinen ersten Autopsiebericht über ein Opfer gelesen hatte, das mit bloßen Händen erwürgt worden war. In mancher Hinsicht machte es gerade die Verwendung der bloßen Hände – dieses Fleisch auf Fleisch – zur schlimmsten Methode, jemanden umzubringen. Da war keine Waffe, die das Opfer vom Täter trennte. In den meisten Fällen wurde das Opfer schnell bewusstlos, aber die zugefügten Verletzungen konnten beträchtlich sein. Nicht selten war das Opfer so blutig und von Blutergüssen entstellt, als sei es mit einem Hammer angegriffen worden.

Carol Garner war an Sauerstoffmangel infolge Abdrücken der gehirnversorgenden Arterien gestorben. An ihrer Leiche fand sich so gut wie jedes der klassischen Merkmale einer gewalttätigen Strangulation.

Die Augen waren offen, die Augäpfel traten hervor, die Cornea sowie die Haut wiesen Hämorrhagien auf. Im Nackenbereich fanden sich massive Blutergüsse, von denen einige bis zu drei Zentimeter Durchmesser hatten, und es gab blutige, halbmondförmige Abdrücke von den Fingernägeln des Mörders.

Thorne legte sich die Hände um den Hals. Er schloss die Augen.

War das sein Schokoriegel, Charlie? Gab er ihn dir, um dich zum Schweigen zu bringen? Oder hatte er ihn sich mitgebracht, um ihn langsam zu essen, als er fertig war und Zeit hatte, sein Opfer zu betrachten, während du weintest?

In der Muskulatur sowie an der Schleimhaut des Mundbodens, der Epiglottis und des Rachens fanden sich massive Einblutungen und Aufschürfungen. Die Zunge war beinahe durchgebissen. Der Crycoidknorpel war zertrümmert, der Schildknorpel praktisch nicht mehr erkennbar und das Zungenbein gebrochen. Diese inneren Verletzungen waren der deutlichste Hinweis auf das Ausmaß der Brutalität, die zu Carol Garners Tod führte.

Hast du gesehen, wie es passierte, Charlie? Sperrte er dich aus, oder hast du daneben gestanden und gebrüllt, mit deinen kleinen Fäusten auf seinen Rücken eingeschlagen und zugesehen, wie die Augapfel deiner Mami aus den Augenhöhlen herausquollen?

Thorne beugte sich nach unten, um nach dem Kaffee zu greifen, den er neben dem Sofa auf den Boden gestellt hatte. Er war eiskalt. Er sah auf die Uhr. Über eine Stunde war er in die Details des Todes vertieft gewesen. Wie immer verstörte Thorne, wie ... aufnahmefähig er in dieser Hinsicht war.

Er hatte mal versucht, Krimis zu lesen, jedoch überhaupt keinen Geschmack daran gefunden. Kaum las er ein, zwei Minuten in einem so genannten Thriller, schon schweiften seine Gedanken ab. Doch eine von Fachjargon strotzende Beschreibung malträtierten Fleisches fesselte ihn sofort. Er war sicher, dass daran nichts übermäßig Perverses war. Es entsprach der Wahrheit, dass er noch nie gerne bei einer Autopsie *zugesehen* hatte.

Die Wahrheit war, dass seine intime Kenntnis wirklicher Mörder und wirklicher Opfer ihn zu einem schwer zufrieden zu stellenden Leser machte.

Thorne hatte genug Schießwütige und blutverkrustete Klingen gesehen und Perverse mit halb verhangenem Blick. Er hatte jede Menge Schläger gesehen und Brandstifter und freundlich lächelnde Giftmischer. Er hatte mehr übel zugerichtete menschliche Körper gesehen, als ihm zustand: einige davon waren tot gewesen, andere, die weitaus schwerer verletzt waren, waren lebendig zurückgelassen worden, auf dass sie sich ihr Leben lang an ihr Martyrium erinnerten.

Er hatte die Löcher in den Menschen und in den Leben der Menschen gesehen.

Thorne nahm die Kaffeetasse und machte sich auf den Weg in die Küche, um sich noch eine Tasse zu kochen, als es an der Tür läutete.

Hendricks stand draußen. Er trug einen bis zum Boden reichenden schwarzen Ledermantel und eine Strickmütze. Er schwang eine blau gestreifte Plastiktüte, die wegen der Unmengen billigen Lagerbiers jeden Augenblick zu platzen drohte. Sein Tonfall war für theatralische Erklärungen denkbar ungeeignet, aber er gab sich größte Mühe. »Trinken wir Bier und reden über den Tod.«

Thorne machte kehrt und ging zurück in die Wohnung. Sie legten beide keinen Wert auf Zeremonielles. »Klingt, als hättest du schon ein klein wenig getrunken …«

Hendricks warf die Wohnungstür ins Schloss und folgte Thorne in die Wohnung. »Ich habe beides getan, Kumpel. Ich war den Großteil des Tages mit Dr. Duggan zusammen …« Er machte die innere Tür hinter sich zu und folgte ihm in das Wohnzimmer.

»Der die erste Autopsie der Ruth Murray durchgeführt hat?«

»Die. Es ist eine Sie. *Emma* Duggan. Sehr gut *und* sehr attraktiv. Wenn man auf so was steht.«

Kopfschüttelnd fasste Thorne in die Plastiktüte, die Hendricks inzwischen zärtlich an sich drückte. »Tut mir Leid, Formaldehyd ist nicht mein Ding.«

»Und ich hab die letzten paar Stunden bis zu den Ellbogen in Ruth Murray verbracht, also«, erklärte Hendricks und stellte die Tüte auf dem Sofa ab, »hab ich mir auf dem Weg hierher ein paar genehmigt.«

Während Hendricks den Mantel ablegte, machte Thorne ein Bier auf und griff nach der Fernbedienung für den CD-Spieler. Er ging an den Anfang von Cashs *Solitary Man* zurück. Die Gitarre setzte ein bei »I won't back down«.

Thorne setzte sich in den Sessel und Hendricks aufs Sofa. Ein vertrautes und behagliches Arrangement, das, abgesehen von ein paar merkwürdig verlaufenen Wochen im letzten Jahr, mindestens einmal wöchentlich wiederholt wurde, seit Thorne vor fast achtzehn Monaten hier eingezogen war. Er hatte nach seiner Scheidung noch drei Jahre in dem großen Haus in Highbury gewohnt, in dem er sich ganz verloren fühlte, bevor er sich aufraffte und die Wohnung kaufte. Er hatte sich noch immer nicht an sie gewöhnt. Das haferschleimfarbene IKEA-Sofa mochte er inzwischen schon *weitaus* lieber, nachdem es ein paar Flecken abbekommen hatte, doch obwohl die Wohnung endlich anfing, etwas abgenutzt auszusehen, war sie nicht anheimelnder geworden.

Der für die Flecken Verantwortliche brummte, endlich zu Hause und bereit, über den Tod zu sprechen.

»Also …?«, bemühte sich Thorne, nicht allzu ungeduldig zu klingen.

»Also … interessant.«

Das Telefon klingelte. Thorne seufzte, hievte sich aus dem Sessel hoch und marschierte hinüber zu dem schnurlosen Telefon, das sich am Eingang befand.

»Thorne …«

»Sir, hier ist Holland …«

»Nichts Neues bis jetzt?« Er hörte die Verwirrung aus dem Schweigen am anderen Ende der Leitung heraus. »Machen Sie sich keine Gedanken, Holland, ich erkenne es an Ihrer Stimme, wenn Sie aufgeregt sind. Sie geht dann eine Oktave rauf.«

»Sir …«

»Also überhaupt nichts Neues? Vielleicht sollten wir unsere Suche auch geografisch ausweiten …«

»Zwei wären in Betracht gekommen, aber es gab in beiden Fällen Verhaftungen, und die anderen beiden … zwei Frauen, die im Juli am selben Tag erstochen wurden, ließen sich zeitlich nicht unter einen Hut bringen.«

»Wirklich nicht?«

»Hundert pro. McEvoy hat es überprüft. Kann unmöglich derselbe Täter gewesen sein. Er hätte einen Hubschrauber gebraucht, um sie beide umzubringen.«

»Okay, lasst es für heute … was ihr ohnehin wolltet. Vielleicht läuft's morgen früh besser. Ich bin sicher, dass das nicht das erste Mal war. Wir finden da was. Außerdem werden Sie morgen früh nicht abgelenkt.«

»Wie bitte?«

»Ich nehme Detective Sergeant McEvoy mit nach Birmingham.«

Holland brauchte ein paar Sekunden, bis er verstanden hatte, was Thorne bewog, nach Birmingham zu fahren und Sarah McEvoy mitzunehmen. Doch dann war er froh, dass er den Part vor dem Computer zugewiesen bekam.

Kaum hatte er aufgelegt, begann Holland sich zu fragen, was Thorne mit »abgelenkt« gemeint haben könnte.

»Erzähl, was *interessant* war.« Hendricks sah ihn fragend an. Thorne führte aus: »Ruth Murray. Du sagtest: ›interessant‹.«

Ruth Murray. 32. Verheiratet, Gott sei Dank keine Kinder. Ihre Leiche wurde zuerst gefunden. Eingeklemmt zwischen zwei Abfallcontainern hinter dem Bahnhof von King's Cross.

Hendricks hatte sich selbst aus Thornes nicht gerade üppig gefülltem Kühlschrank bedient, während dieser mit Holland telefoniert hatte, und er musste mehrmals innehalten, um einen gigantischen Happen hinunterzuschlucken, den er von seinem Käsesandwich abgebissen hatte. »Gleich morgen früh ... schreib ich den Bericht ...«

»Gleich morgen früh bin ich nicht da.«

»Mittags hast du ihn auf dem Schreibtisch, okay?«

»Nur die wichtigsten Punkte, Phil.«

Hendricks wischte sich den Mund ab, legte schwungvoll die Beine auf das Sofa und wandte sich Thorne zu. Es gab Wichtiges zu berichten. »Okay, als Erstes, mach dir nicht zu viel Hoffnung wegen der Haut unter den Fingernägeln.«

»Weil ...?«

»Weil der Großteil davon wahrscheinlich von ihr selbst stammt.« Er erklärte es Thorne, bevor dieser ihn fragen konnte. »Das ist bei Strangulationen üblich. Das Opfer zerkratzt sich den Hals, um sich von dem Seil, der Schnur oder, in diesem Fall, den Händen des Mörders zu befreien.« Während seiner Erklärung fasste Hendricks sich automatisch an den Hals, und Thorne sah ihm dabei zu, wie er an sich herumkratzte. »Sie hatte gute Nägel … hat sich übel zugerichtet. Vielleicht hat sie ihn auch gekratzt, es lohnt sich also nachzusehen.«

»Carol Garner hatte keine guten Nägel?«

Hendricks schüttelte den Kopf. »Böse abgeknabbert …« Thorne schoss der Gedanke durch den Kopf, ob sie wohl nach dem Unfalltod ihres Mannes angefangen hatte, an den Fingernägeln zu kauen. Als sie, wenn ihr Blick auf ihren kleinen Sohn fiel, seinen Vater vor sich sah. Und sich nie hätte träumen lassen, ihr Sohn sei vor seinem vierten Geburtstag Vollwaise.

»Aber …«

»Was?« Thorne beugte sich weit vor. Hendricks hatte etwas zurückgehalten. Immer dieses Verlangen, eine kleine Show abzuziehen.

»*Vielleicht* … vielleicht ergibt sich noch eine andere DNS-Quelle. Duggan hat etwas übersehen.«

»Aber du hast doch gesagt …«

»Sie war gut. Ja, sie ist zweifelsohne hervorragend. Aber nicht so hervorragend wie ich.«

Thornes Gereiztheit brach sich Bahn. »Verdammte Scheiße, Phil, kannst du die Quincy-Nummer nicht lassen?«

»Na gut … es ist so, sobald klar war, dass kein Sex im Spiel war, hielt Duggan es nicht für nötig, nach Körpersekreten zu suchen. Sprach ja auch nichts dagegen, die Leiche war vollständig bekleidet, ebenso wie Carol Garner. Aber ich hatte das bei meiner Autopsie *an ihr* überprüft, also machte ich es hier genauso …«

Thorne hielt den Atem an. Er spürte, wie sich die Aufregung aufbaute. Es begann stets an derselben Stelle, am Scheitelpunkt. Ein Schwirren, ein Kitzeln, ein langsames Pochen, spannungsvolle Erwartung und gleichzeitig Abscheu. Er hasste es, wenn es mit Sex zu tun hatte. Das erhöhte zwar leicht die Chancen auf Erfolg, aber er hasste es dennoch.

Hendricks war nicht weniger erregt. »Mit Luminol und UV kam der Durchbruch. Winzige Flecken auf ihrem Gesicht und den Armen. Ich brauchte ewig, bis ich dahinter kam, um was es sich dabei handelte, besser gesagt, um was es sich alles nicht handelte …«

Thorne nickte. Das war eine gute Nachricht. Wenn sie ihn fassten, war die Verurteilung damit so gut wie sicher. Dennoch schlug ihm die Nachricht auf den Magen. Es war kein Trost, dass der Mörder es wohl erst nach Ruth Murrays Tod getan hatte. Es machte es eher noch schlimmer.

»Also achtundvierzig Stunden?«

Hendricks hob die Hand. »Yeah, hoffentlich. Es ist wirklich nur eine absolut winzige Menge von dem Zeug und, um ehrlich zu sein, ich bin nicht mal sicher, ob wir überhaupt etwas damit anfangen können. Möglicherweise findet sich darin *etwas* Zellgewebe, aber ich habe noch von keinem Fall gehört, wo das gemacht wurde …«

Thorne erhob sich. »Einen Moment, Phil, ich komm da nicht mit … reden wir nicht von Sperma?«

Hendricks schüttelte den Kopf. »Tränen, Kumpel. Getrocknete Tränen.«

Thorne fiel tatsächlich leicht die Kinnlade nach unten. Hendricks angelte sich, als wäre nichts geschehen, eine weitere Dose Bier. »Der Dreckskerl hat sich keinen runtergeholt, als er sie umbrachte, Tom. Er hat geweint.«

1983

Nicklin ging zurück zu den Gleisen. Seine Rechte hing merkwürdig nach unten, umklammerte seinen feuchtklebrigen Schatz. In der anderen Hand hielt er den Rest eines Schokoriegels. Er schob ihn in den Mund, warf das Papier auf den Boden und machte kehrt. Er war an die sieben Meter weg, gerade richtig, um loszurennen. Doch Palmer hatte den Schläger auf den Boden gelegt.

Nicklins Gesicht rötete sich. Er hatte wirklich Lust, zurückzugehen und Palmer eins über den Schädel zu ziehen, doch er blieb ruhig. »Komm schon, Mart, heb den Schläger auf. Das wird phantastisch.«

Der größere Junge schüttelte den Kopf, schielte hinüber zu Nicklin und hob die Hand, um die Augen vor der Sonne zu schützen. »Ich mag nicht.«

»Warum nicht?«

»Weil ich einfach nicht mag.« Sie starrten einander eine Weile an. »Warum kann ich nicht werfen? Du schlägst viel besser als ich …«

»Du kannst das nächste Mal werfen.«

Palmer wirkte etwas blass um die Nase. »Machen wir es noch mal? Aber wie …?«

Nicklin lachte. »Hier gibt es eine Unmenge davon. Jetzt hör auf, dich anzupissen, Martin. Heb den Schläger auf.«

Palmer sagte kein Wort, dachte nur an die verbleibenden zwei Wochen Ferien.

Die Gleise begannen zu summen; ein Zug kam. Sie sahen zu, wie er vorbeirumpelte, eine demolierte alte Lok, die ein paar verrostete Waggons zog. Dreißig Sekunden später war nichts mehr zu hören als ein leises Zischen in der Ferne und das Zirpen einer Heuschrecke irgendwo in der Nähe.

Palmer blickte auf. Er sah die blauen und rosa Tupfer der Kornblumen und des Fingerhuts in dem Grün am Bahndamm auf der anderen Seite des Gleises. Er sah die Tannenwedel und das Immergrün neben Nicklins Füßen. Er sah Nicklin, der ihn mit diesem Blick anschaute, bei dem seine Handflächen klatschnass wurden, er Kopfweh bekam und seine Blase sich zu füllen begann.

Dennoch wollte er das nicht tun.

Es lief immer auf so etwas hinaus. Nicklin suchte ihn, und dann verbrachten sie eine halbe Stunde unten bei der Bahn damit, mit Steinen auf Flaschen zu werfen oder über Fußball zu reden, bis Nicklin dieses Lächeln aufsetzte und das Spiel sich änderte. Dann steckten sie Hundescheiße in Briefkästen oder schmissen Eier auf Busse oder taten … das hier.

Palmer hörte im hohen Gras hinter sich ein Rascheln. Er wollte sich umdrehen, um nachzusehen, aber Nicklin hielt seinen Blick fest. Plötzlich sah Nicklin richtig traurig aus; er schien kurz vor einem Tränenausbruch zu stehen.

Palmer rief ihm zu: »Es ist doch nicht wirklich wichtig, oder? Wir können was anderes machen …«

Nicklin nickte und ballte seine Faust heftiger um ihren Inhalt. »Das ist mir schon klar. Ich dachte nur … du wärst mein Kumpel, das ist alles. Wenn dir nichts an unserer Freundschaft liegt, brauchst du es nur zu sagen, und ich verschwinde. Sag's einfach …«

Palmer wurde schwindlig. Schweiß rann ihm den Rücken hinunter. Er ertrug es nicht, dass Nicklin so zumute war. Nicklin war sein bester Freund. Es wäre ihm weitaus lieber gewesen, wenn er wütend auf ihn wäre, als dass er sich im Stich gelassen fühlte. Er spürte, wie er sich nach dem Cricketschläger bückte. Ein Hochgefühl durchströmte ihn, als er aufblickte und sah, wie Nicklin ihn anstrahlte.

»Genau, Martin. Ich wusste, du machst es. Bist du bereit?«

Palmer nickte langsam und Nicklin rannte auf ihn zu. Voll konzentriert, die Zunge zwischen den Zähnen.

Der Frosch streckte die Arme und Beine aus, als Nicklin ihn losließ, und eine Sekunde sah es so aus, als flöge er. Kaum hatte er die Hand geöffnet, begann Nicklin zu johlen.

»Jetzt, Martin … jetzt.«

Palmer schloss die Augen und schwang den Schläger.

Es war ein nasses Geräusch. Dumpf und matschig. Ein leichtes Vibrieren im Arm.

Nicklin entging nichts. Mit aufgerissenen Augen und laut brüllend sah er zu, löste die Augen nicht von dem herrlichen Anblick des spritzenden Bluts und der durch die Luft fliegenden grünen Eingeweide, die anmutig in den Brennnesseln auf der anderen Seite der Gleise landeten.

Er wirbelte herum, die schwarzen Augen voller Vorfreude auf den angewiderten Ausdruck auf Palmers pickligem Gesicht: als habe er sich in die Hose gemacht. Den Ausdruck, den er danach immer sah. Er erstarrte, seine Augen wurden zu schmalen Schlitzen, sie hatten etwas anderes im Blick, etwas hoch hinter Palmer.

Palmer ließ den Schläger fallen und wandte sich ab, ohne den Fleck darauf anzusehen, um wieder auf den Bahndamm zu klettern. Er blieb wie angewurzelt stehen. Neben dem Loch in dem Drahtzaun stand in dem hohen Gras, das ihm bis zu den Knien reichte, ein Mädchen mit langen blonden Haaren. Es schien in seinem Alter zu sein, vielleicht auch ein bisschen älter. In seinem ganzen Leben hatte Palmer noch niemanden gesehen, der so schön war. Das Mädchen steckte zwei Finger in den Mund und pfiff.

Dann fing es an zu applaudieren und grinste wie blöd übers ganze Gesicht.

Drittes Kapitel

Sowohl Thorne als auch McEvoy fühlten sich entschieden unwohl in ihrer Haut, als sie durch die Bahnhofshalle der Euston Station gingen. Keiner gestand dies dem anderen ein, was sie später bedauerten. Beide litten, als sie sich Magazine und Zeitungen kauften und noch schnell einen Tee tranken, unter der Vorstellung, die Augen des Mörders würden auf ihnen ruhen.

Genau hier hatte er Carol Garner beobachtet, sich an ihre Fersen geheftet. Vielleicht war er da gestanden, wo sie jetzt standen, als er sie zum ersten Mal sah. Hatte eine Zeitung gelesen oder mit einem Walkman Musik gehört oder sich in einem Schaufenster die Socken und Krawatten angesehen. Thorne blickte in die Gesichter der Menschen und quälte sich mit der Frage, ob Carol Garner wohl in die Augen des Mannes geblickt hatte, der sie später umbrachte. Vielleicht hatte sie ihn angelächelt oder ihn nach der Uhrzeit gefragt, ihm eine Zigarette gegeben …

Sie gingen zum Bahnsteig, vorbei an ihren eigenen zerfetzten Plakaten, auf denen die Öffentlichkeit um Hinweise gebeten wurde. Ähnlichen Plakaten am Bahnhof King's Cross verdankten sie ihre bisher einzige Spur – eine ungefähre Beschreibung. Eine einundvierzigjährige Prostituierte namens Margie Knight hatte sich gemeldet und ihnen erzählt, sie habe eine Frau gesehen, die Ruth Murray gewesen sein *könnte* und die auf dem York Way, einer Straße, die parallel zum Bahnhof verlief, mit einem Mann gesprochen habe. Sie konnte sich daran erinnern, weil sie einen Moment lang gedacht hatte, es handle sich um ein neues Mädchen, das sich auf ihrem Terrain breit mache.

Natürlich war es dunkel gewesen, aber aus den Schaufenstern auf der anderen Straßenseite sei etwas Licht gefallen. »Eigentlich ein ganz normales Gesicht. Aber der Typ war riesig, das kann ich Ihnen sagen. Hat sich über sie gebeugt und mit ihr geredet. Er war groß, nicht fett, nur einfach hoch gewachsen ...« Sie behauptete, für ein Phantombild habe sie nicht genug sehen können. Der Polizei zu helfen war nicht gerade Margies Ding.

Thorne starrte auf das Plakat. Carol Garners Tod geronnen zu einem körnigen Foto und einer Telefonnummer. Im Lokalfernsehen hatten sie eine kurze Videoaufnahme von einer Überwachungskamera aus dem Bahnhof gezeigt, und obwohl sich eine Menge Leute meldeten, die das Opfer gesehen hatten, war niemandem ein Verfolger aufgefallen.

Selbstverständlich konnten sie sich nicht hundertprozentig sicher sein, dass ihr jemand gefolgt war. Die Sache mit den Bahnhöfen könnte sich noch immer als purer Zufall erweisen. Der Mörder könnte sich ebenso gut in der U-Bahn oder auf dem Heimweg von der U-Bahn-Station in Balham an ihre Fersen geheftet haben.

Dennoch war sich Thorne relativ sicher, dass es hier war, wo er Carol Garner zuerst gesehen, sie ausgewählt hatte.

Er hatte sich die Aufnahmen der Videoüberwachungskameras hundertmal angesehen, auf die Gesichter der Leute um sie herum geachtet, während sie und ihr Sohn fröhlich zur Rolltreppe schlenderten. Männer mit Aktentaschen, die mit weit ausholenden Schritten die Halle durchmaßen und in ihre Handys brüllten. Männer mit Rucksäcken, die gemächlich entlangschlenderten. Leute, die sich mit anderen trafen oder nach Hause eilten oder sich aus tausenderlei Gründen länger hier aufhielten. Manche wirkten gefährlich, und andere konnte man kaum übersehen. Wenn man sie lange genug musterte, konnte man alles Mögliche in ihnen erkennen.

Bis auf das, worauf es ankam.

Letzten Endes blieben seine Augen immer wieder bei Carol und Charlie hängen, wie sie Hand in Hand tief in ihr Gespräch versunken waren. Charlie lachte, hielt sein Buch fest umklammert und hatte seine Mütze tief in die Stirn gezogen.

Thorne fand, dass diese Bilder der Videoüberwachungskameras stets etwas so entsetzlich Ergreifendes hatten. Diese zweckmäßigen Clips von Menschen an öffentlichen Plätzen. Die Gestalten wirkten so real, so nah, als bräuchte man nur die Hand auszustrecken, um ihnen zu helfen, um zu verhindern, was – wie man wusste – geschehen würde. Dass man das nicht konnte, dass diese kaum verstrichene Vergangenheit unausweichlich zu einer schrecklichen Zukunft gerinnen würde, diente nur dazu, dieses Gefühl äußerster Hilflosigkeit noch zu steigern. Die unscharfe, rucklige Qualität des Films berührte ihn, wie es keinem Album mit Lieblingsfotos und keinem Privatvideo gelang. Die wacklige Aufnahme von Jamie Bulger, der durch das Einkaufszentrum seinem Tod entgegengeführt wird; oder die zehnjährige Damilola Taylor auf einem betonierten Fußweg, Minuten bevor sie in einem verpissten Treppenschacht in einer Siedlung in Peckham verblutete; oder eine Prinzessin – und Thorne war kein großer Fan –, die lächelnd die Hintertür eines Pariser Hotels aufstößt.

Bei diesen Bildern drehte sich ihm jedes Mal der Magen um.

Bei diesen Bildern der Toten, kurz bevor sie starben.

Im Augenblick schlenderten Carol und Charlie Garner

durch eine belebte Bahnhofshalle; so entspannt und glücklich, wie es sich nur auf einem Film einfangen ließ, wenn das Objekt sich nicht bewusst war, dass es gefilmt wurde.

Sich nicht bewusst war, dass es beobachtet wurde. Von einer Kamera oder einem Mörder.

Was eine Zugfahrt von neunzig Minuten hätte sein sollen, dauerte beinahe zwei Stunden, und niemand wirkte sonderlich überrascht. Thorne und McEvoy blätterten in ihren Zeitungen und plauderten und lösten nebenbei sämtliche Probleme dieser Welt. Der Smalltalk war locker und angenehm. Die Zeit verging dabei rascher, und sie wussten beide instinktiv, dass ihnen auf der Rückfahrt der Sinn wohl weniger danach stehen würde.

Sie hatten noch eine Stunde bis Birmingham und McEvoy kam zum vierten oder fünften Mal von einem Ausflug ins Raucherabteil zurück. Ihr Blick fiel auf Thorne, der den Kopf hinter der Zeitung versteckte, als sie sich ihren Weg durch den Waggon bahnte. Überrascht stellte sie fest, dass er aus der Ferne nicht wie jemand wirkte, neben den man sich gerne setzte. Aus der Nähe, wenn man ihn besser kannte, sah man die Wärme in seinen Augen, fühlte sich unweigerlich zu ihm hingezogen. Doch auf den ersten Blick war er, vorsichtig ausgedrückt ... einschüchternd.

Als sie wieder Platz nahm und nach ihrem Magazin griff, sah Thorne auf und bedachte sie mit dem Blick eines bekehrten Rauchers – verdammt eifersüchtig und bemüht, missbilligend dreinzuschauen. Sie fragte sich, was wohl die übrigen Reisenden über sie dachten. Sie waren beide verhältnismäßig gut gekleidet. Sie trug eine blaue Jacke und einen Rock und Thorne seine schwarze Lederjacke, ohne die er nicht aus dem Haus zu gehen schien. Sie hatte eine Aktentasche bei sich, bezweifelte jedoch ernsthaft, dass jemand sie irrtümlicherweise für Geschäftsleute hielt. Thorne auf keinen Fall. Vielleicht für ihre Aufsichtsperson. Einen hintertrieben dreinblickenden älteren Bruder oder sogar ihren Dad …

»Was ist so lustig?«

Sie sah auf und lächelte noch immer. *Vielleicht sogar für ihren in die Jahre gekommenen Macker.* »Nichts. Ich las gerade einen Artikel in dem Magazin …«

Robert und Mary Enright, Carol Garners Eltern, lebten einige Meilen südlich von Birminghams Zentrum, in einem Vorort namens Kings Heath. Mit dem Taxi war man von der New Street Station in zehn Minuten dort. Ihr Haus war ein funktioneller Zweckbau mit zwei Schlafzimmern in einer Neubausiedlung, von der aus Geschäfte und Haltestellen zu Fuß zu erreichen waren. Wie geschaffen für ein Paar Anfang sechzig. Eine ruhige Gegend, wo Leute wie sie es sich gut gehen lassen und den Ruhestand genießen konnten, jetzt, da es nicht viel gab, worüber sie sich Sorgen machen mussten. Schließlich waren ihre Kinder etabliert.

Etabliert vielleicht, aber niemals sicher.

Mary Enright, deren Welt vor kurzem auf den Kopf gestellt worden war, begrüßte sie herzlich und führte sie in ein kleines und unerträglich überheiztes Wohnzimmer. Die kleine, ein wenig zurückhaltende Frau bot ihnen sofort Tee an.

»Robert wird gleich kommen. Er ist mit Charlie in den Park gegangen. Es gibt dort einen netten Spielplatz, wissen Sie, mit einem Karussell und Schaukeln. Er ist sehr beliebt. Um Ihnen die Wahrheit zu sagen, ich glaube, Robert braucht das im Moment mehr als Charlie. Er muss raus aus dem Haus, verstehen Sie, frische Luft atmen. Im Augenblick ist es nicht ganz einfach, um ehrlich zu sein …«

McEvoy nippte an ihrem Tee und nickte verständnisvoll. Zumindest hatte es den Anschein. Thorne sah sich in dem erstickend heißen Zimmer um, froh darüber, dass sein Sergeant die Konversation übernahm. Sie warteten beide nur darauf, den Jungen zu sehen. Und hatten beide Angst davor.

Die wenigen Kinderbücher und Spielsachen, die ordentlich neben dem Sofa aufgestapelt waren, wirkten entsetzlich fehl am Platz zwischen dem Krimskrams, den Sofaschonern und Gartenbüchern. Das Haus roch nach Bienenwachs und Einreibemitteln. Kein Ort, an dem ein Kind sich schnell zu Hause fühlte.

Thorne bemerkte ein paar Weihnachtskarten auf dem Bücherregal in der Ecke. Grüße von denen, die es nicht wussten. Er fragte sich, ob die Enrights wohl nichtsdestotrotz Weihnachten feiern würden, ihrem Enkel zuliebe. Häufig lief es bei der Trauer darauf hinaus, an der üblichen Routine festzuhalten.

Genauso wie bei den Ermittlungen.

Charlie Garner war bereits befragt worden. Nach den entsprechenden Richtlinien war diese Vernehmung von speziell ausgebildeten Mitarbeitern unter streng kontrollierten Bedingungen durchgeführt worden. Die Vernehmung hatte in einem gemeinsam von der für die West Midlands zuständigen Polizei und dem örtlichen Sozialdienst unterhaltenen Haus stattgefunden, einem einfachen, modernen Gebäude, das sich von anderen modernen Gebäuden nur durch die mit allen erdenklichen Apparaturen ausgestatteten medizinischen Untersuchungszimmer sowie die auf den neuesten Stand gebrachte Aufzeichnungstechnik unterschied.

Man hatte Charlie Spielsachen gegeben, und Mitarbeiter des Child-Protection-Teams hatten sich mit ihm unterhalten. Dieser Prozess wurde von einem Nebenzimmer aus vollständig aufgezeichnet. Thorne hatte sich die Aufnahmen sämtlicher Gespräche angesehen. Anfangs war Charlie ein wenig scheu gewesen, aber sobald die Polizisten sein Vertrauen gewonnen hatten, war er lebhaft und gesprächig geworden. Er hatte über alles geredet, nur nicht darüber, was seiner Mutter zugestoßen war …

Thorne war sich nicht sicher, ob er etwas aus dem Jungen herausbekommen würde. Ob es überhaupt etwas aus ihm herauszuholen gab. Aber er zweifelte nicht daran, dass er es versuchen musste.

Er war gerade dabei, seinen ganzen Mut zusammenzunehmen, um zu fragen, ob man nicht die Heizung etwas herunterdrehen könne, als er den Schlüssel an der Haustür hörte. Er und McEvoy standen gemeinsam auf. Das geschah so abrupt, dass Mary Enright erschrocken zusammenzuckte.

Robert Enright schüttelte ihnen die Hand und begrüßte sie mit den Worten: »Erfreut, Sie kennen zu lernen.« Seine wässrigen blauen Augen allerdings erzählten eine ganz andere Geschichte. Im Gegensatz zu seiner Frau war er hoch gewachsen und hatte früher offensichtlich viel Sport getrieben. Doch während sie munter und lebhaft war, wirkte er abwesend, leer und schwer zu fassen.

Die Menschen reagierten unterschiedlich auf den Tod. Sie kam einigermaßen zurecht. Er hatte so gut wie aufgegeben.

Er ließ sich aufs Sofa fallen, während seine Frau hastig davoneilte, um frischen Tee zu kochen. »Charlie ist kurz in sein Zimmer hoch, denke ich. Er kommt sicher gleich wieder runter.« Seine Stimme war tief und sanft und wirkte durch den schweren Birminghamer Akzent noch müder.

Thorne nickte. Er hatte den Jungen die Treppe hinaufrennen gehört, kaum dass die Haustür ins Schloss gefallen war.

»War's schön im Park?«

Der alte Mann zuckte mit den Achseln. Bescheuerte Frage. *Verschwinde aus meinem Haus, lass mich und meine Familie in Ruhe.* »Es wird allmählich kalt …«

Mary rauschte herein, reichte ihrem Mann seinen Tee und versuchte, mit leerem Geplauder die Zeit zu überbrücken, bis Charlie kam. Sie redete mit Thorne und McEvoy über ihre Zugfahrt und wie schwierig ihre Arbeit sein müsse. Und dass ihre Freundin einen Sohn habe, der als Sergeant in Leicester arbeite und sie alles über die Fährnisse der Polizeiarbeit wisse.

Thorne dachte: *Schwieriger kann es nicht mehr werden.*

Plötzlich beugte sich der Alte nach vorne und blickte Thorne direkt in die Augen. »Was wollen Sie ihn fragen?« Ernst, ohne zu zwinkern …

Thorne wandte sich an McEvoy, sein Instinkt sagte ihm, dass besser sie diese Frage beantworten sollte. Aus genau dem Grund hatte er sie mitgenommen. Sie reagierte auf den Wink. »Es geht uns nicht darum, ihn etwas Bestimmtes zu fragen. Wir wollen eher eine Vorstellung davon bekommen, woran er sich wirklich erinnert. Spricht er überhaupt über das, was passiert ist?«

»Nein.« Schnell.

»Überhaupt nicht? Ich meine, er könnte etwas sagen, das zunächst wie ein Scherz klingt, verstehen Sie, oder ein …«

»Ich sagte nein.« Lauter, unverblümt aggressiv.

McEvoys Augen suchten Mary, baten um Hilfe. Diese griff nach der Hand ihres Mannes und legte sie auf ihr Knie. Sie hob ihre Hand und zeigte sie Thorne und McEvoy. »Bob hat vierzig Jahre im Schmuckviertel gearbeitet. Diesen Ehering machte er 1965. Er hat vor vier Jahren auch Carols Ehering gemacht. Dafür hast du deinen Ruhestand unterbrochen, kann man doch sagen?« Sie lachte und tätschelte die Hand ihres Mannes, doch er schwieg. »Verstehen Sie, wir bekamen Carol erst spät.«

Thorne sah zu McEvoy. Ihm war klar, was sie dachte, und ihm war klar, dass sie sich irrte. Das war kein leeres Gerede. Das waren die Scherben eines zerbrochenen Bildes, die Mary Enright verzweifelt ins Licht hielt, in der Hoffnung, dass Thorne und McEvoy eine Vorstellung von dem Ganzen bekamen. Von seiner Enormität. Jetzt schüttelte sie nur den Kopf und fasste es in einfache Worte: »Bob hat das alles nicht verkraftet, verstehen Sie. Schlechter als ich, auf alle Fälle anders. Das ist oft so, denke ich, wenn etwas passiert und man ist zu zweit. Der eine wurstelt sich einfach weiter durch, versucht, irgendwie zurechtzukommen, während der andere ...«

Thorne hatte das Bild vor Augen. Die alte Frau, wie sie in der Ecke des überheizten Wohnzimmers saß und mit ihrem Enkel ein Puzzle zusammensetzte oder eine Einkaufsliste schrieb, während ihr Mann gebeugt hinten in einem Schlafzimmer stand, geschüttelt von heftigem Schluchzen.

Er nahm die Augen nicht von Robert Enright, bis sich ihre Blicke trafen, dann fing er an zu sprechen. »Ich möchte den Mann finden, der Ihnen das angetan hat. Ihrer Tochter und Ihnen. Charlie hat ihn gesehen. Wir sind hier, um ihm die Gelegenheit zu geben, uns alles zu sagen, was er uns sagen will. Darum geht es.«

Sie erstarrten alle, als sie die Schritte auf der Treppe hörten. Thorne glaubte, Carol Garners Vater nicken gesehen zu haben, kurz bevor die Tür aufflog und ihr Sohn ins Zimmer rannte.

Der Junge gefror zur Salzsäule, als er die fremden Leute sah. Er blickte zu Boden und begann sich langsam zu dem Sofa zu bewegen, wo Mary ihm die Hand entgegenstreckte. Er war etwas klein für sein Alter. Seine eher langen Haare waren von einem unauffälligen Dunkelblond, seine Augen braun. Über einem langärmligen roten Pulli trug er eine Jeanslatzhose, und seine Hände waren über und über blau beschmiert; wahrscheinlich stammten die Spuren von einem blauen Filzstift.

»Freunde von uns wollten dich kennen lernen«, erklärte Mary beinah im Flüsterton. »Das ist ...?« Fragend blickte sie hinüber zu McEvoy und Thorne.

»Sarah«, kam McEvoy ihr zu Hilfe und beugte sich lächelnd vor. Mit einem Blick auf Thorne fügte sie hinzu: »Und das ist Tom.«

Charlie sah hoch und musterte sie. Er rieb die Hand seiner Großmutter ein, zwei Sekunden an seiner Wange, bevor er sie sinken ließ und zu seinen Spielsachen hinübersauste, die auf dem Boden lagen. Er griff nach einer gelben Werkzeugkiste und leerte den Inhalt auf dem Teppich aus.

McEvoy verließ sich ganz auf ihr Gefühl. Das hier war etwas anderes als ein Gespräch mit jemandem, der vergewaltigt oder von seinem Ehemann verprügelt worden war. Ihr war nicht entgangen, mit welch zurückhaltendem, ja geradezu ehrerbietigem Ton Mary Enright zu dem Jungen gesprochen hatte, was sie instinktiv verkehrt fand. Zumindest war es verkehrt, wenn sie etwas in Erfahrung bringen wollten. Sie wusste, sie musste sein Vertrauen gewinnen.

»Freust du dich auf Weihnachten, Charlie?« Der Junge griff nach einem dicken, roten Plastikbolzen und begann, ihn durch das Loch in einer kleinen Werkbank zu schieben. »Ich bin sicher, das Christkind bringt dir viele schöne Sachen, wenn du ein braver Junge bist.« Mit einem Ausdruck tiefster Konzentration schob er den Bolzen weiter hinein. McEvoy stand von ihrem Sessel auf und kniete sich etwas entfernt von ihm auf den Teppich. »Ich finde, du bist ein braver Junge.« Sie ergriff den Plastikschraubenzieher und betrachtete ihn, während Charlie sie heimlich musterte. Sie gab sich die größte Mühe, jeden ernsten Unterton zu vermeiden. »*Sehr* brav wäre es, wenn du Tom und mir etwas mehr darüber erzählen könntest, wie deiner Mami wehgetan wurde.«

Charlie Garner sagte kein Wort.

»Du könntest, wenn du möchtest, deiner Oma etwas darüber erzählen. Möchtest du das?«

Mochte er nicht ...

McEvoy spürte, wie sie schwitzte, und das lag nur zum Teil an der hohen Temperatur. Ihr begannen die Felle davonzuschwimmen. Sie konnte nur hilflos zusehen, wie der Junge unvermittelt aufstand, an ihr vorbeimarschierte und sich vor Thornes Füßen auf den Boden fallen ließ.

Thorne blickte achselzuckend hinunter zu Charlie. »Hallo ...« Charlie zog einen kleinen, quietschenden Plastikhammer hervor und begann, damit heftig auf Thornes Schuh einzuhämmern. Es mag an seiner Anspannung gelegen haben oder einfach daran, dass diese Szene trotz allem anderen urkomisch war, jedenfalls brach Thorne in Lachen aus. Und dann lachte auch Charlie.

»Ich hämmer auf deinen Schuh ...«

»Au ... au ... autsch!«, jammerte Thorne in gespieltem Schmerz, und als der Junge immer lauter lachte, hatte er das Gefühl, das könnte der geeignete Moment sein. »Erinnerst du dich an den Mann, der deiner Mami wehgetan hat?«

Das Lachen hörte zwar nicht gerade abrupt auf, aber die Antwort auf Thornes Frage war offensichtlich. Charlie drosch weiter auf Thornes Schuh ein, doch nun rein reflexartig. Das unregelmäßige Quietschen des Spielzeughammers war jetzt das einzige Geräusch im Raum. Mary und Robert Enright saßen stocksteif auf dem Sofa, und Sarah McEvoy hielt beinahe den Atem an aus Angst, die kleinste Bewegung könnte alles zunichte machen.

Thorne sprach langsam und ernsthaft. Er verfolgte nicht aus einem bestimmten Grund heraus einen anderen Ansatz als McEvoy. Das hatte nichts mit Strategie zu tun. Sein Instinkt sagte ihm, er solle dem Kind diese Frage stellen, einfach und direkt, ohne große Umschweife. »Kannst du mir sagen, wie der Mann aussah, der deiner Mami wehgetan hat?«

Es quietschte, als der Hammer den Schuh traf. Und wieder. Dann ein erkennbares Zucken der kleinen Schultern. Dieselbe Geste hatte Thorne schon Hunderte von Malen bei aufsässigen Teenagern gesehen. Voller Angst, aber entschlossen, nicht klein beizugeben.

Vielleicht weiß ich etwas, aber du kriegst nichts geschenkt.

»Glaubst du, er war älter als ich?« Charlie blickte kurz auf, bevor er sich wieder seinem Gehämmer zuwandte. »Hatten seine Haare dieselbe Farbe wie deine oder waren sie dunkler? Was denkst du?« Keine Reaktion war zu erkennen. Thorne wusste, dass er dabei war, den Draht zu dem Jungen zu verlieren.

Als er ein Schniefen hörte, blickte Thorne hoch und sah, wie der alte Mann auf dem Sofa leise in ein Taschentuch schluchzte, wobei sich seine kräftigen Schultern hoben und senkten. Thorne blickte zu dem Jungen und zwinkerte ihm verschwörerisch zu. »War er größer als dein Opa? Ich bin mir sicher, daran kannst du dich erinnern.«

Charlie hörte auf zu hämmern. Er schüttelte langsam und entschieden den Kopf, ohne ihn zu heben. Thorne warf McEvoy einen Blick zu. Sie zog die Augenbrauen hoch. Sie dachten dasselbe. Falls dieses »Nein« so definitiv war, wie es den Anschein hatte, stand es in offenem Widerspruch zu Margie Knights Beschreibung. Thorne fragte sich, wer von den beiden der glaubwürdigere Zeuge war. Das vorwitzige Mädchen von der Straße oder der Dreijährige?

Augenzeugen hatten ihn schon öfters aufs Glatteis geführt ... Wie auch immer, was Charlie anging, sah es ganz so aus, als würden sie sich mit diesem Kopfschütteln begnügen müssen. Das Gehämmer wurde immer begeisterter.

»Du kannst gut hämmern, Charlie«, sagte Thorne.

Mary Enright meldete sich von ihrem Platz auf dem Sofa zu Wort. »Das kommt von *Bob der Baumeister*. Er ist verrückt danach. So nennt er dich manchmal, stimmt's, Bob?« Lächelnd wandte sie sich an ihren Mann. Robert Enright sagte nichts.

McEvoy erhob sich, rieb sich die Beine, die vom Knien ganz steif waren. »Ja, mein Neffe redet die ganze Zeit davon. Er treibt seine Mum und seinen Dad in den Wahnsinn damit, ständig die Titelmelodie zu singen.«

Mary stand auf und begann aufzuräumen, während Charlie unverdrossen weitermachte. An die Stelle des Hammers war nun ein knalloranger Schraubenzieher getreten. »Das macht mir nichts aus«, sagte Mary. »Es kommt nur so früh. Um halb sieben morgens, auf einem dieser Kabelkanäle.«

McEvoy holte tief Luft und nickte mitfühlend. Thorne sah hinunter zu dem Jungen und fuhr ihm über die Schulter. »Hey, denk an deine arme alte Oma, ja, Charlie? Halb sieben? Da solltest du noch schlafen.«

»Meine Mami schläft.«

Trotz all der Schrecken, die sie noch erwarteten, all der Leichen, der frischen wie der lange toten, war es dieses

Bild, das Thorne noch lange, nachdem dieser Fall abgeschlossen war, vor Augen treten würde.

Das Gesicht eines Kindes.

Es liegt jetzt eine Woche zurück, Karen, und noch immer berichten sie darüber im Fernsehen. Ich hab aufgehört fernzusehen, um nicht von einem Bericht darüber überrascht zu werden, wenn ich nicht darauf vorbereitet bin. Dass es in den Nachrichten kommt, war mir klar, verstehst du. Als sie sie fanden. Aber ich dachte, das gäbe sich … ich dachte, es würde nach ein oder zwei Tagen wieder aufhören. Ständig scheinen Leute auf die eine oder andere Weise zu Tode zu kommen, daher dachte ich nicht, dass diese Meldung so lange in den Nachrichten bleiben würde.

Es heißt, sie hätten eine Art Zeugen. Wer immer es war, er muss mich gesehen haben, weil sie wissen, wie groß ich bin. Ich weiß, ich sollte mir Sorgen machen, Karen, aber das tue ich nicht. Ein Teil von mir wünscht sich, man hätte mich aus der Nähe gesehen. Würde mein Gesicht kennen.

Im Fernsehen nannte ein Polizist es einen »brutalen Mord«. Er sagte, ich *sei brutal, und ich hatte mir solche Mühe gegeben, genau das nicht zu sein. Du glaubst mir, nicht wahr, Karen? Ich habe sie nicht geschlagen oder so was. Ich versuchte es schnell und schmerzlos über die Bühne zu bringen. Allerdings habe ich nicht erwartet, dass sie etwas anderes sagen. Warum sollten sie? Sie kennen mich nicht …*

Die andere Sache, die in Südlondon, ich darf gar nicht daran denken. Das war grauenvoll. Ja, das war brutal.

Die Kratzspuren verblassen, aber ein paar Leute im Büro haben sie bemerkt. Noch etwas, das sie gegen mich verwenden können. Nicht dass sie noch mehr Munition bräuchten. Es war ein einziges Gekicher und Ellbogengestoße und »Die war sicher eine Rakete im Bett« und »War sie laut?« Du kennst die entsprechenden Sprüche. Ich habe mich wie immer darauf beschränkt, rot zu werden und zu lächeln.

Oh mein Gott, Karen, wenn sie nur wüssten.

Manchmal denke ich, vielleicht sollte ich ihnen alles erzählen. Dann wäre Schluss damit, weil jemand zur Polizei ginge. Und ich könnte einfach dasitzen und warten, dass sie mich abholen. Außerdem würden dann womöglich einige von ihnen etwas anders über mich denken. Und sich jemand anderen suchen, über den sie sich lustig machen können. Da würde einigen das Lachen ganz schön vergehen! Ja, das würde mir gefallen, wenn sie einen Schritt zurückträten und ihnen der Schweiß ausbräche.

Es würde mir gefallen, wenn sie Angst vor mir hätten.

Aber ich bin es, der Angst hat, Karen. Du weißt das. So war es immer, stimmt's? Deshalb kann ich es ihnen nie sagen. Deshalb kann ich mich nur dir anvertrauen.

Deshalb bete ich tagaus, tagein, dass Ruth die Letzte ist.

1984

Sie fingen Bardsley außerhalb des Schultors ab. Er war mit ein paar Kumpels zusammen, doch ein Blick auf Nicklin, auf sein Gesicht, genügte, und sie verzogen sich. Darunter waren einige, die mindestens ein Jahr älter waren als er. Er freute sich ungeheuer, als er sah, wie sie sich verdrückten, die feigen Wichser. Er hatte es schon immer gewusst.

Sie beide stürzten sich sofort auf Bardsley. Palmer stand vor ihm, mit rotem Gesicht und zittrig. Nicklin packte den Riemen seines Turnbeutels, und zusammen zerrten sie ihn ins Gebüsch.

Der Park erstreckte sich entlang des Schulhaupteingangs. Viele Jungen kürzten den Weg zur Schule und zurück ab, indem sie durch diesen Park liefen. Und die Sechstklässler drückten sich gerne mit ihren Altersgenossinnen von der benachbarten Mädchenschule hier herum. Es war kein hübscher Park, eher ein ungepflegter Rasen mit einigen Vogelhäusern und hin und her wandelnden mürrischen Teenagern, die rauchten, knutschten oder Pommes aßen.

Palmer und Nicklin schubsten Bardsley in das Gebüsch, das die Vogelhäuser umgab. Er klammerte sich an das Gitter des nächstgelegenen Käfigs. Dieser beherbergte einen sich mausernden Hirtenstar, einen Vogel, der sich trotz der Anstrengungen der Kinder entschieden weigerte zu fluchen und kein anderes Geräusch von sich gab als einen ohrenbetäubenden Balzpfiff, diesen jedoch alle paar Minuten. Bardsley begann wild um sich zu treten. Palmer hing am Kragen seines Blazers, der bereits zu reißen begann, und wich den um sich schlagenden Doc Martens aus. Nicklin ignorierte den Schmerz in seinen Schienbeinen, trat näher und versetzte Bardsley einen kräftigen Schlag ins Gesicht. Bardsley löste die Hände vom Gitter, um sein Gesicht zu schützen, als ihm das Blut aus der Nase schoss. Lächelnd stieß ihn Nicklin zu Boden, rammte ihm ein Knie auf die Brust und drückte ihn in den Dreck.

Auf ein Kopfnicken Nicklins hin setzte sich Palmer auf Bardsleys Brust und wartete, keuchend und tiefrot.

Bardsley nahm die Hand vom Gesicht und fixierte den Jüngeren. Seine Zähne waren blutverschmiert. »Du bist tot, Palmer.«

Palmers Gesicht wurde noch röter, als er sich nach vorn beugte und mit beiden Händen in Bardsleys fettige, schmutzige blonde Haare griff. »Was hast du über Karen gesagt?«

»Scheiße, wer ist Karen?«

Nicklin stand hinter Bardsleys Kopf, mit dem Rücken gegen einen Baum gelehnt, die Hände in den Taschen und mit einem Fuß auf Bardsleys Kopf. Er stieß mit der Zunge gegen die untere Zahnreihe, öffnete den Mund und ließ langsam einen dicken Faden Spucke auf das blutige Gesicht am Boden tropfen. Bardsley zuckte zusammen und kniff die Augen zu. Als er sie wieder öffnete, starrte er in die Pistole in Nicklins Hand.

Palmer und Bardsley stöhnten gleichzeitig auf. Bardsley aus Entsetzen über den Anblick, der sich ihm bot, und Palmer aus Ekel, als der Schoß des Jungen unter ihm feucht wurde.

»Scheiße ... er hat sich in die Hose gemacht!« Palmer sprang auf und deutete auf den dunklen Fleck in Bardsleys grauer Hose, der rasch größer wurde.

Nicklin lachte. »Dann drehen wir ihn halt um.« Palmer schüttelte den Kopf. Nicklin hörte auf zu lachen, als der Hirtenstar hinter ihm laut pfiff. »Du sollst ihn umdrehen, verdammte Scheiße ...«

Nervös trat Palmer einen Schritt vor. Bardsley warf ihm einen finsteren Blick zu, während er sich bemühte, auf die Beine zu kommen. Wobei er sich gleichzeitig mit einer Hand das Blut, die Spucke und den Dreck aus dem Gesicht zu wischen und mit der anderen den Fleck in der Hose zu verdecken versuchte. Mit vor Wut und Scham zitternder Stimme stieß er hervor: »Tot ... mausetot ...« Doch innerlich hatte er aufgegeben; ohne große Mühe konnte Palmer ihn zu Boden stoßen, sodass er auf dem Bauch zu liegen kam.

Bardsley versuchte wegzurobben, bis Nicklin sich hinunterbeugte und ihm die Pistole in den Nacken stieß. Worauf Bardsley erstarrte und wieder in den Dreck sank.

»Gut, pack ihn an der Seite ...« Nicklin bekam Bardsley am Bund zu fassen und zog daran. Er blickte hinüber zu Palmer, der es ihm nach kurzem Zögern gleichtat, und es dauerte nicht lange, bis Bardsleys Hose unten an den Knöcheln war.

»Ich fass es nicht, er hat eine blaue Unterhose an ...«

»Stu, das reicht jetzt, ja?«

»Hat sich wie ein Mädchen in die Hose gemacht, ich riech auch noch Scheiße ...«

»Stuart ...«

Nicklin reichte Palmer die Pistole. »Steck ihm die in den Arsch.«

Diese Worte trafen Bardsley erwartungsgemäß wie ein Stromschlag. Seine Arschbacken zuckten wie verrückt, als er verzweifelt zu fliehen versuchte. Palmer trat einen Schritt zurück, den Blick auf den Boden geheftet, aber Nicklin beugte sich hinunter zu Bardsley und lachte.

»Komm schon, Bardsley, du Saukerl, fick ihn. Fick den Boden, du perverses Schwein ... was anderes kriegst du ohnehin nie zu ficken, du Spastiker ...«

Palmer drehte und wendete die Pistole in seiner Hand. Nicklin suchte seine Augen, lächelte, bis er sicher war, Palmer beruhigt zu haben. Erst dann machte das Lächeln langsam einem ernsten, betroffenen Ausdruck Platz.

Kopfschüttelnd erklärte er: »Er hat gesagt, was er alles mit Karen machen will, Martin.«

Bardsley versuchte ihnen ein letztes Mal zu versichern, dass er nicht die geringste Ahnung habe, wer diese Karen sei, aber die Worte gingen in seinem Schluchzen unter.

Mit gesenkter Stimme und betont langsam erzählte Nicklin seinem Freund, was er ihm eigentlich nicht hatte sagen wollen, worum er jedoch nicht umhinkam. »Widerliches Zeug, Martin. Er hat gemeine Ausdrücke für sie gebraucht.« Palmers fleischige Faust ballte sich um den Pistolengriff, und er kniete langsam auf Bardsleys Waden nieder. »Hat gesagt, was du alles mit ihr gemacht hättest ... dass du sie an den Titten angefasst hättest.« Palmer stieß den Lauf in Bardsleys weiche Hinterbacken und ließ ihn dort. Bardsley wimmerte.

Nicklin flüsterte: »Mach weiter, Martin ...«

Palmer sah hinunter auf Bardsleys pickligen Rücken. Nichts wollte er weniger, als einen Blick auf den Jungen neben sich zu erhaschen. Er hatte richtiggehend Angst davor, Angst, die freudige Erregung seines Freundes zu sehen. Er konnte den Schweiß schmecken, der ihm in den Mund rann. Ihm war klar, er sollte die Pistole wegwerfen und durch den Park davonrennen, ohne einen Blick zurückzuwerfen, hinunter über den Rasen und weiter über den Schulhof, bis er zu Hause war ...

Nicklin legte ihm die Hand auf die Schulter. Hinter ihm

kreischte der Hirtenstar wild auf. Palmer drückte den Abzug.

Bardsley brüllte, als der Luftdruck die kleine Bleikugel tief in sein Fleisch feuerte.

Viertes Kapitel

Die Zugfahrt zurück nach London war eine halbe Stunde kürzer als die Hinfahrt, kam ihnen jedoch viel länger vor. Die ersten zwanzig Minuten hatten Thorne und McEvoy versucht, Konversation zu machen, bis sie es schließlich aufgaben. Thorne griff nach der Zeitung, die er bereits gelesen hatte, und sie trat den Weg ins Raucherabteil an.

Thorne hatte die Augen geschlossen und sich, absolut erfolglos, bemüht einzuschlafen.

McEvoy war, ohne lange herumzufackeln, im Raucherabteil geblieben.

Es war nach sechs, als Thorne wieder in Hendon war. Das Becke House befand sich im Peel Centre, einem riesigen Gebäudekomplex, in dem auch das Metropolitan Police Training College untergebracht war. Hunderte milchgesichtige Polizeischüler, die geschäftig hin und her eilten, lernten, wie man Handschellen anlegt, wie man vorgeht. Lernten also nichts.

Eine BBC-Filmcrew drehte seit einigen Monaten einen Dokumentarfilm über die neuen Polizeischüler. Thorne hatte eines Tages den Regisseur in der Kantine getroffen und sich mit ihm unterhalten. Hatte ihm vorgeschlagen, in ein oder zwei Jahren nachzusehen, was aus seinen Protagonisten geworden war, wie diese Milchgesichter in ihre Aufgabe hineingewachsen waren. Der Regisseur hatte über die Maßen enthusiastisch reagiert. Thorne hatte sich hinterher gedacht, dass diese Sendung wohl zu nachtschlafender Zeit ausgestrahlt werden musste …

Thorne war unterwegs ins Büro. Er wollte noch ein paar Stunden arbeiten. Es wäre besser, erst nach Abebben des Berufsverkehrs nach Kentish Town zurückzufahren. Zumindest war das die Entschuldigung, die er für sich parat hatte.

Holland war das einzige Mitglied des Teams, das noch da war. Er saß über einen Computermonitor gebeugt. Trotz des Tages, der hinter ihm lag, beneidete Thorne ihn nicht. Man hatte ihn zu *zwei* Computerkursen gezwungen, und dennoch hatte er keinen blassen Schimmer davon. Er konnte nur zwei Dinge problemlos abfragen: die Fanseite der Tottenham Hotspurs und die Hotline für technische Fragen.

»Wo ist der Detective Chief Inspector?«

Holland sah von seinem Computer auf und rieb sich die Augen. »In einer Besprechung mit dem Detective Superintendent.«

»Lieber Gott.« Thorne schüttelte den Kopf. »Wir haben doch gerade erst angefangen.«

»Wo ist McEvoy?«

»Macht sich's wahrscheinlich gerade in der Badewanne gemütlich …« Holland nickte. Thorne entging nicht, wie müde er wirkte. »Gehen Sie nach Hause, Dave. Machen Sie morgen früh weiter.«

»Ja, das ist wohl klüger. Bevor ich von der Bildschirmarbeit noch krank werde und RSI bekomme. Mein Mausfinger ist schon ganz hinüber.« Er hörte auf zu lachen, als er sich die Miene vorstellte, mit der Sophie ihn begrüßen würde. »Ich mach nur das hier noch fertig …«

Eine Woche ging das nun, und schon wollte keiner von ihnen mehr nach Hause. Beide hatten sie Angst vor bestimmten Gesichtsausdrücken.

Thorne stieß die Tür zu dem Büro auf, das er sich mit Brigstocke teilte, und wartete einen Moment, bevor er das

Licht anschaltete. Das Zimmer sah im Dunkeln um einiges besser aus. Von wem zum Teufel konnte man in einer stickigen grauen Schachtel wie dieser oder der noch kleineren nebenan, in der Holland und McEvoy saßen, ordentliche Arbeit erwarten? Abgetretener grauer Teppichboden, schmutziggelbe Wände und zwei schlachterprobte, zerkratzte Schreibtische, die aussahen wie zwei auf einem beschissenen Fluss treibende rechteckige Treibholztrümmer. Topfpflanzen, Familienfotos oder Computerspielereien kamen gegen diese Atmosphäre nicht an, die ihm die Energie raubte, ihn kraftlos zurückließ.

Es gab Momente, in denen Thorne beinahe vergaß, womit er sich seinen Lebensunterhalt verdiente.

Er schaltete das Licht ein und sah einen Autopsiebericht auf seinem Schreibtisch liegen.

In denen er es *beinahe* vergaß…

Sarah McEvoy tröstete sich mit einem Glas Wein, einer weiteren Zigarette und dem Gedanken, wie einfach es sei zu weinen.

In dem Jungen in Birmingham sah sie nichts als einen potenziellen Zeugen, und ihr war klar, dass sie vielleicht noch etwas anderes in ihm sehen sollte. Ihr war klar, dass sie nicht die angemessenen Gefühle aufbrachte. Wobei es nicht um mütterliche oder weibliche Gefühle ging. Sondern einfach um menschliche Gefühle. Sicher, sie war wütend darüber, was der Mutter des Jungen widerfahren war. Wut war stets sofort da und intensiv. Dabei wurde ihr im Kopf ganz leicht zumute. Die Wut war angenehm, mit dem Mitgefühl war das schwieriger.

Es war nicht gerecht. Sie wurde das Gefühl nicht los, ihr Betragen würde bewertet. Vielleicht sprach Thorne genau in diesem Moment mit jemandem – wahrscheinlich Holland – darüber, wie … hart sie sei. Für eine Frau gab es nur entweder – oder. Inzwischen hatte sie sich daran gewöhnt, aber auf den Senkel ging es ihr dennoch. Frigide oder Schlampe. Girlie oder eine von den ganz Harten. Tough oder emotional labil. *Harter Knochen*, so bezeichnete man die weiblichen Kolleginnen gerne. Danach kam *Zicke* oder *Trampel*.

Sie war sicher, es gab nichts, was Tom Thorne zum Weinen brachte.

So wie die Dinge lagen, war sie in letzter Zeit relativ oft mit dem Gefühl aufgewacht, *geweint* zu haben. Natürlich war sie sich nie ganz sicher, egal, wie verschwollen sie auch aussah oder wie beschissen sie sich fühlte. Und ganz sicher hatte sie nicht vor, sich bei dem Typen, neben dem sie aufwachte, nach den Einzelheiten zu erkundigen. An diesem Punkt galt es jedwede Konversation auf das Minimum zu beschränken, um sie so schnell wie möglich loszuwerden.

Es stand außer Frage, welchen Reim sich ihre Kollegen, die gern mehr über ihre häusliche Situation in Erfahrung gebracht hätten, auf die Kerle machen würden. Weshalb sie großen Wert darauf legte, dass es bei dem Wunsch blieb, mehr darüber in Erfahrung zu bringen. Sie war nicht frigide, also gab es nur eine Option, nicht wahr? Für ein kleines Hirn war der Schritt von »sexuell aktiv« zu »sexuell aktiv mit einem Vorgesetzten« nicht groß. Noch immer glaubten genug Leute, eine Frau könne nur aufsteigen, wenn sie die Beine breit machte.

Genau. Die Beine breit machte und an die gläserne Decke starrte …

Es ging niemanden etwas an, und sie wollte es so. Ein fester Freund war theoretisch wunderbar und angenehm bei Partys, aber nach ihrer Erfahrung war eine geregelte Beziehung noch lange nicht mit einem geregelten Sexualleben gleichzusetzen. Sie brauchte dieses Gefühl, begehrt zu werden, und wenn das gelegentlich hieß, *benutzt* zu werden, ging das auch in Ordnung. Schließlich galt es für beide Seiten.

Die ganze Zeit, die sie damit verbrachte, das Fernsehprogramm zu studieren und darüber nachzudenken, was sie essen könnte, war ihr absolut klar, dass sie am Ende ausgehen würde. Auf der Heimfahrt im Zug war das der beherrschende Gedanke gewesen. Als sie ihr Spiegelbild im nachtschwarzen Abteilfenster anstarrte, die Zigaretten bis zum Filter rauchte und sich wünschte, die Stunden würden schneller vergehen. Sie könnte hinlaufen. Es waren nur fünfzehn Minuten. Immer am Gleis entlang, von Wembley Park bis nach Harlesden.

Allerdings musste sie sich vorher umziehen. Die Leute, die sie treffen wollte, konnten sich höchstwahrscheinlich ebenso wenig wie die im Zug vorstellen, womit sie ihren Lebensunterhalt verdiente, doch sie wollte kein Risiko eingehen.

Im Schein einer Schreibtischlampe saß Thorne und versuchte, sich auf den Tod zu konzentrieren, wobei ihm jedoch ständig ein Bild in die Quere kam, das voller Leben war. Sosehr er sich in den Autopsiebericht von Ruth Murray zu versenken trachtete, es gelang ihm nicht, das lebhafte Mienenspiel Charlie Garners aus seinen Gedanken zu verbannen: Hinter der Bahre tauchte Charlies Gesicht auf oder es lugte hinter der Tür zur Leichenhalle hervor.

Endlich war er dahinter gekommen, was ihn so gestört hatte, als Charlie vor wenigen Stunden in jenem Wohnzimmer zu ihm aufgeblickt hatte. Gesehen hatte er es sofort, doch er hatte eine Weile gebraucht, bis er genau *verstand*, was er da sah, als er in die Augen dieses Kindes blickte. Da, in diesem Gesicht, in diesen strahlenden braunen Untertassen unter den langen Wimpern hatte Thorne Zweifel gesehen.

»Meine Mami schläft ...«

Ein breites und schönes Lächeln, aber in den Augen war ganz kurz so etwas wie Unsicherheit aufgeflackert. So voller Hoffnung das Lächeln gewesen war, so verräterisch waren die Augen. Sie gaben preis, was Charlie Garner wusste, ohne sich selbst darüber im Klaren zu sein. Wer könnte ihm das zum Vorwurf machen? Für dieses Kind würde nun nie mehr etwas sicher sein. Eine zu harte Lektion, die zu früh kam.

Und jedes Mal, wenn Thorne dieses Gesicht sah, flackerte der Zweifel stärker auf ...

Als das Telefon auf dem Schreibtisch läutete, zuckte Thorne leicht zusammen. Er hatte, wie er mit einem Blick auf das vor ihm liegende Blatt feststellte, die letzte halbe Stunde auf den Ausdruck *blutunterlaufene Bindehaut* gestarrt.

»Detective Inspector Thorne ...«

»Ich bin's, Phil. Hast du es gelesen?«

»Ich hab es vor mir liegen. Ich ... versinke in Arbeit.«

»Wie war Birmingham?«

Thorne atmete aus und lehnte sich zurück. Er hätte früher nach Hause fahren sollen. Selbst wenn alles reibungslos lief, käme er erst um zehn in seine Wohnung in Kentish Town. Dazu noch ein paar Stunden, um abzuschalten, und das hieße, er käme wieder spät ins Bett und wäre am nächsten Morgen vollkommen erledigt. Hendricks dagegen klang entspannt. Thorne konnte ihn sich vorstellen, wie er die Beine auf einem schwarzen Ledermöbel aus den Sechzigern liegen hatte, während ein Skinhead in der Küche für sie beide das Abendessen brutzelte.

»So übel?«, fragte Hendricks.

»Wie bitte?«

»Birmingham? Lass nur, erzähl es mir morgen. Hör mal, es gibt eine gute Nachricht. Verhafte den Kerl, und wir nageln ihn fest. Wir haben eine Menge von Ruth Murrays Haut unter ihren Fingernägeln gefunden, aber auch mehr als ausreichend Gewebe von ihm. Die Analyse sollte morgen früh fertig sein.«

Die Nachricht war *sehr* gut. Zumindest würde er nun auf der Heimfahrt besser gelaunt sein. »Also müssen die Tränen gar nicht mehr getestet werden, wegen denen du so aus dem Häuschen warst?«

Hendricks schnaubte. »Nee, um die Wahrheit zu sagen, da hätten wir mehr als Glück gebraucht. Möglicherweise hätten wir eine Chance gehabt, wenn er Kontaktlinsen getragen hätte.«

Thorne war fasziniert. »Klingt gut ...«

»Liegt eigentlich nahe. Ein Fremdkörper im Auge erzeugt eine Irritation, wodurch die Tränenflüssigkeit mehr Zellgewebe enthält. Verstehst du? Noch besser wäre es gewesen, wenn er nicht nur Wasser, sondern auch Rotz geheult hätte ...«

»Mich interessiert es nicht im Geringsten ...«

»Ist nun ohnehin eine akademische Frage.«

»Keine Chance auf den Nobelpreis?«

»Kommt schon noch, Kumpel.«

Thorne klappte den Autopsiebericht zu und fing an, Unterlagen in seine Aktentasche zu packen. »Mach dir nichts draus, wir haben dadurch trotzdem was über ihn erfahren ...«

Keine Reaktion. Thorne hörte jemanden mit Hendricks reden. Hörte die gedämpfte Stimme seines Freundes antworten, hörte schließlich, wie die Hand von der Sprechmuschel genommen wurde.

»Tut mir Leid, Tom, das Abendessen ist fast fertig.«

Hendricks' Stimme wurde leiser. »Hab mir 'nen richtig scharfen Typen an Land gezogen. Hübscher Hintern *und* ein Ass in der Küche. Entschuldige, worüber hast du gerade gesprochen?«

»Die Tränen. Ich bin mir nicht ganz sicher, *was* sie uns über ihn sagen.«

»Na ja, wir wissen, dass er besser drauf war, als er Carol Garner umbrachte.«

Thorne stand auf und machte seine Tasche zu. Vielleicht schaffte er es mit etwas Glück, um viertel vor zehn zu Hause zu sein. »Richtig ...«

»Nein, das mein ich ernst. Schau dir den Bericht an, es ist offensichtlich. Er muss sich beruhigt haben oder sonst was. Möglicherweise hatte der Mistkerl was eingeschmissen, und das Zeug ließ nach. Die Sache lief völlig anders ab. Das Zungenbein ist intakt, der Knorpel nur minimal beschädigt ...«

Da spürte Thorne das Prickeln. Ein Schauer lief ihm den Nacken hinauf. Er hielt den Atem an. Beinahe erotisch ...

Was die ganze Zeit an ihm genagt hatte, trat nun deutlich hervor. Er setzte sich wieder hin, öffnete die Aktentasche und zog den Autopsiebericht heraus. »Erklär mir alles ganz langsam, geht das, Phil?«

Er schlägt den Bericht auf, reißt eine Seite nach der anderen ein, als er zu schnell umblättert, überfliegt sie, sein Atem geht stoßweise, als Hendricks ihren Mordfall in etwas anderes, weitaus Beunruhigenderes verwandelt.

»Okay ... äußerlich betrachtet unterschieden sich die beiden Leichen, Murray und Garner, nicht nennenswert, doch innerlich ist es eine andere Geschichte. Ruth Murray starb an einem langsameren, längeren Druck auf die Arterie. Sagen wir, es wurde langsam und kräftig zugedrückt. Bei Carol Garner war es ganz anders. Sie hatte Blutergüsse am Hinterkopf, wo er ihren Kopf gegen den

Boden schlug, als er sie erwürgte. Das war ... Raserei. Nicht so bei Ruth Murray. Vielleicht war die Wut da schon verraucht. Vielleicht ist das sein Muster. Das musst du wissen, Kumpel ...«

Da fiel es Thorne wie Schuppen von den Augen. Nein, nicht *sein* Muster ...

Die Tränen. Die Tränen eines großen Mannes auf einer Leiche, die draußen gefunden wurde. Eine Leiche, die nicht so geschunden, auf die geweint worden war. An einem anderen Ort liebkoste ein Kind das, was früher einmal der vertraut riechende Nacken seiner Mutter war, jetzt aber voll blauer Flecken, blutig und mit schweren inneren Verletzungen. Die Verpackung eines Schokoriegels, weggeworfen ...

War er größer als dein Opa?

Und Charlie Garner, der langsam und trotzig den Kopf schüttelte.

»Phil, kann ich dich zurückrufen ...?«

Trotz seiner Müdigkeit war Holland *noch immer nicht* gegangen. Thornes Gesichtsausdruck, als er in das Büro nebenan platzte, reichte, und er war augenblicklich hellwach.

»Die Messerstechereien ... erzählen Sie mir was über die Messerstechereien.« Thorne sprach leise, beherrscht, doch darunter, direkt unter der Oberfläche, lag eine Art Schrei – vielleicht Aufregung oder Entsetzen.

»Sir ...?«

Er durchquerte das voll gestopfte Büro und stieß hervor: »Zwei Frauen, wurden beide am selben Tag erstochen. Ich glaube, Sie sagten im Juli.« Thorne deutete mit einem Nicken auf den Computer, bemüht, ruhig zu bleiben. »Ruf sie auf.«

Holland wirbelte auf seinem Stuhl herum und begann mit der Eingabe, bemüht, sich an die Details zu erinnern.

»Die eine in Finchley, denke ich. Die andere ... weiter im Süden, wenn ich mich recht erinnere ...« Die entsprechenden Dateien erschienen auf seinem Bildschirm und Holland studierte sie ein, zwei Sekunden. »Forest Hill, genau ...« Er bewegte sich schnell durch die Datei, schüttelte den Kopf. »Nein ... nein, es ist unmöglich. Er kann sie nicht beide umgebracht haben.«

Thorne nickte und warf einen Blick aus dem Fenster. Von einem unten vorbeifahrenden Zug hochstiebende Funken erregten kurz seine Aufmerksamkeit. Der Zug kam aus dem Süden, aus Colindale. In den hell erleuchteten Abteilfenstern waren schwankende Köpfe zu erkennen. Dann, als die Gleise eine Kurve beschrieben, schlängelte sich der Zug aus seinem Blickfeld und verschwand.

»Hat er auch nicht.«

Holland blickte ihn an und wartete. Thorne stand stocksteif da und sprach langsam, doch Holland entging nicht, wie sich seine Fäuste an der Seite ballten und lockerten. »Die verwendeten Messer waren vielleicht ähnlich, vielleicht auch nicht. Ich weiß es nicht ... bin mir nicht sicher, ob es wichtig ist. Das Muster und die Tiefe der Wunden jedoch ... aller Wahrscheinlichkeit nach wird die *Anzahl* der Wunden pro Opfer differieren. Die zwei Angriffe werden sich in ihrem ... Charakter vollkommen unterscheiden.«

Holland wandte sich wieder seinem Monitor zu und begann zu tippen, rief Scene-of-Crime- und Autopsieberichte auf, während Thorne fortfuhr. »Eine der Frauen ist vermutlich an einer Unmenge von Stichwunden gestorben. Bösartigen ... wahllosen ... grausamen Stichen. Die andere wahrscheinlich an einem einzigen Stich, der, wie ich vermute, direkt das Herz traf oder ...«

Holland wirbelte herum. Seine Miene verriet Thorne alles, was er wissen musste ...

Brigstocke meldete sich nach dem ersten Klingelton seines Handys.

»Russell Brigstocke …« Die Stimme war tief, die Verärgerung unverkennbar.

»Ich bin's, Tom.«

»Detective Inspector Thorne …« Das war für einen Dritten gedacht.

Anscheinend war das Treffen mit Detective Superintendent Jesmond nahtlos in ein Abendessen übergegangen.

»Wir sind da auf etwas gestoßen. Sagen Sie es Jesmond. Nennen Sie es einen Durchbruch, das wird ihm gefallen.« Er wandte sich um, um diesen Augenblick mit Holland zu teilen, doch der Detective Constable war in seine Dokumente auf dem Bildschirm vertieft. Versuchte, einen Sinn darin zu erkennen. »Sagen Sie ihm, es handle sich um eine teuflische Mischung aus einer guten und einer schlechten Nachricht …«

»Ich höre«, erwiderte Brigstocke.

»Ich denke nicht, dass wir einen Mann suchen.«

Thorne erwartete eine Pause, und die bekam er. Dann: »Wollen Sie damit sagen, dass diese Morde nichts miteinander zu tun haben?«

»Nein, das will ich nicht. Sie haben sehr wohl etwas miteinander zu tun. Da bin ich mir sicher.« Thorne wusste, wie Brigstocke in diesem Moment dreinblickte. Beherrscht und erregt zugleich. Als bemühe er sich, die Scheiße zurückzuhalten. Welchen Reim sich wohl Jesmond darauf machte, der zweifelsohne ein großes Glas Rotwein in der Hand hielt und das merkwürdige Mienenspiel seines Detective Chief Inspectors studierte?

Brigstocke begann etwas ungeduldig zu klingen. »Also, was ist es? Ein neuer Hinweis auf den Mörder?«

Thornes Antwort war knapp und direkt. »Auf *die* Mörder, Russell. Plural. Es sind zwei.«

1985

Ein Augenblick, an den er sich immer erinnern würde. Karen, wie sie auf der Bank saß und sich eine blonde Strähne hinters Ohr strich, und Stuart, wie er lächelte, den Mund wie üblich voller Schokolade, die dunklen Augen auf einen Punkt in der Ferne gerichtet, auf der Suche nach ihrem nächsten Abenteuer.

Und er, wie er von einem zum anderen blickte, nervös, aber glücklich, die Sonne in seinen Augen und eine kleine Wolke Mücken vor seinem Gesicht tanzend …

Es war ein Augenblick, der ihn an einen Sommertag vor zwei Jahren erinnerte. Den Tag mit dem Cricketschläger. Den Tag, als er Karen das erste Mal sah. Das war selbstverständlich, als er und Stuart noch auf derselben Schule waren. Vor der Sache mit der Pistole …

Die zwei sollten sich nach der Bardsley-Geschichte nicht mehr sehen. Nach dem Schulverweis waren Vorkehrungen getroffen worden, um sie voneinander getrennt zu halten. Und eine Weile war Palmer damit ganz zufrieden gewesen. Schließlich hatte die Polizei ihren Eltern erklärt, es sei für alle besser, wenn man ihnen untersagte, sich zu sehen. Man hatte von »schlechtem Einfluss« und von »sich gegenseitig anstacheln« gesprochen. Doch ihm hatte der Spaß gefehlt, dieses Gefühl der Erregung, dass jeden Augenblick etwas Unvorhergesehenes passieren konnte. Und seine Freude war groß, als Stuart, als sie wieder gemeinsam herumhingen, ihm erzählte, dass er dies ebenfalls vermisst hätte. Außerdem fühlte er sich in Karens Gegenwart wohler, wenn Stuart nicht weit weg war.

Karen war älter als er, eher in Stuarts Alter, doch Stuart konnte sie nicht so zum Lachen bringen wie er. Das hatte immer nur er geschafft, seit dem Tag, als sie durch das Loch im Zaun gekrochen war und die Sache mit dem Frosch gesehen hatte. Es gab Zeiten, da flüsterten die beiden miteinander, rauchten eine Zigarette oder liefen vor ihm auf dem Weg entlang der Bahngleise, sodass er das Gefühl bekam zu stören. Dann blieb Karen stehen, um ihn auf eine ganz bestimmte Weise anzulächeln und ihn zu bitten, doch eine Grimasse zu ziehen oder mit einer komischen Stimme zu sprechen, etwas in der Richtung, und dann dauerte es in der Regel nicht lange, bis er sie so weit hatte, dass sie sich vor Lachen bog. Gelegentlich hatte er den Verdacht, sie necke ihn womöglich ein bisschen, aber das störte ihn nicht wirklich. Es war offensichtlich, wie wichtig er ihr und Stuart war. Drei Freunde, die für immer zusammenblieben, so sah er sie. Das hohe Gras des Bahndamms verwandelte sich in einen gepflegten Collegerasen und den Garten eines der herrschaftlichen Häuser, die sie ihr eigen nannten ...und schließlich in diese weite Parklandschaft, wohin ihn seine Mum einst mitgenommen hatte und wo sie eines Tages zu dritt auf einer Bank sitzen würden, mit ihren Hunden und vielleicht ihren Kindern.

Nichts wusste Palmer mit seinen gerade vierzehn Jahren so sicher, als dass er verliebt war.

Karen stand auf und blickte sich ein paar Sekunden um, bevor sie den Bahndamm halb hinunterrannte, halb hinunterstürzte. Sie tat, als stieße sie mit Nicklin zusammen und fürchte sich vor ihm. In letzter Minute sprang sie auf ihn zu, und Nicklin taumelte johlend und lachend zurück, als er sie auffing, wobei er eine Hand auf ihren Hintern legte.

Auch Palmer lachte und verscheuchte wedelnd den Mückenschwarm, folgte den beiden, als sie sich eine Zigarette anzündeten und langsam zu den verrußten, verfallenen Bahngebäuden schlenderten.

Sobald sie in dem Hauptgebäude waren – einem schon lange nicht mehr genutzten Geräteschuppen –, blickten sie sich routinemäßig nach Anzeichen fremder Nutzer um. Manchmal schliefen hier Obdachlose. Es roch noch immer nach Pisse und abgestandenem Bier. Schon öfters hatten sie Überreste eines Feuers entdeckt und leere Dosen und Spritzen, einmal sogar ein benutztes Kondom, das Nicklin aufgehoben hatte, um Karen damit eine Weile herumzujagen. Heute wirkte der Schuppen noch verlassener als sonst. Das übliche Kroppzeug. Ein Berg Zigarettenkippen, ein paar alte Zeitungen, ein feuchter, verschimmelter Teppich, der einmal einem Penner als Bett gedient hatte.

Riesige Schmeißfliegen brummten um sie herum, als Palmer mit Steinen auf die letzten Scherben in den verfaulenden Fensterrahmen zielte. Nicklin drückte seine Zigarette aus und blickte sich suchend um, nach irgendetwas, das ihm einen Kick geben könnte. Und Karen lief herum und sang die letzte Duran-Duran-Single mit ihrer hellen, hohen Stimme, die von den versifften Spritzbelagwänden zurückgeworfen wurde.

»Gehen wir, scheiß auf das hier.« Nicklin trat gegen eine leere Flasche. Sie schlitterte über den Betonboden und zerbarst an der gegenüberliegenden Wand.

Palmer johlte. »Wir könnten ein Feuer legen oder ...«

»Scheißen wir einen Haufen hier rein«, sagte Karen mit einem Blick auf Nicklin; ihn ignorierte sie. Sie fing an zu lachen, und Palmer wandte sich errötend ab. Er hasste es, wenn sie so daherredete. Manchmal hockte sie sich dazu ins hohe Gras, was er nicht ausstehen konnte.

»Langweilig«, sagte Nicklin. »Außerdem gab's mittags

Eier. Ich brächte nichts raus, selbst wenn ich wollte.« Er zündete sich erneut eine Zigarette aus seiner Zehnerpackung Silk Cut an. Karen fingerte aus der Brusttasche ihrer Jeansjacke eine lose Zigarette heraus und ging zu ihm hinüber. Sie nahm Nicklin die Zigarette aus dem Mund, um sich damit ihre anzuzünden.

Als sich Palmer umdrehte, waren Karen und Nicklin verschwunden. Einen Augenblick hatte er Angst, doch dann hörte er sie draußen miteinander flüstern. Er sah durch das zerbrochene Fenster hinaus auf den Bahndamm gegenüber. Oben war eine Siedlung zu sehen, dort wohnte Stuart. Und er hatte gesehen, wie die Leute ihre Abfalleimer hier ausleerten, den grasbewachsenen grünen Bahndamm als Müllhalde benutzten. Drauf schissen, genauso wie Karen oder Nicklin.

Dennoch liebte er diesen Ort. Er wusste, wo sich ein Fuchsbau im Wurzelwerk einer riesigen Eiche verbarg. Am Fuß dieses Baumes hatte er einmal einen kleinen Eichelhäher gefunden, mit blauem, aufgeplustertem Gefieder, der miaute wie eine Katze, nach seiner Mutter schrie. Er wusste, wo es große Brombeeren gab und welche Arten von Schmetterlingen von den Schmetterlingssträuchern angezogen wurden, die überall auf dem Gelände wuchsen. Und er wusste, wo er Blindschleichen und Ringelnattern finden konnte, die unter vor sich hin rostenden Eisenteilen nisteten …

Er schreckte auf, als jemand auf die auf dem Betonboden liegenden Glasscherben trat. Als er herumfuhr, sah er Nicklin hinter sich stehen. Er lächelte, als habe er endlich etwas gefunden.

»Karen will es mit dir machen.« Nüchtern, sachlich. Palmer schwieg. Nicklin zog an seiner Zigarette, wartete, zuckte mit den Achseln. »Dann sag ich ihr, dass du nicht dafür zu haben bist, ja?«

»Sie will alles machen?« Palmers Stimme war so hoch wie auf Helium, sein Atem ging stoßweise.

»Das hat sie gesagt. Sie hat es schon mit einer Menge Typen gemacht, alle Variationen, ist keine große Sache. Wahrscheinlich bläst sie dir auch einen …« Er strich sich mit der Hand über den Kopf. Sein normalerweise dichtes schwarzes Haar hatte er sich für den Sommer zu einem Stiftelkopf schneiden lassen.

»Was erwartet sie von mir?«

»Fick sie einfach, Kumpel.« Ein kurzes Schnauben, gefolgt von einem Lachen. Auch Nicklins Stimme war hoch, seine Bewegungen ruckartig. Angespannt …

Die Hand bereits am Reißverschluss seiner Hose, wandte sich Palmer um, um ihn anzusehen. »Nein … ich will schon. Es ist nur, ich möchte nur wissen, ob ich rausgehen soll oder ob sie …? Komm schon, Stu … was jetzt?« Er versuchte, sich zu einem Lächeln zu zwingen. Zwei Kumpel, die miteinander redeten. Ohne Angst zu haben.

»Hol ihn einfach raus. Wahrscheinlich hat sie ihr Höschen schon unten. Ich geh mal und hol sie.« Nicklin schnippte die Zigarette in die Ecke und schlenderte hinaus.

Ein paar Sekunden später konnte Palmer ihn draußen an der Ecke mit Karen flüstern hören. Er lauschte angestrengt, um zu hören, wie sie sich auszog, die Geräusche zu vernehmen, die in seiner Vorstellung dem Sex vorausgingen – ein kehliges Stöhnen, ein Schnappen nach Luft. Das einzige Luftschnappen, das er hörte, war sein eigenes: schnell, hektisch, nicht im Geringsten sexy, als er seinen Gürtel aufschnallte und an den Reißverschluss fasste. Er drehte sich weg vom Eingang und richtete die Augen auf die Wand, um sich zu beruhigen. Versuchte nicht daran zu denken, was sie mit ihm machen würde. Jemand hatte einen Schwanz auf den staubigen, grauen Beton gemalt. Er sah auf sein eigenes, weit weniger beeindruckendes Glied hinunter und begann an den roten Stellen auf seinem Bauch zu reiben, wo ihn der Hosenbund gedrückt hatte.

Er hörte ein Geräusch hinten am Eingang. Beinahe hätte der Klang ihrer Stimme gereicht, um alles zu beenden, bevor es begonnen hatte.

»Bist du fertig, Martin?«

Seine Hand war auf seinen Schwanz geglitten, ohne dass er sich dessen bewusst war. Er stöhnte leise und streichelte sich, während er sich lächelnd zu ihr umdrehte ...

Karen und Nicklin standen im Eingang, hielten einander umfasst und starrten ihn mit offenem Mund an, auf den geeigneten Moment wartend, um loszuprusten. Karen platzte als Erste, doch das Lachen erstarb, kaum dass es ihr über die Lippen gekommen war, und sie wich rasch seinem Blick aus. Nicklin brüllte vor Begeisterung, schlug sich auf die Oberschenkel, so wie Palmer es aus Filmen kannte. Nicklin sah den Ausdruck auf dem Gesicht seines Opfers und machte in den Lachpausen seiner Verachtung Luft. »Scheiße, Palmer, das war ein Witz. Ich hab dich verarscht ...«

Karen warf ihm einen Blick zu. »Lieber Gott ...«

Mit einem angewiderten Stöhnen deutete Nicklin auf Palmers Schwanz, und instinktiv schloss Palmer die Faust um seinen weichen, eingeschrumpelten Penis.

Karen lehnte sich gegen den Türrahmen. »Gott, Martin ...«

»Jetzt hast du sie ganz durcheinander gebracht«, sagte Nicklin. Karen begann leise zu schluchzen, und der belustigte Ton schwand sofort aus Nicklins Stimme. »Du hast sie wirklich durcheinander gebracht, du blöder Sack. Weil du einfach nicht merkst, wenn etwas als Witz gemeint ist. Du perverses Schwein ...«

Ihm blieb nichts übrig als loszurennen, so wie er es damals im Park hätte tun sollen und in dem Sommer zuvor und mehr als ein Dutzend Mal seither.

Er rannte, ohne innezuhalten, um seine Kleidung in Ordnung zu bringen, die Hose hielt er mit den Händen fest. Er schoss durch die Tür, zwischen dem kurz geschorenen schwarzhaarigen Jungen und dem schluchzenden Mädchen in dem blauen Kleid hindurch.

Er rannte die grasbewachsene, grüne Böschung hinauf.

Er rannte mit gebeugtem Kopf auf die Siedlung zu. Wischte sich die Tränen aus dem Gesicht, als er durch die Quecken rannte und über ein verrostetes Eisenteil sprang.

Er rannte weit weg von dem Schlangennest.

Fünftes Kapitel

»Wie können sie zusammenarbeiten?«

Es war die erste Frage, die ihm Brigstocke am Abend zuvor am Telefon gestellt hatte, und es war die erste Frage, die er der Gruppe vor ihm stellte. Sie waren in dem größeren der beiden Büros zusammengekommen. Brigstocke, Thorne, Holland und McEvoy. Die Kerngruppe bei einer Ermittlung, die über Nacht der größte Fall geworden war, den London seit langem erlebt hatte.

Thornes Antwort fiel jetzt nicht anders aus als vor ein paar Stunden. Er hatte keine Ahnung, doch er hoffte, dass sie zusammen auf eine Idee kämen, die den Hunderten von Polizeibeamten und anderen, die an dem Fall mitarbeiteten, die richtige Richtung weisen würde. Diesen Hunderten von Menschen, die in der Mordindustrie arbeiteten …

»Es sieht danach aus, als brächten sie ihre Opfer abwechselnd um.« Brigstocke wirkte, als hätte er letzte Nacht nicht viel geschlafen. Thorne hatte selbst nicht viel geschlafen, aber er hatte sich nicht auch noch mit Jesmond herumschlagen müssen. Thorne sah zu seinem Detective Chief Inspector hinüber, und was er sah, empfand er als Anschauungsunterricht, warum es sich lohnte, eine Beförderung zu vermeiden. Er legte wirklich keinen Wert auf einen Vortrag von einem Schreibtischhengst wie Jesmond.

Brigstocke beugte sich vor, die Finger vor sich auf dem Tisch verschränkt. Seine Stimme klang ein wenig heiser, dennoch war die Dringlichkeit unüberhörbar. »Die Beweislage gibt zu der Vermutung Anlass, dass verschiedene Typen, sowohl hinsichtlich ihrer Psyche wie ihrer Physis, am Werke sind. Doch wir müssen herausfinden, wie sie … interagieren. Greifen sie ihre Opfer gemeinsam an und begehen nur den Mord an sich jeweils allein? Vielleicht tötet der eine, während der andere Schmiere steht …«

»Das halte ich nicht für wahrscheinlich.« Holland war der Erste, der sich zu Wort meldete. Thorne beeindruckte wie immer sein Selbstvertrauen, wie weit er in einem Jahr gekommen war.

Brigstocke nickte. »Fahren Sie fort, Holland …«

»In Margie Knights Aussage ist von keinem zweiten Mann die Rede … von niemandem, der sich in unmittelbarer Nähe befunden hätte, soweit ich mich erinnere. Und auch nichts, was Charlie Garner gesagt hat, ließe auf die Anwesenheit eines weiteren Mannes schließen.«

»Reden Sie noch einmal mit Margie Knight«, erwiderte Brigstocke. Sein Blick traf sich mit Thornes.

»Ich rufe die Enrights an.« Thorne hatte bereits angefangen zu hoffen, nicht mehr persönlich mit ihnen sprechen zu müssen. Zumindest nicht, solange er keine gute Nachricht für sie hatte. »Doch Holland hat Recht, Sir, der Junge hat nie etwas von zwei Männern gesagt …«

Einer war übel genug, nicht wahr, Charlie?

»Ich denke, wir vernachlässigen die Zeitfrage.« McEvoy klang nicht weniger müde als Brigstocke. Thorne blickte zu ihr hinüber und bemerkte, dass sie auch nicht viel besser aussah. »Die Morde an Carol Garner und Ruth Murray könnten sie gemeinsam begangen haben, oder zumindest hätten beide anwesend sein können, als sie umgebracht wurden, aber die zwei Messermorde im Juli überschneiden sich zeitlich und die Tatorte waren meilenweit voneinander entfernt. Die beiden müssen getrennt vorgehen.«

»Das sehe ich auch so«, sagte Thorne. Das war so gut wie der einzige Punkt, bei dem er sich sicher war.

»Okay, das hieße, dass die beiden, obwohl sie am selben Tag morden, getrennt vorgehen. Doch wir müssen davon ausgehen, dass sie diese Morde sorgfältig gemeinsam planen.«

Sie müssen zusammenkommen, um alles auszutüfteln, das Datum zu besprechen …«

Thorne schüttelte den Kopf. »Ich denke nicht, dass wir von irgendetwas ausgehen können.«

Es war denkbar, dass sich die Männer, hinter denen sie her waren, nie getroffen hatten. Thorne hatte von zwei Mördern in den Vereinigten Staaten gelesen, die ihre Opfer getrennt abschlachteten, für die der Reiz aber darin lag, sich miteinander darüber auszutauschen. Sie besprachen die Auswahl möglicher Opfer am Telefon und über das Internet. Sie stachelten einander an und verglichen nach der Tat ihre Erlebnisse. Sie tauschten also ihre Erfahrungen aus, hatten sich aber nie gesehen. Thorne lief es eiskalt den Rücken hinunter, als er sich daran erinnerte, gelesen zu haben, der eine Teil des mörderischen Pärchens habe seinen letzten Atemzug dazu genutzt, seinem Mordgenossen alles Gute zu bestellen, kurz bevor man ihm die tödliche Spritze setzte. Falls es stimmte – und im finanziellen Bereich schien es ja so zu sein –, dass Großbritannien, sobald die USA niesten, einen Schnupfen bekam, traf das dann nicht vielleicht auch auf die größte Wachstumsindustrie von allen zu?

McEvoy zog eine Zigarette heraus und zündete sie an. »Sie sagten, die Mörder unterscheiden sich wahrscheinlich in ihrer Psychologie. Sollten wir da nicht einen Profiler hinzuziehen?«

Brigstocke nickte zuerst Richtung Zigarette, dann Richtung Fenster. McEvoy seufzte, stand auf und trat ans Fenster, während Brigstocke ihre Frage beantwortete. »Ich habe mich bereits mit der National Crime Faculty in Verbindung gesetzt …« McEvoy öffnete das Fenster und zuckte zusammen. Dritter Stock, Dezember, das war etwas mehr als nur frische Luft.

»Lieber Gott …« Holland wandte sich zu McEvoy um und zog eine Grimasse. Sie zog noch einmal, warf ihm einen entschuldigenden Blick zu und blies den Rauch aus dem Fenster.

Brigstocke fuhr fort. »Die beiden Profiler, die im Augenblick den besten Ruf haben, sind bereits mit anderen Fällen eingedeckt …«

Fröstelnd fasste Thorne nach seiner Lederjacke, die er über seine Stuhllehne gehängt hatte. »Was bringt einen schneller um, Passivrauchen oder eine Lungenentzündung? Das ist lächerlich …«

McEvoy nahm einen letzten Zug, bevor sie die Kippe hinaus in den Wind schnippte und das Fenster schloss. »Mein Gott«, schnaubte sie und setzte sich wieder an den Tisch. Kaum hatte sie Platz genommen, suchte sie Brigstockes Blick und fuhr fort, als sei nichts gewesen: »Sie sagten, *beide* Profiler. Meinen Sie damit, es gibt nur zwei im ganzen Land? Zwei?«

»Zwei, die wirklich einen guten Ruf besitzen, ja.«

»Das ist doch absolut lächerlich.« Brigstocke zuckte mit den Achseln. McEvoy schüttelte ungläubig den Kopf. »Ach kommen Sie … Profiler sind doch nicht so was wie Hellseher. Es ist eine anerkannte Wissenschaft. Sir?«

Sie sah hinüber zu Thorne, suchte seine Unterstützung. Dafür hatte sie sich den Falschen ausgesucht. »Ich denke, jetzt ist nicht der geeignete Zeitpunkt, das Für und Wider von Profiling zu diskutieren, Sarah. Was immer wir davon halten, im Augenblick steht kein Profiler zur Verfügung.«

»Könnten wir nicht selbst einen finden?«

Holland grinste. »Ich hol mal schnell das Branchenverzeichnis, ja?«

Brigstocke beendete die Diskussion.

»Wenn wir jemanden mit dem Fall betrauen, der nicht auf der Liste der National Crime Faculty steht, und wir setzen die Sache in den Sand, werden wir alle am nächsten Tag wieder Uniformen bügeln. Diese Art von Publicity will niemand.«

Thorne blickte von seinem Notizblock auf, auf dem er herumgekritzelt hatte.

Drei Augenpaare. Zwei davon mit dicken, schwarzen Strichen gezeichnet, große Augen, hängende Lider, kalt. Dann ein feineres, die dunklen Augen kleiner, lange Wimpern …

»Da wir gerade von Publicity sprechen«, warf er ein, »welche Art davon brauchen wir denn nach Ansicht der maßgeblichen Kräfte?« Thorne hatte seine Vermutungen, doch der Störenfried in ihm wollte es aus dem Munde des Detective Chief Inspector hören. Natürlich lag es nicht an Leuten wie ihm, solche Entscheidungen zu treffen. Er musste nur dafür sorgen, die Leute zu fangen, die diese Publicity in erster Linie ins Rollen gebracht hatten.

Brigstocke antwortete mit einer Stimme, bei der Thorne den Verdacht hatte, sie sei nicht mehr ganz die seine. Sie war ihm wohl irgendwo zwischen dem Kommissariat und dem Büro des Detective Superintendent abhanden gekommen. Unter vier Augen mit Thorne gab es kein Problem, da sagte er, was er dachte. Aber sobald niedere Ränge dabei waren, wurde Brigstockes Ton nebulös. »Ich habe zunächst mit Jesmond gesprochen, und für diesen Nachmittag ist eine Pressekonferenz anberaumt. Ich nehme an, er wird die Presse über diese neueste Entwicklung unterrichten.«

Hollands Antwort kam ohne diese Nebelschwaden aus. »Das ist bescheuert. Es ist doch klar, dass wir das von der Presse *fern* halten sollten. Dass wir wissen, dass wir es mit zweien zu tun haben, ist der einzige Vorteil, den wir haben …«

Ein kleiner Teil von Thorne war erleichtert, dass Holland noch zu dieser Naivität fähig war. »Womit Sie wieder mal wie ein Polizist denken, Holland. Detective Superintendent Jesmond dagegen« – an dieser Stelle musste Brigstocke unwillkürlich lächeln – »hat an seinen Job zu denken, und er hat klugerweise erkannt, dass für die britische Öffentlichkeit zwei *einzelne* Mörder um einen Bruchteil gefährlicher klingen als ein *Paar* davon …«

Noch während er sprach, spürte Thorne eine alte, instinktive Angst in sich aufsteigen. Er war sich sicher, dass die beiden Männer, hinter denen sie her waren, um einiges gefährlicher waren als der stinknormale 08/15-Mörder.

Nach dem Ende der Besprechung verließen Thorne, Brigstocke, McEvoy und Holland schweigend den Raum. Jeder von ihnen war damit beschäftigt, auf seine Weise zu verarbeiten, wie wichtig, wie dringend die vor ihnen liegende Aufgabe war. So viele unbeantwortete oder unbeantwortbare Fragen es auch geben mochte, eines war erschreckend klar: Sie mussten diese beiden Männer schnell verhaften, bevor Phil Hendricks noch mehr Leichen auf den Tisch bekam.

Denn er würde immer zwei auf einmal bekommen.

Jane Lovell, eine neununddreißigjährige geschiedene Frau, war an einem warmen Juliabend auf einem Stück Ödland in Wood Green, N22, im Londoner Stadtteil Haringey verblutet. Das war der Grund, warum sich Tom Thorne fünf Monate später, an einem bitterkalten Montagnachmittag, nachdem er ein Wochenende des Datenabgleichens, des Organisierens, des *Auf-alles-geschissen* hinter sich hatte, im Hauptquartier der Serious Crime Group (East) befand. Die hier tätigen Teams bearbeiteten die Morde in zehn Vororten, darunter Haringey.

Thorne fror in einem verqualmten Zimmer in Edmonton, an einem Tisch mit einem der arrogantesten kleinen Klugscheißer, mit denen er in letzter Zeit das Pech gehabt hatte, sich herumschlagen zu müssen.

»Wollen Sie damit sagen, wir hätten eine Verbindung sehen müssen? Gott weiß, wieso das. Mich tritt ein Pferd, wenn da eine Verbindung ist zwischen Ihren beiden … wie heißen sie gleich wieder?«

»Carol Garner und Ruth Murray, Sir.«

Detective Chief Inspector Lickwood nickte und spuckte den Rauch von seiner letzten Zigarette aus. »Richtig. Nun, mir erscheint das alles etwas an den Haaren herbeigezogen, aber das ist Ihre Angelegenheit.« Er trug einen teuer geschnittenen blauen Anzug und lehnte sich auf seinem schmuddeligen Plastikstuhl zurück, als handle es sich um einen gut gepolsterten Ledersessel. Die schwarzen Haare hatte er aus dem beinahe – aber nur beinahe – hübschen Gesicht gestrichen. Sowohl Kinn als auch Nase waren etwas groß geraten, ebenso sein Adamsapfel, der wild auf und ab hüpfte, während er sprach. Seinen Kommentar richtete er merkwürdigerweise an einen Punkt über Thornes Kopf.

»Doch wenn es anfängt, meine Angelegenheit zu werden, werde ich etwas nervös«, fuhr Lickwood fort. »Ich bin nicht begeistert von Typen, die eigentlich Kollegen sein sollten und die hier hereinspazieren und andeuten, meine Leute und ich hätten ihre Arbeit in der einen oder anderen Hinsicht besser machen können. Das mag ich ganz und gar nicht.«

Thorne war selbst nach einem flüchtigen Blick auf die Akte über Jane Lovell klar gewesen, dass man diese Arbeit nur schwerlich *schlechter* hätte erledigen können. Alles, was getan werden musste, war getan worden. Doch darüber hinaus war nichts geschehen. Hier hatte man die Regeln befolgt und nicht auf die innere Stimme gehört. Zwei Tage, nachdem man Jane Lovell niedergestochen hatte und sie verblutet war, war der Fall so kalt wie ihre Leiche.

Thorne entging nicht, dass Lickwoods Reaktion nichts als Show war. Die typische, hyperempfindliche und aggressive Reaktion eines Polizeibeamten, der Angst davor hatte, bloßgestellt zu werden. Thorne war sich klar darüber, dass er sich nichts mehr wünschte, als Lickwood auf sein selbstgefälliges Maul zu dreschen, und dass er das sehr ordentlich erledigt hätte. Er war sich jedoch auch klar darüber, dass er, falls er etwas erreichen wollte, auf Diplomatie setzen musste.

Nennen wir es Diplomatie. Eigentlich war es nur Scheiße absondern.

»Soweit es Jane Lovell und Katie Choi, das Opfer in Forest Hill, betrifft, Sir, gab es wahrscheinlich gar keine Verbindung außer ...«

»Richtig.« Lickwood beugte sich vor und klopfte auf die vor Thorne liegende Akte. »Wir haben uns den Mord an Katie Choi angesehen, selbstverständlich taten wir das, aber sie war geschlachtet worden. Jane Lovell wurde durch einen einzigen Stich getötet, eine saubere Sache. Katie Choi war praktisch nicht mehr zu erkennen. Er hat ihr fast den Kopf abgetrennt. Wie sollte man da darauf kommen, es gäbe eine Beziehung zwischen diesen beiden Morden?«

Thorne nickte. Eine Beziehung. »Nun, scheinbar ... gab es die nicht.« Er wählte seine Worte mit Bedacht. »Die einzige Verbindung, die wir entdecken können, ergibt sich aus der Retrospektive – die Tatsache, dass sie von zwei Menschen getötet wurden, die sich höchstwahrscheinlich kennen …«

Mit aufgerissenen Augen äffte Lickwood ihn nach: »Höchstwahrscheinlich.«

»Es gibt nicht so viele Morde in London, dass wir es dem Zufall zuschreiben könnten. Zwei Frauen, die am selben Abend mit dem Messer umgebracht werden. Vier Monate später zwei Frauen, die erwürgt werden, wobei beide kurz vor ihrem Tod durch Bahnhöfe liefen. Meines Erachtens ziehen die Mörder ihre Parameter immer enger. Werden immer mehr Umstände festgelegt …«

Lickwood fixierte den Punkt über Thornes Kopf. »Es tut mir Leid, ich sehe das anders.« Thorne konnte sich denken, was ihm durch den Kopf ging. *Klugscheißer.*

»Als wäre es ein Spiel. Als wollten sie es sich schwerer machen.« Thorne konnte nicht anders, er musste über Lickwoods Nicken lächeln. Diese unbedeutende Geste, die signalisieren sollte, dass er verstanden hatte und zustimmte, war ein wunderbares Zeugnis dafür, wie bescheuert er wirklich war. In diesem Augenblick hätte Thorne nichts glücklicher gemacht als ein schneller Schwinger mit der Rechten. Dem Arsch die Nase zu brechen. Selbst ein kleiner Klaps …

»Wo wollen Sie anfangen?«, fragte Lickwood gnädig.

Thorne hatte bereits angefangen. McEvoy und Holland waren fleißig dabei, erneut die wichtigsten Zeugen zu befragen, vor allem Michael Murrell, der in dem Kino in dem Einkaufszentrum von Wood Green arbeitete, das Jane Lovell, kurz bevor sie umgebracht wurde, besucht hatte. Murrell hatte einen Mann beschrieben, der ihm vor dem Kino aufgefallen war und der auf ihn den Eindruck gemacht hatte, als warte er auf jemanden. Obwohl sie die meisten Kinobesucher dieses Abends ausfindig gemacht hatten, war niemand dabei gewesen, der der fragliche Mann hätte sein können. Ein Fahndungsfoto war elektronisch erstellt worden, das natürlich bei den Akten lag, aber Thorne wollte wissen, wie sich die fünf Monate auf Michael Murrells Erinnerung ausgewirkt hatten. Er wollte auch wissen, was Detective Chief Inspector Derek Lickwood zu einer ganz bestimmten Aussage zu sagen hatte.

»Erzählen Sie mir von Lyn Gibson.«

Lickwood blies den Rauch durch die Nase, eine dramatische Geste, um hervorzuheben, wie sehr ihm das alles auf die Nerven ging. Ganz offensichtlich genoss er es, seine Zigarette für derlei einzusetzen, doch er war ein unglaublich erbärmlicher Schauspieler. »Absolut durchgeknallt, wenn Sie mich fragen. Meiner Meinung nach fand sie die ganze Aufregung toll. Sie hatte was übrig für Bullen, verstehen Sie. Sie tauchte alle zehn Minuten hier auf, rückte uns auf die Pelle, wollte wissen, was wir machen.«

»Sie war Jane Lovells Freundin ...«

»Sagte sie zumindest ...«

»Sie dachte, Jane sei von einem Arbeitskollegen belästigt worden?«

»Einmal ist sie belästigt worden, in der nächsten Minute *hat sie* jemanden belästigt. Gibson kam einfach nicht zu Potte mit ihrer Geschichte, was mir klar machte, dass sie nicht wirklich etwas wusste. Im Grunde lief ihre Geschichte darauf hinaus, dass da irgendein Typ war, den Jane von der Arbeit kannte und den wir uns mal ansehen sollten. Allerdings hatte sie keine Ahnung, um wen es sich dabei handelte. Jane hatte seinen Namen nie erwähnt, was ein Grund mehr war, die Sache nicht allzu ernst zu nehmen ...«

»Sind Sie der Geschichte nicht mal nachgegangen? Haben Sie nicht mit Kollegen gesprochen?«

»Steht alles in der Akte.«

Thorne wusste ganz genau, was in der Akte stand. Er hatte den Großteil des Samstags und des Sonntags damit verbracht, sich durch die Berichte über Jane Lovell und Katie Choi zu kämpfen. Getrocknetes Blut im Ödland. Stichwunden, die in die Hunderte gingen. Noch eine Woche leichter Lektüre.

Er ließ Lickwood gewähren.

»Ohne einen Namen war das Zeitverschwendung. Die Firma ist nicht klein. Wir fragten herum, verschafften uns einen Eindruck, sahen uns ein paar Leute an, doch wir fragten nicht, ob irgendjemand hier eine Frau belästigt hatte, die gerade ermordet aufgefunden worden war. Mehr war nicht drin.«

Thorne fiel es schwer, auch nur einen Anschein von Respekt für den Dienstgrad dieses Mannes zu wahren. »Wie sah die Firmenpolitik aus? Gab es Intrigen? Es gibt immer Klatsch. Konnten Sie darüber etwas in Erfahrung bringen?«

Lickwood lehnte sich erneut auf seinem Stuhl zurück, so gewagt diesmal, dass er jeden Augenblick nach hinten umzukippen drohte. »Genau das war das Problem, Kumpel. Wir hatten sie bereits gefunden, nicht wahr? Mausetot, hundert Meter von der Wood Green High Road entfernt. Soweit wir das beurteilen konnten, drehte sich die Gerüchteküche natürlich um Jane Lovell ...«

Dave Holland ging selten ins Kino. Er und Sophie liehen sich lieber ein Video aus, und manchmal fragte er sich, ob er nicht etwas versäumte. Ein Blick auf die schmuddligen, mit einem versifften, klebrigen Teppich ausgekleideten Innenräume des Odeon in Wood Green machte ihm klar, dass er mit Blockbuster, seinem Videoverleih, besser fuhr.

Michael Murrell war ein hoch gewachsener, unnatürlich hagerer Schwarzer Ende dreißig, der hüstelte, um sich bemerkbar zu machen, nicht vorhandene Flusen von seinem Jackenkragen fegte und Holland kurz angebunden erklärte, er könne höchstens fünf Minuten für ihn erübrigen. Diese Zeit war mehr als ausreichend für Holland, um zu erkennen, dass sein Job als Geschäftsführer so ziemlich alles war, was dieser Mann für sich ins Feld führen konnte. Was ihm an menschlicher Wärme fehlte, machte er mit seiner Effektivität und einem unerreichten Wissen über den Verkauf von Popcorn wett. Er hätte ihm zweifelsohne genau auseinander setzen können, wie viele Eimer süßes oder gesalzenes Popcorn im letzten Kalendermonat verkauft worden waren und ob Männer oder Frauen mehr Käse-Nachos vertilgten. Zwar war Holland nicht gerade hingerissen von seinem Charme, aber er war erleichtert. Was immer die Ursache sein mochte für Mr. Murrells merkwürdige Hingabe an seine Arbeit, sie machte ihn vermutlich zu einem verlässlichen Zeugen. Er konnte sich noch immer ausgezeichnet an den Mann erinnern – oder er behauptete es zumindest –, den er vor fünf Monaten vor dem Kino hatte herumlungern sehen.

»*Pearl Harbour* mit Ben Affleck und Kate Beckinsale. Die Vorführung begann um zwanzig nach acht, der Hauptfilm um acht Uhr fünfunddreißig, und das Publikum verließ den Saal ab zwanzig nach zehn. Ich habe ein gutes Gedächtnis, Detective Constable, ich seh noch immer sein Gesicht vor mir.« Murrell sprach unaufgeregt, nüchtern über den Abend und musterte Holland dabei durch die übergroßen Gläser seiner Brille. »Sehen Sie, was mir nicht aus dem Kopf geht, ist die Tatsache, dass er weder irgendwie verschlagen noch verdächtig aussah … sondern eher verängstigt.«

Sarah McEvoy mochte rauchen, als ginge es um England, doch neben Lyn Gibson wirkte sie wie ein Waisenknabe.

Diese arbeitete für eine kleine Public-Relations-Firma in Putney, in einem Gebäude, in dem Rauchen strengstens untersagt war. Sie standen kaum zwanzig Minuten auf dem Parkplatz und froren sich den Arsch ab, und schon häuften sich die Zigarettenkippen zu ihren Füßen.

Die von Lyn Gibson waren leicht zu erkennen. Sie waren voll knallroter Lippenstiftspuren. Alle vier.

Dass ihr Mund anderweitig beschäftigt war, war nur ein Grund, warum sie zunächst nicht viel über den Tod ihrer Freundin erzählte. Offensichtlich fiel es ihr immer noch schwer, sich darüber auszulassen. McEvoy ließ ihr Zeit. Fünf Monate waren eine lange Zeitspanne in der Mordkommission.

Für die Freunde und Verwandten der Toten waren fünf Monate nur ein Augenblick.

»Jane war keine Heilige, verstehen Sie. Aber sie war nicht boshaft, nicht im Geringsten.« Wenn Lyn redete, redete sie langsam, gab eine Reihe unzusammenhängender Feststellungen von sich, als suche sie Trost in diesem Katalog von *Wahrheiten*, in dieser soliden Charakteranalyse ihrer toten Freundin.

»Sie lachte ständig. Zumindest, wenn ich dabei war. Ich weiß, dass sie sich gelegentlich ihren Frust von der Seele heulte, wenn sie allein war ...«

Erst als McEvoy Jane Lovells Job erwähnte, wurde Lyn Gibson lebhafter. Aufgeregt berichtete sie von einem Mann, von dem ihre Freundin ihr erzählt habe, er belästige sie. Jane hatte zugegeben, sie habe ein wenig mit ihm geflirtet, ihn vielleicht etwas an der Nase herumgeführt, aber sie habe ihn nur necken wollen. Er habe sie nie wirklich interessiert.

»Doch irgendetwas an ihm machte ihr zu schaffen. Sie konnte nie genau sagen, was. Und als ich mehr darüber wissen wollte, ließ sie die Schotten runter. Als wäre es ihr nicht ganz geheuer. Sie hat mir nicht mal gesagt, wie der Typ heißt. Aber Sie sollten versuchen, mehr darüber herauszufinden. Mir ist klar, dass dieser Wichser Lickwood dachte, ich sei nicht ganz dicht, aber ich kannte Jane. Verstehen Sie …?«

McEvoy war beeindruckt. Diese Frau war wütend, aber soweit McEvoy es beurteilen konnte, ging es ihr nicht um etwaige persönliche Interessen. Mit einem dröhnenden, kehligen Lachen steckte sich Lyn Gibson die nächste Zigarette an. Doch McEvoy sah, dass sich die Flamme in den Tränen spiegelte, die sich zu dicken Tropfen sammelten.

»Ich hab ihr gesagt, sie solle mit mir kommen und bei mir schlafen, verstehen Sie. Die dumme Kuh hing zu sehr an ihrem Bett.« Wieder lachte sie, und das Lachen ging in ein Husten über. Sie zog kräftig an der Zigarette und drückte ihren Handballen gegen ein Auge. »Und jetzt sag ich Ihnen, was wirklich blöd ist. Der Film, den wir uns an diesem Abend angesehen haben, war Scheiße. Ein richtiger Scheißfilm …«

Es war merkwürdig, wie so etwas Simples wie die Weihnachtsbeleuchtung in Kentish Town Thornes Stimmung heben konnte. Sie reichte lange nicht heran an das grelle Spektakel in der Oxford Street oder in Brent Cross, es waren nur ein paar Kabel mit weißen Glühbirnen, die die Hauptstraße überspannten. Aber er fand sie auf eine bizarre Weise erbaulich nach zwei Stunden in der Gesellschaft von Derek Lickwood.

Thorne mochte Weihnachten. Er fand es nicht mehr so aufregend wie als Kind, aber wer tat das schon? Er war ein Einzelkind, und es war immer etwas Besonderes gewesen. Jetzt konnte er leicht zynisch werden, wenn kurz nach Ostern die Weihnachtsdekoration hervorgeholt wurde, und sich darüber das Maul zerreißen, wie viel Geld ausgegeben wurde. Dennoch hoffte er stets, es möge eine weiße Weihnacht geben. Und wenn er einen Kinderchor *In The Bleak Midwinter* singen hörte, stiegen ihm Tränen in die Augen.

Dieser Anflug einer jahreszeitbedingten Hochstimmung bekam mehr als einen Tritt gegen das Schienbein, als Thorne zu Hause ankam und seine Post öffnete, nur um feststellen zu müssen, dass die bislang *einzige* Weihnachtskarte, die er bekommen hatte, von Bengal Lancer stammte, die ihm für ein weiteres Jahr dankten, in denen er Kunde bei ihnen war. Dieser Moment schien genauso geeignet wie jeder andere, um sich bei ihnen für diese Karte plus Kalender zu bedanken, indem er anrief und sich etwas zu essen nach Hause bestellte.

Auf dem Weg zum Telefon bemerkte Thorne das Blinken des Anrufbeantworters. Er drückte auf Play und ein paar Sekunden später die Stopptaste, als er die Stimme seines Vaters vernahm. Die Nachricht selbst war mit ziemlicher Sicherheit unwichtig, nur der letzte in einer langen Reihe kaum verhüllter Vorwürfe, weil er nicht anrief.

Thorne nahm es sich zu Herzen und rief an.

Seit dem Tod seiner Mutter vor zweieinhalb Jahren war die Beziehung zwischen Tom und Jim Thorne immer mehr durch die absurde und beinahe pathologische Begeisterung seines Vaters für sinnlose Quizfragen und dämliche Witze bestimmt worden sowie durch die wilde Entschlossenheit des Sohnes, die Schuld auf sich zu nehmen, dass sie mehr trennte als die fünfundzwanzig Meilen zwischen North London und St. Albans.

Gezwungenes Lachen und ständige Schuldgefühle.

Normalerweise kam zuerst der Witz. »Tom, worauf steht E. T.?«

»Erzähl schon, Dad …«

»Auf kurzen Beinen.«

Dann kam die Schuld. Heute in der Form der jährlichen Frage, wo Thornes Vater Weihnachten feiern sollte. Die letzten zwei hatte er mit Thorne in London verbracht, *und* die paar zuvor auch, als sie noch zu dritt waren. Die Zeiten, als sie noch *vier* waren, um sich gegenseitig Socken und Parfüm zu schenken und trocknen Truthahn zu essen, sich über die Ansprache der Queen zu streiten und dann vor *Gesprengte Ketten* einzuschlafen, schienen ewig zurückzuliegen. Die Zeiten vor Schlaganfällen und Krankenhausbesuchen und einem Kummer, der die Menschen für immer verändert.

Die Zeiten, bevor es Affären gab.

Jetzt waren nur noch Vater und Sohn da, und der alte Herr schien es darauf anzulegen, dass man ihm um den Bart ging. Er hatte eine Schwester in Brighton, deren Name das ganze Jahr nicht fiel und plötzlich im Gespräch aufzutauchen pflegte, wenn der erste weihnachtliche Werbespot von Woolworth im Fernsehen lief. Thorne kannte die »Ich weiß, du hast viel um die Ohren, machen wir kein großes Trara draus«-Nummer seines Vaters inzwischen auswendig. Sie kam einmal im Jahr, so wie der Weihnachtsmann, und an den glaubte Thorne schon lange nicht mehr. Sicher, er *könnte* zu Eileen gehen ... wäre vielleicht für alle Beteiligten einfacher ... er wollte niemandem Scherereien machen ... er versprach ihm, ihm Bescheid zu geben, sobald er wusste, was er tun wollte ...

Thorne war sich sehr wohl darüber im Klaren, dass der alte Kerl *ganz genau* wusste, was er tat.

Als die zwei Dosen von Sainsbury's bestem belgischem Bier die feinsten Kaschmirköstlichkeiten hinuntergespült hatten, war Thornes Wut auf seinen Vater verflogen. Es war Zeit zu sehen, was McEvoy und Holland herausgefunden hatten.

Holland berichtete Thorne, er habe Margie Knights Beschreibung mit Michael Murrell durchgesprochen. Und obwohl sie Ähnlichkeiten aufwiesen, hatte Murrell darauf bestanden, der Mann, den er gesehen habe, habe eine Brille getragen. »In Ordnung, dann bringen wir Knight *und* Murrell eben an einen Tisch«, sagte Thorne. »Damit wir zu Potte kommen.«

McEvoy bestätigte, dass man Lyn Gibsons Geschichte überprüfen sollte. Da war was gewesen mit einem Kollegen aus Jane Lovells Büro, was es wert schien, genauer untersucht zu werden. Warum sollte nicht wenigstens einer der Mörder mit einem Opfer aus seinem Umfeld angefangen haben? Mit jemandem, den er kannte? Thorne war genau das Gleiche durch den Kopf gegangen, und trotz Lickwoods Bemerkung, das sei die reinste Zeitverschwendung, hatte er bereits beschlossen, sich darum zu kümmern. Er hätte es ohnehin getan, ganz unabhängig davon, was Detective Sergeant McEvoy von Lyn Gibson hielt. Allein um Derek Lickwood zu ärgern. Wenn er ihm schon keine scheuern konnte, dann wollte er ihm wenigstens ans Bein pinkeln.

Während er mit McEvoy telefonierte, sammelte Thorne die Takeaway-Kartons vom Boden auf. Elvis, seine Katze, schmiegte sich miauend an seine Beine. Er hatte sie, samt dem bescheuerten Namen, vor einem Jahr unter unerfreulichen Umständen geerbt während der Jagd nach dem »Sandmann«-Mörder. Elvis war eine nervöse Mieze, was ihrem Appetit jedoch nicht zu schaden schien.

Thorne trug den Müll in die Küche. Nicht, dass er seine Wohnung besonders mochte, aber wenigstens war sie einigermaßen ordentlich. Meistens.

Er schmiss die Reste seines Abendessens in den Mülleimer und dachte, wie nett es wäre, eine Frau sagen zu hören, wie sauber seine Wohnung sei.

Sarah McEvoy verabschiedete sich von Thorne mit der Bemerkung, man sehe sich morgen, und schaltete ihr Handy aus. Sie lächelte Dave Holland zu, der vor weniger als zwei Minuten genau das Gleiche gesagt und getan hatte.

Die Glocke läutete die letzte Bestellrunde ein. Holland sah zuerst auf die Uhr und dann zu McEvoy. Sie nickte und zog sich eine Zigarette heraus, während er ihre leeren Gläser nahm und sich durch die Gäste zum Tresen kämpfte.

Thorne saß auf seiner Couch und grübelte über den Tag nach. *Ihn* hinderten keine dicht stehenden Menschenmassen am Trinken.

Es war einer dieser Tage gewesen, an dem die Sirenen heulten und heulten, so dass dieses Geräusch für ihn beinahe spürbar wurde, in seinen Körper überging, und er nicht mehr in der Lage war, eine Richtung zu bestimmen. Vielleicht war ein schreckliches Unglück passiert. Ein Zugunglück. Ein Brand in einer U-Bahn-Station. Oder vielleicht war es nur ein ganz normaler Tag in einer Stadt, die Thorne liebte und hasste, wobei sich seine Liebe und sein Hass stets die Waage hielten.

Polizeiautos, Krankenwagen, die sich ihren Weg durch die Straßen der Hauptstadt erkreischten.

Der Sound von London.

Thorne starrte auf den Fernsehschirm. Die aufdringlichen und unruhigen Bilder berührten ihn nicht im Geringsten. Halb eins, und das Programm schien aus spärlich bekleideten Frauen zu bestehen, die auf der Straße auf völlig Fremde einbrüllten. Das hatte nichts mit Thorne zu tun. Nur ein Gesicht kam ihm vage vertraut vor. Ein müdes, graues Gesicht, auf das er einen Blick erhaschte, wie es hinter dem staubigen Bildschirm schwebte, in den wenigen glücklichen Momenten völliger Dunkelheit.

Draußen war es kalt genug für Schnee.

Drinnen starrte Thorne auf sein eigenes Spiegelbild. Und fragte sich, was sich Charlie Garner wohl zu Weihnachten wünschte.

1986

Sogar später, als es Winter wurde, war ihm klar, dass er es vorzog, draußen zu bleiben. Auf der Straße. Sicher würde es ein paar Tage geben, die wirklich übel waren, wenn einem vor Kälte die Eier wehtaten, wenn ihm nichts übrig blieb, als die Nacht in einer Jugendherberge zu verbringen. Er hatte gehört, wie einige von den wirklich Alten, von den dummen Arschlöchern, den Säufern, über Nächte redeten, in denen die Hose an den Beinen festfror und man sich bepinkeln musste, nur damit sie wieder auftaute. Wenn es so weit käme, würde er womöglich ins Obdachlosenasyl gehen, zurück zu heißer Suppe und dem Jesusgesülze. Ansonsten jedoch würde er draußen schlafen, sofern der Schnee nicht mindestens kniehoch lag. Deshalb nannten sie es ja »hart«, verdammte Scheiße.

Und er hatte schon immer sehr gut Schmerzen ertragen können.

Dieser Ort war wirklich etwas ganz Besonderes. Ein Labyrinth aus Wegen, Unterführungen und Tunneln. Eine kleine Stadt für die menschlichen Ratten. Doch erst in der Nacht erwachte die Kartonstadt wirklich zum Leben. Um den Anblick der Gesichter – der Augen, aus denen der Wahnsinn blickte, der eitrigen Geschwüre, der verfilzten Bärte – so richtig auskosten zu können, musste man sie im Licht der in den Abfalltonnen angezündeten Ölfeuer sehen. Tagsüber beherrschten die Skateboarder das Gelände, doch wenn die Dunkelheit hereinbrach, klemmten sie sich ihre Boards unter den Arm und verschwanden, nach

Hause zum Abendessen, und dann kroch das Gewürm aus den Löchern. Gesindel wie er.

Er gehörte noch nicht lange dazu. Anfangs war er zufrieden gewesen mit einer Absteige, und gewöhnlich hatte er tagsüber genug eingenommen, um im »Endell Street Spike« in Covent Garden schlafen zu können, aber es widerstrebte ihm, einen Weg nicht zu Ende zu gehen. Draußen war es am besten, und außerdem reizte es ihn, hier unten zu leben, mit der Royal Festival Hall und dem National Theatre über dem Kopf, in einer aus Schachteln errichteten und von Bier und Verzweiflung gespeisten Stadt.

Betteln reichte im Augenblick. Er hatte genug Zeit, sich eine Strategie zurechtzulegen, doch im Moment kam er mit ein paar Pfund am Tag blendend aus. Genug, um sich eine Zeitung zu kaufen, eine Dose irgendwas und ein wenig Schokolade für einen Energieschub.

Er war überzeugt davon, dass man stets vollen Einsatz zeigen oder es gleich bleiben lassen sollte. Er war ein sehr guter Bettler. Er stand nicht einfach da wie ein trauriges Hundebaby, das sich angepinkelt hatte, mit ausgestreckter Hand wie ein halb verhungerter Äthiopier. Er hängte sich rein. Ja, er war cleverer als die meisten anderen, und dass er erst sechzehn war, schadete nicht, denn man brauchte dafür schließlich keinen Doktortitel. Der springende Punkt war, dem Typen am Haken einzureden, er hätte keine andere Wahl. Nicht, indem man aggressiv war, nein, das war dumm und reine Energieverschwendung. Man musste einfach authentisch rüberkommen, und wenn man den Eindruck erweckte, man habe Humor, war das nicht schlecht. Wenn ich es mir leisten kann, über das hier zu lachen, Kumpel, kannst du es dir leisten, deine Hand in die Tasche zu stecken. Und wenn du darin nicht mehr findest als eine Pfundmünze, kannst du sie genauso gut mir rüberschieben. Vergelt's Gott, der Herr …

Diese Yuppiewichser konnten es sich ohnehin leisten.

Abzuhauen war absolut richtig gewesen. Daran hegte er keinen Zweifel mehr. Vor sechs Monaten. Er hatte ein paar Sachen in einen Sack gestopft und sich das Geld für den Anfang aus der Börse seiner Mutter geklaut. Damals war er sich nicht hundertprozentig sicher gewesen, er hatte nur gewusst, dass er nicht dorthin gehörte.

Dass er wegmusste.

Er dachte noch immer an Palmer und Karen. Dachte bei weitem häufiger an sie als an seine Mum. Einmal träumte er von seinem Dad, aber er versuchte, nicht an ihn zu denken.

Eigentlich dumm. Nicht *sie* fehlten ihm, er vermisste die Sachen, die er anstellen konnte, wenn sie da waren. Und was er dabei fühlte. Palmer und Karen waren für ihn wie seine Luftdruckpistole oder seine Messer oder sein Cricketschläger. Dinge, die er benutzte.

Es war eine laue Nacht. Er legte sich zurück, den Kopf auf seinem Sack, und schaute durch die Treppen und Rampen hinauf zu dem Ding, das sich oben auf der Hayward Gallery bewegte und aufleuchtete. Jemand hatte ihm erklärt, die Farben änderten sich mit dem Wind. Kunst, angeblich. Eher Wichserei …

Über der Waterloo Bridge stand der Vollmond. Auf der Brücke selbst liefen Leute, langsam, nach links und rechts schauend, den bewundernden Blick flussauf- und -abwärts gerichtet. Blöde Säcke. Den besten Blick auf London hatte man nicht von da oben. London, das war hier unten, wo er war, inmitten der Junkies und der Hundescheiße. Diese Stadt wurde umso lebendiger, je tiefer man hinabstieg und je mehr man begann, darin aufzugehen.

Martin und Karen …

Er sah sie vor sich, in diesem rußigen Schuppen bei den Gleisen, im Park oder im Einkaufszentrum oder wie sie in dunklen Unterführungen hinter ihm herliefen, sich ständig umblickend. Wie Martins riesige Hände vor Angst flatterten, er mal beruhigt, mal angestachelt werden musste. Karen, wie sie über ihn lachte, weil er so ungelenk war und sich vor allem und jedem fürchtete.

Nicklin schlief ein und träumte davon, den beiden in den Arsch zu treten.

Sechstes Kapitel

Baynham & Smout war eine große Steuerberatungsfirma, deren glasverkleidete Straßenfront auf der Shaftesbury Avenue direkt an die von Filmfirmen und Verlagshäusern angrenzte, einen Steinwurf entfernt von Chinatown und Soho. Ein fantastischer Arbeitsplatz, falls ein Angestellter, nachdem er sich einen Vormittag lang mit Zahlen herumgequält hatte, mittags Lust auf süßsaure Suppe und eine schnelle Nummer bekam.

Thorne saß auf einem riesigen schwarzen Ledersofa und bewunderte die Kunst an den enormen weißen Wänden, die unterkühlt zurückhaltend, aber vom Feinsten war. Er sah zu Holland im Sessel gegenüber, der das Hochglanzmagazin durchblätterte, das er sich von der Glasplatte des Couchtischs geschnappt hatte. Wie viel es wohl gekostet hatte, diese Empfangshalle auszustaffieren? Sicher ein Vielfaches seiner gesamten Wohnungseinrichtung. Vermutlich mehr, als seine *Wohnung* gekostet hatte ...

Seine Augen trafen sich mit denen einer der beiden umwerfenden jungen Empfangsdamen an den Walnusstischen auf der anderen Seite der Lobby. Sie lächelte. »Dauert nicht mehr lange.« Als die Worte von dem Marmor und dem Glas zurückgeworfen wurden, blickte auch ihre Kollegin auf und lächelte.

Thorne nickte. Eine von den beiden war erst seit fünf Monaten hier ...

Er schloss die Augen und sah eines der Fotos aus seiner ständig größer werdenden Galerie vor sich. Die junge Frau lag auf der Seite, den rechten Arm unter sich und den linken hoch über dem Kopf, wie ein Schulmädchen, das um die Aufmerksamkeit des Lehrers kämpft. Ein hochhackiger Schuh fehlte, er lag ein paar Meter entfernt in einem Brennnesselgestrüpp. Auf ihrem dünnen Sommerrock glitzerte der Tau. Sie war gelblich weiß, wie der Knochen eines riesigen Köters, abgenagt und achtlos liegen gelassen. Ihre Kleidung hing an ihr wie Fleischfetzen, ihre Haare waren so bleich wie Knorpel. Der einzige Farbfleck – das Blut, das aus der Wunde in ihrer Brust geflossen und über Nacht zu der Farbe alten Fleisches getrocknet war.

Thornes Blick wanderte zu den zwei jungen Frauen, die eifrig an ihrem Computer zugange waren, wenn sie nicht gerade die ständig läutenden Telefone bedienten. Welche der beiden wohl Jane Lovell ersetzt hatte?

»Sean Bracher … entschuldigen Sie bitte.«

Thorne sah sich einem schicken Anzug gegenüber, einer ausgestreckten Hand und einem mit viel zu vielen Zähnen voll gepackten Mund. Holland war bereits auf den Beinen, und Thorne tat es ihm gleich. Er griff nach seiner abgetragenen Lederjacke und machte sich auf, Bracher in sein Büro zu folgen. Doch der stellvertretende Personalchef von Baynham & Smout wollte dieses Gespräch mit der Polizei gleich hier in der Empfangshalle erledigen. Er ließ sich in einen der Sessel fallen, legte sein Handy auf den Couchtisch und rief hinüber zur Rezeption: »Jo, eine Kanne Kaffee wäre nett …«

Bracher war Mitte dreißig und hatte bereits eine beginnende Glatze – sehr zu seinem Missfallen, wie Thorne vermutete. Offensichtlich der typische Junge aus kleinen Verhältnissen, der es geschafft hatte und bei Bedarf ein antrainiertes Savoir-vivre an den Tag legen konnte. Bei Thorne und Holland fand er augenscheinlich die kumpelhafte Tour am angebrachtesten: verschluckte Endungen, Lachen, Anspielungen. Einer von den Jungs.

Der Kaffee kam sogleich, und Bracher sagte seinen Spruch auf.

»Ich kann Ihnen nicht mehr sagen, als ich bereits im Sommer Ihrem Kollegen gesagt habe. Wir sind eine große Firma, und in der Regel bekomme ich das meiste mit, was hier läuft. Doch es ist unmöglich, darüber auf dem Laufenden zu sein, was die Leute in ihrer Freizeit treiben. So, das wäre geklärt. Darüber hinaus kann ich nur wiederholen, ich habe nicht den geringsten Anhaltspunkt dafür, dass es hier jemanden gibt, mit dem Jane ein Problem gehabt hätte. Mein Job ist es, dass mir die Leute dergleichen erzählen, und Jane und ich verstanden uns gut, müssen Sie wissen. Daher denke ich, dass sie damit nicht hinter dem Berg gehalten hätte.«

Holland stellte seine Kaffeetasse zurück auf den Couchtisch. »Ich habe den Eindruck, dass Jane hier Schwung in den Laden brachte. Dass sie ihr Leben in vollen Zügen genoss.«

Bracher rutschte auf dem Ledersessel hin und her. »Deshalb traf es die Leute vermutlich so sehr, was passierte. Wenn man nicht aufpasst, kann es hier schnell langweilig werden. Und seit alles so unglaublich politisch korrekt geworden ist, reagieren manche Leute recht empfindlich, wenn jemand versucht ... etwas Leben reinzubringen.«

Thorne blickte auf, als ein Motorradkurier durch die Drehtür kam, den Helm abnahm und an die Rezeption marschierte.

»›Leben reinzubringen‹?«, fragte Holland nach.

Die Ellbogen auf die Knie gestützt und die Finger verschränkt, beugte sich Bracher vor. Was er sagen wollte, war wichtig. »Siebenundfünfzig Prozent, *wenn nicht mehr*, siebenundfünfzig Prozent lernen ihren Mann, ihre

Frau, ihre feste Beziehung am Arbeitsplatz kennen. Das ist eine Tatsache. Aber wenn Sie heutzutage eine Frau auch nur zum Essen einladen wollen, müssen Sie vorsichtig zu Werke gehen, verstehen Sie? Man konnte früher etwas Spaß haben, Männer und Frauen konnten sich ein bisschen anmachen, aber mit dieser Lockerheit ist es vorbei, jetzt ist alles zugeknöpfter. Man redet nicht mehr wirklich miteinander, höchstens die fünf Minuten, wenn man Kaffee kocht oder so. In Amerika gibt es dafür den Ausdruck ›Water-cooler time‹. Wie auch immer, Jane scherte sich einen Dreck darum. Sie lachte einfach zu gern, und wenn das den Leuten nicht passte, zum Teufel mit ihnen. Verstehen Sie?«

Thorne sah zu, wie der Kurier ein Päckchen aus dem Beutel über seiner Schulter zog und es einem der Mädchen am Tresen reichte. Sie lachte über etwas, das er gesagt hatte …

»Gab es jemanden, der das nicht mochte?«, fragte Holland.

»Arschlöcher gibt es überall, oder? Bei Ihnen auf dem Kommissariat doch sicher auch?« Holland lächelte, doch nur mit dem Mund. »Sicher, da gab es immer merkwürdige Typen, die den Witz nicht kapierten. Aber das ging uns am Arsch vorbei. Ohne einen gewissen Sinn für Humor geht es nun mal nicht. Ich meine, es erwischt jeden mal …«

Thorne hörte nicht mehr zu, was Bracher sagte. Der Kurier und die Mädchen an der Rezeption flirteten noch immer. Der Mörder Jane Lovells könnte ein völlig Fremder sein oder jemand, den sie gut kannte. Eine dritte Möglichkeit war, dass sie ihren Mörder flüchtig kannte – jemand, den sie regelmäßig sah, ohne ihn wirklich zu kennen. Ein Kurier, ein Verkäufer, jemand, den sie jeden Morgen in der U-Bahn sah.

Alles in allem ein paar tausend Verdächtige …

»Jane war immer dafür zu haben, verstehen Sie? Für einen Spaß.« Bracher sang noch immer das Hohe Lied. »Soweit ich informiert bin, kam sie mit so gut wie allen aus.«

Thorne sprach ihn zum ersten Mal direkt an. Mit unverhohlenem Sarkasmus. »Und *ging* sie, soweit Sie informiert sind, Mr. Bracher, auch mit jemandem aus?«

Bracher wurde rot. Er griff nach dem Kaffeelöffel und klopfte damit ein paar Sekunden gegen das Tischbein. »Schauen Sie, meine Aufgabe ist, dafür zu sorgen, dass die Leute zusammen arbeiten können. Mit wem sie schlafen, geht mich wirklich nichts an.«

»Selbst wenn es jemand aus dem Büro ist? Das kann ich mir nur schwer vorstellen.«

Brachers Handy klingelte und dankbar griff er danach. Er telefonierte leise, wobei er Thorne einen Blick zuwarf und wegen dieser ärgerlichen Unterbrechung entschuldigend die Augenbrauen hochzog. Thorne sah zu Holland. Zeit zu gehen.

Bracher zuckte mit den Achseln und erhob sich. »Tut mir Leid, aber wenn es sonst nichts gibt …«

Während sie sich die Hand schüttelten und ihre Jacken und Mäntel einsammelten, schoss Thorne der Gedanke durch den Kopf, dass Bracher einen Kollegen beauftragt hatte, ihn nach zehn Minuten anzurufen, um ihm eine willkommene Entschuldigung zu liefern, das Gespräch zu beenden. Auf dem Weg durch die Drehtür kam ihm noch ein weiterer Gedanke. Vielmehr eine Frage. Hatte er inzwischen einen derart austarierten, rasiermesserscharfen Instinkt entwickelt oder war er bloß ein zynischer Bastard?

»Was halten Sie von ihm?«, fragte Holland. Sie liefen die Shaftesbury Avenue entlang, zum Eingang des NCP-Parkhauses an der Gerrard Street, wo Thornes alter

Mondeo den durchschnittlichen Wiederverkaufswert der geparkten Autos kräftig senkte. Ein strahlender Tag, aber eiskalt. Wie gemacht für Schal und Sonnenbrille …

»Vermutlich war er mit Jane Lovell in der Kiste, zumindest irgendwann mal.«

Holland nickte. »Sollen wir uns drum kümmern?«

Thorne schnitt eine Grimasse. Er *war* ein Zyniker, doch das bisschen Instinkt, das er hatte, sagte ihm, dass Bracher zwar ein arroganter Kotzbrocken sein mochte, aber mehr nicht. Wie viele dieser Typen ihm wohl noch über den Weg liefen, bevor dieser Fall abgeschlossen war?

Zurück im Becke House lief Thorne an McEvoy vorbei, die in der Haupteinsatzzentrale telefonierte. Sie winkte ihm zu, um ihm zu bedeuten, dass sie mit ihm reden müsse. Er nickte und ging weiter zu seinem Büro.

Er setzte sich an seinen Schreibtisch und blätterte in dem Tischkalender vor sich weiter zu Dienstag, dem 11. Dezember. Eine Minute lang starrte er wie gebannt auf den psychedelischen Bildschirmschoner, den Holland für ihn installiert hatte. Die kräftigen Farben waberten und verschwammen ineinander, und er konnte die Augen nicht abwenden, bis sie ihm wehtaten. Ein Bildschirmschoner solle, hatte man ihm erklärt, den Bildschirm davor bewahren »auszubrennen«. Burn out – Thorne fragte sich, ob sie so was nicht auch für Polizisten erfinden könnten.

Er stand auf und marschierte forsch in die Einsatzzentrale, ohne jemanden eines Blickes zu würdigen, ohne ein Wort zu sagen, packte einen Stuhl und zog ihn hinter sich her.

Er war noch nicht ausgebrannt …

Sein Büro konnte er nicht ausstehen, doch seine Gefühle für die Einsatzzentrale grenzten an blanken Hass. Es war unfassbar. Ein Zimmer voll scharfer Ecken und abgestandener Luft. Ein lang gestrecktes, verdrecktes Fenster, das Licht gedämpft durch schmutzig weiße vertikale Lamellen, von denen eine kaputt und zusammengeknüllt auf dem Fensterbrett inmitten Dutzender toter Schmeißfliegen lag. Mindestens zehn Schreibtische. Überall scharfe Ecken, die nur darauf warteten, einem einen harten Schlag gegen den Oberschenkel zu versetzen oder die Haut am Handrücken aufzureißen. An einer besonders fiesen Ecke stieß Thorne sich mehrmals die Woche, sosehr er sich auch vorsah. Das Zimmer war ein Feng-Shui-Albtraum. Nicht dass er mit derlei Quatsch etwas anfangen konnte. *Seiner* Meinung nach gab es nur einen einzigen Grund, seine Möbel und persönlichen Dinge neu zu arrangieren – und der hatte mit Einbrechern und Abwehrmaßnahmen zu tun.

Er zerrte den Stuhl quer durch den Raum und achtete dabei darauf, einen großen Bogen um den lebensgefährlichen Schreibtisch zu machen. Am anderen Ende des Zimmers angelangt, setzte er sich hin und starrte die Wand an.

Jane Lovell. Katie Choi. Ruth Murray. Carol Garner. Die Fotokopien von Fotos an einer billigen alten Korkpinnwand.

Und Dateinamen in einem Computer und selbstklebende Etiketten auf Gläsern in einer Leichenhalle …

Mit einem dicken schwarzen Filzstift waren Pfeile und geschwungene Linien über eine abwischbare Tafel gezogen. Die Linien verbanden die körnigen Fotos der vier Opfer mit Listen voller Daten, Zeitpunkte und Örtlichkeiten. Darunter war eine weitere Reihe mit Namen. Margie Knight. Michael Murrell. Lyn Gibson.

Charlie Garner …

Zeugen. Freunde. Familienangehörige. Figuren am Rande des Falldiagramms. Thorne starrte das Chart an. Vor ein paar Nächten war er hier gesessen und hatte über die zahlreichen Menschen nachgegrübelt, deren Lebensunterhalt von Mord abhing. Nun dachte er an die eher gegen ihren Willen darin Verstrickten. An die, die sich nicht aus freien Stücken eine Rolle in diesem Procedere gesucht hatten – einem Procedere, an dessen Ende sich ihr Name auf einer abwischbaren Tafel wiederfand.

Hunderte von Leben, die vom Tod eines einzigen Menschen berührt wurden.

Jane Lovell. Katie Choi. Ruth Murray. Carol Garner. Vier Menschen, die sterben mussten. Zwei kranke Mörder. Thorne konnte den Blick nicht abwenden von den Namen und den Fotos an der Wand vor ihm, er spürte, wie ihm alles entglitt. Dieser Fall wurde kalt. Sie bekamen ihn nicht zu fassen.

Thorne spürte eine Bewegung hinter sich und drehte sich um. Er sah Brigstocke durch das Büro auf ihn zumarschieren. Ein oder zwei Schritte hinter dem Detective Chief Inspector folgte ein Mann, den Thorne vor ein paar Tagen auf der Pressekonferenz gesehen hatte. Der Name fiel ihm nicht ein …

»Tom, das ist Steve Norman, unser Pressesprecher.«

Norman, genau. Zurückhaltend, was Kleidung und Auftreten anging; angemessen respektvoll hatte er die Damen und Herren von den Medien im Konferenzraum von Scotland Yard willkommen geheißen und den Auftritt von Trevor Jesmond mit ein paar witzigen Bemerkungen vorbereitet. Nichts, was der Ernsthaftigkeit ihrer Ermittlung zuwidergelaufen wäre oder die Kameras von ihrem Hauptaugenmerk abgelenkt hätte. Ganz offensichtlich konnte er sein Auftreten an jede Situation anpassen.

Thorne war aufgestanden. Norman trat gewandt einen Schritt vor und streckte ihm die Hand entgegen. Er war klein, drahtig und energiegeladen. Die schwarzen Haare hatte er mit Gel nach hinten gekämmt. Die dunklen Augen hielten Thornes Blick fest, als sie sich die Hand schüttelten.

»Es freut mich, Sie kennen zu lernen, Tom.«

Es befanden sich an die vierzig Leute im Raum – Ermittlungsbeamte, Polizisten in Uniform und zivile Hilfskräfte. Das Tohuwabohu, der Lärm der Telefone und das Sirren der Drucker waren nicht unbeträchtlich. Thorne konnte es sich nicht erklären, aber er hatte das Gefühl, vierzig Augenpaare ruhten auf ihm, und es herrsche Totenstille.

Brigstocke deutete auf die andere Seite. »Gehen wir doch ins Büro. Hier kann man ja keinen klaren Gedanken fassen ...«

Thorne ging voran. Brigstocke und Norman folgten ein paar Schritte dahinter, doch sosehr er sich bemühte, er verstand kein Wort von ihrer geflüsterten Unterhaltung. Als er einen Blick über die Schulter warf, stieß er sich an der scharfen Ecke des mörderischen Schreibtischs.

»Scheiße!«

Es tat ungemein weh. Er trat gegen den Schreibtisch. Die Frau dahinter riss erschrocken die Augen auf, ihre Arme flogen hoch, um einen schwankenden Stapel Unterlagen am Umfallen zu hindern.

Als Thorne, noch immer seinen Schenkel reibend, an der Tür zu seinem Büro ankam, fing er Hollands Blick auf, der gerade Kaffee holen wollte. Holland zog fragend die Augenbrauen hoch. Thorne antwortete mit der Andeutung eines Achselzuckens. *Ich habe genauso viel Ahnung wie du, Kumpel ...*

Sobald er im Büro war, ließ Thorne sich auf einen Stuhl sinken und war leicht konsterniert, als Brigstocke stehen blieb und Norman sich lässig an einen Schreibtisch lehnte. Beide blickten auf ihn hinab.

»Es liegt auf der Hand, dass die Medien nicht lockerlassen, bis wir etwas vorzuweisen haben …«, sagte Brigstocke mit der Stimme, die er gewöhnlich für Vorgesetzte reservierte. »Daher ist es wichtig, dass wir Steve ständig auf dem Laufenden halten.«

Norman zeigte dieses Strahlelächeln, dessen Wirkung Thorne bereits bei der Pressekonferenz bewundert hatte. »Russell hat mich schon über alles informiert. Ich wollte mich nur vorstellen, wie es sich gehört, und mich bereits im Voraus dafür entschuldigen, dass ich Ihnen ab einem gewissen Augenblick *unweigerlich* auf den Sack gehen werde.«

Thorne, der keine Sekunde daran zweifelte, riss sich zusammen, um als Erwiderung annähernd etwas wie ein Lächeln zustande zu bringen. »Ich denke, ich komm damit klar.«

Norman nickte, stieß sich von der Schreibtischkante ab und schlenderte ans Fenster. »Wenn ein Medientyp die Floskel ›unter uns und nicht für die Öffentlichkeit bestimmt‹ gebraucht, lautet mein Rat gewöhnlich, sofort die Klappe zu halten. Aber unter uns und nicht für die Öffentlichkeit bestimmt, Tom …« Brigstocke lachte. Thorne tat sein Bestes, mit einzustimmen. »Gibt es etwas, das ich wissen sollte?«

»Kann ich nicht sagen«, antwortete Thorne. »Ich weiß nicht, was Sie alles nicht wissen.« Norman blieb am Fenster stehen und kehrte ihm weiter den Rücken zu, weshalb Thorne nicht beurteilen konnte, wie er reagierte. Brigstockes Reaktion dagegen war klar. Thorne verstand, dass er gut daran tat, sich auf das Spiel einzulassen. »Keine Frage, Sie erfahren es als Erster, falls es einen bedeutenden Durchbruch gibt. Im Augenblick verfolgen wir ein paar Spuren …«

Norman drehte sich um und blickte Thorne ins Gesicht. »Hören Sie, ich erwarte nicht wirklich, als Erster informiert zu werden, aber es empfiehlt sich stets, die Presse für seine Zwecke zu benutzen. Tun Sie das nicht, genügt das Geringste, und die Meute fällt über Sie her …«

Thorne dachte nicht einmal daran, sich eine coole Antwort zu überlegen, denn er wusste, Norman hatte Recht. Er hatte schon zu oft erlebt, wie gute Polizisten durch den Fleischwolf gedreht worden waren. Wollte er dieser unersättlichen Maschinerie entgehen, musste er Menschen wie Norman erdulden.

»Im Augenblick werden sie etwas ungeduldig«, erklärte Norman. »Es gibt einen entscheidenden Durchbruch, keine Frage, aber wir müssen weiterliefern.«

»Wir hätten damit nie an die Öffentlichkeit gehen dürfen. Die Tatsache, dass die Mörder zusammenarbeiten …«

Norman ließ den kumpelhaften Ton fallen, als handle es sich dabei um ein Stück Scheiße. »Das war nicht meine Entscheidung, Inspector, wie Sie sehr wohl wissen. Meine Aufgabe war und *ist*, die Entscheidungen umzusetzen, die auf einer weitaus höheren Ebene als *dieser* getroffen werden, sofern diese das Verhältnis der Met zu den Medien betreffen.« Er neigte den Kopf und sah zu Brigstocke.

War das klar genug?

Brigstocke trat ein paar Schritte auf Thorne zu und legte die Hände auf die Stuhllehne.

»Ergab sich was Neues bei dem Gespräch mit Bracher?«

Thorne fühlte sich unwohl dabei, die weitere Entwicklung des Falles zu diskutieren, während Norman dabei war. Doch augenscheinlich war Brigstocke darauf aus, dem Pressesprecher irgendetwas zum Fraß vorzuwerfen.

»Nicht wirklich.« Er wandte sich zu Norman um. »Aber wir müssten Ihnen sehr bald ein elektronisch erstelltes Fahndungsfoto von dem Mann liefern können, der Jane Lovell und Ruth Murray umgebracht hat.«

Das schien Norman außerordentlich zufrieden zu stellen. »Großartig ... das ist großartig. Ausgezeichnet. Ich werde dafür sorgen, dass das so groß wie möglich gebracht wird. Auf jeder Titelseite im ganzen Land, in jeder Nachrichtensendung ...«

Es klopfte, und wenig später steckte Sarah McEvoy den Kopf durch die Tür. »Sir, ich ... oh, entschuldigen Sie, ich komme später ...«

Norman hob die Hände. »Ich bin hier fertig, Russell ...« Er ging auf die halb geöffnete Tür zu.

Brigstocke winkte McEvoy herein. »Ist schon in Ordnung, Sarah.« McEvoy trat ins Zimmer und machte Norman Platz, der an ihr vorbei zur Tür ging. Thorne entging nicht, wie er sie dabei von Kopf bis Fuß in Augenschein nahm, bevor er sich an der Schwelle umdrehte.

»Eine DNS-Probe wäre natürlich wunderbar gewesen, aber ein Bild ist auch nicht schlecht. Wenn Sie ihn erwischen, wird er festgenagelt. Die Medien können Ihnen helfen, ihn zu fassen, Tom.«

Brigstocke nickte und sah zu Thorne. »Ich bring Sie raus, Steve ...«

Norman redete kurz mit McEvoy, und Brigstocke sprach mit beiden, während er und Norman langsam sein Büro verließen. Thorne blieb auf seinem Stuhl sitzen und sah ihnen dabei zu, aber seine Gedanken schweiften ab. Er drehte sich auf seinem Stuhl herum und blickte aus dem Fenster. Ein grandioser Ausblick auf das Industriegebiet auf der anderen Seite der A5. Geschäfte mit Namen wie Carpet Kingdom und Shoe World und Dictatorship of Leather. Riesige Warenhäuser im amerikanischen Stil. Alles wurde immer amerikanischer.

Einschließlich der Morde.

Kleine viereckige Autos fuhren an den großen viereckigen Warenhäusern vorbei. Von den auf der *anderen* Seite des Gebäudes gelegenen Fenstern konnte er auf den Collegehof hinuntersehen, wo die jungen Polizisten manchmal das Marschieren übten.

So oder so, der Ausblick war immer deprimierend.

»Sieht interessant aus ...«

Thorne wirbelte herum. McEvoy hatte sich auf den Rand seines Schreibtischs gesetzt und wartete darauf, informiert zu werden. Er hatte nicht vor, ihr mehr zu erzählen, als sie ihm ohnehin vom Gesicht ablesen konnte. »Nicht wirklich.«

McEvoy hatte nicht vor, sich abwimmeln zu lassen. »Anscheinend ein aalglatter Kunde.« Thorne schwieg. Einen Trumpf hatte sie noch in der Tasche. »Besonders beeindruckend war seine Technik, meine Titten zu scannen.«

Thorne lachte. »So subtil war es nun auch wieder nicht ...«

»Glauben Sie mir, alles ist relativ. Kann er uns Probleme machen?«

»Ich denke nicht. Solange wir Mr. Norman in dem Glauben lassen, er halte uns die Pressehorden vom Leib. Für den Augenblick habe ich ihm versprochen, ihm so bald wie möglich ein elektronisch erstelltes Fahndungsfoto zu liefern. Wir müssen Murrell und Knight hier reinholen ...«

McEvoy stand vom Tisch auf. Eine Sekunde wich sie Thornes Blick aus. Schlechte Neuigkeiten. »Was gibt's?«

»Das ist der eigentliche Grund, warum ich Sie sprechen wollte.« McEvoy versuchte sachlich zu bleiben. »Wir können Margie Knight nicht finden.«

»*Sie können sie nicht finden?*«, brüllte Thorne. Auf der anderen Seite der Tür würden sich nun die Köpfe in ihre Richtung wenden.

»Anscheinend drehte sie durch, nachdem sie mit uns sprach. Vielleicht ist sie im Urlaub ...«

Thorne erhob sich und rannte in dem kleinen Büro auf

und ab. »Scheiße, Sarah. Wir hätten sie gleich herbringen und das Fahndungsfoto elektronisch erstellen müssen.«

»Sie ist eine Prostituierte. Daher ist es ganz natürlich, dass sie Polizisten nicht gerade schätzt. Die meiste Zeit versuchen wir, sie festzunehmen oder daran zu hindern, sich ihren Lebensunterhalt zu verdienen. Glauben Sie wirklich, es hätte was gebracht, sie durch halb London zu schleppen und auf einen Stuhl zu binden?«

McEvoy reagierte aggressiv auf Thornes aus der Frustration geborenen Zornesausbruch, aber sie hatte Recht, das war ihm klar. Erinnerungen waren ohnehin die meiste Zeit unzuverlässig. Etwas, worauf man nie bauen konnte. Sie zu erzwingen, fehlte da gerade noch.

»Könnten wir uns vorerst nicht einfach mit Murrells Beschreibung zufrieden geben?«, fragte McEvoy. »Vielleicht sollten wir der Presse mehrere Optionen anbieten. Mit und ohne Brille …«

»Nein.« Thorne wusste nur zu gut, welchen Unterschied eine Beschreibung machen konnte. Er hatte bereits genug Fehler begangen, die ihn teuer zu stehen gekommen waren. Ungenauigkeiten, Widersprüche waren unvermeidlich, aber sie auf ein Minimum zu reduzieren konnte Leben retten. So schrecklich einfach war das.

»Murrells Beschreibung ist fünf Monate alt. Margie Knight konnte diesen Scheißkerl vor zwei Wochen ziemlich gut sehen.« Er ging zurück an seinen Schreibtisch, blieb gegenüber McEvoy stehen und erklärte ihr in aller Deutlichkeit: »Ich möchte das Gesicht sehen, das sie im Kopf herumträgt. Wir vergleichen es mit dem von Murrell, und dann sehen wir, was dabei herauskommt.« Sie nickte. Er schlenderte um seinen Stuhl herum und setzte sich. »Wie gehen wir vor?«

»Die Sitte schuldet mir ein paar Gefallen, und jeder Polizist in der Gegend hat ihre Beschreibung. Wir finden sie.«

Thorne sah sie an. Ihr Gesicht war nicht immer einfach zu lesen, doch im Augenblick stand darin deutlich geschrieben, dass McEvoy, ob sie Margie Knight nun fand oder nicht, wild entschlossen war, jede schmuddelige Sauna, jeden Massagesalon und jedes drittklassige Bordell in der City zu zerlegen. Er lehnte sich auf seinem Stuhl zurück und versuchte so zu klingen, als sei er noch immer etwas sauer.

»Na los dann …«

Die Zweifel kamen mit der Zugluft von der Tür, als McEvoy diese hinter sich zuschlug. Ein oder zwei Minuten, als McEvoy da war und ihn die Wut gepackt hatte, hatte er fast entschlossen gewirkt. Als ob er tatsächlich eine Vorstellung davon hätte, was er tat. Zwei Wochen waren verstrichen seit dem Tod von Ruth Murray und Carol Garner, und sie fielen immer weiter zurück. Suchten nach Spuren bei zwei Morden, die fünf Monate früher begangen worden waren.

Thorne wusste, dass er den Rest des Tages nur Routinearbeiten erledigen und damit beschäftigt sein würde, gegen zwei entsetzliche Gedanken anzukämpfen. Der Erste war, dass wahrscheinlich, nein, so gut wie *sicher*, nur eins den Fall voranbringen, ihn auf eine höhere Ebene katapultieren konnte, nämlich ein weiteres Paar Leichen.

Der zweite Gedanke war eher ein Gefühl, das wie ein Virus oder eine Infektion in ihm lauerte, darauf wartete loszuschlagen, klamm und klebrig und gegen jede Behandlung immun.

Das Gefühl, dass sie nicht mehr lange würden warten müssen.

Heute war die Polizei in der Firma, Karen. Sie kamen zu zweit, wie die Männer, hinter denen sie her sind …

Sie schnüffelten nur etwas rum. Mehr war nicht, nichts

Dramatisches. Es wurden weder Türen eingetreten noch Heckenschützen auf den Dächern gegenüber postiert. Keine Ahnung, was sie wirklich wissen. Ich habe mir das Hirn zermartert; ich brauche nur daran zu denken, und schon bekomme ich Kopfweh. Sie wären nicht gekommen, wenn sie keine Verbindung zwischen der Sache mit Jane und der anderen hergestellt hätten, du weißt schon ... Ruth, die hinter dem Bahnhof. Das müssen sie rausgekriegt haben. Aber was wissen sie von den anderen? Von den seinen? *Ich habe nicht die geringste Ahnung ...*

Die ganze Zeit über, in der sie in der Lobby saßen, hätte ich es mit einem Wort beenden können. Es wäre so einfach gewesen, sich vor ihnen auf den Boden zu werfen und zu beichten. Meine Fantasie geht mit mir durch, ich weiß. Hätte ich nicht so entsetzliche Angst vor der Polizei, hätte ich nie damit angefangen, stimmt's? Also bleibt mir wie üblich nichts übrig, als dir zu beichten, Karen. Ich muss dir gestehen, dass dein Gesicht, das Gesicht, das ich vor mir sehe, wenn ich dir alles beichte, voller Verständnis ist und voller Wärme. Voller Liebe.

Mittlerweile beginnt meine Arbeit zu leiden, was nicht unbemerkt bleibt. Neulich wurde ich darauf angesprochen. Ich glaube zwar nicht, dass sie mich feuern oder so, aber falls ich in der Firma weiter nach oben kommen wolle, ließ man mich wissen, solle ich mich etwas am Riemen reißen. Wie soll ich mich konzentrieren, Karen? Wie soll ich denken können, wenn mich nur eines beschäftigt? Es überrascht mich, dass ich noch atmen kann. Es wundert mich die ganze Zeit, dass ich essen, laufen und mich anziehen kann.

Alles, was ich sehe, sind aufgerissene Münder und rote Augen und Spucke auf Zähnen.

Alles, was ich höre, sind Grunz- und Würglaute und das Geräusch von aus Löchern blubberndem Blut.

Alles, was ich spüre, ist totes Fleisch in meinen Fingern.

Dabei ist das noch nicht einmal das Schlimmste, Karen. Es gibt noch etwas weitaus Grauenvolleres. Das alles – die sensorischen Erinnerungen an diese Taten – würde wohl mit der Zeit verblassen, aber die ist mir nicht gegeben.

Es sind erst zwei Wochen, nicht mehr, seit ich dieses Mädchen ins Dunkel gestoßen und ihr meine großen, ungeschickten Hände um den Hals gelegt habe. Zwei Wochen, Karen. Vierzehn Tage, mehr nicht. Kaum Zeit durchzuatmen, und schon wieder sind neue … Anweisungen da.

Bald werde ich es wieder tun müssen.

1989

Ihm war klar, sogar bevor er gekommen war, dass es das letzte Mal sein würde.

Er hatte auf den Kopf des Mannes hinuntergesehen, der vor ihm kniete, hatte die kahle Stelle und die Schuppen in seinen Haaren gesehen und seinen Entschluss gefasst. Dieser Zeitpunkt war so gut wie jeder andere, um es bleiben zu lassen. In den letzten drei Jahren hatte er genug Geld zur Seite gelegt. Jetzt konnte er das hier abschließen.

Gebettelt hatte er nur kurze Zeit, doch selbst das hatte er ordentlich gemacht. Professionell. Hier war es das Gleiche. Er tat es nicht, um damit seinen H-Konsum zu finanzieren wie die meisten anderen Jungs in diesem Geschäft. Sein Verdienst ging nicht drauf für Suff oder Spiel. Er nahm sich, was er für ein Minimum an Essen und Unterkunft brauchte, und den Rest legte er an.

Er hatte eine Menge Geld in schäbigen Absteigen und Geschäftswagen gemacht. Er hatte härter und öfter gearbeitet als alle anderen. Schon immer war seine Schmerzschwelle sehr hoch gewesen, und seine Ekelschwelle war nicht niedriger. Es war einfach gewesen. Ein halbes Dutzend pro Tag, manchmal zehn, und alles bar auf die Hand. Sieben Tage die Woche, bei jedem Wetter. Seine Kunden wussten, dass sie immer zu ihm kommen konnten.

Rund um die Uhr geöffnet.

Inzwischen hatte er mehr als genug, und er hatte Leute kennen gelernt, die ihm mit dem Papierkram helfen konnten. Jetzt war es Zeit, dass sich diese ganze Mühe auszahlte. Was er vorhatte, machte selbstverständlich Sinn. Es war unumgänglich, wenn er auf der sicheren Seite sein wollte, wenn er sicher gehen wollte, dass sie ihn nicht finden. Aber ihm gefiel die Idee auch, weil er sich langweilte. Er war schon zu lange dieselbe Person. Nach neunzehn Jahren hatte er Lust auf etwas Neues.

Es war an der Zeit, sich neu zu erfinden.

Er zog seinen Schwanz aus dem Mund des Alten und begann theatralisch zu stöhnen. Der Alte holte Luft und klappte den Mund auf. Er hatte eine gelbe Zunge und scharfe Schneidezähne und sein sauberes Arbeitshemd war von oben bis unten schweißverklebt.

Er kam, und dieses eine Mal war es mehr als dieses erbärmliche Gezucke und Gespritze, das er für die Kunden auf Bestellung zuwege brachte. Plötzlich kam das Stöhnen tief aus seiner Kehle, war lang und laut und voll Gefühl.

Er kam …

Spritzte alles hinaus, was von Stuart Nicklin übrig war. Hinfort und weg. Befreite sich von sich selbst …

Das Gefühl blieb noch lange, nachdem die Ejakulation vorbei war. Er stöhnte noch immer, als er anfing, Schläge auf den Kopf des Alten auf dem Boden niederprasseln zu lassen. Er boxte und er spuckte und er trat auf ihn ein. Vor Anstrengung lief ihm der Schweiß zwischen den nackten Schulterblättern hinunter. Er schloss die Augen, während er weiter zuschlug, und stellte sich vor, er sei neu entstanden, habe nichts mehr zu tun mit dem, wo er war und was er war. Es war wunderbar. Wovon er immer geträumt hatte. Er sah sich umgeben von Menschen, die ihn mochten und die ihm vertrauten. Er sah sich in einer verantwortungsvollen Rolle. Er sah sich, wie er Geld dafür erhielt, dass er das Leben anderer Menschen kontrollierte.

Der Alte hatte aufgehört zu schreien.

Er öffnete die Augen und blickte hinab auf das klägliche

Häufchen zu seinen Füßen, das Blut und gelbe Zähne spuckte. Er versetzte ihm noch einen Tritt und fing an, seine Klamotten einzusammeln.

Natürlich lag noch ein langer Weg vor ihm, bevor seine Vision Wirklichkeit werden konnte. Der Papierkram war nicht schlecht, aber da war noch die Ausbildung. Man servierte es ihm sicher nicht auf einem Silbertablett, er musste es sich erarbeiten. Und er würde arbeiten, hart arbeiten, denn das war es, was er sich wünschte, mehr als alles andere.

Er streifte sich sein Hemd über und schlug die Tür der schmuddeligen Wohnung hinter sich zu. Er sprang die Treppen hinunter und trat grinsend hinaus in die Sonne. Tat die ersten Schritte in ein völlig neues Leben.

Zog man in Betracht, was alles geschehen war, schien es nicht ohne Ironie zu sein, dass es für ihn immer nur einen Job gegeben hatte.

Siebtes Kapitel

Thorne erwachte aus einem blutrünstigen Traum. Vor dem Tosen dieses sich aus Arterien ergießenden Schwalls roten Blutes gelang es ihm kaum, sich bemerkbar zu machen, als er auf den Mann mit dem Skalpell einschrie. Er versuchte, das Blut zu stoppen, das sich auf das Gesicht der jungen Frau in dem Krankenhausbett ergoss, aber sie lag nur da, unfähig, den Kopf abzuwenden. Und allmählich verdeckten die dunkelroten Flecken die Haut ihres Gesichts, Spritzern von einem Pinsel gleich.

Er setzte sich auf und wartete darauf, dass die Traumbilder verschwanden, was sie taten, schnell taten. Nur die Erinnerung blieb, und die war weitaus schlimmer.

Das Telefon läutete. Thorne blickte auf den Wecker, als er sich streckte, um nach dem Telefon zu greifen. Aus Freitagnacht war gerade Samstagmorgen geworden. Er hatte kaum eine Stunde geschlafen.

»Tom Thorne …«

»Ich bin's, Russell. Sind Sie wach? Oder möchten Sie lieber erst eine Tasse Kaffee trinken und mich zurückrufen?«

Brigstockes Ton genügte – Thorne war augenblicklich hellwach. »Ist schon in Ordnung. Was gibt's?«

»Unser Freund im Hotelgewerbe hat sich wieder gemeldet.«

Damit hatte Thorne gerechnet. Er vermutete, dass es Tote gab. Womit er richtig lag.

»Ein Ehepaar mittleren Alters im Olympia Grand. So

wie's aussieht, sind sie seit dem frühen Abend tot ...« Brigstocke zögerte und räusperte sich. Thorne war immer erleichtert, wenn es Kollegen schwer fiel, über einen gewaltsamen Tod zu sprechen. Erleichtert und überrascht. »Er hat sie gefoltert, Tom. Wir fanden Spuren ...«

»Wer übernimmt den Fall, Russell?«

Wieder ein Zögern, doch diesmal aus einem anderen Grund. »Ich hoffte, Sie würden sich drum kümmern.«

Thorne schwang die Beine über den Bettrand. »Ich fürchte, mir gefällt die Richtung nicht, die das nimmt, Sir.«

»Gehen Sie nicht gleich hoch, Tom. Hier geht es nicht um irgendwelche düsteren Machenschaften. Das war nun mal unser Fall, und ich will da niemand Fremden dabei haben. Team zwei ist bereits unten, aber ich möchte, dass Sie hinfahren und sich die Sache ansehen. Hendricks ist schon auf dem Weg. Los, helfen Sie ihnen.«

»Was ist mit dem Garner-Fall?« Nun war es heraus. Er hatte es ausgesprochen. Vier Frauen waren gestorben, doch für Thorne war es der Garner-Fall. All diese Morde gingen in dem einen Mord auf, mit dem einem Kind so viel mehr als die Mutter weggenommen worden war. Bei diesem Fall würde für ihn *immer* dieses Kind im Mittelpunkt stehen, so wie in dem Fall vor einem Jahr die Frau, die, zu jeder Bewegung unfähig, in einem Krankenhausbett lag.

Die Frau, von der er geträumt hatte.

»Es sind beinahe drei Wochen, Tom ...«

»Siebzehn Tage.«

»Sehen Sie, ich habe Ihnen nichts in den Weg gelegt, als Sie Ihre Zeit mit der Suche nach Margie Knight verbrachten, als Sie mit der Veröffentlichung des elektronisch erstellten Fahndungsfotos warten wollten, aber wir kommen einfach nicht weiter.«

»Sir ...«

»Bei jeder Ihrer Entscheidungen stand ich hinter Ihnen …«

»Weil die Entscheidungen richtig waren …«

»Jesmond bekommt allmählich das große Zittern, klar? Ich rede nicht davon, die Sache runterzufahren, also brechen Sie mir nicht in Panik aus. Aber *irgendein* Fortschritt käme im Augenblick großartig rüber.«

Thorne sprang aus dem Bett und erhaschte immer wieder einen flüchtigen Blick auf sein Spiegelbild in dem am Schrank angebrachten Spiegel, während er durch das Zimmer stürmte. Er wirkte keineswegs glücklich. Natürlich hatte Brigstocke Recht, aber er war dennoch aufgebracht. »Glaubt er denn, wir sitzen auf unserem Arsch?«

»Die Hotelmorde sind morgen auf den Titelseiten.«

»Was? Wieso …?«

»Die Leichen wurden von einem Zimmermädchen gefunden, das die Betten machen wollte. Die Frau rief die Zeitungen an, bevor sie uns benachrichtigte.«

»Gott. Norman wird außer sich sein …«

»Da ist er nicht der Einzige. Das Ehepaar kam aus Holland, aus Amsterdam. Touristen, Tom.«

Thorne schnaubte sarkastisch. »Ach, *ich verstehe* …«

»Es ist mir scheißegal, *was* Sie zu verstehen glauben, Inspector.« Brigstockes Ton war schlagartig ein anderer geworden. Thorne zuckte zusammen, und so etwas wie schlechtes Gewissen begann sich zu regen. Der Detective Chief Inspector stand offensichtlich unter Druck. »Wir könnten in dem Fall eine Pause gebrauchen. Und während wir beide auf dasselbe warten, möchte ich, dass Sie tun, was in Ihren Kräften steht, verstanden? Also fahren Sie dorthin und sehen sich die Sache an.«

Ronald Van Der Vlugt hatte relativ unbemerkenswerte achtundfünfzig Jahre auf dem Planeten verbracht, bevor er in einem Londoner Hotel einem Fremden die Tür öffnete. Jetzt lag er nackt im Bad, blutiges Wasser schwappte gegen seinen leblosen Körper, der zusammengeschnürt war wie ein zum Auftauen bereiter Truthahn.

»Was ist mit den Schnittwunden, Phil?«

Hendricks kniete an der Seite der Badewanne, maß Wunden ab und murmelte in ein kleines Diktafon. Er brummte griesgrämig und kratzte sich den Kopf durch die auffallende gelbe Duschhaube hindurch. »Stanley-Messer, was in der Richtung. Sehr scharf und sehr gerade. Dutzende davon, überall. Armer Teufel. Im Gesicht, am Rumpf, an den Genitalien. Da drin dasselbe.« Er deutete auf das Schlafzimmer, wo Mrs. Van Der Vlugt ausgestreckt auf dem Bett lag und an die Decke starrte. Am ganzen Körper zerschnitten und zugerichtet und so steif wie ein Hackblock.

»Und es steht fest, dass er es nicht nach Eintreten des Todes getan hat?«, fragte Thorne. Die Toten blieben tot, sicher, aber die Lebenden richteten keinen Schaden an, wenn sie nach einem kleinen Trost suchten, den sie den Hinterbliebenen anbieten könnten. Thorne sah hinunter auf die Schnitte in dem fleckigen Bauch, die Exkremente, die im Wasser schwammen, die Gehirnmasse, die am Abfluss klebte. Er hatte keine Ahnung, ob die Van Der Vlugts Kinder hatten oder Enkelkinder …

Hendricks schüttelte den Kopf. »Zu viel Blut, Kumpel. Er hat eine Weile an ihnen rumgeschnippelt und ihnen dann den Hinterkopf eingeschlagen. Ende der Geschichte.« Hendricks schaltete sein Diktafon wieder ein und kehrte zu seiner Arbeit zurück. Thorne drehte sich um und ging in das Schlafzimmer, nickte den Leuten von der Spurensicherung zu, die sich bedächtig im Zimmer zu schaffen machten, Klebeband auf den Teppich drückten, Oberflächen abstaubten, Fasern und Haare sammelten.

Sie arbeiteten schweigend; die Stille wurde nur hier und da unterbrochen durch das Knacksen eines Kniegelenks, das Klicken eines Beweisbeutels und das Rascheln weißer Plastikanzüge.

Thorne stand am Fußende des Bettes und betrachtete Sonja Van Der Vlugt. Sie schien jünger zu sein als ihr Mann. Anfang fünfzig, mit einem rundlichen Gesicht. Ihr silbergraues Haar war zu einer modischen Bobfrisur geschnitten, an ihrer Figur merkte man, dass sie auf sich geachtet hatte. Und dann die Folterspuren.

Thorne hatte keine Beweise für seine Vermutung, aber nichtsdestotrotz hegte er nicht den geringsten Zweifel, dass der Mann, der hierfür verantwortlich war, die beiden gezwungen hatte zuzusehen, während er den jeweils anderen mit dem Messer bearbeitete. Ihr von den improvisierten Knebeln unterdrücktes Schreien und wie sie sich in ihren Fesseln wanden, erregte ihn dabei ebenso wie das Gefühl, als die Klinge durch die Haut drang und das Blut zu fließen begann.

Der kleine Safe unten im Schrank war geöffnet. Möglicherweise war daraus Schmuck geraubt worden, Uhren und Bargeld vielleicht, aber hier war es nicht um Diebstahl gegangen.

Das war vorbei.

Als er durch die Empfangshalle zum Büro des Hoteldirektors ging, fühlte sich Thorne zu seiner Verblüffung ungemein an die Halle von Baynham & Smout erinnert. Der Mörder muss beeindruckt gewesen sein von dem Marmor und dem Leder. Beeindruckt und erregt von dem Aufwand, der betrieben worden war. Wenn er stahl, wollte er die Leute bestehlen, die sich etwas Besseres leisten konnten.

Als Thorne an die Tür des Hoteldirektors klopfte, fragte er sich, ob ein Motiv des Diebs wohl im Neid zu suchen war. Er schob den Gedanken zur Seite. *Nein, das hatte nichts mit Diebstahl zu tun …*

Detective Inspector Colin Maxwell vom Team 2, Serious Crime Group (West), hatte einen breiten, aber schmalen Mund, und die Mundwinkel bogen sich merkwürdig nach oben, wodurch der Eindruck entstand, er lächle ständig, etwa wie ein Delfin. Worüber seine Kollegen so oder so ihre Scherze gerissen hätten – dass er jedoch fast immer kreuzunglücklich war, machte das Ganze noch lustiger.

»Tom.« Sie schüttelten sich die Hand. Maxwell wandte sich dem untersetzten, kräftigen Mann am Schreibtisch zu. »Mr. Felgate, das ist Detective Inspector Thorne.« Felgate erhob sich, und Thorne trat näher, um ihm die Hand zu schütteln. Erst dann bemerkte er die Frau, die auf einem Stuhl an der Tür saß. »Und das ist Mary Rendle, die die Toten fand.«

Als ihr Name fiel, hob die Frau den Kopf und schaute zu Thorne. Sie war in den Vierzigern, hatte kurzes, schwarzes Haar und eine Narbe am Kinn. Thorne blickte als Erster weg.

»Wie lange, denken Sie, brauchen Sie noch, bis die Toten weggebracht werden?« Felgates Frage klang sachlich, als hätte er es in seinem Hotel jeden Tag mit Leichen zu tun.

»Wir arbeiten, so schnell wir können«, antwortete Maxwell.

»Also …« Thorne wartete, bis Felgate ihn ansah. »Die Van Der Vlugts hatten eine Bestellung beim Zimmerservice aufgegeben. Wann genau war das?«

Felgate öffnete den Mund und sah zu Maxwell. Thorne versuchte, nicht übermäßig ungeduldig zu klingen. »Sir?«

»Ich bin diese Fragen bereits mit Mr. Felgate durchgegangen«, sagte Maxwell. »Ich informiere Sie später darüber.«

Für jemanden, der – zumindest theoretisch – hierher geschickt worden war, um zu helfen, fühlte sich Thorne nicht gerade herzlich aufgenommen.

Ein Gefühl, das ihm nur allzu vertraut war.

Thorne wandte sich an Mary Rendle. »Erzählen Sie mir, wie Sie die Toten gefunden haben.« Er sah den Blick, den sie Maxwell zuwarf, und trat einen Schritt näher auf sie zu. »Und mir ist klar, Sie *haben das bereits* mit Detective Inspector Maxwell durchgesprochen.« Und noch einen Schritt. »Sprechen Sie es noch einmal mit mir durch.«

»So um sieben Uhr wollte ich reingehen, um das Bett zu machen.« Ihre Stimme war sehr tief; die Höhen waren vermutlich zahllosen Zigaretten zum Opfer gefallen. »Es kam keine Antwort, also benutzte ich den Generalschlüssel« Ihre Augen blitzten. »Das ist ganz normal.«

»Niemand behauptet das Gegenteil.«

»Mehr war nicht, ja? Sie lag auf dem Bett, und er war im Badezimmer. Keine Ahnung, was Sie sonst noch von mir hören wollen …«

»Für den Anfang zum Beispiel, warum Sie nicht zuerst die Polizei gerufen haben.«

Thorne hätte schwören können, dass sie leicht lächelte, als hätte sie mit dieser Frage gerechnet. Eine, auf die sie eine gute Antwort parat hatte.

»Sie waren tot, das war klar. Was für einen Unterschied machte das schon? Wären sie noch am Leben gewesen, hätte ich den Notarzt angerufen, aber das waren sie nun mal nicht. Also setzte ich mich hin und dachte darüber nach …«

Thorne war wie vor den Kopf geschlagen. »Sie setzten sich hin und dachten darüber nach?«

Sie warf ihm einen bösen Blick zu. »Ich bekomme drei Pfund sechzig die Stunde dafür, dass ich schmutzige

Handtücher einsammle und Toiletten putze. Ich musste nicht lange darüber nachdenken.«

Thorne und Maxwell durchquerten schweigend die Lobby.

Thorne hatte sich abgefunden mit Tod durch Gewalt. Die meisten seiner Kollegen waren bestenfalls immun dagegen. Inzwischen reagierten ganz normale Leute genauso, zum dritten Mal bereits, seit er aufgestanden war. Thorne überlegte, wie es wohl wäre, den ganzen Krempel hinzuschmeißen, einen Pub aufzumachen oder in einem Laden zu arbeiten oder einfach den ganzen Tag rumzusitzen, bis besorgte Nachbarn an die Tür schlugen.

Am Lift blieben sie stehen. Maxwell zündete sich kopfschüttelnd eine Zigarette an. »Einfach nicht zu fassen.«

Thorne zuckte mit den Achseln. Hoffentlich hatte Mary Rendle von den Zeitungen einen ordentlichen Batzen Geld bekommen. Sie würde es brauchen. So wie er den Blick verstanden hatte, den Felgate ihr zugeworfen hatte, als Thorne und Maxwell das Büro verließen, hatte sie die längste Zeit schmutzige Handtücher eingesammelt.

Maxwell drückte den Knopf für den Aufzug. Er musste zurück an den Tatort. »Hören Sie, Sie sind dabei, wenn wir den Mistkerl dingfest machen, klar?«

Thorne sah in das lächelnde Delfingesicht. Er wurde nicht schlau daraus. Zumindest *klang* das Angebot ehrlich. »Danke, Colin. Wenn ihr etwas braucht, Anruf genügt …«

»Der Detective Chief Inspector hat uns vollen Zugriff auf die Akten gewährt, aber ihr habt die Drecksarbeit erledigt, von daher ist es nur fair.«

»Knöpft ihr euch zuerst die Angestellten vor?«

Vor sechs Monaten, bevor der Mörder abgetaucht war,

waren sie überzeugt gewesen, er müsse einen Kontakt zu Insidern haben. Sie konnten es sich nur so vorstellen, dass in jedem Hotel jemand saß, der ihn mit Informationen versorgte. Sie hatten keine Ahnung, wie er diese Kontakte herstellte, aber sie mussten ihm stecken, welche Gäste sich in ihrem Zimmer aufhielten, wer etwas beim Zimmerservice bestellt hatte, wo er auf die Überwachungskameras achten musste …

Jetzt hatte sich eine dieser Kontaktpersonen der Beihilfe zum Mord schuldig gemacht.

»Dafür spricht einiges.« Maxwell nickte, kniff dabei jedoch leicht die Augen zusammen. Er mochte es nicht, wenn man ihm sagte, was er zu tun habe. Wenn man ihn von oben herab behandelte, so unabsichtlich und unterschwellig dies auch geschah.

Der Lift kam, und Maxwell stieg ein. »Alles Gute …«

Thorne trat vor und legte die Hand auf die sich schließende Tür. »Hören Sie, hat sich jemand mal den Fall unter dem Drogenaspekt angesehen? Nur um auf der sicheren Seite zu sein. Die Folter, die Verbindung nach Holland …«

Maxwell lehnte sich gegen die dekorativ mit Spiegeln versehene rückwärtige Liftwand. »Ronald Van Der Vlugt handelte mit antiquarischen Büchern. War hier wegen einer Ausstellung alter Bücher und Manuskripte im Olympia. Ich wette, die einzigen Drogen, die er je nahm, waren Schlaftabletten oder Abführmittel. Vielleicht noch Viagra …«

Thorne konnte nicht anders, er musste schmunzeln. Er trat zurück und wartete darauf, dass die Türen sich schlossen.

Maxwell lächelte definitiv. Nun war er an der Reihe, den Gönner zu geben. »Sie überraschen mich, Thorne. Sich so an jeden Strohhalm zu klammern …«

Thorne fixierte ihn, als sich die Türen zu schließen begannen.

»So bin ich, Kumpel, so bin ich.«

»Sie sehen Scheiße aus«, sagte McEvoy.

Thorne nahm einen großen Schluck Kaffee. »Sie auch, und ich hab mir die ganze Nacht tote Holländer angesehen. Welche Entschuldigung haben Sie?«

Es war kurz nach neun Uhr, und Thorne war bereits seit acht Stunden wach. Um Viertel vor fünf war er zwar noch einmal in seine Wohnung zurückgekehrt, da er aber nicht mehr schlafen konnte, hatte er sich ins Büro aufgemacht. Die Fahrt hierher, durch die praktisch leeren Samstagmorgenstraßen, war das weitaus Beste an diesem Tag gewesen. Und wäre es wohl noch immer, wenn er abends ins Bett stieg.

Im Augenblick war er völlig erschöpft und so übel drauf wie selten. Und offensichtlich war er nicht der Einzige, dem es so ging.

»Wie ich aussehe, geht Sie wirklich nichts an, Sir.«

»Was?« Thorne war so kaputt, dass er nicht einmal die nötige Energie aufbrachte, um wütend zu werden.

»Vergessen Sie's.« McEvoys Augen blitzten ihn kalt an, bevor sie auf den Absätzen kehrtmachte und aus dem Büro rauschte.

»Großer Gott …« Thorne holte tief Luft. Er öffnete seine Schreibtischschublade und starrte mit leerem Blick auf den Hefter, bevor er sie wieder zuschob.

Er griff nach der Zeitung auf seinem Schreibtisch, lehnte sich zurück und las die Geschichte von den *abgeschlachteten Touristen* zum dritten Mal, seit er ins Büro gekommen war. Der unvermeidliche Hinweis auf das unvorstellbare Grauen in Zimmer 313 und dazu dick aufgetragen der Kram von »der Stadt, die für Touristen zunehmend gefährlich wird«. Dazu ein paar halb wahre Details und eine heftige Dosis Entrüstung.

Die Buchstaben begannen vor Thornes Augen zu tanzen, also schloss er sie. Nach ein paar Minuten – oder vielleicht war es auch eine Stunde – hörte er Hollands Stimme.

»Sir …«

Thorne ließ die Augen geschlossen. »Wenn Sie frischen Kaffee für mich haben, Holland, ist Ihre Beförderung geritzt.«

»Es ist besser als Kaffee.«

Thorne setzte sich auf, als Holland sich auf den Stuhl gegenüber fallen ließ. Als er ihn sah, kam ihm der Gedanke, dass Holland vielleicht ebenfalls eine harte Nacht hinter sich hatte.

»Margie Knight ist aufgetaucht.«

Es war genau der Adrenalinstoß, den Thorne brauchte. »Wo?«

»Die Streife hat sie letzte Nacht aufgegriffen. Als sie gerade in der Caledonian Road in einem geparkten Auto einem Anwalt einen blies.«

Genau das, was Thorne brauchte. Und vielleicht auch das Quäntchen Glück, das der Fall brauchte. Eine typische Londoner Geschichte, wie sie zu Tausenden nach Einbruch der Dunkelheit passierten. Ein Polyp mit einer Taschenlampe, eine Verkäuferin, die am Freitagabend noch sauber machte, und ein Anwalt, der die Hose nicht oben lassen konnte. Weniger reichte, um einen Fall zu entscheiden.

»Gut, bringt sie und Murrell heute hierher. Ich will so bald wie möglich überall Bilder von diesem Kerl sehen. Wir müssen da Schwung reinbringen, Dave.« Holland nickte und stand auf. »Was ist eigentlich heute mit McEvoy los?«

Holland blieb an der Tür stehen und drehte sich um. »Wie bitte?«

»Jemand scheint ihr auf den Schlips getreten zu sein. Ich ließ eine Bemerkung über ihr Aussehen fallen, und sie hat mir halb den Kopf abgerissen.«

»Aha.« Holland sah zur Seite und schüttelte nachdenklich den Kopf. »Wohl etwas überempfindlich. Vielleicht hat sie ihre ...«

Thorne hob die Hand, um ihn zum Schweigen zu bringen. »So wie sie im Augenblick drauf ist, Holland, reicht vermutlich allein die *Andeutung*, sie habe ihre Tage, und sie bringt Sie auf der Stelle um.« Thorne spielte es herunter, aber er wurde das Gefühl nicht los, dass mehr dahinter steckte als schlechte Laune. Mit seiner Bemerkung hatte er zwar nur gleichziehen wollen, doch es stand außer Frage, dass McEvoy mitgenommen aussah.

»Ich versuche herauszufinden, ob was nicht stimmt.« Holland sprach, als hätte Thorne ihn gebeten, eine Autopsie vorzunehmen.

»Ist mit *Ihnen* alles in Ordnung, Dave?«

Eine lange Pause entstand, und die paar Worte, die Holland nuschelte, bevor er aus dem Büro stürmte, kamen ihm offensichtlich nicht leicht über die Lippen. »Zu Hause gibt's ein paar Probleme ...«

Das hatte Thorne schon länger beschäftigt, aber dies war das erste Mal, dass Holland zumindest andeutete, zwischen ihm und Sophie sei nicht alles in Butter. Aus seiner Zurückhaltung schloss Thorne, dass der Augenblick wohl nicht gerade günstig war, um nachzubohren. Was immer das Problem sein mochte, Thorne hoffte, sie lösten es schnell. Thorne hatte Sophie nur einmal gesehen, und er hatte sie recht nett gefunden.

Ein Blick auf die Uhr. Kurz vor zehn. Brigstocke musste jeden Moment von einem Meeting mit Jesmond zurückkommen. Bei dem es wohl wenig Grund zum Feiern gegeben hatte. Thorne wollte ihn umgehend auf den neuesten Stand bringen über letzte Nacht und ihm anschließend von Margie Knights wundersamem Auftauchen erzählen.

Etwas Druck rausnehmen.

McEvoy ... Holland ... Brigstocke. Thorne stand auf, verließ sein Büro und ging zum Kaffeeautomat. Vielleicht, schoss es ihm durch den Kopf, war er doch nicht der Erste, der zusammenklappte.

Duddridge wartete stets, bis der Kunde gegangen war, bevor er das Geld nachzählte. Das gehörte sich. Außerdem wusste er, dass niemand je versuchte, ihn beim Zahlen reinzulegen, was zu seiner entspannten Haltung bei Gelddingen beitrug. Er vergaß nie, den Leuten freundlich zu erklären, dass er sie finden würde, sollte ein finanzielles Problem auftauchen.

Und sich dazu aus seinem Lager bediente.

Das Geld kam immer in Zwanzigernoten. Er zählte es, ohne hinzublicken. Dabei sah er sich im Pub um, das sich mit den Nachmittagskunden, den Fußballern, zu füllen begann. Den Kerlen mit den Vokuhila-Frisuren und in Slippern, die sich am letzten Samstag vor der Weihnachtspause hier trafen. Man versammelte sich vor dem großen TV-Bildschirm, soff sich blöd und schaute sich auf Sky die Übertragung der Spiele des Tages an. Wobei jeder für genug Geld Bier in sich hineinkippte, um sich damit locker zweimal eine Satellitenschüssel für zu Hause kaufen zu können.

Das Geld war da, wie erwartet. Duddridge beschloss, darauf einen zu heben. War schließlich ein nettes Geschäft gewesen. Eine einfache Empfehlung von einem Bekannten und ein Tölpel von einem Kunden, den er ordentlich abzocken konnte, einer, der keine Ahnung hatte, was so bezahlt wird.

Er drängte sich an die Theke und bestellte einen Jack Daniels mit Cola.

Im Lauf der Jahre hatte er mit allen möglichen Typen Geschäfte gemacht, aber dieser war ohne Frage merkwürdig gewesen. Zum einen hatte der Kerl keine Ahnung, was er eigentlich wollte. Jemand hatte ihm alles auf einem Zettel aufgeschrieben, wahrscheinlich der Typ, der ihn zu Duddridge geschickt hatte. Er sagte natürlich, er bräuchte das Ding zu seinem Schutz, das sagten sie alle. Gaben vor, sie müssten sich wappnen angesichts der gefährlichen Zeiten. Es sei eilig, und sie wollten sich nicht mit all diesen Genehmigungen und dem Kram herumschlagen. Genau, und die Leute nahmen auch nur Drogen, weil sie wissen wollten, wie das ist, da sie ein Buch drüber schrieben.

Doch *diesem* Typen hätte Duddridge die Geschichte beinahe abgekauft. Der Riese von einem Doofsack wirkte zu Tode erschrocken. Die meisten seiner Kunden waren etwas nervös, aber schließlich kauften sie keine Cornflakes. Der Typ, der ihm den Packen Zwanziger rübergeschoben hatte, von denen Duddridge nun einen runterblätterte, um seinen Drink zu bezahlen, hatte ausgesehen, als mache er sich jeden Moment in die Hose.

Vielleicht wollte er sie *wirklich* zu seinem Schutz. Mit Sicherheit sah die Knalltüte nicht aus, als ob er jemandem etwas zuleide tun könne – oder wolle.

Es machte Duddridge immer ein wenig nervös, wenn er solchen Typen etwas verkaufte. Man konnte nie sagen, wann etwas auf einen zurückfiel. Die Stücke, die er verkaufte, ließen sich nicht zurückverfolgen – darauf begründete sich sein Ruf –, aber man konnte nie genau vorhersagen, was die Käufer mit ihnen machten. Gegen einen simplen Job war nichts einzuwenden, davon lebte er. Er sah sich selbst als jemanden, der Qualitätswerkzeuge an Profis verkaufte.

Aber bei Irren wusste man nie, wie man dran war.

Duddridges Handy vibrierte an seinem Gürtel. Der nächste Kunde. Er kippte seinen Drink runter und bahnte sich den Weg zur Tür. Das Bild seines letzten Kunden tauchte vor ihm auf, wie er vor ein paar Minuten das Gleiche getan, sich unbeholfen zwischen den Tischen hindurchgeschlängelt hatte. Der ungeschickte Sack hatte ein Glas umgestoßen. Eine Hand hatte sich flatternd auf den Türgriff gelegt, während die andere das neu erworbene Stück umklammerte, als ginge es um sein Leben.

An den Amateuren verdiente er stets mehr, dennoch machte er nicht wirklich gern Geschäfte mit ihnen. Man konnte nie sicher sein, worauf man sich einließ. Es waren immer die grauen Mäuse, die merkwürdigen Kerle, die, deren Nachbarn dann stets so schockiert und überrascht waren ... man sah es in den Nachrichten, diese riesigen Augen, die Freaks, die auf einem Spielplatz rumballerten oder seelenruhig mit einer Uzi in einen McDonald's spazierten.

Dabei fiel ihm etwas ein. Uzis. Er musste mit seinem Kontaktmann in den Staaten reden, mal sehen, ob er sich ein paar unter den Nagel reißen konnte.

1999

Er machte die Tür hinter sich zu, zog sein Sakko aus und ließ sich auf seinen Stuhl hinter seinem Schreibtisch fallen. Es musste um die fünfunddreißig Grad haben. Im ganzen Gebäude surrten die Ventilatoren, es roch nach Schweiß und übler Laune. Sein Blick wanderte zum Fenster hinaus. Zufrieden. Er hatte seine eigenen Methoden, mit Stress umzugehen.

Er fasste in seine Jackentasche und zog seine Brieftasche heraus. Darin steckte ein kleines, abgegriffenes Foto. Zwei Jungs, die an einem Nachmittag, diesem nicht unähnlich, in einem Fotoautomaten Grimassen schnitten. Zwei Jungs, die er gekannt hatte, die sich bei Woolworths herumtrieben. Vor mehr als fünfzehn Jahren.

Körperlich wies er so gut wie keine Ähnlichkeit mehr auf mit dem kleineren der beiden auf dem Foto. Eigentlich nur noch die Augen. Da lag eine Welt dazwischen.

Er war beinahe dreißig und hatte, in Anbetracht des etwas holprigen Starts, unglaublich viel erreicht. Daran kam niemand vorbei. Das Leben war gut zu ihm, es ging noch immer bergauf, und mit Caroline schien er die perfekte Frau gefunden zu haben. Sie passte in jeder Hinsicht zu ihm, die ideale Partnerin. Sie hatten sich vor sieben Jahren kennen gelernt, während der Ausbildung, und es hatte sofort gefunkt. Sie lachten über dieselben Dinge, jeder hatte seine eigenen Interessen, und in den fünf Jahren, in denen sie verheiratet waren, war, soweit er sich erinnern konnte, kaum ein böses Wort gefallen.

Ja, es gefiel ihm, sein Leben mit Caroline zu teilen. Einen Großteil seines Lebens.

Sie fragte ihn nie aus, wenn er spät nach Hause kam, mal von zu Hause weg war oder sich im Schlafzimmer desinteressiert zeigte. Vielleicht hatte sie sich zu der Überzeugung durchgerungen, er habe eine Affäre. Falls dem so war, sollte es ihm recht sein.

Natürlich suchte er nach einem Kick, das hatte er immer getan. Aber das, was er suchte, hätte er nie in einem Seitensprung gefunden, in den Armen irgendeiner jungen Tussi. Er brauchte einen Treffer, einen Knüller, ein High. Er brauchte etwas Tieferes, länger Anhaltendes, als ihm ein simpler Ehebruch geben könnte.

Letzten Endes hatte er immer bekommen, was er wollte. Eigentlich war es überraschend einfach. Er war stets vorsichtig – fuhr weit, wiederholte sich nie, ging nie ein Risiko ein. Doch nun begann es ihn, wenn er ehrlich war, ein wenig zu langweilen.

Er fragte sich, ob sich alles wiederholte. Hatte es ihn vor genau zehn Jahren nicht auch gelangweilt, wer er war? Damals hatte er die Entscheidung getroffen, neu anzufangen, alles zu ändern, ein anderer zu werden. Er war glücklich mit dem, was er aus sich gemacht hatte. Doch aus dem, was er zu seinem Vergnügen trieb, zog er immer weniger Kicks. Er hatte sich zu schnell an diese Droge gewöhnt, und das war inakzeptabel. Das musste sich ändern.

Glücklich mit dem, was er aus sich gemacht hatte …

Es klopfte an die Tür, und ein Kollege steckte den Kopf herein, blass und schwitzend, um ihn zu erinnern, dass man auf ihn warte.

Er zog das Sakko von der Lehne und schlüpfte hinein.

Griff nach seiner Brieftasche auf dem Schreibtisch und steckte das kleine Foto wieder hinein.

Er starrte auf die Kreditkarten, auf denen sein Name

stand. Natürlich nicht sein richtiger Name, sondern der Name, unter dem man ihn seit mehr als zehn Jahren kannte. Sein wirklicher Name gehörte zu jemandem, den er zuletzt in einer Wohnung im ersten Stock eines Mietshauses in Soho gesehen hatte. Vor langer Zeit. Liefe er jetzt die Straße entlang und hörte jemanden seinen alten Namen rufen, hörte diese zwei Silben, dann wüsste er, dass ihn diese Person nicht kannte. Jemand, mit dem er in die Schule gegangen war …

Er blickte auf seine Uhr. Spät für eine Konferenz. Seine Gedanken rasten vorwärts und rückwärts. Er erinnerte sich an die Vergangenheit, malte sich die Zukunft aus …

Augenblicke später marschierte er ausholenden Schrittes den Korridor hinunter. Ein zweites Mal griff er nach seiner Brieftasche. Lächelnd nahm er noch einmal das Foto heraus und betrachtete die zwei jungen Gesichter.

Fünfzehn Jahre war eine sehr lange Zeit.

Achtes Kapitel

Datum: 16. Dezember
Zielobjekt: weibl.
Alter: 20–30
Kontaktaufnahme: Pub, Club, Weinlokal, etc.
Tatort: wird bekannt gegeben
Methode: Handfeuerwaffe (bevorzugt *ohne* Schalldämpfer)

Sonntag. Thornes erster freier Tag seit beinahe zwei Wochen.

Lunch mit dem alten Herrn schien eine gute Idee zu sein. Etwas ganz anderes, eine Ablenkung, um die Zeit totzuschlagen. Jetzt, da er auf der M1 zurückfuhr, wünschte er sich, er hätte es bleiben lassen. Abgesehen von allem anderen knurrte ihm der Magen. Bei seinen Eltern war hauptsächlich sein Dad fürs Kochen zuständig gewesen. Es hatte eine Zeit gegeben, da hatte er gerne zu Hause gegessen, doch sein Enthusiasmus für Dads Küche war in demselben Maße geschwunden, wie die Begeisterung seines Vaters für Nichtigkeiten und abgestandene Witze explodiert war.

Während Thorne ein Stück verkochtes Hühnchen und ein paar Brocken halbgares Gemüse auf seinem Teller hin und her schob, schwafelte sein Dad unentwegt, ließ sich in absurder Ausführlichkeit über jeden Furz aus. Er fragte ihn, was seiner Meinung nach die fünf meistverkauften Waschpulver wären, und amüsierte sich prächtig über zahllose Geschichten von Männern, die in den Pub gehen. Er kam kaum dazu, Luft zu holen, so lange Thorne da war, abgesehen von ein paar ungemütlichen Minuten, als sich, mitten in einer Geschichte über das blanke Nichts, seine Augen mit Tränen gefüllt hatten und er ruhig vom Tisch aufgestanden und in die Küche gegangen war, wo er die Tür hinter sich zugezogen hatte.

Thorne blieb nichts anderes übrig, als dazusitzen und sich selbst zu hassen, weil ihm der Gedanke kam, er hätte sich am Tatort eines Kapitalverbrechens wohler gefühlt.

Die große Weihnachtsdiskussion war die ganze Zeit nicht aufs Tapet gebracht worden, bis Thorne aufbrechen wollte. Und selbst dann beschränkte sie sich auf den gewohnten ermüdenden Eiertanz, ein frustrierendes Hin und Her an der Türschwelle.

»Also, Dad … kommst du jetzt oder was?«

»Wozu musst du das jetzt schon wissen? Geht doch nicht um die Anzahl der Gäste, oder?«

»Es ist nur noch eine Woche und …«

»Neun Tage.«

»Ich möchte halt wissen, was läuft.«

»Ich weiß es nicht … wär vielleicht nett, mal was anderes zu machen.«

»Na ja, das liegt an dir, aber …«

»Ich könnte zu Eileen …«

»Klar. Hast du mit ihr gesprochen?«

»Nenn mir die letzten sechs Premierminister …«

»Dad …«

»Blair, Major, Thatcher.«

»Hast du mit Eileen gesprochen?«

»Das sind die einfachen. Callaghan …«

Es wurde allmählich dunkel, und Thorne schaltete die Scheinwerfer ein. Er wechselte langsam auf die innere

Spur. Die Heimfahrt war entspannend, er wurde ruhiger und hatte es nicht eilig.

Er schaltete das Radio ein und suchte Radio 5 Live. Die zweite Halbzeit von Ipswich gegen Leicester City. Kein glamouröses Ereignis, aber er fand den Kommentar fesselnd, während er sich auf der alles andere als leeren Autobahn in Richtung Nordlondon bewegte. Weg aus dem Land, das kein richtiges Land mehr war, und hinein in das vertraute wuchernde Krebsgeschwür der Vorstädte, Brent Cross, Swiss Cottage und Camden. Weg aus dem Leben eines alten Mannes, das langsam den Bach runterging, und hin zu Gedanken über vier junge Frauen, denen nicht einmal dieses Glück vergönnt war. Hin zu dem Damoklesschwert weiterer Morde …

Weg von einem Nachmittag und hinein in die Nacht.

Sie lösten sich voneinander und lagen da, schwitzend, erschöpft, und zerbrachen sich beide den Kopf, was sie Nettes sagen könnten. Etwas Hilfreiches. Schließlich fiel Holland etwas ein, doch Sophie hatte sich bereits umgedreht, um zu schlafen. Der Sex war gut gewesen, besser als gut, aber das war eigentlich immer so nach einem Streit. Sie hatten den Großteil des Tages damit verbracht, sich zu streiten, und den Rest dann weggefickt, wobei sie so taten, als hätte der Streit nicht stattgefunden.

Der Krach war mit dem langsamen Grauen eines Lastwagens auf sie zugekommen, der bei überfrierender Nässe ins Schleudern geraten war. Mit einem öden Sonntag vor sich, hatte die Langeweile zunehmend einer Gereiztheit Platz gemacht und schließlich der Aggression. Diese Aggression war natürlich die ganze Zeit über da gewesen, wie ein übler Geruch in einem abgesperrten Zimmer, der, sobald er einen Weg hinausgefunden hatte, sich überall breit machte. Er folgte ihnen überallhin in der Wohnung, als sie einander fluchend und brüllend und gegen die Wände hämmernd von einem Zimmer ins nächste jagten. Er haftete noch immer an ihnen, als sie weinten und einander umklammerten, bis sie schließlich anfingen sich zu küssen.

Dann verschlangen ihre Münder einander, die sich kurz zuvor noch übel beschimpft, sich mit Worten tief verletzt hatten. Dabei waren einige Ausdrücke häufiger als andere gefallen. *Arbeit, Job, Unterstützung, Wichser, egoistisch, Biest, Kinder, freie Entscheidung, Thorne …*

Sophies Atem wurde rasch gleichmäßig, und Holland wusste, sie war eingeschlafen. Doch er würde es ihr nicht gleichtun können. Zu vieles ging ihm durch den Kopf.

Er grübelte darüber nach, wie viel Schaden diese wöchentlichen Eskapaden anrichteten und ob das Geld und die Zeit und die Mühen, die sie für die neue Wohnung aufgewendet hatten, nicht verschwendet waren.

Er grübelte darüber nach, warum er, wo es doch meist genau andersrum war, sich von Sophie noch immer angezogen fühlte, sie aber nicht mehr besonders mochte. Und warum hatte er, wenn er sich so von Sophie angezogen fühlte, die meiste Zeit, als sie miteinander schliefen, an Sarah McEvoy gedacht?

Jacqui hatte ein Mittagessen für sieben Leute zubereitet, ohne dafür auch nur ein Wort des Dankes zu hören. Roastbeef und was dazu gehört, für ihren Mann, ihre Mutter und die Familie ihrer Schwester. Wie immer hatte sie selbst, als sie fertig war, keinen wirklichen Appetit mehr. Als sie vor dem Spiegel stand und sich wegen des Lippenstifts zum zweiten Mal anders entschied, beschloss sie, einfach unterwegs etwas zu essen. Vielleicht hatte ja eine der anderen Lust auf eine kleine Stärkung. Falls sie es je schaffte, dorthin zu gelangen …

Nicht dass sie damit gerechnet hätte, dass ihr jemand

anbieten würde, ihr beim Aufräumen der Küche zu helfen. Von ihrer stinkfaulen Verwandtschaft war das nicht zu erwarten, obwohl es natürlich nett gewesen wäre. Ihre Schwester brachte wie immer ihren fetten Hintern nicht hoch, daher war Jacqui, als sie endlich den Saustall aufgeräumt hatte, den die Kinder ihrer Schwester im Wohnzimmer hinterlassen hatten, wirklich spät dran. Nicht zum ersten Mal.

Du liebe Güte, es war nur jeden zweiten Sonntag. Ein Abend alle zwei Wochen, wenn sie und ein paar ihrer Freundinnen fünf gerade sein lassen und sich von der Seele reden konnten, wie beschissen alles zu Hause war, um dann um halb elf wieder dorthin zurückzukehren. Sie hatte versucht vorzuschlagen, ob nicht ihre Schwester *vielleicht* jeden zweiten Sonntag die Familie zu sich einladen könnte. Der Vorschlag war nicht gut angekommen, und das war's dann auch schon gewesen …

Mim stand im Schlüpfer, das Bügeleisen in der einen, die Fernbedienung in der anderen Hand, vor dem Fernseher und zappte herum. Sie unterbrach das Gezappe kurz, als sie zu *The Antiques Roadshow* kam. Ihre Mutter liebte diese Sendung, in der alter Krempel angekarrt und auf seinen Wert taxiert wurde. Sie sah sich das bestimmt an – es sei denn, sie war noch beleidigt nach ihrem vorherigen Krach und ließ ihre Wut an ihrem Vater aus. Mim zappte weiter, bis sie bei einem Dokumentarfilm über Haie hängen blieb, und fuhr fort, ihre Jeans zu bügeln. Der Krach war unausweichlich. Das war ihr klar gewesen, als sie nach Ablauf des Semesters nicht sofort in den nächsten Zug nach Hause stieg. *Miriam, wie konntest du nur in diesem heruntergekommenen Appartement bleiben, statt nach Hause zu deinen Eltern zu kommen, wo du es so schön hast, blablabla …*

Sie hatte versucht ihrer Mutter zu erklären, dass sie rechtzeitig vor Weihnachten nach Hause käme, aber sobald die ersten Tränen geflossen waren, war das vergebliche Liebesmüh gewesen. Nicht dass sie nicht nach Hause fahren wollte, doch eine ganze Reihe ihrer Kommilitonen waren noch dageblieben, und es machte einfach Spaß, mit ihnen herumzuhängen und jeden Abend in den Pub zu gehen.

Sie schlüpfte in ihre Jeans und schob auf der Suche nach einer Bluse die Kleiderbügel hin und her. Heute Abend war Quiznight im Pub, und sie wollte rechtzeitig dort sein, um in ein Team mit diesem neuen Typen aus dem Erstsemester zu kommen, dem mit der Stupsnase und den grünen Augen ...

Jacqui wartete bereits an der Tür, als ihr Mann zurückkam. Er hatte soeben ihre Mutter nach Hause gefahren und streckte sich nun, um die Beifahrertür aufzumachen, als sie zum Auto lief. So machten sie's immer. Sie zog die Tür zu, nahm die Handtasche auf den Schoß und das Auto startete zu ihrer schweigenden Zehnminutenfahrt zur U-Bahn-Station.

Mim schaltete den Fernseher aus, bevor *God Squad* losging, die Diskussionsrunde mit dem Pfarrer und dem Rabbi. Am Sonntagabend blieb einem wirklich nichts anderes übrig, als in den Pub zu gehen. Scheiße, sie schuftete wirklich genug, warum zum Teufel also nicht? Sie zog die Tür zu, lief die Treppe hinunter und trat hinaus in die Kälte. Sie hörte einen Dieselmotor, und schon bog ein Bus um die Ecke. Sie fluchte, dass ihre Mutter in Ohnmacht gefallen wäre, und begann zu rennen.

Jacqui und Mim wohnten in verschiedenen Stadtvierteln. Sie kannten einander nicht. Sie sollten sich nie treffen. Sie sollten erst als *Namenspaar* zusammenkommen, ein Name über dem anderen, beide in Großbuchstaben, auf einer großen, rechteckigen Tafel aus abwischbarem Plastik.

Zwei Namen.

Einer davon gehörte zu einer toten Frau.

Hendricks rief an, während er die Katze fütterte, und Thorne dämmerte rasch, dass er nicht der Einzige war, der einen beschissenen Sonntag hinter sich hatte. Der in der Küche ach so geschickte Brendan hatte sich in jeder anderen Beziehung als äußerst unzuverlässig entpuppt.

»Also, wo kommt das nächste Piercing hin, Phil? Oder wenn ich es mir recht überlege, sag's mir lieber nicht ...«

Hendricks lachte, aber Thorne entging nicht, wie aufgewühlt er war. »Nicht in einer Million Jahre, Kumpel. Ich weiß nicht ... ich hab nicht geklammert, ich hab nicht auf cool gemacht ... ich hab mich dieses Mal richtig ins Zeug gelegt, Tom, verstehst du?«

»Bitte vergiss keine Sekunde, dass du zu dem absolut Falschen sprichst, aber so wie's aussieht, gibst du dir vielleicht zu viel Mühe. Vielleicht ist das dein Fehler.«

Hendricks seufzte und sagte eine Weile nichts. Schließlich erklärte er: »Ich weiß *genau*, was mein Fehler ist. Ich schneide Leichen auf, hol das Hirn, das Herz und die Lunge heraus ...«

Thorne verstand sofort, was Sache war. Dieses Gespräch führten sie nicht zum ersten Mal. »Genau. Wieder einer, der mit deiner Berufswahl nicht einverstanden war?«

»Hat kein Wort darüber verloren, aber es war offensichtlich. Es war noch nie einfach, doch seit Anfang diesen Jahres ist es, als ob man den Leuten erzählt, man sei ein Terrorist oder ein Mörder oder so was ...«

Anfang des Jahres hatte ein Skandal über die Entfernung

von inneren Organen aus Kinderleichen die Organspende – und die Pathologie im Besonderen – in Misskredit gebracht. Die Hysterie hatte sich mittlerweile gelegt, doch der Schaden war geschehen. Die Organspenden waren dramatisch zurückgegangen. Und Pathologen hatten Probleme, neue Freundschaften zu schließen.

»Ich sage den Leuten, was ich beruflich mache, und dann ist da diese Pause, verstehst du?« Thorne verstand das sehr gut. Hendricks hatte angefangen, vor sich hin zu schwadronieren, woraus Thorne schloss, dass er geraucht hatte. Kiffen war etwas, worüber sie nie redeten. Thorne hatte es jedoch oft genug gerochen. Er glaubte, sogar jetzt den Geruch in der Nase zu haben, als Hendricks' Stimme am Telefon nur noch ein Flüstern war. »Ich frag mich … ob das, was ich tue, an mir haftet. Was meinst du?«

»Phil …«

»Nicht der Geruch, ich weiß, wie ich den loswerde … Ich meine, es haftet eher wie ein Schatten oder eine Aura an mir. Nein … eher wie unter UV-Licht, wenn man in einem Club ist, du weißt schon … so wie wenn wir Luminol benutzen … und man die ganzen Flusen und Fitzelchen auf der Kleidung sehen kann, wenn die Schuppen so glitzern … so weiß leuchten? Vielleicht ist es das … ja. Kleine Fitzelchen tauchen auf an mir, kleine Fitzelchen des Todes …«

Thorne machte sich Rühreier und aß sie an dem winzigen Küchentisch. Er dachte über seinen Vater nach. Warum fühlte sich Thorne, je mehr der alte Knacker von allen guten Geistern verlassen schien, so … befangen? Vielleicht sollte *er* sich ab und zu etwas Dope reinziehen. Sich den Kopf freimachen. Jan hatte immer wieder mal einen Joint geraucht. Niemals vor seinen Augen, wobei ihm das nicht wirklich etwas ausgemacht hätte. Er hatte im Prinzip nichts gegen Dope einzuwenden, es wurde noch immer viel zu viel Zeit und Mühe auf seine Kriminalisierung verschwendet, aber letztlich war es einfach nichts für ihn. Ihm fiel stets etwas ein, wofür er sein Geld lieber ausgab. Bier zum Beispiel oder Wein …

Plötzlich sah er Jan und den Dozenten vor sich, den sie hinter seinem Rücken poppte, wie sie beide sich im Bett aneinander kuschelten, kicherten, Räucherstäbchen anzündeten. Er öffnete eine Flasche, eine andere Droge, und nahm sie mit ins Wohnzimmer.

Er gab es auf, im Fernsehprogramm nach Ablenkung zu suchen, und saß einfach da, ließ sich durch den Kopf gehen, was Hendricks gesagt hatte. Ließ seine Gedanken zurückschweifen und dachte über die Zukunft nach. Über erstochene Mordopfer und über erwürgte. Dachte an zwei Särge aus Karton im Laderaum des Flugzeugs mit dem Ziel Amsterdam …

Konnten sich die, deren Geschäft der Tod war, je davon befreien?

Er stand auf und ging hinüber zur Stereoanlage. Seine Finger glitten über die Reihe mit CDs und blieben kurz an einem Boxed Set von Johnny Cash hängen. Das hatte er sich vor einem Jahr geleistet, ein Set mit drei CDs, von denen jede Lieder über ein bestimmtes Thema enthielt. *God, Love, Murder*. Sosehr er Johnny Cash liebte, Thorne hatte eine davon noch nie gehört.

Später, als er wach im Bett lag, das Licht aus- und das Radio eingeschaltet, ging ihm Hendricks' Genuschel nicht aus dem Kopf. Es war das typische Dopegeschwätz. Paranoia und Selbstmitleid. Es waren banale Klischees, die als Philosophie daherkamen.

Es ließ ihn nicht los.

Seine letzte Beziehung lag über ein Jahr zurück. Und nichts deutete auf eine neue hin. Trug auch er etwas davon mit sich herum? Eine Hand voll glitzernden Todes, sichtbar für jeden, der einen Blick dafür hatte? Er stellte sich seine Jacke vor, wie sie im Dunklen über dem Küchenstuhl hing. Er schloss die Augen und sah sie vor sich, leuchtend in dem Mondlicht, das durch ein Küchenfenster fiel …

Ein paar winzige Teilchen, die auf seinem Kragen und in den Falten seiner Ärmel glitzerten. Wie bösartige Diamanten.

Karen, ich hab's nicht getan.

Ich wünschte, ich könnte sagen, der Grund sei, weil ich mich geweigert hätte. Weil ich aufbegehrt und ein für alle Mal nein gesagt hätte. Ich wünschte, ich könnte dir erzählen, ich sei stark, ich hätte mich dazu durchgerungen, nicht mehr mitzumachen.

Die Wahrheit ist, ich habe versucht mitzumachen und habe dabei versagt.

Gott sei Dank. Gott sei Dank habe ich versagt. Vielleicht wollte ein Teil von mir, dass ich versage, wollte es so sehr, dass es so kam. Vielleicht habe ich mir das falsche Mädchen ausgesucht. Oder die Richtige.

Ich saß im Pub und beobachtete sie, wollte weglaufen, wollte dableiben, zählte jeden Drink, den sie bestellte, hörte sie lachen und spürte das Ding schwer in meiner Tasche. Ich trank Wasser, summte bei der Musik mit und sehnte mich danach, es möge schnell vorbei sein.

Es war spät, als sie endlich ging. Sie waren die Letzten, die aufbrachen. Grauenvoll perfekt, Karen. Sie hätten alle dieselbe Richtung einschlagen können, dann hätte ich weitersuchen müssen, hätte in die Stadt fahren und mir einen Club suchen müssen. Aber sie ging allein, und ich konnte nicht anders, als ihr zu folgen.

Ich greife nicht oft auf Kraftausdrücke zurück, Karen,

aber als ich die Pistole herauszog, hatte ich eine beschissene Angst. Sie hing wie etwas Totes an meinem Arm, und ihr Mund öffnete sich so weit, und ich stand nur da und sah ihren Mund und hörte ihr zu, wie sie schrie. Keine Ahnung, wie lange wir dastanden, aber statt es schnell zu tun, statt sofort abzudrücken, statt einfach zu tun … weshalb ich da war, stand ich nur da und starrte sie an, als sie auf mich zurannte, und ich beugte den Kopf, als sie auf mich einschlug, unablässig auf mich einschlug. Ich wich ihr aus und sah, wie sie sich bückte und etwas aufhob. Dann ging sie wieder auf mich los, und jetzt tat es richtig weh. Ich weiß, es klingt blöd, aber ich lachte beinahe, weil mir schlagartig klar wurde, dass das Schreien nun von mir kam.

Ich sah zu, wie sie auf die Straßenbeleuchtung zurannte und schrie, und ich wischte das Blut weg, das mir ins Gesicht lief.

Ich steckte die Pistole zurück in die Tasche und verschwand.

Es muss aufhören, Karen.

Ich wünschte, ich wäre tapfer genug gewesen, zu dir zu kommen, aber du weißt ja, dass ich das nicht bin. Vermutlich hat das Gift in mir jedes Gramm Mut weggeätzt, das du vielleicht einmal war.

Ich muss nur ein Quäntchen davon finden.

Ein Telefonanruf bei den liebenden Eltern vor ein paar Wochen hatte gereicht. Er war nicht überrascht, dass sie nicht umgezogen waren. Würden sie wohl nie tun. Etwas Honig ums Maul, jede Menge Charme, und nach ein paar Minuten hatte er die Adresse von seinem Büro und seiner Wohnung, die Telefonnummern, alles.

Er stand vor dem Bistro und spähte durchs Fenster. Eine schicke Zurschaustellung von Kupferrohren und tiefen Ledersofas im vorderen Bereich; hinten befanden sich die Tische. Er konnte ihn nicht sehen. Er hatte ihn alleine hineingehen sehen, aber vielleicht hatte er drinnen jemanden getroffen, und sie aßen …

Sein eigener Lunch begann zu schmelzen. Er schob sich den Rest der Schokolade in den Mund, steckte das Papier in seine Hosentasche und trat durch die Tür. Der Barmann sah auf und lächelte, aber Nicklin schüttelte den Kopf, ging langsam in den rückwärtigen Teil des Raums, zu den Tischen in der Ecke, die nicht im Blickfeld standen.

Das Flattern im Bauch kam nicht von den Nerven, nicht wirklich. Damit hatte er keine Probleme, nicht, was Angst anging. Hatte er nie gehabt. Solange er sich erinnern konnte, hatte er Dinge getan, für die den meisten anderen der Mumm gefehlt hätte. Nicht weil er tapfer war, sondern weil er keine Angst hatte. Ihm war klar, da bestand ein entscheidender Unterschied.

Was er jetzt empfand, war Erregung. Die Möglichkeit von etwas Neuem und weitaus Intensiverem, als er es bisher gefühlt hatte. Und natürlich knüpfte er in gewisser Weise genau da wieder an, wo er vor langer Zeit aufgehört hatte. Etwas Altes und etwas Neues …

Er erreichte den rückwärtigen Teil des Raums, sah nach links und erkannte ihn sofort. Er saß mit zwei anderen am Tisch, Männern mit fliehendem Kinn, hemdsärmlig, die Wein hinunterschütteten und laut brabbelten – Spesenwichser.

Er ging auf den Tisch zu.

Als er drei Meter entfernt war, blickte Palmer auf, musterte ihn und wandte sich wieder dem Gespräch zu. Selbstverständlich hatte er ihn nicht erkannt. Da war sich Nicklin so gut wie sicher gewesen. Andernfalls wäre er mehr als ein wenig enttäuscht gewesen. Ohne die dramatische Note war drauf geschissen.

Er blieb stehen. Das Gespräch stockte. Er machte einen letzten Schritt auf den Tisch zu, sein Oberschenkel stieß gegen die Tischkante, ihre Weingläser schwankten.

»Können wir Ihnen irgendwie helfen?« Einer von Palmers Freunden, nervös, aber bemüht, gereizt zu klingen. Er ignorierte ihn, seine Augen waren nur auf Palmer gerichtet, warteten darauf, dass ihr Blick erwidert würde. Als dies geschah und der Funke des Wiedererkennens sich in ein Inferno verwandelte, sah er sich nicht enttäuscht. Nichts anderes hatte er sich in den vorangegangenen Wochen ausgemalt.

»Martin? Ist alles in Ordnung, Kumpel?« Der zweite Mann, der besorgte Kollege, schob seinen Stuhl weg und sah sich um.

Palmer, die Augen weit aufgerissen und mit hängender Kinnlade, ja … sie hing wirklich nach unten. Sein Gesicht hatte die Farbe alten Zeitungspapiers angenommen.

Nicklin nickte, bleckte die Zähne. »Hallo, Mart. Das ist großartig, nicht wahr?«

Palmer war wie vom Donner gerührt, sein Gesicht erstarrt. Aus dem Mundwinkel lief ihm Spucke und tropfte auf die makellos weiße Tischdecke.

Von Panik ergriffen konnte er den Blick nicht von seiner Vergangenheit losreißen.

Neuntes Kapitel

Beinahe drei Wochen, seit Charlie Garner zugesehen hatte, wie seine Mutter starb. Vierzehn Tage, seit die Ermittlungen zu dem Fall offiziell aufgenommen worden waren. Acht Tage vor Weihnachten.

Ein Büro voller Leute, die warteten …

Thorne sah ihnen zu, ringsum meist gesenkte Köpfe, ein resigniertes Lächeln, wenn es nicht anders ging. Aktenordner wurden herumgetragen, Anrufe beantwortet, auf Tastaturen wurde eingehämmert, eine Spur härter, als notwendig gewesen wäre. Frustriert, gelangweilt, einige stinksauer aus Gründen, die nur sie selbst kannten, andere noch kaputt vom Wochenende, doch allen war bis zu einem gewissen Grad klar, dass das, was sie hier aufführten, eher eine Inszenierung war.

Das elektronisch erstellte Fahndungsfoto des Mannes, den Margie Knight und Michael Murrell gesehen hatten, des Verdächtigen in den Fällen Jane Lovell und Ruth Murray, war heute auf fast allen Titelseiten. Thorne wartete jedoch nicht auf das Klingeln der Telefone. Er wartete nicht auf begierige Helfer, die sich danach drängten, die Polizei zu informieren, der Mann auf dem Bild könnte der Bruder eines Freundes sein, sehe aus wie der Ehemann einer Kollegin oder ähnle dem Mann in der Wohnung nebenan.

Thorne wartete auf die Leichen.

Seit es offensichtlich war, dass sie nach zwei Mördern suchten, galt ihr Augenmerk Gewaltverbrechen gegen

Frauen in der ganzen Stadt. Alles wurde beobachtet und gewertet. Sie suchten nach Mord, versuchtem Mord, einem Überfall … und warteten dann auf das Auftauchen des verborgenen Gegenstücks. Suchten nach den zusammengehörigen Hälften. Thorne erinnerte sich an ein Kartenspiel für Kinder, bei dem es darum ging, so viele Paare wie möglich zu sammeln.

Ich habe zwei erstochene Leichen, zwei erwürgte … was hast du?

Gott sei Dank war an diesem Sonntagabend nicht besonders viel los gewesen. Es war zwar einiges hereingekommen, aber das meiste davon fiel durchs Raster. Von den Fällen, die ein gewisses Interesse fanden, sah keiner viel versprechend aus. Eine Frau, die von einer anderen Frau vor einem Pub in Canning Town angegriffen worden war. Eine Messerstecherei in Willesden, die aller Wahrscheinlichkeit nach familiär begründet war. Eine Frau in Clapham, die mit einer Pistole bedroht worden war, wahrscheinlich ein missglückter Raubüberfall oder eine versuchte Vergewaltigung …

Das Bild wurde auch in jeder Nachrichtensendung ausgestrahlt, was schnell Wirkung zeigte. Die Anrufe kamen herein. Mittags lag bereits eine Liste mit Namen vor. Keiner darauf tauchte zweimal auf.

Brigstocke tat sein Bestes, die Truppen bei Laune zu halten und nicht zu schwitzen. Thorne tat sein Bestes weiterzuarbeiten. Alle wateten sie durch Glibber. Über zwei Bier und einem Glas Tomatensaft versuchte Holland in der Mittagspause etwas ungeschickt, dem Frust, den sie empfanden, Luft zu machen.

»Es ist, als hätte man Sex, und würde einfach nicht kommen …«

Thorne blies die Backen auf. Das war … eine interessante Analogie.

McEvoy grinste. »Yeah, dann weißt du jetzt, wie das ist.« Sie lachte, und Thorne fiel mit ein. Holland lief rot an und trank einen Schluck Tomatensaft. »Das meine ich natürlich nicht persönlich, Dave«, fügte McEvoy hinzu. »Ich bin sicher, Sophie hat keinen Grund, sich zu beschweren.«

Holland sagte nichts darauf. Was Thorne keineswegs entging.

»Entschuldigung. Habe ich …?« Sie blickte von Thorne zu Holland und wieder zurück. »Spreche ich etwa nicht wie eine richtige Lady?« Das letzte Wort betonte sie dabei komisch, als würde es in der Mitte mit einem »y« und am Ende mit einem »e« geschrieben.

Thorne lächelte. »Na ja, wenigstens ist Ihre Stimmung besser als am Samstag. War das Wochenende nett?«

Nun war es an McEvoy, rot zu werden. »Äh, tut mir Leid wegen der Sache. War einfach schon lausig drauf, als ich aufwachte. Das Wochenende war … prima. Wirklich großartig. Danke.«

Bevor das Schweigen unangenehm wurde, entdeckte Thorne Brigstocke in der Tür, der die Menge nach ihnen absuchte. Thorne winkte, und der Detective Chief Inspector kam herüber. Bevor er an ihrem Tisch angelangt war, sah Thorne an seinem Gesichtsausdruck, dass es Neuigkeiten gab.

Es war nur die Frage, wie schlimm sie waren …

»Vor zehn Minuten kam ein Fax. Die Beschreibung des Mannes, der letzte Nacht eine Frau in der Nähe der U-Bahn-Station Clapham South mit der Pistole bedrohte …«

Thorne reckte sich reflexhaft, als es ihn durchzuckte. Der Kitzel. Keineswegs schlimme Nachrichten …

McEvoy erkannte, worauf Brigstocke hinauswollte. »Also kein versuchter Raubüberfall oder eine versuchte Vergewaltigung?«

Thorne antwortete ruhig: »Versuchter Mord.«

Brigstocke nickte. »Klingt nach unserem Mann. Groß, stämmig, rotblonde Haare, Brille. Hinzuzufügen wäre noch: *blutet*. Die Frau, auf die er es mit der Pistole abgesehen hatte, sagt, sie habe mit ihrem Stöckelschuh aus Leibeskräften auf ihn eingeschlagen.«

McEvoy nahm einen Schluck Bier. »Hervorragend.«

»Wann können wir mit ihr sprechen?«, fragte Holland.

»Ich versuche es zu arrangieren. Ihre Familie kümmert sich um sie – sie ist offensichtlich noch ganz fertig mit den Nerven.« Brigstocke machte Anstalten, sich zu setzen. Thorne schob seinen Stuhl zur Seite, um ihm Platz zu machen. »Hoffentlich bis Ende des Tages ...« Brigstocke seufzte und gestattete sich ein Lächeln, das erste, das Thorne in den letzten Tagen gesehen hatte.

Thorne stand auf und griff nach seiner Jacke. Falls der Mann mit der Pistole einer der Männer war, nach denen sie suchten, dann hatte augenscheinlich einer der beiden Mörder versagt. Gott sei Dank. Thorne hatte das sichere Gefühl, dass dies dem anderen nicht passiert war ...

Das Ziel: Pärchen sammeln.

Thorne war ungern derjenige, der das Lächeln in Brigstockes Gesicht zum Ersterben brachte, aber er schreckte nicht davor zurück.

In seinem Kopf hörte es sich an wie ein lauter Schrei – zu hören war nur ein Flüstern.

»Irgendwo liegt eine Frau, die erschossen wurde. Ich will sie finden.«

London war eine von Geistern bevölkerte Stadt, von denen einige toter waren als andere.

Thorne wusste, dass sie sich in dieser Hinsicht nicht von anderen Metropolen unterschied – New York, Paris oder Sydney –, aber instinktiv spürte er, dass London extrem war. Wahrscheinlich lag es an der Geschichte. Der dunkleren Seite dieser Geschichte, der Gegenpart zu den Parks und Palästen und der glänzenden Königsseite, die Busladungen von japanischen und amerikanischen Touristen erstarren und staunend gaffen ließ. Die verborgene Seite einer Stadt, in der die Einsamen, die Besitzlosen und Obdachlosen die Straßen bevölkerten, Schulter an Schulter mit den Schatten jener, die vor ihnen hier gelebt hatten. Einer Stadt, in der die Armen und Verlorenen, diejenigen, die vor langer Zeit dafür gehängt worden waren, einen Laib Brot gestohlen oder für einen Shilling gemordet zu haben, sich mit denen um einen Platz rauften, die eine warme Mahlzeit suchten oder den nächsten Schuss oder ein Bett für die Nacht.

Eine Stadt, in der die Toten lange verborgen bleiben konnten.

Thorne war Londons Geschick, seine Leichen für sich zu behalten, bekannt, seit er bei der Polizei war. Aber er störte sich noch immer daran. Die friedlich zu Hause Verstorbenen konnten wochenlang in ihrem Wohnzimmer liegen und vor sich hin rotten, die Ratten und die Fliegen anlocken, bis endlich ein mit einem guten Geruchssinn bedachter Nachbar aufmerksam wurde.

Die Opfer eines gewaltsamen Todes, deren Mörder nicht *wollten*, dass sie gefunden wurden, konnten viel länger allein und im Verborgenen liegen. Vergraben, verbrannt oder eingemauert, zersägt oder ins Wasser geworfen, mit oder ohne Gewichten, bis diejenigen, die nach ihnen suchten, selbst nur noch in der Erinnerung anderer fortlebten. Bis die Toten nichts weiter waren als eine Seite in einer vergilbten Akte oder ein Name auf einem zahnärztlichen Dokument.

Sicher ereignete sich dergleichen auch in Kleinstädten oder Dörfern, wo so etwas noch immer bemerkenswert war, aber nach Thornes Empfinden hatte London etwas,

was dem anonymen Tod zustatten kam. Natürlich gab es genug Leute, die sich den Mund fusslig redeten, welch kleine Gemeinschaft ihr jeweiliges Viertel doch war, nein wirklich, freundlich und offen für jeden ... Thorne wusste, dass das in Wirklichkeit nicht mehr bedeutete, als dass der Mann vom Kiosk einen beim Vornamen kannte und der Kerl hinter dem Tresen der Stammkneipe sich *vielleicht* an den Lieblingsdrink erinnern konnte. Wenn es hart auf hart kam, konnte jederzeit der Kontakt zum besten Freund abreißen, falls der mehr als zwei Straßen weit weg wohnte, und die Reaktion der meisten Londoner auf eine Vergewaltigung in ihrem Zugabteil würde sich darauf beschränken, die Zeitung etwas höher zu halten.

Thornes deprimierende Reflexionen über die Stadt, in der er geboren und aufgewachsen war, in der er lebte und arbeitete, wurden durch die simple und nicht unerwartete Tatsache hervorgerufen, dass sie am Ende des Tages noch immer nicht die Leiche gefunden hatten, von der sie wussten, dass sie irgendwo dort draußen war. Selbstverständlich hatten sie auf die Vermisstenanzeigen geachtet, aber es war nichts hereingekommen. Das Opfer wurde bis jetzt noch nicht vermisst. Dafür konnte es hundert Gründe geben.

Während der Fahrt nach Wandsworth, wo er und Holland mit der Frau sprechen wollten, die in der vergangenen Nacht den Mordanschlag überlebt hatte, versuchte Thorne nicht an die Frau zu denken, die nicht überlebt hatte. Wo immer ihre Leiche liegen mochte, sie barg vielleicht entscheidende Hinweise, die sich gerade in diesem Moment in nichts auflösten, unter leisem Blubbern und Bläschenwerfen, während sie langsam ihre Form, ihr Aussehen, ihre Zusammensetzung verlor.

Die Stadt rückte die Leiche heraus, wenn sie so weit war.

In der Zwischenzeit gab es genug, worüber sich Thorne den Kopf zerbrechen konnte.

Wirklich Sorge bereitete ihm die Tatsache, dass die Morde schneller aufeinander folgten. Die Morde an Carol Garner und Ruth Murray lagen neunzehn Tage zurück. Zwischen diesen Morden und dem Tod von Jane Lovell und Katie Choi waren vier Monate verstrichen. Zunehmend kürzere Intervalle waren ein vorhersehbares Muster, aber das hier war dramatisch. Außer es lagen zwischen diesen Fällen Morde, die sie übersehen hatten ... Eine unangenehme Vorstellung, die Thorne sofort von sich wies; stattdessen machte er sich die einen Deut weniger unangenehme zu Eigen, dass die Mörder allmählich in Fahrt gerieten.

Die Mörder ...

Die andere große Sorge, die Thorne beschäftigte. Zwei Mörder, von denen einer bislang noch immer rein theoretisch war. Ein Schatten. Sie waren unterwegs zu einer Frau, die einen von beiden gesehen hatte. Denselben, den auch Margie Knight und Michael Murrell gesehen hatten. Den, dessen Gesicht auf jeder Zeitung und jedem Fernsehschirm zu sehen war. War er der Unvorsichtigere von beiden? Der Nachlässigere? Oder war sein Partner nur so viel besser darin, seine Spuren zu verwischen und unsichtbar zu bleiben?

Der Mörder, von dem die einzigen Spuren stammten, die sie hatten, dessen leeres, bebrilltes Gesicht nun auf Hunderten von Plakaten prangte, der schnell und effektiv mordete – eine Stichwunde, ein anhaltender Druck auf die Kehle ... der Mörder, der weinte. Er war nicht derjenige, der seine Opfer abschlachtete und blutbesudelt im Dunklen verschwand, ohne gesehen zu werden. Er war nicht derjenige, der das Leben aus Carol Garner herausquetschte, zudrückte und die Knochen zermalmte, während ihr kleiner Junge ihm dabei zusah.

Der war er nicht ...

Thorne wollte den Mörder auf diesen Plakaten kriegen. Er wollte ihn unbedingt. Aber seinen Partner wollte er noch viel mehr.

Sean Bracher warf einen Blick auf seine Uhr, als er am Tresen auf den Wichser wartete, der sein Bier nicht brachte.

Sie kam zu spät.

Er machte sich keine Sorgen, versetzt zu werden, sondern war nur etwas gereizt, dass er wieder würde aufstehen müssen, um ihr etwas zu trinken zu holen, wenn sie endlich so gnädig wäre zu erscheinen. Wortlos schob er das Geld für sein Bier über den Tresen, nahm sich eine Hand voll Erdnüsse aus einer Schale und ging zu einem Tisch.

Er hatte nicht vor, heute Abend mit ihr zu schlafen. Natürlich würde er nicht nein sagen, doch seiner Einschätzung nach war Jo, so gerne sie flirtete, der Typ, der einen etwas hinhielt. Jane hatte ihn auch hingehalten, allerdings nur eine Nacht, und das war es wert gewesen, keine Frage. Selbstverständlich war nie mehr als eine Bettgeschichte beabsichtigt gewesen, das hatte er von Anfang an klargestellt, und sie war cool damit umgegangen. Er wollte sich von niemandem einfangen lassen, schon gar nicht von einem Mädchen an der Rezeption. Aber die Arbeit hatte dadurch definitiv mehr Spaß gemacht, ganz zu schweigen von den gelegentlichen Geschäftsreisen, die so wesentlich interessanter wurden. Sie war schon eine geile Nummer gewesen ...

Er stopfte sich eine Hand voll Erdnüsse in den Mund und blickte sich um. Das Lokal begann sich langsam zu füllen mit den Typen, die froh waren, wieder einen Montag rumgebracht zu haben, und noch rasch einen heben wollten, bevor sie in einem voll gepferchten Bus oder Zug nach Hause fuhren. Jemand hatte eine zusammengerollte Ausgabe des *Standard* auf dem Nebentisch liegen lassen. Er nahm sie sich und fing an, die Sportseiten zu überfliegen.

Ja, ein netter Pub. Nach ein paar Gläsern hier noch zu einem Italiener oder so was. Nichts mit zu viel Knoblauch. Das gleiche Programm hatte er am ersten Abend mit Jane auch abgespult. Sechs Monate war das her.

Jo sah eigentlich besser aus als Jane, war aber nicht halb so witzig. Ihm fehlte das Rumgealbere mit Jane, ihr Schwung und der Spaß, den sie gehabt hatten. Er hatte ihr zugeredet, mit dem Kerl in der Auslandsabteilung zu flirten. Der Blödmann war drauf reingefallen, hundertpro. Hatte gestottert und war knallrot angelaufen. Drehte vollkommen durch, als er herausfand, dass man ihn zum Narren gehalten hatte. Mein Gott, wenn man sich nicht mal mehr im Büro ein Späßchen erlauben durfte …

Er sah noch einmal auf seine Uhr. Überprüfte, ob auf seinem Handy eine Nachricht eingegangen war. Warum zum Teufel kamen Frauen immer zu spät? Sie war nicht abgeneigt gewesen, als er davon gesprochen hatte, miteinander auszugehen. Er schrieb eine SMS: *Wo bleibst du?* Wahrscheinlich war sie noch im Büro, auf der Toilette, um sich aufzutakeln. Wenn er es sich recht überlegte, vielleicht sollte er es doch drauf anlegen, sie rumzukriegen. Lieber bei ihr, er brauchte ja nicht die ganze Nacht zu bleiben …

Er lächelte und sah sich schon im Bett mit ihr, als er den *Standard* umdrehte.

Er blickte auf die Titelseite, und beinahe hätte er sich an den Erdnüssen verschluckt.

Der junge Student stieg in der Kingsland High Street aus dem Bus. Von hier aus wäre er in zwei Minuten zu Fuß bei ihrer Wohnung in der Dalston Road.

Der Abend war überraschend mild. Er zog die Jacke aus und trug sie über dem Arm. Er ging schnell, sah in die Schaufenster des Secondhand-Plattenladens und des griechischen Cafés, dachte daran, wie sie ihn letzte Nacht angesehen hatte.

Sie hatte viel gelächelt, die Augenbrauen hochgezogen, an ihren oberen Schneidezähnen hatte man gerade noch die Zungenspitze gesehen. Sie hatte ein Lachen, das die Leute am anderen Ende des Pubs aufmerken ließ. Sie hatten alle schon einen Zacken in der Krone, nachdem sie eifrig den Sieg ihres Teams begossen hatten. Dann waren sie beide an der Bushaltestelle an der Highbury Corner gestanden, hatten geredet und drei oder vier Busse vorbeifahren lassen, bevor sie zu Fuß nach Hause gelaufen waren – sie Richtung Dalston und er in die andere Richtung, zu dem kleinen feuchten Wandschrank, den er am Tufnell Park gemietet hatte.

Sie hatten ausgemacht, sich heute zum Lunch im »Pizza Express« zu treffen. Er hatte verschlafen und musste sich richtig beeilen, um noch rechtzeitig zu kommen, atemlos und völlig verschwitzt. Er hatte über eine Stunde gewartet.

Es war eine lockere Verabredung gewesen, möglicherweise noch lockerer, als er es in Erinnerung hatte – er hatte Unmengen Guinness getrunken –, aber er war davon ausgegangen, dass sie kommen würde. Sie hatte kein Telefon in ihrer Wohnung, weshalb er den ganzen Nachmittag über versuchte, sie auf ihrem Handy zu erreichen. Er war gerade dabei, wieder einmal ihre Nummer zu wählen, als er beschloss, einfach bei ihr vorbeizuschauen. Es waren nur zehn Minuten, und der Bus fuhr praktisch bis vor ihre Haustür. Er war sich sicher, sie würde sich freuen, ihn zu sehen. Ja, sie hatten *beide* eine Menge Guinness getrunken, und dennoch war er sich sicher.

Es war eine schmutzige weiße Tür zwischen einem Schuhgeschäft und einem Billigreiseanbieter. Drei Klingelknöpfe, ihr Name stand unter dem obersten.

Er klingelte.

Er streifte sich die Jacke wieder über. Sie hatte gesagt, es hätte ihr wirklich Spaß gemacht. Er sah nach oben zu den Fenstern über ihm. Ein alter Mann blickte vom ersten Stock herunter. Vielleicht konnten sie *jetzt* losziehen und eine Pizza essen. Es gab jede Menge Restaurants in Islington. Oder sie machten es sich gemütlich, rauchten was und bestellten sich später etwas. Wie auch immer, es wäre einfach nett, sie zu sehen.

Er klingelte erneut …

»Lassen Sie Bracher nicht weg. Behalten Sie ihn einfach hier …«

Thorne und Holland waren Richtung Süden unterwegs, zur Blackfriars Bridge, als Thornes Handy klingelte und er erfuhr, Sean Bracher nerve die Dienst habenden Beamten in Charing Cross, brülle herum, er sei sich hundertzehnprozentig sicher, dass der Mann auf dem elektronisch erstellten Fahndungsfoto ein Arbeitskollege von ihm sei, jemand von Baynham & Smout …

Thorne musste an sich halten, Holland nicht ins Lenkrad zu greifen. Die Frau in Wandsworth, Jacqueline Kaye, konnte bis morgen warten. Mit dem hier musste er sofort sprechen. Sie waren in der Firma gewesen … Gott, sogar Lickwood war in der Firma gewesen, und die ganze Zeit über hatte der Scheißkerl dort gesessen …

Im Augenblick redete Thorne mit einem Detective Inspector in Charing Cross und versuchte gleichzeitig Holland zu sagen, wie sie nun fahren sollten.

»Wie heißt er?« Thorne nickte ernst, als er den Namen hörte, um sogleich mit dem Arm vor Hollands Nase herumzufuchteln. »Nach rechts, wir kürzen über Lincoln's Inn Fields ab.«

Holland schlug verärgert auf das Lenkrad und tat, was man ihm gesagt hatte. Dabei ließ er Thorne nicht aus den Augen, beobachtete seine Reaktionen, versuchte verzweifelt, die Einzelheiten zu erfahren.

»Hat Bracher mit jemandem darüber gesprochen? Jemandem aus der Firma? Gut ...«

Thorne fuchtelte weiter herum, knurrte ins Handy und erwiderte Hollands Blick mit einem Nicken. Das hier war was Größeres.

Als der Zivilwagen, ein Rover, den Strand hinunterbrauste, begann Thorne, ins Handy zu brüllen, als würde das Netz schwächer. »Wir sind in zehn Minuten da ... ja, zehn.«

Er drückte den entsprechenden Knopf, um das Gespräch zu beenden, und wandte sich Holland zu. »Sean Bracher ...«

Hollands Handy läutete.

»Scheiße ...« Holland fischte in seiner Jacke nach seinem Handy.

»Wetten, das ist für mich«, sagte Thorne. »Ich konnte das Anklopfsignal auf meinem hören ...«

»Fünf Pfund?«, fragte Holland und zog das Handy heraus. Thorne nickte.

Holland meldete sich. »Hallo? Stimmt ...« Er reichte Thorne das Telefon. »McEvoy.«

Fünf Pfund zusätzlich – lächelnd griff Thorne nach dem Handy. Sarah McEvoy war außer Atem; sie war gerannt, um diesen Anruf zu machen.

»Wir haben einen Mann, auf den die Beschreibung passt, einen Mann namens Martin Palmer ...« Das Lächeln auf Thornes Gesicht gefror. Denselben Namen hatte er soeben gehört, Bracher hatte diesen Namen genannt.

»Palmer spazierte vor einer knappen Viertelstunde in die Wache in West Hampstead, legte eine Pistole auf den Tisch und gestand zwei Morde.«

»Okay, wir sind unterwegs.«

Holland schnitt eine Grimasse. Er hatte keine Ahnung, in welche Richtung er fahren sollte. Thorne deutete nach Norden. *Fahr weiter.*

»Da wäre ein Problem«, sagte McEvoy. »West Hampstead verfügt über keinen Zellentrakt für Untersuchungshäftlinge.«

»Scheiße.« Thornes Gedanken rasten. »Genau, Kentish Town ist am nächsten. Jemand soll ihn dorthin bringen.«

»Ich ruf an und seh zu, dass ich runterkomme.«

»Gut. Dann sehen wir uns dort in fünfzehn Minuten.«

McEvoy war bereits da, als Thorne und Holland ankamen. Die drei standen vor dem Zimmer, in dem Martin Palmer festgehalten wurde. McEvoy brachte sie auf den neuesten Stand. Etwa um die gleiche Zeit, als Bracher in die Wache von Charing Cross gestürzt war und Palmers Namen gebrüllt hatte, war dieser ruhig in die Polizeiwache spaziert, um sich zu stellen. Palmer war aus freien Stücken gekommen.

Holland setzte sich auf einen der grünen Plastikstühle, die in einer Reihe an die Wand geschraubt waren. »Er hat das Bild ebenfalls gesehen. Geht gar nicht anders. Wusste, man würde ihn erkennen. Hielt es für die beste Idee.« McEvoy warf ihm einen zustimmenden Blick zu.

Thorne sah zur Tür. »Vielleicht …«

»Ob er seinen Kumpel verrät?« Thorne drehte sich zu McEvoy um. Sie hatte diese Frage gestellt, weil sie wusste, was er dachte, weil sie sah, wie seine Anspannung wuchs, während er auf die zerkratzte graue Tür starrte und sich den Mann dahinter vorstellte.

Ob er seinen Kumpel verrät …

Diese Frage stellte sich Thorne, seit er Palmers Namen zum zweiten Mal gehört hatte. Gott, es könnte so einfach sein. Vielleicht gab es eine Chance, wenn man ihn schnell und hart in die Zange nahm.

»Kommt Brigstocke?«, fragte Holland.

McEvoy machte ein paar Schritte in Richtung Eingangsbereich und lächelte den Streifenpolizisten zu, die sich in ihren Uniformen um die Rezeption scharten und sie mit offenem Mund anstarrten. »Unterwegs.«

»Sollen wir auf ihn warten?«

»Wahrscheinlich«, sagte Thorne und öffnete die Tür.

In den wenigen Sekunden, die er brauchte, um zu dem Kassettenrekorder auf der anderen Seite zu gelangen, nahm er alles auf. Den uniformierten Polizisten in der Ecke, der kurz aufschreckte, als Thorne die Tür zuschlug. Die Kälte. Palmers schmutzigen Hemdkragen. Palmer, der mit gesenktem Kopf an dem stählernen Tisch saß. Auf dem Kopf ein provisorischer Verband, braun von getrocknetem Blut.

Thorne griff nach zwei neuen Kassetten und fing an, mit groben Bewegungen die Plastikverpackungen herunterzureißen, ohne die Gestalt am Tisch aus den Augen zu lassen.

Palmer war groß, das war offensichtlich, auch wenn er vornübergebeugt und in sich zusammengesunken dasaß. Dünne, rotblonde Haare und eine Brille mit Metallfassung. Murrell und Knight hatten gute Arbeit geleistet. Das Bild war ein Volltreffer.

»Ich bin Detective Inspector Thorne und nicht in Stimmung, mich verarschen zu lassen. Haben Sie das verstanden?«

Palmer sagte kein Wort. Er rührte sich nicht einmal.

Thorne schob die Kassetten in den Rekorder, drückte

auf den roten Knopf und wartete. Als das Summen aufhörte und die Kassette aufnahm, klärte er Palmer über seine Rechte auf. Er sprach schnell, spuckte die Worte aus, als habe er etwas Verdorbenes im Mund. Er erklärte Palmer, er könne jederzeit gehen, er sei nicht verhaftet, er habe das Recht auf einen kostenlosen und unabhängigen Rechtsbeistand. Das alles sagte er, weil er es sagen musste. Er dachte weder darüber nach, noch scherte er sich sonderlich darum. Nur einmal zögerte er kurz, als er den Blick der Statue in Uniform drüben in der Ecke suchte, deren Namen er für die Kassette brauchte.

Mit weit aufgerissenen Augen nannte der Constable seinen Namen, als säße er auf der Anklagebank.

Thorne stand Palmer gegenüber, die Hände auf dem stumpf glänzenden Metalltisch, und fixierte ihn. Er war sich der Anwesenheit von Constable Stephen Legge in der Ecke bewusst, der nervös von einem Bein aufs andere trat. Gut, dachte Thorne, ich mach dir Angst. Ich muss diesem Scheißkerl Angst einjagen.

Palmer hielt den Blick gesenkt.

»Also dann, diese zwei Morde, die Sie so mutig auf sich nehmen. Das sind zwei Morde von vieren, um genau zu sein. Richtig? Vier Morde insgesamt. Es gibt noch einen anderen Mann, seh ich das richtig?«

Nichts. Thorne ließ ein paar Sekunden verstreichen. Eine halbe Minute. Zog die Schlinge enger.

»Besser gesagt, es handelt sich um fünf Morde. Sie haben letzte Nacht Mist gebaut, Mist gebaut oder gekniffen, wie auch immer, aber ich bin mir verdammt sicher, dass *er* keinen Mist gebaut hat.« Langsam wiederholte er die Frage. »Es gibt noch einen anderen Mann, seh ich das richtig?«

Palmer nickte. Schniefte. Er stand kurz davor, in Tränen auszubrechen.

»Wer ist es?« Beiläufig. Als erkundige er sich nach der Uhrzeit. *Nennen Sie mir einen Namen …*

Thorne ging um den Tisch herum, stand hinter ihm. Nur deshalb ein Klischee, weil es funktionierte, weil es richtig war. Er beugte sich über ihn, tief genug, um den Schweiß zu riechen, um zu sehen, wie die erste fette Träne auf die Tischkante fiel.

»Da draußen liegt eine Frauenleiche … irgendwo. Im Augenblick wird sie nur vermisst. Ich bin mir nicht einmal sicher, ob bereits eine Vermisstenmeldung eingegangen ist. Aber es gibt Leute, die sie vermissen. Es gibt Leute, die haben dieses merkwürdige Gefühl im Bauch, *spüren* es in diesem Moment. Diese Verunsicherung, die kurz aufflackert, sich allmählich als Angst festsetzt und schließlich zur Panik wird. Dann tut es richtig weh, das ist wie ein Krampf im Bauch, der es ihnen schwer macht zu atmen. Der die Schläuche und Ventile *da drin*, im Bauch, zusammenquetscht. Sie suchen einander, diese Leute, die Freunde und die Verwandten, suchen ihre gegenseitige Nähe, weil sie alle das Gleiche empfinden und weil sie alle das Gefühl haben, langsam Stück für Stück abzusterben. Weil es ihnen so schlecht geht, wie es einem nur gehen kann …«

Palmers Kopf sank immer tiefer, bis seine Wange auf dem Tisch zu liegen kam. Die Tränen sammelten sich in einer Pfütze unter seinem Gesicht, aber es war kein Ton zu hören.

Thornes Stimme wurde leiser, ruhiger. »Doch das ist noch nicht alles. Das ist noch nicht das Ende. Keineswegs. Wenn ihre vermisste Frau oder Tochter oder Mutter ihre *tote* Frau oder Tochter oder Mutter wird, dann erst beginnt der wirkliche Schmerz. Wenn sie es erfahren, trifft sie die Nachricht wie ein Hammerschlag auf den Hinterkopf. Und diese Hammerschläge hören nicht auf. Die Leiche muss identifiziert werden. Die Wartezeit, während sie, den Blicken preisgegeben, untersucht und aufgeschnitten wird. Die Beerdigung muss organisiert werden, es gilt allerhand zu regeln, durchzusehen. Die Kleidung muss für die Bedürftigen eingepackt und bei Oxfam abgegeben werden. Kleiderbündel, in denen man das Gesicht birgt … Das Leben muss weitergehen, während der Schmerz sich innerlich und äußerlich festsetzt. Ein Brennen im Bauch, eine schorfige Stelle, an der man herumkratzt. Wut und Schuldgefühle. Dieser Schmerz ist weit mehr als nur körperlich, Martin. Und es ist am nächsten Morgen oder eine Woche oder einen Monat später nicht besser. Das krallt sich fest …«

Es war vollkommen still im Raum. Und eiskalt. Sämtliche Luft schien aus dem Zimmer gewichen zu sein. Schließlich kam die entscheidende Frage, leise, wie gehaucht.

»Wie heißt er?«

Thorne zuckte zusammen, als Palmer unvermittelt den Kopf hochriss. Die Augen unter den dicken Gläsern waren rot gerändert und verzweifelt. Seine Stimme kam von weit weg.

»Ich weiß es nicht.«

Mit einem lauten Schrei stieß sich Thorne vom Tisch ab und schoss quer durch das Zimmer auf die Tür zu. Es verlangte ihn nach zweierlei. Er wollte Palmer in sein fleischiges Gesicht dreschen, und er wollte, dass Palmer genau davor Angst hatte.

»Sie hatten Ihre Chance …«

»Nein, *bitte.*« Die Panik in seiner Stimme war deutlich zu hören – und die Hilflosigkeit. Thorne blieb an der Tür stehen und wandte sich um. »Sie verstehen nicht. Wir waren zusammen auf der Schule …«

Thorne zuckte mit den Achseln, hob die Hände und wartete. *Und …?*

Palmer wandte langsam den Blick von ihm ab, senkte die Augen und sah auf den tränennassen Tisch. Auf sein verschwommenes Spiegelbild auf der zerkratzten und schmutzigen Metallfläche.

»Nein … ich weiß nicht, wer er ist. Aber ich weiß, wer er war.«

Zweiter Teil

Der Kinder wegen

Zehntes Kapitel

Detective Superintendent Trevor Jesmond lächelte, als lutschte er an einer Zitrone.

»Rekapitulieren wir, ob ich auch alles richtig verstanden habe. Wir haben im Augenblick einen Doppelmörder in einer Zelle in Kentish Town sitzen, und Sie schlagen mir vor, wir sollten nicht nur die Festnahme für uns behalten, sondern darüber hinaus anfangen, die Zeitungen mit Geschichten über Morde zu versorgen, die gar nicht begangen wurden? Morde … die wir einfach erfinden?«

Jesmond zog eine Augenbraue hoch und musterte die beiden Männer, die links und rechts von ihm saßen, Russell Brigstocke und Steve Norman.

Der vierte Mann im Zimmer rubbelte an einem geheimnisvollen weißen Fleck am Ärmel seiner schwarzen Lederjacke.

»Im Prinzip … ja.«

Auch Thorne ließ Brigstocke und Norman nicht aus den Augen, suchte nach einer Reaktion, um den Widerstand abschätzen zu können, den es zu überwinden galt. Brigstocke schien sich nicht festgelegt zu haben. Er schüttelte leicht den Kopf, eine Geste, die alles bedeuten konnte. Norman, der ölige Medienmensch, wirkte einfach nur gelangweilt.

Thorne fuhr fort, wobei er sich dachte: Da bin ich schon mit ganz anderem fertig geworden. »Wir haben ihn nicht *festgenommen.*«

Jesmond starrte ihn an. »Wie bitte?«

»Wir haben Palmer nicht festgenommen. Er spazierte in die Polizeiwache.«

Brigstocke beugte sich vor. »Tom, hier geht es nicht darum, Haare zu spalten …«

»Das macht einen Unterschied.«

Der Detective Chief Inspector lehnte sich wieder zurück. Diesmal war die Kopfbewegung klar und eindeutig. *Werd jetzt bloß nicht frech, Tom. Verdirb dir nicht alles. Diese ganze Idee klingt schon so blöd genug …*

Es lag zwei Tage zurück, dass Palmer etwas schwach auf den Beinen und mit einer Kopfwunde in der Polizeiwache aufgetaucht war, um eine Pistole auf den Tisch zu legen und ein paar dunkle Geheimnisse loszuwerden. Die Idee hatte sich in dem Augenblick in Thornes Kopf festgesetzt, als Palmer zum ersten Mal mit ihm sprach.

Ich weiß nicht, wer er ist …

Die Idee nahm Gestalt an, wurde immer größer, so wie eine Schneekugel, die man auf einem Feld herumrollte, wurde lauter, je größer sie wurde, stöhnte und ächzte, bis sie riesig war, nicht mehr bewegt und nicht mehr ignoriert werden konnte.

Palmer war wie ein Mann in einem Traum gewesen, der zu entsetzt war, um aufzuwachen und sich dem Alptraum einer grauenvollen Wirklichkeit zu stellen.

Er erzählte Thorne alles, was er wusste. Über die Vergangenheit und die Nachrichten und den Terror und, *Gott,* über die Erregung. Er erzählte ihm alles, was er getan hatte – mit seinem Messer und seinen Händen. Er sprach über die Tränen, die er hatte wegwischen müssen, um ihre Gesichter richtig sehen zu können, während er sie umbrachte. Jetzt wollte er nur noch dafür bestraft werden. Wollte weggesperrt werden.

Thorne jedoch wollte weitaus mehr, und sobald der Plan in seinem Kopf gereift war, bot er Palmer eine überraschend einfache Möglichkeit an, das Aufwachen erträglicher zu gestalten. Dem Alptraum ein Ende zu setzen …

Palmer hatte im Prinzip allem zugestimmt.

Jetzt wartete er, so wie Thorne wartete, auf die Zustimmung von oben zu diesem Plan, der, gelinde ausgedrückt, ein unorthodoxer Zug war und, falls es dick kam, das Ende der einen oder anderen Karriere bedeuten würde.

Jesmond rückte seinen Stuhl etwas näher an den Tisch und setzte sich aufrecht hin. »Ich muss Ihnen sagen, ich bin nicht überzeugt.«

Du brauchst mir nichts erzählen, dachte Thorne. Es steht dir in dein nichts sagendes, verkniffenes Gesicht geschrieben. In diesen roten Äderchen auf deiner Nase und deinen Wangen …

Jesmond fuhr fort. »Palmer ist ein mehrfacher Mörder, ein Serienkiller, um es mal sensationslüstern auszudrücken …«

Norman nickte. »Warum nicht? Das wollen die Presseleute doch.«

»Genau. Jetzt können wir ihn ihnen geben. Jetzt haben wir die Chance, diesen, lassen Sie sich das versichern, Detective Inspector, äußerst großen Druck zu mildern, indem wir ein Ergebnis vorweisen. Und ich muss Ihnen gestehen, diese Chance würde ich gerne nutzen.«

Thorne versuchte, seine Argumentation so glasklar wie möglich vorzubringen. »Wenn wir damit rausgehen, dass wir Palmer haben, verlieren wir einen weitaus gefährlicheren Mörder.«

Jesmond strich sich mit dem Finger über die dünnen Lippen und sah auf die Unterlagen, die vor ihm auf dem Tisch lagen. »Vormals Stuart Anthony Nicklin.«

Vormals …

Thorne nickte. »Ja, Sir.«

»›Weitaus gefährlicher‹ ist wohl etwas übertrieben,

oder? Widerwärtiger, zugegeben, aber er und Palmer haben jeweils zwei Morde begangen, daher …«

»Soweit wir wissen, Sir.«

Brigstocke nickte. »Da muss ich Detective Inspector Thorne zustimmen. Nicklin scheint der Monströsere von beiden zu sein. Auf alle Fälle ist er der Gewalttätigere.«

Thorne dachte, heilige Scheiße, endlich angekommen. »Nicklin hat diese Morde geplant. Ohne *ihn* gäbe es keine Morde mehr. Ohne Palmer … ich glaube, er würde einfach untertauchen.«

Eine Pause entstand. Thorne sah hinüber zu Brigstocke, doch der Detective Chief Inspector fixierte den Tisch vor sich. Thornes Blick wanderte zum Fenster. Der Himmel hatte die Farbe eines Fisches, der bereits lange tot war.

Schließlich ergriff Norman das Wort. »Und das ist … schlecht, oder? Wenn Nicklin einfach verschwindet?«

Thorne versuchte, informativ zu klingen, versuchte, Norman nicht allzu sehr das Gefühl zu geben, eine dumme Frage gestellt zu haben. »Er wird nicht für immer untertauchen. Er wird warten, bis er sich sicher wähnt. Dann wird er wieder anfangen. Anders natürlich. Vielleicht zieht er um und mordet woanders.«

Norman nickte, doch Thorne entging nicht dieser Blick, der keinen Zweifel daran ließ, dass er sich nicht genug Mühe gegeben hatte. Norman kam sich dumm vor …

Brigstocke nahm die Brille ab und rieb sich den Nasenrücken. Verunsichert glaubte Thorne sich daran zu erinnern, diese Geste schon einmal bei ihm gesehen zu haben, kurz bevor er einem Pädophilen die Zähne einschlug. »Ich bin nicht sicher, ob die Zeitungen sich darauf einlassen. Sie wissen nur zu gut, dass sie es sich mit ihrer Leserschaft verderben könnten, wenn sie falsche Mordgeschichten bringen. Sie werden nur so lange mitspielen, solange das nicht ihrer Auflage schadet.«

»Nicklin muss glauben, Palmer sei noch immer da draußen und morde für ihn. Können wir die Zeitungen nicht dazu bewegen, das zu drucken, was wir wollen?«

Jesmond blickte hinüber zu Norman. »Steve?«

Norman suchte Thornes Blick. *Wer stellt jetzt hier die dummen Fragen?* »An dem, was Detective Chief Inspector Brigstocke sagt, ist durchaus was dran. Man müsste einen Ausgleich schaffen. Ihnen das Gefühl geben, sie seien altruistisch, und ihnen zugleich die große Story anbieten, falls die Sache funktioniert. Falls wir Nicklin fassen.«

Thorne nickte. Das klang nach einem gangbaren Weg.

Norman war noch nicht fertig. »Selbstverständlich müssen wir mit anderen, größeren Problemen rechnen. Möglicherweise ... so gut wie *sicher,* wird es undichte Stellen bei der Ermittlung selbst geben, ganz zu schweigen von dem eher seltenen Typus des Journalisten, der unter dem merkwürdigen Zwang leidet, die Wahrheit zu erzählen.« Er bedachte Thorne mit einem traurigen Lächeln und zuckte mit den Achseln.

»Vielleicht bin ich ein bisschen unterbelichtet«, sagte Jesmond und zeigte seine scharfen Eckzähne, »aber mir ist noch immer nicht ganz klar, warum wir nicht einfach die Wahrheit in den Zeitungen bringen sollen. Über den missglückten Angriff auf Ms. Kaye, meine ich.«

Norman nickte eifrig, und er hörte auch nicht auf zu nicken, als er ergänzte: »Genau. ›Mörderpaar schlägt wieder zu. Einer schlägt daneben.‹«

»Oder was in der Richtung«, stimmte Jesmond zu. »Möglicherweise jagen wir Nicklin einen Schrecken ein, wenn wir den Fehlschlag publik machen. Bringen ihn vielleicht dazu, Kontakt zu Palmer aufzunehmen.«

Alle Augen richteten sich auf Thorne. Er bezweifelte ernsthaft, dass es etwas gab, was Nicklin einen Schrecken einjagen könnte. Doch obwohl er nicht ganz von der Hand weisen konnte, was Jesmond sagte, beschloss er, seine Linie beizubehalten. »Ich bin überzeugt davon, dass die größte Gefahr darin liegt, das Muster zu unterbrechen.«

Jesmond war nicht weniger stur. »Vielleicht weiß er ohnehin Bescheid. Vielleicht hat er beobachtet, wie Palmer Mist baute. Er könnte gesehen haben, wie er dabei *versagte*, Jacqueline Kaye zu töten. Was dann?«

»Wir können das nicht mit Gewissheit ausschließen, solange die fehlende Leiche nicht auftaucht und wir den Zeitpunkt des Todes nicht wissen. Doch die Morde an Lovell und Choi lassen darauf schließen, dass dies nicht zum Muster gehört. Meiner Ansicht nach erledigt Nicklin seinen Teil und bezieht dann einen weiteren Kick daraus, sich später hinzusetzen und zuzusehen, wie die Berichte über Palmers Mord in den Zeitungen und TV-Nachrichten gebracht werden, Sir.«

Jesmond schüttelte bedächtig den Kopf. »Es muss noch andere Optionen geben. Etwas konventionellere Ermittlungsmethoden. Für den Anfang haben wir eine Beschreibung, und es klingt doch ganz so, als hätten wir es in erster Linie einer guten Beschreibung zu verdanken, dass wir Palmer bekommen haben.«

»Das stimmt, Sir«, erwiderte Thorne, wobei er sich insgeheim dachte: *Ja, und wem verdanken wir das?* »Leider kann man die Beschreibung Palmers, die auf einem einzigen Treffen beruht, kaum als gut bezeichnen. Nicklin trug einen Bart. Soweit wir wissen, ist der inzwischen ab. Palmer hat im Grunde genommen nur einen Eindruck von diesem Mann, eine Beschreibung, die auf der Erinnerung beruht, die er an ihn hat, und weniger darauf, wie er jetzt aussieht.« Vor Thornes geistigem Auge tauchte der verwirrte Ausdruck auf Palmers Gesicht auf, als er sich – wenig erfolgreich – bemühte, sich daran zu erinnern, wie der Junge, den er früher kannte, an dem Tag aussah, als er an seinen Lunchtisch trat und seine kleine langweilige Welt auf den Kopf stellte. »Palmer kann den fünfzehnjährigen Jungen beschreiben, als habe er ihn gestern gesehen, aber kann uns kein genaues Bild von dem Mann geben, der vor sechs Monaten in das Bistro marschierte. Wir haben seine Größe und eine grobe Vorstellung von seinem Gewicht, seiner Kleidung und seiner Haarfarbe, aber wir haben kein Gesicht. Wir haben ihn die Aufnahme der Überwachungskamera von Euston ansehen lassen, doch er konnte Nicklin nirgends entdecken.«

»Oder er *wollte es nicht*«, warf Jesmond ein. »Wir können uns nicht sicher sein, dass er seinen Freund wirklich hinter Gittern sehen möchte, auch wenn er das behauptet.«

Thorne schüttelte den Kopf. »Da bin ich mir sicher, Sir.«

Und doch ...

Etwas verbarg Palmer. Er schien voll zu kooperieren, jede Frage zu beantworten, aber Thorne spürte, es gab Stellen, die ihm unangenehm waren, Szenen, bei deren Schilderung er sich nicht wohl fühlte und sich daher zurückhielt.

Thorne würde weiter nachbohren. Wenn sie ihn denn ließen ...

»Was ist mit diesen E-Mails?« Jesmond öffnete einen grünen Ordner und zog Kopien mit Nachrichten heraus, die Nicklin an Palmer geschickt hatte. Die Jungs von der EDV hatten sie von Palmers PC zu Hause ausgedruckt.

»Lassen sich nicht zurückverfolgen«, entgegnete Thorne. »Anonyme Server. Die Rechnungen wurden mit gestohlenen Kreditkarten bezahlt. Er war sehr vorsichtig.«

Jesmond überflog rasch einige der Mails, die er bereits gelesen hatte. Bei den schauerlichsten spannte sich sein Kiefer an – bei jenen, die die Anweisungen für Palmer enthielten: Datum, Tatort und Tötungsweise.

»Können wir diese E-Mails nicht einfach überwachen?«, erkundigte sich Jesmond. »Sie auf einen unserer Computer übertragen lassen?«

Thorne beugte sich vor. »Natürlich halten wir Ausschau nach jedem Kontaktaufnahmeversuch von Nicklin *und* setzen die Beschreibung ein, die wir haben. Aber ich denke nicht, dass das genügen wird, Sir. Es läuft auf alles oder nichts hinaus.« Er zog ein Blatt Papier aus dem Stapel heraus und schob es Jesmond hin.

»Sehen Sie sich die Mail hier an, sie geht dem ersten Mord Wochen voraus.«

Jesmond griff danach und fing an zu lesen.

Received: (qmail 270003 invoked by alias); 28 June 2001 11 : 35 : 29 –0000
Date: 28 June 2001 11 : 35 : 29 –0000
Message-ID: <921065729.27000@coolmail.co.uk>
To: martpalmer@netmail.org.uk
Subject: Sommergedanken
From: Alter Freund
Martin. Schon eine Idee? Ich kann dich sehen, wie du darüber nachdenkst. Manchmal wirkst du vollkommen abwesend, und mir ist klar, du stellst es dir vor. Bald wird es weitaus mehr sein als eine Vorstellung. Ich nehme an (wie ich es bei dir immer annehmen konnte), dass du mit an Bord bist. Die vollen Details werde ich dir zukommen lassen etc. etc. An deinem Gesicht kann ich ablesen, dass du diese Sommer nicht vergessen hast. Denk an die Sommer, die vor uns liegen …

Jesmond sah auf und hinüber zu Thorne. Sein Gesichtsausdruck verriet nichts. War er dumm oder *stellte* er sich nur dumm? Thorne war sich nicht sicher.

»Er beobachtet ihn, Sir. Das sagt er. ›Ich kann dich sehen‹, ›Manchmal wirkst du vollkommen abwesend‹, ›An deinem Gesicht kann ich ablesen‹ … Er beobachtet ihn.«

»Es klingt so, als *habe* er ihn beobachtet, das steht fest«, entgegnete Jesmond.

»Ich denke, er beobachtet ihn noch immer. Er hat gern die Kontrolle.«

Norman war versessen darauf zu zeigen, dass seine letzte Frage, auch wenn sie etwas … dämlich war, durchaus nicht typisch für ihn war. »Falls er ihn *noch immer* beobachtet, worüber reden wir dann? Sie selbst haben gesagt, dass wir nicht sicher sein können, ob er nicht gesehen hat, wie Palmer die Sache mit Jacqueline Kaye verbockte? Genauso gut könnte er ihn dabei gesehen haben, wie er letzten Montag in die Polizeiwache spazierte. Falls er bereits weiß, dass wir Palmer haben, Detective Inspector, wäre das, worum Sie uns bitten, eine enorme und möglicherweise sogar gefährliche Zeitverschwendung. Oder etwa nicht?«

Die Frage lag auf der Hand. Die Frage, die Thorne am meisten befürchtet hatte. Ihm war klar, wie wenig überzeugend seine Antwort war, doch er hatte keine andere. »Es ist ein Risiko, das wir eingehen müssen. Deshalb müssen wir schnell handeln.« Jesmond starrte auf die vor ihm liegenden Unterlagen. Norman steckte seinen Stift weg. Thorne fiel noch etwas ein. »Ich behaupte nicht, dass er Palmer ständig beobachtet. Das ist unmöglich. Palmer hatte den Eindruck, er habe einen Full-Time-Job …«

Jesmond begann seine Unterlagen einzusammeln, als sei seine Entscheidung bereits gefallen. »Risiko, sagten Sie. Risiko trifft es ziemlich genau, Thorne. Wir nehmen einen Mörder, einen Mann fest, der mindestens zwei Frauen umgebracht hat, und lassen ihn wieder auf die Straße …«

Thorne seufzte frustriert. »Das tun wir nicht. Ich hab Ihnen doch erzählt …«

»Wie würden Sie es dann nennen?«

»Ihn ... sichtbar bleiben lassen. Nicklin nicht verschrecken. So oder so wandert Palmer, wenn die Sache vorbei ist, hinter Gitter.« Thorne suchte Unterstützung bei Brigstocke, die er nicht bekam. Er wusste, dass er sich auf den Detective Chief Inspector nicht verlassen konnte. Brigstocke hatte noch immer nicht Thornes Alleingang vor zwei Tagen überwunden. Palmer zu verhören, ohne auf ihn zu warten. Die Standpauke, die er ihm gehalten hatte, war noch immer Tagesgespräch unter jenen, die sich im Umkreis einer halben Meile um sein Büro befunden hatten.

Zurück zu Jesmond. »Beim Organisierten Verbrechen machen sie das ständig, Sir«, sagte Thorne. »Wenn sie einen Insider als Zeugen brauchen. Ich verstehe nicht, warum wir nicht genauso vorgehen können. Wir setzen Palmer auf freien Fuß und behalten uns weitere Ermittlungen vor. Das ist eine durchaus übliche Vorgehensweise ...«

Recht viel mehr fehlte nicht, und Jesmond würde der Kragen platzen. »Dieses Verfahren ist mir absolut vertraut, Thorne, aber Palmer ist kein verdammter Kredithai. Er hat zwei Frauen umgebracht, und wir lassen normalerweise keine Mörder auf Kaution frei.«

Thorne konnte wenig darauf erwidern, und Jesmond beruhigte sich schnell wieder. Der Vorteil lag auf seiner Seite. Er zog ein Taschentuch heraus und schob eine Ecke in ein Nasenloch, fuhrwerkte damit herum, wobei er vor Anstrengung Grimassen schnitt. »Also angenommen, Palmer spaziert draußen herum, und wir beobachten ihn. Was dann? Nicklin unterläuft ein dummer Fehler? Bislang hat er noch nicht viele Fehler gemacht, oder? Also warten wir, bis er den nächsten Mord begeht?« Thorne erwiderte nichts darauf. Er war sich bewusst, dass es genau darauf hinauslaufen könnte. »Ich bin mir nicht sicher, ob Sie das durchdacht haben, Inspector.«

»Bei allem Respekt, Sir ...« Die Stimme war deutlich lauter. Recht wenig Respekt allenthalben.

Brigstocke beugte sich über den Tisch. »Hören Sie zu, Tom ...«

Thorne kniff die Augen zusammen und riss den Mund viel zu schnell auf. »Der Zaun, auf dem Sie sitzen, scheint Ihrem Arsch gewaltig zu schaffen zu machen, Russell.«

Jesmond hob die Hand, doch Thorne ließ sich nicht abbringen. Er sah sie alle an, während er sprach. Schließlich hatte er nur diese eine Chance, dessen war er sich bewusst. »Ja, Palmer ist ein Mörder, ein Monster, und wenn das alles vorbei ist, wird er, wie immer wir uns entscheiden, für den Rest seines Lebens verschwinden. Er *will* verschwinden, er versucht nicht, etwas für sich herauszuholen, einen Deal mit uns zu machen.« Er zögerte, holte Luft und fügte hinzu: »Ich bin jedoch fest davon überzeugt, dass er, wenn diese Ermittlungen *in der von mir vorgeschlagenen Richtung verlaufen*, für niemanden eine Gefahr darstellen wird ...«

Jesmond wollte etwas einwerfen, was Thorne unterband. »Meiner Meinung nach ist dies unsere einzige Chance, Nicklin zu bekommen, und wenn wir sie nicht nutzen, werden wir das später bereuen. So wie die Dinge jetzt stehen, mit einem Mörder in Gewahrsam, bekommen wir alle ein Schulterklopfen oder eine Beförderung, was auch immer. Aber in nicht allzu ferner Zukunft wird Blut fließen.«

Er hielt den Blick auf Jesmond gerichtet. *Was zum Teufel kümmert dich das? Bis dahin bist du wahrscheinlich längst weg.* Er sah in Jesmonds kleinen Rattenaugen, dass es beschlossene Sache war. Sollte es sich als notwendig erweisen, würde der Griff, mit dem er sich kaum auf der Karriereleiter festzuhalten vermochte, durch ein paar gezielte Stiefeltritte gelöst werden. Und er sah noch etwas anderes, dass nämlich dieses Problem ohnehin nur theoretischer Natur war. Nicht in einer Million Jahren würden sie sich darauf einlassen …

Thorne erhob sich. »Ich denke, ich hab meinen Teil gesagt, Sir.«

Jesmond sah zu seinen Kollegen hinüber und ordnete seine Unterlagen wie ein Nachrichtensprecher, der gerade nichts Besseres zu tun hat. »Danke, Inspector. Es liegt auf der Hand, dass diese Angelegenheit noch weiterer Diskussion bedarf. Ich habe ein Konferenzgespräch mit dem Deputy Assistant Commissioner angemeldet, und er will die Sache vielleicht noch weiter oben vortragen. Also …«

Also … Thorne saß im Büro nebenan und kämpfte gegen den kindischen Wunsch an, ein Glas an die Wand zu schmettern. Er verfluchte den winzigen Strang seiner DNS, der ihn … so handeln ließ. Ihn unfähig machte, sich mit etwas zufrieden zu geben.

Kriegsgeschichten waren nie sein Ding gewesen. Er konnte mit ein paar Schwänken einen Pub unterhalten, doch wenn sich dann die Geschichten darum zu drehen begannen, wer wen dingfest gemacht hatte, lächelte er, klopfte seinen Kumpels auf die Schulter und zog sich zurück, um in Ruhe über seine Niederlagen nachzugrübeln. Er hielt sich nicht lange mit Erfolgen auf, aber eine Niederlage, das war immer drin. Damit ließ sich viel Zeit verbringen.

Er war schließlich Engländer.

Nicht die, die er erwischt hatte, blieben Thorne im Gedächtnis haften. Nicht an sie konnte er sich *immer* erinnern. Nicht an die, die er am Schluss im Vernehmungszimmer oder durch das Guckloch in einer Zelle oder im Gerichtssaal sah. Nein, nicht die.

Nicht die Palmers.

Thorne hatte im Verlauf der Jahre die Gesichter von einem Dutzend verurteilter Mörder vergessen, doch ihm standen noch immer deutlich die Mörder vor Augen, von denen er nie ein Gesicht gesehen hatte. Er würde alles tun, was nötig war, um den vormaligen Stuart Anthony Nicklin daran zu hindern, einen Platz in dieser Galerie einzunehmen.

Dickköpfig, stur und vernagelt, diese Worte fielen schnell. Er bekannte sich in allen drei Fällen schuldig. Ja, ja und noch mal ja. Aber diese Worte trafen es nicht *genau*.

Es wäre so einfach gewesen, den Applaus entgegenzunehmen und sich mit dem zufrieden zu geben, was ihm auf einem Tablett gereicht wurde. So einfach, sich ein Foto von Martin Palmer auf der Titelseite anzusehen und einen oder zwei Abende den Pub zu unterhalten. So einfach, sich mit den Verwandten der Opfer ablichten zu lassen, ihnen die Hand zu schütteln und in dankbare Gesichter zu blicken, um sich dann umzudrehen und wieder an die Arbeit zu gehen, sich auf die nächste Jagd zu begeben.

So einfach, selbstzufrieden und unbeeindruckt weiterzumachen.

So schwer, sich einen kleinen Jungen mit einem quietschenden Hammer aus dem Kopf zu schlagen.

Kannst du *sein Gesicht vergessen, Charlie? Ich wünsch es dir …*

Jetzt kamen Holland und McEvoy durch die Einsatzzentrale und durch die offen stehende Tür in sein Büro. Er beobachtete, wie sie auf ihn zumarschierten; es schien eine Ewigkeit zu dauern. Er wunderte sich über ihren verkniffenen, düsteren Gesichtsausdruck, das Blatt Papier in Hollands Hand, McEvoys geballte Faust. Dann standen sie in seinem Büro, und das Blatt Papier lag auf seinem Schreibtisch, und er versuchte sich auf das zu konzentrieren, was auf diesem Blatt stand und was McEvoy ihm erzählte.

»Die Leiche von Miriam Vincent wurde heute Morgen in ihrer Wohnung in der Laurel Street in Dalston gefunden. Der Tod trat vor ein paar Tagen ein. Ihr wurde in den Kopf geschossen.« McEvoy hatte professionell, ruhig und informativ geklungen. Jetzt schoss ihr das Blut ins Gesicht, und sie ließ ihre Wut heraus. »Sie studierte an der North London University. Sie war neunzehn, Herrgott noch mal … ein Teenager …«

Holland warf ihr einen erschrockenen Blick zu. Dieser plötzliche Gefühlsausbruch verblüffte ihn. Thorne benutzte ihn, benutzte ihre Wut, um einen klaren Kopf zu bekommen. Während er kurz zuvor noch benebelt und wirr gewesen war, war er nun auf einen Schlag klar und konzentriert. Er wusste genau, was er zu tun hatte.

»Ich habe das nicht gesehen.«

McEvoy schüttelte den Kopf. »Wie bitte …?«

»Ihr habt mich nicht finden können. Klar?« Er reichte Holland das Blatt und deutete auf das Büro nebenan. »Geht da rein und erzählt es *ihnen*.«

Holland zögerte eine Sekunde, und McEvoy schnappte sich das Blatt. »Ich mach das …«

Thorne hob die Hand. »Nein, Sie nicht. Sie sind zu … geladen. Die mussten sich bereits mit mir rumschlagen.«

Murrend gab McEvoy das Blatt zurück und machte kehrt. Thorne reichte es Holland und drückte seinen Arm. »Ruhig bleiben …«

Holland nickte und machte sich rasch auf den Weg. Ohne einen Blick zurück ging er zur Tür, die zu dem Büro nebenan führte, klopfte und trat ein, ohne auf eine Antwort zu warten.

McEvoy ging zurück in die Einsatzzentrale. Thorne beobachtete sie, während er wartete. Wie sie sich unter ihren Kollegen bewegte, wutentbrannt über die Ermordung von Miriam Vincent, wie ihr das Wissen darüber ins Gesicht geschrieben stand. Ihm gefiel ihre Wut. Er verstand sie. In letzter Zeit machte er sich allerdings ein wenig Sorgen, weil sie ihm immer weniger in der Lage schien, diese Wut im Zaum zu halten.

McEvoy und Holland waren die einzigen Menschen, die, abgesehen von den dreien nebenan, seinen Plan kannten. Die übrigen Mitarbeiter an dem Fall waren noch immer hin und weg wegen Palmers Festnahme. Plötzlich wurde viel mehr gelacht in den Büros, und die, die nicht lachten, kurierten nur ihren Kater aus, weil sie zu viel gefeiert hatten. Er war sich darüber im Klaren, dass, sollte sein Plan überhaupt eine Chance haben, die Feiern aufhören müssten. Der Deckel würde hart runtersausen und fest drauf bleiben müssen.

Mit einem Mal erkannte Thorne, wie unaussprechlich dumm er war. So dumm zu glauben, diejenigen, die das Sagen hatten, würden Palmer freilassen, und so dumm, dieses Ansinnen an sie heranzutragen. Erleichterung stellte sich ein bei der Vorstellung, wie sie seinen Vorschlag höflich, aber bestimmt ablehnten.

Ihm war klar, sein Plan wäre auf dieselbe Begeisterung gestoßen wie eine Tasse kalte Kotze. Aus allen möglichen Gründen. Nicht zuletzt wegen der Jahreszeit. Die Frage beschäftigte ihn, ob er seinen Kollegen nicht eine Gelegenheit schuldete, etwas kürzer zu treten, sich zu entspannen und mehr Zeit mit ihren Familien zu verbringen.

Er brauchte nicht mehr als ein oder zwei Sekunden, und die anderen fielen ihm ein, die Toten und die Lebenden, denen er weit mehr schuldete.

Die, die Grimassen schneiden würden, falls Thorne sich mit seinem Vorschlag durchsetzte, die sich hinter seinem Rücken das Maul über ihn zerreißen und ihn nach der Arbeit im Pub links liegen lassen würden, hatten Carol Garners Mutter und Vater nicht kennen gelernt. Und nicht ihren Sohn. Vielleicht sollte er das, was von dieser Familie übrig geblieben war, nach London einladen, Charlie in der Wache herumführen und jeden einzelnen Beamten und Zivilangestellten gottverdammte fünfzehn Minuten mit ihnen zusammensperren.

Ob Carol wohl Weihnachtsgeschenke für Charlie gekauft hatte, bevor es passierte? Würden ihre Mum und ihr Dad sie dem Jungen geben und ihm sagen, von wem sie stammten …?

Thorne hörte eine Tür aufgehen und blickte auf, um Brigstocke aus dem Zimmer nebenan kommen und den Raum nach ihm absuchen zu sehen.

»Russell …«

Brigstocke wandte sich zu ihm um. Als sich ihre Augen trafen, war Thorne klar, dass seine Bemerkungen von vorhin, die er so gemeint hatte, aber nun bedauerte, weder vergessen noch verziehen waren. Sie mussten wohl miteinander reden.

Schlagartig wünschte es sich Thorne mehr als alles andere auf der Welt. Wünschte sich das Okay. In diesen letzten paar Sekunden, während er auf Brigstockes Zeichen wartete, wollte er die Chance haben, Stuart Nicklin das Handwerk zu legen, ihn loszuwerden, und zum Teufel mit der Karriere und damit, Leute vor den Kopf zu stoßen und die Korken knallen zu lassen wegen eines halben Erfolgs. Nicht einmal eines halben Erfolgs …

Brigstocke schloss die Augen und nickte. In Ordnung.

Thorne signalisierte mit den Augen, dass er verstanden hatte, und sagte dann mit ruhiger, aber lauter Stimme:

»Ach du Scheiße.«

Elftes Kapitel

Der Mann, der einmal Stuart Nicklin geheißen hatte, war kein großer Fan von Weihnachtseinkäufen, aber diese Dinge mussten erledigt werden. Er war mittags hinausgeschlüpft und durchaus zufrieden mit dem bislang Erreichten. Das nächste Wochenende, das letzte vor dem großen Ereignis, würde er nicht aushalten, dieses Zombiegewühl. Alle taten so, als wären sie glücklich, die Kohle rüberzurücken für wegwerfbare Scheiße und glänzendes Papier. Seine Frau würde sich natürlich in das Getümmel stürzen, aber sie musste auch mehr kaufen. Für ihre Eltern und Freunde und Arbeitskollegen. *Seine* Kollegen machten sich nicht wirklich was draus. Weihnachten war eine Zeit, in der man eine Weile nicht an die Arbeit zu denken brauchte …

Er trug seinen Kaffee zu einem Tisch am Fenster und stellte seine Tüten neben dem Stuhl ab. Die Halskette würde ihr gefallen, da war er sich sicher, und das Parfümzeugs auch. Zugegeben, der Pullover war etwas riskant, aber er hatte die Rechnung, sie konnte ihn jederzeit umtauschen. Normalerweise fanden sie sich jeden Siebenundzwanzigsten oder Achtundzwanzigsten in der Schlange vor der Umtauschkasse bei Marks & Spencer wieder, mit all den anderen, die insgeheim vor Wut und Entsetzen darüber kochten, was aus ihnen geworden war.

Auf diese Tageszeit freute er sich immer ungemein. Normalerweise würde er sich jetzt in sein Zimmer zurückziehen, eine halbe Stunde in Ruhe die Zeitung studieren. Eine Gelegenheit, sich jede Geschichte vorzunehmen, jede neue Version, jedes Update und jede neue Meldung. Natürlich sah er auch fern. In den Tagen nach einem seiner Abenteuer war er süchtig nach dem Teletext, aber nichts war besser, als es frisch auf dem Tisch zu haben. Es den ganzen Tag über an den Fingerspitzen zu spüren. Er kaufte sich stets zwei Zeitungen. Ein Boulevardblatt und eines dieser seriösen Blätter. Er brauchte beides, die Ausführlichkeit und die Kürze, das Detail *und* den Ekel.

Er wartete nun bereits vier Tage auf die neueste ... Berichterstattung. Irgendwann würden die Geschichten erscheinen, Seite an Seite mit politischen Analysen in der seriösen Zeitung oder neben dem Foto eines schmollenden, toplastigen Luders in dem Boulevardblatt. Scheiße, wie er das alles mochte. Die Vorfreude, die, genauso wie bei der Tat selbst, mit jedem weiteren Tag ohne Nachricht größer, ja beinahe unerträglich wurde.

Jetzt war die Wartezeit vorbei. Heute war der Tag, und er freute sich wirklich schon darauf, was sie diesmal schreiben würden. Dieses Mal würde es sehr interessant werden.

Er nippte an seinem überteuerten Cappuccino und holte sich die zwei Zeitungen aus der lila WH-Smith-Tüte. Heute waren es ein *Independent* und ein *Mirror*. Die alte Frau ihm gegenüber biss ein Riesenstück von ihrem Süßteil ab und grinste ihn an. Er lächelte zurück, als er den *Independent* aufschlug ...

Da war es. Da waren sie.

Er warf einen Blick auf seine Uhr. Er musste frühestens in einer Viertelstunde zurück sein. Fünfzehn wunderbare Minuten, in denen er abschalten, seinen Kaffee genießen und in die Berichte über zwei brutale Morde eintauchen konnte. Wobei er über einen natürlich Kenntnisse aus erster Hand besaß. Einer war so real, so frisch in seiner Erinnerung, dass er noch immer die Kotze des Mädchens riechen konnte. Säuerlich und alkoholisch. Sie hatte sich in dem Augenblick übergeben, als er die Pistole hob. Riss den Mund auf, als wollte sie losschreien, und übergab sich stattdessen. Er war geistesgegenwärtig einen Schritt zurückgewichen, um seine Schuhe zu retten, und hatte dann einen Satz über die Kotze gemacht und ihr die Pistole an den Kopf gehalten.

Der andere Mord, der von Palmer ... das war eine Geschichte, die die Blödmänner sich ausgedacht hatten.

Die Details waren gut, klangen durchaus überzeugend, waren aber reinste Zeitverschwendung. Palmers Motivation war Angst, so einfach war das, war es immer gewesen. Seine Angst vor Nicklin war der Grund, warum er mordete. Aber wovor er *wirklich* Angst hatte, war, ihn hängen zu lassen. Bockmist gebaut zu haben wäre das Einzige, was Martin genug Angst machen könnte, um ihn dazu zu bewegen, sich zu stellen. Nachdem Nicklin das Mädchen in der Wohnung erschossen hatte, hatte er Palmer am nächsten Tag beobachtet. Er hatte ihn aus seiner Wohnung schleichen sehen, als befände er sich in einem Traum. Er war ihm den ganzen Weg bis zur Polizeiwache gefolgt. Hatte ihn wie einen Betrunkenen hineintorkeln sehen. Sein Versagen haftete an ihm wie der fleckige Verband auf seinem feisten Schädel.

Jetzt wollten sie also, dass er nichts von Palmers Festnahme erfuhr. Zu spät. Die wirkliche Frage, die sich stellte, war naturlich, wie er darauf reagieren sollte ...

Damit würde er sich später auseinander setzen, während er angeblich arbeitete. Jetzt blieben ihm noch zehn Minuten, um alles über die zwei Morde zu lesen.

Einer echt, einer falsch ...

Über welchen Mord er wohl lieber lesen würde?

Thorne sah zu, wie die Welt um ihn herum sich drehte, zu rasen schien, frenetisch ihren Geschäften nachging. Die Leute schwirrten wie Schmeißfliegen herum, kauften Geschenke, die sie nicht verschenken wollten, schleppten Tragetüten voller Nahrungsmittel, die sie nicht essen würden. Sie konnten nicht anders. Waren gefangen in diesem Verhalten. Friede, Freude und Socken allen Menschen ...

Einige waren auf absurde Weise glücklich.

Einige hassten es, machten die Luken dicht.

Ein traumatisiertes Elternpaar organisierte die Beerdigung seiner Tochter.

Während all das da draußen ablief, verbrachte Tom Thorne die letzten Tage vor Weihnachten damit, seine Arbeit in dem ihm eigenen Tempo zu verrichten. Langsam aber sicher praktisch jeden vor den Kopf zu stoßen, der ihn kannte.

Für die meisten Polizisten war das Wort »Überstunden« sakrosankt, wurde manchmal noch höher gehalten als »überführt«.

Doch nicht an Weihnachten.

Rückte Weihnachten näher, wurden die Bullen leicht reizbar. Selbstgerecht, sentimental und ungehalten in ihrer Überzeugung, das Salz der Erde zu sein. Herrgott ... (was natürlich keineswegs in einem religiösen Sinn gemeint war) ... hatten sie sich nicht eine Pause verdient, sie und ihre Familien, nach der ganzen Scheiße, die sie die restlichen einundfünfzig Wochen im Jahr über sich ergehen lassen mussten? Für Thorne war dies nur eine hypothetische Frage. Er bekam ohnehin keine Überstunden bezahlt. Ab dem Detective Inspector aufwärts wurde man mit ein paar Tausendern aufs Jahresgehalt abgefunden. Bei Fällen wie diesem zeigte sich, wie sie dabei verarscht wurden. Trotz seiner gereizten Stimmung machte Thorne niemandem zum Vorwurf, dass er müde war oder ausspannen wollte – es gab nur einen Grund, der dagegen sprach …

Mörder legten wegen Weihnachten keine Pause ein.

Selbstmord gehörte so selbstverständlich zu Weihnachten wie bestimmte Songs, die sich alljährlich um diese Zeit in den Charts breit machten. Die Verbrechensraten stiegen generell in dieser Saison und Mord machte dabei keine Ausnahme. Familiäre Streitigkeiten, bei denen Alkohol eine Rolle spielte – alles nahm zu, überall blieben Opfer zurück und die Angehörigen der Opfer, die darauf bestanden, dass diesen Fällen nachgegangen wurde. Ihnen allen war es egal, ob man den Besuch seiner Eltern erwartete, ein Cottage in den Cotswolds reserviert hatte oder ob es das erste Weihnachtsfest mit dem Kleinen war.

Vor allem, wenn ihr eigenes Kind kein Weihnachten mehr erleben würde.

Diese Gedanken lagen natürlich nahe, falls man selbst den anderen den Urlaub strich. Kein ausgetüftelter Dienstturnus, kein noch so großer Überstundenberg hätte die Einstellung des Großteils der an diesem Fall arbeitenden Polizeibeamten Thorne gegenüber im Geringsten beeinflussen können. Weder die Einstellung Brigstockes noch die McEvoys. Nicht einmal bei Dave Holland war er sich sicher. Es war einfach so, dass sie dank ihm Weihnachten damit verbringen würden, Babysitter für einen Doppelmörder zu spielen.

Palmer würde nicht vor Beginn des neuen Jahres wieder an seine Arbeitsstelle zurückkehren. Doch Sean Bracher war bestens informiert, daher gäbe es, wenn es so weit wäre, keine Probleme. Als Grund für Palmers Abwesenheit vor Weihnachten würde man eine Krankheit vorschieben. Seine Ähnlichkeit mit dem Mann, hinter dem die Polizei her war, sollte nicht unter den Teppich gekehrt werden. Er hätte sich gemeldet und sei umgehend von der Verdächtigenliste gestrichen worden. Ende der Geschichte. Bracher sollte dabei helfen, diese Informationen zu verbreiten, sowie der neuen Angestellten bei Baynham & Smout den Weg zu ebnen, die sehr eng mit Martin Palmer zusammenarbeiten würde. Eine unglückliche Polizistin der Serious Crime Group (South) würde Weihnachten damit verbringen, sich durch *Buchhaltung für Idioten* zu arbeiten …

Palmers Zuhause ließe sich einfach überwachen. Er lebte im zweiten Stock eines Wohnblocks aus den fünfziger Jahren in West Hampstead. Es gab nur einen Eingang. Den Weg von und zur Arbeit würde er unter ständiger Überwachung zurücklegen, ein Mann sollte vor seiner Wohnung postiert werden, und mindestens ein Polizist in Zivilkleidung würde sich rund um die Uhr in der Wohnung befinden. Doch Palmer sollte *niemals* beim Betreten des Gebäudes begleitet werden.

Nach Palmers Aussage pflegte er ohnehin selten auszugehen und hatte *nie* jemanden in seine Wohnung eingeladen. Von daher waren keine Schwierigkeiten zu befürchten. Thorne war es wichtig, dass Palmers Tagesablauf so normal wie möglich erschien. Also sollte alles in dieser Richtung ad hoc entschieden werden. Falls ihn jemand in einen Pub einlud (was, wie er ihnen erzählte, vorgekommen war, wenn auch nicht häufig), wollten sie in der jeweiligen Situation entscheiden, ob er zu- oder absagte. Entsprechend sollte ihn an seiner Arbeitsstelle die undercover operierende Polizistin zum Lunch begleiten. Oder ein Backupteam wäre in der Nähe, falls dies zu auffällig werden sollte. Tatsächlich brauchte Palmer nur einen Abstrich zu machen, was seine normale Routine betraf – er musste seine Eltern anrufen und ihnen erklären, er schaffe es nicht, sie an Weihnachten zu besuchen. Das war auch das Einzige an der ganzen Angelegenheit, was Palmer leichte Bauchschmerzen zu bereiten schien.

Thorne wollte auf Nummer sicher gehen. Kein Risiko. Der Mann, hinter dem er her war, war raffiniert. Er würde, daran hegte Thorne nicht den geringsten Zweifel, Palmer zumindest zeitweise beobachten. Natürlich bestand durchaus die Möglichkeit, dass er bereits genug gesehen hatte. Dass er sich nicht der Illusion hingab, Palmer befände sich noch auf freiem Fuß. Vorausgesetzt, er konnte zwei und zwei zusammenzählen …

Wie Thorne Jesmond erklärt hatte, sie waren überzeugt, dieses Risiko eingehen zu müssen.

Und es gab zweifelsohne jede Menge Risiken …

Norman hatte auf Anhieb einen ganzen Schwung davon entdeckt. Er wollte sich selbst um die Medien kümmern, aber das Team hatte den Vortrag nicht positiv aufgenommen, den Thorne gehalten hatte und der seines Erachtens unerlässlich war. Den Vortrag über undichte Stellen. Er hatte sich gewünscht, Brigstocke fungiere als Moderator. Doch der Detective Chief Inspector war noch immer nicht in der Stimmung, Thorne einen Gefallen zu tun. Was die negative Stimmung betraf, die ihm entgegenschlug, war die Atmosphäre, die auf seine Rede folgte, das Tüpfelchen auf dem i. Thorne war sich jedoch über die Notwendigkeit im Klaren. Außerdem war er bisher immer nur den oberen Rängen auf den Schlips getreten. Nun hatte er es sich gründlich mit *jedermann* verdorben. Zumindest das hatte sich geändert …

Thorne wollte, dass hier nichts schief lief. Er wollte, dass nichts an die Öffentlichkeit drang, es sei denn, als Quelle kam jemand anders als Martin Palmer in Frage. Sie könnten natürlich Martin Palmers Beschreibung von Nicklin verwenden – dafür ließe sich jederzeit ein Zeuge erfinden. Doch jeder Ermittlungsansatz, der sich ausschließlich auf Palmer zurückführen ließ, musste mit größter Umsicht und Diskretion verfolgt werden.

Thorne konnte mit den finsteren Blicken umgehen sowie den subtilen und weniger subtilen Bemerkungen. Wirklich verunsichert war er nur einmal, bei der Pressekonferenz am Samstag, weniger als vierundzwanzig Stunden, nachdem Miriam Vincents Leiche gefunden worden war.

Die *Lügen* machten ihm zu schaffen, die nackt zutage traten in dem Blitzlichtgewitter, auf der Bühne, die sie sich frech mit Miriam Vincents gramgebeugter Mutter teilten. Jemand, möglicherweise war es Steve Norman gewesen, hatte tatsächlich vorgeschlagen, Schauspieler zu engagieren, um die Eltern von Palmers fiktivem Opfer zu spielen. Thorne war froh, dem einen Riegel vorgeschoben zu haben. Das hier war schon schlimm genug …

Norman hatte eine eindrucksvolle Truppe auf die Bühne geführt, die aus Jesmond, Brigstocke, einer jungen, als Familienbeauftragte fungierenden Polizistin und Mrs. Vincent bestand. Nach der wenig überraschenden Einführung von Jesmond stellte Norman Rosemary Vincent vor. Sie war Anfang fünfzig, groß und ein wenig linkisch und hatte ein Gesicht, das wohl bis vor zwei Tagen leicht zu lesen gewesen war, bevor es zum Spiegel von Gefühlen wurde, die ihm wesensfremd waren.

Ein Brennen im Bauch, eine schorfige Stelle, an der man herumkratzt. Wut und Schuldgefühle …

Was sie über ihre Tochter erzählte, war anrührend. Dabei hielt sie Miriams Bild umklammert und bemühte sich, nicht zusammenzubrechen, als sie von ihrem letzten Gespräch erzählte – als sie sich stritten, weil sie nicht nach Hause kommen wollte. Thorne stand hinten im Saal, hinter den Journalisten, weit entfernt von den Kameras, unfähig, die Augen von dieser Frau abzuwenden. Hunderte von

Malen hatte er bereits Menschen in derselben Situation erlebt, doch nur selten waren die kürzlich Verstorbenen so sehr Teil von ihnen gewesen. Es war ständig präsent, in jedem nervösen Lächeln, jedem Herumfuhrwerken an der Frisur, im Beben der Lippen. Er zuckte zusammen, als sie über den Kummer sprach, den die Eltern des anderen Opfers empfinden mussten. Die Scham griff wie eine kalte Hand nach seiner Kehle, als sie von ihrem Schmerz sprach, der zu groß war, um selbst hierher zu kommen …

An dieser Stelle schwor sich Thorne, dass er, sobald das hier vorüber war, Rosemary Vincent besuchen und ihr die Wahrheit sagen würde. Ihr erklären würde, warum er getan hatte, was er getan hatte.

An diesem Abend sah er sich die Höhepunkte der Pressekonferenz auf einer Hand voll verschiedener Kanäle an, und jedes Mal spürte er die Finger um seine Kehle.

Er wollte gerade ins Bett gehen, als das Telefon läutete.

»Ja …«

»Tom? Bist du's, Tom?«

»Mit wem sprech ich?«

»Hier ist Eileen, Schatz, die Schwester deines Vaters.«

»Ach …«

»Tut mir Leid, dass ich so spät anrufe, aber wir haben uns einen Film angesehen und, du verstehst schon, gewartet, bis er zu Ende ist.«

»Das macht nichts …« Thorne war gerade dabei gewesen, eine halb leere Weinflasche und ein benutztes Glas in die Küche zu tragen, als das Telefon läutete. Jetzt setzte er sich wieder auf die Couch, klemmte die Flasche zwischen die Knie und zog den Korken wieder heraus.

»Wie geht es dir denn, Schatz?« Sie redete mit ihm, als sei er krank oder nicht ganz dicht.

Thorne war gerade dabei, sich ein Glas Wein einzuschenken, als er sich darüber klar wurde, dass er gerade nicht in der Stimmung war, sich anzuhören, was sie gleich sagen würde. Er wusste, was sie wollte, und hatte keinen Bock, so lange zu warten, bis sie darauf zu sprechen kam. Himmel, wann hatte er diese Frau zuletzt gesehen? Das war bestimmt, bevor Jan ihn verlassen hatte. Bei einer Beerdigung. Er konnte sich allerdings nicht erinnern, wessen Beerdigung es gewesen war …

»Hör mal, Tante Eileen …«

»Tut mir Leid, das mit dir und deiner Frau …«

Also schenkte er sich ein Glas Wein ein und ließ den Smalltalk über sich ergehen, wartete darauf, dass sie damit herausrückte, warum sie eigentlich angerufen hatte. Er hatte seinen Dad davor gewarnt, sie anzurufen. Der dumme alte Kerl. Jetzt würde es peinlich werden. Er begann, ihr Stichworte zu liefern, wartete darauf, dass sie endlich damit kam, wie sehr es ihr Leid tue, aber sie könne Jim *wirklich* nicht über die Feiertage einladen. Ihr ganzes Haus sei voll, und sie habe kein Zimmer frei, in dem sie ihn unterbringen könne, und wenn sie sich vielleicht etwas früher gerührt hätten …

Leck mich, dachte Thorne. Wir beide kommen wunderbar ohne dich zurecht …

»Also haben wir darüber gesprochen und beschlossen, dass dein Dad dieses Jahr zu uns kommt.«

Thorne hielt das Weinglas auf halbem Weg zwischen seinen Knien und seinem Mund. Er hatte richtig gehört, wusste jedoch nicht, was er darauf antworten sollte. »Entschuldige? Aber …«

»Wenn du ihn an der Victoria Station in den Zug setzt, holen wir ihn am anderen Ende ab.«

Thorne spürte, wie er rot wurde. »Hör mal, vielleicht sollte ich zuerst mit Dad darüber reden …«

»Mach dir keine Gedanken, Schatz, das ist alles organisiert.«

»Aber du hast ein ganzes Haus voller Gäste. Du hast kein Zimmer frei …«

»Das kriegen wir schon hin. Schau, wir freuen uns, wenn er kommt, und dir täte eine Pause sicher mal ganz gut.«

Nach weiteren fünf Minuten Geplauder über dieses und jenes hörte Thorne das Anklopfsignal und ließ eine Andeutung fallen. Tante Eileen ging sofort darauf ein, erklärte, nun sei es *definitiv* an der Zeit für sie, ins Bett zu gehen, und wie nett es wäre, auch Thorne mal wieder zu sehen …

Thorne hatte Phil Hendricks von der Sache erzählt, bevor er sich im Klaren war, wie er selbst dazu stand. Wahrscheinlich kam Hendricks' Einladung überstürzt, und Thorne wusste nicht, ob er sie aus Dummheit oder aus Verzweiflung annahm. Wie auch immer, zwei Tage später stand er auf dem Teppich …

Weihnachtsabend. Das fünfte Rad am Wagen sein. In einem Pub sitzen und nicht zuhören.

»Tom? Scheiße, was ist los …?«

Thorne hatte das Gefühl, mit rasender Geschwindigkeit aus einem sehr langen Tunnel herauszukommen. Gold, Silber und Rot gerieten in sein Blickfeld. Billige Dekoration, die das Licht einfing und von den nachgemachten Holzbalken herunterhing. Er blinzelte. »Tut mir Leid, Phil. Bin ich dran zum Zahlen, Kumpel?«

Hendricks starrte ihn an. »Hallo! Brendan ist da hinten und versucht, was zu holen. Du hast kein Wort mitbekommen, stimmt's?«

Thorne leerte sein Glas. »Doch, doch, hab ich schon.«

»Aha? Was meinst du also?«

Thorne blies die Backen auf, er brauchte nur eine Sekunde oder zwei. Er begann sich an Bruchstücke der einseitigen Konversation zu erinnern. Brendan und Phil waren wieder zusammen. Ja, genau, darum ging's. Hendricks wollte wissen, ob es eine gute Idee war, mit Mr. War-doch-kein-solches-Arschloch wieder was anzufangen.

»Was auf alle Fälle *keine* gute Idee ist«, sagte Thorne schließlich, »ist, mich auf deinem Sofa rumliegen zu haben wie einen Reservebräutigam bei der Hochzeit.«

Hendricks seufzte. »Das haben wir doch alles längst durchgekaut. Das ist kein Problem.«

Thorne blickte sich um. Das Lokal war proppenvoll. Bei dem Tumult und der lauten Weihnachtsmusik verstand man kaum sein eigenes Wort. Slade, Wizzard, Mud. Absolut vorhersehbar und ungemein beruhigend. Er sah zum Tresen, wo Brendan gerade das Geld für die Drinks rüberreichte. »Hast du ihn gefragt?«

»Das ist doch sonnenklar. Ich bin ja nicht bescheuert – ich weiß, er ist nur zurückgekommen, weil er es zu Hause nicht aushält. Seine Mum und sein Dad haben keine Ahnung, dass er schwul ist, und er weiß nicht, wo er sonst hin soll …«

»Keiner von uns hat die Qual der Wahl.«

»Jetzt hör endlich damit auf, ja? Du bleibst. Entweder du kommst Weihnachten oder ein alter Penner, der vor der Suppenküche herumlungert.«

Thorne grinste. »Der Geruch macht dir gar nichts aus?«

Hendricks grinste ebenfalls und erklärte: »Ich bin sicher, *du* kannst deinen Dreck selbst abwaschen.«

Sie lachten noch immer, als Brendan mit den Gläsern kam. Doch kaum hatte er diese auf dem Tisch abgestellt, sprang Thorne auf und schlüpfte in seine Jacke.

»Hört mal, ich stör euch nicht länger …«

Brendan hob Thornes frisches Bier hoch. Er wirkte leicht verärgert und wollte gerade etwas sagen, als Hendricks ihm die Hand auf den Arm legte, um ihn zurückzuhalten. In dem Fall brachte ein Streit nichts, so viel stand fest.

»Also bis später, ja?«

Thorne sagte nichts darauf. Er schlängelte sich am Tisch vorbei, legte Brendan eine Hand auf die Schulter. »Tut mir Leid wegen des Biers ...«

»Morgen dann zum Mittagessen?«, fragte Hendricks.

Thorne nickte, wobei ihm sofort klar war, dass sein Freund ihm keinen Augenblick glaubte, er meine das aufrichtig. Er nahm die Hand von Brendans Schulter und streckte sie Hendricks entgegen. »Fröhliches Fest, Phil.«

Hendricks stand auf, ergriff die Hand und zog Thorne etwas linkisch an seine Brust.

»Du auch, und jetzt verpiss dich ...«

Was Thorne auch tat.

Zwölftes Kapitel

Ein Detective Constable öffnete die Tür, und Thorne hielt seinen Polizeiausweis hoch. Falls der Polizist, der rothaarig und pummelig war und nur knapp über der Mindestgröße lag, das Bier in Thornes Atem riechen konnte, ließ er es sich nicht anmerken. In seinem Gesicht sah Thorne dieselbe Feindseligkeit wie in den Gesichtern der beiden Muppets, die draußen in dem Auto saßen.

Die Eltern kommen … das Cottage … das erste Weihnachten mit dem Kleinen …

»Ich brauch nicht lange.« Thorne blickte über die Schulter auf den Stuhl im Gang. Der Polizist trat aus der Tür und nahm mürrisch und leise vor sich hin schimpfend darauf Platz. Thorne schloss die Tür hinter sich. Wahrscheinlich *hatte* er das Bier gerochen. Egal.

Thornes Blick fiel auf eine Ausgabe der *Sun* auf dem Tisch neben der Tür. Er öffnete die Tür und reichte sie dem Constable, der sie unwirsch entgegennahm. *Leck mich*, dachte Thorne und zog die Tür wieder zu.

Er wandte sich um und ging ins Wohnzimmer. Palmer trat aus der Küche, eine Tasse Tee in der Hand. Offensichtlich hatte er das Klopfen an der Tür nicht gehört, denn er zuckte leicht zusammen, als er Thorne sah.

Sie musterten einander ein paar Sekunden. Dann ergriff Palmer das Wort. Er hatte eine tiefe, etwas nasale Stimme. »Ist etwas …?« Thorne schüttelte den Kopf.

Palmer hob seine Tasse hoch, seine Brillengläser beschlugen kurz. »Wollen Sie auch eine?«

Thorne antwortete nicht darauf, sondern ging zu dem Computer, der auf einem kleinen Tisch am Fenster stand. Er hing vierundzwanzig Stunden am Tag an einem Server. Sobald Nicklin Kontakt aufnahm, wüssten sie Bescheid.

Thorne starrte den Bildschirmschoner an – eine Reihe bunter Uhren, die auf dem Monitor herumschwammen und tickten. Er beugte sich vor und bewegte die Maus, sodass die Uhren verschwanden. Dann zog er den Stuhl vom Tisch weg, drehte ihn herum und nahm darauf Platz.

Seine Jacke hatte er nicht ausgezogen.

»Was machen Sie? Im Internet surfen? Chatten? Scrabble drauf spielen?«

Palmer saß steif auf der Couch. Seine Tasse hielt er mit beiden Händen vor der Brust. »Ja. Im Internet. Manchmal.«

»Und …?«

»Na ja, unter ständiger Polizeiaufsicht werd ich wohl nicht die dunklen Stunden damit verbringen, mich auf Pornoseiten zu tummeln.«

»Aber wenn Sie alleine wären?«, setzte Thorne schnell nach.

Palmer starrte in seinen Tee. »Ich verstehe. Wofür interessiert sich so ein degenerierter Saukerl? Höchstwahrscheinlich würde ich mir etwas Perverses suchen. Etwas richtig Krankes, verstehen Sie.« Er blickte auf und sah zu Thorne. Er hatte den Kopf ein Stück zurückgeneigt und rümpfte leicht die Nase, damit die Brille nicht rutschte. »Vielleicht Leichen. Autopsiefotos, die gibt's da draußen, man muss nur wissen, wo man suchen muss.« Er begann schneller zu reden, seine Stimme wurde lauter, sein Atem rauer, pfeifender. Seine beste *Darstellung* von Erregung. »Möglicherweise ein Video oder zwei, mit Ton, falls es überhaupt möglich ist, die Geräusche einzufangen … das

Kreischen der Kreissäge. Sie wissen schon, prickelnde Gefahr und medizinische Details, was das jämmerliche perverse Schwein halt so schätzt ...«

»Lassen Sie das.«

Was Palmer tat. Thorne ärgerte sich über sich. Darauf hätte er sich nicht einlassen dürfen. Es war im besten Falle schlüpfrig. Im schlimmsten roch es nach der billigen Küchenpsychologie, die man massenhaft auf den Zetteln aus den Tischfeuerwerkskörpern zu lesen bekam, die morgen wieder überall herumliegen würden. Er sah hinüber zu Palmer, der sich an seinem Tee festhielt und vor sich hinstarrte. Thorne konnte sich keinen Reim auf seinen Gesichtsausdruck machen. War er traurig? Nein, enttäuscht.

Der Bildschirmschoner war wieder in Aktion, und das Schweigen wurde untermalt vom elektronischen Ticken der Uhren.

»Vielleicht gehe ich morgen raus«, sagte Palmer unvermittelt. Er wandte sich zu Thorne um, beugte den Oberkörper vor. Sein Gesicht wirkte lebhaft und interessiert. »Nur auf einen Spaziergang, um etwas frische Luft zu schnappen. Hier drinnen werd ich noch verrückt ...«

Thorne schnaubte. Palmer nickte nachdenklich, auch wenn es auf etwas merkwürdige Weise komisch war. »Ich weiß schon, ich sollte mich besser dran gewöhnen. Wird nicht so gut bestellt sein um mein leibliches Wohl, wenn das hier vorbei ist. Eigentlich ...«

Er stand rasch auf. Reflexartig. Thorne tat es ihm gleich. Palmer warf ihm einen nervösen Blick zu. »Ich hab noch ein paar Dosen Bier in der Küche.« Er trat einen Schritt vor und blieb stehen. »Trinken Sie eine. Sie können eine haben.«

Thorne nickte, ohne nachzudenken, und Palmer war unterwegs in die Küche. »Es ist ein Bitter, denke ich. Geht das in Ordnung?« Thorne sagte nichts und setzte sich wieder.

Er sah sich im Zimmer um. Wie üblich nichts Auffälliges. Der Schnitt war einfach, die Möbel modern und funktionell. Als Thorne das erste Mal hier gewesen war, hatte ihn die Wohnung an etwas erinnert, und nach ein paar Minuten hatte er innerlich gefröstelt, als ihm auffiel, wie sehr die Wohnung seiner eigenen glich. Vielleicht etwas mehr Bücher und Pflanzen, keine Familienfotos oder Andenken. Wenig Anzeichen für ein enthusiastisch geführtes Leben. Nichts Anheimelndes ...

Durch die offen stehende Küchentür konnte Thorne Palmer in der Küche herumfuhrwerken sehen, wie er die Gläser aus dem Schrank holte und sie auswischte. Er war groß und kräftig, ein schwerfälliger, bedrohlich wirkender Kerl, der dennoch seltsam anmutig wirkte. In Anbetracht seiner Größe und seines Gewichts hatte er sehr kleine Hände und Füße, und man fürchtete zwischendurch, er würde nach vorne auf sein blasses, fleischiges Gesicht stürzen.

Das alles war Thorne am Anfang aufgefallen, als sie Stunden damit verbracht hatten, über alles zu sprechen. Herauszufinden, was geschehen war. Dann hatten sie Tage damit verbracht, einen Plan zu schmieden, der funktionieren könnte; Palmer zum letzten Mal einen Geschmack von Freiheit zu geben, damit Nicklin ... *vielleicht* seine Karten auf den Tisch legte. Diese unzähligen Stunden in überheizten Vernehmungszimmern, und doch hatten sie nie miteinander geredet, nicht wirklich.

Das alles ging Thorne jetzt durch den Kopf, als er in Palmers Wohnzimmer saß. Nicht dass er es bedauert hätte – er hatte kein Verlangen, diesen Mann kennen zu lernen. Es war nur interessant, nicht mehr, angesichts ihrer Situation.

Und doch wurde er das Gefühl nicht los, Palmer verberge etwas. Behalte etwas für sich …

Palmer kehrte mit zwei Gläsern Bier und einem seltsam stolzen Gesichtsausdruck zurück, als kredenze er die Köpfe zweier besiegter Feinde. Thorne nahm das angebotene Glas und stellte es neben seinem Stuhl auf den Boden. Palmer blieb stehen und schaute aus dem Fenster. Er nickte lächelnd. »Eigentlich hab ich Glück. Überall diese Polizisten, besonders der draußen vor der Tür … wenigstens hat mich dieses Jahr niemand mit Weihnachtsliedern genervt.«

Thorne blickte zu ihm auf. Palmer trug eine ausgebeulte graue Trainingshose, blaue Hausschuhe und einen orangefarbenen Kapuzenpulli. Die Klamotten wirkten billig; er hatte kein bisschen Naturfaser auf der Haut. Und nicht zum ersten Mal fragte sich Thorne, wofür Palmer sein Geld ausgab. Er hatte einen guten Job, fuhr jedoch kein besonderes Auto, und auch sonst war nirgends ein Anzeichen von Luxus oder Extravaganz zu entdecken.

»Wo steckt das ganze Geld?«

Palmer ging zur Couch und setzte sich. Er kniff die Augen zusammen und musterte Thorne, als wolle er jede Nuance dieser Frage erfassen.

Thorne probierte es noch einmal. »Wofür geben Sie das Geld aus?«

Achselzuckend schüttelte Palmer den Kopf. »Ich spare es.«

»Für den Urlaub?«

»Ich spare es. Steckt alles in Bausparplänen. Gelegentlich schicke ich etwas nach Hause, zumindest *tat* ich das, aber meine Eltern nehmen es nur ungern, also kaufe ich ihnen jetzt Sachen. Wenn sie etwas brauchen, verstehen Sie. Vor ein paar Monaten hab ich ihnen einen neuen Boiler besorgt.« Er nickte erneut, ein paar Mal kurz hintereinander, wie er es ständig tat. Als sei er mit sich einverstanden und wolle etwas bestätigen.

Thorne dachte zurück an jenes erste Treffen, als er sich lautstark über eine Krankheit namens Trauer ausgelassen und Palmer zum ersten Mal von Nicklin erzählt hatte. Später hatte man seine Kopfwunde nähen lassen – Jacqui Kaye hatte mit ihrem Schuh einigen Schaden angerichtet –, und als er zurückkam, fiel es ihm leichter, über Nicklin zu sprechen. Über das Treffen in dem Bistro, den Plan und die Anweisungen für die Morde. Ganz am Anfang dieses Gespräches, als sie darüber redeten, wie er und Nicklin sich kennen gelernt hatten, hatte Palmer einen Namen erwähnt. Zwei-, vielleicht dreimal war ein Mädchenname gefallen. Dieses Mädchen war nur kurz schemenhaft aufgetaucht, etwas, das man fast ausmachen konnte, das knapp unter der Wasseroberfläche trieb, bevor es wieder in der Tiefe verschwand. Jetzt schwebte der Name an die Oberfläche von Thornes gedanklichem Morast.

»Erzählen Sie mir von Karen.«

Palmer nahm einen Schluck. Er behielt das Bier ein paar Sekunden im Mund, bevor er es hinunterschluckte. »Karen ist tot.« Wieder dieses Nicken. Thorne wartete. »Sie stieg in ein Auto und starb. An einem sonnigen Tag stieg sie in einen blauen Vauxhall Cavalier – es kam in den Nachrichten, Sie müssten sich die Aufzeichnung besorgen können. Das war's. Sie war vierzehn.« Er stürzte beinahe den ganzen Rest seines Biers in drei riesigen Zügen hinunter, stellte das fast leere Glas auf den Boden und sah zu Thorne. »Ein blauer Vauxhall Cavalier. Mit einem Mörder am Steuer. Einem wie ich.«

Es gab nur eine Möglichkeit für Thorne, die darauf folgende Pause zu überbrücken. Er hatte die Worte bereits bei hundert verschiedenen Gelegenheiten ausgesprochen. Und dabei immer den gleichen bitteren Geschmack von

Verlust und Sehnsucht gespürt, in der Luft wie in seinem Mund.

»Tut mir Leid.«

Was er in diesem Augenblick instinktiv auch so meinte. Doch dann übermannte ihn ein anderer Instinkt, der genauso stark war, und er hatte das Bedürfnis, das Gesagte zurechtzurücken.

»Nicht für Sie. Für das *Mädchen*, die Familie. Nicht für Sie, Palmer.«

Wieder Schweigen, ein, zwei Nicken, und das Ticken der auf dem Bildschirm herumschwebenden Uhren wirkte plötzlich viel lauter, füllte die Leere zwischen ihnen.

Thorne zuckte kurz zusammen, als die Computeranimationen plötzlich zu schlagen anfingen, und blickte auf den Monitor. Dann hinunter auf seine Uhr. Mitternacht. Weihnachtstag. Als er sich umsah, saß Palmer auf der vordersten Sofakante. Er lächelte ihm seltsam zu, das so gut wie leere Glas in der Hand, in dem sich nur noch ein Schluck Bier befand.

»Fröhliche Weihnachten, Detective Inspector Thorne.«

Thorne stand schnell auf; er hatte das Gefühl, sich jeden Augenblick übergeben zu müssen. Das Gefühl verflog, dennoch stieß ihm der Geschmack von Kotze auf, und er schluckte ihn wieder hinunter.

Er öffnete die Vordertür. Der Polizist draußen legte die Zeitung weg und erhob sich. Thorne verharrte kurz auf der Schwelle. Er war ein wenig benebelt, obwohl er sein Bier nicht angerührt hatte. Hinter sich hörte er die Couch im Wohnzimmer quietschen, Palmer stand auf.

»Warum sind Sie gekommen?«, fragte Palmer.

Thorne bat den Polizisten wieder herein. Er streckte sich, um draußen im Gang etwas frische Luft zu schnappen, bevor er hinaustrat.

»Keine Ahnung …«

Palmer drückte das Gesicht ans Fenster. Unter ihm tauchte Thorne in der Doppeltür auf und blieb im Gras stehen, um tief durchzuatmen.

Er trank einen Schluck Bier aus Thornes Glas und dann noch einen. Als er es hinunterschüttete, hüpfte sein riesiger Adamsapfel auf und ab, und etwas von dem Bier rann ihm übers Kinn. Er schloss die Augen, um die Tränen zurückzuhalten, die ihn in den Augenwinkeln zu brennen begannen.

Als er die Augen öffnete und wieder nach unten sah, war Thorne verschwunden.

Er hatte schon immer leicht angefangen zu weinen, sogar bevor er Stuart Nicklin kennen lernte. Gegen die Tränen, die ihm in die Augen stiegen, und das Blut, das ihm in die Wangen schoss, war er machtlos gewesen, solange er zurückdenken konnte. Er erinnerte sich, wie Stuart auf dem Schulhof um ihn herumsprang und ihn mit schokoladenverschmiertem Mund auslachte.

Und wie er sich langsam auf die Mauer hinter sich zubewegte, getrieben von der Hitze, die von seinem Gesicht abstrahlte, das röter und röter wurde …

Er erinnerte sich an die Stimme eines älter gewordenen Stuart; vor sechs Monaten, mittags in dem Bistro, nachdem die zwei Kollegen aus dem Büro sich verdrückt hatten und Stuart mit ihm sprach und alles wieder anfing. Die Stimme war jetzt tiefer, aber noch immer war darin dieses Lachen zu spüren und das Eis in dem Lachen.

»Denkst du noch manchmal an Karen? Ich habe ihnen nie davon erzählt, weißt du, Mart. Nicht alles, meine ich. War ja auch nicht nötig, oder? War nicht deine Schuld, was passierte. Dass sie mit dem Typen mitging, hatte nichts mit der anderen Sache zu tun. Der Sache mit dir.« Darauf schwieg er und beugte sich zu ihm vor, das Gesicht in Sorgenfalten gelegt. »Glaubst du, es war deine Schuld? War es natürlich nicht. Klar, sie war außer sich, aber das heißt ja noch lange nichts, oder? Würde mich ja interessieren, was die Leute jetzt darüber denken würden, wenn sie es wüssten … Glaubst du, sie würden dir die Schuld geben? Du weißt ja, wie es heute ist, wo es ständig nur um Sex geht und dass man die Kinder schützen muss. Leute werden gejagt …«

Palmer hatte versucht, mit keiner Miene zu verraten, wie tief erschrocken er war, als Nicklin zu reden aufhörte. Doch er wusste, er hatte kläglich versagt.

»Ich möchte nicht sagen, dass ich je ein Wort darüber verliere, Martin, aber du weißt, manche Leute sind richtiggehend krank im Kopf …«

Sally aus Glasgow: »Wir tun es ohnehin nur der Kinder wegen, nicht wahr?«

Arthur aus Newcastle: »Was spricht gegen die Kommerzialität? Mit Shopping können diese Kinder verdammt viel mehr anfangen als mit Jesus Christus …«

Bridget aus Slough: »Wie können wir überhaupt feiern, wenn die Welt so ist, wie sie ist? Menschen hungern. Sind drogensüchtig. Leben auf der Straße. Was ist mit den Familien dieser zwei armen Frauen, die vor ein paar Wochen erschossen wurden? Wie wird ihr Weihnachten aussehen?«

Der Mann, der einmal Stuart Nicklin geheißen hatte, klebte eine kleine goldene Schleife auf das letzte Päckchen, beugte sich vor und drehte das Radio lauter. Ja, das brachte die Angelegenheit schon eher auf den Punkt. Bridget, auf ihrem hohen Ross, hatte natürlich jedes Recht sich aufzuregen: Es war eine üble Sache. Selbst wenn eine der so genannten »armen Frauen« nach wie vor putzmunter war.

Bob, der Moderator, stimmte der Anruferin zu. War vollkommen ihrer Meinung. Er bedankte sich überschwänglich für den Anruf, war aber zugleich erpicht darauf, weiterzugeben zu Alan aus Leeds, der über die schockierende Preissteigerung bei der Post sprechen wollte …

Er schaltete das Radio aus, stand auf und rieb sich die Beine, die ein wenig verkrampft waren. Schließlich hatte er die letzte halbe Stunde auf dem Boden gekauert und eifrig mit Tesa und Schere hantiert. Das war inzwischen zu einer Art Tradition geworden – Caroline machte es sich früh im Bett gemütlich, während er lange aufblieb und die Geschenke einpackte.

Nur noch ein paar Stunden, bevor der Trubel losging. Morgen hatten sie ein volles Haus: Carolines Eltern, ihre Schwester, die drei Kinder ihrer Schwester, die wie die Verrückten durchs Haus toben würden.

Vielleicht hatten sie nächstes Jahr um diese Zeit selbst ein Kind. Natürlich nicht, wenn er es irgendwie vermeiden konnte. Er tat sein Bestes, das Thema gar nicht erst aufkommen zu lassen, aber Caroline fing ständig damit an. Aber nicht jetzt. Noch nicht. Er hatte noch eine Menge vor, bevor er *diesen* Weg einschlug. Wenn er sich von außen sah, wenn er sich selbst mit den Augen eines Fremden betrachtete, dann stand er aufrecht über einer Leiche, in seinen Adern brauste das Blut, das Licht brach sich über ihm wie Wolken, in die sich die Flügel eines mächtigen Düsenjets gruben. Er durchschnitt das Leben, durchtrennte es, zu allem fähig. Er wollte nicht so … tief sinken. Er wollte nicht herumwerkeln, über einem Kinderwagen hängen mit Babyspucke am Kragen. Scheiße, das war er nicht.

Er trug die Geschenke seiner Frau hinüber zu dem Baum und legte sie darunter. Er richtete sich auf und beugte sich vor, um sein verzerrtes Spiegelbild in einer großen Silberkugel zu betrachten. Es schockierte ihn noch immer, sich ohne Bart zu sehen. Zunächst hatte er etwas Angst gehabt, als er ihn abrasierte. Eine völlig unnötige Angst, wie sich herausstellte. Der vollkommen andere Haaransatz, die volleren Wangen und die Nasenoperation, für die er vor so vielen Jahren gespart hatte, ließen ihn noch immer völlig anders aussehen als den Mann, zu dem er vor sechzehn Jahren eigentlich hätte heranwachsen müssen.

Alles in allem hätte er den Bart wohl genauso gut dranlassen können. Die Bilder, die er in den Zeitungen und im Fernsehen gesehen hatte, lagen geradezu lächerlich weit daneben – Palmers Beschreibung. Es mussten die Hormone sein oder die Endorphine oder wie immer das Zeug hieß, das bei Angst ausgeschüttet wurde – war es Adrenalin? – und das Gedächtnis durcheinander brachte.

Vielleicht war das das Geheimnis von Diktatoren. Da ließ sich eine Linie ziehen von Robespierre bis zu Pol-Pot – sie alle benutzten den Terror, um ihre eigene Sicherheit zu gewährleisten. Man jage seinen Feinden und, besser noch, seinen Freunden eine solche Angst ein, dass sie all die schrecklichen Dinge vergessen, die man ihnen antut. Die Frage war, funktionierte das auch andersherum?

Fingen sie an, sich zu erinnern, wenn sie aufhörten, sich zu fürchten?

Er kniete sich auf den Boden, schaltete die Lichter aus und blieb sitzen, atmete den herrlichen Duft des Baumes ein und dachte über Palmer nach.

Stellte sich vor, wie er allein war und sich fürchtete. Ein grässlicher Bulle, der auf ihn aufpasste, ihn finster anstarrte, sich voller Abscheu ausmalte, ihm wehzutun, was nur im Sinne aller sein konnte. Er sah Palmers breites, weiches Puddinggesicht vor sich, seine traurigen, weit auseinander stehenden Augen. Wie sie hinausschauten in die Nacht, während er an Karen dachte und auf seine Rettung wartete. Wie ein Mädchen an seiner wulstigen Unterlippe kaute.

Was wünschst du dir vom Weihnachtsmann, Martin?

Meinen Kopf auf einem Tablett? Meinen Namen auf einem Verhaftungsformular, damit du dich, wenn du in deine Zelle schleichst, ein bisschen weniger schuldig fühlen kannst?

Tut mir Leid, Mart …

Er überlegte, ob er ihm eine E-Mail schicken sollte, um ihn etwas aufzumuntern. Weihnachts-E-Mails erfreuten sich ja im Augenblick großer Beliebtheit. Etwas Einfaches und der Jahreszeit Angemessenes. Ein Bild von einem Rotkehlchen, das auf einem schneebedeckten Spaten sitzt, und dazu eine kurze Nachricht.

Ich denk an dich …

Eine verführerische Vorstellung, aber, das war ihm klar, zu theatralisch. Sie würden sie nicht zurückverfolgen können, da war er sich sicher, doch trotzdem war es wohl nicht der richtige Zeitpunkt. Zunächst wollte er Weihnachten hinter sich bringen, abwarten, bis sich alles beruhigt hatte. Dann würde er sich entscheiden, wie er weiter vorgehen wollte.

Wobei er davon ausging, dass ihm die Entscheidung in gewisser Weise abgenommen werden würde.

Es fing an zu regnen.

Thorne winkte sich in der Abbey Road ein Taxi heran. Er war nicht weit entfernt von dem Zebrastreifen, den die Beatles berühmt gemacht hatten, als sie vor mehr als dreißig Jahren darüber spazierten – mit einem barfüßigen und aus dem Tritt geratenen McCartney.

Er zog die Tür auf. »Kentish Town …«

Der Fahrer sah ihn nicht einmal an. »Zu der Zeit dreifacher Preis, Kumpel, geht das klar?«

Thorne grinste über die paar Lamettafäden an der Taxiantenne. Vielleicht war das ironisch gemeint. Er nickte und stieg ins Taxi. »Ja, ist egal …«

»I Wish It Could Be Christmas Everyday« dröhnte aus dem Radio. Thorne liebte dieses Lied, es weckte in ihm den Wunsch, sofort loszustürmen und Stechpalmen und Eierlikör zu kaufen. Doch nun wünschte er sich zum ersten Mal in seinem Leben, Weihnachten sei vorbei und erledigt. Weihnachten *und* Neujahr, kondensiert und komprimiert. Nichts mehr davon zu hören und zu sehen, das wünschte er sich, nein, das war *überlebensnotwendig* …

Charlie Garner fiel ihm ein.

Ob der Junge jetzt im Bett lag und lauschte, ob er das Rentier auf dem Dach hörte? Nicht schlafen konnte? Oder hatte er die ganze Zeit schon nicht schlafen können und lag jetzt im Bett, die Schreie seiner Mutter im Ohr?

Das Taxi quälte sich durch Swiss Cottage, über lange, nasse und verlassene Straßen in Richtung Chalk Farm. Der Fahrer redete mit ihm, warf bedeutungsvolle Blicke über die Schulter, doch Thorne hörte nicht zu.

Ein Junge namens Stuart Anthony Nicklin …

Thorne wünschte sich, die vor ihm liegenden zwei Wochen lägen bereits hinter ihm. Nicht wegen der Rackerei, die ihn erwartete, oder wegen seines Vaters oder Charlie Garner. Er sehnte sich danach, die Zeit vorzudrehen, weil er den Fall vorwärts treiben wollte.

Es *bestand* eine geringe Chance auf einen Durchbruch in der Weihnachtszeit. Er hegte allerdings große Zweifel daran. Sicher war er sich dagegen, dass von Seiten Jesmonds und Brigstockes Druck auf ihn ausgeübt werden würde. Die maßgeblichen Kräfte würden darauf bestehen, über die Geschehnisse informiert zu werden. Wann würde diese dämliche Idee, die er da gehabt hatte, ein sichtbares Ergebnis liefern – abgesehen von der astronomischen Überstundenabrechnung?

Das Taxi blieb quietschend vor einer Ampel stehen. Eine Gruppe betrunkener Nachtschwärmer torkelte vor ihnen singend und winkend über die Straße. Der Taxifahrer winkte zurück und murmelte: »Wichser.«

Das Taxi bog mit aufheulendem Motor nach rechts in die Camden Road. Thorne lehnte sich zurück und schloss die Augen. Zwei Wochen den maßgeblichen Kräften um den Bart streichen half wenigstens, die Zeit totzuschlagen. Und das wollte er. Mausetot wollte er sie sehen.

Er konnte schlecht in hektische Aktivität verfallen, während der Rest der Welt Urlaub machte. Und manche Leute machten länger Urlaub als andere …

Thorne war zu dem Schluss gekommen, dass er, um weiterzukommen, zurückgehen musste.

Er musste dorthin zurückgehen, wo alles begonnen hatte.

Dritter Teil

Das abgewandte Gesicht

Dreizehntes Kapitel

Die Schule befand sich in einer ruhigen, grünen Gegend in Harrow, nur etwa eine Meile von einer bekannteren Schule entfernt – einer, die ein Theater, eine Farm sowie einen Golfplatz ihr eigen nannte –, die sich rühmte, Byron, Nehru und Churchill unter ihren Schülern gehabt zu haben. Als das Auto gemächlich die Auffahrt zum Hauptgebäude hinauffuhr, ging Thorne durch den Kopf, dass die King Edward IV Grammar School for Boys bald noch weniger Grund haben würde, stolz auf *ihre* alten Herren zu sein.

Die erste Woche des Jahres 2002. Die Ermittlungen steckten fest, brauchten einen Tritt in den Hintern, um wieder in Schwung zu kommen.

Die Zeit nach Weihnachten war ziemlich genau so verlaufen, wie Thorne befürchtet hatte: wenig Fortschritt, jede Menge Sorgen. Die Ferien *waren* gelegen gekommen, um eine Vielzahl von Versäumnissen zu verschleiern – zu jeder anderen Zeit wäre weitaus stärker aufgefallen, wie sehr der Fall ins Stocken geraten war. Doch in Verbindung mit dem dafür betriebenen Personalaufwand erregte diese Tatsache trotzdem die unwillkommene Aufmerksamkeit der maßgeblichen Kräfte.

Brigstocke bekam offensichtlich sein Fett von oben ab und schien größten Gefallen daran zu finden, dies an die unteren Ränge weiterzugeben.

»Man verliert allmählich die Geduld, Tom.«

»Die anderen oder Sie?«

»Kommt aufs Gleiche raus.«

»Genau. Verstehe. Also, sobald die Schule wieder anfängt, werde ich …«

»Was? In Nicklins Akte nachsehen, wie oft er geschwänzt hat? Wie oft er hat nachsitzen müssen?«

»Haben Sie eine bessere Idee?«

»Sie sind für die Ideen zuständig, Tom. Wir warten nur, ob eine davon was bringt …«

»Geht es hier noch immer um meine Bemerkung mit dem Arsch auf dem Zaun? Ich bin es allmählich leid, mich ständig dafür zu entschuldigen.«

»Ich bin es noch immer nicht leid, es zu hören, verstanden?«

Die Schulkinder wichen aus, um das Auto vorbeizulassen, als Thorne langsam die Auffahrt hinauffuhr und auf den Parkplatz einbog. Die Jungs sahen schick aus in ihren grauen Hosen und den blauen Blazern mit den bordeauxroten Paspeln. Falls die Schule unter einem Minderwertigkeitskomplex litt, war ihr davon von außen mit Sicherheit nichts anzumerken.

Holland stieg aus dem Auto und riss die Augen auf.

»Überhaupt nicht wie meine Schule …«

Und auch nicht wie meine, dachte Thorne. Ein kleiner, stämmiger Bursche tauchte vor seinen Augen auf, der aus dem Bus sprang. Höchst zufrieden mit seinen geföhnten Haaren, seiner neuen Hose und seinem coolen Pullover. Thorne sah zu, wie er den Hügel hinaufging und dabei »Blockbuster« und »Mama Weer All Crazee Now« sang, Plateausohlen trug statt der Teddy-Boy-Schuhe, weil er die paar zusätzlichen Zentimeter gut gebrauchen konnte. Er lächelte, als der Junge auf den Schulhof einbog und mit seinen Freunden quatschte. Sich Geschichten über das Wochenende aus den Fingern sog, fluchte, über Musik und die Fußballergebnisse vom Samstag redete.

Die Schulglocke läutete, und Thorne folgte Holland

zum Haupteingang. Sah noch einmal den Jungen, der in der Ferne verschwand. Der dreizehnjährige Tom Thorne hievte seinen grünen, schmuddligen Rucksack über die Schulter. Der Stoff war verziert mit Band- und Fußballernamen – Slade und Martin Chivers –, die Tasche voll gestopft mit Krimskrams und Marmitebroten und vielleicht auch mit dem einen oder anderen Schulbuch …

Die Schulsekretärin sah aus wie alle Schulsekretärinnen, die Thorne je kennen gelernt oder sich vorgestellt hatte. Wahrscheinlich wurden sie irgendwo gezüchtet; dann brachte man ihnen bei, sich einen Haarknoten zu machen und die Augen stets auf ihre spitze Nase zu richten, bevor sie mit einer dicken Brille und einer ausgeprägten Vorliebe für Tweed hinaus in die Welt geschickt wurden.

»Mr. Marsden kommt gleich. Er weiß, dass Sie hier sind.«

Thorne lächelte sie an. »Vielen Dank.«

Er und Holland saßen auf Plastikstühlen vor der Tür des Direktors. Ihnen gegenüber kauerte ein etwa zwölfjähriger Junge, dem die Angst in den Knochen saß. Thorne nahm Blickkontakt auf, doch der Junge schaute weg.

»Ich fühl mich in meine Schulzeit zurückversetzt«, flüsterte Holland.

»Zum Direx zitiert werden? Kann mir nicht vorstellen, dass Sie je in große Schwierigkeiten gerieten, Holland.«

»Ich hatte meine Momente.«

»Ach was, der Sohn eines Polizisten?«

Holland fing an zu lachen, doch dann fiel ihm etwas ein, und das Lachen verebbte. Thorne dachte an seinen eigenen Vater. Es fiel ihm schwer, sich daran zu erinnern, wie er als Teenagervater gewesen war. Jim Thorne lief Gefahr, für ewig mit Sorge und Pflicht und seltsamen Unterhaltungen in Verbindung gebracht zu werden.

»Fröhliche Weihnachten, Dad. Kümmert sich Eileen um dich?«

»Sie hat den Rosenkohl zu lange gekocht …«

»Ah ja. Hat dir das Video gefallen? Mir ist sonst kein Geschenk für dich eingefallen.«

»Nenne die Namen sämtlicher Rentiere.«

»Du kannst es dir vielleicht später ansehen …«

»Es gibt neun. Neun Rentiere …«

»Dad …«

»Los, fang an. Ich geb dir Rudolf vor. Das ist der einfachste. Dasher, Vixen, Comet …«

Thorne schloss die Augen und suchte nach einem Bild, wie sein Vater während seiner Kindheit ausgesehen hatte. Er roch Desinfektionsmittel, hatte den Geschmack von Weizengrieß auf der Zunge und das Quietschen der Turnschuhe auf dem Turnhallenboden im Ohr, doch das Bild seines alten Herrn als junger Typ war im Moment nicht verfügbar.

Er schlug die Augen auf und spürte den Blick des verängstigten Jungen auf sich, bevor dieser schnell wegsah.

Angst auf Kindergesichtern war ein Anblick, den Thorne nicht mehr wahrnahm. Zumindest nicht bei den Kids, mit denen er reden musste. Möglicherweise verbargen sie ihre Angst sehr gut oder sie hatten keine. Was er sah, waren Arroganz und Verachtung, manchmal auch so was wie Mitleid, aber er konnte sich nicht mehr erinnern, wann er das letzte Mal einem Kind Angst eingejagt hatte.

Thorne blickte hinauf zu der Uhr über der Sekretariatstür, dann zurück zu dem Jungen. »Es ist erst neun Uhr. Wie kannst du da schon in Schwierigkeiten stecken?«

Der Junge sah ihn an und öffnete den Mund, aber Thorne sollte nie eine Antwort auf seine Frage erhalten. In diesem Moment ging die Tür auf, und ein lächerlich großer Mann mit einem grauen Haarschopf trat aus dem Zimmer.

»Brian Marsden. Kommen Sie bitte herein.«

Thorne und Holland kamen der Aufforderung nach.

Die nächsten zehn Minuten zählten zu den bizarrsten des gesamten Falles. Marsden wusste genau, warum sie gekommen waren, wusste Bescheid über Palmer und Nicklin und behandelte Thorne und Holland dennoch, als habe er interessierte Eltern vor sich und keine wegen eines Mordfalls ermittelnden Polizeibeamten. Er reichte ihnen beiden eine aufwändig aufgemachte Broschüre mit einem Überblick über den aktuellen Lehrplan, Details der beeindruckenden Sportmöglichkeiten, die an der Schule geboten wurden, und sogar mit Auszügen aus dem Speiseplan. Bevor sie ihn davon abhalten konnten, stürzte er sich in eine Kurzfassung der Schulgeschichte. Bis in die späten achtziger Jahre hatte es sich dabei um eine normale staatliche Schule gehandelt, dann wurde sie in eine Stipendiatenschule umgewandelt. Daraus ergaben sich mehrere Dinge, die Thorne bereits bekannt waren: Palmer und Nicklin hatten beide ihren Platz an der Schule dank ihrer hervorragenden Leistungen bekommen. Nicklin hatte trotz seines Zuhauses – er wuchs bei seiner allein erziehenden Mutter in einer Sozialsiedlung in der Nähe auf – die notwendigen Prüfungen geschafft, um auf die beste staatliche Schule in weitem Umkreis zu gelangen. Er war ein ausgesprochen heller Kopf.

Dinge, die Thorne nicht neu waren.

Es klopfte an der Tür, und Marsden wurde in seinem Redefluss unterbrochen. Er erhob sich, als ein anderer Lehrer ins Zimmer trat. Dieser war untersetzt und wirkte ein wenig angespannt. Thorne hatte den Eindruck, als sei er verlegen, überhaupt hier zu sein. Marsden ging hinüber an die Tür, um sie alle hinauszubitten.

»Andrew Cookson ist unser Fachbetreuer für Englisch. Er führt Sie durch die Schule und beantwortet Ihre Fragen.

Vielleicht schauen Sie noch einmal rein, bevor Sie gehen …«

Cookson führte Thorne und Holland am Sekretariat vorbei in den Haupteingangsbereich. Es roch nach Bohnerwachs und einer Andeutung von Schweiß.

»Eigentlich«, bemerkte Holland, »ist die Führung nicht unbedingt nötig.«

Cookson nickte langsam. Er wirkte etwas verwirrt.

Thorne sah das anders. »Nein, das ist schon in Ordnung.« Holland warf ihm einen Blick zu, als sei er verrückt, aber Thorne beließ es bei einem Achselzucken. Er dachte, es könne nicht schaden, eine Vorstellung von der Schule zu bekommen, und freute sich eigentlich auf die Führung.

»Gut, dann folgen Sie mir«, sagte Cookson. »In der Aula gibt es etwas, das Sie interessieren dürfte, anschließend zeige ich Ihnen kurz das Gebäude und dann bringe ich Sie zu Bowles.« Er streckte die Hände aus. *Gut so?* Thorne nickte und Cookson lächelte. Sofort sah Thorne, dass er ein beliebter Lehrer sein musste. Sein Lächeln war umwerfend und ansteckend. Ebenso unvermittelt sah Thorne den Schalk in Cooksons dunklen Augen aufblitzen. Und dass er, obwohl er bereits Ende zwanzig, Anfang dreißig sein musste, noch immer die Energie und Vitalität eines Kindes besaß.

Es bereitete Thorne, wie er vermutet hatte, ein ungemeines Vergnügen, sich die Schule zeigen zu lassen. Cooksons trockene Kommentare waren sehr unterhaltsam, und Hollands gelangweilte Miene ebenso.

»Ihr Sergeant hat anscheinend keine guten Erinnerungen an seine Schulzeit«, bemerkte Cookson schmunzelnd. »Und Sie?«

Thorne schüttelte den Kopf. »Klingt vielleicht ein bisschen nach einem Streber, und glauben Sie mir, ich war wirklich keiner, aber ich ging verdammt gern in die Schule.«

»Ich auch«, sagte Cookson. »Und daran hat sich nichts geändert ...«

King Edward IV hatte sich ganz offensichtlich am Modell der Public School orientiert, wohl unvermeidlich mit einer so berühmten Public School in unmittelbarer Nachbarschaft. Die Imitation war gut gelungen, angefangen bei den fünf Höfen bis hin zu Barett und Robe, die, wie Cookson erleichtert erklärte, allerdings für die großen Ereignisse reserviert waren.

Schlussfeier, Preisverleihung, Schulfotos ...

»Das hier sind die Fotos, die Sie interessieren dürften ...«

Die gesamte Rückwand der Aula war mit gerahmten Fotos bedeckt, einige davon noch aus den vierziger Jahren. Sie hingen dutzendweise hier, eine Reihe über der anderen. Cookson führte Thorne und Holland zu einer Gruppe Fotos aus den späten siebziger und frühen achtziger Jahren.

»Da wären wir. Zweiundachtzig, dreiundachtzig und vierundachtzig.«

Jedes Foto war etwa einen Meter lang, die Art Fotos, bei denen die gesamte Schule antritt, die Schüler knien, sitzen oder auf Stühlen stehen und die Kamera langsam entlangfährt. Thorne dachte an *seine* Schulfotos und einen Jungen namens Fox, dem es großes Vergnügen bereitet hatte zu warten, bis die Kamera anfing sich zu bewegen, um dann hinten herumzuflitzen und sich auf der anderen Seite wieder aufzustellen, um so zweimal auf dem Foto zu erscheinen. Er war jedes Mal mit Arrest bestraft worden, was ihn jedoch nicht davon abhielt ...

Thorne betrachtete das erste Foto. Palmer erkannte er sofort. Er war einen Kopf größer als die Jungen neben ihm, hatte dieselben Haare, dieselben dicken Gläser. In der Namensliste unten stieß er schließlich auf Nicklin. Der Junge hatte sich bewegt, als die Aufnahme gemacht wurde, und sein Gesicht war verschwommen, aber es sah aus, als lache er. 1983 standen Palmer und Nicklin nebeneinander. Palmer blickte geradeaus in die Kamera. Nicklins Kopf, auf der Höhe der Schulter des größeren Jungen, war leicht gebeugt, aber seine Augen waren zu erkennen, dunkel und herausfordernd.

Thorne beugte sich vor.

»Hallo, Stuart ...«

Nach diesem kurzen Intermezzo ging Thorne weiter zum Bild von 1984 und presste die Nase gegen das Glas. Wieder sah Nicklin nicht in die Kamera, sondern flüsterte Palmer etwas zu, der steif neben ihm stand und merkwürdig grinste.

Thorne ging weiter, musterte das Bild von 1985, aber natürlich fehlten hier sowohl Palmer als auch Nicklin. Er ging zurück, sah sich lange die verwischten Gesichtszüge an, das abgewandte Gesicht. Ihm war klar, dass es unmöglich war, aber er konnte nicht anders, er hatte das Gefühl, dass Nicklin bereits vor siebzehn Jahren absichtlich versucht hatte, sein Gesicht zu verbergen. Schon damals, als dreizehnjähriger Junge, hatte er irgendwie den Tag vorhergesehen, an dem jemand wie Thorne das Bild betrachten und ihn ansehen würde.

Ihn suchen würde.

Cookson wandte sich an Holland. »Wahrscheinlich eine dumme Frage, aber ... das ist das erste Mal, dass Sie ihn gesehen haben, richtig?« Holland nickte. »Konnten Sie sich denn keine Fotos von seiner Familie besorgen?«

Keine dumme Frage.

Nicklins Familie war schnell gefunden. Nur seine Mutter lebte noch. Sie war an die siebzig und lebte in einer betreuten Wohnung. Holland hatte angerufen. Die Stimme der alten Frau hatte nicht mehr sonderlich fest, aber klar geklungen. Holland hatte sich vorgestellt und erklärt, der Name ihres Sohnes sei im Zusammenhang mit einer Ermittlung aufgetaucht und er habe ein paar einfache Fragen. Ihre Antworten waren bis auf eine einsilbig gewesen. Ob sie ihn in letzter Zeit gesehen habe? *Nein.* Ob sie Kontakt mit ihm habe? *Nein.* Holland hegte nicht den geringsten Zweifel, dass sie die Wahrheit sagte, störte sich jedoch daran, dass sie nicht das geringste Interesse daran zeigte, was ihr Sohn, der seit den letzten fünfzehn Jahren vermisst war, getan haben oder wo er stecken könnte. Sie hatte keine einzige Frage gestellt.

Am merkwürdigsten war ihre Antwort auf Hollands letzte Frage gewesen, die er auf eine Eingebung hin noch angehängt hatte. Merkwürdig und beinahe unheimlich. Er hatte sie gefragt, ob sie etwas dagegen hätte, ihnen ein paar Fotos zu überlassen, sie würde sie natürlich zurückbekommen, am besten wären die neuesten Fotos, die aufgenommen wurden, kurz bevor Stuart verschwand …

Das sei nicht möglich, hatte sie gesagt. Mrs. Nicklin hatte mit ruhiger Stimme erklärt, sie habe überhaupt kein Foto von ihrem Sohn Stuart. Nicht eines.

Es war seltsam, aber nicht das Ende der Welt. Nach dem, was Palmer gesagt hatte, glaubte Thorne ohnehin nicht, dass ein fünfzehn Jahre altes Foto eine große Hilfe gewesen wäre.

Holland fragte den Lehrer, wo die nächste Toilette sei, und entschuldigte sich.

Cookson trug ein Moleskinsakko, Button-down-Hemd und Chinos. Thorne fand ihn ziemlich schick. Die teuren amerikanischen Loafers glitten leise schmatzend über den gebohnerten Boden, als Cookson ihn eine Treppe hinauf und einen langen, geraden Korridor entlangführte. Zwischen ihm und den schwerfälligen Sadisten in Kordsamtjacken oder Trainingsanzügen, die Thorne im Gedächtnis haften geblieben waren, lagen Welten.

Cookson lugte durch die Fenster in jedes Klassenzimmer, an dem sie vorbeikamen. Sie suchten nach Ken Bowles, einem Mathelehrer – er war der einzige Lehrer, der bereits Anfang der Achtziger an der Schule gewesen war, zur selben Zeit wie Palmer und Nicklin.

Thorne fragte sich, warum nur noch so wenige Lehrer aus dieser Zeit hier waren. Fünfzehn Jahre waren schließlich keine so lange Zeit.

»Früher blieben die Lehrer länger an einer Schule«, erklärte Cookson, »aber das hat sich geändert. Es besteht die Gefahr ... auf der Stelle zu treten. Und das Geld ist selbstverständlich immer ein Thema. Das hier ist eine gute Schule. Ich bin bereits einige Jahre hier. Wenn man in den privaten Sektor wechselt, hat man eine gute Chance, das Doppelte zu verdienen. Der Schuppen nebenan räubert hier immer wieder mal ...«

Thorne ging voran. Er warf einen Blick in das nächste Klassenzimmer, sah einen Mann, um dessen Kopf weiße Haare lohten und der an einem Schreibtisch saß und zum Fenster hinaussah. »Was ist mit Ihnen?«

»Die Versuchung ist da, aber ... nun, noch bin ich hier. Dieses Jahr sind es sieben Jahre, und ich gehöre bereits zum alten Eisen.« Cookson sah an Thorne vorbei zum Klassenzimmer. »Ja, da wären wir ...«

Er klopfte an die Tür, stieß sie auf und hielt sie für Thorne offen. »Vielleicht sehen wir uns später noch einmal ...«

Sarah McEvoy nahm noch einen Schluck aus der Flasche auf ihrem Schreibtisch. Sie hatte bereits ein paar Flaschen geleert, doch das Wasser konnte genauso wenig gegen dieses trockene Gefühl im Mund und den säuerlichen Geschmack in der Kehle ausrichten wie die Zigaretten.

Noch immer plagten sie Schuldgefühle, weil sie vor fünf Minuten den Detective Constable so angeschnauzt hatte. Sie ließ es an einem Untergebenen aus, so wie man es zuvor an ihr ausgelassen hatte. Sie war spät dran gewesen und nicht gut drauf, und ein Anschiss von Brigstocke hatte nicht dazu beigetragen, dass sie sich besser fühlte. Die schlechte Laune grassierte bei dieser Ermittlung wie ein Virus, während der dafür Verantwortliche sich in irgendeine Schule davongemacht hatte und dort Gespenster jagte.

Eigentlich müssten sie alle auf einer Welle des Hochgefühls reiten, seit ihnen Palmer in den Schoß gefallen war. Aber das wäre für Tom Thorne viel zu einfach gewesen. Es sah beinahe so aus, als habe er eine Aversion gegen jede Stimmungslage, die nicht dicht am Boden entlangschrammte. Als sei jede Minute, die verstrich, ohne dass sie den zweiten Mörder fassten, ihre Schuld. Als wolle er auf jedem Gesicht tiefe Schamesröte sehen. Während es ihn nicht im Geringsten störte, einen Mörder draußen herumspazieren, ihn dieselbe Luft atmen zu lassen wie normale Menschen.

Sie schloss die Augen und versuchte sich zu beruhigen. Sie wusste, dass Thorne nur das tat, was er für richtig hielt.

Seit der Urlaub vorüber war, wurde sie von Tag zu Tag gereizter. Ein paar unendlich lange Tage, die sie im Haus ihrer Eltern in Mill Hill in der Falle saß. Als ob ihr Chanukka nicht am Arsch vorbeiginge. Festsaß mit ihrem öden Bruder und seiner stinklangweiligen Familie. Sie sehnte sich verzweifelt danach auszugehen, unter Fremden zu sein.

Das hatte sie dann an Silvester wettgemacht, das sie ausgiebig mit Fremden verbrachte. Die in weiße Stroboskopblitze oder in rotes und grünes Scheinwerferlicht getauchten Gesichter waren ihr auf beruhigende Weise unvertraut gewesen, und die Nächte waren immer länger und lauter geworden und absolut fantastisch, und plötzlich ... ja, plötzlich bereitete es ihr Schmerzen, sich morgens in die Arbeit zu schleppen. Nicht immer, aber immer öfter ...

Und Thorne und Brigstocke konnten sie ohnehin nicht leiden. Die beiden ließen ständig Bemerkungen fallen über ihre Klamotten und wie sie aussah, was sie, da war sie sich verdammt sicher, niemals getan hätten, hätte sie keine Titten gehabt.

Sie streckte die Hand nach der Wasserflasche aus und schraubte sie auf. Ihr Handy läutete.

»McEvoy.«

»Hier ist Holland ...«

Sie nahm einen Schluck Wasser und behielt ihn im Mund, während sie darauf wartete, dass Holland den Grund seines Anrufs erklärte. Was er nicht tat. Eine Weile lauschte sie dem weißen Rauschen, dann schluckte sie das Wasser hinunter und wischte sich mit dem Ärmel über den Mund. »Was?«

Wieder ein paar Sekunden weißes Rauschen. »Nichts Dringendes. Wollte nur Kontakt zur Basis halten.«

Kontakt zur Basis? »In welcher Krimiserie hast du das denn aufgeschnappt?«

»Wie bitte?«

»Vergiss es. Bin nur zynisch drauf. Wo ist Thorne?«

»Versucht Nicklins alten Lehrer aufzuspüren ...«

Während McEvoy ihm zuhörte, lief der Detective Constable, den sie kurz zuvor angebrüllt hatte, an ihrem Schreibtisch vorbei. McEvoy lächelte – der Versuch einer Entschuldigung. Auf die der Detective Constable nicht einging. »Bei dir hallt es so merkwürdig.«

»Ich bin auf der Toilette«, antwortete Holland. »Freut mich, dass diese schnieken Kids genauso auf den Boden pissen.«

»So schnieke sind sie doch nun auch wieder nicht.«

»Ich hab kaum jemanden auf dem Schulhof Fußball spielen sehen.«

»Yeah, aber nicht wie ... Keksspiel-schnieke.«

»Hä ...?«

McEvoy lachte. »Das erzähl ich dir ein andermal.«

»Allerdings entgeht ihnen auch was«, bemerkte Holland. »Weil sie auf einer reinen Jungenschule sind.«

»Was denn?«

»Die reine, ungezügelte Freude, in die Mädchentoilette zu stürmen und sich die Seele aus dem Leib zu brüllen.«

McEvoy konnte sich sehr gut an derlei Vorkommnisse an ihrer Schule erinnern. Sie sah sich selbst zwischen ihrem zwölften und fünfundzwanzigsten Lebensjahr immer wieder angewidert den Kopf schütteln angesichts des Gejohles einer Hand voll testosterongeschädigter, pubertierender Jungs. Bei der Erinnerung daran musste sie schmunzeln. Dieser Telefonanruf tat ihr richtig gut. »Warum habt ihr das eigentlich getan? Das hab ich nie kapiert.«

»Ich denke, das ist was Genetisches. Sich sein Territorium sichern oder so ...«

McEvoy blickte auf. Auf der anderen Seite der Einsatzzentrale redete Brigstocke mit Steve Norman. Brigstocke sah zu ihr herüber, Norman tat es ihm gleich. Hinterhältiges kleines Arschloch. Ob sie wohl ihr Lachen gehört hatten? Sie trank erneut eine Schluck Wasser; ihr Mund war noch immer trocken. »Gibt's was Interessantes?«

»Nicht wirklich. Und bei dir?«

»Nichts. Dieser Arsch von Derek Lickwood war wieder mal am Telefon und wollte wissen, was so läuft. Er denkt wohl, man lasse ihn im Dunkeln, droht ständig damit, vorbeizukommen und Krach zu schlagen. Warum soll ich mich mit dem rumärgern?«

»Pech gehabt. Lovell war sein Fall, wir müssen daher mit ihm zusammenarbeiten. Der Boss meint, du seist dafür besser geeignet als er …« McEvoy stöhnte. »Was ist mit Palmer?«

»Arbeitet wieder.« Sie beließ es dabei, aber ihre Stimme klang gereizt. Was ungesagt geblieben war, war offensichtlich. *Arbeitet wieder, hockt über seinen Zahlenkolonnen und trinkt Kaffee, obwohl man ihm eigentlich Gürtel und Schuhbänder wegnehmen und ihn in eine kahle Zelle sperren sollte, wo er mit angezogenen Knien und klopfendem Herzen auf einer Pritsche hocken und auf das Klirren der Schlüssel warten könnte.*

Sie würde nie gegenüber Holland Kritik an Thorne üben. Außerdem war ihr durchaus bewusst, dass ihr Urteilsvermögen in letzter Zeit womöglich etwas gelitten hatte. Sie neigte vielleicht zu Extremen …

»Genau«, sagte Holland. »Gehen wir später auf ein Bier?«

Sie sah hinüber zu Brigstocke. Er und Norman waren noch immer in ihr Gespräch vertieft. »Ich bin noch nie von einem Mann auf einer Toilette angemacht worden.« Sie konnte *hören*, wie Holland rot wurde. »War nur ein Witz, Holland.«

»Yeah …«

Mit rauchiger Stimme fügte sie leise hinzu: »Ich werde *ständig* von Männern auf Toiletten angemacht.«

Holland lachte nicht.

McEvoy blies die Backen auf und atmete laut aus. Sie streckte die Hand nach der Wasserflasche aus. Sie war leer. »Hör mal, Dave …«

»Ich hab damit gemeint … auf ein Bier. Das ist alles.«

Sie bemühte sich, ihn nicht anzuschnauzen. »Schon klar.«

»Ich kann mich nicht erinnern, dass einer von beiden sonderlich an Mathematik interessiert gewesen wäre.«

Thorne nickte geduldig. Ken Bowles schien sich generell nicht an viel zu erinnern. Er war sich bewusst, wie stressig der Lehrerberuf war, doch Bowles konnte unmöglich so alt sein, wie er aussah. Seine Haare waren schneeweiß, und seine Haut wirkte grau und ledrig. Die Augen hinter dem Drahtgestell seiner Brille waren wässrig, seine riesigen Zähne waren braun wie altmodische Bonbons aus dem Glastopf und klapperten laut aufeinander, wenn er sprach – und gelegentlich auch, wenn er nichts sagte.

»Wissen Sie noch, ob Palmer und Nicklin eng befreundet waren?«, fragte Thorne.

Seufzend trat Bowles ans Fenster. Seine Krawatte war verrutscht und seine Hose kreideverschmiert. »Ich kann mich nicht besonders gut an sie erinnern. Ich fürchte, ich konnte beide nicht ausstehen, aber das ist nicht ungewöhnlich. Mathematikunterricht ist der Unterricht, der am häufigsten gestört wird. Der größere von beiden ... war das Palmer?« Thorne nickte. »Er ließ sich von seinem Freund ablenken. *Da* ...« Er deutete auf die hintere Ecke des Zimmers. »Dort hinten trieben sie ihren Unsinn. Tauschten Briefe aus und lachten. Palmers Hausaufgaben waren gut, glaub ich, aber während des Unterrichts war er ... nicht bei der Sache.«

»Hätten Sie die beiden nicht auseinander setzen können? Palmer nach vorne ...?«

Bowles zuckte mit den Achseln und sah aus dem Fenster. »Ich hatte sie nicht so lange, verstehen Sie? Im September wären sie wahrscheinlich ohnehin in verschiedene Leistungsgruppen gekommen, doch dazu kam es ja nicht, weil sie von der Schule verwiesen wurden.« Er rubbelte mit dem Finger an einem Schmutzfleck am Fenster. »Ein älterer Junge, ich kann mich nicht mehr an seinen Namen erinnern. Sie schnappten sich ihn außerhalb des Schulgeländes und zerrten ihn in den Park, glaub ich ...«

Thorne kannte die Geschichte. Palmer hatte sie ihm erzählt. Dabei waren seine Augen hinter der Brille feucht geworden, er hatte langsam und traurig genickt, als er sich selbst durch das falsche Ende eines Teleskops betrachtete, und geschwitzt, als er es noch einmal durchlebte. Jedes Detail konserviert im Aspik erinnerter Scham. Die Füße in den abgestoßenen Straßenschuhen schienen wie festgewurzelt zu sein, unfähig, ihn wegzutragen; die wulstigen Finger legten sich langsam um den braunen, geriffelten Griff der Pistole …

Thorne wurde klar, dass das der Moment gewesen war, in dem sich alles geändert hatte. Ab diesem Augenblick gab es kein Zurück mehr. Er dachte darüber nach, was Bowles ihm soeben erzählt hatte. Ein paar Monate später wären Palmer und Nicklin in verschiedenen Leistungsgruppen gewesen, hätten sich auseinander entwickelt. Nicklins Einfluss auf den Jüngeren wäre nicht mehr so stark gewesen. *Hätten* sie sich auseinander entwickelt? Hätten womöglich ein paar Monate damals, vor so vielen Jahren, fünf Frauen das Leben retten können?

Mindestens fünf Frauen …

Es klopfte an der Tür, und Holland trat ein. Thorne nickte ihm zu. »Das ist Constable Holland …«

Bowles musterte ihn theatralisch und tat, als wäre er schockiert. »Sieht aus wie ein Sechstklässler.« Holland lächelte achselzuckend über den schwachen Witz.

»Haben Sie verfolgt, wie es mit den beiden weiterging, nachdem sie von der Schule geflogen waren?«, fragte Thorne.

Der Lehrer schüttelte heftig den Kopf. »Hab die beiden keine Sekunde vermisst. Nicklin hat nur Ärger gemacht, und Palmer war bloß ein großer, ungeschickter Kerl. Wohl nicht seine Schuld. Jungs in diesem Alter sind oft entsetzlich linkisch und haben Probleme sich einzufügen. Wie ein Klumpen Knete, der noch nicht geformt ist. Palmer wurde nur von der falschen Person geformt, fürchte ich.«

Thorne nickte Holland zu. Zeit zu gehen. »Vielen Dank, Mr. Bowles.« Thorne reichte ihm seine Karte, die Bowles einsteckte, ohne einen Blick darauf zu werfen. »Falls Ihnen noch etwas dazu einfällt ...«

»Ich brachte mir selbst das Jonglieren bei, als ich noch jünger war«, erklärte Bowles. »Gab gelegentlich eine Vorführung vor der Klasse. Am letzten Schultag, in der Richtung. Ich kann mich daran erinnern, eine Vorführung in ihrer Klasse gegeben zu haben – Palmers und Nicklins Klasse. Eine Kaskade aus fünf Bällen, an einem guten Tag auch sechs. Einen Stuhl balancieren ...« Er deutete auf den massiv wirkenden Holzstuhl hinter dem Schreibtisch. »... einen *dieser* Stühle, auf meinem Kinn. Wissen Sie, dass Marsden jünger ist als ich?«

Thorne brannte darauf, hier wegzukommen. »Wie bitte, Sir?«

»Der Direktor. Sie holten Marsden vor ein paar Jahren, von draußen. Ich bin zehn Jahre älter als er.« Er breitete die Arme aus, als sei offensichtlich, was er damit meine. »Bin froh, hier rauszukommen, um Ihnen die Wahrheit zu sagen. Schaffe nicht einmal mehr drei Bälle ...«

Holland öffnete die Tür, und Thorne machte dankbar ein paar Schritte darauf zu.

Bowles nickte und sagte leise: »Was hat Nicklin getan?«

»Ich fürchte, das kann ich Ihnen ...«

»Natürlich nicht, entschuldigen Sie, dass ich gefragt habe. Wissen Sie, ich habe seit Jahren nicht mehr an diese Jungs gedacht, bis man mir sagte, dass Sie mit mir über die beiden sprechen wollen. Ich habe Hunderte von Schülern unterrichtet und kann mich an die meisten, um ehrlich zu sein, nicht mehr erinnern. An ihre *Arbeiten* eher, aber nicht an die Gesichter. Seit ich diese zwei Namen gehört habe, gehen mir die beiden nicht mehr aus dem Kopf. Geht *er* mir nicht mehr aus dem Kopf. Immer wenn Sie über ihn reden, haben Sie diesen Ausdruck im Gesicht, Inspector Thorne, wissen Sie das?«

Thorne wusste, dass es zwecklos war, es abzustreiten und Überraschung zu heucheln. Sein Gesicht war wie ein Spiegel. War es schon immer gewesen. Sowohl die Verachtung, die er für manche empfand, als auch sein Mitleid für andere traten offen zutage. Sein Mienenspiel brachte Entsetzen, Ekel und Wut so natürlich zum Ausdruck, wie das Gesicht eines schlechten Schauspielers die entsprechenden Klischees ablieferte. Dabei kamen ihm die finsteren Töne gelegener, verzog er eher mürrisch die Miene, als dass er lächelte. Allerdings sprach einiges dafür, dass sein Lächeln, so selten es war, die durchschlagendere Wirkung entfaltete.

Beides hatte ihn oft genug in Schwierigkeiten gebracht.

Bowles ging zur Tür, um sie zu verabschieden. »Vermutlich werde ich jetzt häufig an Stuart Nicklin denken.« Die wässrigen Augen studierten Thornes Gesicht. »Der Junge hat die Luftpistole inzwischen hinter sich gelassen, stimmt's?«

Thorne dachte an Rosemary Vincent: die Erinnerung an einen Streit am Telefon, wie sie auf der Pressekonferenz das Foto hin und her drehte. Das Loch im Schädel ihrer geliebten Tochter.

Ein Schatten glitt über Thornes Gesicht, als er die Frage des Lehrers beantwortete.

»Ja, die hat er hinter sich gelassen.«

Er dachte über etwas nach, das sich vor langer Zeit zugetragen hatte.

Vor vielen Jahren, als er noch Stuart Nicklin war und sich damit durchbrachte, alten Kerlen einen runterzuholen, hatte er gelernt, was es heißt, auf eine Situation angemessen zu reagieren. Ein anderer Stricher, ein boshafter kleiner Wichser, der älter war und nicht so gut aussah, hatte ihm ein paar Kunden geklaut. Nicht seine Stammkunden, die waren loyal, aber einige von der Laufkundschaft. Dieser Scheißkerl unterbot ständig den Preis und hatte auch nichts dagegen, das Kondom wegzulassen, wenn er dafür einen Schein mehr bekam – der Typ wilderte, um Geld zur Seite zu bringen, bevor es mit seinem Aussehen endgültig den Bach runterging. Verständlich, aber sehr ärgerlich.

Er war wütend. Er wollte es diesem lumpigen Ganoven heimzahlen, diesem kleinen Scheißer. Dabei war ihm klar, dass es vernünftig – *angemessen* – gewesen wäre, ihn zu ignorieren. Sich nicht weiter um ihn zu scheren und sein eigenes Ding durchzuziehen. Es gab genug Kunden für alle, und es war unnötig, Ärger mit der Polizei zu riskieren. Unnötig, alles aufs Spiel zu setzen. Das wäre bescheuert.

Er dachte auch über etwas nach, das sich im Augenblick zutrug.

Sie hatten Angst davor, er könnte verschwinden. Könnte in Panik geraten, weil sein Partner aufgeflogen war, sein Zeug packen und sich auf- und davonmachen. Wenn sie davor Angst hatten, dann war es genau das, was er tun sollte. So viel war ihm klar. Es war die angemessene Reaktion. Sie wollten nicht, dass er abtauchte und dann wieder auf der Bildfläche erschien, wenn die Zeit reif war für einen Neuanfang. Also war es genau das, was er tun sollte. Es war einfach und vernünftig. Es diente der Selbsterhaltung.

Es würde schwer sein, keine Frage. Er mochte, was er tat. Er war sehr gut darin, und auch das mochte er. Es war ein unvergleichlicher Rausch, und selbst ohne den zusätzlichen Kick des Partners, selbst ohne Palmer als echten Gegenpart, würde der Verzicht unweigerlich zu einem Abstumpfen seiner Sinne führen. Damit aufzuhören hieße, dem besten Teil seiner selbst die Sauerstoffversorgung abzuschneiden. Das aufzugeben hieße, für eine Weile in Schlaf zu versinken. Es wäre nicht für immer, vielleicht nicht einmal für lange Zeit, aber es wäre verdammt hart. Dennoch war es vernünftig. Es war die angemessene Reaktion, also würde er es versuchen müssen.

Er würde versuchen damit aufzuhören.

Vor Jahren, als er noch Stuart Nicklin war und beschlossen hatte, keine Dummheit zu begehen, hatte er mit ein paar Anrufen den miesen Stricher in eine leere Wohnung an der Glasshouse Street gelockt, die er manchmal benutzte. Es war Februar gewesen und eiskalt. Von dem kleinen Fenster aus konnte er die Menschen in Schals und dicken Mänteln über den Piccadilly Circus laufen sehen. Er konnte gerade noch die Eiszapfen erkennen, die vom Bogen des Eros hingen, und den Frost auf den Stufen zu dem Denkmal, der im bunten Licht der Neonreklame darüber glitzerte.

Als der Junge kam, schlug Nicklin ihn mit einem Ziegelstein bewusstlos, steckte ihm einen Trichter in den Mund und goss ihm vier Liter knallblaues Frostschutzmittel die Kehle hinunter.

Auf gewisse Weise auch eine angemessene Reaktion. Schließlich war es eine verdammt kalte Nacht.

Er dachte nach.

Er würde *versuchen* aufzuhören …

Auch Thorne dachte über etwas nach, das sich vor langer Zeit zugetragen hatte …

Der Junge, den er zuletzt noch gesehen hatte, wie er sich, stolz auf seine flotte Föhnfrisur, in die Schule schleppte, war, obwohl er nicht allzu sehr gewachsen war, doch kräftiger geworden.

Es war drei Jahre später. Vor fünfundzwanzig Jahren.

Der zweite Weihnachtsfeiertag 1976. Zwei zu zwei zu Hause gegen Arsenal, herausgeschunden mit einem orangefarbenen Ball auf einem schneebedeckten Platz. Ein annehmbares Ergebnis in einer Saison, die schlecht angefangen hatte, um noch schlechter weiterzugehen.

Sein Dad war am Platz geblieben, um noch ein Bier mit seinen Kumpeln zu trinken, und er lief allein zurück. Marschierte die Seven Sisters Road hinauf, der braune Matsch drang durch seine Boots und in seine Hosenumschläge. Den schwarzweißen Schal trug er nicht nur als treuer Anhänger, sondern auch wegen der Kälte.

Aus der Ferne sahen sie aus wie Erwachsene, aber als sie näher kamen, konnte er erkennen, dass sie nur ein oder zwei Jahre älter waren als er. Sie waren auch größer, trugen grüne Harrington-Jacken und rotweiße Schals.

Als sie auf gleicher Höhe waren, berührte er einen von ihnen an der Schulter, und ihre Blicke trafen sich. Er hatte kurz mit den Achseln gezuckt und gelächelt.

Zwei zu zwei. Faires Ergebnis, findest du nicht?

Ein paar Minuten später hörte er schwere Schritte hinter sich, und bevor er reagieren konnte, hatte sich der erste von ihnen schon auf ihn gestürzt, ihm den Arm um den Hals gelegt und ihm das Gesicht auf das vereiste Pflaster gedrückt.

Die Autos brausten vorbei, das Wasser spritzte und die Scheinwerfern glitten über die drei Gestalten, doch keines bremste ab.

Es gelang ihm, auf die Knie zu kommen. Schon landete der erste von mehreren Faustschlägen in seinem Gesicht. Die Fäuste prasselten nur so auf ihn nieder, doch es gelang ihm, ein paar davon mit den Armen abzuwehren. Er spürte ein Krachen in seiner Hand, als etwas Langes und Schweres auf seine Schulterblätter herabsauste. Brüllend versuchte er, auf den Boden zu kommen, um so die Knie an die Brust ziehen zu können. Er wusste nicht mehr, was sein Stöhnen und was das dumpfe Klatschen der Fäuste war, die auf seine Wangenknochen und seine Schulter niederprasselten.

Er hörte eine Stimme und sah den Schatten eines Armes über ihm. Der Größere der Arsenal-Fans stieg fluchend über ihn, und endlich konnte er unbehelligt auf den Boden sinken. Stöhnend drehte er sich auf den Bauch und sah, als er wegkroch, wie sie sich über einen älteren Mann in Hemdsärmeln hermachten. Einer packte ihn bei den Haaren, während der andere lässig seine Stirn in das Gesicht das Mannes krachen ließ. Er war Grieche oder Zypriote. Bei all dem Blut war das schwer zu sagen. Vielleicht besaß er ein Geschäft in der Straße und war, als er den Lärm hörte, herausgekommen, um dazwischenzugehen. Er schrie und fluchte, als die beiden Schläger ihn in den nassen Rinnstein stießen und zutraten.

Tom Thorne schrie ebenfalls, versuchte Hilfe zu holen. Schrie um Hilfe, als die ersten Fußtritte ihn im Unterleib und im Bauch trafen. Schrie sogar noch lauter als der Mann am Boden, als die Stiefel immer und immer wieder zutraten. Schrie um Hilfe und rannte davon, schnell …

Er ging durch die Wohnung, schaltete das Licht aus. Erinnerte sich lächelnd daran, wie sein Dad im Stadium tobte, unflätig und meist weit über das Ziel hinausschießend: *»Hoddle, du bringst überhaupt nichts!«*

Er fragte sich, was wohl aus dem Mann geworden war, der versucht hatte, ihm zu helfen, und dafür eine ordentliche Tracht Prügel hatte einstecken müssen. Vermutlich hatte er denselben Fehler kein zweites Mal begangen.

Er hatte noch immer Schuldgefühle, weil er nicht zurückgekehrt war. Noch Tage später hatte er die Zeitungen durchforstet, aber nichts gefunden. Wahrscheinlich war er nicht ernsthaft verletzt worden, dennoch konnte der Junge den Ausdruck von Schmerz und Wut auf seinem Gesicht nicht vergessen. Fünfundzwanzig Jahre lag das zurück, und Thorne sah es noch immer vor sich, hatte noch immer das Geräusch im Ohr, als der Mann rückwärts in den Matsch fiel.

Thorne schloss die Schlafzimmertür, setzte sich auf die Bettkante und fing an, seine Schnürsenkel aufzubinden. Nun war er seit zwanzig Jahren ein Bulle und verstand immer noch nicht, warum sie auf ihn losgegangen waren.

Er hatte sie nur angelächelt.

Vierzehntes Kapitel

So also sieht das Alter aus, dachte Thorne.

Vor dem Fernseher ein massiver Sessel, dessen scheißefarbener Bezug mit Plastik abgedeckt ist, und überall Notrufknöpfe. Im Bad an jeder Stelle Griffe und voll gepisste Unterwäsche im Spülbecken. Und eine Frau, der das alles egal war, die zweimal am Tag vorbeikam, um nachzusehen, ob man schon tot war.

»Nehmen Sie Zucker, Mrs. Nicklin?« McEvoy steckte den Kopf aus der Küche.

Annie Nicklin schüttelte abwesend den Kopf, und Thorne gab McEvoy mit einer deutlicheren Geste zu verstehen, was sie meinte. Obwohl sie nicht viel gesprochen hatte, war klar, dass die Frau in dem massiven Sessel – mit den verkrümmten Händen auf der grünen Decke – geistig noch immer auf der Höhe war. Körperlich allerdings hatte sie schwer nachgelassen. Arthritis, Diabetes, Angina Pectoris ... der Katalog der verschiedenen Krankheiten war von der Pflegerin fröhlich vorgetragen worden – einem grobschlächtigen Exemplar namens Margaret –, als sie sie in Annies Wohnung bat und ihnen sogleich erklärte, aus der würden sie nicht viel herausbekommen, das gelänge keinem.

McEvoy brachte den Tee, und während sie die Tassen verteilte, hing Thorne weiter dem Gedanken nach, der ihn beschäftigte, seit er durch die Tür gekommen war. Was war vorzuziehen? Ein klarer Verstand und ein Körper, der im Arsch war? Oder rund und gesund zu sein und dafür im Oberstübchen ohne nennenswerte Substanz? Offensichtlich konnte sich das niemand wirklich aussuchen – trotzdem konnte Thorne nicht davon lassen, die beiden Optionen gegeneinander abzuwägen. Es sah aus, als habe sein alter Herr die andere Richtung eingeschlagen. Thorne vermutete allerdings, dass er selbst, wenn es so weit wäre, es vorziehen würde, oben *wie* unten gleichermaßen vor die Hunde zu gehen. Wenigstens würde es ihm dann nichts ausmachen, wenn er in seiner eigenen Scheiße saß …

Er trank seinen Tee und dachte über das Treffen mit Ken Bowles am Tag zuvor nach. Ein Mann, bei dem Einsamkeit und Schmerzen um die nächste Wegbiegung lagen. Er nahm sich einen Keks und dachte über die Enrights nach. Als wären die alltäglichen Leiden des Alters nicht schon schlimm genug.

Charlie Garner kam ihm in den Sinn, der noch überhaupt nicht alt war. Der sein Leben noch vor sich hatte und dennoch vor einem Trümmerhaufen stand. Dem seine Mutter von dem Sohn der alten Lady genommen worden war, die in ihrem scheißefarbenen Sessel mit dem Plastikschutz saß und Tee schlürfte.

Thorne musterte Anne Nicklin. Als sie ihren Sohn Stuart betrachtet hatte, damals, als er so alt war wie Charlie Garner, welche Zukunft hatte sie sich da für ihn ausgemalt? Was hatte sie sich für ihn erträumt?

»Ist es so recht, Annie?«, fragte McEvoy.

Mrs. Nicklin nickte erneut, schlürfte und starrte weiter auf den Fernsehschirm, obwohl dieser nicht eingeschaltet war.

Thorne hievte seinen Hintern aus den Tiefen des weichen, ungefederten Sofas und beugte sich vor. »Wir wollten Ihnen nur ein paar Fragen wegen Stuart stellen.«

Nichts. Nur das Schlürfen. Das endlose Röhren eines

Lastwagens, der zurücksetzte. Ein Hund, der in einer der anderen Wohnungen jaulte.

Thorne sah hinüber zu McEvoy und zog eine Augenbraue hoch. *You have a crack, and keep it nice.*

McEvoy hatte, sehr zu ihrem Ärger, am Morgen beim Münzenwerfen gewonnen. Thorne hatte sich nicht zu einer Entscheidung durchringen können, was sie bei der alten Frau weiterbrächte – Hollands jungenhafter, strubbeliger Charme oder das Mitgefühl einer jüngeren Frau? Das Los war auf McEvoy gefallen, und im Auto auf dem Weg hinaus nach Stanmore, während Thorne fuhr und versuchte, die angeschlagene Heizung des Mondeo zum Laufen zu bringen, hatte sie nicht mit ihren Gründen hinterm Berg gehalten, warum sie deshalb stinksauer war …

»Mir ist nicht unbedingt danach, einer netten alten Lady alles Mögliche über ihren Sohn aus der Nase zu ziehen, der zufällig ein Psychopath ist. Man braucht keine Unmenge Fachliteratur intus zu haben, um zu wissen, dass sie vielleicht etwas damit zu tun haben könnte.«

Thorne hatte überhaupt keine Fachliteratur gelesen und wollte davon nichts hören. »Was? Hat sie ihn in den Kohlenkeller gesperrt? Ihn gezwungen, Frauenkleider und Lippenstift zu tragen? Wir müssen mit dieser Frau sprechen, und zwar offen. Nichts interessiert mich weniger als eine Diskussion über den Einfluss von Anlage versus Erziehung …«

McEvoy war es offensichtlich vollkommen egal, ob ihn das interessierte oder nicht. »Erziehung, immer. *Immer.*«

Thorne blieb an der Ampel stehen und zog die Handbremse. »Angenommen, Sie haben Recht. Sie haben *nicht* Recht, aber angenommen, Sie haben Recht …« – McEvoy sagte nichts darauf und blickte unverwandt aus dem Fenster – »was ist dann mit Nicklins Vater? Warum könnte nicht er es gewesen sein, der den armen kleinen Stuart mit dem Kleiderbügel grün und blau schlug oder was auch immer?« Palmer hatte ihm bereits erzählt, dass Stuarts Vater von zu Hause abgehauen war, als er noch in den Windeln steckte. Niemand hatte eine Ahnung oder scherte sich darum, ob er noch am Leben war.

Ein paar Augenblicke dachte McEvoy darüber nach, was Thorne gesagt hatte, oder zumindest tat sie so. »Nein. Mütter und Söhne. Väter und Töchter …«

Thorne drückte auf die Hupe, als ein weißer Van an der Ampel einen Kavalierstart hinlegte und ihn schnitt. »Sie haben nie meinen Vater kennen gelernt, stimmt's?« McEvoy machte keine Anstalten zu lachen, also ließ Thorne die Scherze. »Hören Sie, falls es irgendetwas gibt, das wir von dieser Frau erfahren können und das uns weiterhelfen könnte, will ich es hören. Verstanden? Sie sind Polizistin und keine Amateurpsychologin, also gehen Sie da rein und erledigen Sie Ihren Job …«

Ab dem Augenblick, als sie hier ankamen, hatte McEvoy etwas dick aufgetragen.

»Vielleicht sollten wir damit anfangen, als Stuart von zu Hause fortging, Annie.«

Die alte Frau räusperte sich. Ein, zwei Sekunden, nachdem sie fertig war, war das Rasseln in ihrer Brust noch immer zu hören. Dann ergriff sie das Wort. »Das ist der Anfang und das Ende. Er ging. Das Ende.« Bisher ihr längster Satz. Thorne sah zu McEvoy. *Fahren Sie fort …*

»Sie haben also nie mehr von ihm gehört?«

Annie Nicklin griff nach einer leeren Teetasse, musterte sie und setzte sie wieder ab. »Es kam mal ein Brief aus London.«

»Haben Sie den noch?«

Sie wandte ihnen langsam den Kopf zu und lächelte trotz der Schmerzen, die sie offensichtlich quälten. »Hab ihn nie aufgemacht.«

»Wollten Sie nicht wissen, wo er ist?«, fragte Thorne.

Es war unmöglich zu sagen, ob sie ihn oder die Frage ignorierte. Auf jeden Fall gab sie keine Antwort.

McEvoy machte weiter. »Er verschwand im September 1985, ist das richtig?«

Die alte Frau nickte.

»Einfach so? Aus heiterem Himmel?«

»Ich war nicht ... besonders überrascht.«

Thorne dachte: *oder traurig ...*

»Das war etwa einen Monat nach dem Verschwinden von Karen McMahon?« Mrs. Nicklin fuhr sich mit der Zunge über die Lippen und starrte vor sich hin. McEvoy versuchte es noch einmal. »Als Stuart verschwand, das muss doch etwa einen Monat nach ...«

Leise stöhnend griff Mrs. Nicklin nach dem Stock, der an ihrem Sessel lehnte, und deutete damit vor Anstrengung ächzend auf ein Fläschchen mit Tabletten, das auf dem Fernseher stand. Thorne erhob sich und holte das Fläschchen. »Die hier?« Er öffnete es. »Wie viele? Nur eine?« Mrs. Nicklin nickte, und er reichte ihr eine Tablette. Auf dem an ihrem Sessel befestigten Tablett stand ein Glas Wasser, das er ihr gab. Sie nahm einen Schluck.

Thorne setzte sich wieder. Pillen für Annies Körper, der den Geist aufgab. Obwohl ihr Verstand noch scharf war. Scharf genug, um alles zu verstehen. Um zu entscheiden, wann es besser war, eine Tablette zu nehmen, um einer unliebsamen Frage aus dem Weg zu gehen ...

»Nahm ihn die Sache mit Karen mit? Verschwand er deshalb?« McEvoy verrenkte sich den Hals bei dem Versuch, Augenkontakt zu ihr aufzunehmen. »Wie oft traf er sich mit Martin Palmer, bevor er verschwand?« Der Hund jaulte noch immer, und nun ignorierte Annie auch McEvoys Fragen.

Thorne wuchtete sich hoch und trat vor sie. Sie machte schmatzende Geräusche mit der Zunge und versuchte, den Kopf zu bewegen. Thorne hatte sich zwischen der alten Frau und dem ausgeschalteten Fernsehgerät aufgebaut.

Der entgegenkommende Ton war aus Thornes Stimme verschwunden. »Erzählen Sie mir von Karen, Mrs. Nicklin.« Ein tiefes Stöhnen drang aus ihrer Kehle, aber mitteilsamer wurde sie nicht. Thorne beugte sich tief zu ihr hinunter; von seiner Geduld war nicht mehr viel übrig. »Erzählen Sie mir von Karen McMahon.«

Als Palmer den Namen zum ersten Mal nannte, rührte er damit an eine Erinnerung. Thorne hatte von dem Fall natürlich gehört – ein vermisstes Mädchen, eine landesweite Suche –, aber er hatte nur noch eine vage Vorstellung von den Details. Als er das Datum hörte, war ihm klar, weshalb. Der Sommer 1985. Er war damals … gefangen von seinem eigenen Fall. *Johnny Boy.* Francis John Calvert, der Schwule umbrachte und der Meinung war, die Polizei sei ihm zu nah auf den Fersen. So nahe, dass ihm keine Wahl blieb …

Der Albtraum, in den ein junger Detective Constable namens Thorne hineinstolperte …

»Erzählen Sie mir von Karen.«

Er sah, wie sich die aschgraue, papierdünne Haut über den geschwundenen Muskeln ihres Kiefers spannte, als sie mit ihren falschen Zähnen knirschte. Mit der ganzen Kraft, die noch in ihren verkrümmten Fingern steckte, giff sie nach der Decke auf ihrem Schoß und zog sie näher an sich.

»Erzählen Sie es uns, und wir gehen, Annie«, sagte McEvoy.

»Sie stieg in ein Auto.« Sie sprach langsam und betonte dabei jedes Wort, als erkläre sie etwas entsetzlich Kompliziertes. Nur um sicherzugehen, dass Thorne verstand. Sie wiederholte: »Sie stieg in ein Auto.«

»Als sie mit Stuart zusammen war?«

»Danach. Kurz danach. Sie war vor ihm, und das Auto hielt an.«

»Der blaue Vauxhall Cavalier …«

Sie starrte auf ihre Decke, die sie noch immer umklammert hielt. »Sie wissen das alles.«

Thorne schüttelte den Kopf. Sie wich seinem Blick aus. »Das muss Stuart sehr mitgenommen haben. Er sah, wie es passierte, stimmt's?«

Sie wandte sich hastig zu ihm um. »Ja, er war mitgenommen. Danach hörte er nicht mehr auf zu weinen. Stuart sah alles. Er sah, wie sie in das Auto stieg. Er sah den Mann am Steuer. Er erzählte der Polizei, wie der Mann aussah, der den Wagen fuhr. Sie können das überprüfen.«

»Er erzählte es der Polizei? Oder erzählte er es Ihnen, und *Sie* erzählten es dann der Polizei?«

»Beides. Beides.« Missbilligend klickte sie mit der Zunge gegen den Gaumen, und eine mit Altersflecken übersäte Hand begann kraftlos auf die Sessellehne zu klopfen.

McEvoy war auf den Beinen und stand direkt hinter Annie Nicklins Stuhl. »Dieser Mann, der Mann, den Stuart sah, packte der Karen? Stieg er aus dem Auto aus? Zwang er sie?« McEvoy hätte genauso gut mit sich selbst reden können. Sie starrte Thorne über die weißen Haare auf Annie Nicklins gebeugtem Kopf hinweg an. Zuckte mit den Achseln. *Reicht das?*

Ungeachtet seiner Tirade im Auto auf dem Weg hierher verspürte Thorne den Drang, diese alte Frau anzubrüllen, sie fertig zu machen. Er wurde nur etwas lauter, doch als er zu sprechen anfing, hob Annie Nicklin den Kopf. Zum ersten Mal trafen sich ihre Blicke, und sie hielt ihm stand.

»Hatte Stuart eine Idee, warum? Wenn dieser Mann sie nicht zwang, hatte Stuart eine Idee, *warum* Karen McMahon in sein Auto stieg? Hat er Ihnen das erzählt, Annie?«

Thorne spürte, dass sein fester Blick auf Interesse stieß. Dann entzog sie sich ihm mit einer schmerzhaft anmutenden Bewegung und schaute zu Boden, wobei sie sich mit einer Hand an die Decke klammerte, als ginge es um ihr Leben, während sie mit der anderen nach ihrem Spazierstock griff.

Es dauerte ein paar Sekunden, bis Thorne registrierte, was sich hier abspielte, und nach unten sah. Das Stoßen des Stockes gegen sein Schienbein war fast nicht zu spüren. Ein schwacher Versuch, ihn mit dieser Gummispitze wegzuschieben. Was sich von dem dahinter steckenden Anliegen keineswegs behaupten ließ. Annie Nicklin stieß und schob, um ihn loszuwerden …

Während sie mit ihrem dürren Arm und dem knorrigen Stock an ihm herumfuhrwerkte, fing sie an zu sprechen. Ihre Stimme war klar und hoch, sie schien fast zu singen, als sie dieselben fünf Worte ständig wiederholte.

»Sie stieg in ein Auto …«

Als sie in dem Mondeo auf der Honeypot Lane – ein bizarrer Name – zurück nach Hendon fuhren, stellte Thorne sich ein Mädchen in einem weißen Kleid vor. Er hatte keine Ahnung, was Karen McMahon wirklich trug, aber es war ein Sommertag, und er stellte sich vor, wie sie die Tür eines blauen Autos öffnete, sich eine Haarsträhne hinters Ohr schob und in den Wagen stieg.

Am Bildrand stand ein Junge namens Stuart Nicklin, verschwommen, den Kopf leicht geneigt, doch mit diesen dunklen Augen, denen kein Detail entging. Abwesend, doch zugleich sehr anwesend, wie ein Phantombild oder eine Doppelbelichtung, war ein Mann namens Martin Palmer, der noch zwanzig Jahre später vollkommen versaut war.

Irgendetwas an dem Bild stimmte nicht …

»Also, Anlage oder Erziehung?«, fragte McEvoy, als sie sich dem Becke House näherten.

Thorne schmunzelte. »Ich sage nichts.«

»So wie die Alte …«

Thorne kam nicht umhin, ihr Recht zu geben. »Ich habe bewaffnete Räuber kennen gelernt, Vergewaltiger … Ich habe Axtmörder verhört, die leichter zu knacken waren.« McEvoy lachte, aber Thorne meinte es todernst. »Falls Nicklin nur über einen Bruchteil dieser Entschlossenheit oder dieser … Berechnung verfügt, stecken wir in Schwierigkeiten.«

»Was ist mit Palmers Eltern?«

Thorne schüttelte den Kopf. Das war wirklich nicht nötig, und außerdem würden sie noch früh genug von der Sache erfahren. Ein Telefonanruf von Palmer ein, zwei Tage, nachdem er sich gestellt hatte, hatte geklärt, wie Nicklin ihn aufgespürt hatte. »Ach, ein netter Junge, der mit dir in die Schule ging, hat angerufen, er wollte sich bei dir melden … seinen Namen hat er nicht genannt … wollte dich damit überraschen, denke ich.« Darüber hinaus war von ihnen nicht viel Nützliches zu erfahren. Letztlich liefe es nur darauf hinaus, ihnen die schlechte Nachricht zu überbringen.

Er war fasziniert und zugleich ein klein wenig erleichtert, dass Annie Nicklin kein Interesse an Neuigkeiten über *ihren* Sohn und seinen möglichen Aufenthaltsort zeigte. Das wäre mit Sicherheit ein Eiertanz geworden.

»Ach ja, er ist aufgetaucht … Aber …«

Am Peel Centre fuhren sie zur Schranke vor, und Thorne angelte nach seiner ID. McEvoy beugte sich über ihn und zeigte dem wachhabenden Polizisten ihre Marke. Nach einem Moment ging die Schranke hoch, sodass Thorne den Wagen zu den Parkbuchten steuern konnte.

»Was vor heute Abend?«, fragte Thorne.

McEvoy wandte sich ab und blickte aus dem Fenster. Etwa ein Dutzend Auszubildende arbeiteten auf der anderen Seite des Geländes mit Hunden. »Nicht wirklich. Geh vermutlich früh ins Bett. Und Sie?«

»Ich und Mr. Philipp Hendricks haben eine heiße Verabredung mit Sky Sports und einem chinesischen Takeaway.«

»Klingt gut ...«

»Ja, wenn es einen nicht stört, als Beziehungsberater zu fungieren, während man das Spiel zu sehen versucht.« Er zog eine Grimasse, aber in Wirklichkeit freute er sich darauf, dass Hendricks vorbeikam.

Abschalten. Sich entspannen ...

Thorne parkte das Auto neben Brigstockes Volvo und stellte den Motor ab. Er starrte hinauf zu den bräunlichen Mauern und der abblätternden Farbe des dreistöckigen Baus aus den sechziger Jahren, in dem sie das Unglück hatten zu arbeiten. Falls die Leute in der Chefetage auch nur ein Quäntchen Verstand und den Wunsch hätten, weiterhin ausreichend Bewerbungen zu bekommen, hätten sie das Filmteam angewiesen, sich mit den Kameras fern vom Becke House zu halten.

»Das ist ein ausgesprochen hässliches Gebäude«, erklärte McEvoy, nachdem ein paar Augenblicke verstrichen waren.

Thorne nickte und dachte sich insgeheim: *Und wir sitzen drin und versuchen Leute zu schnappen, die ausgesprochen hässliche Dinge getan haben.*

McEvoy drückte auf den Knopf, um den Sicherheitsgurt zu lösen. »Was steht heute Nachmittag an?«

Thorne holte tief Luft. »Ich werde ein paar Anrufe machen müssen, um herauszufinden, was teurer kommt, die Heizung reparieren zu lassen oder ein neues Auto zu kaufen.«

»Wär an der Zeit. Die nächste halbe Stunde bin ich damit beschäftigt, wieder etwas Leben in meine Füße zu bekommen ...« Thorne lachte. »Es ist lächerlich. Warum nehmen Sie nicht das Auto, das Ihnen zugewiesen wurde?«

Thorne zuckte mit den Achseln. »Weiß nicht ... es ist braun.«

McEvoy fiel die Kinnlade nach unten, als sie Thornes Antwort hörte und seinen Gesichtsausdruck dabei sah, der sie an einen verwirrten und trotzigen Teenager erinnerte. »Dann besorgen Sie sich ein anderes ...«

»Ich mag das Auto hier«, entgegnete Thorne. »Sind meine ganzen Kassetten und meine Sachen drin.«

»Oh, richtig. Dolly Parton und Tammy Wynette.«

Seufzend öffnete Thorne die Tür. »Ich bringe Holland um. Nein, ich zwinge ihn, ordentliche Countrymusic zu hören, und bring ihn *anschließend* um ...«

McEvoy kletterte aus dem Wagen, wobei sie wie der Cartoonhund aus *Wacky Races* schnüffelte. »Es war nicht seine Schuld. Er hat nicht gesagt ...«

»Scheiß drauf, die Musik wär an ihn verschwendet. Ich bring ihn einfach so um.« Thorne drehte den Schlüssel im Schloss und warf McEvoy über das Dach des Mondeo einen Blick zu. »Während ich damit beschäftigt bin, Detective Constable Holland umzubringen, könnten Sie etwas für mich erledigen.«

»Ich finde, ich tue schon genug für Sie, indem ich Ihnen Derek Lickwood vom Hals halte. Er weiß, dass Sie ihm aus dem Weg gehen.«

Thorne lächelte. »Keine Sorge, das hier ist einfacher.« McEvoy wartete. »Tun Sie mir den Gefallen, und setzen Sie sich ans Telefon. Finden Sie heraus, wer für den Fall Karen McMahon zuständig war.«

Alf aus Stoke-on-Trent: »Die Schlinge ist zu schade für diese Saukerle. Nur zu gern würd ich selbst den Hebel umlegen …«

Kopfschüttelnd biss er in den Schokoladenriegel. *Komm schon, Alf, du widersprichst dir.* Dabei war ihm klar, dass kein kleiner Anteil der britischen Öffentlichkeit fand, genau so solle mit ihm und Leuten wie ihm verfahren werden. Das war in ihren Augen die angemessene Reaktion.

Der Telefonmoderator, dessen Aufgabe es normalerweise war, den *advocatus diaboli* zu geben, stimmte Alf aus ganzem Herzen zu, und die beiden stürzten sich begierig in eine Diskussion über die Todesstrafe. Ob wir je wieder zur Vernunft kämen und die Todesstrafe wieder eingeführt würde, und ob wir dann am Strang festhalten oder uns vielleicht doch ins 21. Jahrhundert vorwagen und zur Todesspritze greifen sollten.

Er schloss die Augen und blendete das Geschwätz aus.

Leute wie er …

Er konnte nicht sagen, dass er tatsächlich jemals *einen* Menschen getroffen hätte, der wie er war. Nicht wirklich. Er hatte mit genug Leuten zu tun gehabt, für die die Achtung vor dem Gesetz unnötiger Luxus war, und mit einigen, die nie über ein moralisches Rückgrat verfügt hatten oder denen es abhanden gekommen war. Er hatte eine Menge Menschen gekannt, die so verzweifelt waren, alles in Betracht zu ziehen, aber niemals einen Menschen, der glücklich war, alles in Betracht zu ziehen. Das störte ihn nicht weiter, aber genauso wenig fand er Trost darin. Er akzeptierte es einfach als Tatsache. Er war nicht arrogant genug, um anzunehmen, er sei einzigartig. Er konnte sich durchaus vorstellen, eines Tages auf der anderen Straßenseite oder auf einem Bahngleis oder dem Fernsehschirm jemanden zu sehen, in dessen Augen er einen bestimmten Ausdruck erkannte.

Diesen Ausdruck hatte er in Martin Palmers Augen mit Sicherheit nie gesehen. Jetzt war die Zeit gekommen, mit seinem alten Freund wieder in Kontakt zu treten.

Er stand aus seinem Sessel auf und ging zu dem Laptop hinüber, den er gestern in einem dieser riesigen Elektroläden von Dixons gekauft und bar bezahlt hatte und der auf dem Esstisch stand. Er schaltete ihn ein, und während der Rechner hochfuhr, holte er den frischen Handy-Clone, den er auf dem Heimweg in Südlondon gesehen hatte. Den Computer und das Handy würde er morgen auf dem Weg in die Arbeit entsorgen.

Er hatte immer großen Wert darauf gelegt, sich niemals zu wiederholen. Einen von hundert kostenlosen E-Mail-Accounts zu öffnen war kein Problem. Und bei der Hardware achtete er stets darauf, dass sie nicht zurückverfolgt werden konnte. Die ersten paar Male war er einfach in ein Internetcafé spaziert. Die kleineren Kaschemmen waren ihm lieber – umgewandelte schmuddelige Imbissbuden, die mit billigen Fotokopiermöglichkeiten warben und in einem Hinterzimmer eine Reihe versiffter iMacs der ersten Generation stehen hatten. Gewöhnlich waren diese Absteigen versteckt, verschwanden beinahe zwischen Massagesalons und halbseidenen Kurierdiensten, und waren nicht einmal den Rucksacktouristen bekannt. Niemand servierte hier Cappuccino oder scherte sich den Teufel darum, auf welche Pornoseiten man zugriff. Hier gab es auch keine Videoüberwachung.

Er war dazu übergegangen, Laptops zu benutzen, die natürlich für seinen Zweck ideal waren, und dann ging es nur darum, wo er die Dinger einstöpselte. Das war nicht das erste Mal, dass er ein gestohlenes Handy benutzte – er kannte einen Typen, der sie extrem billig verhökerte. Doch in der Vergangenheit hatte er auch gerne auf die Telekommunikationsmöglichkeiten zurückgegriffen, die diese beschissenen Hotels in der Stadtmitte anboten. Man brauchte nur einzuchecken, sich einzuloggen und sich anschließend wieder zu verziehen. Wenn – und das Wenn war in diesem Fall großgeschrieben – die Spur jemals hierher zurückverfolgt würde, vermochte sich gewiss niemand mehr an den anonymen Geschäftsmann mit dem kleinen Lederkoffer zu erinnern.

Er schloss das Handy an den Laptop an und setzte sich an den Tisch. Und begann zu überlegen, was er schreiben sollte. Er mochte es, wenn die Formulierung saß.

Komisch, er hatte richtig vorausgesehen, dass etwas in der Richtung passieren würde, dass ihm die Entscheidung auf merkwürdige Weise abgenommen werden würde. Nein, er hatte keine Wahl als zu reagieren. Die Reaktion, ob angemessen oder nicht, war so ziemlich die einzige, zu der er in der Lage war.

Er meldete sich an, und der Computer begann die Verbindung aufzubauen. In wenigen Minuten öffnete er einen neuen Account, dachte sich einen Namen und ein Passwort aus. Er genoss es, eine neue Identität anzunehmen, egal, ob sie für viele Jahre oder nur ein paar Stunden in einem versifften Hotelzimmer währte. Er mochte sogar Identitäten wie diese, die er nur für die paar Minuten im Cyberspace brauchte, die nötig waren, um eine Hand voll Wörter durch die Stadt zu schicken.

So ziemlich die einzige Reaktion, zu der er in der Lage war …

Er konnte nicht genau abschätzen, *was* Thorne mit diesem Besuch in der Schule bezweckte, aber er war dort gewesen. Er biss erneut in seinen Schokoriegel. Der Detective Inspector war offenkundig kein Mann, dessen Handlungen vorhersehbar oder leicht zu erklären waren. Das war in Ordnung.

Denn bei ihm war es nicht anders.

Mit der üblichen Sorgfalt gab er seine Anweisungen in der E-Mail. Jedes Missverständnis musste ausgeschlossen werden. Er hatte sich stets bemüht, es für Palmer ganz einfach zu halten, vollkommen klar. Das hatte Martin schon immer gebraucht.

Tu genau das, jetzt. Tu das, erst wenn ich es dir sage.

Weniger klar war, zumindest im Augenblick, warum er sich überhaupt die Mühe machte. Warum schickte er Palmer diese detaillierten Anweisungen? Anweisungen, die niemals befolgt werden würden, außer bei der Erstellung eines Zeitungsberichts über einen Mord, der nie stattgefunden hatte? Doch aufgepasst, sobald der Mord, der stattfinden *würde*, entdeckt wurde, würden sie sich ohnehin nicht mehr mit dem Ausdenken von Geschichten aufhalten.

Warum also behielt er diese Routine bei? Warum spielte er ihr Spiel?

Palmer hatte beschlossen, sich aus der Gleichung herauszunehmen, und hatte damit dem Ganzen auch etwas von … dem Pep geraubt. Diesen zusätzlichen Kick. Vielleicht erhielt er so etwas davon zurück. Er *brauchte* diesen Kick, brauchte es, ihr nicht allzu kluges Tun-wir-mal-so-als-ob-Spiel mitzuspielen und zu sehen, wohin es sie alle führte.

Aber das war nicht der einzige Grund.

Wenn er ehrlich war, mochte er die Routine, und nur *er* entschied, wann sich daran etwas änderte. Ja, es war eine Weigerung … eine absolute Weigerung, die Kontrolle aufzugeben. Doch es hatte auch, gestand er sich ein, mit diesem perversen Verlangen zu tun … einfach so weiterzumachen wie bisher. Business as usual, zumindest für den Augenblick. Er hatte insgeheim stets diese sehr britische Unterart von Verrückten bewundert, die Flut, Feuersbrunst und Pestilenz als kleinere Unannehmlichkeiten behandelten und jede Anpassung verweigerten. Für sie war es nicht nötig, deshalb woanders hinzuziehen, zum Arzt zu gehen oder einen Aufstand zu machen. Starrköpfig und absolut bescheuert. Tapfer und total durchgeknallt. Natürlich konnte man es auch anders sehen. Nur in diesem Land konnte jemand im Lotto Millionen gewinnen und sich dafür entscheiden, weiterhin in der Fabrik am Fließband zu stehen. Natürlich *passten* sich diese Schwachköpfe letzten Endes immer an, und er würde es nicht anders machen, sollte es knüppeldick kommen. So kompliziert war das nun auch wieder nicht. Geh mit der Zeit oder geh, wie du bist, vor die Hunde.

Im Augenblick aber wollte er sich das mal ansehen.

Oben hustete Caroline im Schlaf. Der Ärmsten ging es seit Tagen nicht besonders. Während er seinen Text auf Tippfehler durchlas, machte er sich eine geistige Notiz, morgen für sie Hustensaft zu besorgen.

Er schob sich das letzte Stückchen Schokolade in den Mund und klickte auf »senden«.

Sie lösten sich voneinander und lagen schwitzend und erschöpft da. Holland stützte sich auf einen Ellbogen und flüsterte der Frau neben sich gespielt verführerisch ins Ohr: »Komm schon, erzähl mir von diesem mysteriösen Keksspiel.«

McEvoy rang noch immer nach Atem und konnte es nach wie vor nicht fassen: Vor eineinhalb Stunden war sie nach Hause gekommen, und Holland hatte auf ihrer Türschwelle gesessen, eine Flasche Wein in den Händen und stotternd und stammelnd wie ein Hugh Grant für Arme.

Sieben Uhr dreißig. Linkisches Geplauder, während sie nach dem Schlüssel kramt. Zwanzig nach acht: die zweite Flasche wird geköpft, man liegt herum wie Studenten. Neun Uhr: die beiden grinsen, nackt und feucht.

In letzter Zeit war sie definitiv impulsiver.

»Komm schon ...«

Wurde sie wirklich rot? »Es ist nur dieses blöde – wahrscheinlich ist nicht mal was dran. Nur eine Legende.« Sie legte sich auf die Seite. Breit grinsend betrachtete er sie, wartete darauf, dass sie fortfuhr. »Okay, es geht darum, dass die Jungs sich alle im Kreis aufstellen und wichsen.«

»Wichsen?«

»Ja, scheinbar. In der Mitte liegt ein Keks, und auf den wichsen sie. Wer als Letzter kommt, muss den Keks essen.«

Die Pause, die nun folgte, bevor Holland angeekelt aufstöhnte, hätte kein Comedian besser hingebracht. »Das hast du dir ausgedacht.«

McEvoy fing an zu kichern. »Ich schwör's ...«

»Wer als Letzter kommt?«

Sein verwirrter Gesichtsausdruck brachte sie nur noch mehr zum Lachen. »Ich hab ja gesagt, es ist bekloppt ...«

»Sie trainieren also tatsächlich, möglichst schnell zu kommen?«

»Ich weiß. Und das erklärt auch, warum alle Jungs aus der Public School, mit denen ich's je gemacht habe, beschissen im Bett waren.«

Eine Minute lang lagen sie da, ohne ein Wort zu sagen, lachten ab und zu und versuchten, ihr neues, etwas schräges Bild von der Welt einigermaßen ins Lot zu bringen. McEvoy überlegte, wie lange er wohl noch bleiben würde. Holland hatte gerade beschlossen, es sei an der Zeit, nach Hause zu gehen, und dachte zum ersten Mal an Sophie, seit McEvoy ihm die Zunge in den Mund gesteckt und die Hand an den Schwanz gelegt hatte, als sie das Schweigen brach.

»Was ist mit dir?«

»Was?«

»Warst du auf der Public School?«

Holland hob den Kopf. »Natürlich nicht, verdammt!«

McEvoys Bein glitt über seines, und ihre Hand begann über seinen Bauch zu streicheln. »Beruhig dich, Holland. War nur ein Scherz. Du hast die Antwort auf diese Frage längst gegeben.« Mit einem Lächeln legte sie sich auf ihn und brachte sich in Stellung.

Holland legte ihr die Hände auf die Schultern und sah ihr tief in die Augen. »Welche Sorte benutzen sie dazu?«

Verwirrt sah sie auf ihn hinunter. »Der Keks. Butterkeks, gefüllte oder die mit Bourbon drin ...?«

Sie lachte noch immer, als sie fertig waren.

Mit dem Beziehungsratgeber sollte Thorne Recht behalten. Es waren keine zehn Minuten seit dem Anpfiff vergangen, und er wusste bereits, dass Brendan sich nicht wie vorhergesagt aus dem Staub gemacht hatte, sobald er seine Weihnachtsgeschenke von Hendricks erhalten hatte, sondern noch immer rumhing und nun, Wunder über Wunder, Andeutungen von wegen Einziehen fallen ließ.

In der Halbzeitpause stand Thorne auf und schmiss die Reste des chinesischen Takeaway in den Abfalleimer. Es war nicht viel übrig geblieben, und Elvis hatte die beiden Teller abgeleckt, kaum dass sie ihre Gabeln weglegten.

Er kehrte mit zwei kalten, frischen Dosen Bier aus dem Kühlschrank zurück. »Du bist also glücklich darüber, dass Brendan bleibt?« Hendricks wirkte entschieden verunsichert. Thorne reichte ihm die Dose Bier. »Ach Phil, verdammt noch mal.«

»Ich hab nicht damit gerechnet. Ich muss noch ein wenig darüber nachdenken ...«

»Bist ja nicht gerade leicht zufrieden zu stellen, stimmt's?«

Thorne öffnete sein Bier und ließ sich in seinen Sessel

fallen. Im Studio saß ein glatzköpfiger Typ, der in den frühen Siebzigern dreimal in die Nationalmannschaft berufen worden war und sich einen abbrach, den vergangenen fünfundvierzig Minuten einen interessanten Anstrich zu geben. Aston Villa und Leeds United, die in strömendem Regen mühsam ein Null-zu-null gehalten hatten – das war nicht gerade atemberaubend.

»Was sagt er denn dazu? Brendan …«

»Er ist kein Fußballfan, na ja, zumindest geht seine Begeisterung nicht darüber hinaus, Thierry Henrys Beine nett zu finden. Es ist ihm mehr oder weniger egal.«

Thorne nahm einen Schluck, ohne das Fernsehgerät aus den Augen zu lassen. »Nein, ich hab damit gemeint, dass du hier rüberkommst, du weißt schon …«

Eine Minute lang sagte Hendricks nichts, und Thorne fragte sich, ob ihm ebenfalls durch den Kopf ging, was sich vor einem Jahr zwischen ihnen abgespielt hatte.

Sie hatten sich mitten in einer Ermittlung übel zerstritten. Hendricks hatte ihm erzählt, er sei schwul, und ihm gleichzeitig an den Kopf geworfen, was für ein egoistischer Schweinehund er sei. Das Geständnis hatte Thorne die Sprache verschlagen und der Vorwurf hatte ihn tief getroffen. Er war sich bewusst, dass Hendricks nicht ganz daneben lag. Sein Freund hatte einiges für ihn riskiert und dafür teuer bezahlt. Thorne war nicht da gewesen, als er für seinen Freund ein Wort hätte einlegen müssen.

Damals, als die Leichen sich stapelten, war Thorne nicht mal für sich selbst da gewesen.

Schließlich hatte der Tod von Fremden sie einander wieder näher gebracht, so wie er sie anfangs zusammengebracht hatte.

»Du willst wissen, was Brendan von dir hält?«

Thorne zuckte mit den Achseln und deutete mit der Dose auf die Zeitlupenwiederholung auf dem Fernsehschirm. »Den hätte er doch reinkriegen müssen, er war praktisch schon durch. Der trifft ja nicht mal den Hintern einer Kuh mit 'nem Banjo. Nein … also weißt du …«

»Wieso eigentlich kommt irgendwann immer der Punkt, an dem du wissen willst, ob meine Freunde auf dich stehen oder nicht?«

»Das ist doch Quatsch.«

»Versteh mich nicht falsch, du machst es immer sehr dezent, aber da ist stets eine Bemerkung, ein Nachhaken …«

»Das entspringt nur deiner kranken Phantasie, Kumpel …«

»Er findet, du hättest schon was von 'nem Klotz.«

Thorne spielte die beleidigte Leberwurst, mit erhobener Stimme und hochgezogenen Augenbrauen, konnte jedoch nicht darüber hinwegtäuschen, dass er wirklich sauer war. »Von 'nem Klotz? Was meint er mit ›Klotz‹?«

Hendricks lachte keckernd und streckte die Hand nach der Fernbedienung aus. Die Mannschaften liefen zur zweiten Halbzeit auf den Platz. »Halt die Klappe, Tussi!«

Schweigend sahen sie zu, wie zweiundzwanzig abgrundtief gelangweilt wirkende Individuen mit schlecht geschnittenen Haaren ohne rechten Antrieb in den Regen hinaustrabten. Hendricks griff erneut nach der Fernbedienung und stellte den Ton ab.

»Was ist eigentlich bei dir los zurzeit? Läuft was in der Horizontalen?«

»Hör auf mit dem Scheiß. Stell den Ton an …«

»Ann Coburn hast du nicht mehr angerufen, oder?«

Thorne schüttelte den Kopf und dachte zurück an die Frau, mit der er sich vor einem Jahr getroffen hatte.

»Warum rufst du sie nicht an?«

Eine Frage, die Thorne sich selbst oft genug gestellt hatte. »Kommt nicht in die Tüte. Zu kompliziert.«

»Lass dir deswegen keine grauen Haare wachsen. Alleine bist du besser dran.« Hendricks machte eine eindeutige Handbewegung. *»Das* … ist nicht kompliziert.«

»Richtig, aber die Gespräche sind entsetzlich.«

Hendricks stellte den Ton wieder an, aber nicht sehr laut. Ein oder zwei Minuten sagten sie nichts, sondern hörten den Kommentatoren zu, die auch nicht viel sagten.

»Du hast nicht viel erzählt von dem Fall …«, begann Hendricks zögernd.

Thorne hatte ihn nicht einmal erwähnt. Musste er auch nicht. Es stand die ganze Zeit im Raum, die Synapsen entluden sich in einem fort, die Assoziationen jagten einander in seinem Gehirn, drängten sich ihm auf, sosehr er auch dagegen ankämpfte.

Katie Chois Mutter und Vater besaßen ein chinesisches Restaurant in Forest Hill …

Das Fernsehprogramm wurde gesponsert von Vauxhall …

Ob Charlie Garner wohl Aston-Villa-Fan würde, wenn er jetzt in den Midlands aufwuchs? Oder war er bereits Anhänger eines Londoner Clubs? War Charlie ein Arsenal-Fan wie der Kerl auf dem Sofa? Der Mann, der die Autopsie an seiner Mutter durchgeführt hatte …

Thorne rutschte in seinem Sessel hin und her und sah hinüber zu Hendricks. »Da gibt's nicht viel zu erzählen.«

Hendricks nickte. »Ihr wartet …«

»Yep, auf eine ganze Menge. Ein Fitzelchen Glück. Darauf, dass ihnen der Geduldsfaden reißt und sie mich wieder in meine Uniform stecken. Darauf, dass eine neue Leiche auftaucht.«

»Wenn's geht, noch warm, ja?«

Thorne hob die Augenbrauen und schnaubte. »Wir geben uns Mühe, Phil.«

»Ich will den Mistkerl auf ihr riechen, verstehst du?«

Und ob ihn Thorne verstand. Eine warme Leiche, ein Tatort, an dem es von Beweismaterial nur so wimmelte. Das wünschten sie sich alle.

Er nickte Hendricks zu und hob seine Bierdose. Sein Freund war nicht zu unterschätzen. Was Thorne auch nicht tat. Hendricks Stimme machte nicht viel her, und was er sagte, hörte sich nicht selten ungeschliffen und wenig durchdacht an, aber es war kein falsches Wort darunter, und es war absolut aufrichtig.

»Glaubst du, er ist noch dran?« Es war beifällig dahingesagt, als frage er Thorne nach dem Spiel.

»Aber ja ... der ist noch dran«, entgegnete Thorne. »Es ist nur die Frage, ob wir seiner Meinung nach etwas davon erfahren sollen.«

Hendricks ließ sich das kurz durch den Kopf gehen. »Ich denke, darauf können wir setzen. Ein Kerl, der es so gerne krachen lässt wie er ...«

Beinahe hätte Thorne sein Bier hinausgeprustet. Der war selbst für Hendricks nicht schlecht. »Es gerne krachen lässt? Scheiße, und dich lassen sie in die Nähe der trauernden Angehörigen?«

»Nur wenn Not am Mann ist.«

»Mach lauter.« Die zwei Mannschaften fanden allmählich zu ihrem Spiel. Schweigend starrten sie auf den Fernsehschirm und versuchten, sämtliche Gedanken an warme Leichen und kalte Morde zu verdrängen.

Nach zehn Minuten wandte sich Thorne wieder Hendricks zu.

»›*Wie 'n Klotz*‹ – Was soll die Scheiße?«

Die zweiten fünfundvierzig Minuten machten, sofern das möglich war, noch weniger Spaß als die ersten. Was zusammen mit dem Bier und der Zentralheizung und der allgemeinen Müdigkeit, der sich keiner der an der Ermittlung Beteiligten entziehen konnte, dafür sorgte, dass die beiden schliefen, als kurz nach elf das Telefon läutete.

Es war Martin Palmer.

»Es gibt neue Anweisungen. Er will wieder loslegen.«

Es war, als hätte man Thorne mit einem Stromschlag geweckt. »Wann?«

»Morgen.«

»Scheiße.« Er warf Hendricks einen Blick zu, der bereits unterwegs in die Küche war und mit den Lippen das Wort »Kaffee« formte. Thorne nickte.

»Er wird es morgen wieder tun.« Palmer klang, als würde er gleich in Tränen ausbrechen. »Können Sie ihn nicht daran hindern?«

»Halten Sie einfach die Klappe, Palmer, okay? Scheiße ...«

Es klopfte in der Leitung. Das waren wahrscheinlich die IT-Jungs, die ihn zu erreichen versuchten. Sie überwachten Palmers Computer und mussten die E-Mail zur selben Zeit wie er gesehen haben.

»Palmer ...«

Das Klopfen in der Leitung hörte auf, und im selben Augenblick begann das Festnetztelefon zu läuten. Hendricks kam aus der Küche und hob ab.

Thorne hätte auflegen und mit den Technikern reden können, aber er wollte es jetzt, in dieser Sekunde, aus dem Mund des Mannes hören, an den die E-Mail geschickt worden war. »Palmer, gibt es sonst noch etwas? Was *genau* steht in der Mail drin?«

Palmer unterdrückte den Impuls zu weinen gerade lange genug, um es ihm zu erzählen.

Fünfzehntes Kapitel

Datum: 10. Januar
Zielobjekt: männl. (bloß nicht vorhersehbar sein)
Alter: Du bist so alt, wie du dich fühlst
Kontaktaufnahme: nebensächlich
Tatort: in der Wohnung/dem Haus des Zielobjekts
Methode: stumpfe Waffe ... in Verbindung mit einem *scharfen* Verstand

Früher war er jeden Morgen derselben Routine gefolgt. War von Zimmer zu Zimmer gegangen und hatte sich äußerst sorgfältig auf den Tag vorbereitet. Heutzutage war ihm das zu anstrengend. Während früher bereits das saubere weiße Hemd auf der Kommode gelegen hätte, zog er heute ein ungebügeltes Hemd aus dem Haufen, und nicht selten wendete er die Socken von gestern einfach von innen nach außen. Er stellte den Kessel auf den Herd und schaltete das Radio ein, schnitt sich beim Rasieren und zog seinen verknitterten Pulli von dem massiven, freistehenden Eichenspiegel, den sie vor vielen Jahren zur Hochzeit geschenkt bekommen hatten. Er stellte die ausgebeulte Aktentasche neben der Haustür ab, machte sich einen Toast und setzte sich, um sich zehn Minuten die Nachrichtensendung auf *Radio 4* anzuhören.

Seltsam, dass es klopfte. Andererseits war es nichts, weswegen einem der Schrecken in die Glieder zu fahren brauchte. Er sah auf die Uhr. Für die Post war es zu früh. Vielleicht ein Nachbar oder jemand, der kam, um den einen oder anderen Zähler abzulesen. Er legte seinen Toast weg, erhob sich langsam vom Küchenstuhl und ging an die Tür.

Seine Frau hatte sich immer lustig gemacht über die Leidenschaft, mit der er seiner Routine gefolgt war und wie jede Störung dieser festen Ordnung ihn in Rage versetzen konnte. Damals war das wohl so gewesen, aber das hatte sich schon seit langem geändert. Heutzutage konnte jede Überraschung ein unverhoffter Ansporn sein. Der manchmal mit offenen Armen willkommen geheißen wurde.

Es klopfte ein zweites Mal, diesmal etwas lauter, bevor er die Tür erreichte.

»Einen Augenblick …«

Als die Tür aufging, lächelte der Mann, der eine Ledersporttasche neben seinen Füßen abgestellt hatte, räusperte sich und versetzte dem Mann in dem verknitterten weißen Hemd einen Schlag ins Gesicht.

Dann hob er seine Tasche auf und trat ein.

Der Mann auf dem Boden fasste sich mit der Hand an die gebrochene Nase, aber das Blut rann durch seine Finger auf das Hemd und auf den Teppich. Es fühlte sich seltsam und warm an. Eigenartig weich auf seinen frisch rasierten Wangen. Er weinte, sehr zu seinem Ärger, und bemühte sich verzweifelt um einen einigermaßen klaren Kopf, um irgendwie an seine Brille zu gelangen und herauszufinden, woher dieser Lärm kam. Ein Trommeln, ein Pochen, als rase ein Zug unter dem Boden hindurch. Es übertönte das Geräusch, als der Reißverschluss der Sporttasche aufgezogen wurde.

Sssssip …

Ein leichtes Rascheln, als würde etwas aus der Tasche herausgeholt, und da wurde dem Mann auf dem Boden blitzartig klar, dass der geheimnisvolle Lärm von seinem eigenen Herzen stammte, das wie ein Tier in der Falle gegen seinen Brustkorb schlug. Es befriedigte ihn, das Rätsel gelöst zu haben.

Jetzt war da nur noch der Schmerz in seinem Gesicht – und die Angst....

Er blickte auf und sein Körper zuckte, und er rief einen Mädchennamen, als das lange, dunkle Etwas auf ihn herabsauste. Seine Augen waren zugekniffen, und seine Hände flogen von seiner Nase zu seinem Kopf. Jeder einzelne Finger wurde gebrochen – im Bruchteil einer Sekunde –, bevor seine Schädeldecke zerbarst.

Der Mann mit dem Cricketschläger in der Hand musste, sehr zu seinem Ärger, sein Unterfangen schnell zu Ende bringen. Für ihn war es stets mit am wichtigsten gewesen zuzusehen ... *seinen Gedanken nachzuhängen.* Nach einem Mord konnte er sich so gut wie nie an die Einzelheiten der Tat an sich erinnern. Er war dann mit den Gedanken ganz woanders.

Heute blieb ihm wenig Zeit, um es zu genießen.

Ächzend schwang er den Schläger.

Der Mann zu seinen Knien schien zu hüpfen, und er brüllte einen Namen, der, wie dem Mann mit dem Schläger klar war, der seiner toten Frau war. Und das Geräusch des Schlägers, der sein Ziel traf, hörte sich an, als springe man auf eine Eierschachtel.

Der Mann, der einmal einfach nur *Stuart* geheißen hatte, hob den Schläger, der nun feucht war und etwas klebrig. Er brachte die besudelte hölzerne Klinge hoch über seinem Kopf in Stellung und ließ sie mit der ganzen Kraft, die in ihm steckte, wieder herunterkrachen. Er spürte die Erschütterung in seinem Arm und den Schultern, schloss die Augen, und die Farben und Formen, die in der Dunkelheit vor ihm schwebten, waren wie Blutspritzer, die in den Dreck fliegen, und der zermatschte Körper eines Frosches, der in einem herrlichen Bogen durch den blauen Himmel ins hohe Gras segelt …

Der Mann, der abwechselnd *alter Freund* und *Schreckgespenst aus der Vergangenheit* war und gelegentlich *Sinnbild des Sommers*, holte aus und schlug zu, holte aus und schlug zu, und dachte jedes Mal, es wäre das letzte Mal. Doch jeder neue Aufschlag, jedes Vibrieren, löste ein neues Verlangen in ihm aus, befreite aufs Neue den Hunger, und er spürte den Drang in seinem Kopf und die Gewalt in seinen Armen …

Nach vielen Minuten endlich hörte der Mann, der seine letzte E-Mail mit dem Namen *Nachtwächter* unterzeichnet hatte, auf und blickte hinunter auf den Brei aus Knochen und Hirn und Blut, der auf dem ohnehin etwas schrillen Teppich ein neues Muster hinterließ.

Er brauchte dreißig Sekunden, um zu Atem zu kommen, und dann ging er schnell zu Werke. Er zog die Handschuhe aus, wischte den Schläger sauber und steckte ihn zurück in die Tasche, aus der er bereits die sauberen Anziehsachen hervorgeholt hatte. Auf seine Schuhe achtend trat er zur Seite, weg von der Leiche. Er wollte nicht den Rest des Tages überall blutige Fußabdrücke hinterlassen.

In weniger als zehn Minuten war er umgezogen und bereit zu gehen. Noch hatte er mehr als genug Zeit, um rechtzeitig in die Arbeit zu kommen. Als er die Haustür hinter sich zuzog, warf er einen Blick auf seine Armbanduhr. Er schüttelte den Kopf über seine Unvorsichtigkeit.

Das Zifferblatt war blutbefleckt.

Es gab da einen Spruch, von dem Thorne nicht genau wusste, woher er stammte, den er aber besonders mochte. Ein Satz, den er gehört und nie vergessen hatte.

Klopf laut, das Leben ist taub.

Danach versuchte er zu leben, allerdings gab es Gelegenheiten, und das gar nicht so selten, wo die Leute um ihn herum es vielleicht vorgezogen hätten, dass er den Lärmpegel etwas niedriger halten würde. Zeiten, in denen sie sich gar nicht für das Geschehen auf der anderen Seite der Tür zu interessieren schienen.

Gewöhnlich klopfte Tom Thorne dann nur noch lauter. Heute war nicht einmal er sich sicher, ob er sich wirklich wünschte, dass diese Tür sich auftat. Heute würde ein Mann eines gewaltsamen Todes sterben. Ein Mann, der – wäre da nicht Thorne, wäre da nicht der Kurs, den Thorne eingeschlagen hatte – womöglich am Leben bleiben könnte. Darauf lief es hinaus, so einfach war das. Und von dieser Vorstellung in seinem Kopf verfolgt zu werden, sobald man morgens die Augen aufschlug, war nicht angenehm.

Thorne raste wie ein Verrückter ins Büro. Doch falls er gehofft hatte, es wäre … leichter, mit Menschen um sich, mit dem Team – im Zentrum des Geschehens –, hatte er sich getäuscht.

Es schien, als könnten seine Kollegen, nein, nicht nur seine Kollegen – die Frau im Zeitungskiosk, der Postbote, jeder Autofahrer, den er auf dem Weg ins Büro auf der North Circular schnitt – seine Schuldgefühle, sein düsteres Eingeständnis sehen. Als wäre es sichtbar geworden wie ein winziger Fleck, der auf seinem Augapfel schwebte. Sie sahen alle den schrecklichen Gedanken und reagierten darauf, indem sie selbst einen entsprechenden Gedanken dachten, um dem seinen Gesellschaft zu leisten.

Du hast Recht, es war/ist/wird deine Schuld sein …

Mittwoch, der 10. Januar. Ein nasser und windiger und gottverdammter Mittwoch, an dem sich die Frage nicht stellte, warum dessen Kinder voll des Wehklagens waren. Ein beschissener, trübseliger, verwichster Tag. Ein Tag, um auf die Uhr zu sehen und auszurasten und darauf zu warten, dass das Telefon läutet.

Ein Tag, um darüber zu reden.

Thorne, Brigstocke, Holland und McEvoy. An einem Tisch, während draußen der Regen gegen die Fenster schlug. Redeten darüber.

»Dieses Mal ein Mann. Hat das eine Bedeutung?«

»Wie er in der Mail schreibt, es ändert sich was.«

»Man hat das Gefühl, es ist ein Spiel für ihn.«

»Spielt er mit Palmer oder mit uns?«

»Und was zum Teufel hat eigentlich ›Nachtwächter‹ zu bedeuten?«

»Wie ein Sicherheitsmann ...«

»Oder beim Cricket, versteht ihr? Einer, den sie erst spät einwechseln. Der entbehrlich ist.«

»Klingt ein bisschen merkwürdig. Hält er sich für entbehrlich?«

»Das bezweifle ich ...«

»Ich weiß nicht, wie ernst wir das nehmen sollen.«

»Nichts davon«, sagte Thorne. »*Außer* dem Mord.«

Redeten darüber, weil sie sonst nichts tun *konnten*. Jeder wild darauf, seinen Beitrag zu leisten.

Jesmond am Telefon zu Brigstocke: »Wahrscheinlich ist das unsere einzige Chance, Russell. Sehen Sie zu, dass Sie's nicht vergeigen.«

Steve Norman, den Thorne immer weniger ausstehen konnte, je öfter er ihn traf, kam gut gelaunt aus dem Pressebüro auf einen kurzen Besuch vorbei, das ärgerlicherweise nur einen Sprung von der Wache in Colindale entfernt war. »An unserem Ende läuft der Betrieb auf Hochtouren, Tom.« Er lachte. »Die gottverdammte Presse denkt sich ohnehin seit Jahren Geschichten aus, wird Zeit, dass *wir* mal dran sind.« Thorne verzichtete darauf, in das Lachen einzustimmen, was Norman nicht zu registrieren schien. »Wollte euch nur Bescheid sagen, wir sind bereit und in Stellung für den Startschuss …«

Warten.

In gewisser Weise warteten sie natürlich *immer*:

Thorne, Brigstocke und die anderen. Die am beschissenen Ende. Warteten auf den nächsten Anruf, den nächsten Fall. Warteten auf den einen Fall, der sie den Kopf kosten oder ihr Leben ruinieren würde. Warteten darauf, die falsche Tür zu öffnen oder den falschen Wagen an den Straßenrand zu winken – den mit dem Irren am Steuer. Warteten auf die Klinge oder die Kugel oder – falls sie klug waren und Glück hatten – einfach auf das Ende. Auf die Rente.

Doch das hier war ein anderes Warten. Bei weitem grausamer. Diesmal hatten sie … Parameter.

In gewisser Weise war ihnen der Zeitpunkt bekannt. Das Geschlecht des Opfers. Herrgott, sie wussten sogar, *wie* er umgebracht werden sollte – kannten den Tod, der seiner harrte. Ihnen war offenbart worden, was nur wenige je sahen, und dennoch waren sie unfähig, an dem Bild etwas zu ändern. Als wären sie eine nicht ganz allwissende Macht, gelähmt durch das fehlende Puzzleteil. Allmächtig und ohnmächtig zugleich.

Wie ein an Alzheimer leidender Gott.

Die Frage war nur, wann *genau* und wo *genau*. Dann, ja dann würden sie loslegen. Dann würde sich die über jedes erträgliche Maß hinausgehende Anspannung lösen, und sie würden wie gottverdammte Blitze lossausen, sich dorthin stürzen, wohin der Blutdurst dieses Mannes sie führte, und dabei beten, dass es das alles wert war.

Thorne saß an seinem Schreibtisch und grübelte darüber nach, ob *irgendetwas* dies aufwiegen konnte. Erinnerte sich an das Gespräch, das er vor ein paar Stunden geführt hatte. Starrte durch die Fenster, über die der Regen rann, hinaus in den düstergrauen Himmel. In Phil Hendricks' Gesicht, die dunklen Augen, die aufleuchteten.

Wenn's geht, noch warm, ja?

Mittags wurde von einer Mopedflotte ein Berg Pizzas angeliefert. Thorne und Brigstocke teilten sich eine extragroße Spicy Meat Feast, allerdings nicht zu gleichen Teilen. Brigstockes Reaktion fiel, als er darauf hingewiesen wurde, nicht so aus, dass Thorne sich damit auseinander setzen wollte. Selbst wenn der Detective Chief Inspector dabei von einem Ohr zum anderen grinste und die Pizzazähne bleckte.

»Wenn ich schon auf Zäunen sitzen muss, brauch ich einen fetteren Hintern. Also hören Sie auf zu jammern.«

Thorne war ohnehin nicht besonders hungrig.

Der leichte Ton war nicht gezwungen oder seltsam, er war nur nicht ganz angemessen. Etwa so wie ein schlechter Witz auf einer Beerdigung, auf der alle viel zu früh gekommen waren und nun rumstanden und auf den Toten warteten.

Was natürlich genau dem entsprach, was sie taten.

»Wie geht's den Kindern?«

Brigstocke riss die Augen auf, als er einen Faden heißen Mozzarella einsog. Er hatte vier Kinder unter sechs, und häufig fand man ihn am helllichten Nachmittag eingedöst an seinem Schreibtisch. Häufig, aber nicht während dieses Falles.

»Kleine Teufelsbraten«, brummte Brigstocke. »Bin froh, dass ich hier bin, um die Wahrheit zu sagen. Egal, was los ist.«

Thorne wusste, was er meinte. Mehr als einmal war er aus dem gleichen Grund ins Büro gegangen – nur dass der einzige Mensch, vor dem er floh, er selbst war.

»Jeder meint immer, es wird leichter. Mir ist nur nicht

klar, wann. Wenn sie mal alt genug sind, sich das Frühstück selbst zu machen und sich vor den Fernseher zu knallen, um sich Zeichentrickfilme anzusehen, sodass man etwas länger im Bett liegen kann, ist das genau dasselbe Alter, wo sie anfangen, die Schule zu schwänzen und sich Crack reinzuziehen. Nur der Anlass, sich zu sorgen, ändert sich. Wollen Sie das letzte Stück hier noch?«

Thorne schüttelte den Kopf und sah zu, wie Brigstocke sich das ganze Pizzastück in den Mund schob. Er stöhnte, so gut schmeckte es ihm, und begann sich umzusehen und mit seinen schmierigen Fingern herumzufuchteln.

»Ich hol ein paar Papiertücher aus der Toilette«, sagte Thorne. Er konnte Holland und McEvoy im Zimmer nebenan lachen hören, als er durch die Tür ging.

Er blieb stehen und drehte sich um, die vom Öl glitschige Hand auf dem metallenen Türgriff. »Ich weiß, dass ich es genau darauf angelegt habe. Ihn herauszutreiben.« Er holte tief Luft. »Fühlt sich dennoch beschissen an.«

Brigstocke schluckte den letzten Rest der Pizza hinunter und schob sich die Brille mit einem sauberen Fingerknöchel hoch. »Ist doch klar, und Sie sind nicht der Einzige, dem nicht wohl dabei ist.«

»Ich weiß, aber …«

»Ich bin der einzige Detective Chief Inspector in diesem Zimmer, Tom. Niemand hat mir deswegen die Pistole an den Kopf gesetzt. Jesmond ließ es mir offen, Nein zu sagen.«

»Warum hat er nicht einfach selbst Nein gesagt?«

Brigstocke stand auf und stopfte die Pizzaschachtel in den Abfallkorb, trat sie richtig fest hinein, grobe Schuhe, Größe 46. »Angst.«

Thorne öffnete die Tür. »Ich hol uns zwei Kaffee, wenn ich schon unterwegs bin …«

Den ganzen Tag dachte er während der Arbeit darüber nach, was die Polizei wohl gerade machte.

Er stellte sich die Beamten in ihren Büros vor, in ihrer Einsatzzentrale. Einige von ihnen warteten, den Blick auf den Teppich geheftet, darauf, dass die Nachricht hereinkam. Andere verhielten sich anders, wuselten überall herum, versuchten sich nützlich zu machen, sich nützlich zu fühlen. Ein ganz normaler Ermittlungstag.

Er stellte sie sich auf der Toilette vor. Die witzelnden, pummeligen Typen am stinkenden Urinal, den Kopf gebeugt und den Schwanz heraußen. Die weniger Erfahrenen allein in der Kabine, Ellbogen auf den Knien abgestützt, die Beine eingeschlafen, wenn sie zu viel Zeit auf der warmen Klobrille verbracht hatten. Die Augen auf die Risse in den Kacheln geheftet, schwer atmend. Die Scheiße dünn wie ein Wasserstrahl. Rote, wunde Arschlöcher.

Jede Menge lahmer Witze, um die Spannung zu lindern. Die Klotür aufgestoßen, während ihre Kollegen sich bepissten, das schallende Gejohle und hohle Gelächter, um die Gefühle von Angst und Schrecken zu verjagen.

Ja, hoffentlich ein Gefühl von Angst und Schrecken …

Er sah die bleichen und aufgedunsenen Gesichter dieser Männer und Frauen, die sich so verzweifelt danach sehnten, ihn zu erwischen. Diese Police Officers – dick und unglücklich, dürr und vertrocknet, weich wie junge Welpen oder hart wie Pflastersteine. Er sah sie alle, wie sie an ihren Schreibtischen saßen und aus dem Fenster starrten und in die schmuddeligen Sprechmuscheln ihrer grauen Telefone sprachen. Wie sie in den Gängen aneinander vorbeiliefen und an den offenen Fenstern verbotenerweise gemeinsam eine Zigarette rauchten. Wobei der Geruch der Zigaretten nie ganz diesen sauren Geruch von Schweiß überdecken konnte, der fett und ranzig in dem Gewebe der billigen Hemden und verknitterten Sakkos hing.

Den ganzen Tag malte er sich das während der Arbeit aus, ob er alleine oder mit Kollegen zusammen war, an seinem Schreibtisch oder unterwegs. Jeder neue Gedanke, jedes frische Bild begeisterte ihn ungemein.

Doch es gelang ihm nicht, sich Thorne vorzustellen.

Sein Gesicht, ja, aber nicht dessen Ausdruck. Thorne war definitiv nicht der kopflose Schisser, aber er war auch nicht der Typ, der brütete und wartete, ohnmächtig und lahm gelegt. Thorne, da war er sich sicher, würde es am stärksten treffen, wenn die Leiche gefunden wurde. Wenn der Anruf kam und die Funken flogen.

Das konnte sicher nicht mehr allzu lange dauern.

Für ihn verging der Tag wie im Flug. Er bezweifelte, dass er für Thorne auch nur annähernd so schnell verging.

»Verfluchte Scheiße ...«

Auf dem Weg ins Büro – mit den zwei Tassen dampfenden Kaffees in der Hand – war Thorne Opfer des heimtückischen Killerschreibtischs geworden, der ihn hasste. Die blutige Schramme über einem von einem früheren Anschlag herrührenden blauen Fleck tat zusammen mit den Verbrühungen auf beiden Händen verdammt weh. Eine Sekunde lang glaubte er, sich übergeben zu müssen.

»Gib mir das Scheiß-Tesaband.«

Der angesprochene Polizist tat wie ihm geheißen, während Thorne sich einen Packen Papier vom Schreibtisch krallte und grimassierend zu Boden sank.

Brigstocke, der aufgeschreckt von den Flüchen aus seinem Büro kam, fand Thorne auf seinen Knien vor, wie er tonnenweise Druckerpapier um die Ecke des verhassten Schreibtischs klebte.

»Ich hol mir meinen Kaffee selbst, ja?«

»Quatsch!«

Brigstocke lachte. Diese Slapsticknummer tat ihnen

wahrscheinlich allen gut. »Ich hoffe, Sie haben überprüft, dass es sich dabei nicht um wichtige ...«

»Was?«

Brigstocke deutete auf die Schreibtischecke. »Das Papier. Wir wollen doch nicht, dass in sechs Monaten die Strafverfolgung in sich zusammenbricht, weil eine entscheidende Zeugenaussage an der Ecke eines Schreibtischs in Hendon klebt.«

»Scheiß drauf ...«

Weiteres Gelächter war die Folge. Diesmal kam es von Holland und McEvoy, die kichernd wie Kinder in der Tür zu dem kleineren Büro standen. Thorne rappelte sich hoch und warf ihnen einen finsteren Blick zu, wobei er sich das Bein rieb.

Mann, tat das weh.

Wie ein Blitz schoss Thorne durch den Kopf, dass dieser Schmerz, so lächerlich der Anlass dafür sein mochte, das Erste war, was er seit Stunden wirklich *gefühlt* hatte. Der elektrisierende Schlag – die schmerzende Schürfwunde, das Prickeln der Brandwunde – setzte etwas in seinem Gehirn frei und lenkte unsanft seine Aufmerksamkeit darauf. Ein Gewirr von unklaren Aussagen und verschwommenen Bildern formte sich zu einer Frage. Etwas Glibbriges wurde mit einem Mal greifbar, und er hielt es fest.

Plötzlich begann Thorne laut loszudonnern.

»Wir ließen Palmer draußen, in Sichtweite, damit das Muster sich nicht ändert. Damit der zweite Mörder nicht in Panik ausbricht und abtaucht. Damit er weitermacht wie bisher. Doch jetzt geht er anders vor. Warum?« Zähneknirschend marschierte Thorne zurück in sein Büro. Brigstocke, Holland und McEvoy folgten ihm.

»Er hat sein Muster nicht wirklich geändert«, warf Brigstocke ein und schloss die Tür hinter sich. »Ich meine, die

Details haben sich ständig geändert, von einem Mord zum anderen. Die Mordwaffen, die Örtlichkeiten …«

Thorne ging ans andere Ende des Büros, lehnte sich gegen das Fenster und fixierte die anderen drei. »Aber es war immer eine Frau.«

Holland zuckte mit den Achseln. »Dreimal, ja. Das bedeutet dann wohl immer.«

»Ja, Holland, das bedeutet immer.« Er sprach langsam, betonte jedes Wort. Der nächste Satz beschrieb den Mann, hinter dem sie her waren, so vollständig, wie er es für nötig hielt. »Er tötet Frauen. Er brachte Palmer dazu, Frauen zu töten. Warum also plötzlich einen Mann?«

McEvoy runzelte die Stirn und erwiderte dann mit ruhiger Stimme: »Ich denke einfach, es gefällt ihm, die Einzelheiten zu variieren. Er macht diesen dummen Witz über Vorhersehbarkeit in der E-Mail …«

»Das ist der nächste Punkt. Der Witz kommt nicht echt rüber. Der ganze Ton hat etwas Gezwungenes. Nichts von dem, was er tut, wirkt beiläufig. Er will uns glauben machen, es sei Zufall, entspringe einer Laune, als sei es ihm egal, wen er als Zielobjekt auswählt. Er will nicht, dass wir merken, dass vielleicht zum ersten Mal ein Plan dahinter steckt.« Er stellte mit allen dreien Augenkontakt her. »Meiner Ansicht nach hat er heute einen guten Grund dafür …«

McEvoy war die Erste, die es kapierte. »Scheiße!«

Brigstocke und Holland sahen sie an, hätten nur zu gern gewusst, was sie dachte, und ärgerten sich darüber, dass sie selbst nicht bereits darauf gekommen waren.

»Wir waren zu spät dran«, sagte McEvoy.

Thorne nickte, stieß sich vom Fenster ab und trat hastig an seinen Schreibtisch. »Er verarscht uns. Er weiß, dass wir Palmer haben.«

Brigstocke erstarrte. »Was?«

Thorne riss seine Jacke von der Stuhllehne und rannte zur Tür. Der Schmerz im Bein war weg. »Ich hab mich geirrt. Er weiß alles über Palmer. Wir müssen ihn *sofort* aus der Firma rausholen, nach Hause bringen. Nicklin will Martin Palmer töten – er ist sein Zielobjekt …«

Brigstocke griff nach dem Telefon und brüllte ihm nach: »Warte, Tom. Es muss mindestens ein halbes Dutzend Polizisten dort sein …«

Thorne ging, ohne einen Blick zurückzuwerfen.

»*Ich* bin nicht dort.«

Sechzehntes Kapitel

Thornes erster Gedanke war, Palmer sehe aus, als habe er Angst. Dann merkte er, dass Palmer immer so aussah. Auf alle Fälle hatte Palmers Lachen, als Thorne ihm erzählte, was los war – warum er sich den Rest des Tages »krank« melden musste –, absolut echt geklungen.

Er hatte die Brille mit den dicken Gläsern abgenommen, sich die Tränen aus den Augen gewischt und Thorne zugezwinkert. »Was immer er sein mag, Inspector, er ist noch immer mein Freund. Ich bin sicher, dass er das genauso sieht. Er würde nicht versuchen, mich zu töten …«

Thorne hatte nichts gesagt und einen Stuhl ans Fenster gezogen.

Das war vor vielen Stunden gewesen. Seither saßen sie oder umkreisten sich langsam, praktisch ohne ein Wort zu sprechen, während es dunkel wurde. Zwischendurch sprach Thorne über das Funkgerät mit den Beamten in den Zivilautos vor dem Vorder- und Hintereingang und mit denen, die zu Fuß unterwegs waren. Sechs Polizisten waren anwesend, mit Thorne waren es sieben. Dennoch reichte das unvermittelte Knacken des Funkgeräts, das schrille Läuten des Telefons oder eine erhobene Stimme aus einer Nachbarwohnung, dass sein Magen sich verkrampfte und sein Puls sich beschleunigte.

»Was halten Sie von mir, Mr. Thorne?«

Palmer saß direkt vor dem Fernsehgerät. Thorne hatte den Ton leise gestellt. Palmer beugte sich vor, schaltete das Gerät aus und drehte sich zu Thorne um, der mit geschlossenen Augen auf dem Sofa saß. Er hielt sein Handy in der einen und das Funkgerät in der anderen Hand.

Er sprach, ohne die Augen zu öffnen. »Nichts. Ich halte,… nichts von Ihnen.«

»Tut mir Leid, ich steh etwas auf der Leitung. Halten Sie nichts von mir oder denken Sie einfach nicht über mich nach?«

Thorne schlug die Augen auf und seine Stimme war angespannt, klang leicht gereizt. »Beides … beides trifft zu. Schalten Sie den Fernseher wieder ein …«

Palmer stand auf, um in dem Sessel gegenüber Thorne Platz zu nehmen. Als er sich setzte, erhob sich Thorne, reckte sich und gähnte. »Ich hol noch einen Kaffee …«

»Sie müssen eine Menge Mörder gesehen haben, Inspector.« Palmers Stimme war leise, und wie immer hörte er sich an, als sei er schwer erkältet: nasal und mitgenommen; in den Sprechpausen pfiff es leicht asthmatisch in seiner Brust. »Sie haben eine Menge Leute kennen gelernt, die das Gleiche getan haben wie ich. Ich weiß nicht, Kids … was Sie wollen.« Thorne sagte nichts darauf, schien jedoch den Kaffee vergessen zu haben. Und blieb stehen. »Also warum fühlen Sie sich so unwohl in meiner Gegenwart?«

Thorne machte einen Schritt auf Palmer zu; es ärgerte ihn, dass dieser so entspannt wirkte. Palmer rutschte in seinem Sessel etwas nach hinten. »Ihnen ist klar, dass ich hier bin, um *ihn* zu fangen. Nicht um *Sie* zu schützen. Das ist Ihnen doch klar, verdammt noch mal?«

Palmer nickte. Thornes Wut war noch nicht verraucht, er suchte nach Worten. »Und weil wir gerade dabei sind, ich fühle mich oft unwohl wegen meines bösen Knies, wegen des einen oder anderen Vorgesetzten oder weil es *windig* ist. Sie …«

»Was? In meiner Gegenwart wird Ihnen übel? Sie verspüren plötzlich Lust, mir eine zu scheuern?«

Thorne wandte sich um und trat ans Fenster. Dabei warf er einen Blick auf seine Uhr. Es war kurz nach halb neun.

Er schaute hinunter in den Hof, auf den hohen grünen Zaun und die ruhige Straße jenseits des Zauns. Er konnte eines der Autos erkennen, das etwa hundert Meter weiter unten parkte, konnte gerade noch die zwei Gestalten drinnen ausmachen. Er stellte sich vor, wie müde die beiden Polizisten sein mussten, wie gereizt. Und dabei verschwand seine eigene Gereiztheit wie schmutziges Wasser im Abfluss. Nach ein oder zwei Minuten sagte er schließlich: »Ich bin beeindruckt, dass Sie so lange gewartet haben.«

Palmer schob die Brille hoch und schüttelte leicht den Kopf. »Womit?«

»Mit der Ich-bin-nicht-so-wie-er-Rede.«

»Ich wollte nicht …«

Thorne wandte den Blick nicht von der Straße ab. Er hob die Hand, um Palmer zum Schweigen zu bringen. »Wenn Sie mir damit kommen wollen, sparen Sie sich die Mühe. Das interessiert mich nicht die Bohne. Und ehrlich gesagt, denke ich, dass Sie im Prinzip schlimmer sind.« Er wandte sich um und sah, wie Palmer den Kopf senkte und sich an die Brust fasste. »Nicklin, der, den Sie immer noch für Ihren Freund halten, ist ein Verrückter. Ein Psychopath, ein Soziopath oder was auch immer. Ich weiß nicht, warum er mordet. Nicht genau. Es gefällt ihm, es macht ihn geil, es ist die einzige Art und Weise, auf die er sich ausdrücken kann, der armselige Pisser. Und es bedeutet einen zusätzlichen Kick für ihn, wenn er auch noch Sie dazu bringt … Bei Ihnen ist es etwas einfacher, stimmt's? Wir wissen genau, warum Sie morden.« Palmer hob den

Kopf und blinzelte langsam hinter seinen Brillengläsern. Thorne ging auf die schüchterne Bitte in Palmers Augen ein.

»In Ordnung, Vergangenheitsform, wir wissen genau, warum Sie gemordet haben. Sie haben gemordet, weil er Ihnen den Auftrag dazu gab. So einfach ist das. In meinen Augen macht Sie das schlimmer als ihn.« Thorne wandte sich wieder zum Fenster um. »Er schlachtet Frauen vor den Augen ihrer Kinder ab, aber Sie sind schlimmer.«

Es war einige Minuten später, als Thorne den Sessel aufseufzen hörte, weil Palmer aufstand, und noch ein paar Sekunden später sah er einen Schatten über den Boden zu seinen Füßen kriechen und spürte die Anwesenheit des Mannes hinter sich.

»Hatten Sie jemals wirklich Angst, Inspector?«

Draußen war es kalt und klar, doch als er in die Nacht hinausblickte, tauchten die Gedanken gegen seinen Willen auf.

Thorne sah, wie es schüttete und er zu schnell durch die dunklen, nassen Straßen Südwestlondons fuhr, einem Auto folgte, dessen Schlusslichter aussahen wie die Augen eines Monsters …

Er schlich durch die Gänge eines Hauses, das erfüllt war von Wispern, die Stimmen jener, für die dieses Haus der Ort war, an dem sie ihr Leben ausgehaucht hatten.

Er stieg, ohne etwas zu sehen, in einen Dachboden hinauf, durch eine Luke in ein Zimmer, das bald voller Blut sein würde. Was er sah, als sich seine Augen an das helle Licht gewöhnt hatten, traf ihn wie ein Hieb auf die Brust, raubte ihm den Atem wie ein Faustschlag …

Jetzt, ein Jahr später, war die Nacht kalt, aber klar, und als die Erinnerung verblasste, fühlte Thorne, wie sein Herz sich beruhigte. Während er zunehmend weniger flach atmete, beobachtete er unbewegt, wie das Spiegelbild des Mannes im Fenster größer wurde und der Mörder näher kam.

Palmer sprach langsam, die tiefe, näselnde Stimme bar jeden Gefühls, fast roboterhaft. Er starrte geradeaus, als spräche er zu dem verzerrten Abbild seiner selbst in dem Fenster. »Woran immer Sie denken, so schrecklich es ist oder *war*, stellen Sie sich vor, Sie leben damit. Nicht ab und zu. Nicht dann, wenn Sie einen über den Durst getrunken haben und der Gedanke wie aus dem Nichts vor Ihnen auftaucht. Nicht mitten in der Nacht, wenn Sie schweißgebadet aufwachen und Gott oder wem auch immer danken, dass der Schrecken langsam von Ihnen abfällt, sondern *unentwegt*. Ich spreche davon, mit einer Furcht zu leben, die Sie lähmt, die aus Ihrer Haut etwas Feuchtes, Fremdes macht, das Sie nicht mehr erkennen, selbst wenn Sie sie berühren. Die Ihren Magen zum Brennen bringt und Ihr Blut zum Gefrieren. Die Sie lähmt und isoliert, von *jedem* Menschen außer dem einen, vor dem Sie sich so fürchten, der für Sie der personifizierte Schrecken ist, an den Sie für immer gebunden sind.

Und nun stellen Sie sich einen Punkt vor, an dem Sie ohne diese entsetzliche Angst, sosehr Sie sie auch hassen und fürchten, nicht mehr sein können. An dem Sie sich danach zu sehnen beginnen – nach diesem Zusammenschnüren Ihrer Brust, diesem Rausch, der Sie dabei überkommt, der mitreißende Ruck, der durch Sie geht. Das Spinnenhafte daran, das zart und tödlich Ihren Körper hinaufstreicht, von Ihren Zehen bis zu einer Stelle hinter Ihren Augen, und ja, in der Leistengegend, immer da unten …

Inzwischen fürchten Sie sich davor, sich lebendig zu fühlen. Diese Angst ist das schrecklichste Gefühl der Welt, das allerschrecklichste, bis es nicht mehr da ist und Sie feststellen, dass es etwas noch Schrecklicheres gibt.

Das soll keine Entschuldigung sein, obwohl es sich bestimmt so anhört. Es ist nicht so einfach, wie ich es hier erzähle, das behaupte ich nicht. Was ich getan habe, war nicht einfach nur … eine Reaktion. Da war offensichtlich etwas Verdorbenes und Verzweifeltes in mir, das die Verhältnisse auf den Kopf stellen wollte, das anderen Angst einjagen wollte.«

Palmer schüttelte den Kopf, als wollte er seinem Alter Ego in der dunklen Scheibe widersprechen. »Nein. Nein, ich tat diese entsetzlichen Dinge, die ich tat, nicht *nur*, weil ich Angst hatte. Ich weiß nicht einmal, ob ich Angst vor ihm hatte oder Angst *für* ihn, stellvertretend. Er fürchtete sich vor nichts, verstehen Sie. Er *fürchtet* sich vor nichts …«

Thorne wollte sich nicht zu Palmer umdrehen, wollte ihn nicht sehen. Stattdessen fixierte er sein Spiegelbild: die traurig nach unten hängenden Mundwinkel, die trotz des schmutzigen Fensters und der schwachen Beleuchtung deutlich erkennbaren Tränen. In diesem Augenblick, und Thorne würde nie vergessen, wie sehr ihn das überraschte, erinnerte ihn Palmer an nichts mehr als an einen dieser gigantischen Bären in einem osteuropäischen Scheißkaff. Ein schwerfälliges Ding, ohne Klauen und ohne Würde, das mit einem eisernen Kragen und eiserner Kette tanzte, während die Blödmänner ringsum Münzen warfen und die, die es zu Hause in der Glotze sahen, noch größere Münzen warfen, um dem Ganzen ein Ende zu bereiten.

Nicht weniger überrascht war Thorne von seiner Stimme, als er das Wort ergriff. Am besten beschrieb es noch das Wort »beruhigend«, das so gar nicht zu der Wut passte, die er vor ein paar Minuten empfunden hatte. Was er sagte, war sowohl für Palmer tröstlich wie für ihn selbst.

»Wenn er da draußen ist«, erklärte Thorne, »sollte *er* sich fürchten.«

Palmer trat langsam vor und legte eine riesige Pranke auf das Fenster. Die Fingerspitzen wurden weiß, als er gegen die Scheibe drückte. Aus dem Augenwinkel beobachtete Thorne, wie Palmer in die Dunkelheit und auf seine Vergangenheit blickte: weit weg, ganz nah und irgendwo dazwischen.

»Er ist da draußen. Er war immer da draußen.«

Holland wachte auf und warf in panischer Angst einen Blick auf seine Uhr.

»Scheiße ...«

Er hatte sich bereits vor eineinhalb Stunden vorgenommen aufzustehen, aber es war so einfach gewesen wegzudösen. Nun würde es einiges zu erklären geben. Er musste noch duschen und dann schleunigst hier raus.

Er musste nach Hause.

Als er die Badezimmertür öffnete und sie über das Waschbecken gebeugt sah, schoss ihm als Erstes durch den Kopf, ihr sei womöglich übel. Mit ausgestrecktem Arm trat er auf sie zu.

»Sarah ...«

Sie drehte sich um; das weiße Pulver über ihrer Oberlippe war deutlich zu sehen.

Sie starrten einander an. Er war nackt, Gänsehaut am ganzen Körper, und hatte die Arme um sich geschlungen. Sie trug einen weißen Morgenmantel, ihre Haare waren nass und ihr Mund schwebte zwischen zwei verschiedenen Ausdrücken.

Schließlich lächelte sie. »Willst du was?«

Holland stieß ein heiseres Lachen aus. Sein Mund bildete eine Frage, ein *Warum* oder *Was*, aber die Frage wollte nicht heraus. Er schlang die Arme noch fester um sich, biss die Zähne zusammen und fixierte die Fliesen im Bad, den abblätternden Kitt, bis er seine Sprache wiederfand.

»Sieht so aus, als würde ich weitaus schneller Sergeant, als ich dachte …«

McEvoys Lächeln verschwand, und sie wandte sich ab. Sie betrachtete sich selbst im Spiegel, schob sich näher heran und blinzelte. Mit einer schnellen, geübten Handbewegung wischte sie das Koks um ihre Nase weg, leckte den pudrigen Finger ab und sprach mit kaum verhohlener Wut zu seinem Spiegelbild.

»Ich brauche keinen Scheißvortrag, Holland. Kapiert?«

»Ich werde dir auch keinen *Scheißvortrag* halten«, entgegnete er gereizt. »Ich will nur duschen, und dann bin ich weg …«

Sie lächelte wieder, doch diesmal ein ganz anderes Lächeln. »Genau, auf dem Weg nach Hause zu ihr, nachdem du dir meinen Geruch von deinem Schwanz gewaschen hast …«

Holland schnappte sich ein Handtuch und wickelte es sich um die Taille. »Ja, genau. Themawechsel.« Er langte in die Dusche, drehte das Wasser auf und hielt die Hand unter den Wasserstrahl, um zu sehen, wann es warm genug war. »Kommst du high zur Arbeit?«

McEvoy lachte und hustete gleichzeitig. Sie spuckte in das Waschbecken. »*High?* Mann, Holland, du klingst wie mein Dad …«

Das Wasser war schlagartig kochend heiß. Holland zog hastig die Hand zurück. Am liebsten hätte er sie geschlagen. Er wollte brüllen, also brüllte er. »Okay … zugekokst, vollgedröhnt, mit gepuderter Nase, hinüber … welcher Junkieausdruck ist denn augenblicklich in? Recht so?«

»Ach, brav die Broschüren gelesen?«

»Beantworte meine Frage.«

»Was denkst *du*? Denkst du, ich nehme Drogen während der Arbeit? Denkst du, ich bin nicht mehr in der Lage, meinen Job zu machen?«

»Nicht wenn du das Zeug während der Arbeit nimmst.«

McEvoy neigte den Kopf leicht zur Seite, als würde sie über seine Antwort nachdenken. Eine Zeit lang standen sie da, ohne etwas zu sagen, das kleine Badezimmer begann sich mit Dampf zu füllen. Sie fuhr sich mit der Hand durch die nassen Haare und schniefte. »Was geschieht nun, Constable?«

Holland hatte keine Antwort parat. Ihr Morgenmantel klaffte auf und seine Augen glitten, eine Sekunde nur, zu ihren Brüsten. Er spürte, wie er umgehend einen Steifen bekam. Sie sah es sofort und lächelte, öffnete den Morgenmantel ganz.

»Also ich wär dafür zu haben. Ich meine, auf Kokain wird man nicht *ganz* so geil wie auf Ecstasy, aber immerhin …«

Bevor er an sich halten konnte, war Holland schon bei ihr, riss ihr den Morgenmantel von den Schultern und stieß sie auf den Boden.

Es war viel besser als vor einer Stunde, besser, als es je gewesen war. Ihre Stimmen, während sie stöhnten und schrien und fluchten, hallten von den gekachelten Wänden wider. Das Rauschen und Spritzen der Dusche war nicht laut genug, um ihren Lärm zu übertönen.

In Martin Palmers Badezimmer stand Thorne vor seinem Spiegelbild und wog seine Optionen ab, falls, *wenn*, er sich verabschiedete.

Thorne der Kneipier. Nicht wenige schlugen diesen Weg ein, warum nicht früher als später? Ein paar Kilo mehr auf den Rippen und vielleicht ein Bart. Lange Nächte, Fass wechseln, ein oder zwei Freibier für die Streifenpolizisten. Gequirlte Scheiße …

Thorne der Geschäftsmann. Warum zum Teufel nicht? Die Haar glatt nach hinten frisiert und jemand für die

Buchführung. Kein Katzbuckeln mehr. Grantelnd, charaktervoll, mit einer treuen Stammkundschaft …

Thorne, einundvierzig und am Arsch. Der Bulle, der niemandem etwas vormachte.

Er beugte sich vor, bis seine Stirn den kühlen Spiegel berührte. Riss die braunen Augen weit auf und blickte auf die langen, dünnen Schlangenlinien aus Blut, die sich über das Weiße des Augapfels schlängelten, auf die gelblichen Schlafkrümel, die sich in den unteren Wimpern verfangen hatten. Aus der Nähe betrachtet die Haut eines alten Mannes.

Wie die Haut seines Vaters.

Thorne öffnete den Mund. Ein lang gezogenes, leises Stöhnen war zu hören, das jedoch sogleich von dem ins Waschbecken laufenden kalten Wasser verschluckt wurde. Der Atem, den er hinterherschickte, stieg hoch und schlug sich auf dem Spiegel nieder. Er stieß sich vom Spiegel weg, hob die Hand, um die Kondensation wegzuwischen, und sah das Gesicht eines Mannes, der todmüde war. Der es müde war, Leichen in Badezimmern oder Studentenappartements zu finden, mit Mördern zu plaudern und sich ständig daran erinnern zu müssen, wer und was sie waren.

Müde, auf sich gestellt zu sein. Müde, so verdammt wütend zu sein. Müde zu warten.

Das Geräusch des laufenden Wassers trat in den Hintergrund, bis es nur noch ein fernes Summen war, und einen Augenblick war sein Kopf wunderbar klar und leer. Nur einen Augenblick …

Dann stockte und rauschte es im Rohr, der Schock des eiskalten Wassers auf den Händen und im Gesicht, Charlie Garner noch immer da mit seinem Hämmerchen, sobald er die Augen schloss, und irgendwo das Läuten eines Telefons …

Als Thorne zurück ins Wohnzimmer rannte, stand Palmer da und reichte ihm das sirrende Handy wie ein besonders schlauer Hund, der eine Stange Dynamit im Maul hält. Als Thorne es nehmen wollte, hörte es auf zu läuten.

»Scheiße …«

Er packte es, drückte darauf herum, rief die letzte Nummer an, die auf dem Display erschien. Er kannte sie nicht.

Die Stimme am anderen Ende der Leitung war prägnant, professionell. Eine Männerstimme. Die Stimme eines Polizisten.

»Ja?«

»Hier ist Tom Thorne. Sie haben gerade …«

»Ach, richtig. Hier ist Detective Sergeant Jay von der Harrow Station. Ich bin an einem Tatort, ein Mord, und ich weiß, dass einige Ihrer Jungs bereits unterwegs sind. Aber ich dachte, ich könnte ebenso gut Sie anrufen, da mein Opfer Ihre Karte in seiner Tasche hat.«

Thornes Gedanken überschlugen sich. »Wissen Sie bereits, um wen es sich handelt?« Er sah hinüber zu Palmer, der die Finger hinter seinem dicken Nacken verschränkt hatte, mit glasigem Blick mit dem Kopf wackelte.

»Ja, war einfach«, antwortete Jay. »War alles in der Brieftasche, sehr praktisch. Der Kopf des armen Kerls wurde zu Brei geschlagen. Scheint an der Schule hier unterrichtet zu haben.«

Die Erkenntnis war jäh und schmerzhaft. Etwas, das am falschen Platz war und klatschend und knirschend an Ort und Stelle rutschte. Wie ein Sarg, der von den Schultern der Sargträger glitt und auf den Betonweg krachte. Ohne besonderen Grund sah Thorne das lächelnde Gesicht des Englischlehrers vor sich, der ihm und Holland die Schule gezeigt hatte.

»Cookson … Andrew, glaub ich …«

»Was?«

»Mittelgroß, dunkle Haare, Mitte dreißig.«

»Tut mir Leid. Der Typ ist ein ganzes Stück älter …«

Es knackte in der Leitung, aber Thorne hörte nur das entsetzliche Geräusch des Sarges, der auf den Boden krachte, den betäubenden Lärm des splitternden Holzes. Bevor Detective Sergeant Jay eine Gelegenheit hatte, den Namen des Toten auszusprechen, wusste Thorne, dass Ken Bowles Recht gehabt hatte, sich vor der Zukunft zu fürchten.

Ihm erging es nun nicht anders.

Siebzehntes Kapitel

Diesmal durfte Thorne nicht mal zu der Besprechung kommen ...

Es gibt Dutzende von Pubs in London, deren Vergangenheit alles andere als vornehm ist. Orte, an denen die Mischung aus Alkohol und Gewalt auf häufig berüchtigte Weise geschichtsträchtige Momente erschuf.

Das »Ten Bells« in Spitalfields, das häufig »Jack the Ripper« genannt wurde. Wo der Täter angeblich selbst verkehrte und mehrere seiner Opfer ihrem Gewerbe nachgingen, wo man, hundert Jahre, nachdem fünf Prostituierte aus der Gegend innerhalb von drei Monaten hingeschlachtet worden waren, Jack-the-Ripper-Bücher, Tassen und Basketballmützen kaufen konnte und, was am bizarrsten war, mehrmals die Woche mittags Stripperinnen bei ihrer Arbeit zusehen konnte.

Das »Blind Beggar« in Bethnal Green, wo, sofern man den Leuten Glauben schenken darf, mindestens hundert Ostlondoner sahen, wie George Cornell von Ronnie Kray niedergeschossen wurde, angeblich, weil er ihn eine »fette Schwuchtel« genannt hatte.

Und die »Magdala Tavern« in Hampstead, wo Ruth Ellis ein abgeschmacktes Arschloch von Mann mit fünf Kugeln durchsiebte und dafür drei Monate später als letzte Frau in Großbritannien am Galgen endete. Die »Magdala Tavern«, in der Tom Thorne saß, an einem frühen Montagabend, sich an einem Bier festhielt und auf *seinen* Richterspruch wartete.

Er hatte den Pub immer gemocht, er war ideal, um sich aufzuwärmen, nachdem man eine Stunde im Grünen herumgelaufen war und sich über die Dummheit erwachsener Männer gewundert hatte, die ihre Freizeit damit verbrachten, auf der Heath Drachen steigen zu lassen. Das Bier war gut, der Wirt einigermaßen freundlich und das Essen genießbar. Doch was Thorne anzog, was ihn fesselte, war die dunkle Geschichte des Hauses, die damit verbundenen Assoziationen. Er konnte nie widerstehen, den Finger in diese Einschusslöcher zu stecken, die noch immer draußen in der Wand zu sehen waren. Sie gaben ihm ein Gefühl der Verbundenheit. Jedes Mal drehte er sich um und sah sie vor sich.

Das blondierte Haar, die blasse, gepuderte Haut straff über den perfekten Backenknochen, die langen Fingernägel auf der schweren Smith & Wesson. Achtundzwanzig Jahre alt und in der Sackgasse. Finger in Einschusslöchern – was spirituelle Momente anging, war es kaum vergleichbar damit, die Hände in die Wunden Christi zu legen, aber wenn man mittags kräftig zugelangt hatte …

Ostersonntag, 10. April 1955. Ein Moment des Irrsinns, schicksalsträchtig, auf einem Bürgersteig in Hampstead: der erste Schritt einer Reise, die in der Hinrichtungszelle im Gefängnis von Holloway enden würde. Siebenundvierzig Jahre später, beinahe ein halbes Jahrhundert, nachdem sie Ruth Ellis hängten – und Leben bedeutete für diejenigen, die zu ihrem Vergnügen mordeten, nicht immer Leben.

Thorne saß an seinem Tisch und wartete auf Detective Chief Inspector Russell Brigstocke. Und überlegte, wie eng man ihm die Schlinge um den Hals legen würde. Starrte in sein Glas und ließ ein paar Highlights der letzten Tage Revue passieren.

Das Procedere vor dem Urteilsspruch.

Am frühen Donnerstagmorgen: die paar Fetzen Lehrerhirn auf dem Teppich, Jesmonds großer Auftritt, das gelungene Faksimile von Entsetzen und wilder Entschlossenheit auf dem Gesicht. Das Lächeln, das der Detective Superintendent speziell für ihn reserviert hatte. »Ich denke, es ist wohl am besten, wenn Sie es die nächsten Tage etwas leichter angehen ...«

»Am besten für wen?«

Donnerstagabend: Hendricks am Telefon mit dem Autopsieergebnis. Wie üblich nichts, was sie wirklich weiterbrachte. Doch eine Anspielung war nun geklärt. »Die winzigen Holzsplitter, die wir in den Überresten von Bowles' Gehirn fanden. Weidenholz.«

»Ein Cricketschläger ...«

»Genau. Nachtwächter. Haha, Scheiße ...«

Freitagnachmittag: Sein Vater. »Ach ... hab nicht damit gerechnet, dass du da bist. Wollte eine Nachricht auf dem Anrufbeantworter hinterlassen ... Ich brauche eine Information. Wer sind – nach Anzahl der Leichen – die drei größten Mörder in der britischen Geschichte?«

»Die größten? Gott, Dad ...«

»Das wird eine Scherzfrage, verstehst du. Um die Jungs unten im Legion ein bisschen in Fahrt zu bringen. Sie werden mit Christie kommen oder sonst wem, und ich sag dann, die größten Mörder sind Beulenpest und die Pocken oder was in der Richtung. Verstehst du?«

»Ja ...«

»Aber ich brauche die Namen. Shipman ist vermutlich auf Platz eins, hat er nicht ...«

Samstagmorgen: Holland meldet sich. »Um ehrlich zu sein, niemand weiß genau, was los ist. Es gibt ein, zwei neue Gesichter, aber alles ist in Auflösung begriffen. Am Montag findet eine Besprechung statt, der Detective Chief Inspector, Jesmond, Sie wissen schon ...«

»Stimmt, danke. Ist McEvoy okay?«

»Woher zum Teufel soll ich das wissen?«

Thorne blickte auf und sah Brigstocke eilig näher kommen. Er leerte sein Glas. Warum hatte Holland eigentlich so gereizt reagiert?

Brigstocke setzte sich dicht neben ihn. Die Tolle hatte auch schon mal besser ausgesehen. Sein Atem roch nach den billigen Zigarren, die er so gern mochte.

»Sie sind mir ein Bier schuldig. Sie sind mir *eine Menge* Bier schuldig.«

Thorne nickte und machte sich auf den Weg zur Theke, wobei er gegen den Drang ankämpfte, Löcher in die Luft zu boxen. Mit ein paar Pints für jeden kehrte er zurück. Als er sein zweites Glas halb geleert hatte, erzählte Brigstocke Thorne, was Sache war.

»Sie arbeiten noch an dem Fall. War knapp.«

»Wie komme ich nur darauf, dass damit die guten Nachrichten abgehakt sind?«

»Hängt vom Standpunkt ab. Einige Leute sind stinksauer.«

»Dazu zählt wohl auch Ken Bowles' Familie?«

Brigstocke hielt ein Streichholz an das Ende einer seiner billigen Zigarren. »Das habe ich nicht gehört. Aber als Freund, lassen Sie das blöde Gequatsche, Tom.«

»Tut mir Leid, Russ.« Und das war ehrlich gemeint. Thorne wusste, dass Brigstocke den Kopf für ihn hingehalten hatte. Das rechnete er ihm hoch an. »Was kommt als Nächste?«

»Schadensbegrenzung.« Thorne wollte den Mund öffnen, als ihm sein Vorsatz einfiel. »*Normales* Procedere«, fügte Brigstocke langsam hinzu. »Betonung auf *normal*. Keine Geschichten mehr. Wir untersuchen den Tatort, gehen unseren Ermittlungen nach, sammeln Beweise. Procedere wie in *Procedere*.«

»Was ist mit Palmer?«

»Martin Palmer wurde heute Morgen verhaftet; ihm wird der Mord an Ruth Murray zur Last gelegt. Heute Nachmittag Highbury Corner Magistrate's Court. Belmarsh oder Brixton kommt später. Immer der Reihe nach, Tom. Das übliche Procedere.«

Thorne hatte nichts dazu zu sagen. Weil es nichts dazu zu sagen gab. Nicklin hatte Bowles als Warnung umgebracht. Anders war es nicht erklärbar. Er wusste, dass Thorne und Holland in der Schule gewesen waren und dass nur Palmer sie dorthin geführt haben konnte. Theaterspielen war zwecklos.

Angesichts dessen …

»Warum hat er Palmer die E-Mail geschickt, wenn er wusste, dass wir ihn hatten?« Thorne stellte Brigstocke diese Frage, so wie sie sich alle einander diese Frage gestellt hatten, wie er sie sich selbst in den letzten Tagen an die hundert Mal gestellt hatte. Die Antwort, die er erhielt, war so ziemlich die beste, mit der man aufwarten konnte.

»Er spielt ein Spiel. Führt uns an der Nase herum.«

»Führt *mich* an der Nase herum. Ich habe die Schule aufgesucht. Mich muss er beobachtet haben …«

Brigstocke beugte sich vor, um Asche in einen riesigen Plastikaschenbecher zu schnippen. Er schüttelte den Kopf. »Er ist ein raffinierter Mistkerl, das ist alles. Er will, dass wir genau das machen – uns mit diesen Fragen herumschlagen.«

Achselzuckend griff Thorne nach seinem Pint und betrachtete es. Er wurde das Gefühl nicht los, dass Nicklin ihm durch den Mord an Ken Bowles, an jemandem, mit dem *er* gesprochen hatte, eine Art Nachricht schicken wollte. Dabei war er sich nicht sicher, ob dieser Gedanke seinem Instinkt entsprang oder seiner Eitelkeit. Das hatte er schon des Öfteren verwechselt.

Er leerte sein Glas und stellte es ab. Er wusste nicht, ob er hier sitzen bleiben und ein Bier nach dem anderen hinunterschütten wollte, bis er nichts mehr spürte, oder ob er sich danach sehnte, nach Hause zu gehen und die Tür hinter sich zuzumachen. »Gehen Sie mit der Palmer-Sache an die Presse?«

»Das ist noch nicht entschieden. Jesmond und ein paar weiter oben besprechen sich deshalb mit der Presseabteilung. In gewisser Weise wäre der Zug nicht schlecht – Mörder verhaftet. Täte uns allen gut, so schnell nach …« Er machte eine angemessene Pause, und Thorne sprach den Satz im Kopf zu Ende.

… dem Mord an Ken Bowles, der meine Schuld ist.

»Es ist schwer, wenn wir nicht eingestehen wollen, welchen Bockmist wir gebaut waren.«

»Danke für das *wir*«, bemerkte Thorne sarkastisch.

»Machen Sie sich keine Vorwürfe wegen Bowles, Tom.«

»Warum nicht?«

Brigstocke blinzelte und griff nach seinem Bier. Er hatte darauf keine Antwort. Thorne stellte die einzige angemessene Frage. »Noch ein Bier?«

Brigstocke leerte sein Glas und schüttelte den Kopf. Thorne fasste nach hinten und holte seine Jacke. Es sah aus, als würde er nach Hause gehen.

»Sie sind den schwarzen Peter aus demselben Grund los, aus dem man ihn Ihnen zugeschoben hat«, erklärte Brigstocke. Thorne hob fragend die Augenbrauen. »Angst. Sie hatten Angst, sich zu irren, Angst, den Karren an die Wand zu fahren. Jetzt haben sie Angst, dabei *ertappt* zu werden, den Karren an die Wand gefahren zu haben, was tausendmal schlimmer ist.«

Thorne stand auf und schlüpfte in die Jacke. Brigstocke blieb sitzen, seine Zigarre war inzwischen bis auf den letzten Rest heruntergebrannt. »Sie haben auch allen Grund,

Angst zu haben. Ich werde die Verantwortung auf mich nehmen.«

Brigstocke drückte seinen Zigarrenstummel aus. »Ach, machen Sie sich deswegen keine Gedanken, das ist schon geschehen.«

Sie brachen beide in Lachen aus, etwas lauter und länger, als notwendig gewesen wäre. »Wie war das gleich wieder mit dem schwarzen Peter?«

»Den sind Sie los«, sagte Brigstocke. »Aber es ist nur eine Frage der Zeit, bis Sie ihn wiederhaben ...«

»Aufschub der Hinrichtung.«

Brigstocke lächelte, er hatte die Anspielung nicht verstanden. Thorne überlegte bereits, wie viel Bier er wohl noch brauchte. Wie viel er noch brauchte, bevor er sich in sein Bettzeug wickeln und in die Dunkelheit kriechen konnte, ohne Ken Bowles sehen zu müssen, mit offenen Augen in der Blutlache liegend, die Hände in den Teppich gekrallt, ein paar Fetzen seines eigenen Kleinhirns unter den Fingernägeln.

Ohne Martin Palmer vor sich zu sehen, riesig und an die weiße Zellenwand gelehnt.

Als die Werbung kam – billige Jingles für Rentenpläne und unnütze Versicherungen –, stand er auf, um sich Tee zu machen. Die Sendung war heute Abend ohnehin nicht sonderlich interessant, was eine Schande war. Auf die Anrufe hatte er sich mehr als sonst gefreut.

Er hatte einen üblen Tag hinter sich. Momentan war viel los: jede Menge Arbeit, wovon er, wie üblich, den Löwenanteil erledigte. Seine eigene Schuld, wenn er ehrlich war. Er hatte eine zwanghafte Ader. Während er sich über die Arbeitslast beschwerte, traute er gleichzeitig keinem anderen, sie so effizient zu erledigen wie er. Also machte er lieber alles selber.

Eigentlich war er sogar froh darüber, mehr tun zu müssen. Die letzten Tage hatte er etwas gebraucht, worauf er sich konzentrieren konnte. Er hatte Schwierigkeiten gehabt, sich anzupassen, sich an die veränderten Umstände zu gewöhnen.

Palmer war weg; er war wieder auf sich gestellt.

Sosehr er sich gewünscht hatte, die Kontrolle zu haben, der zu sein, der über die Änderungen bestimmt, konnte er denoch nicht allzu böse darüber sein, was geschehen war. Palmer sollte nach diesem letzten Mord ohnehin aus dem Verkehr gezogen werden, und das war immerhin seine Entscheidung gewesen. Er hatte beschlossen, Bowles umzubringen. Gerade als er sich in Thornes Spielchen eingemischt, es sogar genossen hatte, war es unumgänglich geworden, die Richtung zu ändern. Und nun musste er mit den Auswirkungen leben.

Wieder auf sich gestellt. Er mochte es so, ja. Dennoch musste er irgendeinen anderen Weg finden, den Einsatz zu erhöhen. Langeweile ertrug er nicht, Stillstand ebenso wenig. Stillstand hieß Rückschritt, und den galt es um jeden Preis zu vermeiden. Er durfte sich nicht viel Zeit lassen, den nächsten Clou zu finden, das *neue* Etwas, den strahlenden Punkt am Horizont. Palmer war wunderbar gewesen, aber jetzt, da er von der Bildfläche verschwunden war, musste er eine andere Lösung finden, um den Kick zu verstärken. Während er auf eine Eingebung wartete, stürzte er sich kopfüber in die Arbeit.

Arbeit, Arbeit, Arbeit, nach Hause, Geplauder, Abendessen mit Caz und dann ein oder zwei Stunden am Radio, mit einer Flasche Wein, und sich den Witz und die Weisheiten der von ihrer eigenen Meinung Überzeugteren unter den Schlaflosen des Landes reinziehen. Später könnte er vielleicht Caz aufwecken und mit ihr eine Nummer schieben. Ihn reinstecken und rummachen und dabei die

Augen schließen und an Bowles' Gehirn denken, das aussah wie zu kurz gekochter Porridge, oder an das hübsche kleine Loch im Kopf der Studentin, oder wie die Frau mit dem kleinen Jungen erstarrte, als er ihr die Hand auf den Mund gelegt hatte.

Während das Wasser kochte, grübelte er über Thorne nach.

Wie sich der Detective Inspector wohl nach einem harten Tag entspannte? Nach ein *paar* harten Tagen. Recht viel härter als eine frische Leiche konnte es kaum kommen, oder? Die Leiche eines Menschen, mit dem er in Verbindung gestanden hatte. Wie schnell kam ein Mann wie Thorne darüber hinweg, vor allem, wenn es … nicht nötig gewesen wäre? Mit wem redete er über diese Dinge? Mit seiner Familie? Freunden? Plötzlich schoss ihm durch den Kopf, er würde das Radio einschalten, und Thorne sei höchstpersönlich am Telefon. Eine Vorstellung, die ihm großes Vergnügen bereitete.

»Nun zu Tom in London, der ein Problem hat. Wie können wir Ihnen helfen, Tom?«

Dann diese Stimme, die ihre Londoner Herkunft nicht verleugnen konnte. Etwas rau und kantig, wie der Mann selbst. Tief und eindrucksvoll. Je nach Stimmung und der beabsichtigten Wirkung auch beruhigend oder dröhnend. Doch heute wäre die Stimme etwas höher, nervös, stockend …

»Nun, Bob, das ist ein bisschen peinlich.«

»Tom, rufen Sie zum ersten Mal hier an?«

»Ja, tut mir Leid …«

»Entspannen Sie sich, Sie sind unter Freunden.«

»Die Sache ist die, ich frage mich, ob nicht einer Ihrer Hörer mir vielleicht helfen könnte. Ich suche nach einem mehrfachen Mörder, verstehen Sie, und das läuft nicht so gut …«

Er nahm seine Tasse Tee und trug sie, noch immer in sich hineinkichernd, ins Wohnzimmer. Im Radio sprach ein neuer Anrufer zur Nation. Natürlich nicht Thorne, doch er klang nicht weniger interessant.

Leonard aus Cheshire. »Dieser Typ, der letzte Woche totgeschlagen wurde, dieser Lehrer? In den Nachrichten hieß es, das wäre dieses Mörderpaar, die, die immer die gleichen Morde begehen, aber wenn Sie mich fragen, war das so ein kleiner Scheißkerl, entschuldigen Sie die Ausdrucksweise, der seine Hausaufgaben nicht gemacht hat. Ich mein, so könnte es doch gewesen sein, oder? Man weiß doch, wie es heutzutage in diesen Schulen zugeht …?«

Er lachte so heftig, dass er seine Tasse mit beiden Händen halten musste.

Als Thorne am nächsten Morgen in die Arbeit kam, war ein Zusammenstoß mit Steve Norman das Letzte, worauf er geistig vorbereitet war. Der Pressesprecher hingegen, der auf Thorne in dessen Büro wartete, schien gut gerüstet zu sein.

»Sie haben uns da alle sehr dumm aussehen lassen, Thorne.«

Thorne neigte den Kopf leicht zur Seite und ging hinüber zu seinem Schreibtisch. *Was rollte da auf ihn zu?*

Norman folgte ihm, stand neben seiner Schulter, als Thorne, ohne sie anzusehen, nach einem Stapel Berichte auf dem Schreibtisch griff. »Die meisten Ihrer Kollegen haben Sie bereits vor den Kopf gestoßen, und jetzt geben Sie sich alle Mühe, uns Übrigen auch noch einen vor den Latz zu knallen.«

Thorne trug den Stapel Unterlagen zum Fenster und tat so, als lese er sie. Er war sich nicht sicher, was Norman hier suchte und warum er so übel drauf war, aber er wünschte sich *wirklich*, er möge gehen. Zudem erschien es ihm keine schlechte Idee, wenn er, so er denn ginge, dies mit einer heilen Nase und einem vollständigen Satz Zähne im Mund täte.

Er legte den Stapel auf dem Fensterbrett ab, wandte sich zu ihm um und gab sich Mühe, müde und nicht wütend auszusehen. »Was ist Ihr Problem, Norman?«

»Ich habe kein Problem. Ich wollte nur, dass Ihnen klar ist, für welchen Stress Sie gesorgt haben. Wir haben uns den Arsch aufgerissen, mit der Presse geturtelt, uns an die Journalisten rangeschmissen ...«

»Muss ja entsetzlich gewesen sein. Sich ständig einen auf Spesen hinter die Binde zu kippen ...«

Norman gab den Verwirrten. »Entschuldigung, haben Sie vergessen, wessen Idee das war? Eine Idee, die, nur um das festzuhalten, die meisten von uns für mehr oder weniger schwachsinnig hielten.« Thorne zuckte mit den Achseln. Er hatte es nicht vergessen. »Ja, diesmal hatten Leute wie ich die Drecksarbeit zu erledigen. Sie wollten, dass in der Presse falsche Storys lanciert werden, Sie wollten eine Lüge durchprügeln, was wir taten. Brillant taten. Und jetzt ist die Kacke am Dampfen, weil *Sie* falsch lagen, und wir können die Scheiße wegräumen.«

»Lassen Sie mich das richtig stellen«, entgegnete Tom, der allmählich Nerven zu zeigen begann. »Sie zerreißen sich das Maul, weil Sie, und darauf läuft es hinaus, Ihren Job zu erledigen haben.«

»Ich bin nicht ...«

Thorne rückte ihm näher auf die Pelle. »Warum halten Sie nicht einfach die Klappe und gehen an Ihre Arbeit?«

Norman machte keine Anstalten, klein beizugeben. Er hob einen Finger und tippte Thorne gegen die Brust. »Genau das werde ich tun, und danken Sie lieber Gott auf den Knien, dass jemand hier seine Arbeit ordentlich macht. Vielleicht, aber nur *vielleicht*, werde ich das mit der Presse wieder hinbiegen können. Vielleicht gelingt es mir, diesen Karren wieder aus dem Dreck zu ziehen, in dem er steckt. Samt dem ramponierten Ruf der Abteilung.« Er wandte sich um und schlenderte zur Tür, wo er, kaum angelangt, stehen blieb. »Mit *diesem Karren* meine ich diese Ermittlung, Sie nicht inbegriffen. Sie stecken bereits so tief drin, dass Sie da unmöglich wieder rauskommen …«

Lachend trat Thorne zu dem Stuhl hinter dem Schreibtisch. »Hören Sie mal, Norman, ich hab zu tun, und wenn Sie nur hier rumstehen wollen, um mir zu erzählen, was die Spatzen von den Dächern pfeifen …«

Norman öffnete die Tür. »Bis später, Thorne …«

Während er dieses und jenes auf seinem Schreibtisch zurechtrückte und die Stifte aufreihte, erklärte Thorne mit ruhiger Stimme: »Übrigens, nur damit Sie es wissen, falls Sie noch einmal so mit dem Finger auf mich deuten, gibt's Knöchelsülze. Kapiert?«

Norman wirbelte herum. Thorne sah, wie ihm das Blut in die Wangen stieg, und freute sich insgeheim, dass etwas von der Dreistigkeit aus den Augenwinkeln verschwunden war. Ein paar Sekunden lang sahen sie einander an, keiner zuckte auch nur mit der Wimper.

»Es gibt eine theoretische Entsprechung der Beamten- und Angestelltenränge. Wussten Sie das, Thorne?« Wusste er, schwieg jedoch. »Eigentlich geht's dabei mehr um die Etikette, die allerdings von den meisten beachtet wird. Ein Pressebeauftragter in meinem Team entspricht einem Detective Inspector, wie Sie einer sind. Ich bin Abteilungsleiter, und das entspricht, wenn ich mich nicht irre – *was ich nicht tue* –, einem Detective Chief Inspector, dem Rang Ihres unmittelbaren Vorgesetzten. Hören Sie mir zu, Thorne?«

Thorne blickte auf, sein Schreibtisch nun nett und aufgeräumt, seine Augen nett und tot.

»Wie Sie bereits sagten, ein theoretisches Problem. Und jetzt verziehen Sie sich.«

Norman tat, worum er gebeten worden war, und wurde sogleich von einem weitaus freundlicheren Gesicht ersetzt. Holland lehnte in der Tür und sah Norman nach, wie er sich durch die Einsatzzentrale entfernte.

»Heitern Sie mich auf«, sagte Thorne. »Sagen Sie mir, er wurde ein Opfer des Tischs der Verdammnis, ein riesiges Loch klafft in seinem Bein. Noch besser, eins seiner Eier hängt an der Ecke.«

»Tut mir Leid, Pech gehabt. Außerdem haben Sie die Ecke mit Papier gepolstert.« Thorne knurrte. Das hatte er völlig vergessen. »Worum ging's denn überhaupt?«, fragte Holland. »Ich konnte es nebenan hören.«

Thorne erhob sich und ging zu Holland, der noch immer in der Tür stand. »Ich hab genauso viel Ahnung wie Sie. Doch irgendeine Laus ist ihm über die Leber gelaufen ...«

Die beiden sahen zu, wie Norman stehen blieb, um mit Sarah McEvoy zu sprechen. Er lächelte, gestikulierte mit den Händen. Sie erwiderte sein Lächeln, trat dicht zu ihm, berührte ihn kurz mit der Hand an der Schulter. Ihr Blick schoss zu Thorne und Holland. Eine halbe Sekunde später studierte sie den Boden zu ihren Füßen.

Holland ging ins Büro. Thorne folgte ihm.

»Ach, wegen neulich früh am Telefon, das tut mir Leid«, erklärte Holland. »Sie fragten nach McEvoy, wie es ihr gehe oder so was in der Richtung, und ich war etwas muffig. Hab nicht viel geschlafen ...«

Thorne hatte sich schon gefragt, ob Holland wohl darauf zu sprechen kommen würde. Diese Reaktion hatte so gar nicht zu ihm gepasst. Achselzuckend entgegnete er: »Ich weiß gar nicht, wovon Sie reden.«

Holland atmete tief durch. Als sei ihm eine Last von

den Schultern genommen. »Norman hat's also auf Sie abgesehen?«

»Scheint so«, antwortete Thorne. »Wüsste nur gerne, warum. Das Schlimmste daran ist, ich kann's ihm nicht verübeln. Mit dem meisten, was er sagte, traf er den Nagel auf den Kopf.«

Holland öffnete den Mund, um zu widersprechen, aber Thorne ließ ihn nicht zu Wort kommen. »Er ist ein kleiner Wichser, verstehen Sie mich nicht falsch, aber er weiß, wovon er spricht.«

»Deswegen braucht er nicht persönlich zu werden, oder?«

Thorne setzte sich. »Er ist nicht groß, verstehen Sie? Das macht einem schwer zu schaffen. Komplexe.« Holland sah ihn mit hochgezogenen Augenbrauen an, ein Grinsen drohte sich breit zu machen. Worauf Thorne schmunzelnd erklärte: »Er ist *kleiner* als ich, okay? Ich bin Durchschnittsgröße ...«

Holland hob die Hände. »Ich sag ja nichts. Und was ist nun mit den Komplexen?«

Thorne überlegte kurz und lächelte, als sei ihm plötzlich ein alter Freund eingefallen.

»Ich? Ich hab mehr zu schultern als Harry Ramsden mit seinen ganzen Fish-and-Chips-Buden, Dave.«

Holland brach in schallendes Gelächter aus, und in diesem Augenblick wäre Thorne ungemein glücklich gewesen, hätte er nur die Augen schließen und den ganzen Tag dieses Geräusch hören können. Nichts wäre schöner, als die Tür zuzumachen und nur hier zu sitzen und darauf zu warten, dass es draußen dunkel wurde. Dass die Nacht heraufzog und ihn einhüllte. In seinem Büro zu sitzen und Tee zu trinken und mit Holland zu plaudern: über Sophie, seinen letzten Urlaub und Tottenhams absurde Jagd nach einem Platz in Europa und darüber, welche Filme er in letzter Zeit gesehen hatte und wie grauenvoll sie beide die öffentlichen Verkehrsmittel fanden …

Was auch immer.

Doch er wusste, dass seine Stimme in seinen Ohren alle paar Sekunden leiser klingen würde, selbst wenn er sprach, als manipuliere jemand den Lautstärkeregler auf der Fernbedienung seines Gehirns. Ein anderer Ton trat dann an ihre Stelle. Ein Ton, den er sich hatte ausdenken müssen. Der nur in seiner Vorstellung existieren konnte. Ein Ton, den sehr wenige Menschen, sehr wenige *lebende* Menschen, je gehört haben konnten. Das dumpfe Klatschen eines Cricketschlägers, der auf einen Schädel trifft.

Immer und immer wieder.

Der Mord an Ken Bowles, der meine Schuld ist.

Das Telefon klingelte. Geistesabwesend streckte Thorne die Hand danach aus, hob ab, ohne es auch nur anzusehen, und sagte nichts.

Nach einem Augenblick war eine Stimme zu hören. Angespannt, ungeduldig, ein leichter Midlands-Akzent.

»Spreche ich mit Thorne?«

»Ja …«

»Hier ist Perks. Sie haben versucht, mich zu erreichen.«

»Hab ich das?«

Perks seufzte. »Irgendjemand *hat* es versucht. Ex-Detective Chief Inspector Vic Perks. Ich hab 1985 die Ermittlungen in dem Karen-McMahon-Fall geleitet.«

Thorne schnappte sich einen Notizblock und begann zu schreiben …

Während er sich Details notierte, während er und Perks ein Treffen vereinbarten, begann sich ganz hinten in Thornes Kopf ein Bild zu formen. Es war eine Sekunde da und gleich wieder weg. Dann war es wieder da, wie das Bild, das man in einer Wolkenformation zu erkennen glaubt oder in einem merkwürdigen Schattenriss.

Er sah einen Unbekannten, der sich herabbeugte und ihm die Hand entgegenstreckte – um ihn in dem Augenblick aus den kalten, finsteren Fluten zu ziehen, in denen er unterzugehen drohte.

Achtzehntes Kapitel

Sie trafen sich in einem Pub auf der Isle Of Dogs, das »The Mariners Arms« hieß.

Nichts Besonderes. Dicke Nylonteppiche, ein Dart Board, Bier. Mittwochmittag, und außer Thorne und Perks waren nur zwei weitere Leute anwesend: der Mann hinter dem Tresen – nach den blondierten Haaren und der Akne zu urteilen ein Student –, der den kleinen Fernsehapparat über der Theke nicht aus den Augen ließ; und ein verhutzelter Greis mit einem abgegriffenen, braunen Filzhut, einer Zeitung und einem halben Guinness vor und einem grimmig dreinblickenden Schäferhund neben sich.

Während sie sich ihre Biere vorknöpften und auf die zwei Käsesandwichs warteten – es *muss* noch jemanden gegeben haben, wohl in der Küche, denn die Sandwichs tauchten schließlich auf –, unterhielten sie sich über die Fahrt hierher. Der Pub war Perks' Idee gewesen. Er hatte nicht zu weit wegfahren wollen von der kleinen Wohnung in Epping, in der er und seine Frau sich zur Ruhe gesetzt hatten. Als Perks erwähnte, wo er wohnte, hatte Thorne von seinem Glas aufgesehen, nur eine Sekunde, doch Perks war klar, was ihm durch den Kopf schoss. Diese Gegend hatte nun mal einen gewissen Ruf.

»Stimmt schon. Ich verbringe meinen Ruhestand an dem Ort, an dem die meisten der Schurken landeten, hinter denen ich all die Jahre her war. Einen oder zwei treffe ich gelegentlich. Wenn sie sich eine Zeitung kaufen oder unten im Gartencenter. Wir sagen Hallo ...«

Mit dem Midlands-Akzent hatte Thorne richtig gelegen: Birmingham, vielleicht auch Coventry. Perks war hoch gewachsen, sein Gesicht schmal und voll tiefer Falten. Doch Thorne vermutete, dass das ebenso sehr am Lachen lag wie an den Sorgen. Er war Anfang sechzig, trug die grauen Haare kurz geschnitten, einen Schnurrbart und unter dem Kurzmantel Hemd und Krawatte.

Perks steckte sich das letzte Stück seiner Käsesandwichs in den Mund, wischte sich mit der Papierserviette die Krümel aus dem Gesicht und sah Thorne in die Augen.

»Sie haben sie nicht gefunden. Sie haben Karen nicht gefunden, sonst hätten Sie es mir inzwischen gesagt.«

Thorne aß noch. Er schluckte schnell hinunter. »Nein. Aber ich habe vor, sie zu finden.«

Perks stand auf und ließ den Blick auf der Suche nach der Toilettentür durch den Gastraum schweifen. Bevor er ging, sah er hinunter auf Thorne.

»Das hatte ich auch …«

Später spazierten sie den Fluss entlang nach Osten. Der Nieselregen war ziemlich nervig – zu fein, um einen Schirm zu rechtfertigen, aber genug, dass sie nicht umhinkamen, die Augen zuzukneifen und die Schultern hochzuziehen. Nur ein paar Meter entfernt waren die billigen Sozialwohnungen aus den sechziger Jahren, schäbig und deprimierend. Auf dem gegenüberliegenden Ufer befanden sich auf der Anhöhe das Greenwich Observatory, das Royal Naval College und das *Cutty Sark*.

Sie gingen gemächlich. Nicht Thornes übliches Tempo. Unter ihnen rülpste und schmatzte und glitt der Fluss kanonengrau vorbei. Vor ihnen, auf der gegenüberliegenden Seite, ragte, vor sich hin rostend und lächerlich, diese bizarre Monstrosität, der Millennium Dome, aus dem Nieselregen auf. Eine Million und mehr pro Woche, so schätzten sie, verschlang das Ding, nur um leer rumzustehen.

»Das ist alle paar Monate ein ordentliches Krankenhaus«, sagte Perks. »Alle paar Wochen eine Schule.«

»Glaubten Sie, dass sie noch am Leben war?«, fragte Thorne. »Als Sie nach ihr suchten?«

Perks wandte sich dem Fluss zu, dem Wind. Als er schließlich anfing zu sprechen, musste Thorne sich anstrengen, um ihn zu verstehen. »Eine Woche, vielleicht zwei, hofften wir es. Wahrscheinlich glaubte ich länger daran als alle anderen. Das gehört zu meinem Job, nehm ich an.«

Thorne ging noch zwei Schritte weiter, bevor ihm auffiel, dass Perks stehen geblieben war. Er wandte sich um und ging zu ihm zurück. »Sie ist gesehen worden, stimmt's?«

»Mehrmals. Das ist allerdings immer so. Entweder ist der Wunsch der Vater des Gedankens, oder die Leute sind einfach bösartig. Lässt sich in der Situation selbst immer schwer sagen. Doch in einem Fall …«

»Carlisle?«

Perks nickte und wischte sich mit dem Handrücken, der in einem braunen Lederhandschuh steckte, den Regen aus dem Gesicht. »Genauer gesagt, ein paar Kilometer außerhalb. Drei Tage, nachdem sie vermisst wurde. Das wog schwer. Die Beschreibung der Kleidung stimmte haargenau – wir haben nie was rausgegeben, doch die Beschreibung war perfekt. Haare, Kleidung, Auto. Das klang echt.« Perks sagte noch etwas, aber das ging im Schrei einer über ihre Köpfe hinwegfliegenden Möwe unter, der sich mit dem Lärm eines Helikopters vermischte. Thorne blickte auf und sah einen klobigen, tomatenroten Hubschrauber auf den City Airport herabstoßen.

Perks ging voraus, und Thorne folgte ihm, ohne den Hubschrauber aus den Augen zu lassen. Unfähig, diese plötzliche, morbide Vorstellung zu erklären, wollte er dennoch keinen Augenblick versäumen, falls er in Flammen aufgehen und in den Fluss stürzen sollte.

»Also deshalb haben Sie nie am Tatort selbst gesucht?«, fragte Thorne.

»Wir haben überall gesucht …«

»Entschuldigen Sie, ich meinte … nach einer Leiche gesucht, an der Stelle, wo sie verschwand. Im Park, am Bahngelände …«

»Dass sie gesehen worden war, war sicher ein Grund. Es machte einfach keinen Sinn, dass wer immer sie sich geschnappt hatte, sie getötet und die Leiche dorthin zurückgebracht hatte. Nicht dass diese Tiere sich normal verhielten …«

Perks' Miene war unbewegt,und trotz des Ekels, der in seiner Stimme mitschwang, hatte Thorne das Gefühl, als fehle da etwas in den Augen. Etwas, das Thorne jeden Morgen in seinem Badezimmerspiegel aufflackern und lebendig werden sah. An einem guten Tag nannte er es Leidenschaft. An einem schlechten Panik.

»Dann war da auch noch die Aussage des Burschen«, erklärte Perks. »Des Jungen, der sah, wie sie aufgegriffen wurde. Wir hatten einen Augenzeugen, der Karen in dieses Auto steigen sah.«

»Stuart Nicklin.«

Perks kniff die Augen zusammen. »Ja. Nicklin.«

Die nächsten paar Minuten liefen sie schweigend weiter. Auf der anderen Seite des Flusses waren Industrieanlagen zu sehen. Einige davon florierend, andere seit langem tot. Alle miteinander potthässlich. Ein stillgelegtes Kraftwerk, eine Getreidemühle, der Schrottplatz, wo die *Marchioness* verschrottet und eingeschmolzen wurde, Kaianlagen, in denen sich Kies- und Schotterberge auftürmten und vor sich hin rostende Kräne in den Himmel ragten.

Der Himmel, das Ufer, das Wasser, die Gebäude. Schwarz, grau und braun …

»Erzählen Sie mir von Nicklin.«

»Das war ein seltsamer Kerl …«

Thorne nickte. *Bei Gott …*

»Man kann nicht sagen, wie sehr sich so was später auswirkt. Er war wirklich außer sich. Gesehen zu haben, wie sie in dieses Auto stieg. Er wusste, dass das falsch war, verstehen Sie? Wenn Sie mich fragen, war ihm klar, er hätte etwas dagegen unternehmen müssen. Das sagte er zwar nie, aber … es war ihm klar. Gesehen zu haben, wie sie einfach so mitgenommen wurde, erschütterte ihn. Sie standen sich nahe, nicht wie ein Liebespaar, aber nahe. Die besten Freunde. Übrigens war da noch ein Dritter im Bunde, Martin Palmer. Sie waren alle drei zusammen gewesen an diesem Tag, doch dann gab es einen Streit oder ein Missverständnis, und Palmer war nach Hause gegangen.«

»Haben Sie eine Ahnung, was genau vorgefallen war?«

Perks kniff die Augen zusammen, sein Verstand arbeitete auf Hochtouren. »Nein …«

»Sie wussten, dass Nicklin zuvor von der Schule geflogen war? Er und Palmer?« Perks' Blick – die Verwirrung, der verzweifelte Wunsch, es zu erfahren – löste plötzlich Schuldgefühle bei Thorne aus. Er zog es unnötig in die Länge. Verarschte vollkommen grundlos einen anständigen ehemaligen Kollegen. Er hätte einfach vorher im Pub sagen sollen, was er zu sagen hatte, was er von Perks wollte – was er *bestätigt* haben wollte.

Thorne berührte Perks am Arm. »Ich wollte mit Ihnen über Stuart Nicklin reden. Auch über Palmer, aber eigentlich … geht es um Nicklin. Ich wollte sichergehen, ob seine Aussage der einzige Grund war, warum Sie nicht näher am Wohnort nach Karen suchten; wie sehr das, was er Ihnen damals erzählte, dazu beitrug, dass …«

Sie konnten nicht mehr weiterlaufen. Sie waren an Saunders Ness angelangt, dem Ende des Uferwegs. Eine Landzunge, die sich durch den riesigen Bogen gebildet hatte, den der Fluss um die Isle Of Dogs und hinaus ins Brackwasser beschrieb.

Perks lehnte sich an das Geländer und schaute über den Fluss. »Vor ein paar Jahren war die Themse so gut wie tot. Wussten Sie das? Da drin gab's nichts mehr außer Scheiße.« Thorne war nicht überrascht. Alles Mögliche wurde in dem Fluss entsorgt, was den meisten Menschen nicht bekannt oder egal war. Für den durchschnittlichen Londoner war die Themse nur etwas, was man gelegentlich überqueren musste. Perks' Augen ruhten auf ihm, als lese er seine Gedanken. »Doch die wenigen Leute, denen das nicht scheißegal war, unternahmen was dagegen. Inzwischen leben wieder fast hundert verschiedene Fischarten darin – Lachs, Lachsforellen, Quallen. Oben bei Dartford haben sie Seepferde gefunden. Dieser Fluss wurde tatsächlich ins Leben zurückgeholt. Schön, dass so was möglich ist, nicht wahr?«

Thorne nickte. Ja, das war schön.

Lächelnd zeigte Perks aufs Wasser. Thorne sah hinunter zum Ufer und sah, was ihn so freute. Seine Geschichte vom Leben nach dem Tod wurde anschaulich illustriert von einem Reiher, der sich weiß gegen das dunkle Wasser abhob, regungslos im seichten Wasser nach seinem Mittagessen Ausschau hielt.

Thorne holte Luft und erklärte: »Stuart Nicklin hat mindestens vier Menschen umgebracht. Er ... hat Martin Palmer dazu angestiftet, weitere zwei Menschen umzubringen. Es tut mir Leid, wenn es Ihnen schwer fällt, sich das anzuhören. Ich kann nur so viel sagen, ich will ihn kriegen, genau so, wie Sie den Mann kriegen wollten, der Karen McMahon entführte. Nicklin, oder wie immer er sich jetzt nennt, wer immer er jetzt ist … er ist ein Mann, dem es Spaß macht zu töten.« Er wartete eine Sekunde, bevor er die größte Bombe platzen ließ. »Nach all dem wird es Sie kaum noch überraschen zu hören, dass ich nicht glaube, dass er Ihnen die Wahrheit über Karen erzählt hat.«

Thorne hielt inne und wartete. Es war unmöglich abzuschätzen, wie Perks reagieren würde. Meistens provozierte die Erklärung, man habe falsch gehandelt oder sich – bestenfalls – in die Irre führen lassen, eine abwehrende Reaktion. Thorne hatte Lickwoods Wut nicht vergessen: eine vorhersehbare Reaktion auf den Vorwurf der Inkompetenz. Hier lag der Fall ganz anders, dennoch wäre eine ähnliche Reaktion verständlich.

Perks wandte sich zu ihm um und sah ihm in die Augen. Thorne hatte sich geirrt, als er eine wütende Reaktion befürchtet hatte. Vic Perks' Tonfall war sanft, geradezu tröstend. Er tat nichts anderes als die Worte auszusprechen, die ihm Tag für Tag durch den Kopf gingen: einfache und freimütige Worte, die er vor vielen Jahren gehört hatte und nun ohne Schwierigkeiten und ohne zu zögern wiederholte. Als er Perks reden hörte, wurde Thorne klar, dass er sich in einem weiteren Punkt geirrt hatte. Die Leidenschaft fehlte keineswegs.

»›Sie stieg in ein blaues Auto, Sir. Cavalier, heißen die, glaub ich. Blau, die Stoßstange vorne war rostig und am Rückfenster war ein Aufkleber. Im Autokennzeichen kamen eine Sechs und eine Drei vor. Irgendwie hatte sie so einen merkwürdigen Gesichtsausdruck. Ich weiß noch, dass ich mich fragte, was sie sich denkt, aber Angst schien sie keine zu haben. Gerade als ihr Kopf hinter der Tür verschwand, winkte sie mir zu. Ganz kurz nur. Ich bin mir nicht ganz sicher. Entweder sie winkte mir zu, oder sie schob sich eine Strähne hinter die Ohren. Das tat sie ständig. Ich konnte es nicht richtig sehen, weil mir die Sonne in die Augen schien› …«

Perks brach ab, kniff selbst die Augen zusammen. Er versuchte, sich an etwas zu erinnern, oder vielleicht versuchte er auch nur, das Gesicht des Jungen neu zu erschaffen, der als Erster diese Worte gesagt hatte. Thorne war sich nicht sicher.

»Er war vierzehn, Thorne. Ein paar Wochen älter, als sie gewesen war, das ist alles. Karen war gerade vierzehn geworden. Am 17. Juli 1985.« Er blinzelte zweimal, langsam. »Karen wäre jetzt einunddreißig.« Thorne nickte. Eine Rechnung, die Perks offensichtlich im Schlaf aufsagen konnte. »Er war noch ein Kind. Ich hatte keinen Anlass, ihm nicht zu glauben.«

»Ich weiß.«

»Herrgott, das Auto wurde gesehen. Es gab genug verdammte Idioten, die das Auto sahen, die glaubten, Karen gesehen zu haben …«

Thorne stand kurz davor, dem alten Mann die Hand auf den Arm zu legen, als Perks sich abwandte und den Kopf schüttelte. Er lehnte sich an die Mauer und sah hinunter zum Ufer.

Die Ebbe hatte beinahe ihren Höhepunkt erreicht. Thorne schaute hinunter auf das angeschwemmte Kroppzeug, das im Schlick festsaß und nun von dem zurückweichenden Wasser den Blicken preisgegeben wurde. Autoreifen, Dutzende davon, zerbrochene Kisten und natürlich die allgegenwärtigen Einkaufswagen. Wie zum Teufel kam das alles hierher? Er konnte sich nicht vorstellen, dass jemand seinen Wochenendeinkauf in den Kofferraum lud und anschließend den Einkaufswagen fröhlich über die nächste Brücke kippte. Doch da waren sie, wahrscheinlich ungemein symbolhaft für dieses oder jenes, aber für Thorne waren sie in diesem Augenblick nichts weiter als ein Schwung alter Einkaufswagen, die im Schlamm steckten.

Das war ein nicht ungewöhnliches Treibgut; Thorne hatte schon Exotischeres gefunden. Eine Reihe künstlicher Gliedmaßen. Eine 1968er Harley-Davidson. Einen toten weißen Bullterrier, aufgebläht wie ein grauenvoller Hüpfball.

Und natürlich gelegentlich eine Leiche.

Immer wieder mal entließ der Fluss eine. Bahrte sie sachte am sandigen Ufer auf, hustete sie hinaus auf ein wirres Bett aus Seegras oder spuckte sie in den Schlick. Die meisten wurden nie identifiziert, nie von ihren Angehörigen beansprucht, blieben so anonym wie die Einkaufswagen. Viele harrten noch ihrer Entdeckung, schwebten unter der Wasseroberfläche den Fluss hinauf und hinunter, während Lachse, Lachsforellen und Seepferdchen an ihren Augenlidern und Fingernägeln knabberten.

Thorne fragte sich, wie schnell wohl Karen McMahons Leiche in seine Obhut gelangte, falls überhaupt, und ob ihn das weiterbrächte …

»Zwei Dinge«, sagte Perks unvermittelt. Thorne wandte sich ihm zu und wartete. »Mir ist klar, Sie werden mich nicht als Ersten anrufen oder als Zweiten. Wahrscheinlich stehe ich überhaupt nicht weit oben auf Ihrer Liste. Doch sagen Sie mir bitte so schnell wie möglich Bescheid, ja? Wenn Sie sie finden?«

Thorne nickte. Das verstand sich von selbst.

»Und das Zweite?«

Fröstelnd stopfte sich Perks den Schal in den Kurzmantel. »Karen McMahons Mutter – ich möchte es ihr sagen.«

Holland stand in der Tür und versperrte den Durchgang. McEvoy versuchte, an ihm vorbeizukommen. Er trat ihr in den Weg.

Sie lachte auf, ein humorloses Lachen. »Das ist bescheuert.«

»Ja, stimmt«, erwiderte Holland. »Wenn du ins Büro kommst und ich bin da, drehst du dich um und gehst …« Wenn ich reinkomme und du bist schon da, stehst du auf und gehst …«

»Dann frag doch beim Detective Chief Inspector an, ob du nicht ein anderes Büro haben kannst.«

»Sicher. Und wie soll ich ihm das erklären?«

»Wie du willst.«

»… dass wir plötzlich nicht mehr miteinander auskommen?«

Seufzend trat Holland einen Schritt vor, sodass McEvoy nichts anderes übrig blieb, als ein, zwei Schritte nach hinten auszuweichen. Er schloss die Tür.

»Wir machen unsere Arbeit nicht so, wie es sich gehört, Sarah.«

McEvoy kniff die Augen zusammen und senkte die Stimme. »Du fängst schon wieder damit an, stimmt's?«

»Ich sagte *wir*, Sarah. Wir müssen das beide klären, bevor es uns über den Kopf wächst.«

»Ist das eine Drohung? Willst du mich verpfeifen, Holland?«

Holland schlüpfte an ihr vorbei und ließ sich auf einen Stuhl fallen. »Herrgott noch mal, Sarah, du leidest unter Verfolgungswahn.«

»Ja? Du solltest mich erstmal sehen, wenn ich ein paar Lines intus habe.« Sie starrte ihn an, hielt ihm stand. Dabei wünschte sie sich nichts sehnlicher, als die Tür aufzureißen und davonzulaufen. In eine der Toiletten zu stürzen, ihre Handtasche zu öffnen und etwas Selbstvertrauen hochzuziehen …

Es schien fast, als könnte Holland ihr das ansehen. »Und hast du was intus? Hast du dir heute schon ein paar

Lines gegönnt?« McEvoy erwiderte nichts darauf, spürte jedoch, wie ihre Augen zu brennen begannen. »Wo versteckst du es denn? Wenn du hier bist, mein ich? In deiner Tasche, oder? Irgendwo hier drin ...?« Hollands Augen wanderten durchs Zimmer. »Dann würde ich mal ein Gebet zum Himmel schicken, dass keiner dieser Schnüffelhunde hier reinkommt ...«

In letzter Zeit war sie nah am Wasser gebaut. Ständig stiegen ihr Tränen in die Augen, sammelten sich in den Augenwinkeln, nur ein Tropfen oder zwei, die sich leicht mit dem Handrücken wegdrücken ließen, die aber dennoch ausreichten, um Holland erstarren zu lassen.

»Sarah ...«

»Nein!«

Ihre Hände fielen herunter, und sie hob den Kopf. Jede Weichheit war aus ihren Zügen verschwunden. Auf die Tränen folgte immer diese Wut, und darüber war sie froh. Dann befand sie sich wieder auf sicherem Boden. Eine geballte Faust und die Anspannung im Brustkorb fühlten sich weitaus angenehmer an als der Geschmack von Salzwasser im Mund.

»Hör mal, ich pfeif auf deine Hilfe und auf deinen Rat. Und was ich schon überhaupt nicht brauche, ist, dass mir jemand sagt, was gut für mich ist, weder in beruflicher noch in jeder anderen Scheiß-Hinsicht.«

»Niemand versucht dir zu sagen ...«

»Ein bisschen Gepoppe und Gegrabsche auf dem Parkplatz gibt dir noch lange nicht das Recht dazu, okay? Und ich habe nicht gehört, dass du dich neulich beschwert hättest, als du auf dem Badezimmerboden über mich hergefallen bist. Rumgestöhnt und mich ständig gegen die Kloschüssel geschoben hast ...«

»Ich will doch nur ...«

»Lass es einfach. Während der Arbeit mach ich's nicht.«

Auf das einmalige Klopfen folgte sofort das Öffnen der Tür. Sie drehten sich beide gleichzeitig um. McEvoy trat instinktiv einen Schritt auf die Tür zu. Weder sie noch Holland hatten die geringste Ahnung, ob der Mann in dem schicken Anzug mit dem zurückgekämmten, gegelten Haar, der ins Büro trat, etwas von ihrem Streit mitbekommen hatte, und während des nun folgenden Gesprächs dachten beide an nichts anderes.

»Ich suche McEvoy.«

»Ich bin Detective Sergeant McEvoy. Hat man Ihnen nicht beigebracht, wie man anklopft?«

»Ich habe angeklopft.«

»Man klopft, dann wartet man, bis man aufgefordert wird einzutreten, und dann betritt man das Zimmer. So verdammt einfach ist das.«

»Wer hat schon Zeit für so was? Ich bin Detective Chief Inspector Lickwood von Serious Crime Group East.« Er warf seinen Mantel auf einen Stuhl und streckte die Hand aus. »Am Telefon wirken Sie ganz anders.«

Thorne stieg in Island Gardens in die Docklands Light Railway, die eine Zeit lang dem Greenwich Meridian folgte. Hier lief ein gepflasterter viktorianischer Fußweg am Fluss entlang, auf dem man in der Nähe von *Cutty Sark* ans Südufer gelangte.

Wie im Flug ratterte der Zug durch das Herz der Canary Wharf; der Anblick, der sich Thorne dabei bot, war ebenso atemberaubend wie der Ausblick vorhin über die Themse.

Eine bizarre Reise. Ein paar Minuten trennten einen der ältesten Teile Londons von den brandneuen Bauvorhaben, die die Skyline für immer verändern würden: vom Teeklipper aus dem neunzehnten Jahrhundert im Trockendock von Greenwich zu der zwölf Meter langen Yacht in Limehouse Basin; von der klassischen Eleganz des Queen's House zu der vollkommen anders gearteten Schönheit des neuen Wolkenkratzers, der in wenigen Tagen das höchste Gebäude der Stadt sein würde; binnen weniger Minuten von Stuck und Schieferdach zu Stahl und verspiegeltem Glas.

Die Docklands Light Railway kam einer Zeitmaschine so nahe, wie das möglich war.

Jetzt lag eine weitaus kürzere Reise in die Vergangenheit vor Thorne. Nur ein winziger Hüpfer, siebzehn Jahre, zurück in den Sommer 1985.

Ein heißer Sommer. Live Aid, französische Nukleartests, Brixton kurz vor dem Überkochen. Detective Constable Tom Thorne, frisch verheiratet, in einem muffigen Vernehmungszimmer zusammen mit einem Mann namens Francis Calvert. Ein Augenblick, der alles verändern sollte.

Und ein junges Mädchen, das, während Thorne sich bemühte, den Geruch des Todes aus seiner Kleidung zu bekommen, in ein Auto stieg oder auch nicht. Ein Mädchen, dessen Bild immer kleiner wurde und schließlich von den Titelseiten verschwand, als größere Storys darauf explodierten. Ein Mädchen, das so gut wie sicher allein und voller Angst an einem warmen Sommerabend starb, während die Menschen im Wembley Stadium tanzten, auf der Electric Avenue in Brixton Molotowcocktails warfen oder wie Tom Thorne zu Hause saßen und sich bemühten, den Rest der Welt auf Distanz zu halten.

Thorne legte den Kopf in den Nacken und sah zum Fenster hinaus. Mauern und Fenster und graffitibedecktes Metall sausten an ihm vorüber. Vor siebzehn Jahren, als Karen McMahon verschwand, war er woanders gewesen. Jetzt endlich könnten sie einander vielleicht helfen.

Der Zug ratterte weiter Richtung Banks, wo er umsteigen musste: mit der Northern Line zurück nach Hendon und ein paar Stunden im Büro, bevor er später wieder Richtung Südostlondon fahren würde.

Er schloss die Augen und stellte sich vor, wie er mit zwanzig Jahren mehr auf dem Buckel in einem miesen Pub säße oder mit einem von sich selbst besoffenen Gernegroß den Fluss entlangliefe; einem energischen Detective Inspector in den Dreißigern, der ganz wild darauf war, ihm auseinander zu setzen, wie vollkommen falsch er damals alles angegangen und den Fall in den Sand gesetzt hatte. Den Fall, den sie jetzt wieder neu aufrollten. Und wie sie seine Fehler endlich ausbügelten …

Er stellte sich vor, wie er lächelte und sagte, es reicht, Kumpel, aber nun würde ich gerne wissen, über welchen Fall Sie reden. Über welchen Scheißfall, den ich verbockt habe.

Es ist eine verdammt lange Liste …

Später, als er sich Her Majesty's Prison Belmarsh näherte, drängten sich wie üblich Gedanken über Do-it-yourself- und Gartenarbeiten in den Vordergrund. Hier konnte er nicht anders, ihm fielen einfach diese billigen Ladenmonstrositäten mit angeschlossenem Lagerhaus wie B&Q ein, das er von seinem Bürofenster aus sehen konnte, wenn er Pech hatte und der Tag klar war. Belmarsh wirkte, als sei es einem Staatsgefängnis im amerikanischen Stil nachempfunden: zweckmäßig und funktional. Obwohl die großen alten viktorianischen Gefängnisse wie Strangeways und Brixton zweifelsohne schmutzig und überbelegt waren, kam Thorne nicht umhin, sie etwas … charaktervoller zu finden.

Nicht dass der Charakter ausschlaggebend gewesen wäre.

Diese bizarre Londoner Mischung aus Alt und Neu war

hier wieder zu spüren, umgab Thorne auf seiner Fahrt nach Süden, vom Marschland um Greenwich durch Charlton zu der Gegend, wo sich das Gefängnis befand, irgendwo zwischen Woolwich und Thamesmead. Eine gerade Straße, die am Fluss entlang verlief. Und obwohl die Gegend nicht gerade pittoresk war, Abwechslung bot sie allemal. Auf der rechten Seite befand sich, etwas von der Straße zurückgesetzt, eine Reihe umgebauter viktorianischer Baracken und militärischer Gebäude. Dunkel und verrußt und das Gelände höchstwahrscheinlich verseucht von hundert Jahren Öl und Geschützen. Zu Thornes Linken reihten sich, während er unter einem um vier Uhr bereits düsteren und dunkel werdendem Himmel entlangfuhr, billige Reihenhäuser aneinander. Genau die Sorte, die von dem Typ mit dem kantigen Kinn und der tiefen Stimme angepriesen wurde, der in einem Helikopter herumbrauste. Rote Klinker und grüne Dächer, die so gut wie sicher früher in sich zusammenfallen würden als die etwas finstereren Gebäude auf der Straßenseite gegenüber.

Dann kam das Gefängnis selbst. Es war nicht weniger sicher als alle anderen Gefängnisse des Landes. Hatte mal Jeffrey Archer und mal Ronnie Biggs beherbergt und jeden Terroristen, der sein Geld wert war. Niemand war jemals daraus entkommen. Niedrig und grau und grimmig und mitten im Blickfeld einer weiteren Sozialsiedlung. Thorne war sich nicht sicher, wer den grässlicheren Ausblick hatte: die unglücklichen Familien in ihren netten neuen roten Klinkerhäusern oder die Gefängnisinsassen …

Es dauerte mehr als eine halbe Stunde von dem Augenblick an, als Thorne zum ersten Mal am Schalter im Besucherzentrum seinen Berechtigungsausweis vorzeigte, bis zu dem Augenblick, als er in dem Besuchszimmer Platz nahm, um auf Martin Palmer zu warten.

Eine in die Länge gezogene und reglementierte Prozedur. Von dem Besucherzentrum, in dem Thorne sämtliche persönliche Habe in einem Schließfach zurücklassen musste, in das Hauptgebäude, wo seine Berechtigung erneut geprüft und ein ultravioletter Stempel auf seinen Handrücken gedrückt wurde. Dann in einen Hof, wo sein Pass noch einmal überprüft wurde, durch eine elektronische Schleuse, ein Glaslabyrinth und einen luftdruckkammerartigen Durchgang – eine Tür schließt sich, bevor sich die nächste öffnet. Und dann das Warten auf den Van, der die Besucher zu dem getrennten Gebäudekomplex brachte. Sobald sie dort ankamen, wurden ihre Berechtigungen erneut überprüft, und eine weitere elektronische Schleuse harrte ihrer. Wieder wurde jede Menge geguckt und geknurrt, bevor Thorne endlich in den kleinen, rechteckigen Besucherraum geführt wurde.

Dann hieß es wieder warten. Diesmal hing die Wartezeit ausschließlich von der Stimmung des verantwortlichen Gefängniswärters ab. Es war immer das Gleiche, und es kotzte Thorne ungemein an. Polizisten und Gefängnisbeamte waren alte Feinde. Die einen fingen die Ganoven, und die anderen passten auf sie auf, und sie konnten einander nicht ausstehen. Die Gefängniswärter galten als die bei der Polizei Abgeblitzten. Und die Polizisten als die Lieferanten mit der schicken Uniform und den sauberen Händen. Ließ sich im Zuständigkeitsbereich der Gefängnisbeamten etwas umständlicher und komplizierter gestalten, wurde das in der Regel auch getan.

Zehn Minuten später führte ein heftig tätowierter und tief deprimierter Gefängniswärter Martin Palmer ins Zimmer. Palmer kam herüber und setzte sich Thorne gegenüber an den Tisch. Der Gefängniswärter, der in Thornes Augen wie ein Scheißhaus mit rechtsradikalen Tendenzen aussah, verabschiedete sich, um seinen Platz hinter der Tür einzunehmen, von wo aus er alles durch ein Fenster beobachten konnte.

Palmer war kreidebleich. Er trug den orangefarbenen Kapuzenpulli, den er am Weihnachtsabend in seiner Wohnung angehabt hatte. Langsam blinzelnd musterte er Thorne. Er sah eher aus wie ein Mann, der soeben aufgewacht war, als wie einer, der vorsichtshalber rund um die Uhr überwacht wurde, um einen Selbstmord zu verhindern.

So aufwändig und zeitraubend es gewesen war, hierher zu kommen, Thorne wollte so schnell wie möglich wieder weg. Er war wirklich nur gekommen, um eine Nachricht zu überbringen.

»Ich werde Karen suchen«, erklärte er.

Vierter Teil

Verlangen

Neunzehntes Kapitel

Palmer wirkte verloren.

Er blickte um sich, suchte nach etwas Bekanntem, einem vertrauten Orientierungspunkt, von dem aus er sich alles erschließen konnte. Doch alles erschien ihm fremd und unbekannt.

Thorne beobachtete ihn und versuchte, sich den Mann als Jungen an diesem Ort vorzustellen, als die Welt eine ganz andere war. Dabei war er allerdings nicht erfolgreicher als Palmer bei seinem Versuch, die Vergangenheit dingfest zu machen.

Was durchaus nachvollziehbar war. Der Bahndamm war nicht mehr zu vergleichen mit dem Bild, das er vor beinahe zwanzig Jahren geboten haben musste. Diese Strecke, die einen Kilometer oder länger am King Edward's Sportgelände entlanglief, war seit Jahren stillgelegt. Es war für ein Bauvorhaben vorgesehen gewesen, das, zum Glück für das jetzige Unterfangen, nie ausreichend finanziert war. Die Bahngebäude – Wartungshallen und Maschinenlager – waren seit langem eingerissen, die Gleisanlagen demoliert und grasüberwachsen. An manchen Stellen war das Gras über zwei Meter hoch. Palmer war fremd an diesem Ort, den er einst so gut gekannt hatte. Die Handschellen, die er trug, waren auch keine Hilfe.

Thorne ging hinüber zu ihm, stellte sich an seine Seite. »Irgendwie hab ich das Gefühl, das wird nicht einfach.«

»Es ist nicht mehr so wie früher, alles hat sich total verändert.«

»Nichts ist jemals so, wie wir es in Erinnerung haben.«

»Ich weiß. Aber das hier …« Palmer machte sich auf den Weg zu einer Baumgruppe. Thorne begleitete ihn. Der Himmel war klar, aber in der Nacht hatte es heftig geregnet, und der Wind, der aufgefrischt hatte, blies die Tropfen von dem braunen Farn und den grauen Platanen. Das lange Gras, durch das sie sich ihren Weg bahnten, war schwer und nass. Thorne trug wasserdichte Überhosen, aber Palmers Jeans waren bereits durchnässt.

»Vielleicht der Bogen, den der Bahndamm beschreibt«, schlug Thorne vor. »Eine auffällige Baumformation. Irgendetwas, um das Gebiet für uns wenigstens etwas einzuschränken.«

Palmer nickte. »Ich such ja schon.«

Die Verwirrung war ihm ins Gesicht geschrieben, doch darunter zeigte Palmer denselben grundlegenden Gesichtsausdruck, seinen *entscheidenden* Ausdruck, den Thorne so oft gesehen hatte. Der ihm an diesem Morgen von den Titelseiten der meisten Zeitungen entgegengesprungen war. Palmer, vor vier Monaten, ein Glas Limo in der Hand, auf einer zweifelsohne grässlichen Büroparty. Ein Schnappschuss, der ihn mit weit aufgerissenen Augen und vom Blitzlicht roten Pupillen zeigte, wie er sich in einer Ecke verkroch und sich größte Mühe gab, so zu tun, als amüsiere er sich prächtig – vergebens.

Thorne tippte auf Sean Bracher als Quelle des Fotos. Hätte er diesen Schleimscheißer in dem Augenblick vor sich gehabt, hätte er seinen Sarkasmus nicht verhehlen können, doch er brachte nicht die Energie auf, sich groß aufzuregen. Bracher war wie dieses Zimmermädchen im Hotel, schlug Geld aus Mord, verdiente was nebenbei. Ein eselohriger Schnappschuss. Ein netter neuer Sportwagen und ein paar Wochen auf Antigua mit der Freundin. Es war nur ein Foto. Scheiß drauf, warum nicht …

Derselbe Gesichtsausdruck jetzt, während Palmer sich umblickte.

Es fiel Thorne wie Schuppen von den Augen, was dieser Ausdruck bedeutete. Es war Palmer peinlich. Peinlich, auf dieser Party zu sein. In die Polizeiwache zu marschieren und einen Mord zu gestehen. Peinlich, hier zu sein. Thorne dämmerte, dass sich Palmer so gut wie nirgends wohl in seiner Haut fühlte.

Palmer stöhnte leise; sich zu orientieren fiel ihm immer schwerer. Und Thorne schoss durch den Kopf, dass sich sogar die Jahreszeiten gegen ihn verschworen hatten – gegen sie beide. Palmer musste diesen Ort so in Erinnerung haben, wie er im Sommer war. Damals mussten die Bäume prächtig ausgesehen haben. Heute waren sie tropfnass, dunkel und kahl.

»Vielleicht hilft es, sich an den Gebäuden zu orientieren«, schlug Thorne vor. »Können Sie sich erinnern, in welchem Block Nicklin lebte?« Sie sahen beide hinauf zum Bahndamm. Über den Baumwipfeln blühte, gerade noch sichtbar, ein Feld von Fernsehantennen und Satellitenschüsseln.

Palmer schüttelte den Kopf. »Sehen anders aus. Neuer.«

»Was ist mit der Brücke? Können Sie sich danach richten?«

Palmer sah hinauf zu der Fußgängerbrücke aus Metall, die sich etwa vierhundert Meter von ihnen entfernt über das Tal zwischen den Bahndämmen spannte. »Die gab's noch gar nicht. Daran bauten sie gerade. Ich kann mich noch an den Lärm erinnern …«

Der Gedanke traf Thorne wie ein Schlag. Wie raffiniert und verschlagen war der vierzehnjährige Stuart Nicklin gewesen? Lag Karen McMahon unter hundert Tonnen Beton im Stützpfeiler begraben? Falls dem so war, hatten sie so gut wie keine Chance, sie zu finden. Nicht dass Jesmond und die in der Hierarchie über ihm überhaupt zustimmen würden, dort zu suchen. Es war schwer genug, eine Suche in *dieser Größenordnung* durchzubekommen. Die drei magischen Buchstaben hatten letztlich den Ausschlag gegeben. Nachdem er mit Hendricks gesprochen hatte, war er sich keineswegs sicher, ob das überhaupt möglich war, doch die Außenseiterchance, verwertbare DNS des Mörders zu finden, hatte das Zünglein an der Waage in seine Richtung bewegt. Bei Nicklins jüngsten Opfern hatten sie nichts gefunden, doch vielleicht war er als Anfänger nicht ganz so vorsichtig zu Werke gegangen.

DNS – ein gigantischer Durchbruch im Kampf, Mörder zu verhaften und zu überführen. Eine nützliche Waffe, wenn es darum ging, die Oberhand über seine geistig etwas weniger bemittelten Vorgesetzten zu gewinnen …

Palmers Blick wanderte von der Brücke zu den Abhängen, die sich links und rechts von ihnen erhoben. Er musterte die kleine Gruppe uniformierter Polizisten, die an verschiedenen Punkten entlang des Bahndamms postiert waren. Einige von ihnen standen vollkommen unbewegt da, das Funkgerät in der Hand, und einige wanderten langsam dahin, so wie er selbst und Thorne.

»Wie läuft das ab?«, fragte Palmer.

»Sobald wir einen Anhaltspunkt haben, sobald Sie uns eine Stelle nennen, an der wir anfangen können, wird ein Team kommen, um das Gebiet freizuräumen – das Gras mähen, die Geräte bereitstellen, um die Arbeit zu erleichtern. Eine Zeit lang wird es eher an die Gartensendung *Ground Force* erinnern.«

Palmer nickte schnell. Das hatte er nicht gemeint. »Ich meine, danach? Die Suche selbst. Das Graben …«

Thorne blies die Backen auf. Nachdem er seit Jahren an keiner derartigen Suche mehr beteiligt gewesen war, war er sich hierbei selbst nicht so sicher. »Ein Team von Spezialisten. Wahrscheinlich mit Hunden …« Palmer zuckte zusammen. Wie sie wohl die Hunde dafür trainierten?, fragte sich Thorne. Ein Thema, über das er nicht allzu lange nachdenken wollte. Drogen zu suchen war eine Sache, aber nach dem Tod zu schnüffeln? »Cadaver dogs« – Leichenhunde – hießen sie in den USA.

Ein lebhaftes Bild brachte ihn kurz aus der Fassung, raubte ihm einen Moment den Atem …

Heraushängende, ledrige Zungen und Pfoten, die in der Erde scharrten, spinnwebenzarte Haut zerrissen und durch poröse Knochen brachen.

Thorne wartete ein paar Sekunden. »Wenn wir dann eine Leiche finden, holen wir einen forensischen Archäologen hinzu …«

Palmer fiel ihm ins Wort. »Sie werden nichts finden.« Er hielt inne und sah hinunter zu Thorne. Seine Handgelenke steckten in Handschellen, wodurch sein ohnehin vornübergebeugter Gang noch extremer wurde und er auf beinah absurde Weise wie ein Buckliger daherkam. »Warum sollte sie hier sein?«

Die offensichtlich aufrichtige und aus tiefstem Herzen kommende Frage veranlasste Thorne, selbst eine Frage zu stellen. Eine, die er bereits gestellt hatte. Warum hatte Palmer nie die Möglichkeit in Betracht gezogen, Nicklin könne etwas mit Karen McMahons Verschwinden zu tun gehabt haben? »Vielleicht nicht damals«, sagte Thorne. »Das leuchtet mir ein. Aber *jetzt*, seit er wieder auftauchte und die Morde begannen, jetzt, da Sie über ihn Bescheid wissen. Halten Sie es denn nicht wenigstens für möglich?«

Etwas wie ein Lächeln huschte über Palmers Gesicht, wie damals, als Thorne ihn zum ersten Mal mit dieser Frage bedrängt hatte. Und er wiederholte mehr oder weniger die einzige Antwort, die er darauf zu geben bereit schien.

»Alles ist möglich, nehme ich an. Falls einer von uns beiden für das, was mit Karen geschah, verantwortlich war, dann ich …«

»Erzählen Sie mir, warum.«

Palmer beugte sich vor, und einen Augenblick schien es, er würde vornüberfallen, doch in letzter Sekunde tat er einen riesigen Schritt nach vorn, und der Schwung hielt ihn aufrecht. Thorne sah ihm ein, zwei Sekunden zu, wie er ging, und überlegte. War es etwas in Bezug auf Karen, worüber Palmer nicht reden wollte? Oder war es etwas anderes? Etwas über Nicklin, das er für sich behielt?

Thorne ging ihm nach, folgte dem Pfad, den Palmer geräuschvoll entlangtrampelte. Die rostbraunen Quecken vom Wind gepeitscht und tropfnass. Scharf genug, um in die Haut zu schneiden. Der Boden selbst schlammig. Bei jedem Schritt quoll braunes Wasser hervor und lief in Thornes Stiefel.

»Manchmal unterhalte ich mich mit ihr«, erklärte Palmer unvermittelt. »Ich weiß, das klingt bescheuert.«

Das fand Thorne nicht. Er hatte sich selbst im Lauf der Jahre an mehreren Gesprächen mit den Toten erfreut, nein, sie über sich ergehen lassen.

»Worüber reden Sie mit ihr?«

»Inzwischen nicht mehr so häufig wie früher. Ich hab ihr erzählt, was ich getan hatte.«

»Sie beichteten ihr?«

Weiter vorne brummte Palmer: »Sie wusste natürlich ohnehin Bescheid.«

»Hat sie Ihnen vergeben?«

»Man konnte sich nie sicher sein, was Karen dachte. Ich glaube, die meiste Zeit wusste das nicht einmal Stuart …«

Palmers Abstand zu Thorne vergrößerte sich. Er bog scharf nach links ab, weg vom Bahndamm, der steil nach oben zu den neuen Sozialbauten führte, und ging zu dem sanfter ansteigenden Hang gegenüber. Oben trennte ein hoher Metallzaun dieses verwilderte Stück Land von einem herausgeputzten neuen Industriegelände. Thorne sah hoch zu dem Bahndamm rechts. Die Beamten verfolgten noch immer jede ihrer Bewegungen, und zwei kletterten vorsichtig den rutschigen Damm herunter.

»Sie wusste natürlich die ganze Zeit über, was *ich* dachte. Die ganze Zeit …« Er sagte noch etwas. Thorne versuchte es zu verstehen, doch die Worte wurden vom Wind übertönt.

Palmer beschleunigte sein Tempo, und der Abstand zwischen ihm und Thorne wuchs mit jedem Schritt. Thorne begann, etwas schneller zu gehen, aber inzwischen hatten sie das Gras hinter sich gelassen und ein Gelände erreicht, wo das Durchkommen zumindest für ihn weitaus schwieriger wurde. Zwar war der Boden hier trockener, doch das Unterholz war dichter. Er konnte die Beine nicht hoch genug heben, um über die riesigen Büsche aus Farn und dornigem Gestrüpp zu steigen. Er stolperte durch Unmengen kahler Brombeersträucher, über eine Ansammlung verdorrter Disteln. Er fluchte, als er mit der Hand an etwas Scharfem hängen blieb. Und als er das Blut weglutschte, verlor er für ein, zwei Sekunden Palmer aus den Augen. Er blickte sich rasch um, gerade rechtzeitig, um etwa hundert Meter entfernt einen Polizisten auf dem Hintern den Abhang herunterrutschen zu sehen. Er wollte ihn gerade rufen, als er Palmers Stimme hörte …

»Das kommt daher, weil ich sie liebte. Ich habe sie immer geliebt …«

Thorne wischte die herunterhängenden Ranken eines verdorrten Brombeerstrauchs zur Seite und sah ihn zehn Meter entfernt stehen. Thorne war außer Atem und kam sich mit einem Mal sehr dumm vor. Dort vorne stand Palmer unbewegt. Warum zum Teufel hatte er sich solche Sorgen gemacht?

Er folgte Palmers Spuren durch das kniehohe dürre Farnkraut, bis er neben ihm stand.

»War Karen die einzige Frau, die Sie je liebten?«

»Ja. Die einzige *Frau.*« Er wandte sich zu Thorne um und lächelte traurig, wie ein Idiot. »Stuart habe ich natürlich immer geliebt.«

Palmer hob die Hände, die in den Handschellen steckten, und deutete, so gut er konnte, zu den knorrigen Wurzeln einer traurig aussehenden Eiche, die ein paar Meter entfernt stand.

»Hier ist es. Hier hab ich mal einen kleinen Vogel gefunden.« Er drehte sich um und begann sich aufgeregt umzublicken. »Die Schuppen, in denen wir uns herumtrieben, waren *dort* drüben. Stuarts Haus war *da* oben.« Er nickte Thorne zu. »Hierher kamen wir immer, wir drei. Hier habe ich Karen zum letzten Mal gesehen.«

Thorne wandte sich um. Nach ein paar Sekunden erkannte er Dave Holland oben auf dem Damm, der mit zwei Polizisten plauderte und Tee trank. Thorne steckte zwei Finger in den Mund und pfiff laut, um Hollands Aufmerksamkeit zu erregen. Als ihm das gelungen war, begann er zu deuten.

Holland winkte und sprach in sein Funkgerät.

Im Rückspiegel sah Thorne, dass Palmer mit gebeugtem Kopf im Fond saß, als betrachte er das Metall um seine Handgelenke und um das von Dave Holland, der neben ihm saß, und denke schweigend darüber nach, wie die Handschellen dorthin gelangt waren. Wie *er* auf den Rücksitz dieses Autos gelangt war. Der Detective, der den Vectra hinter ihnen fuhr, fing Thornes Blick auf und blendete kurz die Scheinwerfer auf. Thorne hob die Hand als Zeichen, dass er verstanden hatte.

Der kleine Konvoi bog links in den Blackwall-Tunnel ab, auf die Straße nach Woolwich, zurück zum Belmarsh Prison, Palmers Gefängnis.

Palmer sprach beiläufig, als bitte er darum, ein Fenster zu öffnen, doch selbst über den Krach des Mondeo und den Verkehrslärm hinweg konnte Thorne die Not in seiner Stimme hören.

»Es wird lebenslänglich sein, oder? Ich werde nicht mehr rauskommen ...«

Thorne versuchte stets, nicht an den Prozess zu denken. Natürlich würde er in den Zeugenstand müssen, aber seine eigentliche Arbeit war dann, falls er sie ordentlich gemacht hatte, vorbei. Gelegentlich kam es vor – und in den letzten Jahren etwas häufiger –, dass ein Idiot von Richter, ein Ewiggestriger, der keine Ahnung von Rapmusik hatte und dachte, Frauen in kurzen Röcken legten es nur darauf an, den Karren an die Wand fuhr: für Schlagzeilen sorgte und die Arbeit der Polizei untergrub, indem er einen Mörder zu einer lächerlichen Strafe verurteilte, als habe der vergessen, seine Bibliotheksbücher zurückzubringen ...

»Es wird lebenslänglich sein?« Die Betonung auf *wird.* »Denken Sie ...?«

Ein Blick in den Spiegel sagte Thorne, dass Palmers Kopf jetzt nicht mehr gesenkt war, sondern er geradeaus sah. Thorne gab ihm die einzige ehrliche Antwort, die er ihm geben konnte: »Ich hoffe es, ja.«

Palmer nickte mehrmals hintereinander. Thorne fand, er wirkte erleichtert. »Außerdem werden sie mich auch isolieren? Wenn ich drin bin? Das tun sie, ich hab es mal wo gelesen, bei Gefangenen, die eine Frau umgebracht haben. Sie isolieren sie, weil die anderen Insassen, die ehrlichen, *anständigen* Diebe und Räuber und Auftragskiller,

Leute wie mich fertig machen, wenn sie die Gelegenheit dazu erhalten. Das stimmt doch?«

Thorne sah wenig Grund, es zu leugnen. »Ja, manchmal. Normalerweise sind es Sexualstraftäter, wenn's um Kinder ging …«

»Ich weiß, aber sie hätten es auch auf mich abgesehen.« Es war keine Frage. Thorne zuckte mit den Achseln und ließ Palmer fortfahren. »Man kann sie unmöglich die ganze Zeit getrennt halten, oder? Sogar wenn man mit den … anderen Gefangenen beisammen ist, die so sind wie man selbst, den Besonderen. Da gibt es wohl eine Art Hackordnung, nehm ich an. Wenn man ein Perverser ist, der ein Schulmädchen umgebracht hat, ist man offensichtlich schlimmer als das Tier, das den alten Rentner umgebracht hat. Der Mann, der seine Frau zu Tode geprügelt hat, ist nicht ganz so verhasst wie der, der zwei Frauen tötete, die er nicht einmal kannte …«

Thorne wollte sich das nicht noch länger anhören. Anfangs hatte es geklungen wie ein Versuch, sich Gewissheit zu verschaffen, jetzt klang es eher nach Selbstmitleid. »Hören Sie, Palmer, wenn Sie von mir hören möchten, dass es da drinnen hart wird, sag ich Ihnen das. Ja, Sie werden es hassen. Andererseits sind Sie nicht blöd, stimmt's? Lieg ich da richtig?«

»Ja, natürlich …«

»Wenn es Ihnen darum geht, dass ich einen Funken von so was wie Mitgefühl für Sie empfinde …?«

»Nein, absolut nicht.«

»Gut.« Thorne trat aufs Gas, hoffte auf Dunkelgelb und schoss über einen Minikreisverkehr auf die Woolwich Church Street, den Fluss zu seiner Linken. Er warf einen Blick in den Spiegel, um sicherzugehen, dass der Vectra hinter ihm es über die Ampel geschafft hatte. Seine Augen wanderten zu Holland, der so gut wie nichts gesagt hatte, seit sie in den Wagen gestiegen waren. Nur ein Körper, an dem man einen Gefangenen mit Handschellen festgemacht hatte.

»Da ist noch was, worüber Sie nachdenken sollten, Palmer. Ja, Sie haben vollkommen Recht, man wird Sie hassen, weil Sie Frauen umgebracht haben. Es spielt dabei keine Rolle, *warum* Sie sie umbrachten. Diejenigen, die Sie deshalb fertig machen wollen, glauben, dass es dabei um Sex ging. Sie haben nicht genug Zeit, um sich um psychologische Feinheiten zu kümmern. Na ja, natürlich haben sie jede Menge Zeit, aber sie lassen sich nun mal nicht gern verarschen. Sie ziehen ihre Schlussfolgerungen.«

Palmer hob das Handgelenk, Hollands Handgelenk folgte der Bewegung, und kratzte sich mit dem Daumennagel am Kopf. »Es wäre wohl dumm, darum zu bitten, dass jemand sie aufklärt, ihnen die Wahrheit sagt.«

»Sehr dumm. Es wird nur schlimmer statt besser. Sie hätten zwei Gründe, Sie zu hassen.«

»Was ...?«

»Zwei Gründe, Ihr Gesicht in ein Waschbecken zu drücken. Sie eine Treppe runterzustoßen oder etwas in der Werkstatt mitgehen zu lassen, um es in Ihren Bauch zu rammen, während Sie an der Essensausgabe stehen. Verstehen Sie mich nicht falsch, diese Leute *haben* einen Moralkodex, es ist nur kein normaler Moralkodex.« Thorne fing Palmers Blick im Spiegel auf und hielt ihm stand. »Sie hassen Männer, die Frauen wehtun, oder sie *geben vor*, sie zu hassen, ziemlich egal, wie rum. Und wenn Sie Glück haben, pissen sie nur in Ihren Tee. Aber falls es wirklich etwas gibt, was sie *noch mehr* hassen, ist es ein Denunziant. Mit Ihnen bekommen sie zwei Hassobjekte zum Preis von einem.«

Langsam tauchte in dem Spiegel ein klares Bild von dem Vectra auf, während Palmers Kopf nach unten fiel und er auf seinem Platz zusammensank. So zufrieden er mit seiner kleinen Rede war, kam Thorne nicht umhin, sich wie ein Erwachsener zu fühlen, der mit einem kleinen Kind gespielt und sich geweigert hatte, es gewinnen zu lassen.

Zehn Minuten später kam Thorne zu einer Abzweigung. Der Vectra fuhr neben ihn, die vier Polizisten tauschten Blicke aus, und beide Autos warteten auf eine Verkehrslücke, um abzubiegen. Einen halben Kilometer entfernt, auf der anderen Seite der Straße, jenseits der weiten Fläche zurückeroberten Salzsumpfs, befand sich das Gefängnis. Das lang gestreckte Lagerhaus …

Cons R Us. Kingdom of Killers.

Der Fahrer des Begleitwagens gab Thorne das Okay-Zeichen – Daumen nach oben – und bog in den Verkehrsstrom, der zurück in die Stadt fuhr. Thorne überquerte die Straße und fuhr langsam zum Gefängnishaupteingang; er spürte die ersten Anzeichen heraufziehender Kopfschmerzen hinter seinen Augen.

Er sah auf die Uhr auf seinem Armaturenbrett, als er die Auffahrt zur Schranke hinaufrollte. Es war kurz nach halb zwei. Er begann darüber nachzudenken, wo er in weniger als einer Stunde erwartet wurde.

Der Tag würde nicht besser werden.

Zwanzigstes Kapitel

Falls Thorne ein Kompliment wegen seiner schönen Singstimme bekam, war die Chance groß, dass sein Gegenüber Schwarz trug …

Er *hatte* eine gute Stimme, überraschend hoch und hell für jemanden, der so aussah und sprach wie er. In der Regel war niemand darauf gefasst, der sie das erste Mal hörte. Während er sang, fiel ihm wie üblich bei diesen Gelegenheiten auf, dass er – wie die *meisten* Menschen – tatsächlich nur bei solchen Anlässen sang: bei Hochzeiten oder, in seinem Fall wahrscheinlicher, bei Beerdigungen.

Als sie mit dem Lied »The Lord Is My Shepherd« fertig waren, das sie mehr oder weniger zusammen gesungen hatten, setzten sie sich. Brian Marsden, der Direktor, trat ans Pult, und Thorne ließ den Blick über die Menge schweifen.

Es war eine große Trauergemeinde. Vielleicht fünfundsechzig oder siebzig Leute. Die Mehrheit waren Freunde und Kollegen. Mehrere Generationen von Lehrern und ehemaligen Schülern waren anwesend, aber eine ganze Reihe derer, die füßescharrend dem Toten die letzte Ehre erwiesen, war dienstlich hier.

Im Raum befanden sich mehr Polizisten als Familienangehörige.

Thorne und McEvoy waren hier, sie vertraten das Team. Malcolm Jay, der Detective Sergeant aus Harrow, war in der Kirche, sowie Derek Lickwood. Steve Norman musste irgendwo sein, um mit nicht gebetenen Journalisten zu klüngeln, die es vielleicht darauf abgesehen hatten, ein paar Worte trauernder Hinterbliebener zu erhaschen.

Die Trauergemeinde selbst wurde genau überwacht für den Fall, der Mörder habe beschlossen, hier aufzutauchen und Erde auf den Sarg seines Opfers zu werfen. Er wäre nicht der Erste, doch wie stets hielt Thorne es für unwahrscheinlich, dass er oder jemand anders in der Lage wäre, ihn in der Menge auszumachen, wenn er sich denn zeigte. Er wäre wohl kaum der Typ, sich in knallbunten Farben zu kleiden oder während der Trauerrede vor sich hin zu kichern. Ebenso unwahrscheinlich war, dass er sich verschlagen umblicken oder nervös hüsteln würde, wenn der Vikar den Toten als den »von uns Genommenen« bezeichnete. Nichtsdestotrotz war es eine kluge Vorgehensweise. Sie würden diskret um eine Liste der Anwesenden bitten und diese Trauergäste noch diskreter beim Verlassen der Kirche filmen lassen.

Thorne reckte seinen Hals. In der hintersten Bank saßen sechs oder sieben Schuljungen, ganz steif in ihren »Ausgehanzügen«, wie man die Dinger in Thornes Jugend nannte. Einer von ihnen fing seinen Blick auf und lächelte. Thorne neigte den Kopf unverbindlich und wandte sich ab. Die Lehrer, es waren mindestens fünfzehn oder zwanzig anwesend, saßen zusammen auf der linken Seite. Alle Blicke waren auf den groß gewachsenen, weißhaarigen Herrn am Pult gerichtet. Die Stimme des Direktors hallte durch die Kirche, so wie sie jeden Morgen durch die Aula der Schule hallte. Thorne sah den melancholischen Ausdruck auf Marsdens schmalem Gesicht und vermutete, dass er wohl jeden Morgen bei der Schulversammlung genauso aussah.

Die Angehörigen saßen in der vordersten Reihe. Der Neffe und die Nichte im Teenageralter. Die Schwester in ihren Vierzigern. Der Vater …

Thorne betrachtete den alten Herrn und sah den Schatten von Charlie Garners Großvater. Vielleicht dreißig Jahre älter und ein gutes Stück gebrechlicher, doch der gleiche gequälte Gesichtsausdruck. Als sei er innen ausgehöhlt worden, als sei nichts mehr übrig, um die Knochen an Ort und Stelle zu halten.

Die Gemeinde erhob sich, um erneut zu singen. Der Organist spielte die Eröffnungstakte von »Abide With Me«. Als Thorne stand, fing er den Blick des Direktors auf, der gerade an seinen Platz zurückgekehrt war, nachdem er Ken Bowles seinen Respekt gezollt hatte. Thorne öffnete den Mund, um zu singen, und merkte, dass er kein einziges Wort der Rede mitbekommen hatte.

Später, vor der Kirche, sahen die Leute zu, wie der Sarg in den Leichenwagen geschoben wurde. Da McEvoy verschwunden war, um ihr Make-up aufzufrischen, gesellten sich Malcolm Jay und Derek Lickwood zu Thorne. Sie zündeten sich beide gierig Zigaretten an, und die drei standen herum und wussten nicht, wohin mit ihren Händen, während sie versuchten, möglichst nicht allzu sehr wie Polizisten auszusehen.

»Inspector Thorne ...?«

Auf den Klang der vertrauten Stimme hin wandte Thorne sich um und sah sich einem lächelnden Andrew Cookson gegenüber, dem Lehrer, der ihn durch die Schule geführt hatte. Der Lehrer, von dem Thorne vor zwei Wochen fälschlicherweise angenommen hatte, er sei der Tote, den sie heute beerdigten.

»Mit der ganzen Truppe hier?«, sagte Cookson und lachte.

Thorne nickte und wandte sich seinen Kollegen zu. Augenscheinlich war es ihnen nicht gelungen, als Trauergäste durchzugehen. »Detective Sergeant Jay, Detective Chief Inspector Lickwood ...«

»Andrew Cookson. Ein Kollege von Ken.«

Während man sich gegenseitig die Hand schüttelte, wanderten Thornes Augen zu dem Mann, der hinter Cooksons Schulter stand. Sein Schädel war vollkommen kahl und übersät mit braunen Flecken. Er stützte sich auf einen Stock, und sein Blick war in die Ferne gerichtet. Sein Kiefer war ständig in Bewegung, als kaue er auf etwas unendlich Zähem herum.

Unvermittelt wandte er den Kopf zu Thorne. »Danke, dass Sie gekommen sind.«

»Tut mir Leid wegen Ihres Sohnes«, erklärte Thorne.

Cookson trat einen Schritt zurück und nahm den Alten am Ellbogen. »Darf ich vorstellen, Leslie Bowles, Kens Vater.«

Thorne sah Jay und Lickwood einen beklommenen Blick wechseln. Bevor sie die Gelegenheit hatten, darauf linkisch etwas zu erwidern, ergriff der alte Mann das Wort.

»Sehr nett von Andrew, sich um mich zu kümmern ...«

»Seien Sie nicht albern«, unterbrach ihn Cookson.

»Sind ja nicht zusammen aufgewachsen.«

»Ich kannte Ken ...«

»Nicht so gut wie andere.«

Achselzuckend schüttelte Cookson den Kopf. Bowles trat einen kleinen Schritt näher zu Thorne und den anderen. »Angeblich hört es irgendwann auf, nicht wahr?«, sagte er. »Man hört immer, es kehrt sich um, wenn man alt wird und sie sich um einen kümmern müssen. Die Eltern werden die Kinder ...« Eine gebildete Stimme. Erstaunlich kräftig und tief. Thorne wurde klar, dass der alte Herr wesentlich härter im Nehmen war, als es den Anschein hatte. »Kompletter Unsinn, wirklich. Selbst wenn sie einen bekochen und für einen einkaufen, verstehen Sie? Selbst wenn sie einem den Pyjama zuknöpfen und so tun, als interessierten sie sich für die albernen Geschichten, die man ihnen erzählt, selbst ...« Er zwinkerte und senkte verschwörerisch die Stimme. »Selbst wenn sie einem den Arsch abwischen, man ist immer noch der Vater ...« Plötzlich schwankte seine Stimme. Er schluckte, holte Luft und fuhr fort, wobei er kürzere Sätze bildete und zwischen den einzelnen Wörtern nach Luft schnappte. »Es hört nie auf, nie. Man ist immer noch der Vater, und er ist der Sohn. Immer noch der Sohn ...« Er wandte das Gesicht ab. Sein Unterkiefer nahm die kauende Bewegung wieder auf.

»Dad. Sie sind so weit ...« Leslie Bowles' Tochter tauchte hinter ihm auf. Thorne sah zu, wie sie langsam zu den Autos gingen, und entdeckte McEvoy, die auf dem schmalen Kiesweg an ihnen vorbei auf ihn zukam.

»Er ist unglaublich«, sagte Cookson, als er dem Alten nachblickte. »Muss an die neunzig sein.«

McEvoy kam näher. Sie nickte Lickwood und Jay zu und trat zu Thorne. »Lippenstiftilein neu aufgetragen. Welt wieder in Ordnung. Gibt's was Neues?«

Thorne fing Cooksons Blick auf und stellte die beiden einander vor. »Andrew Cookson, er unterrichtet an der King Edward's. Detective Sergeant McEvoy ...«

McEvoy und Cookson schüttelten sich die Hand. »Ich habe mich geirrt«, sagte Cookson, »Sie sehen nicht alle gleich aus.«

»Ach, dann haben Sie's also bemerkt?«, erwiderte McEvoy sarkastisch. »Und Sie sind ein *Lehrer*?«

Langsam rollten die Autos von der Kirche fort. Die Trauernden begannen sich ihnen anzuschließen. Regenschirme tauchten auf, als es zu nieseln anfing. Thorne war zufrieden. Er fühlte sich ohnehin noch nicht trocken, nachdem er den ganzen Morgen am Bahndamm herummarschiert war. Seine Füße waren eiskalt, doch er fand, alles in allem betrachtet, *gehörte* zu einer Beerdigung Regen. Und schwarzes Schirmgewusel, auf den Sargdeckel trommelnder Regen, eine geheimnisvolle Frau, die niemand kennt, Schluchzen … und jede Menge Alkohol.

Vielleicht stellte er sich auch nur seine eigene Beerdigung vor …

»Los, Leute«, forderte Thorne seine Kollegen auf, und sie machten sich auf den Weg zu ihren geparkten Autos. Zum Friedhof waren es an die vier Kilometer. Natürlich war es ein Friedhof, niemals ein Krematorium. Es musste eine Beerdigung sein, falls die Leiche noch einmal exhumiert und untersucht werden musste.

»Ich meine, danach? Die Suche selbst. Das Graben.«

Er erinnerte sich daran, wie er den Morgen verbracht hatte, an die Hunde. Wie sie bellend und heulend in der Erde scharrten, etwas lange Totes zwischen den Coladosen und den Zigarettenkippen und dem Gestrüpp erschnüffelten.

Der Regen war stärker geworden, als sie die Autos erreichten. Thorne und McEvoy kletterten in den Mondeo. Er ließ den Motor an; ihm fiel ein, dass er die Heizung noch immer nicht hatte reparieren lassen, und schaltete die quietschenden Scheibenwischer ein. Er fuhr hinaus auf die Hauptstraße und folgte der Schlange der größeren, dunkleren Autos.

Der Mord an Ken Bowles, der meine Schuld ist.

Und Thorne wusste, dass es die *seine* war – dass es ihm stets Leid tun würde, dass er den Mann kriegen würde, der ihn umgebracht hatte. Er wusste, dass er, wenn er am Grab stand, seine Schuld spüren würde, heiß und heftig spüren würde im Bauch, wo sie sich zusammenballte und verkrampfte und sich wieder beruhigte, um bei der nächsten Gelegenheit erneut loszulegen.

Ebenso wusste er, dass er, wenn er zusah, wie der Sarg

ins Grab gesenkt wurde, an Charlie Garners Mutter Carol denken würde, die in *ihrem* Grab lag. An Katie Choi und Miriam Vincent in den *ihren*. Wenn sie Ken Bowles hinunterließen, würde er an Karen McMahon in ihrem Grab denken, das noch unbekannt und nie gepflegt worden war.

Ein bei weitem nicht so tiefes Grab.

Zitternd saß er am Tisch. Ihm gegenüber saß Caroline und weinte und, ehrlich gesagt, fehlte auch bei ihm nicht viel …

Sie hatte Nudeln gekocht. Sie hatten zusammengesessen und über den Tag geredet, der für sie beide nicht besonders angenehm gewesen war, und plötzlich hatte sie wieder mit dem Thema Kinder angefangen. Es kam alle paar Monate aufs Tapet, und für ihn ging es dann hauptsächlich darum, die richtigen Knöpfe zu drücken. Er nickte und lächelte und erklärte, wie weit sie es in ihrer Karriere noch bringen könnte. Er stellte die Frage, ob jetzt *wirklich* der richtige Zeitpunkt sei, und drückte ihr die Hand, versicherte ihr, dass er, aber ja doch, natürlich auch Kinder wollte, aber dass sie sich sicher sein sollten. Dass sie diese Frage *zusammen* entscheiden mussten … .

Heute hatte er nicht einmal diese lächerliche Nummer richtig hingebracht.

In seinem Kopf überschlugen sich die Gedanken, so wie bereits den ganzen Tag über, jede Sekunde. Es gab so viel zu bedenken, so viele Möglichkeiten taten sich auf. Noch immer war er auf der Suche nach der Idee, die ihn erfüllte, die seine Fantasie erregte. Er wusste, was er zu tun hatte, aber erst musste er es schaffen, sie zu visualisieren. Die große Idee. Das Konzept, das das kurzlebige Palmer-Abenteuer ersetzen sollte.

Caroline redete über Kinderkrippen und Mutterschaftsurlaub …

Ein neues Szenario war unabdingbar. Ein neuer Hintergrund für den Mord selbst, der schließlich das Einfachste daran war, der plumpe Teil. Er hatte in Gedanken mit neuen und interessanten Varianten gespielt, doch letztlich landete er immer bei etwas, das wie das Drehbuch zu einem alten Hammer-Film mit Vincent Price wirkte, der die Leute, die ihn geärgert hatten, wie in den ägyptischen Plagen oder einer Shakespeare-Tragödie abmurkste.

Nein, er musste den Kontext verändern, sein Umfeld so gestalten, dass es ihn stimulierte und anfeuerte, ihn herausforderte und ihm neue Energie gab.

Vor allem musste er vorwärts gehen. Immer weiter, nie zurück.

Damit sollte er sich auseinander setzen, aber seine Wut stand ihm im Weg. Er war nicht in der Lage, kreativ zu denken, solange er sich nicht wirklich konzentrieren konnte.

Es machte ihn wütend, dass sie nach Karen suchten.

Caroline beugte sich über den Tisch und griff nach seiner Hand. Gab es einen geeigneteren Zeitpunkt als jetzt? Sie hatten beide einen sicheren Job, es kam genug Geld rein. Es würde nicht alles glatt laufen, natürlich nicht, man müsste sich umstellen, aber das würden sie schaffen …

Er hatte Thorne und Palmer unten am Bahngleis beobachtet. Thorne, der ihm gut zuredete, Vorschläge machte, Palmer in seinen Handschellen, der verloren aussah. Er hatte zugesehen, wie sie wie ein altes Schwuchtelpärchen mit einem Sinn für SM den Bahndamm entlangliefen. Was zum Teufel glaubte Thorne eigentlich damit zu gewinnen, selbst wenn er sie finden sollte?

Ihre Familie würde ihnen helfen. Mit Babysachen und Babysitten. Sie könnten immer noch ausgehen, ein eigenes Leben führen …

Es war *seine* Vergangenheit, und er würde nicht zulassen, dass sich jemand daran zu schaffen machte. Er wollte nicht, dass etwas daran verändert wurde. Wenn, *falls* er wollte, dass etwas davon ans Licht kam, war er derjenige, der sie zu der Entdeckung führen würde. Er war es, der die Fäden in der Hand hielt.

Es ging darum, zusammenzuarbeiten, einander zu unterstützen …

Er musste diese Wut beiseite schieben, in einem Teil seines Gehirns isolieren. Ja, das könnte klappen. Der Rest konzentrierte sich auf die Zukunft – darauf, einen neuen Antrieb zu finden.

Caroline wollte nicht zu lange damit warten. Sie wollte es genießen, eine Mutter zu sein, und zwar solange sie noch jung war …

Er würde ihn finden, keine Frage, wenn er nur Raum genug hatte, daran zu arbeiten. Doch Thorne und die anderen gingen ihm allmählich wirklich auf die Nerven.

Ein Kind brächte sie einander nahe, brächte sie einander näher …

Er konnte es vor sich sehen, beinahe – noch etwas verschwommen und nicht so richtig greifbar.

Wollte er denn kein Kind? Er hatte doch gesagt, er wolle eins.

Wie etwas, das einem auf der Zunge liegt, so nahe … aber was bildete sich dieser Thorne eigentlich ein?

Liebte er sie denn nicht mehr …?

Er beugte sich vor und schlug ihr ins Gesicht.

Es war nicht seine Schuld. Sie hörte einfach nicht auf, hielt keine fünf Sekunden den Mund. Wie sollte er da seine Gedanken und Gefühle sortieren können? Wahrscheinlich auch nicht ihre Schuld, natürlich nicht, schließlich hatte sie ja keine Ahnung. Sie durchschaute sein Lächeln nicht, das Gesicht, das nichts verriet, aber selbst dann, *zum Teufel noch mal …*

Er brauchte einfach etwas Platz, um sich damit auseinander zu setzen. Um die Wut von der Kreativität zu trennen.

Er betrachtete sie. Der Handabdruck war deutlich zu sehen, ein hässlicher roter Fleck, der sich über ihr Kinn und den Halsansatz erstreckte.

Blöde Kuh. Hörte nicht auf, über Babys zu schwallen. Wenn er ein klein wenig Ruhe brauchte, um über den Tod nachzudenken.

Die Tasse Tee, bevor er zu Bett ging, war für Thorne zu so etwas wie einem Ritual geworden. Der Spaziergang zu dem kleinen Laden, der bis spät in die Nacht offen hatte, wenn er merkte, dass ihm die Milch ausgegangen war, war auch nichts Ungewöhnliches.

Diesen Laden suchte er sechsmal die Woche auf, wenn nicht öfter. Die drei Brüder, denen er gehörte, waren Türken, vielleicht auch Zyprioten. Er wusste nicht, wie sie hießen. Manchmal lächelten sie, wenn er Brot, die Zeitung und Bier kaufte, aber sie schienen kein allzu großes Interesse daran zu haben, ihn kennen zu lernen.

Als Thorne in seine Tasche griff, um die Milch zu bezahlen, stellte er sich vor, er habe seine Geldbörse zu Hause vergessen. Ob sie ihn bis zum nächsten Mal anschreiben lassen würden? Nachdem er in den letzten eineinhalb Jahren mindestens sechsmal die Woche in ihren Laden gekommen war? Wahrscheinlich nicht. Vielleicht, wenn er sich als Polizist auswies.

Als er vor dem Geschäft stand und darauf wartete, dass die Ampel auf Grün schaltete, studierte er die Anzeigen im Fenster. Die, an der sein Blick hängen blieb, war mit rotem Filzstift auf die Rückseite einer Postkarte gekritzelt. Voller Rechtschreibfehler, doch die angebotenen Dienste waren schlicht genug.

Es war lange her.

Thorne zog einen Stift heraus und notierte sich die Nummer auf dem Milchkarton.

Einundzwanzigstes Kapitel

Sie hatten Karen McMahon binnen zwölf Stunden gefunden.

Oben vom Bahndamm aus konnte man sehen, wo das Team arbeitete. Die unter einem weißen Zelt verborgene Fläche um das Grab hob sich stark gegen die Braun- und dunklen Grüntöne des hohen Grases und Farngewirrs ab. Ein weißes Quadrat, das sich über den Knochen aufblähte.

Holland begann, den Hügel hinunter zur Grabungsstelle zu laufen, McEvoy war etwa drei Meter von ihm entfernt. Die beiden waren zusammen hierhergefahren, mit noch einem weiteren Detective Constable und einem Auszubildenden im Wagen. Es war nicht viel geredet worden auf der Herfahrt, und die wenigen Gespräche hatten sich nicht durch Brillanz ausgezeichnet. Jetzt tasteten sie sich in ihren raschelnden, weißen Plastikanzügen vorsichtig den Abhang hinunter. Aliens im Anmarsch, unsicher auf den Beinen.

Das Grab war in einem der Entwässerungsgräben entdeckt worden, die am Fuß eines jeden Abhangs den Bahndamm entlangliefen. Sobald der Wildwuchs zurückgeschnitten worden war, war es nicht schwer zu sehen und zu erreichen gewesen. Der Graben war etwas über einen Meter breit, aber man konnte sich nur schwerlich darin bewegen. Die Seiten waren schlammig und drohten, jeden Augenblick einzustürzen – Stunden harter Arbeit, durch die die Überreste von Karen McMahon offen gelegt worden waren, konnten durch einen ungeschickten Schritt zunichte gemacht werden.

Holland und McEvoy setzten ihre Masken auf und schlüpften unter das Zelt. Es war voll gestopft und überfüllt. Mehr als ein halbes Dutzend Leute standen bereits geduckt und gebückt herum, denn das Zelt war zu niedrig, um darin aufrecht zu stehen. Die Sonne war noch nicht lange heraußen, und es war kein warmer Morgen, aber die Hitze unter der Plane war erdrückend. Obwohl die Leuchten vor dem Zelt ausgeschaltet worden waren, brannten drinnen noch zwei starke Lampen, und es wurde immer heißer. In seinem Plastikanzug spürte Holland, wie ihm der Schweiß den Rücken hinablief, als er vorsichtig hinter Phil Hendricks trat, der am Grabrand kauerte, und zu Thorne aufrückte, der tief in ein Gespräch mit Doctor James Pettet vertieft war.

Thorne sah hinüber zu Holland und McEvoy, als sie das Zelt betraten. Kurz schoss ihm durch den Kopf, ob zwischen den beiden wohl was lief. Etwas lag in der Luft …

Er schob den Gedanken beiseite und kehrte zu einem Gespräch über Tod und Verwesung zurück.

Was forensische Archäologen betraf, war James Pettet wahrscheinlich erste Sahne, doch als Mensch ließ er zu wünschen übrig. Sollte Thorne ihm nie wieder über den Weg laufen, würde er deshalb keinen Deut schlechter schlafen.

»… Feuchtigkeit ist der Feind der Zersetzung. Feuchtigkeit und Wärme zusammen sind das Schlimmste, was passieren kann. Oder das Beste natürlich, kommt auf den Standpunkt an.«

Hinter seiner Maske atmete Thorne langsam und tief aus und sehr schnell ein. *Auf den Standpunkt?*

»In einem Entwässerungsgraben verscharrt, und das im Hochsommer – bemerkenswert, dass wir überhaupt etwas gefunden haben.« Pettet hatte eine tiefe Stimme und er sprach, als drohe er jeden Augenblick einzuschlafen, erschöpft davon, den Idioten ständig aufs Neue alles erklären zu müssen. »Das Fleisch ist völlig verschwunden und Sie können sehen, dass die Knochen selbst bereits matschig sind.«

Thorne traf Pettet zum ersten Mal und konnte nur Vermutungen darüber anstellen, was sich unter der Plastikmaske, die beinahe das ganze Gesicht bedeckte, befand.

»Das nichtorganische Material ist natürlich besser erhalten.« Während Pettet es katalogisierte, bewegte sich ein Assistent vorsichtig um das Grab, kniete sich gelegentlich hin oder legte sich auf den Bauch, um mit einer langen Zange ein Fragment hochzuheben und in einen Plastikbeutel für Beweismaterial gleiten zu lassen. »Der Stoff des Kleids, das Material der Müllbeutel, was noch von dem Teppich übrig ist, in den sie gewickelt wurde. Das Seil oder die Schnur um den Nacken ist überraschend gut erhalten ...«

Thorne stellte sich Pettet mit einer Stirnglatze und vielleicht mit von hinten herauf frisierten Haaren und sehr schlechter Haut vor. Er wandte sich ab und blickte hinunter in das Grab. Die surrenden Bogenlampen warfen ein hartes, gnadenloses Licht auf den grausigen Inhalt.

Matschig traf es. Teebraune Knochen, die tief im Schlamm steckten. Ein paar Fetzen von dem blauen Kleid, *nicht weiß, dem Himmel sei Dank*, und ein verfilzter Teppichklumpen. Das alles schwamm in einer braunen Brühe. Dazwischen ein paar Haarbüschel, die wie Würmer an dem in der Suppe schwebenden Kopf hingen.

Die weißen, gebleichten Knochen des menschlichen Skeletts existierten nirgends als unter der Haut, wohin sie gehörten, und in der Fantasie von Fernsehdrehbuchschreibern.

Und hatten nichts mit dem hier gemein. Diesem menschlichen Eintopf.

Am Fußende des Grabes trat Hendricks zurück, um ein Teammitglied näher heranzulassen, das sich bückte und etwas Langes und Schleimiges aus dem Schlamm zog. Thorne fing seinen Blick auf. Hendricks zwinkerte ihm zu. Er wandte sich wieder an Pettet.

»Was ist mit DNS?«

Der Archäologe blähte die Backen. »Das wird nicht so spannend, dass Sie die Luft anhalten müssten.«

Thorne knurrte – fast ein Lachen. Der Gestank in dem Zelt war überwältigend, und – Masken hin oder her – jeder in der Nähe des Grabes tat genau das – den Atem anhalten. Jeder bis auf Pettet. Dem Archäologen entging die Ironie in seiner Bemerkung. »Die DNS des Opfers, ja, vielleicht. Geben Sie mir etwas Vergleichbares – Haare, Fingernägelschnipsel. Manchmal behalten die Eltern so etwas aus sentimentalen Gründen.«

Natürlich würden sie die Routine abspulen, die Testmaschinerie anwerfen, aber Thorne wusste, was er sah, war das, was von Karen McMahon noch übrig war. »Besteht eine Chance, dass wir etwas vom Mörder finden?«

Pettet brachte fast so etwas wie ein Lächeln zustande. »Eine Chance besteht immer. Es besteht die Chance, im Lotto zu gewinnen, oder? Die einzige Möglichkeit wäre das Seil. Vielleicht ist darin etwas von seiner Haut hängen geblieben. Doch inzwischen dürfte jedes Zellgewebe durch das Kreosot zerstört sein.«

Thorne zog die Augenbrauen hoch.

Pettet setzte es ihm langsam auseinander. »Kreosot wird verwendet, um die Eisenbahnschwellen wasserfest zu machen. Dasselbe Zeug, das Sie auf Ihren Gartenzaun streichen. Im Lauf der Jahre gelangt es in das Wasser, das durch diese Gräben läuft. Ironischerweise hätte das Kreosot, wäre sie weiter oben begraben worden, wo es trockener ist, als Konservierungsmittel gewirkt, und wir hätten eine Menge mehr vorgefunden.«

Für Thorne klang die Enttäuschung in Pettets Stimme ausschließlich professionell. Nicht sentimental wie diese albernen Eltern mit ihren Schmuckkästchen voller Haar und Fingernägelschnipsel ...

Thorne sah hinüber zur anderen Zeltseite, wo sich in einer Ecke ein kleiner Stapel schmutziger Steine befand. Pettet fing Thornes Blick auf. »Wenigstens sind noch alle Knochen da. Der Mörder machte sich die Mühe und tat alles, um sicherzugehen, dass die Füchse nicht rankommen.«

Das Grab war sorgfältig mit Steinen bedeckt gewesen. Steinen, die zu schwer waren, um von hungrigen Schnauzen beiseite geschoben zu werden. Über den Steinen eine Schicht Schlamm, etwa einen halben Meter dick, und darunter die Leiche eines 14-jährigen Mädchens, die, in Müllsäcke gehüllt, unter einem alten Teppich verweste. Sicher vor den Füchsen.

Sicher vor allem.

Ein paar Minuten später legte Thorne vor dem Zelt Phil Hendricks die Hand auf die Schulter. »Bilde dir bloß nicht zu viel drauf ein, aber es ist eine Wohltat, mit jemandem über den Tod zu sprechen, der sich nicht so benimmt, als sei er selbst davon betroffen ...«

»Wenn er's nur wäre«, brummte Holland. »Ein furchtbares Arschloch.«

Hendricks grinste. »Schwer erträglicher Typ, stimmt's?«

»Als ob ich nicht wüsste, was Kreosot ist!« Thorne schüttelte den Kopf. Sein verletzter Gesichtsausdruck gab den Ausschlag. Sie prusteten alle los, und das hatten sie auch verdammt nötig. Sie lachten und schüttelten den Kopf, während sie ungeschickt aus ihren Plastikanzügen stiegen. McEvoy strauchelte und hielt sich kurz an Holland fest, um nicht das Gleichgewicht zu verlieren. Wonach das Gelächter schnell verstummte und sie kurze Zeit schweigend dastanden und ihre Lungen mit der herrlich schmutzigen Londoner Luft füllten.

»Was ich nicht verstehe«, sagte Hendricks schließlich und blickte sich um, »ist, dass er offensichtlich nicht wollte, dass sie gefunden wird, na ja, von den Tieren ...«

Holland nickte. »Er muss ewig gebraucht haben, um diese Steine zu finden. Liegen nicht viele hier rum.«

»... aber es schien ihm egal zu sein, wo er sie verscharrte. Sie war nicht gerade gut versteckt.«

»Sie war überhaupt nicht versteckt«, sagte Holland. »War nicht schwer zu finden. Es hat nur niemand gesucht, das ist alles.«

McEvoy zündete sich eine Zigarette an und erklärte, als sie ausatmete: »Offensichtlich dachte er nicht, dass man hier nach ihr suchen würde.«

»Er *wusste*, dass hier niemand nach ihr suchen würde«, entgegnete Thorne. »Dafür hat er gesorgt.«

Sie stieg in ein blaues Auto, Sir. Cavalier, heißen die ...

»Damals war er vierzehn«, sagte McEvoy. »Dann verschwindet er und taucht fünfzehn Jahre später wieder auf. Fünfzehn Jahre.«

Thorne nickte. Er wusste, was als Nächstes kam. Er stellte die Frage laut, die Frage, die er sich selbst gestellt hatte, als er vor den Überresten Karen McMahons gestanden war. »Wie viele Leichen liegen noch da draußen?«

Es wurde wärmer. Hier, am Fuß des Bahndamms, herrschte absolute Windstille, und der Rauch von McEvoys Zigarette stieg schnurgerade auf, hob sich blau ab vor dem Betonhimmel.

»Keine Chance auf eine DNS-Spur?«, fragte sie.

Thorne schüttelte den Kopf.

»Hab ich doch gesagt«, meinte Hendricks.

Thorne zuckte mit den Achseln. *Einen Versuch war es wert.* War ohnehin akademisch. Sie wussten, wer drinnen in dem Zelt lag, in einem Loch, dem sie mit dem Wort *Grab* eine gewisse Würde verliehen, und sie wussten, wer sie dorthin gebracht hatte.

Einen beinharten Beweis gab es nicht im Palmer-Nicklin-Fall, im *Garner*-Fall. Aber sie hatten eine Leiche gefunden. Thorne konnte seinen Vorgesetzten eine Leiche bieten. Er kam sich beinahe vor wie eine Katze, die ihrem Herrchen einen toten Vogel vor die Füße legt. *Streichel mich. Schau, wie klug ich bin.*

In seinem ganzen Leben hatte Thorne sich noch nicht weniger klug gefühlt.

Auf ein Rascheln der Zeltplane hinter ihrem Rücken wandten sie sich um und sahen Pettet herauskommen, einen kleinen Plastikbeutel mit Beweismaterial in der Hand. Er nahm seine Maske ab und trat näher. Thorne freute sich, mit der schlechten Haut Recht behalten zu haben.

»Ich dachte, das interessiert Sie vielleicht.«

Er hob die Tüte hoch, und Thorne und die anderen bildeten neugierig einen Kreis darum. Was immer es war, es war einmal knallbunt gewesen, aber nun verblichen und schlammüberzogen. Holland war es, der als Erster herausfand, was der teilweise verwischte und kaum lesbare Schriftzug besagte.

»Scheiße, die hab ich geliebt. Bekommt man die noch?«

Hendricks beugte sich ein Stück vor und lugte in die Plastiktüte. Sie war dreckverschmiert. Unten hatte sich eine Pfütze schmutzigen Wassers gebildet, in der winzige Steine und Knochenteilchen schwammen. »Was ist das?«

»Eine Schokoriegelverpackung«, erklärte Thorne. »Und

nein, ich glaube *nicht*, dass man die noch kriegt.« Davon ging er aus, es sei denn, Nicklins Geschmack hätte sich geändert. Es war nicht dieselbe Marke, die sie sauber abgeschleckt in Charlie Garners Hand gefunden hatten. Dennoch lief es ihm bei diesem Fund eiskalt über den Rücken.

Thorne ging ein paar Schritte den Bahndamm hinauf, blieb stehen und sah zurück. Er blickte über Pettets Kopf hinweg hinüber zum Zelt und rief ihm zu: »Seid vorsichtig, wenn ihr sie da rausholt, ja?«

Pettet öffnete den Mund, um etwas zu erwidern, aber Thorne hatte sich bereits umgedreht und kletterte den Bahndamm hinauf, den weißen Plastikanzug in der Hand. Wie viel Schutz dieser wohl gegen die kleinen Todesflusen bieten mochte, von denen Hendricks gesprochen hatte? Da unten im Zelt mussten Millionen davon herumschweben und sich unsichtbar an das helle weiße Material heften. Einige gelangten sicher hindurch und setzten sich auf der Haut fest, in den Ärmeln und an den Schuhsohlen. Warteten nur auf den richtigen Augenblick, um aufzufunkeln.

Wenn es dunkel genug war.

Thorne atmete tief durch und begann schneller zu klettern. Er spürte seine Schenkel, als er sein Handy herausholte und Vic Perks Nummer wählte.

Er wäre gerne geblieben und hätte gewartet, bis sie sie herausbrachten. Das wäre interessant gewesen. Wie sie wohl aussah? Wahrscheinlich nur ein weiterer Fleck auf diesem schmuddeligen alten Teppich, in den er sie eingerollt und den er über seine Schulter geworfen hatte. Auf die Abdrücke ihrer Umrisse reduziert. Ihr schmaler Körper durch Körperflüssigkeiten nachgebildet in dem billigen Nylonkram.

Er wäre gerne geblieben, aber er musste in die Arbeit.

Er war verärgert, ließ den Ärger jedoch nicht an sich ran.

Er war wütend, dass man in seiner Vergangenheit wühlte, sie untersuchte, wo er sich *immer* solche Mühe gemacht hatte, zu gewährleisten, so etwas wie eine Vergangenheit habe in keiner Hinsicht je wirklich existiert. Es machte ihn fertig, dabei zuzusehen, wie sie ihm etwas von dieser Kontrolle aus der Hand wanden. Er fühlte sich überrollt.

Doch er hatte nicht vor, sich den Spaß verderben zu lassen.

Sollten sie doch ein kleines Stück seiner Vergangenheit aufdecken. Es würde ihnen überhaupt nichts bringen. Er war dabei, einen gewaltigen Schritt nach vorne zu tun.

Letzten Abend hatte er es ganz nah gefühlt. Fast in Reichweite, als Caroline nicht aufhörte mit ihrem Kindergeschwätz. Danach, als sie weinte und schrie, als er sie in seine Arme zog, hatte er es zu fassen gekriegt.

Den Schritt nach vorne.

Zwei wesentliche Änderungen in seiner Vorgehensweise standen an, nun, da er allein arbeitete. Zwei. Und jede Einzelne davon *allein* reichte aus, um die Spannung anzukurbeln, um alles, was Adrenalin ausspuckte, auf Hochtouren zu bringen. Doch noch während er über seinen Entschluss nachdachte, erhielt seine Erregung einen Dämpfer, als ihm durch den Kopf schoss, dass er dies nie würde übertreffen können. Wie sollte er auch?

Natürlich war er wieder einmal viel zu bescheiden. Hatte er nicht das Gleiche gedacht, als er die Hände um den Hals einer Frau legte und sich dabei vorstellte, wie Palmers Hände um den Hals einer anderen lagen, er genau seine Anweisungen befolgte? Als er die Pistole an den Kopf des jungen Mädchens setzte und sich ausmalte, wie eine andere Pistole angesetzt wurde? Eine Pistole, die, wie sich herausstellte, in nicht ganz so sicheren Händen lag.

Jetzt standen Veränderungen an. Er hatte seinen neuen Antrieb.

Immer weiter, nie zurück.

Dieses Mal würde er die Wahl des Opfers nicht dem Zufall überlassen. Sie – und es würde eine Sie sein – würde nicht willkürlich aus der Menge herausgegriffen. Sie würde sorgfältig ausgewählt werden.

Die zweite Veränderung war das Atemberaubende – der Teil seines Plans, der wirklich den Reiz ausmachte und das Risiko. Es war so wunderbar unverfroren.

Die Frau, die er als Nächstes zu töten gedachte, würde *eingeladen* werden zu sterben.

Nun musste nur über den Gast auf der Liste entschieden werden.

Sarah McEvoy schlug die Tür hinter sich mit solcher Wucht zu, dass Holland sich darauf gefasst machte, gleich Glas splittern zu hören, was dankenswerterweise ausblieb. Den Fenstern blieb es zum Glück ebenfalls erspart, McEvoys Zornesausbruch zum Opfer zu fallen, den sie, als sie durch das Büro stürmte, wie einen Knüppel vor sich herschwang.

»*Du Wichser!* Du selbstgerechtes kleines Arschloch!«

»Hör mal ...«

»Was war es? WD40? Motoröl?«

Holland hatte das Gefühl, einen Schlag in die Magengrube erhalten zu haben. Diese Wut raubte ihm den Atem, und in Anbetracht der Ursache dafür wurde ihm übel. Es machte ihn fertig, dass das, was er getan hatte, sich im Nachhinein als nötig herausgestellt hatte. »Es war normales Salatöl. Nur Salatöl ...«

Eine dünne Schicht auf dem Spülkasten in der Damentoilette, unsichtbar, wenn man nicht danach suchte. Das Kokain im Handumdrehen weg. Ein Trick aus den Clubs, die, was Drogen anging, nicht beide Augen zudrückten. Er hatte sich das Öl auf dem Weg zur Arbeit besorgt. Er wollte nicht dabei gesehen werden, wie er die Flasche zu Hause aus dem Schrank nahm …

»Kommst dir wohl superschlau vor?«

»Nein.«

»Hast du eine Ahnung, was mich das kostet? Komm schon, du Klugscheißer, du hast doch den Finger am Puls der Zeit. Hast du eine Vorstellung, was man für ein Gramm blecht?«

Holland hatte die Schnauze voll, sich Vorträge anzuhören. Er stand auf und trat auf sie zu. »Hör dir doch mal selbst zu …«

»Ich kann es mir nicht leisten, es wegzuwerfen …«

»Ich denke, dass du es dir leisten *musst*.«

McEvoy lachte. Kein angenehmes Lachen. »In welchem Scheißseminar hast du das aufgeschnappt?«

Holland sah sie an. Sie schüttelte den Kopf, ihr Atem ging schwer. Sie hatte schnell wie ein Maschinengewehr gesprochen. Obwohl das Öl sie aufgehalten hatte, hatte es sie offensichtlich nicht gestoppt. Wahrscheinlich hatte sie eine Line vom Handrücken geschnupft.

»Du hast gesagt, du nimmst nichts während der Arbeit.«

»Du denkst wirklich, ich hätte ein Problem, stimmt's?« Wieder lachte sie, ohne ihn jedoch anzusehen. »Du tust so, als sei ich ein Junkie. Ich mach's nur ab und zu. Ab und zu, *Herrgott noch mal* …«

»Du hast gesagt, du nimmst nichts während der Arbeit, Sarah.«

Sie hustete, krümmte sich leicht, als etwas hochkam. »Na ja, war auch nicht gerade ein stinknormaler Tag.« Sie hastete an ihm vorbei und ließ sich auf den Stuhl hinter dem Schreibtisch fallen. »Ich brauchte etwas, nachdem ich den ganzen Vormittag in dieses Loch gestarrt habe. Reicht das?«

Holland wurde klar, dass ihm in diesem Augenblick diese Frau, deren Körper ihm so vertraut war, praktisch fremd war. »Nein, das reicht nicht.«

Sie blickte auf und lächelte sarkastisch. »Und du bist immer noch da?«

»Das ist wohl die übelste Rechtfertigung …«

»Quatsch! Ich brauche keine Rechtfertigung für das, was ich tue.«

»Nein, aber du musst es offensichtlich vor dir selbst rechtfertigen …«

McEvoy nahm ein Blatt Papier in die Hand und studierte es. »Die Pistole, mit der Palmer auf Jacqui Kaye zu schießen versuchte. Er sagt, Nicklin habe sie vor seiner Tür abgelegt. Der Boss meint, das sei Blödsinn. Vermutet, Palmer lüge aus irgendeinem Grund.«

»Ich weiß, Sarah …«

»Wir wissen also nicht, warum Palmer das für sich behält, aber irgendwoher muss er die Pistole haben. Von jemandem, der ihm nahe gelegt hat, er solle die Details besser für sich behalten.«

Holland hörte nicht zu. Ob sie zuhörte, konnte er nicht sagen. »Das ist dumm …«

»Wenn es eine Verbindung zu Nicklin gibt, müssen wir sie verfolgen. Hier ist also eine Liste von bekannten oder vermutlichen Waffenhändlern, die ich aufgeteilt habe. A, weil sie deprimierend lang ist, und B, weil es wohl besser ist, wir arbeiten getrennt. Ich will dich schließlich nicht kompromittieren …«

»Du musst mit jemandem reden.«

Den Blick, mit dem sie ihn bedachte, würde er nie vergessen. »Oder *du* redest mit jemandem?«

Es klopfte leise und Paul Moorhead, ein in der Ausbildung befindlicher Detective, steckte den Kopf zur Tür herein. Seinem Gesichtsausdruck nach zu schließen war er sich vollkommen bewusst, dass ihm dieser sogleich abgerissen würde.

»Entschuldigung …«

»Wofür?«

»Detective Chief Inspector Lickwood ist am Telefon. Soll ich den Anruf durchstellen?«

»Ja, danke.«

McEvoy legte die Hand auf das Telefon und hob es im selben Augenblick ab, in dem es zu klingeln begann.

»Derek.«

Sie lachte über was auch immer Lickwood gesagt hatte, legte eine Hand über die Sprechmuschel und fixierte Dave Holland, bis er ging.

»Da ist noch was, was ich Ihnen gern erzählen würde.«

Im Fernsehen saß ein halbes Dutzend dumpfer, unattraktiver Menschen in einem Haus, und jeder versuchte zu vermeiden, rausgewählt zu werden. Thorne biss wenig enthusiastisch in ein Sandwich und betete, etwas Interessantes möge geschehen. Ein Meteorit möge ins Haus einschlagen oder ein Messerkampf ausbrechen, etwas in der Richtung.

Der Ton wurde runtergefahren. *Folsom Prison Blues* sorgten für den Soundtrack.

Thorne war sich ziemlich sicher, dass der Belmarsh Prison Blues nicht so beschwingt war. Kein *Bum-tschikabum*. Sondern ausschließlich Feedback. Ein unmelodisches, dumpfes, hinausgebrülltes Klagelied. Als Martin Palmer vor ein paar Stunden in den Besucherbereich gekommen war, hatte er ausgesehen, als hätte er diesen Song in der letzten Woche sehr häufig gehört.

Thorne hatte nichts gesagt. Er hatte den Plastikbeutel auf den Tisch gelegt und ihn zu ihm hinübergeschoben. Palmer hatte sich vorgebeugt und das Schokoriegelpapier angestarrt, nicht anders als Hendricks und der Rest am Vormittag. Palmer hatte sofort gesehen, worum es sich handelte. Er hatte es erkannt.

»Nicklin hat Karen umgebracht, Martin. Er hat sie umgebracht und in einem Graben verscharrt. Dann erzählte er überall, sie sei entführt worden.« Thorne hatte kaum eine Sekunde weggesehen, doch als er wieder zu Palmer blickte, war dessen Gesicht nass. »Kommen Sie, haben Sie das nie in Betracht gezogen?«

Palmer hatte die Hand ausgestreckt und über den Plastikbeutel gelegt. Ihn den Blicken entzogen.

»Karen war sein erstes Opfer«, hatte Thorne erklärt. »Vermute ich zumindest. Es ist nicht mehr viel übrig von ihr, um Tests durchzuführen. Daher werden wir es nie mit letzter Sicherheit sagen können, doch wie ich es sehe, ist er über sie hergefallen. Missbrauchte sie sexuell, bevor er sie umbrachte …«

Palmer hatte aufgeblickt und zwei Finger hinter seine Brillengläser gesteckt, um sich die Augen zu wischen. »Wie hat er es getan?«

»Er hat sie stranguliert. Ihr ein Seil um den Hals gewickelt. Stuart, den Sie liebten.«

»Ich glaube nicht, dass er ihr so was angetan hat. Sexuell, mein ich.«

Höhnisch hatte Thorne erwidert: »Sie haben Recht, das ist nur eine Vermutung. Dann belassen wir es eben dabei, dass er sie ermordete und ihre Leiche in einen Graben warf, ja? Haben Sie sich je gefragt, wie viele er vielleicht noch umbrachte, Martin? Wie viele Karens es wohl gibt?«

Abrupt hatte Palmer seine Augen gesucht. »Ich will sehen, wo sie war.«

»Das wissen Sie doch. Am Bahndamm. Ich hab es Ihnen gesagt. Wir fanden die Leiche in einem Entwässerungsgraben …«

»Ich will es genau sehen. Ich möchte gerne sehen, wo er Karen hingelegt hat.«

Thorne kannte solche Bitten von Freunden und Verwandten von Opfern. *Zeigen Sie mir, wo er starb. Bringen Sie mich an den Ort, wo sie sie töteten. Wo passierte der Unfall?* Orte waren wichtig für die Leute. Ein Platz, an dem sie ein Zeichen hinterlassen, den sie besuchen konnten. Und – dank Diana und dem Erscheinen der Schreinkultur – ein Platz für vollkommen Fremde, um haufenweise Blumen oder Teddybären abzulegen.

Doch Palmer war kein Opfer. Palmer saß in Untersuchungshaft und wurde des Mordes beschuldigt.

»Tut mir Leid, das geht nicht. Warum auch? Sie haben die Leiche weggebracht. Sie ist nicht mehr dort. Es gibt nichts mehr zu sehen …« Thorne sagte das so dahin, war sich aber nicht sicher. Die Leiche hatten sie wohl inzwischen entfernt, aber er hatte keine Ahnung, was dort sonst noch abging.

»Ist mir egal. Ich will es sehen.«

»Vergessen Sie's.« Thorne stand auf und vertrat sich kurz die Beine. »Sie haben uns geholfen, die Leiche zu lokalisieren, das stimmt. Aber das hier bringt nichts. Selbst wenn ich es befürworten würde, was ich nicht tue, bekäme ich keine Bewilligung.«

»Bitte.«

»Seien Sie ruhig.« Es schien mit Palmer stets auf die gleiche Weise abzulaufen. Thorne hatte das Gefühl, *beinahe* so etwas wie Mitgefühl für ihn zu empfinden, was sich dann aber sehr rasch in etwas verwandelte, was *definitiv* Wut war. »Warum zum Teufel sollte ich …«

Palmer schob seinen Stuhl zurück und sprang auf. Durch das Fenster an der gegenüberliegenden Wand konnte Thorne sehen, wie einer der Gefängniswärter sich daran machte zu überprüfen, ob es ein Problem gab. Er wollte gerade signalisieren, alles sei in Ordnung, als Palmer die Worte sagte, auf die Thorne seit dem Tag, da er ihn selbst abgeliefert hatte, so verzweifelt wartete.

»Da ist noch was, was ich Ihnen gern erzählen würde …«

Jetzt, in seiner Wohnung, läutete das Telefon.

Thorne stand auf, schaltete das Fernsehgerät aus und holte das Telefon von dem Tisch neben der Wohnungstür. Dabei achtete er darauf, nicht auf das halb gegessene Sandwich zu steigen, das auf einem Teller am Boden lag. Er ließ sich rücklings über die Stuhllehne fallen und drückte auf den Knopf.

Es war sein Dad. Sie hatten seit etwa zwei Wochen nicht mehr miteinander gesprochen.

»Tom …«

»Wie geht's so?«

»Gut, weißt du.«

»Hast du einen Witz auf Lager heute Abend oder eine Rätselfrage?«

»Tom, ich bin's, Dad.«

»Weiß ich.« Thorne lachte. »Alles in Ordnung mit dir?« Sein Dad atmete schwer ins Telefon. »Hör mal, du hast mir nie erzählt, wie's mit den Jungs im Legion lief.«

»Was?«

»Die Scherzfrage, mit der du sie reinlegen wolltest. Du hast mich angerufen und nach den schlimmsten Mördern gefragt.«

Eine Pause entstand. »Ich hab nicht …«

»Die Sache mit den Pocken. Ein Witz, mit dem du deine Kumpel reinlegen wolltest. Erinnerst du dich? Muss vor ein paar Wochen gewesen sein.«

»Nein, tut mir Leid. Keine Ahnung, wovon du redest. Die Pocken?«

»Hör mal, daran musst du dich doch noch erinnern. Du

hast mich nach den Namen der schlimmsten Mörder gefragt …«

»Was? Du meinst Krankheiten?«

»Ja, das war der Witz daran, denk ich. Vergiss es. Gehörte ohnehin nicht zu deinen besten.«

»Machst du dich lustig über mich?«

Wieder lachte Thorne und schnitt eine Grimasse. »Na, wer sich da über wen lustig macht …«

»Lass den Scheiß, ja …«

»Dad …?« Thorne schwang die Beine auf den Boden und setzte sich aufrecht hin.

»Mit wem zum Teufel glaubst du eigentlich, dass du sprichst? So mit mir zu reden …«

Mit einem Mal war Thorne betroffen, versuchte es aber zu verbergen. »Dad, beruhige dich. Ist doch nicht wichtig, okay? Alles in Ordnung?«

Bis auf das schwere Atmen war nichts zu hören. Zehn, fünfzehn Sekunden lang …

»Dad, ich …«

»Scher dich zum Teufel, du kleines Arschloch«

Ein Wutausbruch und dann das Freizeichen.

Zweiundzwanzigstes Kapitel

Karen McMahons Eltern waren über den Fund der Leiche nicht informiert worden, zumindest nicht offiziell. Das würde erst nach Beendigung der Tests geschehen. Allerdings dürfte die Bitte um geeignetes Material für einen DNS-Test bei ihnen einen leisen Verdacht geweckt haben. Ein Anruf aus heiterem Himmel fünfzehn Jahre später und plötzlich die Hoffnung, die Tochter endlich zur Ruhe betten zu können.

Karen McMahons Eltern hatten den Schauplatz sicher noch nicht besucht, ihr erstes Grab. Wenn sie es taten, würden sie es wohl ohne große Schwierigkeiten finden.

Über achtundvierzig Stunden war es jetzt her, seit sie auf die Knochen gestoßen waren, auf die Müllsäcke und den Teppich. Die Gerätschaften, die Paraphernalien, waren bereits verschwunden. Nun war nur noch ein Schlammloch zu sehen, das durch die Fußspuren, ein paar Absperrbänder und den kleinen Stapel Steine gekennzeichnet war, mit denen Nicklin die Tiere hatte fern halten wollen und die nun wie die Parodie eines Grabsteins wirkten.

Wahrscheinlich würden sie mit Vic Perks herkommen, wenn sie denn kamen …

Perks hatte unmissverständlich klar gemacht, dass er die Stelle sehen wolle. Er hatte, als Thorne es ihm erzählte, dankbar geklungen – dankbar und am Boden zerstört.

»Ging es schnell? Was denken Sie?« Palmer hatte, ohne ein Wort zu sagen, minutenlang in den Graben gestarrt. Die unvermittelte Frage überraschte Thorne ein wenig.

»Sie zu begraben?«

»Sie umzubringen.«

Thorne dachte an das vermoderte schwarze Seil, das lose um die Halswirbelknochen hing, wo es mal scharf ins Fleisch geschnitten hatte. Carol Garners Autopsiebericht fiel ihm ein. »Nicht schnell genug«, erwiderte er.

Palmer trat von dem Graben zurück und drehte sich zum Bahndamm, blickte hinauf, wo die Begleitpolizisten in ihrem Auto saßen – dem Vectra neben Thornes Mondeo. Es nieselte. Beide Autos waren voller Dreckspritzer. Am Fuß des Abhangs lief Holland in einer gelben Regenschutzjacke auf und ab und warf gelegentlich einen Blick hinüber zu Thorne und Palmer. Er sah aus, als wäre er lieber woanders.

»Stuart hat mich angelogen.«

Thorne hatte schon Merkwürdigeres gehört, allerdings fiel ihm im Augenblick kein Beispiel ein. »Ach ja?«, entgegnete er und dachte: *Er hat eine ganze Menge mehr getan, als dich angelogen …*

»Da war was an dem Tag, als Karen vermisst wurde.« Er räusperte und korrigierte sich. »An dem Tag, an dem sie umgebracht wurde. Als wir drei zusammen hier unten waren.« Er begann sich zu entfernen, jeder einzelne Schritt schien eine Ewigkeit zu brauchen, als bewege er sich in Zeitlupe.

Thorne folgte ihm, machte zwei Schritte für jeden Schritt Palmers. Sie hatten das Gras gemäht, und die Erde fühlte sich unter ihren Füßen schwammig an. Aus dem Augenwinkel konnte er rechts Holland sehen, der sich in seiner leuchtend gelben Jacke deutlich vor dem dunklen Damm abhob.

»Es war ein Scherz, ein übler Scherz«, erklärte Palmer. »Ich bin mir nicht sicher, ob sie beide gemeinsame Sache machten. Spielt inzwischen ohnehin keine Rolle mehr.

Ich dachte, Karen … wolle mich. Und war ganz aus dem Häuschen. Sie wollte *mich*, verstehen Sie. Nicht Stuart.« Seine Stimme klang ungewöhnlich hoch, als sei sie durch die Erinnerung gezwungen, möglichst so wie vor fünfzehn Jahren zu klingen. Er zuckte mit den Achseln. »Wie ich sagte, ein Scherz. Ich wurde zum Narren gehalten. Aber das war mir damals nicht klar. Ich war aufgeregt, erregt, so wie nie zuvor und nie danach. Was dann passierte, war keine Absicht. Ich würde es Ihnen sagen, wenn es anders wäre, es könnte mich in Ihren Augen kaum schlimmer dastehen lassen, aber es steckte wirklich keine Absicht dahinter.« Er holte tief Luft. »Ich entblößte mich vor ihr.«

Palmer war stehen geblieben und wandte sich zu Thorne, als dieser neben ihm angekommen war. »Mir ist durchaus bewusst, wie … unbedeutend das heute klingt. Damals, *in dem Augenblick*, hätte ich ohne zu zögern mein Leben drangegeben, wenn ich gewusst hätte wie. Wenn ich den Mut dazu aufgebracht hätte. Als ich mich umdrehte, sah ich, dass es als Witz gemeint war, dass sie sich wahrscheinlich abgesprochen hatten. Doch der Ausdruck auf Karens Gesicht war entsetzlich. Sie ekelte sich. Kein gespielter Ekel, sondern es graute ihr tatsächlich. Als erinnere sie das an etwas … Seither frage ich mich immer wieder, ob sie vielleicht missbraucht wurde, ob mein nackter Anblick irgendetwas in ihr aufwühlte.« Er nickte. »Bringt nichts, jetzt darüber zu spekulieren, ich weiß, … Wie auch immer, ich rannte weg, weg von *hier*, voller Angst, ich könnte Karen an diesem Tag etwas angetan haben. Später, nachdem sie verschwunden war, tat Stuart alles, was in seinen Kräften stand, um mich in dem Glauben zu lassen.«

Thorne blickte hinunter auf Palmers Fäuste. Sie bebten, zusammengehalten von den Handschellen, vor seinem Bauch.

»Er erklärte Ihnen, es sei Ihre Schuld, dass sie in das Auto stieg?«

Palmer nickte. »Als sei sie wegen mir so verstört gewesen, dass sie nur noch wegwollte. Er versprach mir, es niemandem zu sagen. Er erklärte, er würde mich beschützen. Er erinnerte mich daran an dem Tag, als er in dem Restaurant auftauchte. Ließ Andeutungen fallen … Drohungen.«

»Er benutzte Sie, um sich zu schützen.«

»Ja, das hab ich inzwischen kapiert«, entgegnete Palmer. Gereiztheit machte sich in seiner Stimme bemerkbar. Für eine Sekunde senkte er den Kopf. Als er ihn wieder hob, war die Gereiztheit verflogen. »Tut mir Leid.«

Thorne sagte nichts.

»Im Lauf der Jahre gab ich der Sache einen etwas übersinnlichen Dreh. Ich dachte ständig daran, und es wurde in meinem Kopf in diese seltsame Form gepresst. Ich redete mir ein, was ich Karen angetan hatte, habe sie auf eine gewisse Art vergiftet. Als hätte ich ihr den Geruch des Opfers angehängt, sie auf eine machtvolle Weise als Opfer prädestiniert. Als hätte die Perversion des Ganzen sie umgeben, den Mann im Auto magisch angezogen …«

Thorne wartete ein paar Sekunden, um sicherzugehen, dass er die Geschichte zu Ende erzählt hatte.

»Was wollten Sie mir sonst noch über Nicklin sagen, Martin?«

Palmer schloss langsam die Augen und ließ den Kopf sinken. Thorne erwartete halb, dass Palmers massiger Körper in das aufgeweichte Erdreich zu sinken beginnen würde, niedergedrückt von dem unsichtbaren Gewicht, das auf ihm lastete.

»Was wollten Sie mir noch sagen?«

Thorne gab Holland ein Zeichen, indem er den Kopf schüttelte. Es wurde ohnehin bereits dunkel. Am besten, sie brachen jetzt auf; vielleicht schafften sie es noch vor dem Berufsverkehr.

Mehr erfuhren sie im Augenblick nicht von Martin Palmer.

Zwei Autos, die Stoßstange an Stoßstange von Nordwestlondon hinunter in den Südosten der Stadt fuhren. In dem verdreckten blauen Mondeo saßen drei Männer, die den Großteil der Fahrt ihren eigenen Gedanken nachhingen. Nach Lösungen suchten.

Verzweifelte Pläne schmiedeten.

Martin Palmer. Der sich an Lügen erinnerte, über Verrat nachgrübelte, im Voraus um Verzeihung flehte.

Dave Holland. Der seine Optionen abwog und jede auf ihre Art unbefriedigend fand, Ekel erregend. Jenseits seiner Möglichkeiten.

Tom Thorne. Dem die Zeit und die Ideen knapp wurden. Der sich fragte, ob das eines der Gesichter sein würde, die nicht zu vergessen er verdammt war. Würde Stuart Nicklins Gesicht zu denen gehören, die er nie sehen würde und daher nie würde vergessen können?

Die Antwort würden sie alle schneller erhalten, als sie vermuteten.

»Ich möchte eins klarstellen, bevor wir zurück nach Belmarsh kommen, Martin.« Thorne sprach beiläufig, als nehme er einen Gesprächsfaden wieder auf. Sie kamen gerade durch Maida Vale und fuhren Richtung Paddington. Zwanzig Minuten ohne ein Wort und es reichte ihm.

»Ich habe Ihnen Karens Grab gezeigt. Glauben Sie mir, dafür nahm ich einiges auf mich …« Brigstockes Gesicht war sehenswert gewesen. Thorne konnte nicht anders, als sich auszumalen, wie die Verblüffung Jesmonds Totenmaskenausdruck zerstörte, als die Anfrage weitergeleitet wurde.

»Sie deuteten an, da wäre noch etwas, was Sie mir sagen wollten. Das habe ich denen da oben erzählt. Etwas über Nicklin.«

Palmer saß regungslos da, mit den Handschellen an Holland gefesselt.

»Das will ich hören, Martin. Für mich klang das wie eine Abmachung.«

»*Quid pro quo*, Doctor Lector«, flüsterte Holland.

»Genau«, sagte Thorne. Er hatte keine Ahnung, was das bedeutete, aber er hatte den Film gesehen. Er wandte sich um und warf Palmer einen auffordernden Blick zu. *Na?*

Fünf Minuten später, kurz nach der Victoria Station, riss Thorne das Steuer scharf nach links und gab Gas. Hinter ihnen blendete der Vectra auf.

»Sir«, rief Holland, »Vauxhall Bridge, Camberwell, Peckham, New Cross. Das war die vereinbarte Strecke ...«

Thorne hob die Hand, ein entschuldigendes Zeichen Richtung Vectra. Mit leicht erhobener Stimme antwortete er Holland. »Lambeth Bridge, Elephant & Castle. Das ist die neue Route. Ich habe sie gerade geändert.«

»Elephant & Castle?«

»Ich lass Sie zu Hause aussteigen, Dave.«

Holland beugte sich mit besorgtem Gesichtsausdruck nach vorn. Palmer tat es ihm gleich, und das nicht nur wegen der Handschellen. »Ich weiß das zu schätzen, aber in Anbetracht der Unmenge an Scheiße, in die wir dadurch geraten, erscheint mir das als eine Ihrer weniger guten Ideen, Sir.«

»Wahrscheinlich, aber es muss ja niemand erfahren, oder?«

»Nein, aber ich finde dennoch ...«

»Hören Sie, wir fahren ohnehin fast bei Ihnen zu Hause vorbei. Außerdem glaube ich, dass Martin ein wenig schüchtern ist.«

Holland sah zu Palmer, sah nach hinten zu dem Begleitwagen. Einer der beiden Detectives hob beide Hände. *Scheiße, was soll das?*

Sie fuhren weiter durch Victoria, über den Fluss und an den beiden riesigen Kanonen vor dem Imperial War Museum vorbei. Zehn Minuten später rollten sie langsam durch die Straße, in der Holland wohnte.

»Nehmen Sie die Handschellen ab, Dave. Es sei denn, Sophie hat Lust auf unangemeldeten Besuch. Das Zweite auf der linken Seite, nicht wahr ...?«

Thorne beobachtete amüsiert, wie Holland die Tür zuknallte und nach hinten zu dem Vectra ging. Die zwei Polizisten hatten das Auto verlassen, bevor er bei ihnen angelangt war. Nach einigen Minuten Achselzucken und Kopfschütteln saßen sie wieder auf ihren Sitzen und warteten.

Holland kam zu Thornes Fenster und beugte sich zu ihm hinunter. »Sind Sie sich sicher, Sir?«

»Gehen Sie rein, Holland.« Mit einer Kopfbewegung deutete er nach hinten. »Schauen Sie sich ihn doch an. Ich glaube nicht, dass er mir große Schwierigkeiten macht. Wir werden nur ein wenig plaudern ... hoffentlich.«

Holland trat zur Seite, als der Mondeo losfuhr und Richtung Old Kent Road davonbrauste.

Im Wagen gab Thorne den Taxifahrer. »Schauen Sie sich mal den Verkehr an. Noch nicht mal vier Uhr, und es ist zum Wahnsinnigwerden. Ich wette, um Deptford ist bereits alles dicht. Sie haben fünfzehn Minuten, schätze ich, zwanzig, wenn's hochkommt.«

Thorne warf einen prüfenden Blick in den Rückspiegel. Palmer starrte auf seinen Hinterkopf. Sein Atem ging schwer. War das, was er zu sagen hatte, *so* schwierig auszuspucken?

»Eine Viertelstunde, bis wir zum Gefängnis kommen,

Palmer. Das ist alles. Und jetzt lassen Sie's endlich raus ...«

Beinahe Zeit, nach Hause zu gehen.

Es leerte sich bereits, doch er blieb zurück. Da waren noch ein, zwei Dinge, die er zu erledigen hatte. Vor allem aber wollte er eine Weile alleine dasitzen und sich daran ergötzen, wie raffiniert er war.

Das, was er trieb, erschien ihm nicht per se als raffiniert. Diesen Begriff gebrauchte er in seinen Gedanken nicht für das, was er mit seinen Messern und seinen Händen und seinen Freunden anstellte. Das musste er einfach tun, er konnte nicht anders. Am ehesten noch passte für sein Gefühl der Begriff instinktiv. Sicher, allem lief eine Planung voraus, besonders wenn er Palmer ins Feld schickte, aber das war nicht allzu aufwändig. Meistens war es unkompliziert. Durchzukommen war nicht das Problem. Es interessant zu machen war schwierig.

Doch das hier war zweifelsohne raffiniert. Er überlegte, ob es wohl bereits in seinem Unbewussten geschlummert und nur darauf gewartet hatte, fertig ausgeformt aufzusteigen. Es war so perfekt. *Sie* war so perfekt. Sie passte zu dem Plan, und der Plan passte zu ihr. Wie füreinander gemacht. So sehr, dass er sich fragte, ob nicht vielleicht sie – die Vorstellung von ihr, die Gedanken, die sie in ihm weckte – dafür in erster Linie verantwortlich war.

Endlich hatte er seinen Gast ausgewählt, und es konnte wirklich keinen Besseren geben.

Selbstverständlich konnte er nicht sicher sein, noch nicht, dass sie kommen würde oder dass sie, wenn sie käme, genau das tun würde, worum sie gebeten worden war. Was immer geschah, er war geschützt. Das machte den Plan so brillant. Er wusste, er hatte eine kluge Entscheidung getroffen.

Eine kluge Entscheidung. So wie die Bestellung einer teuren Flasche Wein in einem dieser noblen Restaurants. Eine kluge Entscheidung, wenn ich so sagen darf, Sir …

Er merkte schnell, dass er mit seiner Arbeit nicht weiterkam. Er konnte sich auf nichts konzentrieren als auf das vor ihm liegende Unternehmen.

Wie sollte er sie töten? Wo? Gott, so viel herrliche Aufregung, die noch vor ihm lag, so viele brillante Details, die noch ausgearbeitet werden mussten …

Kein Wunder, dass er nicht mit Papierkram behelligt werden wollte. So hatte er immer gearbeitet: Richte den Blick in die Ferne, suche ein neues Abenteuer und vergiss dann alles andere. Stürz dich hinein, nimm andere mit, sofern sie den Mumm dazu haben, hol so viel raus, wie nur möglich …

Auf dem Heimweg würde er noch eine schöne Flasche Wein oder so besorgen, das würde Caroline gefallen. Wegen Montagabend hatte sie ihm vergeben, sie hatte gemeint, er arbeite vielleicht zu viel, sei ausgebrannt. Er hatte ihr zugestimmt, ja, vielleicht habe er sich wirklich zu viel zugemutet. Worüber er, als er allein war, hatte lachen müssen.

Ein nettes Abendessen, anschließend fernsehen und später dann, wenn Caroline im Bett lag, noch Radio hören. Er dachte bereits darüber nach, aber er wollte erst später, wenn er allein war, über die endgültige Formulierung nachdenken. Auf alle Fälle über die Formulierung dieses ersten Teils. Es würde natürlich nicht sofort über die Bühne gehen. Er musste dafür sorgen, dass es unwiderstehlich war, und das brauchte Zeit. Der Zeitrahmen war noch etwas vage. Er hatte nur ein provisorisches Datum für das große Ereignis im Kopf, aber er hatte vor, sich heute Abend dahinter zu klemmen.

Die Einladung rauszuschicken.

»Noch eine Minute und wir sehen das Scheißgefängnis, Palmer. Nicht mal mehr ein Kilometer.« Thorne bemühte sich, nicht zu schreien. »Wenn ich an der Schranke bin, ist es gelaufen. Dann können Sie alles vergessen, was Sie mir noch sagen wollten. Wenn ich nicht in den nächsten Minuten was höre, hör ich Ihnen nicht mehr zu. Verstanden?«

Thorne war sich nicht sicher, ob er es selbst verstand. Er war sich nicht sicher, womit er Palmer eigentlich drohte. Er wusste nur, dass Palmer anscheinend darauf brannte, ihm etwas mitzuteilen. Von Anfang an. Plötzlich fragte er sich, ob ihn die ganze Zeit einfach nur das Geständnis gedrückt hatte, sich vor Karen McMahon entblößt zu haben. Das hatte ihn zweifelsohne zutiefst beschäftigt. Thornes Hände waren feucht. Hatte er die Rettung oder die Inspiration in etwas gesucht, das nicht mehr war als die Schuldgefühle eines Teenagers, der sich schämte, seinen Schwanz herausgeholt zu haben?

Nein, da musste noch was anderes sein. Etwas, das Thorne auf die Spur Nicklins bringen konnte.

»Was ist es, Palmer?«

Palmer schlug seine in den Handschellen steckenden Handgelenke auf die Knie und nickte unentwegt, nervte ihn …

»Herrgott noch mal, Sie marschierten mit einer Pistole in die Polizeiwache. Sie kamen herein und bluteten. Ich sah, wie verzweifelt Sie waren, wie kaputt. Sie sagten, Sie hielten es nicht mehr aus, Sie würden alles in Ihren Kräften Stehende tun, um uns zu helfen. Sie sagten, Sie wollten ihn stoppen.«

»Das will ich.«

Thorne zuckte zusammen. Die ersten Worte, die Palmer seit dem Bahndamm gesprochen hatte.

»Also, dann spucken Sie's aus. Was ist es? Was genau haben Sie damals im Gefängnis gemeint?«

Während Thorne diese Frage stellte, bog er um eine Ecke, und Belmarsh tauchte vor ihnen auf. Die Beleuchtung der äußersten Umgrenzung war nur noch fünfhundert Meter entfernt, tanzte, als er abblendete.

»Da wären wir, Palmer, home sweet home.« Palmer gab einen undefinierbaren Ton von sich, eine Art Knurren. »Nicht gerade angenehm, stimmt's? Warum verschaffen Sie sich nicht das Gefühl, etwas Nützliches getan zu haben, bevor Sie wieder hineingehen? Sie können die Frauen nicht wieder lebendig machen, die Sie umgebracht haben, aber Sie können mir bei meinem Versuch helfen zu verhindern, dass noch mehr sterben ...«

Palmer schüttelte den Kopf, rang mit sich. Thorne gab es auf, dagegen anzukämpfen, ihn anzuschreien.

»Los jetzt!«

Sie wurden langsamer, blieben an der Hauptstraße stehen, der Weggabelung, wo sie warten mussten, bevor sie die Hauptverkehrsstraße überqueren konnten. Von links rasten die Scheinwerfer auf sie zu, eine Lücke würde sich in etwa einer halben Minute auftun. Der Vectra scherte hinter ihnen aus und kam neben ihnen zum Stehen.

»Scheiße, ich mein das ernst. Ich bin dann weg ...«

Der Fahrer des Vectra sah hinüber zu Thorne, wartete auf die Bestätigung, alles sei in Butter, auf das Zeichen, sie könnten sich auf den Heimweg machen.

»Geben Sie mir einen Anhaltspunkt zu Nicklin. Ich weiß, es gibt etwas, das Sie mir nicht sagen ...«

Nur noch ein paar Autos.

Thorne warf einen Blick nach rechts. »Wie viel schuldiger wollen Sie sich denn noch fühlen? Reicht's Ihnen noch nicht?«

Thorne winkte. Der Vectra fuhr vor, wartete auf die Lücke. Palmers Körper spannte sich an, streckte sich nach etwas.

»Erzählen Sie mir von Stuart. Erzählen Sie mir, was Sie denken. Bitte ...«

Der Vectra hupte, und der Detective, der Thorne am nächsten saß, hob den Arm.

»Los jetzt!« Thorne brüllte, als das Auto neben ihm nach rechts abbog. Er sah ihm nach, schlug mit der Hand auf das Armaturenbrett, nahm den Fuß von der Bremse. »Zu spät ...«

Die Stimme vom Rücksitz. *»Ich denke, er könnte Polizist sein.«*

Thornes linker Fuß rutschte vom Pedal. Der Motor erstarb und das Auto hüpfte nach vorne. Thorne fiel nach hinten gegen die Rückenlehne und wollte sich gerade umdrehen, als sein Kopf nach vorne geknallt wurde.

Er war noch bei Bewusstsein, als sein Gesicht auf das Lenkrad schlug, doch nicht mehr lange.

Vielleicht Sekunden ... vielleicht Minuten ... wie lange?

Thorne sah auf die Uhr am Armaturenbrett, wartete darauf, wieder klar sehen zu können.

Minuten. Nur ein paar ...

Langsam drehte er sich um. Er hatte das Gefühl, man habe ihm Zement durch beide Ohren gegossen. Palmer war weg. Die hintere Seitentür war offen.

Wohin ...? Was hatte er gleich wieder gesagt ...?

Thorne blickte wild um sich, jede Augenbewegung wie ein Faustschlag, als er die Gegend absuchte, sich verzweifelt wünschte, Palmer irgendwo in der Ferne humpeln zu sehen. Die Scheinwerfer der Autos, die in einem unentwegten Strom vorbeirasten, warfen ihr Licht auf den immer größer werdenden Fleck auf seinem Hemd, auf den roten Rotz, der vom Lenkrad tropfte.

Fünfzig Meter hinter dem Auto befand sich ein gut zwei Meter hoher Zaun.

Verdammte Kacke. Kam er mit den Handschellen über den Zaun? Wahrscheinlich. Hatte den Schlüssel mitgenommen. Einfach abgehauen …

Thorne öffnete die Tür und hatte Mühe, nicht auf die Straße zu fallen. Er stolperte ein paar Meter nach vorn. Hob den Arm und winkte den entgegenkommenden Autos zu.

Niemand hielt an.

Keiner schert sich einen Dreck. Gibt kein Vertrauen mehr heutzutage. Wenn ich vielleicht meinen Ausweis zeige, mich als Polizist ausweise …

Die Scheinwerfer des Mondeo waren noch an. Thorne stöhnte auf, als er sich mit der Hand an die gebrochene Nase fasste und in den Lichtkegel trat. Das Auto, das an ihm vorbeiraste, hupte laut, als Thorne durch einen Lichttunnel über die Fahrbahn auf das Gefängnis zustolperte.

Dreiundzwanzigstes Kapitel

»Gott, Tom. Ist alles in Ordnung?« Brigstocke wirkte entsetzt und besorgt.

Die Nase war mehr oder weniger sofort grotesk angeschwollen, und jetzt, zwei Tage später, hatte der Rest von Thornes Gesicht aufgeholt. Unter seinen Augen waren riesige schwarze Ringe und an den Wangenknochen zwei schwarzblaue Flecken.

»Mir geht's gut«, entgegnete Thorne. »Seh aus wie ein Scheißpanda, aber mir geht's gut …«

Die Besorgnis schwand aus Brigstockes Gesicht. »Das passt wunderbar, denn Pandas sind ja auch eine vom Aussterben bedrohte Art. Was zum Teufel haben Sie sich dabei eigentlich gedacht?«

Früher war es vorgekommen, dass Tom Thorne sich an dieser Stelle zur Wehr setzte. Auf seinem Standpunkt beharrte und eine Rede über den Zweck und die geheiligten Mittel hielt. Heute ging ihm das am Arsch vorbei.

»Ich hab Scheiße gebaut.«

Brigstocke war aufgestanden, als Thorne in der Tür auftauchte. Jetzt sank er hinter seinem Schreibtisch wieder auf seinen Stuhl. »Hören Sie, ich muss Ihnen das hier geben.« Er reichte Thorne ein Blatt Papier. »Es handelt sich um die Dienstvorschrift. Das DPS möchte Sie sehen …«

Thorne hatte nichts anderes erwartet. Das Directorate of Professional Standards – wieder so ein bescheuerter amerikanischer Name für etwas, das früher das CIB gewesen war, das Complaints Investigation Bureau: die Abteilung, deren Aufgabe darin bestand, die Korruption auszurotten, die faulen Äpfel auszusortieren. Die Abteilung, die vor kurzem in eine Ermittlung verwickelt gewesen war, in der es um Polizisten ging, die einen Nebenjob in der Krimiserie *The Bill* hatten.

»Ich kann es kaum erwarten«, erwiderte Thorne.

»Was ist mit Ihrer Nase?«

»Nasenbohren und Schnäuzen verboten. In einer Woche oder so, wenn die Schwellung zurückgegangen ist, geh ich wieder hin. Je nachdem, wie's dann aussieht, machen sie entweder gar nichts, oder sie brechen sie erneut und setzen alles richtig zusammen.«

»Brauchen sie dazu einen Freiwilligen?«

Thorne ging zum gegenüberliegenden Tischende und setzte sich. »Was unternehmen Sie wegen Palmer?«

»Was *wir* unternehmen? Sie sind unbezahlbar ...«

»Tut mir Leid. Ich weiß, das klang ...«

»Wir unternehmen, was man in dieser Situation von uns erwartet. Was mehr ist, als man von Ihnen sagen kann, nicht wahr? In den Medien ist das die Nummer eins, und wir müssen da mitmachen, wenn wir sie benutzen wollen. Jemand weiß, wo Palmer steckt, und die einzige Möglichkeit, ihn zu finden, ist über die Zeitungen, das Fernsehen ...«

Wie aufs Stichwort schlenderte Steve Norman ins Büro.

»Russell ... Detective Inspector Thorne ...«

Brigstocke erhob sich. Automatisch kämpfte sich Thorne ebenfalls vom Stuhl hoch. »Ich hol uns Kaffee«, sagte Brigstocke und ging zur Tür. »Dreimal?«

Thorne nickte. Norman stimmte muffig zu und warf einen Stapel Zeitungen auf den Tisch. Er nahm die oberste und zeigte sie Thorne.

»Das muss man Ihnen lassen, Sie wissen, wie man eine gute Story lanciert, Thorne.«

Die Titelseite des Boulevardblatts war beinahe zur Gänze von einem Foto von Martin Palmer ausgefüllt. Die Schlagzeile war einfach und dramatisch. Was die Amerikaner so griffig einen »scarehead«, also einen Angstmacher nennen.

KILLER AUF DER FLUCHT.

Thorne ging um den Schreibtisch herum. Er war müde, hatte Schmerzen und keine Lust auf noch mehr Gebrüll. »Hören Sie, Norman ...«

Norman hob die Hand, um ihm Einhalt zu gebieten, und wirkte überrascht, als er damit so ohne weiteres durchkam. »Also, zuerst möchte ich mich wegen des Streits letzte Woche entschuldigen. Ich hab mich wie ein Arschloch benommen, okay? Ich wollte die ganze Zeit mal vorbeikommen und das klären, aber die Arbeit türmt sich auf meinem Schreibtisch.«

Thorne war vollkommen verblüfft. »Okay ...«

»Um ehrlich zu sein, zu Hause gab's ein paar Probleme, und ich war etwas reizbar. Ich war nicht ganz ich selbst. Mir ist bewusst, wir werden nie die besten Freunde werden, aber wir müssen uns auch nicht ständig in den Haaren liegen, oder? Vor allem nicht jetzt. In Ordnung?«

Thorne nickte und fragte sich, ob er an den Spätfolgen einer Gehirnerschütterung litt.

Norman stieß mit dem Finger auf die Titelseite. »Im Prinzip ist das genau das, was wir brauchen. Die Telefone haben den ganzen Vormittag über geläutet. Wahrscheinlich kann er seinen Tee heute schon wieder auf der Polizeiwache trinken.« Normans Gesichtsausdruck verdüsterte sich, als er eine andere Zeitung aus dem Stapel zog. »Haben Sie die von gestern gesehen?«

Thorne schüttelte den Kopf. Er hatte den Großteil des Tages in einem abgedunkelten Zimmer gelegen und darauf gewartet, dass dieses Gefühl nachließ, jemand trete ihm mit dem Stiefel ins Gesicht. Dieses Foto auf dem Titelbild war weitaus weniger scharf. Zwei Gestalten, die wahrscheinlich mit einem Zoom aus mehreren hundert Metern Entfernung aufgenommen worden waren, so wie diese verschwommenen Fotos von Bigfoot oder dem Beast of Bodmin Moor.

Thorne und Palmer an Karen McMahons Grab.

»Das hier haben sie *nicht* von uns«, erklärte Norman. »Sondern von jemand anderem. Jemandem, der sich etwas zu sehr an die Presse ranschmeißt.«

Es war so widerlich, und Thorne musste ihm Recht geben. Bracher war wahrscheinlich die Quelle für die früheren Sachen, aber das hier musste jemand vom Team sein. »Ich krieg raus, wer dahinter steckt.«

»Gut. Allerdings muss ich zugeben, dass es uns im Augenblick eher nützt. Wir haben angefangen, stückweise die Geschichte von Karen McMahon rauszugeben.« Thorne wirkte leicht verwirrt. »Sie wurde vor sechsunddreißig Stunden offiziell identifiziert. Etwa um die Zeit, als diese Aufnahme gemacht wurde.«

Thorne musste sich bemühen, wieder Tritt zu fassen. Er war nicht mehr auf dem Laufenden, seit er Palmer am Donnerstagnachmittag auf den Rücksitz des Mondeo gesetzt und ihn zum Bahndamm gefahren hatte.

Ich denke, er könnte Polizist sein …

»Die Geschichte hat ein irrsinniges Potenzial, Drama, *human interest*«, fuhr Norman fort. »Was natürlich wunderbar ankommt. Fünfzehn qualvolle Jahre für die Eltern und all das. Dazu die einfache Tatsache, dass ein Mordfall gelöst wurde. Der Fund dieser Leiche hat einer Menge Leute geholfen. Damit können wir verlorenen Boden gutmachen.«

Der stechende Schmerz, der sich über Thornes Gesicht zog, nahm einen Tick zu. Er kramte in seiner Tasche nach einem Schmerzmittel. »Eine Leiche habe ich gefunden – und einen Mörder verloren.«

Norman lachte, ein pfeifendes Wiehern. »Genau. Doch das gleicht sich aus.« Er hielt in jeder Hand eine Zeitung. Er hob sie hoch, um seinem Argument Nachdruck zu verleihen. »Dank der Pluspunkte, die wir kriegen, weil wir Karen McMahon gefunden haben, können wir sie mit Palmers Flucht auf den Marktplatz lassen. Und hoffentlich können wir ein oder zwei der weniger beeindruckenden Details der Ermittlung raushalten.«

Weniger beeindruckende Details der Ermittlung?

»Genau«, stimmte Thorne zu. »Klar wäre ich dankbar …«

Thorne schenkte sich selbst ein Glas Wasser ein. Er brauchte es, um die Pillen zu schlucken und einen sehr unangenehmen Geschmack aus dem Mund zu bekommen. Als er den Kopf nach hinten legte, sah er Brigstocke, der durch die Einsatzzentrale auf sie zukam, drei Plastiktassen in den Händen.

»Der Kaffee kommt …«

»Wunderbar.« Normans Handy klingelte. Er sah auf das Display. »Entschuldigen Sie mich, ich muss damit …«

Thorne beobachtete, wie Norman den Anruf entgegennahm, ihnen dabei den Rücken zukehrte und in das Handy flüsterte. Es fiel ihm schwer, zwischen dem Schmerz und dem Wirrwarr zu unterscheiden, die in seinem Kopf wie zwei sehr lange Züge aufeinander prallten und sich endlos ineinander verkeilten. Norman, der sich entschuldigt … eine Leiche gefunden, einen Mörder verloren … eine undichte Stelle im Team … das Directorate of Professional Standards … Palmers Stimme im Auto, als er das über Nicklin sagte. Dann war da noch ein äußerst wenig beeindruckendes Detail der Ermittlung, von dem er ihnen noch gar nichts erzählt hatte …

McEvoy war im Internet. Holland hatte die Seite nicht erkannt, die sie auf ihrem Schirm aufgerufen hatte, aber der Blick, den er auffing, bevor sie ihn sah und die Seite verließ, ließ ihn vermuten, dass es sich dabei um einen Mail-Server gehandelt haben könnte. Sie sollten das System nicht benutzen, um persönliche E-Mails zu senden oder zu empfangen, doch Holland sagte nichts. Insgesamt betrachtet war das trivial, und außerdem war er sich klar darüber, wie jeder Kommentar dazu aufgenommen würde.

»Wenigstens verlässt du das Büro nicht, wenn ich hereinkomme. Wir machen anscheinend Fortschritte.«

McEvoy zuckte mit den Achseln, ohne aufzublicken. »Darf mir doch von dir nicht vorwerfen lassen, ich würde meinen Job nicht ordentlich erledigen.«

Holland sah keinen Sinn darin, um den heißen Brei herumzureden. Er machte den Mund auf und sprach es aus. »Ich finde, einer von uns muss sich in ein anderes Team versetzen lassen.« An ihrem Gesicht konnte er ablesen, dass er sie getroffen hatte. »Komm schon, daran hast du doch auch schon gedacht …«

Sie fiel ihm ins Wort. »Ich geh auf keinen Fall.«

»Sarah …«

»Genau, das ist es doch. Mit *einer von uns* meinst du mich, oder?«

Jetzt wäre der richtige Zeitpunkt zu gehen, wenn er das wollte; zu vergessen, dass er das Thema angesprochen hatte, und das Beste draus zu machen. Er zögerte. »Ja.«

»Vergiss es.«

»Du hast ein Problem, nicht ich.«

»Bist du dir da so sicher?«

»Fang bloß nicht an, mich zu analysieren. Ich zieh mir mein Gehalt nicht die Nase hoch und setze das Leben meiner Kollegen aufs Spiel …«

Das brachte schlagartig Farbe in McEvoys Gesicht. Sie

spürte, wie ihr Tränen in die Augen stiegen. »Wann hab ich das getan? Sag schon?«

»Vielleicht nie. Vielleicht in einer halben Stunde ...« Holland wünschte sich so sehr, die eineinhalb Meter, die zwischen ihnen lagen, zu ihr zu gehen und sie ihn die Arme zu schließen. Er schaffte es nicht.

»Niemand sonst weiß davon, Dave.« McEvoy beobachtete sich selbst und kam sich vor wie eine blöde Blondine, die alles daran setzt, einem Strafzettel zu entgehen. Sie hasste es. »Vergessen wir doch die ganze Scheiße, die passiert ist. Dave ...?«

»Niemand sonst weiß davon – bis jetzt. In meinen Augen bist du nicht besonders geschickt darin, es zu verbergen.«

Blitzschnell änderte McEvoy ihre Taktik. »Wenn du zu Brigstocke gehst, folge ich dir auf dem Fuß. Ich erzähle ihm, du hättest mir nachgestellt, mich sexuell belästigt. Sie werden denken, du erfindest das alles nur, weil ich nicht mit dir vögeln wollte ...«

Holland sah, wie verzweifelt sie war – in die Ecke getrieben. Ihm war klar, sie klammerte sich mit den Fingernägeln an den Felsvorsprung, sagte Dinge, die sie nicht so meinte und niemals tun würde. Er verlor dennoch die Beherrschung und lief durch das Büro, packte die Zeitung, die oben auf dem Aktenschrank lag, und warf sie ihr hin.

McEvoy starrte hinunter auf das Bild von Thorne und Palmer am Entwässerungsgraben.

»Wenn du auch nur *ein* Wort sagst«, stieß Holland hervor, »öffnest du eine riesige Dose voller Würmer.«

McEvoy sah ihn verwirrt an. »Du glaubst, ich sei die undichte Stelle?«

»Ich kann es mir nicht leisten, es zu verschwenden. Hast du gesagt.« Holland schnappte sich die Zeitung und zerknüllte sie. »Scheiße, das ist leicht verdientes Geld,

richtig? Ein Tipp hier, eine Fotogelegenheit da, und du bist für eine Woche versorgt. So wie ich mir das vorstelle, geben sie dir gleich das Koks, damit ersparen sie sich die Scherereien mit der Kohle.«

»Dave …«

»Gib's doch zu, du hast es getan, richtig? Gib's doch einfach zu …«

Holland sah McEvoys Lider zucken, sah ihre Anspannung. Er wandte sich um, um Thorne in der Tür zu entdecken. Keine merkwürdige Pause, kein bedeutungsschwangeres Schweigen entstand. McEvoy war schon auf den Beinen und unterwegs zur Tür, flachste dabei mit Thorne, als sei nichts geschehen.

»Einige Leute hier drinnen sind so übel drauf, wie *Sie* aussehen …«

Dann machte sich Schweigen breit.

Thorne schloss die Tür und ging ins Zimmer. »Dave, gibt es ein Problem zwischen Ihnen und Sarah?« Holland sagte nichts. Thorne war aufgebracht, fühlte sich überrollt. Er wollte keine weiteren Unklarheiten und kein Chaos mehr. »Detective Constable Holland, gibt es ein Problem zwischen Ihnen und Detective Sergeant McEvoy?«

Holland sah zu Thorne. Später, wenn er am Tresen stand oder zu einer Neonröhre hinaufstarrte, würde er an diesen Augenblick zurückdenken. Wenn er in den Monaten und Jahren, die folgen sollten, mitten in der Nacht auf der Bettkante saß und Sophie sich neben ihm im Schlaf umdrehte, würde er diesen Moment vor sich sehen, sich an jedes Detail in Thornes verletztem Gesicht erinnern, an jede Nuance in seiner verletzenden Stimme. Er würde sich daran erinnern und sich wünschen, er hätte die Wahrheit gesagt.

Holland sah zu Thorne. »Nein, Sir.«

Thorne atmete tief aus und trat ans Fenster. Blickte hinunter und hoffte, etwas zu sehen, was seine Laune hob. Ein paar bei ihrer Marschübung aus dem Tritt geratene Polizeischüler wären genau richtig. Oder besser eine ganze Gruppe, die eine menschliche Pyramide bildete, auf zwei Motorrädern, wie er es als Kind in diesen Anzeigen gesehen hatte …

Es waren nur zwei Zivilbeamte zu entdecken, die in der Einfahrt eine Zigarette rauchten.

Thorne wandte sich um und ging zurück. Er kam sich ziellos und nutzlos vor, als traue ihm niemand. Er öffnete die Tür des Büros und sah hinaus in die Einsatzzentrale. In der gegenüberliegenden Ecke sah er Norman, wie er sich über McEvoys Schreibtisch beugte. Sie sagte etwas, was ihn zum Lachen brachte.

»McEvoy und Norman kommen gut miteinander aus, nicht wahr?«

»Wahrscheinlich versucht er sie dazu zu überreden, auf der nächsten Pressekonferenz aufzutreten«, sagte Holland. »Er erzählt ihr ständig, sie solle eine Medienschulung mitmachen. Er findet, sie käme gut rüber vor der Kamera.«

Thorne drehte sich um. »Was ist mit mir? Wie kamerageeignet bin ich?« Holland schwieg und überlegte, wie viel Diplomatie angebracht war. »Sieht es wirklich so übel aus?«

»Sobald die Blutergüsse zurückgegangen sind, ist wieder alles in Ordnung. Eine gebrochene Nase ist eigentlich ganz cool. Frauen stehen auf so was …«

»Bitte …«

»Bei allem Respekt, Sir, es ist doch eine Tatsache, dass Sie schon zuvor ziemlich hässlich waren.«

Kein Nasenbohren und kein Schnäuzen hatte es geheißen. Auch Lachen, fand Thorne, gehörte definitiv auf die Liste gesetzt.

Thorne wartete mit dem Anruf, bis es ruhig wurde im Büro.

Sein Herz klopfte ihm bis zum Hals, als er die Nummer wählte, so wie jedes Mal, wenn er die Nummer von zu Hause aus versucht hatte. Ein Dutzend Mal oder öfter, seit er aus dem Krankenhaus entlassen worden war.

Er wartete auf die Verbindung.

Er hätte es nicht für sich behalten sollen, da ließe sich einiges machen – Anrufe zurückverfolgen –, aber sein Instinkt sagte ihm, ihre Anstrengungen wären vergebens und dass er richtig handelte.

Das Telefon läutete.

So könnte er seinen Fehler *vielleicht* wieder gutmachen.

»Hier ist Tom Thorne. Hinterlassen Sie eine Nachricht, oder versuchen Sie es unter meinem Anschluss zu Hause. Die Nummer lautet: …«

Plötzlich erinnerte sich Thorne an vorhin, als er Steve Norman bei einem Anruf beobachtet hatte. Er rief sich den Pressesprecher vor Augen, als sein Telefon läutete. Wie er auf das Display blickte, bevor er den Anruf beantwortete.

Die Anruferkennung …

Diese Nummer wurde unterdrückt, so wie seine Nummer zu Hause. Beide würden auf dem Display nur als Platzhalter erscheinen. Die Anrufe würden nicht beantwortet werden. Er brauchte eine registrierte Nummer, die angezeigt wurde und demjenigen, der im Augenblick sein Telefon besaß, eine Vorstellung gab, wer anrief.

Thorne öffnete die Tür, ließ die Augen über die Einsatzzentrale schweifen und hoffte, dass Dave Holland noch nicht gegangen war.

Minuten später wählte er die Nummer noch einmal von dem Handy aus, das er sich von Holland geliehen hatte.

Der Name würde auf seinem Telefon erscheinen. Er hatte es selbst programmiert.

Das Telefon begann zu läuten ...

Wer immer in seinem Besitz war, würde auf dem kleinen Display HOLLAND MOB lesen und daraus sicher den Schluss ziehen, wer ihn anrief. Und vielleicht riskieren, den Anruf anzunehmen.

Der Anruf wurde beantwortet.

»Palmer. Hier ist Thorne.«

Fünfzehn Sekunden. Thorne fing bereits an sich zu fragen, ob das am anderen Ende der Leitung vielleicht gar nicht Palmer war. Dann kam diese Stimme, die durch das Telefon noch nasaler wirkte. »Es tut mir wirklich Leid, Mr. Thorne ...«

»Sie haben mir die Nase gebrochen ...«

»Das tut mir Leid, das wollte ich nicht.«

Thorne trat ans Fenster, schaute hinaus auf die Lichter von Hendon, die Autos, die auf der M1 Richtung Norden rasten. »Warum haben Sie mein Handy mitgenommen?«

»Es wird nicht lange genug eingeschaltet sein, um diesen Anruf zurückzuverfolgen. Ich nehme an, das haben Sie vor ...«

»Haben Sie es genommen, um mehr Zeit für Ihre Flucht zu haben, oder weil Sie wussten, ich würde Sie anrufen?«

Thorne konnte hören, wie Palmer atmete und über die Frage nachdachte. »Ich glaube, von beidem etwas.«

»Das ist so dumm, wissen Sie. Wir finden Sie. Sie haben sich bereits einmal gestellt, Sie sollten es wieder tun.«

Palmer lachte, doch sein Lachen klang verzweifelt. »Wieso? Macht das einen Unterschied beim Strafmaß?«

»Warum kümmert Sie das? Sie wollten ohnehin Ihr ganzes Leben weggesperrt werden. Was hat sich geändert, Martin? Warum tun Sie das?«

»Ich sollte Schluss machen ...«

»Liegt es an dem, was ich über das Gefängnis gesagt habe? Wie es Ihnen dort ergehen könnte?«

»Nicht wirklich. Ja, in gewisser Weise schon …«

Thorne betrachtete sein Spiegelbild in dem nachtschwarzen Fenster, die Blutergüsse – dunkle Flecken in seinem Gesicht. Für den Bruchteil einer Sekunde vergaß er, dass er mit einem Mörder plauderte. Er kam sich vor wie ein Darsteller in einem düsteren Popvideo. Sein Mund formte diese unzusammenhängenden Sätze – merkwürdige Gesprächsfetzen, die in eine dunkle Ballade über Verlust oder die Unmöglichkeit des Verzeihens einflossen.

»Was meinten Sie im Auto? Was meinten Sie damit, Nicklin könnte ein Polizist sein?«

»Ich meinte nichts damit. Das habe ich nur so gesagt. Ich musste Sie ablenken …«

»Das ist Quatsch, Martin. Sie hätten alles Mögliche tun oder sagen können. Warum haben Sie genau *das* gesagt?«

»Ich hatte so ein Gefühl, das ist alles. Nur ein Eindruck. Als wäre er es gewohnt, dass die Leute tun, was er ihnen sagt …«

»War er nicht immer so?«

»Ich hab Ihnen doch gesagt, es war nur so ein Gefühl. Irgendetwas an ihm damals in dem Restaurant. Nichts, das ich in Worte fassen könnte. Ich muss jetzt Schluss machen …«

»Warten Sie. Ich möchte, dass Sie darüber nachdenken, das sein zu lassen. Wo immer Sie sind, wir werden Sie finden. Was soll das?«

»Ich kann jetzt wirklich nicht mehr mit Ihnen reden …«

»Warten Sie eine Minute. Ich werde Sie wieder anrufen. Ich lass es zuerst dreimal klingeln und lege dann auf. Damit Sie wissen, dass ich's bin. Dreimal, Palmer. Okay?«

Die Leitung war tot.

McEvoy lag auf dem Rücken und hielt den Atem an, starrte hinauf zu den Spiegeln.

Ihr Herz schlug wie verrückt. Ihr Gesicht prickelte, das herrliche Taubheitsgefühl breitete sich von ihrem Mund und den Zähnen aus, der Kick stieg auf, tanzte sich nach oben in ihren Schädel.

Sie erstarrte, als sie draußen ein Auto vorfahren hörte. Jeden Muskel angespannt, wartete sie auf die Schritte vor ihrer Tür. Sie könnte den Hauptschalter in zehn Sekunden erreichen …

Sie lag flach auf dem Boden, unter dem Fensterbrett im Wohnzimmer, außer Sicht. Sie hatte den freistehenden Spiegel vor das Schlafzimmer geschoben, genau so ausgerichtet, um den optimalen Blickwinkel zu haben. Jetzt konnte sie hier in Sicherheit liegen und den rückwärtigen Garten beobachten. Sie würde jeden, der kam, sofort sehen. Ein weiterer Spiegel hing auf halber Höhe im Garten – ein großes Ding, das sie an einem Zaunpfosten befestigt hatte. Von dieser Position aus vermochte sie auch um die Ecke zu sehen.

Anfangs, als sie diese Wohnung gekauft hatte, war der Garten großartig gewesen. Sie hatte es genossen, an Sommerabenden draußen zu sitzen, manchmal mit einem Mann, gemeinsam eine Flasche Wein zu trinken, bevor man miteinander ins Bett ging. Inzwischen war er nur noch eine Belastung. Von hier würden sie kommen. Von hier aus beobachteten sie sie die meiste Zeit, obwohl die Idee mit dem Polizisten oben auf der Arbeitsbühne draußen auf der Straße, der so tat, als repariere er eine Laterne, ziemlich clever war. Aber sie war cleverer. Kannte alle Tricks, oder etwa nicht? Das Überwachungsspiel. Sie wusste, dass das Auto, das ihr folgte, wahrscheinlich das Auto vor ihr war. Sie kannte alle Tricks, weil sie eine von ihnen war.

Holland musste geredet haben. Alle wussten Bescheid, da war sie sich sicher. Sie hatte innerhalb von fünf Minuten zwei Leute dabei ertappt. Wie sie über sie klatschten, schwiegen, sobald sie den Raum betrat. Sie beobachteten und aburteilten. Nun, sie beobachtete *sie* ebenfalls. Wenn sie ihr Make-up nachzog und dazu den kleinen Spiegel in ihrer Handtasche benutzte. Sie konnte sehen, was ihnen durch den Kopf ging. Holland und all den anderen. Sie dachten alle, sie könne ihre Arbeit nicht ordentlich erledigen.

Sie erstarrte. Ein Schatten bewegte sich durch den Garten. Sie würde es in weniger als *fünf* Sekunden bis zum Hauptschalter schaffen, wenn's drauf ankam. Dann wäre es hier überall stockdunkel und alles wäre ausgeschaltet. Sie hatte es schon früher getan, wenn sie sie gehört hatte. Es war nervig, den Videorekorder neu zu programmieren und die Uhren richtig zu stellen, doch ihr war nichts anderes übrig geblieben.

Sie waren da draußen und lauschten. Die Mistkerle würden heute Abend nichts sehen und nichts hören. Sie glitt über den Boden, bis sie weit genug vom Fenster entfernt war, stand auf und tastete sich an der Mauer entlang. Sie ließ sich auf ihren Schreibtischstuhl fallen und holte ihren Computer aus dem Tiefschlaf.

Es gab sie, die Leute, mit denen sie reden konnte, die *wussten*, was für eine hervorragende Polizistin sie war. Die sie für eine der besten, wenn nicht die beste, hielten. Die sie herausforderten, es zu beweisen.

Sie hatte eine E-Mail bekommen.

Das Klingeln des Telefons kämpfte sich in Thornes Traum vor, wo es zum Bellen eines hungrigen Tieres wurde, das an der Tür scharrte, sich darunter hindurchgrub. Hinter der Tür stand wie angewurzelt ein kleiner Junge, in Panik erstarrt, bis ein Mädchen kam und ihn bei der Hand nahm. Hier wachte Thorne auf und beugte sich hinüber zum Telefon.

»Palmer?«

»Thorne? Hier ist Colin Maxwell. Hab ich Sie geweckt?«

Thorne blinzelte mehrmals und sah auf die Uhr. Es war kurz nach elf. Er hatte kaum eine halbe Stunde geschlafen. »Ich hab gelesen. Wollte mal früher ins Bett kommen ...«

Maxwell. Die Hotelmorde. Mehr Leichen ...

»Welches Hotel ist es?«

Maxwell klang überrascht. »Das ›Palace‹, in South Kensington. Woher zum Teufel wussten Sie das?«

Thorne war inzwischen hellwach. Er brauchte noch ein paar von den Schmerztabletten. »Warum sollten Sie sonst anrufen? Wie viele Tote?«

»Niemand ist tot. Hören Sie, nicht dass wir uns falsch verstehen. Hierbei handelt es sich um eine gute Nachricht. Vielleicht hebt das Ihre Stimmung. Unser Mann ist nicht ganz so schlau, wie wir dachten.«

Die Schmerztabletten konnten warten. »Sie haben ihn erwischt?«

»Er liefert Getränke, fährt einen dieser beschissenen Getränkewagen. Eine Lieferung pro Monat, freundet sich mit den Catering-Leuten an, quatscht mit den Kellnerinnen. Wer ist denn abgestiegen bei euch? Wer schmeißt mit dem Geld um sich? Schiebt ihnen ein paar Scheine hin, wenn er was erfährt, was er brauchen kann ...«

»Was hat das ›Palace‹ damit zu tun?«

»Eine Zeugin hat sich gemeldet, eine Putzfrau. Sie hat dem Verdächtigen letztes Jahr ein paar Mal was gesteckt, als sie im Regency arbeitete, als der Mörder noch ein Dieb war. Der Verdächtige hat das Mädchen letzte Woche erneut angesprochen, nur hat unsere Putzfrau inzwischen die Zeitung gelesen. Sie weiß alles über ihn. Wir haben ihr gesagt, ihr passiert nichts, wenn sie mitspielt.«

Thorne wurde langsam gereizt. Die Details konnten bis später warten. »Colin, sagen Sie mir einfach, was das mit dem ›Palace‹ soll ...«

»Das ist das Beste daran. Was haben Sie nächsten Dienstagabend vor?«

Vierundzwanzigstes Kapitel

Thorne betrachtete sein neues Handy. Es war kleiner als das, das es ersetzte, und machte mehr her. Den Großteil des Tages hatte er damit verbracht, jedem, der zählte, die neue Nummer zukommen zu lassen. Das alte Handy hatte er noch nicht abgemeldet. Er wollte, dass die Nummer für die nächste Zeit aktiv blieb.

Solange es ruhig war, solange sie warteten, spielte Thorne mit ein paar Features seines neuen Telefons. Das hier hatte eine Textvorerkennungsfunktion. SMS war nie sein Ding gewesen, ein Anruf war seiner Ansicht nach einfacher und schneller. Aber es könnte Spaß machen. Er schrieb die Nachricht. Es gab wahrscheinlich sämtliche Symbole und Abkürzungen – er wusste, bei den Kids war das absolut in –, aber er beließ es bei der simplen Botschaft. Er drückte die Taste zum Abschicken und sah auf, lächelte den anderen zu.

Thorne war sich ziemlich sicher, dass das, was er abgeschickt hatte, auch gelesen wurde. Es bedeutete kein Risiko, die SMS-Nachricht zu öffnen, selbst wenn die Nummer nicht bekannt war. Die Nachricht selbst war einfach genug.

GIB AUF …

Ein Magenknurren brach das Schweigen, löste die Spannung und gab allen Gelegenheit zu lachen. Jemand schlug vor, den Zimmerservice anzurufen und auf Spesenrechnung etwas zum Abendessen zu bestellen.

Holland und McEvoy kamen durch die Drehtür und durchquerten auf dem Weg zur Rezeption die Hotelhalle. Holland trug einen blauen Anzug, McEvoy eine weiche Lederjacke über einem schwarzen Kleid.

Sie gingen Händchen haltend.

»Zimmer 133, bitte«, sagte Holland.

McEvoy zog einen kleinen Spiegel aus ihrer Handtasche und überprüfte ihr Make-up.

Die Frau an der Rezeption setzte ein falsches Lächeln auf, das beinahe, aber nicht ganz, dasselbe falsche Lächeln war, das sie sonst aufzusetzen pflegte. Das Zittern ihrer Hand war kaum wahrnehmbar, als sie ihnen den Schlüssel reichte.

»Soll ich Sie morgens wecken?«, fragte sie.

McEvoy schüttelte den Kopf.

»Möchten Sie eine Zeitung?«

Holland lächelte. Sie war sehr gut. »Nein danke. Gute Nacht …«

Sie warteten auf den Aufzug. McEvoy betrachtete ihr Spiegelbild in den Metalltüren. Holland wandte sich beiläufig um und überprüfte rasch die Hotelhalle. Ein Mann mit einer Zigarre in dem Sessel beim Haupteingang, um die fünfzig, der offensichtlich auf jemanden wartete. Eine Gruppe lautstarker Geschäftsleute, die aus der Bar herausströmte. Ein jüngerer Mann am Telefon.

Der Aufzug kam und brachte eine weitere Hand voll quasselnder Geschäftsleute. Holland und McEvoy stiegen ein. Holland drückte auf die Taste für den ersten Stock.

Erst als die Türen vollständig geschlossen waren, hörten sie auf, sich an den Händen zu halten.

Jason Alderton eilte durch den Gang, an den Füßen weiche schwarze Sportschuhe, die auf dem dicken Teppichboden kein Geräusch machten. Eine Frau bog um die Ecke. Er grinste, als sie aneinander vorbeiliefen, sie lächelte zurück.

Vor der Tür blieb er stehen und sammelte sich. Die Tasche stellte er geräuschlos neben seinen Füßen ab und streifte sich, ständig nach links und rechts blickend, die Handschuhe über. Es war wichtig, möglichst nahe an der Tür zu stehen, um das Gesicht ganz dicht vor den Türspion zu bringen. Zwar war die Kleidung ohnehin ausreichend zweckmäßig, doch wenn man so nahe dran war, war nichts zu sehen außer dem lächelnden Gesicht, das unbeteiligt und pfeifend zur Seite blickte.

Jason atmete ein paar Mal sehr schnell ein und aus, bevor er klopfte. Es gab ihm einen zusätzlichen Kick, dass seine Handflächen in den Handschuhen vollkommen trocken waren. Er wurde langsam richtig gut.

Im Zimmer waren Schritte zu hören. Er spannte sich an, war bereit. Das Überraschungsmoment gab den Ausschlag. Sie waren immer absolut verblüfft. Es war stets der gleiche Gesichtsausdruck. Sie hatten sich sicher gefühlt.

»Wer ist da?«

»Hoteltechnik, Sir. Ein Problem mit Ihren Heizkörpern …«

Als die Tür aufging, in der halben Sekunde, bevor er zuschlug, entging Jason kein wesentliches Detail.

Typ im Anzug, um die dreißig, wegen der Konferenz hier, so wie das Mädchen gesagt hatte … durchschnittlich groß … wirkt fit, aber das spielte keine Rolle … wahrscheinlich voll von sich überzeugt, aber wenn es so weit war, würde er wie ein Baby flennen … der Ausdruck auf seinem Gesicht, der Schock, die viel zu späte Erkenntnis, dass etwas nicht stimmte … eine Frau, die Ehefrau oder Freundin, hinter ihm, auf der Bettkante sitzend …

Er hob beide Hände und stieß dem Mann im Anzug kräftig gegen den Brustkorb, warf ihn zu Boden. Drängte sich sogleich ins Zimmer, nahm die Tasche mit und schloss mit einer knappen, sauberen Bewegung die Tür hinter sich. Und der Mann im Anzug war auf Händen und Füßen und stöhnte, und als Jason vortrat, um dem Arsch in den Bauch zu treten, sah er, wie die Frau von der Bettkante hochsprang, *richtiggehend in die Luft sprang*, genau wie die alte Holländerin.

Sie sprang in die Luft und schrie …

McEvoy schrie.

Der Schrei einer erschrockenen Ehefrau. Der Schrei einer guten Polizistin, die ihren Kollegen das Einsatzsignal gab.

Thorne trat schnell aus seinem Versteck hinter dem Vorsprung eines eingebauten Kleiderschranks hervor. Er sah den Ausdruck plötzlicher Panik auf dem Gesicht des Verdächtigen, sah, wie die Panik wuchs, als er sich umdrehte, nach einer Fluchtmöglichkeit suchte, nur um zwei weitere Männer aus dem Badezimmer hinter sich herausstürmen zu sehen.

Keine fünf Sekunden sollten vergehen zwischen dem Augenblick, als Thorne die Szene betrat, und dem Moment, als er dabei war, auf den Mann am Boden zu blicken und sich darüber zu wundern, dass er nicht auf ihn einprügelte, bis er das Bewusstsein verlor.

Als Thorne auf ihn zuging, versuchte der Verdächtige zu fliehen. Aber Holland hatte sich rasch hochgerappelt, packte ihn an den Hüften und schob ihn ins Zimmer. McEvoy machte den Platz frei, und Holland und der Verdächtige krachten auf die Bettkante. Thorne und Maxwell waren direkt hinter ihnen, und zusammen hoben sie den Verdächtigen vom Boden und warfen ihn über das Bett gegen die gegenüberliegende Wand.

Bevor der Verdächtige auf den Teppich knallte, ging Thorne um das Bett herum, um nach ihm zu sehen.

Geladen.

Bereit, dieses Gesicht zu bearbeiten.

Das Gesicht, das nicht unter einer Sturmmütze verborgen war, weil der Arsch nicht plante, jemanden am Leben zu lassen, der ihn identifizieren könnte. Die Tasche über dem Arm – die Tasche, in der das Messer und das Klebeband und Gott weiß was noch steckten ...

Thorne dachte an das letzte Mal, als er in einem Hotelzimmer gewesen war. Er dachte an die Leichen im Bad und auf dem Bett. Spürte das Verlangen, loszuschlagen und zu treten und seinen Frust zumindest ein wenig abzubauen. Ein paar Handbreit hinter ihm gingen Maxwell und Holland, die ihm seine Gedanken am Gesicht abgelesen hatten, blitzschnell in Habacht-Stellung.

Was gar nicht nötig gewesen wäre.

Thorne entdeckte so etwas wie Erstaunen auf dem Gesicht des Mannes, der zusammengekrümmt auf dem Boden zwischen Bett und Wand lag. In dem Handgemenge war ihm die Hose bis zu den Oberschenkeln gerutscht und eine graue Unterhose wurde sichtbar. Auf der Stirn prangte ein roter Kratzer. Die Haare waren mit Gel auf seinen Kopf geklatscht wie fette Spinnenbeine. Darunter ein schmales, leeres Gesicht, die kleinen Augen waren weit aufgerissen, der Mund stand offen, als ringe er nach Luft. Thorne kam um das Bett, die Fäuste geballt, sein Gesicht eine einzige Katastrophe. Er sah, wie sich der Mann am Boden fragte, ob *sein* Gesicht ebenso enden würde ...

Thorne erstarrte. Er blieb stehen und blickte hinunter auf den schleimigen Scheißkerl, der sich ihnen mehr oder weniger selbst ans Messer geliefert hatte. Dieser widerliche Wichser, der einen Tick zu unvorsichtig gewesen war und der nun im Gefängnis graue Haare bekommen würde, während er darüber nachdachte. Ein Häkchen in der Plusspalte, eine Anerkennung, die sich ein Abteilungsleiter an den Hut stecken konnte. Ein Mörder, der ihnen aus demselben einfachen Grund ins Netz gegangen war wie die meisten.

Aus purem Zufall und Blödheit.

Sutcliffe, West, Nielsen, Shipman. So gut wie jeder auf der Liste, nach der ihn sein Vater gefragt hatte. Sie alle stolperten über einen Glücksfall, einen Zufall oder eine Unvorsichtigkeit. Nicht nur die Großen, auch Mörder X und Vergewaltiger Y. All die Verrückten, wie sie einem jeden Tag an jeder Straßenecke über den Weg laufen und von denen die meisten nichts gemein hatten mit den hoch intelligenten, ausgefuchsten Psychopathen aus den populären Thrillern. Die alle aus ganz gewöhnlichen, dumpfen Motiven mordeten. Aus Wut, Neid, Lust oder Gier. Böse, ja, aber auch genauso dumm wie einige von denen, die hinter ihnen her waren.

Thorne und die anderen, die durch die Gegend stolperten und manchmal gute und manchmal schlechte Tage hatten. Die Regeln befolgten oder nicht befolgten, je nachdem, wer sie waren und wie viel ihnen der ganze Mist bedeutete. Polizisten, die darauf hofften, dass *der hier* verhaftet werden wollte, und, falls das nicht der Fall war, beteten, ein scharfsichtiger Zeuge möge sich melden, ein von seinem Gewissen geplagter Verwandter oder der etwas unterbelichtete Komplize.

Sie brauchten jede Hilfe, die sie bekommen konnten.

Das war Thorne natürlich klar. Dennoch traf es ihn hin und wieder wie ein Keulenschlag. Ein Augenblick, ein Bild genügte, um ihn daran zu erinnern. Wie verloren er war. Wie abhängig vom Glück und vom Missgeschick.

Es war fünf Sekunden her, nicht länger, seit er sein Versteck verlassen hatte. Thorne spürte eine Hand an seinem

Ärmel, hörte einen hohen, unangenehmen Ton. Der ihn herausriss ...

Der Mann auf dem Boden sah nicht ihn an, sondern an ihm *vorbei*, auf etwas weiter hinten. Die Hand zog ihn weg – nicht weg von dem Verdächtigen, es hatte keinen Akt der Gewalt gegeben, sondern zu etwas anderem hin. Zu etwas, worauf er seine Aufmerksamkeit richten sollte.

Thorne drehte sich im selben Augenblick um, als er es wirklich wahrnahm. Er wandte sich um und zuckte zusammen, sah in die gleiche Richtung wie alle anderen im Raum. Sie hielten sich die Ohren zu. Sie starrten zu Sarah McEvoy, die gegen die Wand gelehnt am Boden kauerte.

Sie schrie noch immer.

Fünfundzwanzigstes Kapitel

Als sie den Kopf hob und zu ihm aufsah, merkte Holland, dass sein Hemd klitschnass war, von Rotz und Tränen.

McEvoy hatte über eine Stunde geheult.

Sie hatte sich zusammengerissen, bis sie in sein Auto gestiegen und vom Hotel weggefahren waren. Ab da war sie hysterisch gewesen, die gesamte Strecke bis Wembley. Und als er vor ihrer Wohnung vorfuhr, hatte sie sich zu ihm herübergelehnt und so heftig geweint, dass sie kaum ein Wort hervorbrachte. Und darauf bestanden, von ihm gehalten zu werden.

Seither hatten sie sich nicht bewegt.

Im Hotel waren sie gemeinsam mit Thorne nach unten gefahren, sobald Jason Alderton abgeführt worden war. Sie hatten schweigend in dem Lift gestanden und sich dann auf das Sofa und die Sessel in der verlassenen Hotelhalle gesetzt. Thorne hatte jemand aufgetrieben und Kaffee bestellt und sich dann ihnen zugewandt, auf Antworten gewartet. Holland war verblüfft, wie schnell McEvoy ihre Sicherheit wiedergefunden hatte, wie leicht es ihr fiel, Thorne in die Augen zu sehen und ihm dabei Lügen aufzutischen. Sie erzählte ihm, ihre Mutter sei krank, es falle ihr schwer, damit umzugehen. Sie lachte und meinte, die Sache oben in dem Hotelzimmer habe wahrscheinlich etwas in ihrem Unterbewusstsein berührt und eine Menge alten, aufgestauten Kram aus ihrem System gespült. »Eine einmalige Sache. Nervenflattern, Sir …«

Thorne hatte es ihr abgenommen. Davon gesprochen,

sie solle sich ein paar Tage freinehmen. Sich nach ihrer Mutter erkundigt.

Vielleicht hatte er es ihr auch nicht abgenommen. Holland hatte in den Rückspiegel geblickt, als er aus dem Hotelparkplatz fuhr, und Thorne gesehen, wie er ihn beobachtete. Wie er Thorne so stehen sah, die Hände in den Hosentaschen, mit diesem *Gesichtsausdruck*, schoss ihm durch den Kopf, dass er es womöglich nur für diesen Tag auf sich beruhen ließ.

Holland versuchte, sich etwas anders hinzusetzen. McEvoy saß geradezu auf ihm. Ihr Gewicht war ihm zu viel, doch jedes Mal, wenn er sich zu bewegen versuchte, begann sie wieder zu weinen. Sie hatte sechs-, siebenmal wieder damit angefangen und aufgehört, seit sie an ihrer Wohnung angekommen waren, unerträglich laut. Als käme es ganz tief aus ihrem Bauch. Ein so rohes und ungeformtes Gefühl, dass es aufschrie, sobald es an die frische Luft kam. Dieses Schluchzen schien sie jedes Mal zu zerreißen – und *ihn* mit –, bevor es nach langen Minuten verstummte.

Da der Motor abgestellt war, war die Uhr am Armaturenbrett nicht beleuchtet, doch es musste bereits weit nach Mitternacht sein. Ein Mann, der mit seinem Hund spazieren ging, spähte kurz ins Auto, blickte jedoch schnell wieder weg. Holland war sich nicht sicher, ob er verstanden hatte, was er da sah.

»Sarah ...«

Sie stöhnte und hob die Hand. Sie sah aus, als habe sich jeder Pinselstrich ihres Make-ups aufgelöst. Als Holland den Mund öffnete, schob sie ihm ihre Zunge hinein, was bei ihm nicht ohne Wirkung blieb. Es kostete ihn viel Kraft, sich diesem Kuss zu entziehen.

»Sarah, lass uns reingehen.«

»Nein ...«

Sie drückte ihn so fest an sich, dass er an sich halten musste, um nicht zu schreien. Er fasste sich an den Nacken und zwängte eine Hand zwischen ihre Finger und seine Haut. »Du musst damit aufhören. Du solltest ins Bett und schlafen.«

Ihre Stimme war heiser und von verzweifelt anmutenden, absurden Pausen unterbrochen, in denen sie nach Luft schnappte. »Hat es Spaß ... gemacht, Recht zu behalten? Zu sehen, wie ich ... bei der Arbeit Scheiße baue...?«

»Sei nicht albern.«

»Vor ... allen ...«

»Was du Thorne erzählt hast ... sollte reichen.«

»Wenn er es mir abgekauft hat.«

Holland bemerkte, dass er ihr schon einige Zeit über die Haare streichelte. »Was du vorhin gesagt hast übers Recht behalten. Das ist mir absolut egal, aber vielleicht siehst du es als Warnung, etwas dagegen zu unternehmen ...«

Sie barg den Kopf tiefer an seiner Schulter. Vielleicht nickte sie, aber er war sich nicht sicher.

»Sarah?«

Sie wimmerte. Es hörte sich an, als sei der nächste hysterische Anfall im Anzug. Er hörte auf, ihr über die Haare zu streicheln. »Das könnte deine letzte Chance sein, verstanden?«

Sie hob den Kopf und starrte ihn an. Etwas Unbekanntes war in ihren blutunterlaufenen Augen, das ihm vollkommen verschlossen blieb. Es waren vielleicht fünfzehn Sekunden, dass sie ihn so ansah. Herausfordernd ... entschuldigend ... sich fügend ... Sie sagte *etwas* ohne Worte, etwas, das er noch lange Zeit später zu ergründen suchte.

Dann, in den frühen Morgenstunden, als die ersten Regentropfen auf die Windschutzscheibe klatschten, blieb ihm wenig zu sagen übrig, was nicht glatt und nichts sagend klang. »Ich bin für dich da, wenn du versuchen möchtest, was zu verändern …«

Er drückte ihren Kopf wieder sachte auf seine Schulter, und die beiden saßen da und hielten sich umklammert, doch aus den falschen Gründen.

McEvoy, die das brauchte, aber sich nichts mehr wünschte, als dass er ging. In ihre Wohnung wollte, allein sein und den Computer anschalten wollte.

Holland, der sie beruhigte wie ein kleines Kind. Seine Haltung nur ganz leicht veränderte, den Arm nur ein ganz klein wenig bewegte, um einen Blick auf seine Uhr zu erhaschen.

Mary aus Rickmansworth: »Man sollte ihn nie rauslassen. Was ist denn mit den Eltern des kleinen Mädchens? Die haben schließlich auch lebenslänglich bekommen.«

Alan aus Leicester: »Das hat nichts mit Rache zu tun, Bob, sondern mit Gerechtigkeit. Es ist zu früh.«

Ein Kind, das wegen des Mordes an einem kleinen Mädchen ins Gefängnis geschickt wurde und mittlerweile zu einem erwachsenen Mann herangewachsen war und für eine bedingte Strafaussetzung in Frage käme. Die Diskussion war schon acht Monate vorher wütend geführt worden, über die Strafaussetzung der beiden Jungen, die Jamie Bulger ermordet hatten. Nun war sie aufs Neue ausgebrochen. Die Telefonleitungen liefen heiß, worauf Bob nicht vergaß, sie hinzuweisen …

Susan aus Bromley: »Dieser Junge sollte im Gefängnis bleiben, zu seinem eigenen Besten. Sobald er rauskommt, findet ihn einer und bringt ihn um.«

Das war sein Lieblingsargument. Reden wir nicht darüber, unsere eigenen Dämonen in die Gesellschaft zu entlassen. Sagen wir nicht, dass wir es vorzögen, sie für den Rest ihres Lebens wegzusperren, weil wir uns dadurch etwas weniger schuldig fühlen, unsere Kinder nicht zu beschützen. Tun wir so, als ginge es uns um die Sicherheit dieser mordenden Mistkerle. Unbezahlbar.

Er wog die Argumente ab, wie immer, und am Ende hielt er es mit der Mehrheit in dieser umstrittenen Angelegenheit.

Der Mann sollte nie mehr freigelassen werden. Kinder umzubringen war böse.

Caroline war angenehmerweise früh ins Bett gegangen, und er hatte den Großteil des Abends für sich alleine, konnte hier sitzen und sich in Ruhe alles durch den Kopf gehen lassen, um sicherzustellen, dass er auch an alles gedacht hatte.

Er hatte in Betracht gezogen, die ganze Sache bleiben zu lassen, als Palmer entkam. Hatte überlegt, ob er nach ihm suchen und versuchen sollte, ihre kleine Partnerschaft neu zu beleben. Er war ihm nicht böse, weil er das letzte Mal eingeknickt war und sich gegen ihn gewandt hatte. So lief das bei Typen wie Martin. Die Angst ließ sich benutzen, ließ sich jedoch gelegentlich schwer im Voraus kalkulieren.

Nach längerer Überlegung beschloss er weiterzumachen.

Immer weiter, nie zurück. Palmer gehörte nun zu seiner Vergangenheit, sollte er doch zappeln und ertrinken. *Seine* Zukunft war weitaus aufregender. Allerdings war es schon witzig, wie Palmer entkommen war. Thorne war so arrogant. Thorne, der Idioten nicht ausstehen konnte. Jetzt hatte er es selbst ordentlich versiebt.

Jetzt war Thorne der Idiot.

Er schenkte sich noch ein Glas Wein ein. Ob es McEvoy wohl versiebte? Das würde nicht das Ende der Welt bedeuten – er wäre abgesichert –, doch es wäre eine Enttäuschung nach den vielen Mühen, die er investiert hatte. Alles in allem genommen fand er, dass er guten Grund hatte, optimistisch zu sein.

Letztlich war sie die perfekte Wahl.

Gleich als er sie das erste Mal getroffen hatte, war ihm etwas aufgefallen. Er hatte dieses tiefe Bedürfnis gesehen, und nicht nur das offensichtliche. Ihre Drogenabhängigkeit war ihm natürlich sofort ins Auge gesprungen: Das hatte er oft genug gesehen, als er auf der Straße lebte. Wahrscheinlich hatte ihn der Koks auf die Idee gebracht, doch er fand schnell heraus, dass McEvoys Bedürfnisse tiefer gingen.

Darum würden sie, sofern alles glatt lief, *beide* etwas daraus ziehen. Er würde sehr bald wissen, ob er die richtige Entscheidung getroffen hatte. Doch sollte nicht alles glatt laufen, hatte er bereits beschlossen, sie später ohnehin umzubringen.

Er beugte sich hinüber zum Radio und schaltete es aus. Irgendein Blödmann ließ sich darüber aus, dass es für diesen Jungen unmöglich wäre, seine wahre Identität geheim zu halten, selbst wenn er entlassen würde. Das Gleiche hatten sie über Venables und Thompson gesagt, die einsaßen, weil sie den kleinen Jamie Bulger entführt und umgebracht hatten. Sie würden jemand anders werden müssen, sie müssten ihre Vergangenheit vor jedermann verbergen. Sie müssten lügen, für alle Zeit, ihren Freunden und zukünftigen Ehepartnern gegenüber. Es sei unmöglich. *Irgendjemand* käme mit Sicherheit dahinter. Wie könne man seine Vergangenheit geheim halten?

Er schmunzelte. Er wusste, dass es möglich war.

Thorne drückte die *Play*-Taste auf dem Anrufbeantworter, und ein Tag, der beschissen endete, wurde noch beschissener.

»Hallo ... Tom, hier ist Eileen. Tante Eileen, aus

Brighton ... ich hasse diese Dinger. Hör mal, wir müssen über deinen Dad reden. Ich hatte in letzter Zeit mehr Kontakt mit ihm, du weißt schon, seit Weihnachten, und, na ja ... es hat keinen Zweck. Du wirst dich wohl kaum daran erinnern können, aber dein Großvater war genauso ... zuletzt. Manchmal vergisst er etwas zu essen. Wie auch immer, ich hab keine Ruhe gegeben, und er hat gesagt, er würde zum Arzt gehen. Vermutlich werden sie ihn in die Klinik einweisen, du weißt schon, um entsprechende Untersuchungen durchzuführen. Aber ruf trotzdem mal an, damit wir drüber reden können. Du solltest es ihm auch noch mal sagen, damit er den Termin auch einhält ...«

Er drückte auf die *Stopp*-Taste und ging in die Küche, um den Wasserkessel aufzusetzen.

Er knallte die Tasse auf die Arbeitsfläche. Der Streit mit seinem Dad lag nun eine Woche zurück. Er hätte ihn am Tag darauf anrufen, die Sache ins Reine bringen sollen. Was mischte sich Eileen überhaupt ein? Sie hatte sich doch sonst nie darum gekümmert. Himmel, sie kamen immer hinterm Busch vor, wenn man sich über etwas aufregen konnte. Wichtigtuer, die auf Krisen richtig abfuhren.

Das Kentucky Fried Chicken, das er sich auf dem Heimweg besorgt hatte, war ein Fehler gewesen. Ihm wurde schlecht.

Entsprechende Untersuchungen? Was hieß das nun schon wieder ...?

Er sah auf die Uhr. Es war zu spät, um seinen Dad anzurufen. Er riss den Milchkarton derart ungeschickt auf, dass er überall hinkleckerte. Scheiß drauf, der Tee würde ihn ohnehin nur wach halten. Angeblich enthielt doch Tee mehr Koffein als Kaffee?

Er trottete zurück ins Wohnzimmer und saß schweigend in seinem Sessel, das Telefon auf dem Schoß.

Wem machte er was vor? Falls er wirklich einschlafen sollte, wäre das ein Wunder. Das Adrenalin, das in dem Hotelzimmer durch seinen Körper geströmt war, war noch immer da, verlangte nach einer Handlung. Die Gefühle, die ihn, als er auf Jason Alderton hinuntersah, übermannt und ihr Spiel mit ihm getrieben hatten, waren dorthin zurückgekehrt, wo sie sich die meiste Zeit versteckten, aber er fühlte sich noch immer verletzt.

Und McEvoy …

Was zum Teufel hatte das zu bedeuten? Er musste morgen mit Brigstocke darüber reden. Maxwell würde es wohl in seinem Bericht erwähnen, aber Thorne war klar, dass es von Vorteil wäre, wenn er es zuerst vorbrachte. Allerdings hatte er keinen Schimmer, was genau er Brigstocke erzählen sollte. Wahrscheinlich den gleichen Stuss, den McEvoy *ihm* aufgetischt hatte …

Mit Holland musste er ebenfalls reden.

Er sah auf die Uhr. Nur fünf Minuten später als das letzte Mal, als er nachgeschaut hatte.

Er ließ es dreimal klingeln, legte auf und wählte noch mal. Es läutete sehr lange.

»Palmer?«

»Ich hab geschlafen …«

»Geben Sie mir eine Adresse.«

»Was …?«

»Geben Sie mir die Adresse, wo Sie sich aufhalten, und ich komme und hole Sie.«

»Ich kann nicht.«

Thorne hatte nicht erwartet, dass es so einfach sein würde. Dennoch war er verärgert. »Warum bringen wir es nicht einfach hinter uns, Palmer? Sie sind nicht der Typ, der entkommt. Sie sind nicht mal der Typ, der flieht. Sie sind nur ein Versager, Sie sind schwach.«

Die darauf folgende Pause war lang genug, dass Thorne

aufstehen und ins Schlafzimmer gehen konnte. Er legte sich aufs Bett. Dann sprach Palmer wieder.

»Ich weiß ...«

»Was soll dann das Ganze?«

»Ich bin mir nicht sicher.«

Da war er nicht der Einzige. Thorne starrte hoch zur Decke und fragte sich, warum ein entlaufener Mörder der einzige Mensch war, der ihm einfiel, wenn er um halb ein Uhr nachts jemanden anrufen wollte. Eine Frage, die er natürlich nicht beantworten musste – es war Quatsch. Er war müde und dachte lauter seltsamen Scheiß. Holland wäre es egal gewesen, und der war wahrscheinlich ohnehin noch auf. Hendricks ebenso. Hendricks hätte er anrufen können ...

»Gibt's was Neues über Stuart?«, fragte Palmer.

»Haben Sie Angst, er könnte Sie finden, bevor wir es tun, Martin?«

»Nein ... dachte nur, ob's was Neues gibt?«

Thorne brummte: »Nur wenn Sie was wissen.«

»Tut mir Leid ... ich weiß nichts über ihn.«

»Außer, dass er ein Polizist sein könnte.«

»Ich hab Ihnen doch schon gesagt, dass das nur so ein Gefühl war. Nichts, wofür ich Ihnen einen Grund nennen könnte. Ich habe Sie nie belogen, Inspector Thorne.«

»Das soll mich jetzt wohl beeindrucken, was?«

»Das habe ich nicht gesagt.«

»Sie haben eine junge Frau erstochen, eine weitere erwürgt ...«

»Bitte ...«

»Aber in Ihrem Innersten sind Sie ein ehrlicher Kerl!«

»Es tut mir Leid, wenn Sie keine geeignete Schublade für mich finden.«

»Quatsch ... halten Sie die Klappe. Das ist Blödsinn.«

Thorne hörte weiter unten in der Straße die Stimmen

eines streitenden Paares. Ein Mann und eine Frau. Er war sich nicht sicher, ob sie näher kamen oder sich entfernten.

»Da sind Sie nicht der Einzige, der das wissen möchte«, entgegnete Palmer. »Was ich bin.«

»Dass Sie sich da nicht irren, Palmer, ich *weiß*, was Sie sind …«

»Es tut mir Leid, dass ich Ihnen Schwierigkeiten bereitet habe …«

»Und hören Sie verdammt noch mal auf, sich ständig zu entschuldigen. Das ist erbärmlich.«

Thorne brauchte noch ein paar von seinen Schmerztabletten. Er holte tief Luft, schwang die Beine vom Bett, und das unverdaute Hühnchen stieß ihm auf.

»Inspector Thorne …?«

Er stand auf und ging langsam zum Schrank. Stieß die Tür auf und betrachtete sich in voller Größe in dem Spiegel auf der Türinnenseite.

»Lieber Gott …« Er hatte es nicht laut aussprechen wollen.

»Inspector Thorne …?«

Das geschwollene, entstellte Gesicht erwiderte seinen Blick und erinnerte ihn an seine eigentliche Rolle. Es stellte ihm höflich, aber bestimmt die Frage, was zum Teufel er hier machte.

»Ist alles in Ordnung, Inspector Thorne?«

Dann der Wutausbruch. Der genetisch bedingt sein musste.

»Reden Sie nicht mit mir. Nicht so, verstanden. Nicht *Ist alles in Ordnung*? Nicht *Tut mir Leid …*«

»Ich wollte nicht …«

»Reden Sie mit mir wie ein Mörder.«

Sechsundzwanzigstes Kapitel

Als Thorne ins Büro kam, fühlte er sich ausgebrannt und war überzeugt, dass wenig an diesem Tag passieren würde, um diese Leere zu füllen.

Der Schlaf nach dem Gespräch mit Martin Palmer war überraschend tief gewesen – eine willkommene Nebenwirkung des Schmerzmittels. Dieses Mal hatte das Vieh länger und heftiger unter der Tür gebuddelt. Dieses Mal war Karen McMahon nicht auf der anderen Seite erschienen, um Charlie Garner an die Hand zu nehmen.

Der vor ihm liegende Tag, da war Thorne sich sicher, würde angesichts des Ermittlungsstandes geradezu surreal werden.

Die Suche nach Palmer führte zu nichts.

Die Suche nach Nicklin führte rückwärts.

Wahrscheinlich würden Thorne und das Team heute feiern …

Eine Flasche oder zwei und ein Schulterklopfen oder drei, um das Ergebnis von gestern im Hotel zu begießen. Ein kleines Fest, das nur unterbrochen würde – gleich nach der Mittagspause, wie man ihm mitgeteilt hatte – von dem Treffen mit den Leuten vom Directorate of Professional Standards.

Ein Tag, an dem nichts los war. Ein Tag, an dem *alles* geregelt würde …

Tom Thorne war nicht der Einzige, der zur Arbeit erschien. Und im Kopf des Mannes, der einmal Stuart Nicklin gewesen war, tickte eine Zeitbombe.

Nach Thornes Einschätzung würde der Tag damit enden, dass es alle weiter krachen ließen. Nur eines hatte er nicht vorausgesehen: wie früh sie damit anfingen. Das Gerücht hatte schnell die Runde gemacht: ein kleiner Umtrunk mittags, um eine Sache zu feiern, die gut gelaufen war. Doch die Stimmung war noch nicht am Überschäumen. Nicht im Team 3, nicht bei dem Team, das mit den Hotelmorden beschäftigt war. Ein paar Pints mittags im Pub wären sicher willkommen, aber bestimmt nicht genug. Da war immer dieser Wunsch, dieses Bedürfnis, es ein Stück weiter auszureizen. Die erste Flasche Scotch war aufgetaucht, noch bevor die Tassen mit dem Frühstückskaffee oder -tee ausgetrunken waren.

Thorne und Brigstocke beobachteten von ihrem Büro aus, wie Papierbecher gefüllt und Geschichten über die Ereignisse der vergangenen Nacht, die durchgesickert waren, ausgeschmückt und weitererzählt wurden.

»Etwas früh, oder?«, fragte Thorne.

Brigstocke zog theatralisch die Augenbrauen hoch. »Meine Güte, Tom, geht's Ihnen gut? Am Ende hat dieser Klatscher ins Gesicht mehr Schaden angerichtet, als wir dachten.«

Thorne sagte nichts. Er blickte hinaus, Holland war nirgends zu sehen. Er feierte nicht mit.

Brigstocke zuckte mit den Achseln. »Um die Wahrheit zu sagen, ich finde, das ist nötig. Solange es unter Kontrolle bleibt, ist es kein Problem. Solange niemand zu besoffen ist, wenn Jesmond auftaucht, um in den paar Strahlen Ruhm zu baden, die auf ihn fallen …«

Der Lärmpegel in der Einsatzzentrale sank. Es war klar, welcher Teil der Hotelzimmergeschichte nun zum Besten gegeben wurde.

»Heute Morgen habe ich als Erstes mit McEvoy gesprochen«, sagte Brigstocke.

»Wie war sie drauf?«

»Verschlafen. Verlegen wegen des Vorfalls. Meinte, es gehe ihr gut und sie könne kommen, aber ich hab ihr gesagt, sie solle sich bis zum Ende der Woche freinehmen. Was denken Sie?«

Thorne nickte; das hörte sich richtig an. »Sie muss sich um persönliche Dinge kümmern.«

»Mit Holland?«

Thorne war nicht überrascht, dass Brigstocke etwas bemerkt hatte – er hatte immer eine Nase für die zwischenmenschlichen Beziehungen in seinem Team. »Holland sagt Nein«, erwiderte Thorne.

»Es bedeutet nicht das Ende der Welt. Versetzen Sie einen der beiden nach Belgravia oder ins West End …«

»Dann McEvoy.«

»Probleme?«

»Nein, nicht wirklich.« *Nicht wirklich.* Nichts, was über eine Loyalität gegenüber Dave Holland hinausging – und ein leichtes Unwohlsein, was Sarah McEvoy betraf. Nichts, worauf er den Finger legen könnte, nur ein vager Verdacht, den er nicht laut auszusprechen gedachte.

»Wie dem auch sei«, erklärte Brigstocke, »wenn Holland Nein sagt …«

»Genau.«

»Hallo … Ihr bester Freund kommt.«

Thorne sah zu, wie Steve Norman in die Einsatzzentrale kam, eine schmale Ledertasche über die Schulter geschlungen. Er begrußte das Team wie alte Freunde und hob die Hand, um höflich einen angebotenen Drink abzulehnen.

»Was macht der hier? Hat er kein eigenes Büro?«

»Ich denke, er gehört zu den Leuten, die sich gern einem Team zugehörig fühlen, verstehen Sie?«

»Oh, Scheiße …«

Norman kam auf ihr Büro zu. Es gab keine Möglichkeit, sich zu verstecken.

»Hi, Jungs. Komme nur vorbei, um wegen gestern Abend zu gratulieren. Mehr Arbeit für *mich* ... aber so ist das Leben, nehm ich an. Okay ... ich seh euch sicher mittags auf ein schnelles Bier, aber jetzt muss ich weg. Gibt viel zu tun heute ...«

Er patschte auf die Schultertasche, während er sich umdrehte. Thorne sah, dass ein Laptop darin steckte. Norman gehörte offensichtlich zu den Typen, die anderen gern unter die Nase reiben, wie wichtig sie sind. Wie *unglaublich* beschäftigt.

»Wichser«, murmelte Thorne, als Norman die Tür hinter sich zuzog.

»Ich glaube, Detective Chief Inspector Lickwood sagte, er wolle später vorbeischauen, nur um Hallo zu sagen und sich einen auf Kosten unseres Teams zu genehmigen.« Brigstocke grinste, als er Thornes Gesicht sah. »Dachte mir, dass Sie sich darüber freuen.«

»Also keine Chance, heute einen Mörder zu fangen?«

»Kommen Sie schon, Tom. Hier gibt's heute den ganzen Tag ein Kommen und Gehen, und gestern Abend hatten wir schließlich einen Volltreffer. Den ersten seit langem.«

Woran Thorne nicht erinnert werden musste.

»Business as usual, natürlich«, fuhr Brigstocke fort. »Aber zur Abwechslung mal mit 'ner guten Stimmung. Einer positiven Atmosphäre. Können Sie sich nicht mehr daran erinnern, wie das war, am letzten Tag vor den großen Ferien?«

Thorne wusste, was Brigstocke meinte. Dennoch fand er es irgendwie nicht richtig. Muffig ging er zur Tür hinaus.

»Ich hol mal die Partyhütchen ...«

Dann erwischte ihn der Schreibtisch.

Thorne fluchte laut und trat gegen die Ecke des Grauens – der zusammengeknüllte Papierschutz, mit dem er sie entschärft hatte, war längst verschwunden. Als er sich den Oberschenkel rieb, beschloss er, sich, während alle anderen den letzten Tag vor den großen Ferien feierten, mit etwas Nützlichem zu beschäftigen. Über sämtliche Köpfe hinweg brüllte er:

»So, bringt mir eine Säge ...«

Ein paar Stammkunden saßen am Tresen und kümmerten sich um ihre Bierchen und ihre Wehwehchen, jammerten dem Wirt was vor und warfen böse Blicke um sich, doch der Rest des Lokals war fest in der Hand von Serious Crime. Hundert oder mehr Polizisten und andere Mitarbeiter drängelten sich in dem Pub. Obwohl es offiziell nur eine kurze Mittagsfeier war, war Thorne sich – so, wie der Vormittag gelaufen war – ziemlich sicher, dass am Nachmittag nicht mehr allzu viel gearbeitet würde.

»Lust auf was zu trinken, Großer?«

Thorne zuckte tatsächlich leicht zusammen. Trotz des Lärms und des Gewühls war er einen Augenblick lang weggedriftet und hatte über die verschiedenen Generationen links und rechts von sich nachgedacht. Grüne Jungs und alte Kämpen ...

»Nur du stehst mit deinem Glas seit zwanzig Minuten hier«, sagte Hendricks. »Und wärst lieber woanders.«

»Sieht man mir das so an?«

»Ich wollte gerade sagen, du hast ein Gesicht wie ein zusammengekniffener Arsch, aber wenn ich's mir genau betrachte, trifft es *zusammengetretener* Arsch besser.«

Thorne hob sein Glas, nippte daran und deutete dann damit über den Raum, ohne jemand Bestimmten zu meinen. »Ist doch ein begnadeter Schwachsinn, oder?«

Hendricks schüttelte den Kopf und lehnte sich an den Tresen. »Find ich nicht, Kumpel. Wir müssen uns alle mal etwas entspannen, und der Haufen hier hat das noch nötiger als der Rest. Und du bist da keine Ausnahme …«

»Ein Bulle mit einem Bier in der Hand entspricht nicht meiner Vorstellung von gelungener Freizeitgestaltung. Mann, es ist schon schwer genug, mit den Typen zu *arbeiten*.«

»Lässt dich wohl nicht zu einem netten Klatsch unter Kollegen breitschlagen?«

Das entlockte Thorne zumindest ein kleines Lächeln. »Die meisten von ihnen machen ohnehin einen Bogen um mich …«

»Möchtest du noch eins?« Thorne schüttelte den Kopf. Hendricks drehte sich zur Bar um und hob die Hand, um die Bedienung auf sich aufmerksam zu machen.

Die meisten von ihnen. Steve Norman war geradewegs auf ihn zumarschiert und hatte Thorne zehn lange Minuten die Ohren voll gequatscht. Ganz wild darauf, ihm lang und breit zu erklären, wie schwer er schufte. Entzückt, dass er nach den deprimierenden Wochen mit Nicklin und Palmer nun endlich was Positives vorzuweisen hatte – die McMahon-Entdeckung und die Hotelmorde. Er hatte zwei Tomatensäfte getrunken, bevor er sich wieder auf den Weg machte, um eine Pressemitteilung über die brillante Operation vorzubereiten, die zur Festnahme von Jason Alderton geführt hatte.

Hendricks war zurück an Thornes Seite, ein Bier in der Hand und mit einem verstimmten Ausdruck im Gesicht. »Für die müssen wir jetzt *zahlen*. Wie viel hat Brigstocke an der Theke hinterlegt?«

»Zweihundertfünfzig. Die reichten etwa fünfzehn Minuten.«

Eine Zeit lang sprachen die beiden kein Wort. Sie standen nur da und sahen zu, wie Polizisten jeden Dienstgrads und jeden Alters einen momentanen Triumph auskosteten. Abgewetzte Bomberjacken und Fleecepullis mit einer Flasche Lager. Hemden mit schmuddligen Kragen und einer Weihnachtskrawatte verschütteten Pils. Schicke Anzüge mit Weinschorle. Frauen, die härter waren, als sie aussahen, und Männer, die ein gutes Stück jünger waren. Alte Haudegen aus den Einsatzgruppen, die kurz vor der Pensionierung standen, und Möchtegerncracks aus dem West End, die ihren Audi auf dem Behindertenparkplatz abstellten und redeten, als wären sie einem Guy-Ritchie-Film entsprungen.

Ein paar Stunden des Als-ob, des Vergessens. Und dann zurück in die Tretmühle.

Die Met blutete aus. Sie verlor pro Tag bis zu fünf Polizisten. Es überraschte Thorne, dass es nicht zehnmal so viele waren. Und es verwunderte ihn, dass er nicht dazugehörte. Er war dafür wohl zu stur oder zu dumm oder ein zu großer Angsthase.

»Euch läuft nichts weg, Tom«, sagte Hendricks. »Ein paar Stunden, in denen man feiert, machen keinen Unterschied. Trink was und fang den Arsch ein andermal …«

Schmunzelnd leerte Thorne sein Glas und dachte: *Morgen sind wir einen Tag näher an der nächsten Leiche. Ein paar Stunden machen vielleicht den entscheidenden Unterschied aus.*

Der Lunch war entsetzlich. Mit Leuten reden müssen, essen und lächeln. Ein Gesicht aufsetzen, als interessiere man sich für ihr hohles Gefasel. Es war so schwer heute, wo noch so viel Aufregendes vor ihm lag.

Sonst war das natürlich kein Problem für ihn, das war Routine. Und spielte nicht jeder in gewisser Weise Theater? Sagte, es sei ihm egal, ob er den blöden Job bekommt oder nicht, und würde in Wirklichkeit einen Mord begehen, um ihn zu ergattern. Erklärte, er wolle befreundet bleiben, wenn er in Wirklichkeit schon längst jemand anders vögelte. Trug nicht jeder eine Maske?

Doch an den Tagen, an denen er mordete, war es in gewisser Weise immer so. Die dröge Konferenz fiel ihm ein, damals an dem Tag, als er das chinesische Mädchen umbrachte. Die konzentrierte Miene, die er aufgesetzt hatte, während er nur daran dachte, wie sie wohl aussah und wie es sich anfühlen würde. Er spürte noch Carolines Mund an seiner frisch rasierten Wange, als sie ihm an dem Morgen einen Abschiedskuss gab, an dem er Ken Bowles einen Besuch abstattete. Er hatte ihren Kuss lächelnd erwidert, sie hatten darüber gesprochen, was sie am Abend essen wollten, und die ganze Zeit über konnte er das herrliche Gewicht des Schlägers in der Tasche spüren …

Das hier würde noch besser werden. Dieses Mal fiel es ihm schwer, die Leute nicht zu packen und es ihnen ins Gesicht zu schreien. Ihnen genau zu erklären, was er vorhatte, wie brillant er alles eingefädelt hatte, wie klasse es sich anfühlen würde. Er spürte bereits, wie sich der Kick aufbaute. Wie die Maske zu verrutschen begann.

Jemand sprach ihn an. Er erwiderte etwas. Er steckte sich etwas Geschmacksneutrales in den Mund, warf einen Blick auf die Uhr.

Er brauchte etwas Zeit für sich. Nur eine halbe Stunde oder so, für eine Tasse Kaffee und einen Schokoriegel. Um sich zu sammeln, bevor das Abenteuer begann.

Thorne sah auf, und sein Blick fiel auf Holland, der langsam auf ihn zukam. An seinem Gesicht konnte er ablesen, dass Holland sich ebenso wenig amüsierte wie er. Die Tatsache, dass er in einer Ecke mit Derek Lickwood festgesessen war, hatte es nicht besser gemacht.

»Danke«, sagte Holland und zwängte sich zwischen Thorne und Hendricks.

»Das geht nun mal nach dem Rang, Holland. Ich benachrichtige die nächsten Angehörigen, Sie müssen mit Detective Chief Inspector Lickwood reden. Hat er das bei Ihnen auch abgezogen – über Ihren Kopf hinweggeblickt, während er mit Ihnen sprach?«

Holland schüttelte lächelnd den Kopf. »Er ist ein *solcher* Wichser. Stichelte ständig wegen Palmers Flucht. Fragte, ob Sie nie für Group 4 gearbeitet haben.«

Hendricks prustete in sein Glas. Thorne zischte ihn an. »Lass das.«

»Er geht«, sagte Holland. Thorne blickte gerade noch rechtzeitig auf die andere Seite, um Lickwood an der Tür stehen zu sehen. Kurz bevor er auf die Straße trat, wandte er sich um und nickte Thorne zu. Seine Miene war schwer zu deuten, doch Thorne hätte einen Batzen Geld auf blasiert gesetzt.

»Ich kann mir denken, wieso er hier war«, sagte Holland. »Er schien sehr enttäuscht, dass Detective Sergeant McEvoy fehlte. Etwas verwirrt …«

Hendricks hatte ein Faible für solche Affären. »Was? Lickwood steht auf McEvoy?«

»O ja, der zieht ihr in Gedanken schon das Höschen aus.«

»Was haben Sie ihm erzählt?«, fragte Thorne.

»Ich hab's runtergespielt. Tat so, als ob ich selbst nicht wüsste, wo sie steckt. Er war stinkig deswegen. So viel steht fest.«

Hendricks trank den Rest seines Guinness. »Ein beliebtes Mädchen, diese McEvoy.«

»Das stimmt«, erwiderte Thorne. »Das Problem ist, ich bin mir nicht sicher, ob sie sich selbst besonders mag.«

Wenn Thorne Schwierigkeiten hatte, Lickwoods Miene zu deuten, dann war für ihn in diesem Augenblick Dave Hollands Ausdruck ein Buch mit sieben Siegeln. Er starrte ihn ein oder zwei Sekunden lang an, bevor er sich abrupt umdrehte – am anderen Ende des Raums hatte irgendein Idiot sich ein Mikrofon geschnappt, und die Rückkopplung war grässlich.

»Es ist Jesmond«, erklärte Hendricks.

Thorne erkannte das Zeichen zum Aufbruch, wenn es kam. »Los, Holland. Sehen wir zu, dass wir hier rauskommen.«

»Wohin gehen wir?«

»Glücklicherweise habe ich eine dringende Verabredung in Colindale mit dem Directorate of Professional Standards. Sie dürfen mir die Hand halten.«

Als die ersten verzerrten Plattitüden durch den Raum dröhnten, drängten sich Thorne und Holland zum Ausgang. Thorne fragte sich, ob ihm bei diesem Gespräch sein nach Bier riechender Atem wohl zum Nachteil gereichen würde.

Holland hinter ihm ging durch den Kopf, wie kalt es heute früh um halb vier gewesen war. Als er nackt auf der Bettkante saß. In sein Handy flüsterte, während Sophie sich neben ihm hin und her wälzte, vom Telefon im Schlaf gestört, aber noch nicht ganz wach.

McEvoys Stimme hatte angespannt gewirkt, durcheinander ... laut genug, um den Lärm der Hölle zu übertönen, aus der sie ihn anrief; eine herzzerreißende Mischung aus Hilflosigkeit und Arroganz.

»Mir geht's gut. Kapiert? Wollt ich dir nur gesagt haben. Mir geht's absolut prima.«

Siebenundzwanzigstes Kapitel

Mit jeder Line wurde die Stimme ruhiger.

Sie hatte seit beinahe sechsunddreißig Stunden nicht mehr geschlafen. Dass sie nichts intus hatte, lag noch eine Weile länger zurück. Es ließ sich schwer sagen, was davon die seltsamen körperlichen Zustände auslöste, unter denen sie alle paar Minuten litt. Sie war übermüdet. Sie zitterte. Sie war weggetreten. Sie war drauf, angespannt, hysterisch, apathisch, in Panik, kribbelig, unerschrocken …

Letzte Nacht hatte sie, kaum dass Holland gegangen war, ihr restliches Koks genommen und sich an den Computer gesetzt. Sie hatte ein paar E-Mails geschrieben, ein paar bekommen und dann war sie nach draußen gegangen, um sich was zu besorgen. Den größten Teil der Wegstrecke war sie gelaufen, hatte wie üblich darauf geachtet, auf keine Ritzen im Pflaster zu treten.

Den Rest der Nacht war sie wach geblieben – hatte getrunken und Kette geraucht, das Heftchen geöffnet, das aus einem gefalteten Lotterielos bestand, und sich etwa jede halbe Stunde eine Line reingezogen. Seit die Sonne aufgegangen war, war sie dazu übergegangen, sich jede Viertelstunde eine zu genehmigen.

Der Arsch zockte sie ab, ganz klar. Sie hatte immer vier Lines aus einem Viertel rausgebracht und jetzt waren's plötzlich nur noch drei. Sie musste auch größere Lines ziehen. Das Schwein streckte den Stoff …

Ob gestreckt oder nicht, zumindest wirkte das Zeug. Es unterdrückte die Stimme. Die Stimme in ihrem Kopf – die wesentlich vornehmer und attraktiver war als die, die aus ihrem Mund kam – war mit jeder Line leiser geworden. Die Stimme, die ihr sagte, sie sei bescheuert, ihr Plan sei krank, sie riskiere ihr Leben. Mit jedem Hit wurde sie ein paar Dezibel runtergedreht.

Da waren noch andere Stimmen, die sie hörte, die sie *brauchte*. Hollands Stimme, die ihr erklärte, sie könne ihren Job nicht mehr erledigen. Die Stimme ihrer Mutter. Die Stimme, die sie nie gehört hatte, die sie sich aber vorstellte, wenn sie die E-Mails las. Das waren die Stimmen, die sie im Moment nicht wegdrehen wollte. Die sie bald ein für allemal zum Verstummen bringen würde.

Eine Woge der Wut schwappte über sie hinweg bei der Vorstellung, wie alle anderen die Anerkennung für das einheimsten, was sie zu tun vorhatte. Wie sie ihre Initiative lobten und sich im Ruhm sonnten. Scheiß drauf. Sie stellte sich vor, wie Holland zu ihr zurückkam, seine langweilige Freundin sitzen ließ und mit ihr von vorne begann …

Sie ging zum Tisch. Die leere Wodkaflasche. Das leere Heftchen.

Scheiße, Scheiße, Scheiße …

Sie riss das Lotterielos auseinander, presste es auf den Tisch und leckte es ab. Sie kniete sich auf den Boden und begann, mit dem Finger die Flecken auf dem Teppich abzutupfen, sich gleichermaßen Koks, Dreck und Hautflusen ins Zahnfleisch zu reiben.

Verdammt noch mal, wie viel von dem Zeug war echt? Der Mistkerl musste es zur Hälfte gestreckt haben …

Sie zündete sich eine Zigarette an und schlüpfte in ihre Jacke.

Ihr blieb nicht viel Zeit. Da war noch eine wesentliche Information, die sie brauchte. Mit der er in seinen kryptischen kurzen Mails nicht rausgerückt war. Die ganze Woche über war er sich so verdammt clever vorgekommen, doch er hatte keine Ahnung, wie gut sie war. Keiner von ihnen ahnte es. Sie war ihnen allen einen Schritt voraus, ständig. Und sie war *ihm* einen Schritt voraus.

Sie schickte eine E-Mail, und als nicht sofort eine Antwort kam, schickte sie noch eine, teilte ihm mit, sie müsse weg. Teilte ihm mit, wie er Kontakt mit ihr aufnehmen konnte. Das war das Einzige, was sie tun konnte, außer hier zu sitzen und bis mittags zu warten, wenn er normalerweise online war. Sie hielt es keine Sekunde mehr aus.

Sie packte ihre Tasche und schloss, nachdem sie sich vergewissert hatte, dass sie nicht überwacht wurde, die Tür hinter sich. Sie zitterte, als sie in die Kälte hinaustrat.

McEvoy lief hastig den schmutzigen Bürgersteig entlang und bemühte sich sehr, auf keine Ritzen zu steigen.

»Wie lief's?«

Holland hatte am Empfang auf Thorne gewartet und mit einem alten Kumpel, der dort arbeitete, alte Geschichten durchgekaut. Er winkte ihm zum Abschied, als er mit Thorne auf die Straße hinaustrat, um die zehn Minuten zum Becke House zu laufen.

Das bisschen Sonne hatte nicht die Kraft, die dicke Wolkendecke zu durchbrechen. Der Himmel war bleiern. Ein, zwei Autos hatten bereits das Licht an.

Es war kurz nach drei Uhr.

»Wie war's wirklich?«

»Ich hatte anscheinend Glück«, erklärte Thorne. »Zwei Interne mit einem Sinn für Humor.«

Holland schmunzelte. Interne. *Man bekam nichts mit von der Arbeit dieser Schweine.* »Was fanden sie denn komisch …?«

Es hatte nicht gut angefangen.

Detective Chief Inspector Collins (klein und übergewichtig) und Detective Inspector Manning (groß und übergewichtig) sahen nicht aus, als ob sie gerne lachten. Beide hatten diesen seltsamen Gesichtsausdruck aufgesetzt – eine Mischung aus Langeweile und tiefster Abneigung –, den Thorne nur von den Gesichtern der Männer kannte, die auf der Oxford Street vor Schildern wie GOLF SALE standen.

Manning hatte in seinen Akten geblättert, während Collins sich über den Schreibtisch beugte und die Rechtsbelehrung ablieferte. Sie begann und endete mit mehr oder weniger der gleichen Formulierung, die Thorne gegenüber Martin Palmer verwendet hatte. In der Mitte hatten sie detailliert die grobe Vernachlässigung seiner Pflichten vorgetragen – die es Palmer ermöglicht hatte zu fliehen. In langsamem und ernstem Tonfall. Diese Beamten machten ihren Job weitaus besser als Thorne …

»Könnten Sie bitte noch einige schwerwiegende Vorfälle in die Akte aufnehmen«, hatte Thorne gesagt. »Vorfälle, bei denen ich gegen meine Pflichten verstieß.«

Manning hatte Collins einen Blick aus dem Augenwinkel zugeworfen und anschließend überprüft, ob der Kassettenrekorder aufnahm. »Nur zu, Inspektor.«

Thorne hatte sich geräuspert. »Ich habe bei mehreren Gelegenheiten gefurzt, ohne mich zu entschuldigen. Und obwohl ich niemals in der Krimiserie *The Bill* auftrat, erklärte mir eine angetrunkene Frau, ich sähe etwas aus wie der Typ, der Detective Inspector Burnside spielt …«

Manning und Collins hatten sich angeblickt und sich vor Lachen bepisst..

»Wie ging's dann aus?«, fragte Holland. Sie näherten sich dem Pub, wo Serious Crime sicher noch eifrig mit den Ermittlungen beschäftigt war.

Thorne war sich, was den weiteren Gang der Dinge betraf, nicht sicher, beschloss jedoch zur Abwechslung mal positiv zu denken. »Ich bin noch nicht vom Haken, aber ich nehme nicht an, dass sie mir schon die Uniform für die Streife raussuchen.«

Holland blieb stehen und deutete mit einer Kopfbewegung Richtung Pub. »Wollen Sie wieder reingehen?«

Thorne lief weiter und rief über die Schulter: »Machen Sie, wozu Sie Lust haben, Holland. Ich hol mir den Wagen. Will mal sehen, wie McEvoy zurechtkommt. Ob es ihrer Mutter schon besser geht ...«

Um halb vier fuhren sie vor Sarah McEvoys Wohnung in Wembley vor.

Thorne stieg aus dem Auto und ging die Stufen zur Haustür hinauf. Er wandte sich zu Holland um, der auf dem Beifahrersitz sitzen geblieben war. »Kommen Sie schon, Dave ...«

Holland stieg aus, während Thorne klingelte. Er trat neben ihn, als sein Chef erneut auf den Klingelknopf drückte.

Nichts.

Thorne trat einen Schritt zurück, sah nach links zu den dunkelblauen Vorhängen am Erker, die zugezogen waren. »Ist das ihre Wohnung?« Er hatte McEvoy ein paar Mal hier abgeholt und ein paar Mal öfter hier abgesetzt, war jedoch nie in der Wohnung selbst gewesen.

Hollands Antwort gab nichts preis. »Vielleicht liegt sie noch im Bett«, erklärte er.

Thorne zuckte mit den Achseln, schob die Hände in die Jackentaschen und trottete zurück zum Auto.

Holland sah Thorne nach und kämpfte mit sich. Er war sich bewusst, wie einfach es wäre, ihm die Stufen hinunter nachzulaufen. Als er schließlich den Mund aufmachte, war seine Stimme lauter und der Ton dringlicher, als er es beabsichtigt hatte.

»Ich denke, wir sollten reingehen …«

Thorne drehte sich um, wirbelte die Autoschlüssel um einen Finger. »Ich fürchte, ich hab was dagegen, dass mir die beiden Scherzkekse auch noch wegen Einbruch im Nacken sitzen, Dave …«

»Ich habe einen Schlüssel«, sagte Holland.

Thorne nahm zwei Stufen auf einmal und hielt den Arm fest, der bereits dabei war, den Schlüssel ins Schlüsselloch zu stecken.

»Wir werden darüber reden müssen, Holland …«

In der Wohnung war es nicht weniger dunkel und düster als draußen auf der Straße. Nicht nur die Vorhänge zur Straße hin waren zugezogen, auch das Rollo am hinteren Fenster, das auf den Garten hinausging, war heruntergelassen.

»Im Bett liegt sie jedenfalls nicht«, sagte Holland, als er ins Wohnzimmer zurückkam.

Thorne hörte nicht zu. Er starrte ein Dutzend Spiegelbilder von sich an. *Mindestens* ein Dutzend. In den verschiedensten Winkeln hingen Spiegel von der Decke, waren auf dem Boden aufgestellt oder lehnten an den Wänden. Spiegel in schweren Zierrahmen, einfache, ungerahmte Spiegel, runde Spiegel, quadratische Spiegel, alle auf Hochglanz poliert …

»Scheiße, was soll das …?«

Holland trat zu ihm ans Fenster, zog das Rollo hoch und drehte sich um. Er öffnete den Mund, um die Frage zu beantworten, doch kein Laut kam heraus.

Langsam ging Thorne durchs Zimmer, jeder Blick brachte neue Reflexionen, bizarre Perspektiven seiner selbst. Eine rückwärtige Ansicht seines Schienbeins, sein Kopf von oben betrachtet. Seine verblassenden Blutergüsse gleichzeitig von vorne und von der Seite.

Auf dem Tisch entdeckte Thorne einen weiteren, kleineren Spiegel und das gefaltete Lotterielos. Er wusste sofort, was er da vor sich hatte.

»Wie lange wussten Sie davon?«, fragte er.

»Seit etwa drei Wochen.«

»Sie sind ein solcher Idiot …«

Holland hob die Hand, um Thorne Einhalt zu gebieten. Ja, er *war* ein Idiot, aber er musste Thorne davon abhalten, sich jetzt darauf zu stürzen. Nicht jetzt. Er konnte sich ein andermal mit gesenktem Kopf den Anschiss abholen. Jetzt ging es um etwas anderes …

»Sir, ich glaube, McEvoy steckt in gewissen Schwierigkeiten …«

»In gewissen …?«

»Richtigen Schwierigkeiten.« Holland konnte nicht genau sagen, was ihm Sorgen bereitete. Er wusste nicht, was genau ihn beunruhigte, konnte nicht erklären, woher das Gefühl kam. Es ließ ihn frösteln und hielt ihn wach, und er musste sich jemandem anvertrauen. Es war in McEvoys Augen und in dem, was sie sagte und wie sie sich benahm. Schon seit einiger Zeit.

Als hätte sie ein Geheimnis. *Noch ein* Geheimnis …

»Was?«, wollte Thorne wissen.

Holland schüttelte den Kopf, sah sich im Zimmer um. Suchte verzweifelt nach einem Anhaltspunkt, um diesem vagen Unwohlsein scharfe Konturen zu verleihen. Sein Blick blieb am Computer hängen.

Der Ausdruck auf McEvoys Gesicht vor ein paar Tagen, als er in das Büro kam und sie im Internet war. Panik und noch etwas anderes. Trotz? Triumph?

Thorne sah Holland zu, wie er zum Computer ging, sich einen Stuhl hinschob und den Knopf drückte, um den Rechner hochzufahren.

»Was tun Sie da?«

»Ich checke ihre E-Mails.«

»Glauben Sie, sie hat sich die Drogen per E-Mail bestellt?«

»Nein ... vielleicht. Ich glaube nicht, dass das was mit dem Koks zu tun hat ...« Holland fing an, die Maus zu bewegen, Fenster anzuklicken, zu öffnen.

»Brauchen Sie dafür nicht eine Art Passwort?«

»Würde ich, wenn ich mich unter ihrem Namen anmelden wollte, aber es sollte möglich sein, mir ihre Ablage anzusehen – nachzuschauen, was sie abschickte und was sie empfing ...«

Thorne nickte, störte Holland nicht weiter bei was immer er da machte.

Kokain. Thorne hatte so etwas vermutet. Er hatte ein paar Bullen gekannt, die nichts gegen eine Line einzuwenden hatten. Meistens die älteren, die es besser hätten wissen müssen, die schlecht Ecstasy nehmen konnten, weil dazu das Tanzen gehörte. Was immer ihre Gründe waren, einige kamen dadurch ziemlich auf den Hund.

Wie tief McEvoy wohl drinsteckte? Thorne blickte auf und sah, wie die Antwort durch das Zimmer reflektiert wurde, von einem Spiegel zum anderen ...

»Scheiße ... o nein.«

»Was?« Thorne spürte die schlagartige Veränderung in seinem Körper; die Nervenenden wurden hellwach, seine Sinne schärfer, als er, instinktiv auf die Panik in Hollands Stimme reagierend, zum Computer hastete. »Was ist los, Dave?«

Holland fuhr sich mit den Fingern durch die Haare, kratzte sich am Kopf, starrte ungläubig auf den Bildschirm. Thorne beugte sich vor und blickte ihm über die Schulter. Er verstand nicht sofort, was er da sah.

»Ich kann nicht ...«

»Sie bekommt E-Mails von dem Mörder«, sagte Holland. »Vom Nachtwächter ...«

Thorne spürte ein Prickeln an den Schultern, spürte, wie sich sein Herzschlag beschleunigte. »Sie bekommt sie und antwortet darauf? Wie lange schon …?«

»Warten Sie …« Holland klickte mit der Maus, sortierte die Mails nach Datum. Er scrollte langsam herunter, und Thorne sah zu, wie sie vor seinen Augen über den Bildschirm glitten. Eine Korrespondenz zwischen einer Frau aus seinem Team und dem Mann, hinter dem sie her waren. Einem Mann, der brutalere Morde begangen hatte als jeder andere, der Thorne jemals den Schlaf geraubt hatte.

»Seit einer Woche oder länger«, sagte Holland. »Scheiße, da sind Dutzende davon …«

Es hatte tastend angefangen, wie ein Briefwechsel zwischen zukünftigen Liebenden. Er schrieb ihr, er finde, sie sei etwas Besonderes, sie habe das gewisse Etwas. Er frage sich, wie weit sie ihre Grenzen überschreiten würde, um ihr Ziel zu erreichen. Er drückte sich kryptisch aus, neckte sie. Thorne sah, dass er, zumindest am Anfang, ein paar Versuchsballons hatte steigen lassen, herausfinden wollte, wie viel sie über ihn wussten. Er umwarb sie. Das war Thorne sonnenklar. Ob es McEvoy wohl auch klar gewesen war? Ihre Antworten waren offen und direkt. Sie war ihm auf den Leim gegangen, oder sie ließ ihn in dem *Glauben*. Thorne war sich nicht sicher.

»Worauf will sie hinaus …?« Hollands Panik wuchs mit jeder Minute, mit jeder weiteren E-Mail, die er öffnete.

Je mehr Thorne las, desto klarer trat das Entsetzliche zutage. In den letzten zwei Tagen hatte das Geplänkel zunehmend etwas anderem Platz gemacht. Einer Einladung. Ob sie ihn treffen wolle? Entspräche sie der Person, die er in ihr sehe? McEvoy hatte ihm geantwortet. Sie entspreche *allem*, was er in ihr sehe, und mehr.

»Wann? Wir müssen irgendwo einen Hinweis auf ein Datum, eine Uhrzeit finden …«

»Ich hab's«, rief Holland, als er die nächste Mail öffnete. »Lieber Gott, es ist heute. Vier Uhr …«

Thorne sah auf die Uhrzeit, die in der oberen rechten Ecke des Bildschirms blinkte. Was zum Teufel bildete sich McEvoy ein? Sie hatte wahrscheinlich noch fünfundzwanzig Minuten zu leben.

»Wo?«

Holland klickte mit der Maus, hackte auf der Tastatur herum. »Seine letzte E-Mail kam … kurz nach der von heute Morgen.« Er öffnete die Datei, und sie starrten auf die Worte des Mörders auf dem Bildschirm.

An dem Ort, wo Martin zum ersten Mal die Dschungelgeschichte hörte. Freu mich drauf, Sarah …

»Was zum Teufel hat das zu bedeuten?« Holland drückte mit dem Finger gegen den Bildschirm, so fest, als wolle er durch die Scheibe durch, die Worte auf der anderen Seite ausradieren.

»Was ist mit McEvoys letzter Mail?«

Holland rief sie auf. »Sie hat zwei abgeschickt, hintereinander, kurz vor heute Mittag …«

Keine Ahnung, was das zu bedeuten hat. Sollte ich es wissen? Wenn Sie mich sehen möchten, sollten Sie sich klarer ausdrücken.

»Schauen wir uns die zweite an.« Thorne wagte nicht zu hoffen. Er wusste, der Mörder hatte nicht geantwortet, nichts näher erklärt. Hatte McEvoy in ihrer letzten Mail abgesagt, ein neues Treffen vorgeschlagen? Ihr war ja gar nichts anderes übrig geblieben. Sie kannte den Ort nicht, den er vorgeschlagen hatte …

Gehe jetzt. Bin mir nicht sicher, wann ich zurückkomme. Muss wissen, wo wir uns treffen.

Dann sprangen ihn zwei Worte vom Bildschirm an, schnürten ihm die Kehle zu.

SMS reicht.

Holland verkrampfte sich. »Scheiße. Er hat ihr in einer SMS mitgeteilt, wo sie ihn treffen soll.«

»Wir wissen nicht, ob er überhaupt Kontakt mit ihr aufgenommen hat«, entgegnete Thorne. »Wir wissen überhaupt nichts. Sie könnte jeden Augenblick hier reinschneien, völlig doofgekokst.« An Hollands Blick konnte Thorne ablesen, dass er das genauso wenig glaubte wie er selbst.

Thorne schnappte sich das Telefon vom Schreibtisch und warf es Holland zu. »Rufen Sie sie auf dem Handy an.«

Er ging hinüber zum Fenster und schaute in den Garten hinaus. Wind kam auf. Er sah das lange nicht geschnittene Gras sanft schwanken und den hohen, rostigen Spiegel gegen den Zaunpfosten schlagen. Sah hinaus und hoffte, Hollands Besorgnis in Wut umschlagen zu hören, wenn er zu ihr durchkam. *Scheiße, wo bist du?* Stattdessen hörte er ihn lange und frustriert ausatmen und das Telefon auflegen. Und dann zwei Worte, auf die er hätte verzichten können: »Ist abgeschaltet …«

Thorne wandte sich um, ging zurück zum Schreibtisch und griff selbst nach dem Telefon. Er wählte, wartete und legte auf.

»Wen rufen Sie an?«

Thorne sagte nichts, nahm die Hand nicht vom Telefon. Er wählte noch einmal die Nummer. Er sah zur Seite und wartete auf eine Antwort …

»Ich bin's. Erzählen Sie mir von der Dschungelgeschichte … nein, darum geht's nicht. *Sagen Sie es mir einfach!* Hören Sie, Palmer, dafür haben wir keine Zeit, sagen Sie mir, was das ist. Nein … vergessen Sie's, sagen Sie mir nur, *wo*. Wo war es …?«

Holland traute seinen Ohren nicht. *Palmer?* Welches Spiel spielte Thorne? Er hörte auf, sich den Kopf zu zerbrechen, als sich Thornes Gesichtsausdruck veränderte. Selbst die Blutergüsse schienen augenblicklich zu verblassen. Er dachte, dass dieses lange, leise Stöhnen von Thorne kam, es hätte jedoch genauso gut von ihm stammen können …

Thorne drückte auf die Aus-Taste. Rasch reichte er Holland den Hörer.

»In der Schule. Er trifft sie in der King Edward's.«

»Wohin …«

Thorne war auf dem Weg zur Tür, seine Stimme wurde lauter, je weiter er sich entfernte. »Hängen Sie sich ans Telefon und organisieren Sie alles, sofort. Sagen Sie Brigstocke, ich möchte eine bewaffnete Einsatztruppe. Versuchen Sie weiter, McEvoy auf dem Handy zu erreichen. Oder setzen Sie jemand anderen darauf an.«

»Sir …«

Thorne brüllte inzwischen.

»Und benachrichtigen Sie die Schule …«

Achtundzwanzigstes Kapitel

McEvoy betrat den Schulhof in Zeitlupe.

Stopp. Du musst zurück. Raus hier, auf dem Weg, auf dem du gekommen bist. Nur er *wird es je erfahren, dass du gekniffen hast. Du brauchst nichts zu beweisen, Sarah …*

Es war diese merkwürdige Zeit zwischen Dunkel und Hell, diese halbe Stunde, die sich nicht entscheiden kann. McEvoy bahnte sich ihren Weg, hatte dabei das Gefühl, durch eine klebrige, heimtückische Flüssigkeit zu waten.

Überall Erwachsene und Kinder. Die sich unfassbar schnell bewegten. Ihre Stimmen durchbohrten sie, ließen ihr eine Gänsehaut über den Rücken laufen. Das Kreischen der Kleineren, die dröhnenden Stimmen der ein, zwei Jahre Älteren, das Gebrüll der Lehrer. Eine ohrenbetäubende Kakophonie, die in ihrem Kopf mit der Stimme um Platz kämpfte.

Der Stimme, die sich lautstark zurückmeldete.

Sie dachte daran kehrtzumachen, sich einen ruhigen Platz zu suchen, um sich eine Line reinzuziehen. Genau das riet ihr die Stimme, von hier zu verschwinden … weshalb sie weiterging. Wenn sie sich vielleicht in die Schule stahl, eine Toilette suchte … Hier draußen ging es nicht, nicht mit den Kindern hier. Es würde nur eine Minute dauern. Die Lehrer hatten sicher ihre eigene Toilette …

Scheiße, was bildest du dir eigentlich ein? Denk daran, warum du hierher gekommen bist. Dir den Kopf darüber zu zerbrechen, wo du dir die nächste Line reinziehst, ist da nicht drin.

Sie lief einfach weiter. Sie hatte beschlossen, sich umzudrehen und langsam zurückzulaufen, sobald sie die andere Seite des riesigen Schulhofs erreicht hatte. Sie hatten den Treffpunkt nicht näher eingegrenzt. Genauer war seine SMS nicht gewesen.

Dumme Kuh. Harter Knochen. Hart, scheiß drauf … hilft dir jetzt nicht weiter. Was wird er mit dir machen?

Die Tasche trug sie über der Schulter. Sie zog sie nahe an sich. Hatte sie etwas darin, was sie gegen ihn benutzen könnte, falls es ernst wurde?

Lauf. Verschwinde. Ruf Thorne an …

Die meisten Jungs lächelten, als sie auf dem Weg nach draußen an ihr vorbeirannten. Sie beeilten sich, nach Hause zu kommen, waren aber dennoch höflich, so wie man es ihnen beigebracht hatte. Respektvoll gegenüber Erwachsenen, gute Umgangsformen an den Tag legend, vor allem gegenüber Frauen.

Er *war doch hier Schüler gewesen?* Er *legt Frauen gegenüber keine so guten Umgangsformen an den Tag.*

Sie hob den Kopf und sah zu dem Schulgebäude hinauf, das sich auf der einen Seite von ihr erhob, während in der Ferne, auf der anderen Seite, die Bäume des Parks zu sehen waren. Beobachtete er sie von irgendwo aus? Würde es vielleicht irgendein Signal geben? Das Gewicht all der Dinge, von denen sie keine Ahnung hatte, wurde ihr plötzlich zu viel. Sie kam sich dumm vor. In die Falle gegangen und dumm. Noch vor fünfzehn Minuten hatte sie alles unter Kontrolle gehabt, war so auf das hier eingestellt gewesen.

Jetzt lief sie über den Schulhof, und mit jedem Schritt hatte sie die Sache weniger im Griff.

Sie hatte offensichtlich Angst.

Wahrscheinlich hätte niemand sonst, der sie sah, das erkannt. Sie wirkte, als wolle sie sich etwas die Beine vertreten. Wählte ihren Weg so, dass sie nicht mit einem stämmigen Sechstklässler kollidierte, wich einer schnatternden Schar Erstklässler aus. Wirkte ganz so, als habe sie alles im Griff.

Doch er wusste, worauf er zu achten hatte. Er erkannte Angst. Er hätte es sogar gesehen, wenn er weit weg gewesen wäre. McEvoy strahlte sie aus wie einen Hitzeschleier.

Dass sie Angst hatte, war gut, aber nicht so entscheidend wie die Tatsache, dass sie gekommen war. Und dass sie alleine gekommen war.

Darauf hatte er die ganze Zeit gesetzt, und er konnte es sich wirklich nicht leisten, dieses Spiel zu verlieren. Er hatte sie kommen sehen. Von seinem Aussichtspunkt aus hatte er zweifelsfrei erkennen können, dass sie seine Anweisungen strikt befolgt hatte. Hätte sie das nicht getan, hätte sie ihn im letzten Augenblick hintergangen und Thorne Bescheid gesagt, hätte er es gewusst. Selbst wenn sie sie losgeschickt hätten, *als ob* sie auf sich gestellt wäre, sie als Köder benutzt hätten, hätte er es gesehen. Er hätte sie entdeckt, so gut sie sich auch versteckt hätten.

Ihn hätten sie nie erkannt.

Selbst wenn sie ihn versetzt hätte, hätte ihm das nichts anhaben können. Später hätte er sie dafür zur Rechenschaft gezogen.

Aber sie war da, so bereit, wie sie nur sein konnte. Er fühlte eine Woge der Erregung, die er, bis auf diese Augenblicke kurz vor einem Mord, seit seiner Kindheit nicht mehr gespürt hatte.

Er grinste. Er hatte noch den Geschmack von Schokolade im Mund. Ging es etwa darum? Kontakt mit dem inneren Kind aufzunehmen?

cu @ 4 @ Schulhof :o)

Die SMS war einfach gewesen. Die kindischen Abkürzungen bewiesen seinen Sinn für Humor, falls ihr das half.

Jetzt war der Zeitpunkt für das wahre Vergnügen gekommen.

Er raste wie ein Verrückter durch Wembley Park, das Martinshorn war an, ebenso die Warnblinkanlage. Mit einem Auge auf der Uhr am Armaturenbrett begann er im Kopf eine Rede zu formulieren. An jeder Kreuzung, jeder Schlange vor einer Ampel, bildeten sich neue Sätze aus dem Wortkuddelmuddel. Sätze, mit denen er McEvoys Eltern gegenübertreten würde, falls er zu spät kam …

Warum hatte der Mörder sich McEvoy ausgewählt? *Wie* hatte er sie ausgewählt?

Thorne lehnte sich auf die Hupe, riss das Lenkrad herum, um an einem Transit-Van vorbeizukommen. Ihm war klar, die Antworten auf diese Fragen würden ihm verschlossen bleiben – noch. Bis er den Mistkerl vor sich hatte, auf dem Stuhl gegenüber im Vernehmungszimmer, in den frühen Morgenstunden, und dieser sich vor Angst in die Hose machte.

Doch es gab noch weitere Fragen. Fragen, die wehtaten, die sich in seinem Kopf festbissen wie ein Jingle, den man nicht mehr loswurde. Warum hatte er nichts bemerkt? Wie konnte jemand aus seinem Team in so etwas hineingeraten, ohne dass er es bemerkte? Die Drogen, die Lügen, das Abgleiten in etwas so Krankes und Tödliches …

Er fuhr nach Norden, über Fryent Country Park, die Schule war weniger als fünf Minuten entfernt. Der kleine Zeiger rutschte etwas weiter über die vertikale Linie hinaus. Die Rede war so gut wie fertig.

Detective Sergeant McEvoy war eine ausgezeichnete Polizistin, die ihr Leben in treuer Pflichterfüllung …

Thorne jagte den Mondeo um einen Kreisverkehr und

bog nach links Richtung Harrow Zentrum ab. Er brüllte die Windschutzscheibe an, als das Auto, das Vorfahrt gehabt hätte und dessen Fahrer ihn wütend anblitzte, um ein Haar in ihn reingekracht wäre. Thorne erwiderte den Blick und trat auf die Bremse, sog die Luft zwischen zusammengepressten Zähnen ein, als er den stehenden Verkehr vor sich sah.

»Alle, gleich welchen Ranges, die Seite an Seite mit ihr arbeiteten, werden sie, ihre Einsatzfreude und ihre stets gute Laune …«

Die Schule war keine fünfhundert Meter mehr weg. Thornes Knöchel umklammerten das Lenkrad, weiß vor Anspannung, sein Fuß bearbeitete das Gaspedal, als er den Motor im Leerlauf aufheulen ließ. Das Kreischen des Motors war beinahe so laut wie der Schrei in seinem Kopf.

Nichts ging mehr. Keine Martinshörner waren zu sehen, kein Anzeichen für einen Unfall. Niemand kam irgendwohin.

Die ganze Scheißschule war auf den Beinen.

McEvoy erreichte das andere Ende des Schulhofs, machte kehrt und sah sich um. Dachte, komm schon, du Arsch, wo steckst du? Lief zurück zur Mitte, sprach laut, wie eine Verrückte im Bus. Ich bin hier, wo zum Teufel steckst du? Hier kommt eine große Überraschung auf dich zu, auf alle zu …

Dann ein paar Worte von der Stimme, und sie verstummte. Sie musste den Schulhof evakuieren lassen. Natürlich. Schließlich hatte sie keine Ahnung, was passieren würde. Da waren noch immer eine Menge Kinder unterwegs – die Langsameren, die Bummler, eine Gruppe, die noch einen Ball herumkickte. Mann, er hatte schon mal eine Pistole benutzt, oder? Sie dachte an Dunblane, an die Columbine High …

Wie kaputt bist du eigentlich? Der Schutz der Öffentlichkeit hätte dein erster Gedanke sein müssen, wäre *es vor ein paar Monaten auch gewesen. Falls du damit hier zeigen willst, wie gut du bist, hast du dich bisher nicht mit Ruhm bekleckert …*

Sie fasste in ihre Tasche, um ihren Polizeiausweis herauszuholen, öffnete den Mund, um loszubrüllen …

Was war, wenn sie in Panik ausbrachen? Wenn er in der Nähe war, provozierte ihn das womöglich. Nein, sie könnte ihn verschrecken. Sie musste das tun, was sie vereinbart hatten. Außerdem würde sie den Arsch, *falls* er in der Nähe war, erledigen, bevor er Schaden anrichten konnte.

Das war ihr letzter Gedanke, bevor sie das Messer im Rücken spürte und die Stimme an ihrem Ohr hörte.

»Sie sind doch allein, Sarah?«

»Ja.«

»Sie lügen nicht. Das ist gut. Kommen Sie mit mir, und seien Sie bitte vernünftig …«

Sie schnappte nach Luft, als die Messerspitze durch ihre Jacke und ihr Hemd in ihre Haut drang. Eine Hand legte sich unten auf ihren Rücken und lenkte sie in Richtung Ausgang.

Seine Stimme. Kannte sie sie? Ja, vielleicht, sie konnte sich nicht erinnern. Scheiße …

McEvoy lachte beinahe. *Sie war dabei, den Arsch hochzunehmen.* Sie wusste genau, was sie tun wollte, tun *musste,* aber bei ihrem Leben, sie hatte keine Ahnung, wie. Plötzlich war sie todmüde, schlief beinahe im Gehen. Hätte sie sich nicht bereits so schwach wie ein Baby gefühlt, hätten ihr die Worte, die ihr nun ins Ohr geflüstert wurden, die letzte Kraft geraubt.

»Ein Schrei oder der Versuch wegzulaufen, und ich bring ein Kind um.«

Noch ein paar Straßen weiter glaubte Thorne die Hupen zu hören, die auf ihn einblökten, als er aus dem Mondeo kletterte und zu laufen begann. Jetzt galt der wütende und frustrierte Lärm dem verlassenen Auto.

Oh Gott ...

Er wurde langsamer, seine Hände flogen an den Kopf, seine Beine waren plötzlich bleischwer.

Scheiße ...

Woher kamen sie? Aus welcher Richtung würde die Verstärkung kommen? Brigstocke, Holland, die bewaffnete Einheit? Der Verkehr war schon vorher unmöglich gewesen. Jetzt ging, dank ihm, überhaupt nichts mehr. Wenn die Autos denselben Weg genommen hatten wie er ...

Plötzlich bemerkte Thorne die Schuljungen, die an ihm vorbeiliefen. Zuerst nur allein oder zu zweit, später in größeren Gruppen. Quasselnd und herumalbernd. Blaue Blazer mit bordeauxroten Paspeln. Die Krawatten hatten sie für die Fahrt nach Hause bereits abgenommen.

Er war fast dort.

Er holte tief Luft, was wehtat, und zwang sich weiterzulaufen.

Wir können nur hoffen, dass sich mehr junge Frauen ihres Kalibers melden und ihre Dienste der öffentlichen Sicherheit ...

In den von Bäumen gesäumten Straßen um die Schule wimmelte es jetzt von Blau und Bordeauxrot, hallte es wider von lauten Rufen, Spötteleien und Geprahle.

Er bekam Seitenstechen, die Vibrationen jeden Schritts schickten eine Schmerzwelle durch seine zerbrochene Nase hinauf in seine Stirn. Er hörte seinen rasselnden Atem. Unter seiner Jacke klebte das schweißnasse Hemd an seinem Rücken. Er zitterte, als die kalte Luft in seinen Kragen blies.

Gott, waren die riesig, einige von ihnen. Zwei herumlungernde Teenager, die gestreiften Krawatten um die Stirn gebunden, versperrten ihm den Weg auf dem Bürgersteig. Thorne senkte den Kopf und rannte einfach zwischen ihnen hindurch, ohne sich um ihr Gejohle zu scheren, als er unter Aufbietung seiner letzten Kräfte die Schuleinfahrt hinauflief.

Während er rannte, während seine Füße unter ihm auf den Boden klatschten, erinnerte er sich daran, wie der Wagen langsam über den knirschenden Kies gerollt war, als er das letzte Mal diese Auffahrt benutzt hatte. Wie er und Holland sich über ihre Schulen unterhalten hatten.

Dann in der Schule selbst, als er das erste Mal das Gesicht von Stuart Nicklin gesehen hatte. Das abgewandte Gesicht.

Durch dieses größte aller Opfer hat die Polizeibeamtin dazu beigetragen, die Entschlossenheit derer, die sie zurücklässt, zu erhöhen in dem Kampf …

Würde er dieses Gesicht leibhaftig sehen?

Es waren nur noch etwa dreißig Meter. Die Auffahrt beschrieb einen scharfen Bogen nach rechts und verengte sich abrupt zu einem Engpass vor dem hohen, schmalen Tor, dem Haupteingang zum Schulhof.

Er wurde langsamer, als er näher kam.

Alles wirkte normal. Die Kinder kamen lächelnd aus dem Schulhof. Nichts war zu hören, kein *unnormales* Geräusch. Er hörte auf zu rennen, wurde noch langsamer, bis er nur noch schnell ging. Kam wieder zu Atem. Alles *schien* normal, doch er hatte keine Ahnung, was ihn hinter dem Tor erwartete.

Mit einem Mal war er zutiefst beunruhigt – schwitzte keinen Deut weniger als vorher, als er gerannt war.

Falls die Mitteilung, wie immer sie lautete, wie immer sie formuliert war, in der Schule angekommen war, ginge es hier *mitnichten* so normal zu. Wären dann die Kinder nicht im Gebäude? Fern jeder Gefahr?

Thorne ging an einem Jungen vorbei, blieb kurz am Tor stehen und schritt hindurch.

Da stand er, hatte Seitenstechen, und musterte die weite Fläche, die sich vor ihm ausbreitete. Versuchte, alles schnell aufzunehmen. Das Hauptgebäude zu seiner Rechten. Die riesigen Fenster der Turnhalle, dahinter die Sprossenwände. Weiter vorn die neueren Gebäude – der Block für die Sechstklässler, die Musikräume – und dahinter die Sportplätze. Noch immer waren jede Menge Kinder unterwegs. Von irgendwoher war Singen zu hören. Ein paar Lehrer liefen herum …

McEvoy …

Er machte einen Schritt in ihre Richtung und erstarrte. Ihre Augen quollen verängstigt aus einem blutleeren Gesicht. Thorne blieb endgültig die Luft weg.

»Sarah …«

Dann erhaschte Thorne den ersten Blick auf das Gesicht des Mannes, der unmittelbar hinter ihr ging. Der Mann, der sie sanft, aber bestimmt in seine Richtung führte. Der Mann, der stehen blieb und ihm direkt ins Gesicht sah, finster dreinblickend, als wäre er nur ein weiteres Hindernis.

Nun wusste Thorne, warum Ken Bowles umgebracht worden war.

Neunundzwanzigstes Kapitel

»Sie sind ganz außer Atem«, sagte Cookson. »Was haben Sie *gemacht*?«

Es war ein Moment schrecklicher Klarheit. Die Art Klarheit, die nur mit entsetzlichem Schrecken oder großem Schmerz einhergeht. Thorne hieß ihn willkommen, wie er eine schmerzende Flamme willkommen heißen würde, die eine Wunde ausbrennt.

Andrew Cookson …

»Sie töteten Bowles, weil er Sie erkannte«, sagte Thorne. »Es war kein Zufall. Sie wollten nichts damit sagen. Sie *mussten* es tun …«

Cookson legte McEvoy beiläufig eine Hand auf die Schulter. »Der alte Blödmann hätte sich schon vor Jahren zur Ruhe setzen sollen. Konnte kaum noch eins und eins zusammenzählen. Und dann, nach einer halben Stunde mit Ihnen, sieht er mich einmal ohne Bart an und … bumm! Weg sind die Spinnweben. Fängt mich im Lehrerzimmer ab. Deutet mit dem Finger auf mich und schwingt melodramatische Reden. *Ich weiß, wer Sie sind.* Blödes Arschloch …«

Thorne sah die Kreidestriche auf Bowles' Hose vor sich, die Erde, die auf seinen Sargdeckel fiel. Warum hatte er nicht die Polizei angerufen? Warum, wenn er Nicklin in Cookson erkannt hatte, hatte er nicht die Karte genommen, die Thorne ihm gegeben und die Jay in seiner Jackentasche gefunden hatte?

Die Antwort war schwer zu verdauen. Es war nicht Heldentum gewesen, sondern Verzweiflung. Es war Ken Bowles' letzte Chance. Die Möglichkeit, diesen Stuhl ein letztes Mal auf dem Kinn zu balancieren.

»So spaßig sie ist«, sagte Cookson, »die Situation ist nicht ganz einfach, finden Sie nicht auch? Ich denke, wir sollten uns schnell eine Lösung überlegen. Also, irgendwelche tollen Ideen?«

Sein Ton war ruhig und leicht amüsiert. Nicht schwierig, wenn man der war, der das Messer hatte und es einer Frau an den Rücken hielt.

»Nicht wirklich«, antwortete Thorne.

»Das dachte ich mir.«

Das darauf folgende Schweigen hätte eigentlich bedrohlich sein müssen, doch durch die Kinder, die feixend vorbeiliefen, wirkte es eher seltsam oder peinlich. Thorne fragte sich, wie sie drei wohl aussahen. Cookson und McEvoy hätten ein Liebespaar sein können und er der Exfreund, der soeben auf die beiden stieß und sehr ungelegen kam …

Cookson lächelte, als überlegte er sich gerade etwas, was ihm ungeheuren Spaß machte. »Sie sind wohl auch allein gekommen, oder?«

Thorne schoss kurz durch den Kopf, ob er lügen sollte, aber er war nicht schnell genug. Cookson beugte sich vor, bereit, weiterzugehen. »Sie sind mitten in die Party reingeplatzt, aber dadurch lassen wir uns das Vergnügen nicht verderben, stimmt's, Sarah?« McEvoy zuckte leicht zusammen, als das Messer noch eine Hautschicht tiefer drang. Thorne war kurz davor, sich auf ihn zu stürzen und sein Gesicht mit Fäusten zu bearbeiten. »Also machen wir einfach weiter, als hätten wir Sie nie gesehen. Entschuldigen Sie mich …«

Es gab nichts, was Thorne hätte tun können. Er musste zur Seite treten und Cookson wegspazieren lassen. Er hegte nicht den geringsten Zweifel, dass er auf die kleinste Provokation hin McEvoy das Messer in die Wirbelsäule rammen würde. Er drehte sich zur Seite und gab Cookson die Gelegenheit, McEvoy durch das Tor zu bugsieren. Thorne sah, dass Cookson in der freien Hand seine Aktentasche trug. Seine Tarnung war perfekt. Auf diesem Gelände fühlte er sich sicher. Nur ein müder Lehrer, der nach einem langen Arbeitstag mit einer Freundin nach Hause ging …

Plötzlich erstarrte Cookson, blickte nach links und nach rechts. Und dann sah Thorne, was los war. Die Kinder gingen zurück ins Gebäude, einige rannten. Am Rande des Schulhofs waren Lehrer aufgetaucht und hatten begonnen, die Kinder zusammenzurufen, die noch da waren.

Die Nachricht war angekommen.

Anweisungen wurden gezischt, es wurde gestikuliert, gewinkt, die Lehrer sorgten dafür, dass der Schulhof sich so geordnet wie möglich leerte. Sie befolgten dabei die Instruktionen, die sie erhalten hatten – die in solchen Situationen Standard waren. Sie versuchten, eine Panik zu vermeiden und niemanden zu erschrecken, schon gar nicht den Mörder, der sich, wie man ihnen gesagt hatte, in der Nähe aufhielt.

Er war näher, als sie ahnten, und er *war* erschrocken. Thorne bemerkte sein Zaudern, die Anspannung in Cooksons Gesicht und in der Hand, die Sarah McEvoy unter Kontrolle hatte.

»Bitte«, sagte McEvoy. Es war eher ein Stöhnen als ein Wort.

»Anscheinend kommen wir nicht voneinander los«, sagte Thorne. »Die halbe Met wartet da draußen auf Sie. Die meisten davon bewaffnet und nur auf der Suche nach einer Entschuldigung …«

Cookson schüttelte den Kopf und hatte blitzschnell das

Messer nach vorne, an McEvoys Kehle gebracht. Lächelnd bewegte er sich rückwärts, auf die Mitte des Schulhofs zu. Thorne folgte ihm langsam und hoffte, dass das, was er Cookson soeben erzählt hatte, der Wahrheit entsprach – oder bald entsprechen würde. Als sie sich der Mitte näherten, fing Thorne McEvoys Blick auf. Er kam nicht dazu zu überlegen, was sie ihm zu sagen versuchte.

Cookson blieb stehen und holte tief Luft. Er ließ das Messer unverändert an der Stelle, an der es sich befand, bewegte sich aber ein Stück zur Seite, sodass er neben McEvoy stand.

»Sie wissen, dass ich sie töten werde, also warum hören wir nicht auf mit dem Schwachsinn. So oder so, ich verschwinde hier. Wenn ich auf dem Rücksitz eines Polizeiautos von hier wegfahre, dann wird sie in einem Leichensack abtransportiert.«

»Wichser ...«, sagte McEvoy.

Cookson riss in gespielter Überraschung weit die Augen auf. »Es spricht«, sagte er. »Dass du dazu noch in der Lage bist? Dein Blut ist bestimmt zu achtundneunzig Prozent kolumbianisch.« Er lachte und McEvoy stöhnte, als ein roter Strich auf ihrer Kehle aufplatzte und das Blut zu fließen begann.

»Tut mir Leid«, sagte Cookson. »Ein Versehen ...«

Thorne zuckte, und Cooksons Blick legte ihm nahe, sich möglichst nicht zu bewegen. Machte ihm klar, dass das nächste Mal wesentlich mehr Blut fließen würde.

»Was haben Sie mit dem Jungen gemacht, als Sie Carol Garner umbrachten?«, fragte Thorne. »Hat er dabei zugesehen?« Cookson kniff die Augen zusammen und schürzte die Lippen, als verwirrte ihn die Frage. »Haben Sie ihren Sohn zusehen lassen, als Sie sie umbrachten?«

Cookson schüttelte den Kopf, blies die Luft durch die zusammengekniffenen Lippen. »Tut mir Leid, da müssen

Sie mir auf die Sprünge helfen. Welche war gleich wieder Carol Garner?«

Da wusste Thorne, dass, so wie die Dinge standen, wohl keiner von ihnen den Schulhof lebend verlassen würde. Er zwang sich stehen zu bleiben, doch ihm war klar, dass er sich jeden Augenblick auf diesen Kerl stürzen, dass die Wut ihn übermannen und es ihm einfach egal sein würde. Ihm war klar, dass das Blut aus McEvoys aufgeschlitzter Kehle sie beide bedecken würde, während sie zu Boden fiel und er und Andrew Cookson sich gegenseitig mit Messerstichen und bloßen Händen auf dem kalten Asphalt umbrächten ...

Ein leises Summen drang in Thornes Bewusstsein. Es kam aus McEvoys Mund.

»Es tut mir Leid ... es tut mir Leid ... es tut mir Leid ...«

»McEvoy ...«

Thornes Stimme schien einen Schalter in McEvoys Gehirn umzulegen. Jetzt sprudelte es nur so aus ihr heraus. Sie schüttelte wie verrückt den Kopf, als wollte sie etwas loswerden, etwas herausschütteln, ihre Kehle wetzte über die Klinge, das Blut lief über Cooksons Finger.

»Estutmirleidestutmirleidestutmirleidestutmirleidestutmirleidestutmirleid ...«

Thorne hätte schwören können, dass der Schrei, der folgte, von ihm stammte oder zumindest in seinem Kopf stattfand, aber *wenn* dem so war, warum wirbelte Cookson dann herum? Warum sah er so erstaunt drein ...?

Die Gestalt kam um die eine Seite des Hauptgebäudes gerannt, laut schreiend und winkend. Thorne zwinkerte und sah noch einmal hin.

Die Gestalt winkte mit einer Pistole.

Martin Palmer rannte auf sie zu, und was sich nun vor Thornes Augen abspielte, schien in Zeitlupe zu geschehen, während die Gedanken in seinem Kopf sich förmlich überschlugen.

Cookson schubste McEvoy zur Seite, ließ das Messer fallen …

McEvoy wandte sich um, rannte direkt auf Palmer zu …

Cookson hob die Hände, um seinen Kopf zu schützen, als der erste Schuss über den Schulhof hallte …

In dem Augenblick, in dem er sich auf den Boden warf, hörte Thorne den zweiten Schuss und sah aus dem Augenwinkel McEvoy stolpern und stürzen. Kurz bevor er die Augen schloss, sah er den erstaunten Blick auf Cooksons Gesicht und einen Ausdruck auf dem von Martin Palmer, den zu beschreiben ihm die Worte fehlten.

Es waren höchstens ein paar Sekunden verstrichen, doch als Thorne die Augen aufschlug, schien es wesentlich dunkler geworden zu sein. Ein paar Graupeln schwebten in der Luft.

Thorne hob den Kopf. Zehn Meter entfernt lag McEvoy auf dem Boden. Er hatte keine Ahnung, wo sie getroffen worden war, wie schwer sie verletzt war. Er hörte sie stöhnen, als sie das Bein zu bewegen versuchte, das merkwürdig verdreht unter ihr lag.

Wenigstens *bewegte* sie sich.

Langsam rappelte Thorne sich hoch. Seine Augen und die von Andrew Cookson blieben starr auf Martin Palmer gerichtet. Er stand nur ein paar Meter von ihnen entfernt, den Kopf gebeugt, die Hand zitternd um die Pistole geklammert.

»Was machen Sie hier, Palmer?«, sagte Thorne.

Palmer blickte auf. Seine Augen wirkten riesig hinter der Brille. Die Pistole schlug gegen sein Bein. »Es tut mir Leid.«

Hinter Palmer schrie McEvoy auf. Thorne konnte nicht sagen, ob aus Schmerz oder Wut.

»Es tut Ihnen Leid?«, brüllte Thorne. »Leid …?«

»Du steckst voller Überraschungen, Martin«, sagte

Cookson. »Ich *sag* dir, du sollst jemanden erschießen, und du kriegst Muffensausen und rennst zur Polizei …«

Palmer schüttelte den Kopf. »Halt die Klappe, Stuart …«

Cookson holte nicht mal Luft. »Dann tauchst du aus heiterem Himmel auf und jagst einem von ihnen eine Kugel rein.«

Palmer hob die Pistole und richtete sie auf Cooksons Brust. »Ich sagte, halt die Klappe.«

»Natürlich nicht absichtlich. Ich denke, wir wissen, für wen die Kugeln gedacht waren.« Er machte eine Kopfbewegung in Richtung McEvoy. »Das war nur ein glückliches Versehen.«

Thorne sah zu Cookson, der keine zwei Schritte entfernt stand, und schwor sich, ihm, was immer geschehen mochte, richtig wehzutun.

Ein Ton drang aus Palmers Kehle, ein tiefes Stöhnen, das als lautes Brüllen aus seinem Mund hervorbrach. Die um den Griff der Pistole gekrallten Knöchel waren weiß, sein Finger zuckte am Abzug. Er nickte ein-, zweimal. Dieses kurze Kopfnicken. Zwang sich zu schießen.

Was Cookson kalt zu lassen schien. »Ich musste dich immer anheizen, stimmt's?«, bemerkte er. »Weißt du noch? Es war immer ein kleines Fenster, das ich nutzen musste, um dich zu etwas zu bringen, weil du es nie lange aushieltest. Was hat dich jetzt so aufgebracht? Was genau?« Er stellte die Frage beiläufig, als überprüfe er belanglose Fakten. »War es Karen?«

Palmer schluckte schwer. Er hob die linke Hand, um die Pistole ruhig zu halten.

»Ja, genau, das war's.« Cookson lächelte. »*Das war's*, stimmt doch, Martin, oder? Du schaffst es nicht mehr. Du *willst* mich umlegen, aber was immer dir half, den Mut dazu aufzubringen, es zu *versuchen*, ist verschwunden, stimmt's? Aus dir rausgelaufen wie wässrige Scheiße. Jetzt hast du wieder Angst …«

Thorne sah hinüber zu McEvoy. Er konnte sie nur schwer ausmachen. Die Wolken hingen jetzt tiefer, das Licht war schmutzig und diffus. Die ganze Szene wirkte wie von tausend staubigen Vierzig-Watt-Birnen beleuchtet. Er musste etwas tun. »Ich muss zu meiner Kollegin«, sagte er. Palmer schien ihn nicht zu hören. Thorne trat einen Schritt vor, und eine Sekunde später war die Pistole auf ihn gerichtet.

»Nein!«, brüllte Palmer.

Thorne war aufrichtig überrascht. »Worauf wollen Sie hinaus, Martin?« Palmer sagte nichts. Er wirkte verloren. Verloren, verwirrt und mit einer Pistole in der Hand, die auf Thornes Bauch gerichtet war.

Thorne bemühte sich, ruhig und gleichmäßig zu sprechen. »Da draußen sind bewaffnete Polizisten, die uns beobachten. Die sind darin etwas besser als Sie. Verstehen Sie mich, Martin?«

Palmer nickte langsam.

Thorne war sich absolut im Klaren, dass niemand sie beobachtete – noch nicht. Wäre die bewaffnete Einheit bereits da, würde Palmer nicht mit einer Pistole herumstehen. Dann wäre er inzwischen mit ziemlicher Sicherheit tot.

»Lassen Sie die Pistole fallen, und lassen Sie mich hinübergehen zu meinem Sergeant. Martin …?«

Rechts von Thorne wurde es hell. Er blickte hinüber und sah, dass die Kinder sie von den Turnhallenfenstern aus beobachteten.

Die Graupeln fielen dichter.

»Martin?«, wiederholte Thorne.

Cookson zuckte mit den Achseln. »Das ist heftig, Mart …«

Thornes Kopf flog herum, und ein Schauer aus Spucke und Hass ergoss sich über Cooksons Gesicht. »Halt deine verfluchte Klappe. *Ich* werde dich umbringen, kapiert? *Ich* hab keine Angst, schon gar nicht vor dir. Mir ist egal, was passiert. Er kann uns beide erschießen, das schert mich einen Dreck. Aber wenn ich dich auch nur atmen höre, bevor das hier vorbei ist, nur ein giftiges Wort, reiß ich dir das Gesicht mit bloßen Händen runter. Ich zieh es dir ab, Nicklin. Ich besorg dir eine neue, frische Identität …«

Cooksons Gesicht war leer. Er war vollkommen ruhig. Thorne dachte, er hätte ihn ins Mark getroffen, aber er konnte sich nicht sicher sein, ob dies die Ruhe des Beutetiers war, das sich zu schützen versuchte, oder die des Raubtiers, das sich seine Kraft aufhob und darauf wartete zuzuschlagen.

Palmer sprach und der Gedanke war weggewischt.

»Das mit Ihrer Kollegin tut mir Leid.« Seine Stimme klang noch tiefer als gewöhnlich und auf alle Fälle ruhiger als vor ein paar Minuten. »Es gibt da etwas, was ich Ihnen sagen muss. Ich bekam die Pistole von einem Mann in einem Pub. Die erste Pistole, meine ich.« Er zeigte mit der Pistole auf Cookson. »*Er* weiß es. Es ist ein Pub in Kilburn, ich bin mir sicher, Sie können ihn finden …«

Thorne starrte ihn an. *Was zum Teufel sollte das?* »Das muss jetzt nicht sein, Martin …«

»Diese Pistole habe ich von demselben Kerl. Ich bin ihm von dem Pub aus gefolgt. Er hat eine Einzelgarage in Neasden, bei den Eisenbahnwerken, gegenüber von der U-Bahn-Station.«

Thorne war verwirrt, aber seine Gedanken rasten, stellten Verbindungen her. *Neasden, vier oder fünf U-Bahn-Stationen von hier. Fünfzehn Minuten, nicht mehr. Palmer hatte problemlos schneller hierher gelangen können als er.* »Martin, das ist nicht wichtig …«

»Bitte, Sie müssen mir zuhören. Ich hab die Pistole genommen, und da war noch eine Menge Geld ...«

Cookson schnaubte verächtlich. »Er wird dich umbringen.«

»Er ist tot.« Cookson riss die Augen auf. Palmer wandte sich wieder an Thorne. »Aber er war ein schlechter Mensch, vielleicht war es also ein gutes Werk. Ich hatte ohnehin keine Wahl.« Er betrachtete die Pistole in seiner Hand. »Ich brauchte ... das hier. Ich brauchte ein Dach über dem Kopf. Ich blieb in der Garage. Mit der Leiche. Es begann schon zu riechen ...«

Palmer blinzelte langsam, schloss beinahe die Augen, doch nicht lange genug für Thorne, um sich auf ihn zu stürzen ...

»Das können wir alles später klären, Martin. Wir haben jede Menge Zeit. Lassen Sie jetzt die Pistole fallen. Sie müssen sie loswerden ...«

Palmer senkte den Arm.

»Das ist gut, Martin, aber Sie müssen sie fallen lassen. Lassen Sie sie los.«

Palmer schüttelte den Kopf. Thorne spürte rechts eine Bewegung und drehte den Kopf. Die Kinder in der Turnhalle wurden von den Fenstern weggeführt. Ein Gesicht nach dem anderen verschwand.

Thorne blinzelte. Das letzte Gesicht, das an die Scheibe gepresst war, mit großen Augen voller Zweifel, gehörte Charlie Garner ...

Da war noch eine Bewegung, undeutlich, fließend, irgendwo über und rechts von ihnen. Endlich war die Verstärkung eingetroffen. Positionen wurden eingenommen, Ziele identifiziert. Ein kurzer Blick sagte ihm, dass auch Cookson es bemerkt hatte.

»Ich möchte nicht, dass Sie Angst haben«, sagte Palmer unvermittelt.

Thorne löste die Augen vom Dach. Als er sich wieder Palmer zuwandte, überprüfte er kurz Cookson, der regungslos dastand, die Arme an den Seiten, die Augen schmale Schlitze.

Palmers Gesichtsausdruck war auf bizarre Weise ernst. »Wirklich, Sie brauchen keine Angst zu haben.«

»Pistolen machen mir Angst, Martin. Lassen Sie sie fallen.«

»Sie wissen doch, dass man Angst schmecken kann, oder? Das kommt von der Nebenniere. Das, was man schmeckt, das ist der Geschmack von …«

Thorne sah, wie sich Palmers Finger bewegten. Er sah zu, wagte es nicht zu atmen, als der Finger sich vom Abzug entfernte.

Sollte er sich jetzt bewegen? Ihm die Pistole entreißen …?

»Es ist ein merkwürdiger Geschmack. Als beiße man auf Stanniolpapier. Ein leicht metallischer Geschmack. Das kommt von einem chemischen Stoff, der im Adrenalin enthalten ist …«

Palmer zog den Finger aus dem Abzugshebel. Legte ihn außen auf die Waffe. Gesichert.

Jetzt musste er handeln. Er war sich nicht sicher, ob McEvoy sich noch mal bewegt hatte …

»Es heißt Adrenochrom. Wussten Sie das?«

Thorne schüttelte den Kopf. Er kannte den Namen nicht, doch der Geschmack war ihm sehr wohl bekannt.

Als Palmer schrie und den Arm hob, sah Thorne, was passierte. Als Palmer die Pistole auf ihn richtete, erkannte Thorne, was er vorhatte.

Er sah alles viel zu spät.

Die Kugel aus dem Gewehr des Scharfschützen hatte Palmers Kehle aufgerissen, bevor einer von ihnen auch nur den Schuss gehört hatte.

Palmer sank merkwürdig langsam auf die Knie, fiel dann jedoch ganz schnell nach vorn auf sein Gesicht. Thorne glaubte zu hören – oder vielleicht bildete er es sich auch nur ein –, wie Nase, Wangenknochen und Brille zerschmettert wurden, als er auf dem Boden aufschlug.

Thorne reagierte schnell, legte die Hand auf die Pistole, die einen halben Meter von Palmers Leiche entfernt lag. Er sah hinüber zu McEvoy, hoffte …

»Gratulation, Sie leben noch, Thorne.« Cookson lächelte und hob langsam die Hände. »Am Leben zu bleiben ist allerdings der einfachere Teil, stimmt's?«

Irgendwo hinter ihnen dröhnte eine verzerrte Stimme aus einem Lautsprecher. Cookson machte einen Schritt darauf zu, die Arme hoch in der Luft. »Sich lebendig zu *fühlen*, das ist der schwere Teil …«

In einer gleitenden Bewegung stand Thorne auf, holte mit dem Arm aus und zog den Pistolenkolben über Cooksons Mund. Er spürte, wie die Lippen aufplatzten. Sah, wie die Zähne herausbrachen, das Zahnfleisch aufriss, bevor die Hand an den Mund flog, um das Blut zurückzuhalten.

Thorne hörte die Schritte hinter sich. Er wandte sich um und sah die Polizisten durch das Tor strömen und Dave Holland über den Schulhof zu McEvoy rennen.

Dreißigstes Kapitel

Das Spielfeld war gefroren. Unzählige schlecht getimter Angriffe, dumme Fehler. Dem Spiel fehlten nur noch ein umstrittener Elfmeter und eine rote Karte, um Thorne zu überzeugen, dass sich diesen Monat die Gebühr für Sky Sports gerechnet hatte ...

Ob sein Vater wohl zusah, auf den Fernsehschirm einbrüllte, als befände er sich noch immer im Stadion? Sein Dad, der ihn vor über dreißig Jahren zu seinem ersten Spurs-Spiel mitgenommen hatte, als noch Martin Chivers und Alan Gilzean spielten. Thorne fragte sich, wie lange sein Vater wohl noch in der Lage sein würde, sich ein Spiel anzusehen, geschweige denn, es zu verfolgen.

Der Anruf war typisch für ihn gewesen. Er war mit der Situation auf eine für ihn charakteristische Weise umgegangen.

»Kannst du dich an den Witz über den Typen erinnern, der zum Arzt geht?«

Thorne lachte. Davon gab es jede Menge. »Welchen denn?«

»Der Arzt erklärt ihm: ›Ich fürchte, ich habe eine schlechte Nachricht für Sie. Sie haben Krebs *und* Alzheimer ...‹«

Thorne spürte, wie sich etwas in ihm zusammenzog. »Dad ...«

»Der Typ schaut den Arzt an ...« Die Stimme am Telefon schwankte leicht. »Er sieht den Arzt an und sagt: ›Na ja, wenigstens hab ich nicht Krebs.‹«

»Was meinst du damit, Dad?«

Langes Schweigen, bevor der Alte die Pointe wiederholte, das sagte, was er zu sagen hatte.

»Wenigstens habe ich keinen Krebs, Tom.«

Nun hatte Tom kapiert, *was* sein Vater hatte.

Das Zischen einer Dose, die aufgerissen wurde, holte Tom zurück, und er sah hinüber zu Hendricks. Der lag wie üblich ohne Schuhe ausgestreckt auf dem Sofa.

»Du hast einmal was Interessantes gesagt«, bemerkte Tom.

»Nur einmal?«

»Du hast gesagt, der Geruch von Formaldehyd schrecke die Leute ab. Denkst du nicht, deine Füße könnten etwas damit zu tun haben?«

»Leck mich«, erwiderte Hendricks.

Alles lief wieder mehr oder weniger in geregelten Bahnen.

Beinahe ein Monat, nachdem Thorne den Schulhof der King Edward's verlassen hatte. Zugesehen hatte, wie die Tragen in die Notarztwagen geschoben wurden. Die Lehrer weinende Kinder in die Arme zogen. Wie Dave Holland den Blick nicht losreißen konnte …

Beinahe ein Monat, seit er diese lange Auffahrt zurückgelaufen war und sich mit leerem Geplänkel beschäftigte wie der Frage, was wohl aus seinem Auto geworden war.

Wie lange es wohl dauern würde, das Blut vom Asphalt zu kratzen …

Palmer hatte genau gewusst, was er tat, als er die Pistole hob. Thorne hätte es schon vorher wissen müssen – als Palmer so erpicht darauf war, ihm zu erzählen, woher er die Waffe hatte. Der letzte Versuch einer guten Tat, bevor es zur verzweifeltsten Tat von allen kam.

War Selbstmord, und darum handelte es sich, die Tat eines Feiglings oder eines tapferen Mannes? Letztlich kam

Thorne zu dem Schluss, dass Palmer das, was er getan hatte, nicht aus Ekel vor sich selbst tat, sondern aus dem einfachen Wissen heraus, dass er, zumindest emotional, das Gefängnis nicht überleben würde.

Der frühere Fachbetreuer für Englisch hingegen war aus härterem Holz geschnitzt. Aus weitaus absonderlicherem Holz. Andrew Cookson würde sehr gut zurechtkommen. Während die normalen Verbrecher durch den Fleischwolf gedreht wurden, würde er in Belmarsh oder Broadmoor eine Nische für sich finden. Der Durchgeknallteste von allen. Angst war wichtig im Gefängnis, sehr wichtig. Wo es schon schwer genug war, einen Tag ungeschoren zu überstehen, würden Diebe und Vergewaltiger wohl genauso schnell den Schwanz einziehen, wie Martin Palmer es getan hatte.

Palmer, der sich sein ganzes Leben lang vor Angst in die Hose gemacht hatte, dessen einziger Versuch einer tapferen Tat so tragisch fehlgeschlagen war.

Die Rede, die Plattitüden, die an jenem Tag in seinem Kopf herumschwirrten, lagen nicht weit daneben. Nicht weit neben jenen, die schließlich zu hören waren.

»Alle, gleich welchen Ranges, die Seite an Seite mit ihr arbeiteten, werden sie, ihre Einsatzfreude und ihre stets gute Laune …«

Die Gesichter von Lionel und Rebecca McEvoy hatten sich zu denen von Robert und Mary Enright, Rosemary Vincent und Leslie Bowles gesellt. Den grobkörnigen Bildern jener, die lange genug lebten, um ihre Kinder zu beerdigen.

Leslie Bowles hatte es am einfachsten und besten ausgedrückt.

Es hört nie auf. Nie.

»Übrigens«, sagte Hendricks, »falls Brendan anruft, ich bin nicht da …«

Thorne wandte sich um und betrachtete den schmuddeligen Typen auf seinem Sofa, starrte in das offene und erwartungsvolle Gesicht des Mannes, der die Autopsie an Sarah McEvoy durchgeführt hatte.

Der es danach irgendwie geschafft hatte, den toxikologischen Bericht zu verlegen.

»Ja … ich bin nicht da. Falls er anruft. Ist das klar?«

»Ich sehe das nächste Piercing kommen«, sagte Thorne. »Was war denn los?«

Hendricks schwang die Füße auf den Boden und richtete sich auf. »Kannst du dich daran erinnern, als ich dachte, der Job mache ihn fertig? Na ja, es stellte sich heraus, dass er in Wirklichkeit darauf steht.«

»Und?«

»Und das wiederum macht *mich* fertig.«

»Dir kann man es aber auch wirklich nicht recht machen.«

»Mir? Und was ist mit dir?«

Thorne stand auf und ging in die Küche, um noch zwei Bier zu holen. »Mir geht's prima.«

Hendricks lehnte sich zurück und grinste, die Hände hinter dem Kopf verschränkt. »Ja, klar, warum auch nicht? Ein wunderbarer Kumpel wie ich, Bier, die Spurs auswärts eins-null vorn. Recht viel besser kann's nicht werden, oder?«

Da Thorne mit dem Rücken zu ihm stand, konnte Hendricks nicht sehen, ob er lächelte, als er antwortete.

»Gott, das hoff ich doch …«

Epilog

23, Dyer Close
King's Heath
Birmingham
B14 3EX
West Midlands

28. Februar 2002

Sehr geehrter Inspector Thorne,

mir ist klar, wie lange wir uns Zeit ließen, Ihnen ein paar Zeilen zu schreiben. Doch Sie werden sicher verstehen, dass wir viel um die Ohren haben und dass es nach der Festnahme für uns nicht einfach war.

Es hat uns sehr Leid getan, als wir von Detective Sergeant McEvoy erfuhren. Sie muss etwa in Carols Alter gewesen sein. Bitte teilen Sie ihrer Familie unser aufrichtiges Beileid mit.

Charlie geht es inzwischen sehr viel besser. Er hat sich gut in der Schule eingelebt und beginnt wieder durchzuschlafen. Der Kinderpsychologe ist sehr zufrieden mit ihm. Meine Frau meinte, das könnte Sie vielleicht interessieren.

Der eigentliche Grund, warum ich Ihnen schreibe, ist, um Ihnen nachträglich für den Kinderwerkzeugkasten zu danken, den Sie Charlie zu Weihnachten geschickt haben. Das war sehr aufmerksam. Ich hoffe, es stört Sie nicht, dass wir ihm nicht gesagt haben, von wem das Geschenk stammt. Wir sind uns nicht sicher, ob er sich noch an Sie erinnert, und wir hielten es in Anbetracht der Umstände für das Beste, ihm zu erklären, es sei von uns. Sie werden das sicher verstehen.

Mit freundlichen Grüßen

Robert Enright

Danksagung

Wie immer haben mir eine ganze Reihe Leute geholfen, mir gut zugeredet, mit mir gelitten …

Besonders danke ich Detective Inspector Neil Hibberd von der Serious Crime Group für seine Geduld und fundierte Kreativität sowie Pauline O'Brien (Senior Press Officer) und Selina Onorah (Office Manager) vom Metropolitan Police Area West Press Office für die Zeit, die sie mir opferten, und entschuldige mich für das Ungemach, das ich ihnen bereitete.

Für ihren unschätzbaren Rat in ihren sehr unterschiedlichen Fachgebieten danke ich Jason Schone, Glenda Brunt, Yaron Meron und, wie immer, Phil Cowburn, diesmal richtig geschrieben.

Bei Little, Brown geht mein besonderer Dank an Filomena Wood, Alison Lindsay und Tamsyn Berryman.

Dann gibt es jene, deren Namen aus vielerlei Gründen auf dieser Seite stehen müssen – und auf den entsprechenden Seiten der Bücher, die da noch kommen werden …

Selbstverständlich Hilary Hale und Sarah Lutyens; Mike Gunn – der alten und der heutigen Zeiten wegen; Alice Pettet – für ihre Anmerkungen und einen Namen; David Fulton, der mich aus meiner Ecke hervorholte; Paul Thorne, der sich nicht überzeugen lassen wollte; Howard Pratt, der das meiste wusste; Wendy Lee, der nichts entging …

Und vor allem Peter Cocks, dessen Augen und Ohren schärfer sind als die der meisten anderen und der mit seinem Instinkt selten falsch liegt

Und Claire, weil sie Dave und Carmela zugleich ist.